white teeth

白牙

［英］
扎迪·史密斯
——著

周 丹
——译

Zadie Smith

上海译文出版社

献给母亲和父亲

也献给吉米·拉曼

凡过去的皆为序曲。

　　　　　　　　　　——《暴风雨》第二幕第一场

致　谢

　　感谢丽莎和乔舒华·阿皮吉内西，在我最需要的时候为我设法弄到一个房间，供我专用。感谢特里斯坦·休斯和伊冯娜·贝利-史密斯给本书和本书作者提供了两个非常幸福的家。我还要感谢以下这些人的心明眼亮：同我很有共鸣的好友保尔·希尔德、"低能奇才"尼科拉斯·莱尔德、事事精细的多娜·波碧、明断一切的编辑西蒙·普罗瑟。最后要感谢我的经纪人，虑事周全的乔治亚·加勒特。

目 录

艾丽 1990，1907

马吉德、迈勒特、马库斯 1992，1999

~~~~~~~~~~~~~~~~~~~~~~~~~~~~~~~~~~~~~~

阿吉
1974，1945

~~~~~~~~~~~~~~~~~~~~~~~~~~~~~~~~~~~~~~

　　每一桩微不足道的事，由于某种原因，如今似乎分外重要，而当你说一件事情"跟其他事情毫无干系"时，听起来像是亵渎神灵。我们无法保证——怎么说呢？——我们的哪些举动、哪些闲暇时光永远与别的事情毫无干系。

——E. M. 福斯特《天使不敢涉足的地方》

第一章

阿吉·琼斯的奇特再婚

黎明伊始，世纪将尽，克里考伍德大街。一九七五年一月一日六点二十七分，阿尔弗雷德·阿吉宝德·琼斯身穿灯芯绒衣裤，坐在充满浓烟的骑士火枪手牌旅行车里，脸冲下扑在方向盘上，期待即将到来的审判不会太难承受。他俯趴的身体呈十字形，下巴松弛，双臂像堕落天使那样在两侧张开，兵役奖章（左手）和结婚证（右手）被揉成一团握在手心，他打定主意，要把错误随身带进坟墓。绿色交通灯微弱的闪光映入眼中，是向右转的信号，但他已决意置之不理。他甘心赴死并已做好准备。他已抛了多次硬币，决心坚持执行。他铁了心要寻死。实际上，这就是他的新年计划。

不过，即使在呼吸时有时无、目光逐渐暗淡的时候，阿吉还是意识到，在别人看来，在克里考伍德这个地方自杀是个很奇怪的选择。透过挡风玻璃第一个注意到他垂头弯腰姿势的人会觉得奇怪，整理报告的警察会觉得奇怪，被叫来写上五十字报道的本地新闻记者会觉得奇怪，看报道的亲戚也会觉得奇怪。克里考伍德大街夹在雄伟的、钢筋混凝土结构的电影院和开阔的十字路口中间，它不是寻死的地方。它是用来路过的，人们来这里是为了经由 A41 号公路去别的地方。但是阿吉·琼斯不想死在赏心悦目的偏僻林地，也不想死在长满了娇弱石楠花的悬岩绝壁。阿吉觉得，乡下人应该死在乡下，城里人应该死在城里，这才死得其所。活在哪里，就该死在哪里，这才是正理。阿吉宝德理应死在这条污秽的城市街道上，这里就是他生命终结的地方。他活到四十七岁这把年纪，却落得个孤家寡人的下场，住在已倒闭的薯条店楼上的一居室公寓里。他不是那种擅长周密安排的人——写遗书、作葬礼安排——他不是那种喜欢异想天开的人。他要的只是一点点安静、一点点唏嘘，只要能全神贯注就行。他要在纯粹的安宁和寂静中完成这件事，就像教堂里空无一人的忏悔室，就像大脑中思想和语言之间的那个间隙。他要在商店开门前做好这件事。

一群不知从何处飞来的鸽子从空中猛扑下来，一开始好像瞄准了阿吉的车顶，最后却漂亮地转了一个大弯，像打棒球时投出的曲线球一般优雅地移动着，降落在有名的清真肉店：侯赛因-以实玛利肉店。阿吉快死了，不可能发出很大声响，但看到飞禽卸下重负、在白墙上留下紫色条纹时，他在心中温暖地微笑着。他看着鸟儿在侯赛因-以实玛利肉店的檐槽上方伸长了脖子偷看；他看着鸟儿盯着宰杀了的鸡、牛、羊，它们缓慢而平稳地滴着血，就像大衣那样在店里四处挂着。不吉利，鸽子本能地感觉到了不吉利，所以它们飞过阿吉身旁时没有停留。阿吉并不知道，尽管放在后座上的胡佛电动吸尘器管子正把尾气泵入他的肺里，但那天早晨他很幸运，那层薄薄的幸运之云如同清新的露珠一样罩着他。就在他的意识半清醒半模糊之时，行星的位置、苍穹的音乐、中非灯蛾那半透明翅膀的拍击，还有那一大群拉屎的玩意儿，都已决定要给他第二次机会。不知出于何种原因，也不知是由什么地方的什么人下的决定，反正阿吉注定将活下去。

侯赛因-以实玛利肉店的老板叫摩·侯赛因-以实玛利，一位身壮如牛的大汉，前额的头发起伏有致，向后拢成一把鸭尾巴。摩认为，在鸽子这个问题上，你必须触及根源：排泄物不是问题，鸽子本身才是问题。鸽屎不是屎（这是摩的咒语），鸽子才是屎。于是，在阿吉差点死掉的那个清晨，在对侯赛因-以实玛利肉店而言的一个普普通通的清晨，摩把他硕大的肚皮搁到窗台上，探出身子，挥舞着切肉刀，想阻止纷纷掉落的紫色屎粒。

"滚开！滚，你们这帮拉屎的杂种！啊呀！六只！"

这差不多是在打板球——英国人的运动，但经过了移民的改造，六是一次抢击最多能打到的鸽子数量。

"法林！"摩朝下面的街道喊着，威风凛凛地举着血淋淋的切肉刀，"你来，用棒子打，小伙子。准备好了吗？"

在他下方的人行道上站着法林——一个严重肥胖的印度小伙子，毕业于街角那所学校的他入错了行。这时，他仰起头，就像摩的问号下面那个无精打采的大黑点一样。他的任务是不辞辛劳地爬上梯子，把一颗颗粘在一起的鸽屎捡起来放进超市购物袋，然后扎紧袋口，扔到街对面的垃圾箱里。

"快点，胖墩。"摩的一个伙夫喊道。他举起扫帚戳着法林的屁股，说一个字便戳一下，好像扫帚是标点符号，"让、你、的、象、头、神、见、鬼、去、大、象、娃、娃、捡、屎、去"。

摩擦掉前额的汗水，哼了几声，然后朝克里考伍德大街望去，扫视着丢弃在大街上的、被酒鬼当成露天沙发的扶手椅和一块块小地毯，自动售货机中心，油腻腻的小酒馆，还有小型出租车，上面全都落满了鸽屎。摩相信，总有一天，克里考伍德大街和街上的居民会感谢他每天的大屠杀行动；总有一天，街上的男女老幼再也不用按一比四的比例把清洁剂和醋混合起来，擦洗从天而降的粪便。"鸽屎不是屎，"他一本正经地重复着，"鸽子才是屎。"摩是本社区唯一真正明白这话的人，为此他觉得自己很有点禅味——对所有人都满怀善意。就在这时，他看到了阿吉的车。

"阿萨德！"

一个眼神躲躲闪闪的瘦子从店里走出来。他留着八字胡，穿着四种深浅不同的褐色衣服，手掌上沾着血。

"阿萨德！"摩强忍着火气，用一根手指直指着车子，"孩子，我问你一句话，只一句。"

"什么事，阿爸？"阿萨德说，两只脚的重心换来换去。

"这他妈的到底是怎么回事？这车停在这里干什么？六点半到货。六点半有十五头死牛要来。我得把它们整干净了。那是我的生意。你明白吗？肉要来了。所以，我不明白……"摩摆出一副困惑不解的样子，"因为我想，这里明明白白写着'送货区'三个字。"他指着一只旧木条箱，上面写着"全时段全车型禁止停车"的字样，"怎么回事？"

"我不知道，阿爸。"

"你是我儿子，阿萨德。我雇你是要你明白事情，他才不用明白——"他把手伸出窗子，拍了法林一下。法林正在走钢丝似的对付危险的檐槽，后脑勺猛地遭此一击，差点从梯子上滚下去。"我雇你是要你明白事情，要你盘算状况，要你弄清造物主也说不清道不明的宇宙黑暗。"

"阿爸？"

"去弄清楚那是怎么回事，让车开走。"

摩消失在窗口。过了一分钟，阿萨德带着答案回来了："阿爸。"

摩的脑袋又从窗口冒了出来，如同恶毒的布谷鸟从瑞士钟里钻出来那样。

"他在吸毒气，阿爸。"

"什么？"

阿萨德耸了耸肩膀："我朝车窗里喊，叫那家伙走开，他说：'我在吸毒气，别管我。'就是这样。"

"谁也不能在我的地界吸毒气，"摩一边下楼，一边厉声说道，"这不在我们的经营范围。"

一走到街上，摩就冲向阿吉的汽车，拽住堵着车窗缝隙的毛巾，用牛一般的蛮劲拉下来五英寸。

"你听到了吗，先生？我们的经营范围里没有自杀这项。这里是清真肉店，按教规供应肉食，懂吗？如果你要死在这里，我的朋友，你得先全身放光了血才行。"

阿吉从方向盘上抬起头来。就在他凝视着这个汗淋淋的褐色大块头、意识到自己还活着的当儿，他感到一种灵光闪现。他觉得，有生以来，生活第一次对阿吉·琼斯表示了首肯。不仅仅是"好"，或者"既然已经开始了，那就继续下去吧"，而是响亮的首肯。生活需要阿吉。她怀着妒意，把他从死亡的虎口里抢了出来，重新拉回到自己的怀抱。虽然阿吉不是她最好的物种，但她还是留下了他，而阿吉呢，连他自己都觉得意外，也想活下去。

他拼命摇下两边的车窗，深深地大口吸着氧气，喘息着对摩千恩万谢，眼泪沿着双颊汩汩而下，双手紧抓着摩的围裙。

"行了，行了，"肉店老板边说边扳开阿吉的手指，把自己擦干净，"现在开走吧。我的肉要来了。我是做放血生意的，不做心理咨询。你应该去偏僻小路，这里是克里考伍德闹市区。"

阿吉仍哽咽着不住道谢，慢慢调了头，从路边开出来，向右转去。

阿吉·琼斯自杀是因为老婆奥菲莉娅最近跟他离婚了。奥菲莉娅是意大利人，有一双紫罗兰色的眼睛，嘴唇上方有一圈淡淡的绒毛。但在新年第一天清晨，他用吸尘器管子吸毒气倒不是因为爱她，而是因为跟她生活了那么久却没有爱过她。阿吉觉得婚姻就像买鞋，把鞋带回家，却发现不合脚；看在鞋的式样的分上，他将就着穿了。过了三十年，一天，鞋子忽然自己爬起来，走出了屋子。她走了。三十年。

在他的记忆中，两人最初的相遇同别人的一样美好。一九四六年早春，他跌跌撞撞地走出战争的阴霾，迈进佛罗伦萨的咖啡屋，在那里，招待他的是一位灿若朝阳的姑娘——奥菲莉娅·戴吉罗。一身黄衣的她递给他一杯满是奶泡的卡布奇诺咖啡，举手投足间散发着温暖和性感。他们像戴着眼罩的马一样走进了婚姻殿堂。奥菲莉娅不知道，在阿吉的生活中，女人从来就不是白昼——他在内心深处不喜欢也不信任女人，只有女人笼罩在光环里的时候，他才会爱她们；同时也没人告诉阿吉，戴吉罗家族中，奥菲莉娅有两个患癫症的姑妈、一个同茄子说话的伯伯和一个衣服前后倒穿的表兄。他们结婚了，一起到了英国。她很快意识到自己的错误，他很快把她逼疯了，光环被打发到阁楼里接灰尘，跟一堆小摆设和破烂厨具为伍，这些东西都是阿吉打算有朝一日要修理的。在那堆小东西里，就有一只胡佛吸尘器。

节礼日①早晨，也就是阿吉把车停在摩的清真肉店外面六天前，他回到亨顿街的半独立式房子找那只胡佛吸尘器。这是他在这么多天里第四次上阁楼，为的是把第一次婚姻中的零碎物品运到新公寓去，胡佛是他要求取走的最后一件东西——一件最破烂、最难看的东西，就因为失去了房子才想要回来的东西。这就是离婚：向你不再爱的人要回用不着的东西。

"你又来了，"西班牙女佣——她叫桑塔-玛丽亚或者玛丽亚-桑塔或者别的什么——站在门口说，"琼斯先生，这回来拿什么？洗碗槽，嗯？"

"胡佛，"阿吉冷冷地说，"吸尘器。"

她朝他看了一眼，对着门垫吐了口痰，差点吐到他的鞋子上。"欢迎，先生。"

---

① 圣诞节后的第一个星期日。在英联邦部分地区会庆祝，传统上向服务业工人赠送圣诞节礼物。

这地方已经成了他仇人的庇护所。除了女佣，和他作对的还有奥菲莉娅的意大利大家庭、精神治疗护士、调解会派来的女人，当然还有奥菲莉娅本人——这个精神病院的中心。她这会儿正蜷缩在沙发上，胎儿似的缩成一团，嘴巴对着百利酒瓶发出牛叫声。他花了一小时又一刻钟才穿过敌人的阵地——费这么大力气是为了什么呢？一台坏掉的胡佛吸尘器，几个月前就已经丢弃不用了，因为吸尘器打定主意要倒行逆施：喷尘而不是吸尘。

"琼斯先生，既然到这里来让你这么不开心，你干吗还要来呢？适可而止吧。你要它有什么用呢？"女佣跟着他走上阁楼，随身还带着去污剂，"已经坏了。你用不着。看到没？看到没？"她把吸尘器插进插座，摁着不会动的开关。阿吉拔出插头，一声不响地把线绕到机器上。哪怕坏了，他也要带走，所有坏掉的东西都要带走。哪怕只是为了证明自己还有一点用处，他也要把屋子里每一件该死的坏掉的东西都修好。

"你这个没用的东西！"叫桑塔什么的女佣追着他下了楼，"你老婆脑子有病，你倒干这种事！"

阿吉把胡佛抱在胸前，来到挤满人的客厅，众目睽睽之下，他打开工具箱修理起来。

"看他那样子……"奥菲莉娅众多祖母辈亲属中的一位开口了，她薄有姿色，披着大披肩，脸上的痣少些，"他什么都要拿走，对不对？他拿走了她的理智，他拿走了搅拌器，他拿走了旧音响——他什么都拿，就差撬地板了。真叫人恶心……"

调解会派来的女人摇了摇皮包骨头的脑袋，表示赞同，她即使在大晴天也像浑身湿透的长毛猫。"真叫人作呕，你不说，我也这么想，真叫人作呕……不用说，最后还得我们收拾烂摊子。正是这个白痴——"

不等她说完，护士就接过话头："她离不开别人照顾，对吧？……现在，他倒拍拍屁股走了，这女人真可怜……她需要一个合适的家，她需要……"

我在这里呢，阿吉很想说，你们明知道我在眼前，我就在眼前，还这么乱说。再说那是我的搅拌器。

阿吉生性不爱吵架。他听凭人家数落了十五分钟，一声不响地用碎报纸测试胡佛的吸力。试着试着，他心里涌起这样一个念头：生活是个大包袱，叫人不堪重负；即使失去一切，把所有行李丢在路边走向黑暗，也比继续背着包袱来得容易。你用不着搅拌器，阿吉伙计，你用不着胡佛。那玩意真是死沉死沉。放下包袱，阿吉，加入天上那些快乐的露营者的行列吧。那有什么不对吗？阿吉一只耳朵里响着前妻及其亲戚发出的声音，另一只耳朵充斥着吸尘器发出的噪音，对他来说，似乎近在咫尺，"末日"无法逃避。同上帝或别的什么信仰无关，只是觉得世界末日到了。劣质威士忌、新奇脆饼和特色糖果（草莓味的已经吃光了）——光是这些东西还不足以支撑他走进又一个新年。

阿吉耐心地修好胡佛，有条不紊地用它把客厅彻底打扫了一遍，把吸头伸进最难打扫的角落里测试。他郑重地抛了一个硬币（正面朝上，活；反面朝上，死），看到硬币反面朝上，也没感到异样。他沉着地卸下吸尘器的管子，把它放进手提箱，最后一次走出这所房子。

死并不容易。你不可能把自杀列入待办事项清单，与清洗烤肉盘、给沙发脚垫上一块砖之类的事情列在一起。自杀是决定不作为，是做的反面，是遗忘边缘的吻。不管一个人嘴上怎么说，自杀总需要胆量。它适合英雄和烈士，适合真正自负的人。阿吉不是这类人。他在世间的地位可照大家熟悉的比例衡量：

鹅卵石：海滩

雨点：大海

针：干草堆

所以，有那么几天，阿吉没有理睬硬币的决定，只是把胡佛管子带在车上。一到晚上，他透过挡风玻璃看着恐怖的天空，又同以前一样意识到自己在宇宙中所占的比例，感觉到自己渺小而无所依托。他想，如果自己消失了，会在世上留下怎样的痕迹？这痕迹似乎微不足道，小得可以忽略不计。他把空闲时间浪费在思忖"胡佛"是否已经变成真空吸尘器的通用名，还是像别人说的那样，只是一个品牌名。每当这时，胡佛管子就像一根软塌塌的那话儿似的躺在他车子的后座上，嘲弄他若无其事的恐惧，讥笑他居然迈着鸽子碎步朝刽子手走去，鄙夷他软弱无能的踌躇。

十二月二十九日，阿吉去看老朋友萨马德·迈阿·伊克巴尔。对阿吉来说，萨马德不仅是非同寻常的密友，还是交往时间最长的老伙计——一位曾经与阿吉并肩作战的孟加拉伊斯兰教徒，他让阿吉想起那场战争。有些人一想到那场战争就会想起肥肥的火腿，想起在腿上画丝袜之类的往事，但阿吉想到的是枪炮和打牌，还有味道很冲的外国烈酒。

"阿吉，我的好朋友，"萨马德温和而亲切地说，"你一定要忘记这些有关老婆的烦心事，过一过新生活，那才是你需要的。好了，这些说得够多了——我跟你五先令，再另加五先令。"

他们坐在最近常去的地方——奥康奈尔台球房，用三只手玩着扑克牌：阿吉的两只和萨马德的一只——萨马德右手断了，呈灰白色，不能动弹，血管已经堵塞。这地方半是咖啡馆半是赌窝，由一家伊拉克人经营，这一家子的很多成员都有皮肤病。

"你看我：和阿萨娜结了婚，精神都好起来了，你明白吗？她让我看到了希望。她是那么年轻，那么生气勃勃——就像新鲜空气。你向我讨主意？我就是这话。不要过以前那种日子——那种日子不正常，阿吉宝德。对你没好处。什么好处也没有。"

萨马德同情地望着阿吉，他对阿吉怀着非常亲切的感情。两人在战时结下的友谊曾因分处两个大洲而中断了三十年，但是，一九七三年春天，已人到中年的萨马德，却带着小巧玲珑、面如满月、年仅二十岁的新娘，到英国来寻找新生活。在这个小岛上，萨马德只认识阿吉，念于旧情，他找到阿吉，搬到伦敦，跟阿吉住在同一个区。友谊又在两人之间重新点燃了，发展缓慢，却很稳固。

"你打起牌来像个基佬。"萨马德说，并排放下两张决胜的皇后。他优雅地用左手拇指轻轻弹出这两张牌，让牌呈扇形散落在桌上。

"我老了，"阿吉说着，一把掷下手上的牌，"我老了。现在还有谁会要我呢？第一次找对象就够难的了。"

"胡说，阿吉宝德，你还没碰上合适的呢。这个奥菲莉娅，阿吉，她不合适。从你跟我说的情况来看，她甚至都不属于这个时代——"

他说的是奥菲莉娅的疯病，有一半时间，她以为自己是十五世纪著名的艺术爱好者科西莫·美第奇的女仆。

"她生不逢时！她根本不属于这个时代！也许可以说不属于这个世纪。现代生活出其不意地把她抓住了，她就发疯了，完了。你呢？你就像在衣帽间里拿错了衣服那样选错了生活，拿错了就要送回去。另外，她也没给你生一男半女……生活中没有孩子，阿吉，那还有什么活头？可是还有第二次机会；哎，对呀，生活中还有第二次机会。听我的，我懂。你，"他用那只残疾的手很快把一枚十便士硬币扒过来，接着说，"根本就不该和她结婚。"

该死的马后炮，阿吉心想，马后炮总是百分之百正确。

终于，这次讨论结束两天后，在新年的清晨，痛苦达到了钻心的程度，阿吉不再揪住萨马德的建议不放了。他决定摧毁自己的肉体，剥夺自己的生命，把自己从那条无数次转错了弯的人生之路上解放出来，让自己回归旷野，最终完全消失，就像面包屑让鸽子咕咕叫着吞光一样。

一氧化碳逐渐在车里弥漫开来，阿吉免不了回顾迄今为止的生活。这段闪回很短，既无光彩也无娱乐价值，就和女王致辞差不多。乏味的童年、不幸的婚姻、没前途的工作——三个传统情节迅速、无声地飞逝而过，鲜有对话，感觉与在生命中真实发生时几乎完全相同。阿吉不太相信命运，但在回顾时，他觉得生活好像确实是在冥冥之中注定了的，就像公司发的圣诞礼物——很早就发了，人人都一样。

回顾中有战争，这理所当然。他参战了，但那已是最后一年。当时他才十七岁，没什么可说的。没上前线，没那回事。他和萨马德，老萨姆，萨米伙计，他们俩可以吹吹牛，真的。阿吉的腿上甚至还留有一块弹片，谁想看，他都很愿意展示——可没人要看。谁也不想再谈那种事情了。它像是天生畸形的脚，或者难看的痣，就像鼻毛。人们会移开视线。如果有人问阿吉，那么，你以前做过什么？或者你最难忘的事情是什么？嗯，要是他提到战争，但愿上帝能帮上他；大家的眼神立刻变呆滞了，手指头轻轻叩着桌子，人人都主动提出下一轮自己付钱。没人真想知道。

一九五五年夏，阿吉穿着自己最好的尖头皮鞋，来到舰队街，想找一份战地记者的工作。一个胡子稀疏、声音尖细的娘娘腔问他：有什么经历吗，琼斯先生？阿吉便说起来，都是与萨马德和丘吉尔坦克有关的事情。这个娘娘腔往桌子前面一靠，摆出一副自鸣得意、自以为得体的样子，说：仅仅打过仗是不够的，我们还需要别的东西，琼斯先生。战争经历实在是不相干的。

就是那么回事，不是吗？战争是不相干的——一九五五年就不相干了，更别说一九七四年了。他那时的所作所为现在都无关紧要了。你当时学到的技能，用现在的话来说，是不相干的，没有可转换性。

还有别的吗，琼斯先生？

可是，还能有别的吗？英国的教育体制很多年前就把他绊倒了。尽管如此，他看东西的眼力不错，对东西的外观、形状有很好的鉴赏力，也正是这点长处让他最终在摩根赫罗公司找到了工作，一干就是二十年，整天在尤斯顿路的印刷公司数数，设计出各种东西——信封、直邮广告、小册子、单页广告的折叠方法——也许算不上什么成就，可你明白，东西需要对折，需要交叠，否则生活就像在风中乱舞、在街上乱飘的大幅印刷品，弄得你无法看到要紧的内容。倒不是阿吉有空看这种印刷品，只是若没人肯费心把这东西折叠好，那他干吗要费力去看呢。（这也是他想知道的。）

别的呢？嗯，阿吉倒也不是一直都在折页。从前，他做过场地自行车手。阿吉喜欢场地自行车运动，喜欢一圈又一圈骑下去的方式。一圈又一圈，给你一个又一个机会，每一圈都取得一点小进步，骑得更快，把事情做好。只是阿吉从来就没什么长进。62.8秒。这个成绩相当不错了，算得上世界水平吧。可是一连三年，他每一圈都不多不少刚好 62.8 秒。别的车手都停下来看他。他们把自行车靠在斜坡上，用腕表的第二根指针掐秒。每次都是 62.8 秒。那种无法取得一点进步的比赛能力真是非常罕见，那种速度始终不变的一贯性从某些方面来看，也真是不可思议。

阿吉喜欢场地自行车运动。他一向擅长这个，这也是他唯一真正难忘的事情。一九四八年，阿吉参加伦敦奥运会，和一位名叫霍斯特·艾贝高兹的瑞典妇科医生并列第十三名（62.8秒）。倒霉的是，这件事情因为组委会秘书的粗心，没有记入奥运会的文件。一天早上，这位秘书在休息时间出去喝咖啡，回来后心不在焉地抄写名单时漏抄了他的名字。后世子孙便把他给忘了。这些年来，艾贝高兹经常给他写信、写便条，能够证明那件事确实发生过的也只有这些东西了。比如这张便条：

亲爱的阿吉宝德：
　　随函附上我和我的好妻子站在院子里拍的照片，院子后面是一

13

个很煞风景的建筑工地。虽然称不上世外桃源，但我就在这里造了一个简陋的室内赛车场——完全不像我们俩比赛的那个，但我用已经绰绰有余了。这里的面积要小得多，但是你看，这是为我们未来的孩子们准备的。我梦见他们在赛车场上一圈圈地踩着脚踏板，醒来后我满脸都是灿烂的笑容！等完工后，你一定要来看我们。除了你，还有谁更有资格给我的车道命名呢？

你热诚的对手霍斯特·艾贝高兹
一九五七年五月十七日

还有那张在今天——他差点死掉的日子——收到的明信片，此时就放在仪表盘上。

亲爱的阿吉宝德：
我正在学竖琴。你也可以说，这是我的新年计划。我知道，现在学有点晚了，可是教老狗学新把戏，永远不嫌迟，你说呢？告诉你吧，竖琴要靠在肩膀上演奏，很沉，可声音真如天籁，我妻子觉得我因此变敏感了。我以前痴迷自行车运动时，她可没说得这么好听！不过，自行车运动也只有像你阿吉这样的老伙计才理解，当然，还有这张小卡片的作者，你的老对手。

霍斯特·艾贝高兹
一九七四年十二月二十八日

那次比赛之后阿吉就没见过霍斯特，但想起他时心中总充满了感情。他身材魁梧，一头暗红金发，满脸橘黄色雀斑，两个鼻孔不太对称，那身打扮活像国际花花公子，而自行车在他面前就显得太渺小了。比赛结束后，霍斯特把阿吉灌得烂醉，还拉了两个苏活区的妓女，她们好像跟霍斯特很熟。（"我有好几次出差去你们美丽的首都，阿吉宝德。"

14

霍斯特这样解释。）阿吉还记得，无意中瞥见霍斯特硕大的粉红色屁股在隔壁的奥运村宿舍里忽沉忽浮的情景，那是阿吉最后一次看到霍斯特。第二天早晨，前台有阿吉的一封信，那是霍斯特写给他的大量信件中的第一封：

亲爱的阿吉宝德：

在工作和比赛之余，女人确实是甜美可口的点心，你说对吗？我得早起赶飞机，但是我要求你，阿吉：不要像陌路人那样对我！我们现在就和比赛到达终点时一样近！我告诉你，谁说十三倒霉，谁就是大笨蛋，还没你的朋友霍斯特·艾贝高兹聪明。

又及：

一定要让达里娅和梅拉妮平安回家。

达里娅是他的那个。她瘦得皮包骨头，肋骨宛如龙虾笼子，胸脯也平淡无奇，但她属于那种可爱的类型：和气、接吻时很温柔。因为长着一双关节灵活的手腕，她爱戴一副长长的丝质手套炫耀——至少要你破费四张布票。"我喜欢你。"阿吉记得当她在戴手套、穿袜子时，他曾不由自主地示好。她转过身来，笑了。虽然她是个职业妓女，可他觉得她也喜欢他。也许他应该立即跟她走，跑到山上去住。可在当时，这似乎不可能，太多瓜葛了：年轻的大肚子妻子（后来才知道是发了疯、臆想出来的假怀孕，一个装满了热空气的大包而已）怎么办？他的瘸腿怎么办？没有山怎么办？

奇怪的是，达里娅是阿吉昏迷前掠过脑海的最后一缕意象。在摩救下他的性命时，他想到的是二十年前萍水相逢的妓女，是达里娅和她的微笑使他落下了欢喜的眼泪，弄湿了摩的围裙。他在心里看到她了：一位美妇人站在门口，脸上带着"到这里来"的表情，他也意识到自己后悔没到那里去。如果有机会再看到那样的表情，他还想要那样的机会，

15

他还想要额外的时间。不仅是这第二次机会，下一次机会也要，再下一次还要——永远都要。

那天早晨获救后，阿吉欣喜若狂地开车绕"瑞士农舍"环形交叉路口兜了八圈，他把头伸出车窗，气流像风向袋似的敲打着后槽牙。他想，哎呀。人家救了你的命就是这种感觉，就好像别人给了你一大把时间一样。他径直开车经过自己的住所，径直经过路标（亨顿三又四分之三），笑得像个疯子。等红灯时，他掏出一枚十便士硬币抛了一下，硬币似乎也认同命运正把他拉向生活的另一个方向，就像被人牵着绕过拐角的狗一样。他微笑着。一般来说，女人做不到这一点，但男人自古就具备抛弃家庭、扔下过去的本领。他们会给自己松绑，就像去掉假胡子一样轻而易举，然后小心翼翼地潜回社会，仿佛脱胎换骨一般。就这样，一个新阿吉就要出现了，我们出其不意地抓到了他。他处于一种过去糟糕但将来完美、可以这样也可以那样的心绪之中。他开车来到三岔路口，放慢车速，端详着后视镜里自己那张平庸的脸，随便选了一条从没走过的路，一条小区街道，通往一个叫"女王公园"的地方。扔掉过去，往前走吧！阿吉伙计，他对自己说，弄两百块，看在上帝分上，别回头了。

蒂姆·维斯特雷（大家都叫他莫林）终于听到有人在不停地按门铃。他从厨房地板上爬起来，艰难地跨过满地横七竖八躺着的人，打开门。一位从头到脚穿着灰色灯芯绒的中年男人出现在面前，摊开的手掌上放着一枚十便士硬币。后来莫林回想起这件事时说，不管什么时候，穿灯芯绒这种料子的人实在太多了。收房租的穿，收税的也穿，历史老师还要在胳膊肘处缝一块皮补丁。在新年第一天早上九点钟，开门猛地面对这么一大堆灯芯绒，实在叫人受不了。

"什么事，朋友？"莫林站在门廊里，眨巴着眼睛问道。面前这位身穿灯芯绒的人站在门前的台阶上，在冬日的阳光里显得光彩照人。"卖百科全书，还是传教？"

阿吉注意到，这孩子有点神经质，一发重音头就绕圈，从右肩膀绕到左肩膀。绕完一圈，就点几下头。

"如果是百科全书呢，我们已经够多了，比如信息……如果是传教呢，你走错了地方，我们这里是个轻松场所。明白我的意思吗？"莫林点着头说道，要动手关门。

阿吉摇了摇头，微笑，站在原地不动。

"嗯……你没事吧？"莫林问，手放在门把上，"要帮忙吗？你是不是醉了？"

"我看到你们的告示了。"阿吉说。

莫林抽了一口大麻烟，笑了起来："哪个告示？"他歪着头顺着阿吉的视线望去，楼上窗口挂下来一条白床单，上面用五彩大字写着：**欢迎参加一九七五年"世界末日"派对。**

莫林耸了耸肩膀。"是，对不起，朋友，好像不是世界末日。有点叫人扫兴啊。也可以说是好事情，"他友好地加了一句，"看你从哪个角度看了。"

"好事情，"阿吉满怀热情地说，"百分之百、千真万确的好事情。"

"那么，你注意到这个告示了，啊？"莫林问，往台阶后面退了一步，以防这家伙动手或发神经，"你要参加那种派对？你看，不过是开玩笑罢了，没别的。"

"它吸引了我的视线，你可以这么说，"阿吉说，仍旧兴高采烈得像个疯子，"我正开车找地方，你知道，找地方喝一杯。新年嘛，醒酒饮料什么的——总之我早上吃了苦头——只是突然来了兴致。我扔了硬币，心想，为什么不去呢？"

莫林觉得有点糊涂了，不懂话题怎么变了。"呃……派对早就结束了，朋友。另外，我觉得你年纪有点大……希望你明白我的意思……"

说到这里，莫林有点不好意思，在那件斑斓的非洲袍子下面，在内心深处，他是中产阶级家庭出身的好孩子，从小大人就教育他要尊敬长辈。"我是说，"他难堪地停顿片刻，说，"参加这种派对的都比较年轻，你可能不习惯。有点像公社那种活动。"

"可我那时要老得多，"阿吉顽皮地唱了起来，唱的是迪伦十年前的歌，同时朝门边歪着头，"我现在返老还童了。"

莫林取下夹在耳朵上的香烟，皱起了眉头："你看，朋友……我不能随便放街上的人进来，你明白吗？我是说，你可能是警察，可能是吸毒的，可能是……"

但阿吉脸上有种东西：天真无邪、满怀期待，让蒂姆想起关系淡漠的父亲说过的话。父亲是斯纳布鲁克的教区牧师，每个星期天布道都要说基督博爱什么的。"噢，真见鬼。今天是新年，看在该死的节日的分上，你还是进来吧。"

阿吉侧身从莫林身边进了门，走进长长的门厅。门厅两旁分出四个没关门的房间，还有一排通向二楼的楼梯，门厅尽头是一个花园。各种各样的东西零零碎碎撒了一地——动物、矿物和植物。一大堆被褥从门厅的这头一直延伸到那头，被褥下面躺着睡觉的人，阿吉每跨一步，人们就如红海般不情愿地分开一下。房间里、角落里，到处残留着体液流过的痕迹：接吻、喂奶、性交、呕吐——阿吉从《星期天增刊》中了解的一切，都可以在公社里看到。有一会儿他胡乱想着该不该加入打斗，让自己淹没在人体中（手上有这么多新的、大把大把的时间，从指缝里滴下来），但最后还是决定来杯酒。他艰难地沿门厅一直走到尽头，跨出屋子，来到寒冷的花园，有些人在温暖的室内找不到空位，只好选择了冷冰冰的草坪。他一心想喝杯威士忌提提神，就朝野餐桌走去。在一堆空酒瓶的荒漠中，海市蜃楼般立着几个瓶子，形状和颜色都像是杰克·丹尼威士忌。

"我能不能……"

两个黑人小伙子、一个裸着上身的亚洲女子，还有一个身穿宽松长袍的白人女子正坐在木餐椅上玩牌。就在阿吉朝杰克·丹尼威士忌走去时，那白人女子摇了摇头，比画着掐烟的动作。

"酒里都是烟头，亲爱的。有些坏家伙把好好的威士忌给糟践了。这里还有'杯杯香'和别的狗屎饮料。"

听到这番善意的提醒，阿吉感激地笑了。他端来凳子，倒了一大杯"圣母之乳"白葡萄酒。

几杯酒下肚，阿吉就与克莱夫、列奥、万丝和彼得罗尼娅打得火热了。哪怕背过身子、只用一块木炭，他也画得出万丝乳头周围的小疙瘩和彼得罗尼娅说话时落到脸上的每一根乱发。到上午十一点，他已经诚心诚意地爱起他们来了，他没有孩子，他们就是他的孩子。作为回报，他们说他拥有一颗在他这个年龄独一无二的心。大家都认为，某种强烈的积极能量在阿吉的周身流淌着，那力量强大到足以让一个屠夫在危急时刻拉下车窗。原来阿吉是年过四十才参加公社活动的第一人，大家本来也讨论过，要找年长者参加性活动，以满足有些特别爱找刺激的女人。"太好了，"阿吉说，"妙极了。那么，非我莫属了。"他感到跟大家关系非常亲密，所以，到了中午，关系忽然恶化时，他觉得很困惑；他发觉自己的老毛病又犯了，尤其是又陷入了关于二战的争论。

"我都不知道怎么就说起这些来了。"万丝叹息着。大家决定进屋去，这时，万丝终于把身子遮盖起来，阿吉把灯芯绒夹克衫披在她瘦削的肩膀上。"我们别谈这个。我宁可上床，也不想谈这个。"

"我们在谈，我们在谈呀，"克莱夫吼道，"这是他那代人的通病，他们以为可以把战争当什么似的展览——"

列奥打断了克莱夫，把争论拉回到原来的话题，阿吉对此很感激。原来那个话题是阿吉说起来的（大约四十五分钟以前，他发表了一番不智言论，说什么服役能磨炼年轻人的品格云云），一出口就后悔了，因

19

为他得不时为自己辩护。终于，他放弃了争辩，双手抱头坐在楼梯上。

丢脸。他很想成为公社的一员。他要是好好打牌，而不是挑起一场拉锯战，可能就会在这里得到自由的性爱和裸露的胸脯，也许还能分得一小块菜地呢。有那么一会儿（下午两点左右，他对万丝讲述自己的童年），他的新生活似乎充满了愉快的前景，从此他会始终见机行事，只说该说的话，人见人爱。谁也不怪，阿吉想，他在清理这一堆乱麻，谁也不怪，要怪就怪自己，但他怀疑是不是有规律可循。也许有些人总能在合适的时候说恰当的话，就像泰斯庇斯①，总在历史上的适当时机亮相，而有些人则像阿吉·琼斯，他们出场只是为了凑数。更糟的是，他们看到提示走上舞台，却在众目睽睽之下马上倒在舞台中央死掉了。

本来，到了这时，整件事情、倒霉的一整天，都要画上一条黑线，可当时发生了一件彻底改变阿吉·琼斯的事情。这事并非他努力的结果，而纯粹是由于一个人偶然撞上了另一个人。出了意外。这个意外就是克拉拉·鲍登。

还是先来一番描述吧。克拉拉·鲍登无论从哪方面来看都很漂亮，就是黑了一点，也许正因为黑才显得那么漂亮，有种古典美。她亭亭玉立，皮肤黑得像黑檀，又像压纹黑貂皮，头发梳成马蹄形辫子，运气好辫子就往上翘，运气不好就朝下垂。此时，辫子正翘着，不知道这是不是意味着什么。

她用不着胸罩——她不受约束，甚至连地心引力也奈何不了她——她上身穿着及胸三角背心，露着肚脐（形状很漂亮），下身是绷紧的黄色牛仔裤，脚蹬一双淡褐色绒面系带高跟鞋。她带着梦幻的色彩，踩着轻快的步子从楼上走下来。阿吉转身看她，觉得她很像成熟的良种马。

---

① 希腊诗人，被尊为悲剧的创始者。

在阿吉看来，只有在电影里才会有人这么惹人注目地款款下楼，艳光四射，令全场鸦雀无声。在现实生活中他还从没见过这种场面。可是克拉拉·鲍登做到了。她在慢镜头中走下楼来，笼罩在落日的余晖和模糊的灯光中。在他见过的女人中，她不仅是最美的尤物，还是最会安慰人的可人儿。她的美不是那种冷艳的商品。她散发着久违的女人气息，宛如你最喜欢的衣裳。她的身体长得不太协调——手脚跟中枢神经系统有点不调和，但在阿吉看来，连她的长手长脚也显得异常优雅。她很轻松地展示出同自己的年龄有点不相称的女性魅力（跟阿吉以前碰到的多数姑娘不同），不像那种笨重的皮包，怎么拿都不舒服，挂在哪里都不合适，什么时候放下都不妥当。

"打起精神来，朋友，"她用轻快的加勒比口音说，这让阿吉想起那个牙买加板球运动员，"就当什么也没发生过。"

"我想已经发生了。"

阿吉衔着的烟已经燃尽了。他刚扔掉烟头，克拉拉便一脚踩灭。她咧开嘴笑了，这一笑暴露了她的一个缺陷——整整一排上牙都不见了。

"老兄……都掉了，"看到他吃惊的样子，她口齿不清地说，"不过我这么想，到了世界末日，上帝才不在乎我有没有牙。"她柔声笑了。

"阿吉·琼斯。"阿吉边说边递给她一支万宝路。

"克拉拉。"她无意中吹了一声口哨，微笑着，点燃烟吸起来，"阿吉·琼斯，你的样子和我想象的一样。克莱夫他们对你胡说八道了吧？克莱夫，你有没有耍这位可怜的老兄？"

克莱夫哼了两声，几杯酒下肚，他已经对阿吉没印象了。他接着被打断的话头，继续谴责列奥对政治牺牲和肉体牺牲的区别的误解。

"噢，没有……不要紧，"阿吉慌乱地说，在她精致的脸蛋面前显得那么没用，"不过是一点分歧罢了。我和克莱夫在有些问题上看法不同，我想是代沟吧。"

克拉拉拍了拍他的手："瞎说什么呀！你没那么老，好像还没我老呢。"

"我够老了，"阿吉说，接着忍不住告诉她，"你一定不会相信，我今天差点没命了。"

克拉拉扬起眉毛。"别说这些。嗯，加入俱乐部吧。今天早上这里人很多，这派对真是奇怪。你知道，"她用一只长手轻轻碰了碰他露在衣服外面的地方，"你都差点见死神了，可气色真的很不错。想听听我的忠告吗？"

阿吉拼命点头。他永远需要忠告，他特别爱听别人的意见，那也是他走到哪里都随身带一枚十便士硬币的原因。

"回家去，休息一会儿。到了早上，又是一个新世界。老兄……活着不容易！"

回哪个家？阿吉想。他已经和过去的生活脱钩了，他正在走向一个未知的天地。

"老兄……"克拉拉一边重复着，一边拍着他的背，"活着不容易！"

她又长长地吹了一声口哨，惹人怜爱地笑了。除非他真的要发疯了，否则他确信自己看到了那种"到这里来"的神情，与达里娅的神情一模一样，带着一点淡淡的伤感和失意，似乎她没有很多选择。克拉拉十九。阿吉宝德四十七。

过了六个星期，他们结婚了。

第二章

出牙期的烦恼

但是，阿吉不是在真空里拽住克拉拉·鲍登的。关于漂亮女孩，到了该说真话的时候了。漂亮女孩不是闪闪发光地款款下楼。她们并非如人们想象的那样，凭空出现，无所依附，挥着翅膀御风而来。克拉拉来自某个地方。她有根。具体说来，她来自朗伯斯区（经过牙买加），并在情窦初开时与一个名叫瑞安·托普的人有过瓜葛。现在克拉拉很漂亮，但以前很难看。在同阿吉配对以前，她跟瑞安是一对。没法绕开瑞安·托普。这就如同优秀的历史学家必须弄清希特勒对东方怀着拿破仑般的野心，才会理解他不愿入侵西方不列颠的心情。必须了解瑞安·托普，才能理解克拉拉的所作所为。瑞安是不可或缺的人物。在克拉拉和阿吉被从楼梯的两头拉到一起之前，克拉拉与瑞安好了八个月。要不是想尽快逃离瑞安·托普，克拉拉或许永远也不会投入阿吉·琼斯的怀抱。

可怜的瑞安·托普。他集一大堆不幸的身体特征于一身。他又瘦又高，红发，笨手笨脚，累累雀斑几乎淹没了皮肤。瑞安把自己想象成摩登少年，穿不合身的灰色西装，配黑色高领针织衫。当全世界的人都在电子合成乐中找到快乐时，瑞安却发誓要忠于那些怀抱大吉他的小个子：奇想乐队、小脸乐队、谁人乐队。瑞安·托普骑一辆绿色的黄蜂牌

GS 小轻骑，每天用婴儿尿片擦两遍车，擦得锃亮，还用定做的波纹铁护板做护罩。在瑞安看来，黄蜂牌小轻骑不仅是一种交通工具，更是集思想、家庭、朋友和恋人于一身的四十年代后期工程技术的典范。

可以想象，瑞安·托普没什么朋友。

克拉拉·鲍登，十七岁，长手长脚，一口龅牙，还是耶和华见证会会员。她觉得瑞安身上有一种很亲切的东西。这个典型的小包打听，还没跟瑞安·托普说上话，就早已洞悉他的一切。她知道基本情况：同校（朗伯斯区圣裘德社区学校）、个子一样高（六英尺一英寸）；她知道他和自己一样，既非爱尔兰人也非天主教徒，他俩就像漂浮在圣裘德这片天主教海洋上的两个岛屿，都遭到老师和同学的排斥。他们之所以在这里入学，只是因为邮政编码碰巧属于这里。她知道他给摩托车起的名字；他的成绩单一耸一耸往上跳，从书包口露出来，她就看上面的分数。她甚至还知道他自己也不知道的事情。比如，她知道他是"地球上最后一个男人"。每个学校都有一个这样的人，同其他学校一样，圣裘德的女生给男生起绰号并四处传播。当然，绰号略有不同：

> 哪怕是百万富翁也不嫁的先生
> 哪怕是我妈的救命恩人也不嫁的先生
> 哪怕为了世界和平也不嫁的先生

一般情况下，圣裘德的女生也遵循久经考验的原则。瑞安根本不可能知道女生更衣室里的谈话，但克拉拉知道。她知道人家怎么讨论自己的心上人，但总是左耳进右耳出。她知道，如果把这些话当真，那他不知道成什么人了。这些在汗水、少女胸罩和湿毛巾的拍打声中说的话，怎么能当真呢？

"啊，洁丝，你没听我说话。我说呀，他是地球上最后的男人！"

"我还是不肯。"

"啊，瞎说，你肯。"

"听着：整个世界都被原子弹炸掉了，就像日本那样，对吧？所有英俊小生，所有像你男友尼基·莱尔德那样的白马王子，全死了，给烧成了灰。活下来的只有瑞安·托普和几只蟑螂。"

"哪怕要我的命，我也宁可和蟑螂睡觉。"

瑞安在圣裘德吃不开，只有克拉拉与他旗鼓相当。上学第一天，母亲就对她说，她上的学校是个魔窟，还在她书包里塞了两百份《瞭望塔》，叫她为上帝服务。一个又一个星期，她在学校里走来走去，低着头，举着杂志，嘴里轻轻念着："只有耶稣能拯救你的灵魂。"在这个学校，连因内火太旺长了小脓包的人都没人理，一个身高六英尺、脚穿中筒袜的黑人传教士，居然想让六百个天主教徒改换门庭，投奔到耶和华见证会的门下，这简直是得了社交麻风病。

瑞安皮肤红得像甜菜，克拉拉则黑得像炭头；瑞安的雀斑让那些爱做连点游戏的人即使在梦中想起都会兴奋不已，克拉拉则有本事让门牙绕苹果一圈，而不让舌头碰上苹果。就连天主教徒也不会原谅他们的做派（而天主教徒是惯会原谅别人的，就跟政客们许下允诺、妓女们筋疲力尽的频率差不多）；就连圣裘德这个自公元一世纪起就额外背负了诸多骂名的人（因为裘德和犹大之间发音的相似性）也不想被卷进来。

每天五点钟，克拉拉都坐在家里，聆听福音或编写谴责输血这种异教做法的传单，而这时，瑞安·托普会驾着小轻骑回家，从她家开着的窗户前面经过。鲍登家的起居室低于路面，窗户上安了格栅，因此，所有风景都只能看到一半。一般来讲，她能看到过往行人的脚、车轮、小汽车排出的尾气和前后摆动的雨伞。即使如此微不足道的几瞥，常常也很能说明问题；活跃的想象力可以从磨破的花边、补过的袜子、低低摇摆的旧提包里读出哀婉。但是，凝视瑞安小轻骑的排气管逐渐远去所带给她的感触却是什么都无法比拟的。每当此时，她的下腹就会隐隐骚动，她说不出这是什么感觉，就称之为"上帝的精灵"。她觉得自己将以某种方式拯救瑞安这个异教徒。克拉拉的意思是把小伙子搂在胸前，让他躲开困扰着我们大家的诱惑，为他得到救赎做好准备。（也许在某个地方，在她腹部下面——在那个令人难以启齿的下面的某个部位——也许还暗暗希望，瑞安·托普可能会拯救她吧？）

如果霍滕丝·鲍登发觉，女儿若有所思地坐在安了格栅的窗前听着渐渐远去的引擎声，任凭微风哗哗翻动《新圣经》，她就会拍一下女儿的头，要她记住，在最后审判日，只有十四万四千名耶和华见证会会员有资格坐在上帝的法庭上。在这些上帝的选民中，没有模样难看、骑摩托车的某某插脚的地方。

"可是，如果我们拯救——"

"有些人呢，"霍滕丝用鼻子哼了一声，很肯定地说，"罪孽太深重，这时候向耶和华献殷勤已经太迟了。接近上帝是需要努力，需要虔诚和奉献的。清心的人有福了，因为他们必得见神。《马太福音》第五章第八节。你说呢，达克斯？"

克拉拉的父亲达克斯·鲍登，一位浑身发臭、淌着口水、就快要死的老人。他全身埋在爬满臭虫的扶手椅里，谁也没见他挪过窝，因为他身上插了导尿管，连上厕所都不用出门。十四年前，达克斯来到英国，从那时起就一直坐在起居室的角落里远远地看电视。他来英国原本是为了赚够钱，好接克拉拉和霍滕丝过来团聚。但是，一到英国，怪病就缠上了他。这种病表现出令人难以置信的嗜睡倾向，却没有一个医生能找出这种症状的病因。应该承认，达克斯从来都不是生气勃勃的人，得病后更是对失业救济金、扶手椅和英国电视节目产生了毕生的感情。一九七二年，等了十四年的霍滕丝终于发火了，她决定靠自己的力量动身。力量这东西霍滕丝有的是。她带着十六岁的克拉拉找上门来，怒气冲冲地踢破房门，把达克斯·鲍登痛骂了一顿。有人说，痛骂持续了四个小

26

时；有人说，她用了一天一夜工夫，随口引用了《圣经》的每一本福音。可以肯定的是，达克斯在椅子里陷得更深了，悲哀地看着与自己形成了默契和共情关系的电视——那么朴实、那么无邪的感情——一滴眼泪从泪腺里挤出来，停在眼睛下方高耸的颧骨上。接着，他只说出一个字："哼。"

哼，达克斯当时就说了这么一个字，后来也只说这一个字。问达克斯话，白天或晚上随便什么时候问他随便什么问题，给他提很多问题，跟他聊天，求他，对他说你爱他，骂他或维护他，他都给出同一个答案。

"俺说，是不是，达克斯？"

"哼。"

"还有，"霍滕丝听到达克斯哼哼着表示同意，就转身对克拉拉大声说，"那个小青年的灵魂，不用你操心！你要俺说多少次——你没工夫找小伙子！"

因为鲍登家已经没有时间了。现在是一九七四年，霍滕丝正在为世界末日作准备，这个日子她已经在家庭日记里细心地用蓝色圆珠笔做了记号：一九七五年一月一日。这不单单是鲍登一家人精神错乱。有八百万耶和华见证会会员在和她一起等待。霍滕丝有很多古怪的同伴。她（天国会堂朗伯斯区分会的秘书）收到了一封来自纽约布鲁克林的私人信件，上面有天国会堂美国总会一个叫威廉·J. 朗吉夫斯的人的影印签名，这封信确认，这个日子确实是世界末日。世界末日得到了镀金信笺抬头的正式确认！霍滕丝处理这件大事的办法就是把信用漂亮的红木框镶起来，放在电视机上方装饰垫的醒目位置，两边分别是灰姑娘去参加舞会的玻璃小雕像和一个绣着十诫的茶壶保温套。她还问达克斯这样放好不好看，达克斯哼哼着投了赞成票。

世界末日就要到了。耶和华见证会朗伯斯区分会得到确切消息，说这次可不会像一九一四年或一九二五年那样弄错了。大家以前就得到消息，说罪人的肠子会裹在树干上，这回同样会出现这种场面。很久以来，大家都等着血水从阴沟里漫溢成河的一刻，现在他们的强烈愿望就要得到满足了。时机到了。这次的日子千真万确，这个日子是唯一正确的日子，以前告诉大家的那些日子都算错了：有的忘了加，有的忘了减，有的忘了进一。可这次是对的，错不了，就在一九七五年一月一日。

就拿霍滕丝来说吧，听到这个消息她很高兴。一九二五年第一天的早晨，一觉醒来的她哭得像小孩子，因为她发现，没有冰雹和硫黄，宇宙也没有毁灭，一切照常，汽车火车照跑不误。这么说，前一天晚上的辗转反侧都是白费！一切等待也皆为徒劳！

> 那些邻人，那些没有听从你警告的邻人，在滚烫的烈焰中沉沦，烈焰烧得他们皮骨分离，烧得眼睛熔化在眼窝里，烧死正在母亲胸前吃奶的婴儿……那么多邻人将在那天死亡，如果把他们的尸体一具具挨着排列起来，可以绕地球三百圈，而真正的耶和华见证会会员将踩着他们烧焦的尸体，来到上帝面前。
>
> ——《号角声声》第二百四十五期

当时，她是多么失望呀！但是，一九二五年的创伤已经愈合，霍滕丝又一次相信，天启就在眼前，正如那位神圣的朗吉夫斯先生说的那样。对一九一四年那代人的承诺仍旧有效：这世代还没有过去，这些事都要成就。（《马太福音》第二十四章第三十四节）那些一九一四年在世的人都将活着看到世界末日的善恶决战。这些都是诺言。霍滕丝出生在一九〇七年，现在年纪越来越大，人也越来越疲惫，同龄人都如苍蝇般相继死去。一九七五年似乎是最后的机会。

要不是教会中最出色的两百名知识分子用了二十年时间查考《圣经》，要不是这个日期是他们一致计算的结果，要不是他们读懂了《但以理书》字里行间的暗示，看出了《启示录》中的隐含意义，怎么可能正确指出，亚洲的两次战争（朝鲜战争和越南战争）正是天使所说的"一载、二载和半载"？霍滕丝相信这些是征兆中的征兆，那就是最后的日子。离世界末日还有八个月，时间简直太不够了！要做小旗子，要写文章（《上帝会宽恕手淫之人吗?》），要走街串巷按门铃，要考虑拿达克斯怎么办——没人扶着，他连冰箱门都够不到——怎样才能走进天国呢？这一切克拉拉都必须帮忙。没时间想小伙子，没时间想瑞安·托普，没时间游手好闲，没时间思考青春期的焦虑。因为克拉拉和别的孩子不一样，她是上帝的孩子、霍滕丝的神迹娃娃。一九五五年，霍滕丝四十八岁。一天早晨，她正在蒙地哥湾剖鱼，忽然听到上帝的声音。于是，她扔下马林鱼，坐有轨电车赶回家，顺从地做了她最不喜欢做的事情，为的是怀上上帝要的孩子。为什么上帝等了那么久？因为上帝要向霍滕丝显圣，因为霍滕丝自己就是一个神迹娃娃，在一九〇七年那场富于传奇色彩的金斯顿大地震中，别人都在死去，她出生了。奇迹接二连三地出现在这个家族。霍滕丝认为，既然她能够在地动山摇、蒙地哥湾滑入大海、山火肆虐之际来到这个世界，那么，除了奇迹，还会有别的解释吗？她爱这样说："降临人世是最难的一关！一旦生下来了，也就万事大吉了。"就这样，克拉拉来到这里，长大了，能帮她走街串巷、做管理、写讲稿，以及处理耶和华见证会的各种教会事务。她最好还是坚持做下去，没时间分给小伙子，这孩子的工作才刚刚开始。在霍滕丝看来——在牙买加山崩地裂时降生的霍滕丝看来——一个人没过十九岁生日就要遭遇世界末日，这可不是偷懒的借口。

但很奇怪，也可能是因为耶和华见证会喜欢神秘地发资料吧，克拉拉正是在为上帝做事的过程中与瑞安·托普不期而遇。一个星期天的早晨，朗伯斯区天国会堂的青年小组奉命走街串巷，区分绵羊和山羊（《马太福音》第二十五章第三十一至四十六节），克拉拉讨厌见证会那些打着难看领结、说话柔声柔气的小伙子，就带着手提箱独自出发，沿克雷顿路挨家挨户按门铃。开头几家都带着常见的难过表情：和气的女人尽量不失礼地打发她走，不和她靠得太近，唯恐宗教会像传染病那样跑到自己身上。当她走到这条街穷人较多的一头时，反应可就激烈多了，窗户里、紧闭的门后面传来阵阵叫骂声。

"如果是该死的耶和华见证会，就叫他们滚蛋！"

也有的想象力很丰富："对不起，亲爱的，你不知道今天是星期几吗？今天是星期天哪，对不？我累坏了。我整个星期都在造地、造海洋。今天是我休息的日子。"

来到七十五号，她和一位名叫科林的十四岁物理学家共度了一小时，这位物理学家一边窥视她的裙摆，一边力图证明上帝并不存在。然后她按响了八十七号的门铃，瑞安·托普开了门。

"什么事？"他站在那里，顶着红发，穿着黑色高领针织衫，样子恶狠狠的，连嘴唇都翘了起来。

"我……我……"

她竭力想忘记自己的打扮：领口镶边的白衬衫、彩格及膝裙和自豪地写着"更近我主"的绶带。

"你有事吗？"瑞安说着，猛吸了一口快要熄灭的香烟，"干吗呢？"

克拉拉露出龅牙，竭力张大嘴笑着，仍旧自管自地说下去："早上好，先生。我是朗伯斯区天国会堂的，我们耶和华见证会会员正在等待上帝降临，再次显圣。一九一四年，我们的天父短暂降临过，不过很可惜，那次没有显露真容。我们相信，这次他将显圣，带着最后审判日善恶决战的三重地狱之火，那一天只有上帝最钟爱的少数人能够得到拯救。您想不想——"

"啥？"

克拉拉羞得要哭了，又试了一次："您想不想聆听耶和华的教诲？"

"你说啥？"

"耶和华——耶和华的教诲。您看，就像楼梯一样，"克拉拉的最后一招总是拿出母亲的神圣阶梯比喻，"'我们希望看到您走下楼梯，不要少走一级。'我只是告诉您：下楼小心！我只是想与您共享天堂，我不想看到您摔断腿。"

瑞安·托普倚着门框，透过额前垂下的红发看了她很久。克拉拉觉得他的目光正在逼近，自己好像处于望远镜的观察之下。当然，只要一会儿她就可以完全消失了。

"我带了一些资料，以便您仔细阅读——"她摸索着手提箱的锁，用大拇指翻锁扣，不小心使箱子的另一侧翻倒了，五十份《瞭望塔》落到台阶上。

"哎呀，今天真不顺——"

她动手去捡资料，匆忙中摔倒在地，擦破了左膝的皮。"啊唷！"

"你叫克拉拉，"瑞安慢条斯理地说，"你是我们学校的，对不对？"

"对，朋友，"克拉拉说，见他记得自己的名字，高兴得连疼也忘记了，"圣裘德学校。"

"我知道学校叫啥名。"

克拉拉脸红到了黑人的极限，低头看着地板。

"都是没有希望的事业，什么圣徒，"瑞安一边说，一边偷偷挖掉鼻子里的什么东西，轻轻弹到花盆里，"爱尔兰共和军。多着呢。"

瑞安再次审视着克拉拉颀长的身材，在她丰满的胸脯上看了很久。透过涤纶白衬衫，依稀能分辨出乳头凸起的轮廓。

"你最好进来，"他终于垂下了视线，看着她流血的膝盖，"敷点什么吧。"

就在那天下午，两人在瑞安的沙发上偷偷地、笨手笨脚地做了些什么（信基督的女孩子做得出这种事，真叫人大跌眼镜），魔鬼在与上帝的牌局中又轻取一分。形势的发展可谓一波三折，到了星期一，放学铃响起时，瑞安·托普和克拉拉·鲍登（让全校深恶痛绝）多少成了一条新闻；用圣裘德的话来说，他们正在"搞"对象。这就是克拉拉汗津津的少女白日梦所想象的全部内容吗？

嗯，和瑞安"搞"对象主要有三项消遣（按重要性排列）：欣赏瑞安的小轻骑、欣赏瑞安的成绩、欣赏瑞安。换了别的女孩子，可能不会赴安排在车库里的约会，可在克拉拉眼中，没有比看瑞安对着小轻骑的引擎沉思、称赞引擎精细复杂更令人兴奋的事了。她很快就发现，瑞安是个寡言少语的人，难得的几句话也都在谈他自己：他的希望、他的恐惧（全与小轻骑有关），以及他的怪念头——他和小轻骑都活不长。出于某种原因，瑞安相信五十年代那句老掉牙的格言："疾驰生，年少死。"虽然小轻骑即使在下坡时速度也不会超过每小时二十二英里，他还是用令人生畏的口气警告克拉拉，不要与他"有太多瓜葛"，因为他自己也不知道还有多少日子好活；他会早早"动身"，还伴着砰的一声巨响。她想象着自己抱着满身是血的瑞安，听着他对自己永恒爱情的临终表达；她把自己当成摩登寡妇，穿着黑色高领针织衫，戴孝一年，还要求在葬礼上演奏奇想乐队的《滑铁卢日落》。克拉拉对瑞安·托普的感情令人费解且无止境。它超越了他难看的外貌，它超越了瑞安，因为不管霍滕丝说得再神，克拉拉毕竟还是少女，同别的姑娘没什么两样；她的热恋对象只是激情本身的附属品，这种激情经过长期压抑，现在像火山一样迸发出来，显示着力量。在那些充满激情的日子里，克拉拉的思想变了，克拉拉的衣着变了，克拉拉的步态变了，克拉拉的灵魂变了。全世界的姑娘都把这种变化归功于唐尼·奥斯蒙或迈克尔·杰克逊或海湾城摇滚歌手。克拉拉把它归功于瑞安·托普。

他们没有约会，起码没有正常意义上的约会。没有鲜花或晚餐，没有电影或派对。偶尔，需要大麻时，瑞安会带她到伦敦北部的一所大房子，八年级学生不用花几个钱就能来这里，精神恍惚的人们根本看不清你的长相，举手投足都像是你最好的朋友一般。在这里，瑞安把自己安顿在一张吊床上，几根大麻烟吸完，平常寡言少语的他就变得神经紧张。克拉拉不抽烟，只坐在他脚边欣赏他，竭力融入周围的谈话。她没有牛皮好吹，不像其他人，不像莫林，不像克莱夫，不像列奥、彼得罗尼娅、万丝等人。她没有吃过迷幻药梦游的趣闻，没有同警察对着干的故事，也没有前往特拉法尔加广场游行的经历，但她交了很多朋友。这些三教九流的伙伴都是各种各样的极端分子：嬉皮士、离经叛道的怪人、狂热分子、奇装异服的时髦家伙。她能就地取材，讲她知道的那些事情，哄他们开心或吓唬他们。她爱讲地狱之火和永恒惩罚的故事，魔鬼嗜粪的故事，以及剥皮、用烧红的烙铁烙眼珠子、剥生殖器表皮——撒旦，那位堕落天使，为一九七五年一月一日准备的种种手段。

很自然，瑞安·托普引发的激情把克拉拉与世界末日的距离拉得越来越远。她有那么多事情要做，生活中的一切都是崭新的！如果有可能，她想立刻变成涂了圣油的人，就在这里，就在朗伯斯区。她在人世间越感到幸福，想到天堂的时候就越少。说到底，克拉拉无法想象那种壮观情景。那么多人得不到拯救。八百万耶和华见证会会员只有十四万四千人能到天堂与救世主会合，好女人和过得去的男人将在地球上得到乐园——总的来说，这也算是不错的安慰奖了——但是，还有两百万人过不了关。这些人加上异教徒、犹太人、天主教徒、伊斯兰教徒，以及克拉拉童年时曾为之哭泣的可怜的亚马孙丛林人：那么多人得不到拯救。见证会会员为自己的教义中没有地狱而得意——惩罚是折磨，最后审判日难以想象的折磨，然后埋在坟墓里。在克拉拉看来，这似乎更糟——"大批的群众"在俗世的乐园里逍遥快活，而那些迷失的人则受尽折磨、断手断脚，最后变成尸骨，躺在表土之中。

一边是毫不知晓《瞭望塔》说教（有些人没有信箱）的芸芸众生，没法联系朗伯斯区天国会堂，也没法得到有关救赎之路的有益资料；另一边是霍滕丝，她用烫发筒把头发全都卷起来，扔开所有传单，高高兴兴地等着硫黄雨落到罪人身上，特别是住在五十三号的那个女人。霍滕丝努力解释："那些到死都不知道上帝的人，会死而复生，还有一次机会。"可在克拉拉看来，这仍然是个不等式、一本收支失衡的账目。信仰，得到难，失去易。她越来越不愿意在天国会堂的红垫子上留下膝盖印，不肯佩绶带，不肯扛小旗子，也不肯发传单，不肯和别人谈"少走楼梯"之类的话。她发现了大麻，忘记了楼梯，坐起了升降机。

一九七四年十月一日，克拉拉下课后被留在学校待了四十五分钟（因为在音乐课上，她认为，谁人乐队主唱罗杰·达尔特利是比约翰·塞巴斯蒂安·巴赫还要伟大的音乐家），于是，她错过了四点钟与瑞安在黎南街角的约会。天气很冷，走出校门时天就要黑了。她跑过一堆堆正在腐烂的秋叶，在黎南街上上下下搜寻，却连个人影也没看见。她忐忑不安地走到家门前，默默向上帝许了很多愿（我再也不做爱了，再也不抽大麻了，再也不穿不过膝的裙子了），只要上帝别让瑞安·托普为避风而去按她家的门铃。

"克拉拉！别在冷风里站着。"

有朋友在家时，霍滕丝说话就是这种语气，她总用这种语气对牧师和白人女子说话。

克拉拉关上门，满怀恐惧地走过客厅，经过哭泣（后来又止住了）的耶稣身旁，进了厨房。

"上帝呀！她那样子好像是硬给人家拉进来的，呃？"

"嗯。"瑞安说。他正坐在小餐桌旁大快朵颐，往嘴里猛塞荔枝果烩腌鱼。

克拉拉的龅牙在下唇上咬出了牙印。她结结巴巴地问："你在这里干什么？"

"哈！"霍滕丝喊了一声，好像很得意，"你以为可以把自己的朋友藏起来，永远不让俺看见？小伙子冷，俺叫他进来等。俺们聊得很好，是吧，年轻人？"

"嗯，很好，鲍登太太。"

"哎，不要摆出这么吃惊的样子。你以为俺会吃了他呀还是怎的，对吧，瑞安？"霍滕丝说。那种神采奕奕的样子，克拉拉以前从没见过。

"是呀，对。"瑞安傻笑着说，然后和克拉拉的妈妈一起大笑起来。

恋人跟自己的妈妈建立了有说有笑的关系，还有比这更叫恋爱黯然失色的吗？随着夜晚变得越来越黑、越来越短，每天三点半在校门外打转的人群中越来越难找到瑞安的影子。每当此时，克拉拉就会走很长的路回家，进门却看到恋人又一次坐在厨房里，一边开心地与妈妈闲谈，一边大啖家里数不胜数的好东西：荔枝果烩腌鱼、牛肉干、鸡肉青豆饭、姜饼以及椰子冰。

克拉拉的钥匙在锁孔中转动时，两人的谈话听起来还很热烈，等她一靠近厨房，就变得鸦雀无声。好像忽然给人抓住的犯了错的小孩子似的，两人先是默不作声，然后陷入尴尬，接着瑞安就找个借口溜掉。她还注意到，他们俩开始对她流露出一种怜悯的、居高临下的表情；不仅如此，他们还开始对她的衣着挑三拣四。她穿得越来越青春，越来越鲜亮；而瑞安——瑞安这是怎么啦？——脱下了高领针织衫，在学校里也避着她，还买了一个领结。

当然，正如瘾君子的妈妈和连环杀手的邻居总是被蒙在鼓里一样，克拉拉是最后了解真相的人。以前她对瑞安了如指掌——甚至对瑞安自己都不知道的事情也一清二楚——她曾经是瑞安专家。现在，她已沦落到偷听爱尔兰姑娘们聊天的地步了，她们都在说，克拉拉·鲍登和瑞安·托普不搞对象了——肯定没错，千真万确不搞对象了——噢，不搞了，已经搞了。

即使克拉拉知道发生了什么事，她也无法让自己相信。有一次，她看见瑞安坐在餐桌前，几乎淹没在传单里——霍滕丝则急急忙忙收起传单，塞进围裙的口袋——克拉拉迫使自己忘记这一场面。过了几天，仍旧在那个月，克拉拉说服愁容满面的瑞安跟她一起在残疾人专用洗手间里来事，她故意朝旁边看，免得看见不想看见的东西。可它就在那儿，挂在他套衫里面。他朝洗手池俯下身时，有银器的微光在闪烁，那亮光在昏暗的灯光下几乎无法看到——不可能，但千真万确——那是一只小小的银十字架。

不可能，但千真万确。人们描述奇迹时都这么说。不知怎的，霍滕丝和瑞安这两个对立面居然在逻辑的两极相遇了，他俩对别人的痛苦和死亡有着共同的嗜好，于是两个截然不同的人病态地交融在了一起。突然间，获得拯救的人和未获拯救的人兜了一圈，奇迹般地回到了原地。现在，霍滕丝和瑞安想拯救她了。

"上车。"

克拉拉刚走入校门外的暮色，瑞安就来了。小轻骑一个急刹车，停在她脚边。"克拉兹①，上车。"

"你去问我妈要不要上车吧。"

"求你了，"瑞安说，递过一个备用头盔，"这事很重要。我要跟你谈谈。没有多少日子了。"

"为什么？"克拉拉厉声说，任性地踩着高跟鞋摇摆着，"你要去哪里？"

"你我两个，"瑞安低声说，"应该去的地方，但愿如此吧。"

"不去。"

"求你了，克拉兹。"

"不去。"

"求你了。这很重要。生死攸关。"

"老兄……好吧。可我不戴这玩意儿，"她把头盔还给他，跨上小轻骑，"免得弄乱我的头发。"

瑞安开着轻骑带她穿过整个伦敦，来到国会山的最高点汉普斯特

———————————

① 克拉拉的昵称。

德。在那里，他站在山峰上俯视着城市病态的橙黄色霓虹，小心翼翼、拐弯抹角地用自己不熟悉的语句道出了心声。要点是：距离世界末日只有一个月了。

"问题是，她本人和我本人，我们只是——"

"我们！"

"你妈——你妈和我本人，"瑞安含含糊糊地说，"我们很担心，为你担心。到最后的日子，没有几个人会活着。你与狐朋狗友为伍，克拉兹——"

"老兄，"克拉拉摇着头咬着牙说，"我不信这一套。他们以前是你的朋友。"

"不是，不是，他们不是了，已经不是了。大麻烟——大麻烟是邪恶的东西。还有那些人也是——万丝、彼得罗尼娅。"

"她们是我朋友！"

"她们不是好女孩，克拉拉。她们应该跟自己的家人在一起，而不是像现在那样穿着那种衣服，跟那些男人在那所房子里鬼混。你也不该干那些事情，穿得像、像、像……"

"像什么？"

"像妓女！"瑞安说，这个词从他嘴里蹦出来，好像摆脱了这个词让他如释重负，"像一个随随便便的女人。"

"噢，小伙子，现在你什么都讲完了……带我回家，老兄。"

"他们将自食其果，"瑞安边说边点头，伸出手臂指着市区里奇斯维克到阿克卫那一片地方，"你还来得及。你想跟谁在一起，克拉兹？你想跟谁在一起？跟天堂里的十四万四千，由基督统领，还是想跟'芸芸众生'待在尘世的乐园，这也不赖，但是……还是想死于非命，在受尽折磨后送命，啊？我只是在做区分绵羊与山羊的工作，克拉兹，把绵羊从山羊中分出来。那是《马太福音》。我想你自己是一头绵羊，对吗？"

"我实话告诉你，"克拉拉说，走到小轻骑跟前，坐上后座，"我是山羊。我喜欢做山羊。我要做山羊。我宁可跟朋友们在硫黄雨中烧得嗞嗞响，也不愿坐在天堂里厌烦得想哭，跟达克斯，跟我妈，还有——跟你在一起！"

"你不应该这么说，克拉兹，"瑞安肃穆地说，戴上了头盔，"我真希望你没说过那些话。为了你的缘故。他听得见我们说话。"

"你的话我听厌了。带我回家！"

"这是真的！他听得见我们说话！"他回头喊道，让声音盖过小轻骑加速飞驰下山时排气管发出的噪声，"他能看见一切！他在看着我们！"

"看好你的路！"克拉拉喊道，此时他们的车把一群犹太虔敬派教徒吓得四处乱跑，"看好路！"

"只有少数人——书里是这么说的——只有少数人。他们都会得到——《申命记》里就是这样说的——他们都会得到，只有少数人——"

就在瑞安·托普解释《圣经》时，他以前的偶像——黄蜂牌 GS 小轻骑一头撞上了一棵四百年的老橡树。在自命不凡的工程技术面前，大自然占了上风。树活着，车"死"了——瑞安被抛到了一边，克拉拉在另一边。

基督教原则和墨菲定律都是一样的：倒霉皆命定。所以，如果你掉了一片烤面包，落地的是涂黄油的那面，那么这件倒霉的事情就被称为厄运——烤面包落地的方式只是为了向你这个倒霉蛋证明：宇宙中有一种注定的力量，就是厄运。厄运不是随机的。落地的永远是涂黄油的那面，于是得出结论，因为那是墨菲定律。简言之，墨菲定律在你身上发生，就是为了证明有墨菲定律存在。然而，不同于地心引力，墨菲定律不是放之四海而皆准的定律——当面包片落地的不是涂黄油的一面，墨菲定律就会神秘地消失。同理，克拉拉摔倒在地，磕光了上排牙，瑞安却连皮也没擦掉一块，瑞安便知道，这是因为上帝已经决定拯救瑞安，放弃克拉拉，而不是因为一个戴着头盔，另一个没戴。要是事情反过来，地心引力要走了瑞安的牙齿，让它们像小小的搪瓷雪球一样滚下普林姆罗斯山，那么……你可以拿命打赌，在瑞安心里，上帝肯定什么也没干。

其实，这就是瑞安想要的最后征兆。新年来临时，他和霍滕丝一起坐在一圈蜡烛中间，热心地为克拉拉的灵魂祈祷；达克斯则把小便尿到管子里，看着英国广播公司一台的《代代游戏》；与此同时，克拉拉身穿黄色喇叭裤和三角背心参加派对去了。派对的主题是她提出来的，还帮着刷了横幅，并从窗口挂出去；她和别人一起跳舞、抽大麻，觉得自己是这所房子里当仁不让的美女。但是，随着午夜不可避免地降临又离去，预言中的骑士却并未露面，克拉拉伤感起来，这情绪连她自己也觉得意外。摆脱信仰就像煮盐水取盐一样——有得也有失。虽然她的朋友们——莫林、万丝等——都拍拍她的背，恭喜她摆脱了那些毁灭和救赎的梦魇，但克拉拉还是静静地哀悼着。这十九年，她一直等待着救世主的温暖抚摸，救世主全身心的拥抱，那个开辟未来、终结过去的救世主，那个带她远离所有这一切、远离朗伯斯区平房中平凡现实生活的救世主。现在克拉拉怎么办？瑞安会找到别的消遣；达克斯只需换一个频道；霍滕丝会等待下一个必然到来的世纪末日，同时会再发很多传单，信仰愈加坚定。但克拉拉和霍滕丝不同。

然而，还有一点残渣，克拉拉的信仰蒸发以后剩余的残渣，遗留了下来。她还是渴望着救世主，渴望着有个男人会把她带走，在众人之中选中她，这样，她就能"穿白衣与他同行：因为（她）是配得过的"。（《启示录》第三章第四节）

这样，这件事情或许就不难理解了：第二天早晨，克拉拉·鲍登在楼梯尽头碰到阿吉·琼斯，在她眼里，他并不只是一个身穿粗糙西装、矮胖的中年白人。克拉拉透过失落的灰绿色眼睛看着阿吉。她的世界刚刚坍塌，她赖以生存的信仰刚刚宛如低潮一般退去，而阿吉，纯粹出于巧合，变成了玩笑中的那个家伙——地球上最后的男人。

第三章

两个家庭

　　与其欲火攻心，不如嫁娶为妙。《哥林多前书》第七章第九节如是说。

　　这话很妙。当然，《哥林多书》还教导我们：牛在场上踹谷时，不可笼住它的嘴——那么，自己想去吧。

　　到一九七五年二月，为了阿吉宝德·琼斯，克拉拉已抛弃了教会和《圣经》上的一切教条，但她还不是那种没心没肺的无神论者，无法在祭坛附近大笑，也无法完全摒除圣保罗的教义。第二句格言不成问题——没有牛，她也就不算在内了。但第一句格言却让她好几晚睡不着。还是结婚好吗？即使对方是个异教徒？这可就不得而知了：她现在无所依托地活着，没有了安全网的保护。叫她烦恼的与其说是上帝不如说是妈妈。霍滕丝强烈反对这场恋爱，理由是肤色而不是年龄，那天早上她一听说这事，就站在台阶上将女儿逐出家门。

　　克拉拉还是觉得，在妈妈内心深处，宁可她嫁给不般配的男人，也不愿她跟他生活在罪孽之中。于是她一冲动就嫁给了阿吉，恳求阿吉尽量带她远走高飞，离开朗伯斯区，去摩洛哥、比利时、意大利。阿吉拍拍她的手，点点头，嘀咕了几句甜蜜的空话；但他心里完全明白，以他的经济实力，只能在威尔斯登格林买一幢两层的楼房，大部分房款还要靠抵押贷款支付。但现在没必要提这个，他觉得，没必要在心急火燎的时候提，等她慢慢冷静下来再说。

过了三个月，克拉拉已经慢慢冷静下来了，于是他们带着家当来到这里。阿吉正在摸索着上楼，如平时一样骂骂咧咧、跌跌撞撞。几个箱子就把他折腾得东倒西歪了，换了克拉拉，一次可以毫不费力地搬两三个。克拉拉正在休息，她站在五月暖暖的阳光下，眯着眼睛，想弄清自己身处何方。她脱得只剩一件小小的紫色背心，倚着前门。这是个什么地方？你看，那可是你没法把握的东西。刚才，她坐在搬家的大货车上，看到了公路，公路很丑，很破，很熟悉（不过这里没有天国会堂，也没有主教派教堂），但一转弯，公路上闪现出了大片绿地，美丽的橡树，高大宽敞、独门独户的房子，公园和图书馆。又开了一段，树木忽然消失了，好像是给什么午夜的铃声吓跑了，变成了公共汽车站；房子也听从了铃声的命令，变成了没有楼梯的矮房子，一字排开立在破旧的店铺对面，那些怪模怪样的店铺就这么几家，全在这里了：

一家已经倒闭、却仍残留着早餐广告的三明治店

一家对花里胡哨的营销手段缺乏兴趣的钥匙店（配钥匙在此）

还有一间老是大门紧闭的发廊，它得意地展示着一些只可意会的双关语（精雕细剪、额外优惠、今日毛发、明日不存）。

这样坐在车上，就好比在抽奖，一切都无法预测；你看着车窗外，不知道自己的归宿是林子还是粪堆。终于，货车在一所房子前慢慢停下，一所介于林子和粪堆之间的不错的房子。克拉拉心头涌起一阵感激。这房子不错，不像她希望的那么好，但也不像她担心的那么糟；房子前后各有一个小花园，有门垫，有门铃，里面有卫生间……而她付出的代价也不高，只有爱，仅仅是爱罢了。无论《哥林多书》上怎么说，爱很容易失去，如果你从来没有真正感受过爱的话。她不爱阿吉，但自从在楼梯上看到他，就下定了决心，如果他肯带她走，就把自己献给他。现在他把她带走了，虽然没有带到摩洛哥、比利时、意大利，但这里也很好——不是希望之乡，但很好，比她去过的任何地方都好。

克拉拉明白，阿吉宝德·琼斯不是个浪漫的人。在克里考伍德大街一间臭烘烘的房间里度过三个月后，她已看清了这一点。噢，他会情意绵绵，有时甚至很有魅力，他会一大早吹起清越的口哨，他开车时头脑清醒、举止稳重，还烧得一手好菜，但浪漫却是他力所不及的，激情更是无法想象。克拉拉觉得，如果你摊上了这么一个普普通通的男人，他起码应该对你全心全意才行——对你的美貌全心全意，对你的年轻全心全意——要想弥补，这样做是最起码的。但阿吉没有。结婚才一个月，他就摆出一副把你看透了的可笑模样。他已经回到单身时代——和萨马德·伊克巴尔一起喝啤酒，和萨马德·伊克巴尔一起吃晚饭，星期天和萨马德·伊克巴尔一起吃早饭，没事就忙不迭跑到奥康奈尔和人家泡在一起。她竭力让自己通情达理。她问他：你为什么老不着家？为什么你要跟那个印度人泡那么长时间？可他却总是拍拍她的背，亲亲她的脸，一边急不可耐地抓起外套出门，一边嘟囔着那句老调调：我和萨姆？老交情了。她没法跟他争这个。他们俩认识的时候，她还没出生呢。

可见，救人于水火的白衣骑士，与这个阿吉宝德·琼斯毫无瓜葛。他没有目标，没有希望，没有野心，最大的乐趣是吃一顿英式早餐，再有就是自己动手修补家什。一个乏味的人，一个老人，但却……很好。他是个好人。而好并不意味很多，好不会照亮人生，但终归也意味着些什么。她在楼梯上初见他时，就看清了这一点，就像水果摊上的水果，不用手摸，一眼就能看出哪个芒果好，简单而直接。

克拉拉斜倚在花园的大门上想着这些心事时，已经结婚三个月了。她默默地注视着丈夫的眉毛如手风琴似的缩拢变短，注视着他腆在皮带外面的孕妇般的肚子，注视着他白皙的皮肤，注视着他蓝色的血管，注视着他大限将近时咽喉上两条青筋暴出的样子。

克拉拉皱起眉头。她在婚礼上没注意到这些恼人的地方。为什么没有呢？他当时在笑，还穿了一件白色高领针织衫，不，不是因为这些——当时她根本没挑这些毛病，就是这么回事。结婚那天，克拉拉大半时间都在看自己的脚。那天，二月十四日，很热，热得不得了，他们还在鲁德盖特山婚姻登记处等了一会儿，因为大家都赶在那天结婚。克拉拉记得，自己脱下了褐色高跟鞋，把光脚放在凉飕飕的地上，故意把两只脚稳稳地摆在瓷砖裂缝两边，她想用这个平衡动作保证未来的幸福。

　　与此同时，阿吉擦着上唇的汗水，诅咒着恼人的太阳，汗水沿着他大腿内侧直往下流。为这次再婚，他选了马海呢西服配白色高领针织衫，看来两样都没选对。热气逼得他浑身冒汗，汗水透过高领针织衫渗到马海呢西服上，散发出不折不扣的落水狗气味。克拉拉呢，则是一只地地道道的猫科动物。她身穿一袭杰夫·班克斯设计的褐色羊毛裙，戴着一副完美无缺的假牙；裙子露背，牙齿洁白，总体效果很有猫科动物的味道——一头身穿晚礼服的黑背豹，肉眼无法区分羊毛和克拉拉的皮肤。灰尘飞舞的阳光穿过高高的窗户照到等待登记的情侣身上，克拉拉对阳光的反应也和猫一样，把背露在阳光下，很像猫伸开四肢的样子。轮到他俩时，连登记员都朝这对不般配的新人扬起了眉毛，他什么人都见过：人高马大的女人配精瘦如鼠的男人，笨重如大象的男人配机灵如猫头鹰的女人，如今则是猫配狗！

　　"你好，神甫。"阿吉说。

　　"他是登记员，阿吉宝德，你这个老笨蛋，"老友萨马德·迈阿·伊克巴尔说，他与他小巧玲珑的妻子阿萨娜被从结婚贵宾室叫进来做见证人，"又不是天主教的神甫。"

　　"对，当然了。不好意思。太紧张了。"

　　绷着脸的登记员说："可以开始吗？今天像你们这样来登记的人很多。"

　　各种各样的事情构成了婚礼。人家给阿吉一支笔，他写下自己的名字（阿尔弗雷德·阿吉宝德·琼斯）、国籍（英国）、年龄（四十七）。他在"职业"一栏上犹豫片刻，最后决定写"广告（印刷传单）", 然后签字走开了。克拉拉写下了自己的名字（克拉拉·伊菲金妮娅·鲍登）、国籍（牙买加）、年龄（十九）。她在职业一栏上没看到相关内容，就径直找到虚线，用笔一画，然后伸直了腰，变成了琼斯太太。这位琼斯太太和她的前任毫无相同之处。

然后他们走出屋子，来到台阶上，在这里，一阵微风扬起别人撒过的二手五彩纸片，抛到这对新人身上。克拉拉同参加婚礼的仅有的客人——两位身穿紫色丝绸衣服的印度人正式见第一面。高大英俊、牙齿雪白、残了一只手的萨马德·伊克巴尔不停地用那只好手拍她的背。

"这是我出的主意，你知道，"他翻来覆去地说着，"我出的主意，结婚是我的主意。我早就认识这位老弟了，什么时候来着？"

"一九四五年，萨姆。"

"我正想告诉你可爱的妻子呢！一九四五年——你和一个人做了那么久的朋友，与他在同一个战壕里打过仗，他不幸福，你就有责任帮他找到幸福。他以前不幸福！你出现以前，一切都恰恰相反！陷在一堆臭狗屎里，原谅我说得这么难听。谢天谢地，现在已经把她打发了。疯子只有一个地方可去，那就是和别的疯子待在一起，"萨马德说了一半停住了，因为克拉拉显然不明白他在说些什么，"不管怎么说，别把……我的话当真，好吧？你知道，都是胡说呢。"

另一位是他小巧玲珑的妻子阿萨娜，她嘴巴闭得紧紧的，好像有点看不惯克拉拉。（尽管她可能比克拉拉大不了多少。）她只说"噢，是的，琼斯太太"，"噢，不是，琼斯太太"，弄得克拉拉紧张不安，不得不穿上鞋子。

欢迎场面这么冷清，阿吉为克拉拉难过，但真的请不到别人。所有亲戚朋友都谢绝参加婚礼：有的干脆说不来；有的吓坏了；还有些人觉得最好什么也不说，在过去一个星期里，故意不开信箱也不接电话。唯一恭喜他的是艾贝高兹。这桩婚事既没邀请也没通知他，但奇怪的是，一天早上，阿吉收到了他寄来的贺信：

亲爱的阿吉宝德：

通常，婚礼总会引起我对人类的厌恶之情，但今天，我在拯救一排矮牵牛花时，想到一个男人和一个女人将要终身厮守，心里却热乎乎的。人类能担起如此艰巨的任务，可谓难能可贵，你说呢？但现在我要说几句正经的：正如你所知，我的职业是看透"女人"的内部深处，而且，与精神病医生一样，不管她是否恢复健康，都要叫她付账。我敢肯定，我的朋友，（把比喻扩展一下，）你已经在精神上和神经上，彻底检查了你未来的妻子，保证她在各方面都万无一失。既然如此，你诚挚的老对手除了衷心地恭喜你，还有什么好说的呢？

霍斯特·艾贝高兹

一九七五年二月十四日

那天是否还发生了什么事情，让这一天与众不同，有别于一九七五年的其余三百六十四天？克拉拉记得，有个年轻的黑人站在一只苹果板条箱上，穿着黑色西服不停地出汗，他在恳求哥哥姐姐；有个流浪女捡起垃圾箱里的康乃馨，别到头上。婚礼结束了，克拉拉亲手做的三明治包着保鲜膜放在包里，被忘得一干二净。天阴了下来，他们走上斜坡来到拉德国王酒馆，经过边喝啤酒边说风凉话度周末的舰队街小伙子身旁，来到阿吉的车前，却发现车上贴了一张违规停车罚单。

就这样，克拉拉在切普赛街警察局度过了婚后的头三个小时。她提着鞋，看着自己的救星不屈不挠地同交通稽查争论，后者听不懂阿吉对星期天停车规定所做的微妙解释。

"克拉拉，克拉拉，亲爱的——"

是阿吉，他正费力地经过她身边朝前门走去，身子被咖啡桌挡住了一半。

"今晚，伊克巴尔一家要来，我想把房子整理得像样一点——请你别挡路。"

"要帮忙吗?"克拉拉还在做白日梦,但还是耐心地问,"我能搬点东西,要是——"

"不用,不用,不用,不用——我能行。"

克拉拉伸手扶住桌子一边。"让我帮——"

阿吉奋力挤过那个很狭窄的地方,拼命想同时抓住桌腿和移动式玻璃桌面。

"这是男人的活,亲爱的。"

"但是,"克拉拉轻松得令人羡慕地搬起一张大扶手椅,放到阿吉跌坐的地方,阿吉正坐在大厅的台阶上大喘气呢,"没问题的。如果你要人帮忙,只管开口好了。"她用手轻轻擦着他的前额。

"好,好,好,"他恼火地甩开她的手,好像拍苍蝇一样,"我完全能行,你知道——"

"我知道——"

"这是男人的活。"

"是的,是的,我明白——我没别的意思——"

"好了,克拉拉,亲爱的,别挡我的路。我还要接着干,行不行?"

克拉拉看他卷起袖子,摆出决心已定的样子,又去对付咖啡桌了。

"如果你真想帮点忙,亲爱的,你可以动手把衣服拿进去。天知道,那么多衣服,多得都他妈的能沉掉一艘军舰了。怎么才能把那么多衣服塞进那么小的地方,我可不知道!"

"我早就说过了:可以扔掉几件,如果你觉得有必要的话。"

"现在又不由我说了算,不由我说了算,对不对? 我说,对不对? 扔掉衣帽架怎么样?"

他就是这种人:永远拿不定主意,永远没有主见。

"我已经说了:如果你不喜欢,就送回去好了。我以为你会喜欢才买的。"

46

"嗯，亲爱的，"阿吉听她提高了嗓门，不觉小心起来，"用我的钱——起码应该问我一声。"

"哎哟！不过是衣帽架，红色的罢了。红的就是红的，就是红的。红的又怎么了？"

"我只是想，"阿吉压低了声音（这是他婚后最喜欢用的声调，意思是不要让邻居/孩子听到），"让房子显得喜气一点。这一带不错，新生活，你知道。好了，别争了，我们来掷一次硬币：正面朝上就留着，反面……"

热恋中的人吵架，过不了一秒就会抱在一起；较成熟的恋人吵架，刚走到楼上或是隔壁房间，就会消了气，回到对方身边；如果两人的关系已经处于崩溃边缘，那么其中一个就会出门，起码走出两个街区甚或分处两个国家，心里才会有所触动：责任、往事、孩子的手或心弦的拨动，这些因素会促使他们不顾相距遥远，回到另一半身边。如以里氏震级为标准，那么，克拉拉只是发出了最轻微的隆隆声而已。她转身朝大门走去，刚走了两步就停下了。

"正面朝上！"阿吉说，好像一点也没有埋怨，"留下了。看见了？不是很难解决嘛。"

"我不想吵架，"她转身面对着他，刚才她已暗暗下了决心，要记住自己欠他的情，"你刚才说伊克巴尔夫妇要来吃饭，我只是在想……要是他们要我烧咖喱饭——我是说，我会烧咖喱饭——不过是我那种咖喱饭。"

"看在上帝的分上，他们可不是那种印度人！"阿吉不高兴地说，他对这个提议很反感，"星期天萨姆像别人一样吃烤肉。他整天都在印度餐馆端盘子，才不愿吃咖喱饭呢。"

"我只是猜想——"

"好了，别这么想，克拉拉。求你了。"

他在她前额上深情地吻了一下，为此她稍微弯了弯腰。

"我认识萨姆很多年了，他妻子好像挺文静。他们不是皇族，你知道。他们不是那种印度人。"他又重复了一遍，然后摇了摇头。他感到有点心烦，因为想到了某个问题，某个无法完全解开的难题。

萨马德和阿萨娜·伊克巴尔，他们不是那种印度人——在阿吉心里，克拉拉也不是那种黑人——其实，他们根本不是印度人，而是住在威尔斯登大街落后的那一边后面四个街区的孟加拉人。他们折腾了一年才搬到这里，用一年时间拼死拼活地干，才从白教堂落后的那一边搬到威尔斯登落后的那一边。在这一年里，阿萨娜拼命踩着厨房里的旧歌手牌缝纫机，给苏活区一家取名"主宰"的商店缝缀一片片黑色塑料片（夜晚，阿萨娜有时会举起刚刚做好的衣服，看着上面的图案，猜测这到底是什么玩意儿）。在这一年里，萨马德以恰如其分地表现恭敬的角度微微歪着头，左手握着一支铅笔，听英国人、西班牙人、美国人、法国人、澳大利亚人用可怕的发音点菜：

"我要画腌菜（花椰菜）马铃薯、家里（咖喱）菠菜。"

"鸡块瞧（炒）洋葱，西西（谢谢）。"

从晚上六点一直干到凌晨三点，每天都在昏昏欲睡中度过，白昼与小费同样难得一见。萨马德会想，推开两个一英镑硬币和一张收据，却只看到十五便士，这算什么意思？这点钱你还不如往喷泉里一扔，看愿望能不能实现好呢。拿出这么点钱当小费，算什么意思？而把这十五便士偷偷藏进餐巾纸这个罪恶的念头还来不及在他脑中成形，穆克胡尔——阿达谢·穆克胡尔，宫殿餐馆的老板，他瘦小结实的身板无时无刻不在餐馆里晃动，一只眼睛慈祥地看着顾客，另一只则始终警惕地盯着雇员——穆克胡尔的眼睛就落到他身上了。

"萨——马——德，"他说起话来总是亲亲热热、甜甜蜜蜜的，"你今晚有没有拍到谁的马屁呀，表哥？"

萨马德和阿达谢是远房亲戚，萨马德年长六岁。去年一月，阿达谢拆开信时别提有多高兴了（满心欢喜！），原来比他聪明、比他英俊的表哥在英国找不到活干，问他能不能……

"十五便士，表弟。"萨马德说着，摊开手心。

"嗯，一点点也好，一点点也好，"阿达谢说，两片死鱼嘴唇拉出一条皱巴巴的微笑，"放进便壶吧。"

便壶是一只黑色巴尔蒂壶，放在员工卫生间外的方形基座上，所有小费都扔进壶里，每天晚上打烊时平分。对希瓦这样年轻英俊、引人瞩目的招待来说，这很不公平。希瓦是雇员中唯一的印度人，这本身对他的招待本领就是一种肯定，说明其高超的服务技巧足以战胜宗教差异。要是哪位坐在角落里哭哭啼啼的白人离婚女子感到寂寞，希瓦又能卓有成效地对她扑闪几下眼睫毛，那他一晚就能挣四英镑小费。他还能从那些穿高领针织衫的导演和制片人身上挣到钱（宫殿餐馆坐落在伦敦剧院区中心，那时候宫廷题材、英俊小生和厨房剧①可吃香了），这些导演和制片人对小伙子赞不绝口，看到他撩人地扭着屁股往返于吧台、后厨和餐桌之间，都许诺要是有谁把《印度之行》改编成戏剧，角色一定任他挑。所以，对希瓦来说，便壶制简直就是光天化日下的抢劫，也是对他无与伦比的招待本领的侮辱。但是雇员中还有萨马德这样奔五十的甚至更老的人，比如白发苍苍的穆罕默德（阿达谢的大伯），他至少八十岁了，年轻时会笑的嘴现在两边都掘出了一道道深沟，对于这样的人来说，便壶制可没什么好埋怨的。与其担着给人抓住的风险（扣掉一个星期的小费）私吞十五便士，还不如加入集体。

"你们都靠我！"打烊时希瓦经常一边不情愿地把五个英镑扔进壶里，一边怒吼，"你们都靠我养活！谁把这些窝囊废弄走！是我挣了五英镑，现在这些钱要他妈的分成几百万份，分给这些窝囊废！这算什

_____

① kitchen-sink drama，指英国二战后兴起的一种戏剧形式，主要描绘普通人的现实生活。

么？共产主义吗?"

其他人通常都避开他愤怒的目光，一声不吭地忙别的。一天傍晚，一个只收到十五便士小费的傍晚，萨马德开口了："闭嘴，小伙子。"语气很平静，声音很轻。

"你!"希瓦围着萨马德走来走去，此时萨马德正在榨一大盆扁豆以备明天之用，"这些人里头，数你最孬! 我从没见过他妈的像你这么差劲的招待! 要是你给可怜虫端啤酒，你就拿不到小费! 我听你和客人聊什么生物学、政治学——本本分分地端茶送水吧，你这个笨蛋——你是个招待，他妈的装什么呀，你不是访谈节目主持人迈克尔·帕金森。'我刚才听您在说德里，是吧?'"希瓦把围裙搭在手臂上，开始在厨房里装起腔来（他模仿别人的样子可恶极了）。"'我本人去过那里，你知道，德里大学，真是妙极了，是呀——我还打过仗，为英国打仗，是的——是的，是的，很迷人，很迷人。'"他一边在厨房里转来转去，一边不停地点头，像尤莱亚·希普①那样不断地搓手，还不停地对厨师长、往冷冻库里放大块肉的老人、正擦洗烤箱底部的年轻小伙点头哈腰。"萨马德，萨马德……"他说话的口气似乎充满怜悯，然后戛然而止，拉下围裙系到腰上，"你真是个可悲的小人物。"

正在擦壶的穆罕默德抬起头来，把头摇了又摇。他自言自语道："这些年轻人哪——怎么这样说话呀? 怎么这样说话呀? 还懂不懂尊重别人呀? 这是怎么说话的呀?"

"你也可以滚蛋嘛，"希瓦一边说，一边朝他挥舞一把长柄勺，"你这个老蠢驴。又不是我爹，管得着吗!"

"我是你舅公的二表弟。"背后传来一声咕哝。

"去你的吧，"希瓦说，"去你的。"

他抓起拖把，朝卫生间走去，走到萨马德身边停了下来，把拖把柄

---

① 狄更斯小说《大卫·科波菲尔》里的人物。

举到萨马德嘴边几英寸的地方。

"亲它一口，"他轻蔑地说，然后模仿着阿达谢慢条斯理的口气，"谁知道呢，表哥，说不定要给你加工资呢。"

萨马德的夜晚大多是这么过的：希瓦和别人给他气受；阿达谢对他摆出一副恩赐的样子；见不到阿萨娜；见不到阳光；抓起十五便士，然后松手扔进壶里。他真想给自己挂上一块牌子，一张大大的白色布告，上面写着：

> 我不是招待。我上过学，搞过科研，当过兵。我妻子叫阿萨娜，我们住在伦敦东部，但很想搬到北部去。我是伊斯兰教徒，但我不知道，是真主抛弃了我，还是我抛弃了真主。我有朋友阿吉等等。我四十九了，不过走在街上，有时候还有女人回头看我。

但是，这样的布告不存在，相反，他有一种强烈的欲望和需要，要和每个人说话，还跟柯勒律治叙事诗中的老水手一样，不停地念叨，不停地反复强调这强调那。难道这不重要吗？但结果总是令人伤心绝望——原来歪着头摆弄铅笔才重要、非常重要——做一个好招待才重要，听别人点菜才重要：

三（酸）添（甜）羊羔和米饭。要薯条。谢谢。

十五便士叮当一声扔在盘子里。谢谢您，先生，太感谢您了。

阿吉结婚之后的那个星期二，等大家都走了，萨马德把白色喇叭裤（同桌布的料子一样）押得整整齐齐，然后上楼来到阿达谢的办公室，有事要求他。

"表哥!"阿达谢叫了一声，看到萨马德小心翼翼地把身子缩在门边，就友好地做了一个鬼脸。他知道萨马德找自己是想涨工资，在回绝以前，他想让表哥觉得，自己至少已经善意而明智地考虑过这事。

"表哥，进来。"

"晚上好，阿达谢·穆克胡尔。"萨马德说着，跨进了办公室。

"坐，坐，"阿达谢亲切地说，"现在不用站着来那一套虚礼了，对吧？"

萨马德很高兴他这么说，并说了同样的话。他带着必要的惊叹神情，抽空打量着屋子：满眼金色、层层叠叠的地毯，室内陈设都是深浅不一的黄色和绿色。你不得不佩服阿达谢的经营头脑，他照搬了印度餐馆的简单概念（小房间、粉红的桌布、热闹的音乐、难看的壁纸、印度没有的饭菜、五花八门的调料），然后把它放大。他什么也没改，一切都是老样子，但是一切都放大了，店面更大，坐落在伦敦敲诈游客最厉害的地方——莱斯特广场。你不得不赞叹这个地方，赞叹这个人。此时他就像一只无害的蝗虫似的坐着，他那细长如昆虫的身子陷在黑色的皮椅里，斜靠着桌子；他满脸堆笑，明明是寄生虫，却装成慈善家。

"表哥，有什么事吗？"

萨马德吸了一口气。事情是这样的——

萨马德述说自己的境况时，阿达谢的眼睛变得有点呆滞。他那两条皮包骨头的腿在桌子底下抖动，手指头摆弄着回形针，把它拉成字母 A 的形状：A 代表阿达谢。事情是……什么事情呀？事情就是那幢房子。萨马德就要从伦敦东部搬出来了（那里的环境不适合养孩子，是不能，如果你不想让孩子受伤，就不能住在那里，这一点他同意），就要离开伦敦东部那些黑帮团伙了，要搬到伦敦北部、西北部，那里的氛围要……要……自由一些。

轮到他说了吗？

"表哥……"阿达谢开口了，同时调整表情，"你一定理解……要是我必须给每一位雇员买房子，表哥也好不是表哥也好，我就没法做生意了……我付薪水的，表哥……这个国家的生意就是这样做的。"

阿达谢在说"这个国家的生意"时，耸耸肩膀，好像说不惯这种话，但实际情况就是这样，他无能为力。他是被迫的，他的表情好像在说，是英国人强迫他赚这么多钱。

"你误解我的意思了，阿达谢。我付了房子的定金，现在房子是我们的了，我们已经搬进——"

这笔钱他到底是怎么拿出来的？肯定是让老婆死命干活来着。阿达谢边想边从最底下的抽屉又拉出一根回形针。

"只要给我加一点点工资，就能给我这次搬家助一臂之力了。安顿下来可以减轻一点负担。还有阿萨娜，嗯，她怀孕了。"

怀孕了？难办。这事得使不少手腕。

"不要误会，萨马德，我们都是明白人，喜欢直来直去，我有什么就说什么……我知道你不是什么该死的招待——"他低声说出那个脏字，又宽宏大量地笑了，好像两人一起干了调皮捣蛋的事，关系更加亲密了似的，"我明白你的处境……我当然明白……可你得体谅我的处境……要是我给雇来干活的每个亲戚都发津贴，那我就要像可怜的甘地那样赤身裸体、连个尿壶都没有、就着月光纺线了。举个例子吧，就在刚才，我那个败家子连襟、胖猫王侯赛因-以实玛利——"

"那个肉店老板？"

"就是肉店老板，要提价，就他卖给我的臭肉！'可是阿达谢，我们是连襟！'他这么对我说。我就告诉他，可是摩，这是零售生意……"

这回轮到萨马德发呆了。他想到了妻子阿萨娜，她可不像他刚结婚时想的那样温顺，看来只能给她带去坏消息了。阿萨娜很容易歇斯底里，甚至会火冒三丈。没错，就是火冒三丈。他的亲戚们都觉得这不是个好兆头，但愿阿萨娜家里没有"古怪的精神病史"，他们很同情他，那样子就好像你看到有人买了一辆赃车，结果发现里程数超出预期。萨马德天真地以为，这么年轻的女人会……好对付一些。但阿萨娜可不……不，她不容易对付。他想，如今的女人可能都这样。阿吉的新娘……上星期二，从她的眼神里看得出来，那个女人也不容易对付。女人都这样。

阿达谢说完了自以为无懈可击的长篇大论，心满意足地往后靠去，把刚才弯好的代表穆克胡尔的 M 放在膝盖上代表阿达谢的 A 旁边。

"谢谢你，先生，"萨马德说，"非常感谢你。"

那天晚上，家里闹翻了天。正在缝纫机上做黑色热裤（上面钉了装饰钉）的阿萨娜，一听到这坏消息，当场掀了缝纫机。

"废物！你说，萨马德·迈阿，干吗要搬到这里来——房子好，是的，很好，很好——可是吃的在哪里呢？"

"这地方好，我们的朋友也住在这里。"

"那都是什么人哪？"她用小拳头捶着餐桌，震得盐和胡椒粉一阵乱飞，在空中搅作一团，场面煞是壮观。"我不认识这些人！跟一个什么英国人是战友，那都是老早以前的事了，谁还记得那场战争……讨了一个黑人做老婆！他们是谁的朋友哪？就是这些人，我的孩子以后就要跟他们一起长大吗？他们的孩子——半黑不白？可是你说，"她喊叫着回到刚才的话题，"吃的在哪里呢？"她装模作样地把厨房柜门一个个打开，"吃的在哪里？我们能吃瓷器吗？"两个盘子在地上摔得粉碎。她轻轻拍着肚子，表示这是在和还没出世的孩子说话，然后指着地上的碎片，"饿不饿？"

萨马德逼急了也同样会演戏。他猛地拉开冰箱门，拽出小山似的一堆肉，放到屋子中央。他说，他母亲整晚都干活，还亲手给家人准备肉食。他母亲可不像阿萨娜那样，花钱买现成的肉、酸奶和细面条。

阿萨娜对着他的肚子猛击一拳。

"萨马德·伊克巴尔！你这老顽固！我干吗不跑到大街上去蹲马桶、洗衣服呀，呃？说真的，我的衣服怎么样，能吃吗？"

正当萨马德捂着抽紧的小肚子时，她在厨房里剥光身上的衣服，全都撕成碎片，又把破布扔在那堆餐馆里切剩的冻羊肉上。她一丝不挂地

54

在他面前站了一会儿，小山包那么大的肚子整个露在他面前，然后她披上一件褐色长外套，走出了屋子。

　　她砰的一声关上了门，心想，尽管如此，这话还是没说错：这是个好地方。她怒气冲冲地朝大街走去，边走边避开一棵棵树，而以前住在白教堂时，她得避开满地的床垫和无家可归的人。她不能否认，这是个好地方，对孩子的成长有好处。她不能否认这一点。阿萨娜有一个根深蒂固的观念，住处附近有绿地对孩子的品德有好处。她的右边就是格莱斯顿公园，以自由党首相的名字命名的一望无际的绿地（阿萨娜的娘家在孟加拉是个受人尊敬的古老家族，她学过英国历史；但是，看看她现在这个样子！要是他们看到这种深渊……）。按照自由党的传统，这所公园没有篱笆，不像富丽的女王公园（维多利亚公园）那样周围都是尖尖的金属栏杆。威尔斯登没有女王公园那么美，但这是一个好地方，不能否认这一点。不像白教堂，在那里，疯子挨家挨户地敲门，说的疯话吓得大家往地下室躲，坏小子们则穿着钢头靴踢窗户。到处都是愚蠢而毫无意义的事情。现在她怀孕了，需要宁静、祥和些的环境。不过有一点这里与以前没什么两样：别人都怪怪地看着她，这个娇小的印度女子穿着雨衣在大街上大步流星地走着，浓密的头发四处飞舞。马里烤肉串、常先生饭店、拉吉餐馆、马尔科维奇面包店——她边走边看着这些不熟悉的招牌。她很精明。她看得出这是怎么回事。"自由？说得好听罢了！"不管走到哪里，谁也不比谁自由。只是在威尔斯登，拉帮结伙的气候还没有形成罢了，还不至于吓得你往地下室跑，还不至于给人砸烂窗户而已。

　　"生存就是这么回事！"她大声下了结论。（她在对肚子里的婴儿说话，她爱每天让它明白一个道理。）她推开店门，挂在招牌"狂鞋店"几个字上方的铃铛叮当叮当地响了起来。侄女尼娜在这里干活，这是一家老式修鞋店，尼娜负责钉鞋跟。

"阿萨娜，你一脸霉气，"尼娜用孟加拉语叫她，"怎么穿这么难看的外套呀？"

"关你屁事，你管我穿什么？"阿萨娜用英语回答，"我是来拿老公的鞋的，不是来跟'不要脸的侄女'聊天的。"

尼娜对此已经习以为常了，如今阿萨娜搬到了威尔斯登，这种话只会听得更多。以前都是长句子，比如你除了叫人丢脸之外还会什么……或者我的侄女这个不要脸的……不过现在，因为阿萨娜没工夫、也没精神每次都出口伤人，所以只好精简成"不要脸的侄女"，这个说法哪里都能用。

"看到鞋后跟没？"尼娜一边说，一边撩起盖住眼睛的染成金色的刘海，取下架子上萨马德的鞋，把蓝色小票递给阿萨娜，"都穿通了，阿尔西姑姑，我得从鞋底修起。鞋底！他穿这鞋都干什么了？跑马拉松？"

"干活。"阿萨娜简短地回答。"祈祷。"她又加了一句，因为她喜欢向别人显示自己可敬的地方。此外，她确实很传统，很虔诚，除了信仰之外什么都不缺。"别叫我姑姑，我才大你两岁。"阿萨娜把鞋子塞进塑料购物袋，转身要走。

"我想，祈祷是跪在地上做的。"尼娜快活地笑着说。

"都是，都是，睡觉，走路，走路，"阿萨娜不耐烦地说，又从叮当作响的铃铛下走过，"造物主的视线从不离开我们。"

"新房子怎么样？"尼娜在她身后喊道。

可她已经走了。尼娜看着年轻的姑姑像一颗褐色的子弹消失在路的尽头，她摇摇头，叹了口气。她既年轻又老成，尼娜想，她做事很明白，穿着舒服的长外套，显得那么干练，但你觉得——

"噢！小姐！鞋来了，快干活吧。"储藏室里传来一个声音。

"急你个鬼呀！"尼娜说。

到了街角，阿萨娜突然跑到邮局后面，脱下挤脚的凉鞋，穿上萨马德的鞋子。（阿萨娜这点很怪。她个子小，脚却很大。看到她，你会本能地觉得她的脚还会变大。）一眨眼的工夫她就把头发绾成结实的发髻，为了挡风又裹紧了外套。然后她动身走过图书馆，踏上一条从没走过的又长又绿的小路。"生存就是一切，小伊克巴尔，"她又对着凸起的肚子说，"生存。"

走到一半，她穿过马路，打算向左转，绕一个圈回到街上去。她朝一辆后部敞开的白色货车走去，羡慕地看着堆在货车里的家具。就在这时，她认出了倚着花园篱笆的黑人女子，这女子（她衣衫不整！只穿着一件鲜艳的紫色背心，就和内衣差不多）正神情恍惚地朝图书馆那边望着，似乎她的未来就在那个方向。阿萨娜来不及避开，被她看见了。

"伊克巴尔太太！"克拉拉喊了一声，招手叫她过去。

"琼斯太太！"

两个女人一时都为自己的打扮感到难堪，但看到对方的样子，又释然了。

"你看，是不是太巧了呀，阿吉？"克拉拉说话时，把每个辅音都发了出来。她已经基本改掉了口音，很乐意有机会就加以锻炼。

"什么？什么？"阿吉说，他正被走廊里的一只书架折腾得有点恼火。

"我们正说你们呢，今天晚上来吃饭，对吧？"

黑人一般都比较友善，阿萨娜心想，一边朝克拉拉笑着，一边不知不觉地把这一点算成黑姑娘的优点。对于她不喜欢的所有少数群体，阿萨娜爱选出一个人另眼相看，使其灵魂得到宽恕。在白教堂，得到拯救的人有很多：治脚病的中国人范先生、做木匠的犹太人赛加尔先生、老是上门的多米尼加女人露仙。这女人弄得阿萨娜又惊又怒，她居然想让阿萨娜改变信仰，加入第七日基督复临教派。所有这些幸运儿都得到了阿萨娜宝贵的宽恕，不可思议地如印度虎一样褪掉了毛皮。

"是的，萨马德提过这事。"阿萨娜说，虽然她没听萨马德说起过。

克拉拉喜笑颜开："好……好！"

冷场片刻。两人都想不出有什么好说的，都低下了头。

"这双鞋看上去很舒服呀。"克拉拉说。

"是的。是的。你知道，我经常走动。现在又有了——"她拍了拍肚子。

"你怀孕了？"克拉拉很惊讶地说，"天哪，这么小，俺没瞅出来。"

说完克拉拉就脸红了，她一兴奋或高兴，方言就会脱口而出。阿萨娜只是愉快地笑着，不太明白她的话。

"你不说我都不知道。"克拉拉说，情绪缓和下来。

"天哪！"阿萨娜装出兴高采烈的样子说，"可我们俩的老公不是无话不谈的吗？"

这话一出口，两个年轻的妻子立刻想到了另一种可能性。她们的丈夫确实彼此无话不谈。是她们俩被蒙在了鼓里。

第四章

三个就要出世

阿吉是在上班时听到消息的：克拉拉怀孕两个半月了。

"你没怀，亲爱的！"

"我怀了！"

"你没怀！"

"我怀了！我还问医生，孩子会长成什么样子？是不是一半黑一半白呀什么的。他说什么都有可能，还可能是蓝眼睛呢。你想得出吗？"

阿吉想不出。他想不出自己的一半跟克拉拉的一半掺在基因池里，还占了上风。可这太令人兴奋了！太了不起了！他冲出办公室，跑到尤斯顿路去买烟。二十分钟后，他大摇大摆地回来，手里提着一大盒印度糖，在办公室里转悠起来。

"诺埃尔，来一块会粘牙的糖。这块好。"

诺埃尔是低级职员，他狐疑地看着油腻腻的盒子。"这是干什么？"

阿吉在他背上重重地拍了几下。"我要有孩子了，知道吗？蓝眼睛，你信不信？我在庆贺呢！尤斯顿路有十四种木豆，却买不到该死的烟！挑吧，诺埃尔。这块怎么样？"阿吉拿起一块难闻的、半白半粉的糖块。

"嗯，琼斯先生，那块太……我真的不爱……"诺埃尔摆出要工作的架势，"我还要继续……"

"噢，拿一块，诺埃尔。我就要有孩子了。我都四十七了，才刚要有一个小宝宝。应该庆祝一番，是吧？拿一块……你不尝怎么知道好不好吃呢？就咬一点点。"

"巴基斯坦食品不合……我有点不舒服……"

诺埃尔拍拍肚子，摆出毫无办法的样子。诺埃尔干的是直邮这一行，可他说话不喜欢直截了当。他在公司喜欢扮演中间人的角色，比如转接电话、转告口信、转发信件等。

"真要命，诺埃尔……不过一块糖嘛。我只想庆贺庆贺罢了，朋友。你们这些嬉皮士不吃糖不吃东西吗？"

诺埃尔的头发比别人的稍长，又曾有过在咖啡室里焚香的举动。公司很小，谈资不多，这两件事情就使诺埃尔成了仅次于布鲁斯明星詹妮斯·乔普林的人物。正如阿吉是白人中的杰西·欧文斯，因为他二十七年前在奥运会上得了第十三名；会计部的加里抽烟时喜欢从鼻孔里喷烟，又有个法国奶奶，所以就成了法国老牌明星莫里斯·切瓦力亚；与阿吉一起叠纸的埃尔默特则是爱因斯坦，因为《泰晤士报》上的纵横字谜他做得出三分之二。

诺埃尔看起来像受了伤害："阿吉……你有没有看到我写的便条？赫罗先生说……"

阿吉叹了口气："母亲保健账户广告的折叠款式。是的，诺埃尔，我已经跟埃尔默特说了，把接缝孔移一下。"

诺埃尔显得很高兴："嗯，恭喜了……我要继续……"说着便回到办公桌前。

阿吉转身请接待员莫琳吃糖。莫琳的腿很好看，在她这个年纪能这样很不错了——就像皮包得很紧的香肠——她还有点喜欢他。

"莫琳，亲爱的。我要做爸爸了！"

"是吗，亲爱的？哦，我很高兴。女孩还是——"

"现在还不知道呢。不过，是蓝眼睛，"阿吉说，本来很低的遗传可能性现在似乎已成定局，"你相信吗？"

"你说是蓝眼睛，阿吉，亲爱的？"莫琳说，她语速很慢，好一边说一边思索，"我不是开玩笑……可是你妻子，嗯，难道不是有色人种？"

阿吉诧异地摇了摇头："是！但她和我有了孩子，两个人的基因混在一起，就变成了蓝眼睛！大自然的奇迹！"

"噢，是的，奇迹。"莫琳简短地答道，心想这说法倒挺得体。

"来一块糖？"

莫琳看上去有点犹豫。她拍了拍穿着白色紧身裤袜、布满小坑的粉红色大腿。"噢，阿吉，亲爱的，我不能吃。肉都要跑到大腿和屁股上了，是不是呀？我们可不年轻了，对吧，啊？对吧，啊？我们没办法让时光倒流，对吧，啊？真羡慕那位琼·里夫斯，不知她有什么青春秘方！"

莫琳笑了很久，在公司里，她的笑很有特色——又尖又响，但只微微张口，她很怕长笑纹。

她疑神疑鬼地用血红色的指甲戳起一颗糖。"印度糖，是不是？"

"是的，莫琳，"阿吉傻乎乎地笑着，"又辣又甜。有点像你。"

"噢，阿吉，你真有意思。"莫琳伤感地说，她对阿吉始终有一点点好感，但又仅限于一点点，因为他有点怪，老是同巴基斯坦人和加勒比海人说话，一副若无其事的样子；现在还讨了一个有色女人做老婆，连什么肤色都不提，直到会餐那天她本人露面，大家才知道她居然那么黑！看到她时，莫琳在吃对虾开胃菜，差点噎住了。

莫琳探身去接电话。"我还是不吃了，阿吉，亲爱的……"

"随你。不过，不吃真是太可惜了。"

莫琳淡淡地笑笑，抓起听筒。"在，赫罗先生，他正好在这里，他刚知道就要做爸爸了……是的，孩子是蓝眼睛，显然是这样……是的，我就是这么说的，跟基因有关，我估计……哦，是的，行……我会告诉他的，我叫他过来……哦，谢谢您，赫罗先生，您真是太好了。"莫琳抓着话筒，低声（但又故意让大家都能听到）对阿吉说："阿吉，亲爱的，赫罗先生要见你。他说，很急。你是不是调皮捣蛋了？"

"我看也是！"阿吉边说边朝电梯走去。

门上写着：

凯文·赫罗

公司董事

摩根赫罗公司

专业从事直邮

这些字是用来唬人的，阿吉恰恰被吓住了：先是门敲得太轻，接着又敲得太重，然后又敲了个空——因为这时，身穿斜纹布衣服的凯文·赫罗刚好打开了门。

"阿吉，"凯文·赫罗说，露出两排雪白的牙齿，这并非经常刷牙的结果，而是价格不菲的牙科服务使然，"阿吉呀阿吉，阿吉呀阿吉。"

"赫罗先生。"

"你把我搞糊涂了，阿吉。"

"赫罗先生。"

"坐这儿，阿吉。"

"您别客气，赫罗先生。"

凯文擦掉衬衫领口旁一条脏兮兮的汗渍，手上摆弄着一支银质派克笔，做了好几次深呼吸。"是这样，这件事很微妙……我从不认为自己有种族主义思想，阿吉……"

"赫罗先生？"

哎呀，凯文想，眼睛跟脸的比例多不协调。当你想说点微妙的事情时，你可不希望被那种眼睛盯着。大眼睛，就跟孩子的或小海豹的眼睛那样，那种天真无邪的面相——阿吉·琼斯看上去就像是随时准备让人棒打头部的东西一样。

62

凯文改用委婉的说法："让我换个说法。通常，碰到这种微妙的情况，你知道，我会和你交换意见。我一直都愿意和你交谈，阿吉。我尊重你。你不浮滑，阿吉。你从不浮滑，却很——"

"踏实。"阿吉帮他说完，这番话他已经会背了。

凯文笑了，脸上绽开一道大口子，仿佛大胖子快步穿过弹簧门那样，张开、合上时同样快而猛。"对，不错，踏实。大家信任你，阿吉。我知道你年纪有点大了，腿脚老了，不那么灵便了——但是公司转手的时候，我留下了你，阿吉，因为我看得清清楚楚：大家信任你。这就是你能在直邮公司一干几十年的原因。我相信，阿吉，你能正确对待我说的话。"

"赫罗先生?"

凯文耸了耸肩："我本来可以骗你的，阿吉，我本来可以对你说，我们在订位置时弄错了，漏掉了你；我本来可以拍拍脑袋，胡乱编一套瞎话——可你是个大人，阿吉。你会给饭店打电话，你不是乡巴佬，阿吉，你有脑子，你能算出二加二——"

"等于四。"

"等于四，对极了，阿吉。你会算出是四。你明白我跟你说的话吗，阿吉?"

"不明白，赫罗先生。"

凯文准备转入正题："上个月的公司会餐——太尴尬了，阿吉，很不愉快。现在我们又要与桑德兰的兄弟公司搞一年一度的联谊活动，大约有三十个人，没什么好玩的，你知道，咖喱饭啦，淡啤酒啦，再来点嘣嚓嚓……我说过，不是因为我有种族主义思想，阿吉……"

"种族主义思想……"

"我会朝伊诺克·鲍威尔吐口水……可他的话也有一定道理，是不是? 若达到一个点，饱和点，人们会感觉有点不舒服……你看，他只是说——"

"谁?"

"鲍威尔,阿吉,鲍威尔——应该跟上时代——他只是说,过了某个点就过头了,过头了,对不对?我是说,每个星期一早晨,尤斯顿火车站就像德里一样。这里有些人,阿吉——我没有把自己算在内——觉得你的态度有点怪。"

"怪?"

"你看,做妻子的都不喜欢这样,因为,让我们面对事实,她是那种真正的美女——那两条腿真是太不可思议了,阿吉,我要为这两条腿恭喜你——男人呢,嗯,男人不喜欢这样,因为他们和自己优雅的妻子一起出席公司会餐,不愿意觉得缺点什么,特别是她⋯⋯你知道⋯⋯他们会不知所措的。"

"谁?"

"什么?"

"我们在说谁呀,赫罗先生?"

"你看,阿吉,"凯文已经汗如雨下了,像他这样胸毛浓密的人不喜欢流那么多汗,"拿去,"凯文从桌子对面推过来厚厚一沓餐券,"是那次抽奖活动多出来的——记得吗?就是那次给比夫拉人办的抽奖活动。"

"噢,不用——那次我已经赢了一副烤箱手套了,赫罗先生,没必要——"

"拿着,阿吉。这是五十镑餐券,可以在全国五千多家餐饮店吃饭。拿着,我请你吃几顿。"

阿吉用手指拨弄着餐券,好像它们是很多张面值五十镑的钞票。凯文觉得,有那么一会儿,自己看到阿吉的眼里闪着快乐的泪光。

"嗯,我不知道该说些什么。有个地方我经常去,如果他们收这些午餐券,那我就太高兴了。非常感谢。"

凯文用手帕擦着额头:"请你别客气,阿吉。"

"赫罗先生,我能不能⋯⋯"阿吉指了指门,"我只是想打几个电话，你知道，把孩子的消息告诉他们……我们现在谈完了吧？"

凯文点点头，松了口气。阿吉离开座位。他刚抓到门把手，就听到凯文突然又一次拿起派克笔，说："噢，阿吉，还有一件事……同桑德兰那边的会餐……我和莫琳谈过了，我想我们得减掉几个人……我们把所有人的名字都放在帽子里抓阄，你的名字跳出来了。不过，我觉得你也没损失什么，呃？这种事情很无聊。"

"说得对，赫罗先生。"阿吉说，他的心已经飞到别处去了。他在心里祈祷着，但愿奥康奈尔是其中一家餐饮店。他对自己微笑着，想象着自己掏出五十镑午餐券时萨马德的反应。

部分因为琼斯太太在伊克巴尔太太怀孕后不久也怀上了，部分因为两人平时相距很近（这时克拉拉在兼职做基尔伯恩青年团的监督员，这个青年团有点像牙买加音乐和根乐队①的十五人小组——成员的打扮都是六英寸非洲式发型、阿迪达斯运动服、褐色领带、尼龙搭扣和深色太阳镜——阿萨娜则参加了基尔伯恩路附近的亚洲妇女产前班），两个女人的交往变得频繁起来。一开始两人有点矜持——偶尔约好吃顿午饭，有时一起喝喝咖啡，只是为了反对自己丈夫的交情，两个女人才经常碰面。慢慢地，两人的关系发展起来。她们无力改变自己的丈夫互相欣赏交往的事实，只好由他们去了。这样倒也空闲了，总的来说也没什么不好：有时间野餐远足，有时间聊自己的事情，有时间看法国电影，阿萨娜听说要出现裸体就叫起来，还捂住眼睛。（"把这段剪掉！我们不看那摇来晃去的小铃铛！"）克拉拉则瞥见了另一半人的活法：那些靠浪漫、激情和生活乐趣享受人生的另一半人，有性生活的另一半人。她本来也能过上那种生活，要是在那个晴朗的日子，阿吉宝德·琼斯在楼梯底下等着时她没在楼梯上面就好了。

———————————

① 美国说唱乐队，成立于 1987 年。

后来，当两人的肚子变得很大、坐不进电影院的座位时，她们开始在基尔伯恩公园一起吃午餐，"不要脸的侄女"也经常加入。三个人挤在一张宽大的椅子上，阿萨娜按着热水瓶，把不加牛奶而放了柠檬的相当难喝的茶倒给克拉拉，接着打开一层又一层保鲜膜，露出精心准备的美食：好吃的饭团、五颜六色的松脆印度糖、五香牛肉馅薄饼、洋葱沙拉。她对克拉拉说："吃光！把自己撑得饱饱的！宝宝就在那里，在你肚子里翻跟头呢，等着上菜呢。姑娘，别让孩子受苦！你想让大肚子饿死呀？"别光看外表，那张长凳上其实有六个人（三个大活人，三个就要出世）；克拉拉怀着个女孩，阿萨娜则怀着两个男孩。

阿萨娜说："咱们先说好了，谁也别诉苦。孩子是神赐的，越多越开心。我告诉你呀，当时我一回头，看到那个怪怪的超山婆……"

"超声波。"克拉拉含着满嘴的饭纠正道。

"是的，我差点犯心脏病翘掉了！两个！一个都养不起！"

克拉拉笑了，说她想得出萨马德看到两个孩子时脸上有什么表情。

"没有，亲爱的，"阿萨娜用责备的口气说，把自己的大脚塞到纱丽下面，"他什么也没看见。他没去。我不会让他看那种东西。女人得有自己的隐私——没必要让丈夫和身体上的事情有瓜葛，女人的……那种地方。"

"不要脸的侄女"就坐在两人当中，不满地咂着牙齿。

"见鬼去吧，阿尔西，他有时候肯定要和你那种地方有瓜葛，难道这是他妈的圣灵怀胎吗？"

"真粗鲁！"阿萨娜用英国式的鄙夷口气对克拉拉说，"一把年纪了还这么粗鲁，又像小孩子一样不知好歹。"

然后克拉拉和阿萨娜都把手搁到隆起的肚子上，两人有相同的经历时，偶尔就会出现这种不约而同的现象。

尼娜为了补过，就说："是呀……嗯……你们准备起什么名字呀？有没有想过？"

阿萨娜已经想好了："女孩就叫米娜和玛拉妮，男孩就叫马吉德和迈勒特①。M挺好，M叫起来有劲。马哈特马②、穆罕默德、那个有趣的莫坎比先生——就是《莫坎比和怀斯》节目里的——都以M开头，这个字母挺可信。"

克拉拉更谨慎一些，在她看来，起名是很隆重的大事，就像是神的任务交给凡人来做一样："如果是女儿，我想就叫她艾丽。这是方言。意思是一切都很好、很棒、平安，知道吗？"

阿萨娜还没听她说完就吓了一跳："'很好'？这是给孩子起的名字？你还不如叫她'先生来点点心怎么样'或'天气真好'什么的。"

"——阿吉想叫她萨拉。萨拉这个名字没什么不好，可也没什么好。我想亚伯拉罕的妻子叫这个名字倒挺合——"

"是易卜拉欣！"阿萨娜纠正道，与其说是卖弄学问，还不如说是出于本能，"靠真主慈悲，她一百岁时还能蹦出孩子。"

尼娜见话题变了，心里有点不高兴："嗯，我喜欢艾丽这个名字。很时髦。与众不同。"

阿萨娜爱听这话。"发发慈悲吧，阿吉才不懂什么时髦、与众不同呢。换了我是你，亲爱的，"她拍了拍克拉拉的膝盖，"我就选萨拉，这事就到此为止了。有时候你得让男人说了算，只为了一点点——用英语怎么说来着？只为了一点点——"她把手放在噘得高高的嘴上，像门卫守着门似的，"嘘嘘。"

但"不要脸的侄女"对此却是这样反应的：故意带出浓重的口音，眨巴着长睫毛，把学生围巾像面纱那样包住头。"噢，是呀，姑姑，对极了，听话的印度小女人。你不能找他说话，只能等他跟你说话。你们吵架，却从不沟通。到头来，总是他占上风，因为他可以为所欲为。你

---

① 这些人名在英文中都以M作为首字母。
② 梵语，意为"集圣人的道德和英雄于一身"，即"圣雄"。

甚至经常不知道他在哪里，在做什么，有什么感受。现在是一九七五年，阿尔西。你再也不能用这种方式处理关系了。这可不像在老家。在西方国家，男人和女人都要互相沟通，他们倾听对方的意见，否则……"尼娜做了一个小蘑菇云爆炸的手势。

"哪来那么多废话！"阿萨娜响亮地说，一边闭上眼睛，一边摇头，"是你不听别人说话。我对真主发誓，我会自始至终得到多少就奉献多少。可你以为我会在乎他干什么事情，你以为我想知道。说实话，婚姻要维系下去，根本没必要谈这谈那的；什么'我是这么个人'，什么'我很喜欢这样'，说这说那都用不着——特别是你丈夫已经老了，一脸皱纹，身子骨也快散架了——你就不再想知道床下面黏糊糊的都是什么东西，衣柜里又是什么嘎哒嘎哒在响了。"

尼娜皱起眉头，克拉拉也提不出有力的反驳，于是米饭又被让了一圈。

"而且……"阿萨娜停了停又开口了，她把两只手臂交叉放在胸口下面，很高兴能把一个话题这样抱在胸前，这个胸膛可不是那么好对付的，"如果你是从我们这种人家出来的，你就该知道，沉默、不说话才是家庭生活的良方。"

这三个人都在刻板虔诚的家庭里长大。在那些屋檐下，神每顿饭都要出现，每个游戏都要参加，还坐在被褥下面的莲花座上，点着香火，保佑一家老小平安无事。

"那么我把话说白了吧，"尼娜嘲弄地说，"你是说，适当压迫对婚姻有好处？"

阿萨娜一听这话，就像被按了按钮似的暴跳起来。"压迫？胡说八道！我只是在说常识。我丈夫是什么样的人？你丈夫是什么样的人？"她指着克拉拉说，"我们刚出生，他们就已经二十五岁了。他们是什么样的人？他们会干什么？他们手上沾了什么鲜血？他们的裤裆里是什么黏糊糊臭烘烘的东西？谁知道？"她猛地抬起手来，把这些问题释放到基尔伯恩不健康的空气里，被一群麻雀带着飞走了。

"你不懂，我'不要脸的侄女'，你们这代人不懂……"

听到这里，尼娜禁不住吐出嘴里的一片洋葱，因为她的反感太强烈了："我们这代人？他妈的，你才比我大两岁，阿尔西。"

但是，阿萨娜只管说下去，做了个手势，好像要切掉"不要脸的侄女"下流的舌头："……不是每个人都想弄清楚别人潮乎乎的私处。"

"可是姑姑，"尼娜提高了嗓门，这是她很愿意讨论的话题，她们两个人的最大症结就在于阿萨娜的包办婚姻，"跟自己一点也不了解的人生活在一起，你怎么受得了？"

阿萨娜做了个令人恼怒的鬼脸作为回答：她总是在对方发火时摆出一副开心的样子。"因为，自以为聪明的小姐，这是最简单的办法。正因为夏娃一点也不了解亚当，他们俩才过得那么好。让我说得明白些：是的，我白天刚认识萨马德·伊克巴尔，晚上就跟他结了婚。是的，我一点也不了解他。可我当时挺喜欢他。我们在德里见面，在早餐店，天很闷热，他就用《泰晤士报》给我扇风。我当时觉得他长相不错，声音好听，在他这个年纪后背也很挺，身材也不错，很好。现在呢，我越了解他，就越不喜欢他。所以你看，我们以前可比现在好。"

听到这番歪理，尼娜恼怒地跺了跺脚。

"另外，我永远不可能完全了解他。要想让我丈夫说出什么来，就好比要石头挤出水一样。"

尼娜忍不住笑了："从石头里挤出水来。"

"是的，是的。你以为我很笨。可是在男人之类的事情上我明白得很。我跟你说——"阿萨娜准备学几年前见过的年轻德里律师（头发中分、纹丝不乱）的样子，来一番总结，"男人是最后的谜团。上帝都比男人容易理解。好了，哲学讨论够了，来点小卷饼？"她掀开塑料桶盖子，对自己所下的结论非常满意。

"真可惜你怀了，"尼娜一边对姑姑说，一边点着一支烟，"我是说，怀了男孩。真可惜你会有两个儿子。"

"这话什么意思?"

这是克拉拉在问,她暗地里(不让阿萨娜和阿吉知道)从尼娜那里借书看,而尼娜又是从收费图书馆借的。短短几个月,克拉拉已经看了葛丽尔的《女阉人》、琼的《怕飞》和《第二性》,这些都是尼娜为了消除克拉拉的"错误意识"而故意偷偷让她看的。

"我的意思是,我只是想,本世纪男人造成的混乱够多了。这世上他妈的男人够多了。如果我知道自己要生男孩,"她停顿了片刻,让两位满脑子错误意识的朋友听到这个新概念时有个心理准备,"我会认真考虑流产。"

阿萨娜尖叫起来,一只手捂住自己的耳朵,另一只手捂住克拉拉的耳朵,还差点被一块茄子噎住。出于某种原因,这番论调让克拉拉觉得好笑,好笑得令人歇斯底里、难以抑制,好笑得要命。"不要脸的侄女"不知所措地坐在两人当中,这两个圆得像鸡蛋的女人则弯下了腰,一个朗声大笑,一个恐惧到窒息。

"你们没事吧,女士们?"

说话的是索尔·乔泽夫维兹,这位老人家主动承担起公园的治安任务。(由于缩减公共开支,公园看门人他早就没得做了。)他站在她们面前,和以前一样乐意随时帮忙。

"如果你说没事的话,我们可都要在地狱里烧死了,乔泽夫维兹先生。"阿萨娜说,她竭力控制着自己。

"不要脸的侄女"骨碌碌地转着眼睛:"你倒说说看。"

在反唇相讥这种事情上,阿萨娜的反应比狙击手都快:"我说,我说——令人高兴的是,真主已经安排好了。"

"下午好,尼娜。下午好,琼斯太太,"索尔利索地对两个人各鞠了一躬,"你们肯定没事吗?琼斯太太?"

克拉拉没法控制眼角流出的泪水。此时此刻,她弄不清自己是在哭还是在笑。

"我很好……很好，不好意思，让你担心了，乔泽夫维兹先生……真的，我很好。"

"我看没那么好笑，"阿萨娜嘀咕着，"杀害无辜的人——好笑吗？"

"从我的经历来看，不好笑，伊克巴尔太太。不好笑。"索尔·乔泽夫维兹像平时一样不动声色地说，把一条手帕递给克拉拉。这话让三个女人都吃了一惊——因为历史会如脸红一样，毫无预兆、令人不安——这位以前当公园看门人的老人有什么样的经历呢？三人都陷入了沉默。

"好吧，既然女士们没事，我就干别的去了。"索尔说，一边做了个手势示意克拉拉可以留着手帕，一边把刚才取下的帽子戴回去。他又一次利索地微微鞠了一躬，慢慢地走开了，按逆时针方向巡视公园。

等索尔走远，听不到她们说话时，尼娜说："好吧，阿尔西姑姑，我道歉，我道歉……他妈的，你们还想怎么样？"

"噢，什么该死的都想，"阿萨娜说，她的声音没有了火药味，变得脆弱起来，"这整个该死的世界已经够明白的了——一句话就能说明白。我什么也无法理解，我这才开始呢。你明白吗？"

她叹了口气，不等人回答，也不看尼娜，而是望着在紫杉林中蜿蜒行进的索尔渐渐远去的驼背身影。"你可能说对了，在萨马德的事情上……在很多事情上。可能男人没一个是好东西，就连肚子里的这两个也一样……可能我跟我那口子谈得不够多，可能我是嫁了个陌生人。你可能看得比我清楚。我知道什么呢……赤脚的乡下丫头……从没念过大学。"

"噢，阿尔西，"尼娜被阿萨娜的话弄得手足无措，不安地说，"你知道我没那意思。"

"可我不能老是苦恼，一天到晚为现实苦恼，我得为那些能够容忍的现实苦恼。这就是失去理智喝海水和咽溪水的区别。我'不要脸的侄女'相信谈话疗法，对吗？"阿萨娜说，咧嘴笑了笑，"谈、谈、谈，谈谈就没事了，坦诚相对，剖开你的心，肝胆相照。可过去的一切不是语言能够解决的，亲爱的。我们嫁给了老头子，你明白吗？这些娃娃，"阿萨娜拍着肚子里的孩子，"他们以后要认长脚蜘蛛做爸爸了，一只脚踩在现在，一只脚踩在过去。谈话解决不了这种问题。他们的根始终是一团乱麻，还不断地被挖起来，只要看看我的园子就能明白——每天都有该死的鸟来光顾我的芜菁……"

这时，索尔·乔泽夫维兹已经走到远处的大门口，他转身挥了挥手，三个女人也朝他挥了挥手。克拉拉觉得有点像做戏，把他的奶油色手帕举过头顶挥舞着，就像在送什么人坐火车出国旅行似的。

"他们是怎么认识的？"尼娜想消除开始变得阴郁的野餐气氛，便换了个话题，"我是说琼斯先生和迈阿先生。"

阿萨娜把头向后仰去，摆出轻蔑的样子："噢，打仗的时候，一起杀哪个本不该死的可怜虫时认识的，肯定的。吃够了苦头又换来了什么？萨马德·迈阿是一只断手，另一个是一条病腿。值得，真是值得。"

"阿吉的右腿，"克拉拉平静地说，指着自己的大腿，"有一块弹片，我想。可他没给我看。"

"噢，谁要看呀！"阿萨娜咆哮起来，"我宁愿相信毗湿奴①是千手扒手，也不相信这些男人。"

但是克拉拉很爱惜年轻士兵阿吉的形象，特别是在直邮公司干活的又老又松弛的阿吉趴在她身上的时候。"噢，别这么说……我们不知道有什——"

阿萨娜毫不掩饰地对着草地吐了口唾沫："吹牛！如果他们是英雄，赏给英雄的玩意儿在哪儿呢？赏给英雄的小玩意儿在哪儿呢？英雄——他们都有犒赏。他们有英雄奖章。十里路外都能看见。我没见过军功章……连照片也没有。"阿萨娜的喉咙口发出一声难听的响动，表示不

---

① 印度教三大神之一，主掌"维护"。

72

相信，"看看吧——不，亲爱的，这事一定得干——看仔细一点，看看还剩下什么。萨马德只剩一只手；说他要找真主，可真主却让他扑了个空；他已经在那家咖喱饭店干了两年了，给那些从没吃过好东西的白人送全是筋的山羊肉。阿吉宝德呢——嗯，看仔细一点……"

阿萨娜不说了，想看看克拉拉有什么反应，免得因直言不讳得罪人，造成不必要的痛苦。但是克拉拉闭上了眼睛，她已经在看仔细一点。年轻姑娘闭着眼睛看着老男人，笑容开始在脸上弥漫，她接口说完阿萨娜的话："……靠叠纸过活，我的基督耶稣呀。"

第五章

阿尔弗雷德·阿吉宝德·琼斯和萨马德·迈阿·伊克巴尔的牙根管

这个建议很好。阿萨娜建议要看仔细一点，要眼对眼直面问题，一种坚定而诚实的凝视，一种从事物的心脏一直深入到骨髓的入微检视——但问题是，你想追溯到多久以前？要多久以前才行？还是那句美国人的老话：你想要什么——血统？可能光血统还不够——有人这样窃窃私语。还要有密谈、勋章、照片、表格、证书和依稀印着褐色日期的黄纸片，往后退、后退、后退，好了，就退到这里吧，就退到这时吧。退到阿吉干净得无可挑剔、脸色粉红、皮肤光鲜的时候，那年他十七岁，正好可以骗过手拿铅笔和卷尺的体检医生。退到大阿吉两岁的萨马德仍然皮肤红润、透着烤面包那种暖色的时候，回到他俩初次分到一起的那天，萨马德·迈阿·伊克巴尔（第二排，到这里来，当兵的）和阿尔弗雷德·阿吉宝德·琼斯（往前跨一步，再跨一步，再跨一步），回到阿吉无意中忘记英国人基本礼貌原则的那一天。他盯着人家看。他俩并肩站在苏联的黑土地上，打扮得一模一样，头上戴着同样的纸船形小三角帽，身上穿着同样的令人发痒的制式军装，脚上套着同样的夹得脚趾发麻的黑色靴子，靴子上落着同样的灰尘。但阿吉就是忍不住要盯着萨马德看。萨马德忍了，想等他自动移开目光，可是，在又热又闷又不透风的坦克里窝了一个星期后，他那发热的头脑再也无法容忍阿吉无休止的凝视了。

"朋友，你在我身上到底看到什么不可理喻的地方了，弄得你老是这么想入非非？"

"你说什么？"阿吉说，一副惊慌失措的样子，因为他执行任务时不会私下和人聊天，"没人，我说，没事，我说，嗯，我说你什么意思？"

他俩都压低了声音，因为从某种意义上讲，这并不是一次私下谈话，另外还有两名列兵和一名上尉，大家同乘一辆丘吉尔五人坦克，正经过雅典朝希腊中北部的萨洛尼卡湾开进。当时是一九四五年四月一日。阿吉·琼斯驾驶坦克，萨马德是无线电报务员，罗伊·麦金托什是另一名驾驶员，坐在嘎吱作响的箱子上的威尔·约翰逊是枪手，托马斯·迪金森-史密斯坐在略微抬高的椅子上，尽管这么坐着脑袋都抵着车顶了，可他刚升为上尉，不肯放下架子。这些人已经朝夕相处了三个星期，再没见过别人。

"我只是说，我们可能还得在这玩意儿里头待上两年呢。"

发报机传来噼噼啪啪的声音，萨马德不愿让人觉得自己疏于职守，立即开始答复。

"还有呢？"等萨马德说完了方位坐标，阿吉又问。

"还有，一个人忍耐别人打量的能力是有限的。你是在研究无线电报务员呢，还是对我的屁眼儿情有独钟？"

他们的上尉迪金森-史密斯倒确实对萨马德的屁眼儿情有独钟（他情有独钟的不仅是这个，还有萨马德的头脑，还有两条细长而有力的胳膊，搂着情人一定够味，还有那双迷人的浅绿色/褐色眼睛），他立即让两人安静下来。

"伊克巴尔！琼斯！干好分内事。你们看见别人有谁嚼舌头了？"

"我不过表示异议罢了，长官。要是有个哈巴狗似的同伴老是拿哈巴狗似的眼睛盯着人家的一举一动，你叫人家怎么专心发报呀？F代表狐步，Z代表斑马，还有那些点呀画的，都得专心才行，长官。在孟加拉，谁会想到这种眼睛会长在一个——"

"闭嘴，苏丹，你这个娘娘腔。"罗伊说，他讨厌萨马德以及他那副煞有介事的报务员派头。

"麦金托什，"迪金森-史密斯说，"别这样，别拦着苏丹。接着说呀，苏丹。"

为了不让其他人觉得自己偏袒萨马德，迪金森-史密斯上尉总是对他吹毛求疵，纵容大家叫他讨厌的诨名苏丹，结果却适得其反。迪金森的语气太温和，太像萨马德那套夸夸其谈的口吻，反而招来了罗伊和他手下的另外八十名罗伊式士兵的憎恨。他们对他冷嘲热讽，公然表示不敬。到一九四五年四月，大家都对他嗤之以鼻，那副煞有介事的上尉架子加变态佬模样也实在令人作呕。阿吉新到第一突击队，刚刚知道这回事。

"我不过是叫他闭嘴，他要是知道好歹，就会闭嘴，这个印度苏丹杂种。没有不尊敬你的意思，长官，当然啦。"罗伊又说，摆出礼貌的姿态。

迪金森-史密斯知道，在别的团里，在别的坦克里，根本就没有下级对上级回嘴这回事，很多士兵甚至根本就不敢开口，就连罗伊的礼貌姿态也是迪金森-史密斯失败的表现。在欧洲的废墟上，别的星罗棋布、宛如螳螂般伸缩自如的坦克里，不存在尊敬或不尊敬的问题。只有服从，不服从就惩罚。

"苏丹……苏丹……"萨马德陷入了沉思，"知道吗，麦金托什先生，我对这个外号无所谓，可是外号起码得精确才行呀。从历史角度来看，这个外号不精确，你知道。即使从地理角度来看，也不精确。我以前肯定跟你说过，我是孟加拉人。苏丹这个词是指阿拉伯国家的某些人，那是在孟加拉国以西数百英里的地方呀。你知道，叫我苏丹，就跟我叫你肥猪崽子一样，真是相差十万八千里啊。"

"我以前叫你苏丹，现在还这么叫，怎么样？"

"哎呀，麦金托什先生。你跟我，作为英国臣民窝在这台英国机器里并肩作战，难道你就觉得这么困难、这么无法忍受吗?"

威尔·约翰逊有点头脑简单，同以往一样，听到"英国"两个字，他立刻脱帽致意。

"瞎掰什么呀?"麦金托什问，端了端啤酒肚。

"没什么，"萨马德说，"我好像没掰什么。我只是在说话，说话而已，就跟人家说的，只是在吹凉风罢了，还想让琼斯工兵别老这么瞪着眼睛盯着人家，就这样，没别的……不过，我好像两个目的都没达到呀。"

他好像真的很伤心，阿吉忽然婆婆妈妈地想帮他抹平伤口，却发现时间和地点都不适宜。

"好了。够了，都别说了。琼斯，看看地图。"迪金森-史密斯说。

阿吉照做了。

旅程很长也很累人，一路上几乎没打仗。阿吉的坦克承担着架桥重任，隶属于一个专职部门，不专为英国服务，也不算武装力量，而是为各部队提供服务，从一个国家走到另一个国家，修复受损设施，搭建桥梁，开辟作战线路，重建道路。他们的任务与其说是打仗，不如说是为了确保打仗顺利进行。到阿吉入伍时，形势已经非常明朗，血淋淋的残酷结局要由空战来决定，而不是德国人和英国人的穿甲弹哪一个口径能多出三十厘米之类的问题。真正的战争，迫使城市投降的战争，以占领土地面积、爆炸和死亡人口计算的战争，在阿吉头上数英里的地方进行。同时，在地面上，他们那沉重的钢制侦察坦克面临的任务则简单得多：避开山中的内战——战争中的战争——希腊民族解放阵线和民族人民解放军之间的战争。他们在死亡统计数字和"虚度的青春"双重逼视下择路前进，确保从地狱一端到另一端的往来路线畅通无阻。

"挨炸的军工厂在西南二十英里的地方，长官。我们得去收拾残局，长官。二等兵伊克巴尔十六时四十七分传给我一份无线电报，上面说，那个区域从空中看来，长官，无人占领，长官。"阿吉说。

"这根本就不是战争。"萨马德平静地说。

两星期后，就在阿吉查看前往索非亚①的线路时，萨马德自言自语道："我真不该在这儿。"

同往常一样，没人理他。阿吉费了好大的劲才忍住了，因为他有点想听。

"我是说，我受过教育，训练有素。我应该随皇家空军翱翔，在高空投弹！我是军官！不是什么毛拉②，不是什么印度兵，穿着印度凉鞋累死累活。我的曾祖父曼加尔·潘迪，"他环顾四周，想看看别人对这个名字有什么反应，可眼前却是一张张面无表情的英国煎饼脸，只好接着说下去，"是印度起义的伟大英雄！"

回应他的仍是沉默。

"那是一八五七年！是他射出了第一颗仇恨的、抹了猪油的子弹！"

沉默越发长久，越发令人难堪。

"要不是因为这只倒霉的手，"萨马德一边在心里诅咒英国人对历史的健忘，一边举起平时放在胸前的那五根没有知觉、缩成一团的手指，"要不是因为没用的印度军队弄得我手废了，我肯定能取得他那样的功绩。我是怎么残废的？因为印度军队只会舔屁股蛋，不懂打仗！千万别去印度，琼斯工兵，我亲爱的朋友，那是傻瓜和连傻瓜都不如的人待的地方。全是些傻瓜、印度教徒、锡克教徒和旁遮普人，现在又嘀咕着闹独立——让孟加拉人独立，阿吉，这话是我说的——要是印度人愿意，就让印度人跟英国人穿一条裤子好了。"

---

① 保加利亚首都。
② 伊斯兰教国家对老师、学者的敬称。

他的手臂重重地摔落下来，就如老人发火之后那样一动不动地垂着。萨马德总是对阿吉说话，好像两人是一伙，与坦克里其他人分成了两派。那四天目不转睛的打量在两人之间形成了丝线般的纽带，不管阿吉怎么躲，萨马德总是一有机会就扯扯这根纽带。

"你懂吗，琼斯，"萨马德说，"总督犯了一个不折不扣的错误，他给了锡克人一定的权力地位，懂吗？就因为他们在非洲黑人那里取得了一丁点成功，他就说：'好的，各位，就凭你们油光光的肥头大脸、恶心的英国式假胡子和堆在头顶的狗屎头巾，你们就可以做官。我们会让印度人参军，去吧，去吧，去意大利打仗，这位头巾长官，这位头巾中士，和我们那支伟大又古老的英国部队一起！'大错特错！然后他们就带上了我，第九孟加拉北部骑兵步枪队的英雄、孟加拉飞行军团的英雄，他们说：'萨马德·迈阿·伊克巴尔，萨马德，我们要授予你崇高的荣誉。我们要派你到欧洲大陆作战，而不是到埃及或马来亚去挨饿，去喝自己的尿解渴，不会——你会跟德国佬正面作战。'就在他家门口，琼斯工兵，就在他家门口。就这样！我去了。我想，好吧，意大利，我要在这里大干一场，让英国军队看看，孟加拉的伊斯兰教徒也跟锡克人一样能征善战，而且还要好，还要厉害！我们还受过最好的教育，血统优良，我们都是真正做军官的材料。"

"印度军官？真够呛。"罗伊说。

"我到那里第一天，"萨马德继续说，"就在空中摧毁了一个纳粹巢穴，就像凶猛的老鹰一样。"

"吹牛。"罗伊说。

"第二天，就在敌人靠近哥特线时，我从空中打击了敌人，截断了阿根塔峡谷，使盟军一路推进到波河流域。蒙巴顿勋爵本来要亲自为我庆功。他本来要跟我握手的。可是这一切都没有实现。知道第三天发生了什么吗，琼斯工兵？你知道我，一个前途无量的年轻人，是怎么残废的吗？"

"不知道。"阿吉平静地说。

"是狗娘养的锡克兵，琼斯工兵，狗娘养的蠢货！我们站在战壕里，有个锡克兵的枪走火了，打穿了我的手腕。但我不肯锯掉。我身上的每一点血肉都是真主赐予的，最终都应归还给他。"

于是，萨马德沦落到与这些铺路架桥的窝囊废为伍的下场——与阿吉这种人为伍，与迪金森-史密斯"危险：同性恋"（他的档案里有这么一条）为伍，与麦金托什和约翰逊这种切除了额叶的人为伍。这些都是不够资格打仗的人。正如罗伊亲切的叫法："该死的营队。"这个集体所面临的问题很大一部分出在第一突击队的上尉身上：迪金森-史密斯不像个军人，自然也不像指挥官，虽然发号施令是他天生就会的。他硬是被拽出了父亲的大学，远离了父亲的庇护，入伍打起仗来，跟他父亲一样，还有他父亲的父亲，父亲的父亲的父亲……年轻的托马斯屈从于命运的安排，不懈努力（现在已经四年），想让自己的名字刻在小马洛村的墓碑上，加入越来越长的迪金森-史密斯家的烈士名单，跻身于家族的累累坟茔之中，雄踞于那块历史悠久的墓园。

德国佬、阿拉伯佬、中国佬、非洲黑鬼、法国佬、苏格兰佬、美籍西班牙佬、祖鲁人、印第安人（包括南方的、东方的和红毛的），他们的手上都沾过迪金森-史密斯家的鲜血，还有一次在内罗毕的大型狩猎活动中，有个瑞典人把迪金森-史密斯家的某一位误认为豼，对他投出了标枪。这个家族的人历来喜欢看到族人在外国流血牺牲。在没有战争的岁月里，他们就像爱尔兰人那样自己埋自己，这是迪金森-史密斯家族在假日里的死亡方式，这一传统从一六〇〇年一直延续到现在，而且毫无终止的迹象。但是，死亡并非一件容易的事情。虽然让自己充当炮灰的欲望像磁铁一般吸引着这个家族的世世代代，但是这位迪金森-史密斯似乎做不到。可怜的托马斯对异国的土地另有一番渴望。他想认识它，爱护它，感受它，热爱它。他游离于这场战争游戏之外。

关于自己如何从孟加拉军队的战功顶峰落到这该死的营队，这个长长的故事，萨马德对阿吉讲了又讲，每次版本都不同，细节越来越生动。在随后两个星期里，他每天讲一次，也不管阿吉听不听。虽然令人厌烦，可比起充溢在长夜中的失败故事来，这故事算是精彩的了，也让这支该死的营队的士兵陷于自找的消极与绝望中。那些老掉牙的故事有：罗伊的美容师未婚妻穿着溜冰鞋滑倒时撞到水槽，悲惨地摔断了脖子；阿吉没念成文法学校，只因母亲没钱为他买校服；迪金森-史密斯的家人如何死于非命。至于威尔·约翰逊，他白天不说，却在睡着时哭诉，他的表情明白地写着苦大仇深，因此没人敢刨根究底。这支该死的营队就在这种状态下维持了一段时间，仿佛一支失意的流动马戏团，漫无目的地在东欧游荡。一群除了彼此没有其他观众的怪人和白痴，轮流表演，轮流发呆。终于，坦克车轮滚进了历史早已遗忘的一天。一段不值得保留的记忆，就像突然淹没的石头、杯子里悄然沉落的假牙一般。一九四五年五月六日。

一九四五年五月六日晚六点左右，坦克里有东西爆炸了。听上去不是炸弹，而是引擎故障的声音，接着，坦克缓缓停了下来。此时，他们正在希腊和土耳其交界的一个保加利亚小村庄，战争已经厌倦地远离了村庄，人们的生活几乎恢复了正常。

"没错，"罗伊看了看故障说，"引擎玩完了，一条履带也坏了。我们得发报求助，然后坐着干等。什么办法也没有。"

"不想办法修理吗?"萨马德问。

"不用，"迪金森-史密斯说，"麦金托什二等兵说得对。我们手上的设备有限，发生这种故障，没办法处理。我们只好等援兵了。"

"那要等多久?"

"一天，"约翰逊提高了嗓门，"我们跟别人相距很远。"

"史密斯上尉，我们得在这玩意儿里待上二十四小时吗?"萨马德问。他疑心罗伊身上不干净，不想整晚一动不动、臭烘烘地跟他待在一起。

"说得太对了，你以为这是干什么，放假一天？"罗伊粗鲁地说。

"不，那倒不必……溜达一阵没什么不好的——没必要大家都窝在这里。你和琼斯先去，了解情况后回来报告。等你们回来后，我和二等兵麦金托什、约翰逊出去。"

于是，萨马德和阿吉进了村子，喝了三个小时意大利茴香酒，听小餐馆老板讲两个纳粹的小规模侵略故事。这两个纳粹分子来到镇上，吃光了他的食物，和村里两个放荡姑娘干了一场，还杀了一个人，这人没立刻告诉他们去下个小镇怎么走，头上就挨了枪子。

"他们性子可急了。"老人边说边摇头。

萨马德付了账。回去的路上，阿吉没话找话地说："唉，用不了几个人就能占领这里。"

"一个人强，一个人弱，就组成一个殖民地，琼斯工兵。"萨马德说。

阿吉和萨马德回到坦克那里，发现二等兵麦金托什、约翰逊和托马斯·迪金森-史密斯上尉已经死了。约翰逊是让人用电线勒死的；罗伊后背中枪，下颚被撬开，银牙被拔掉，嘴里还放着一把老虎钳，像条铁舌头。托马斯好像是在袭击者靠近时，转身面对他无法逃脱的命运，自己对着脸开了一枪——他成了迪金森-史密斯家族唯一一个死在英国人手里的。

就在阿吉和萨马德竭力猜测发生了什么事情时，约德尔上将正坐在法国兰斯一所小小的红色校舍里摇自来水笔。一下，两下，然后引着墨水在虚线上跳了一支庄重的舞蹈，用自己的名字书写了历史。战争在欧洲结束了。有人从他身后伸出手取走了文件，约德尔垂下了头，这时才完全明白发生了什么事情。但是，整整过了两个星期，阿吉和萨马德才听说了这事。

那些日子真是奇怪，奇怪得让一个叫伊克巴尔的人和一个叫琼斯的人结下了友谊。那天，当整个欧洲都在欢庆时，萨马德和阿吉正站在保加利亚的一条小路边，萨马德的好手握着一把电线、一张硬纸板和金属壳。

"发报机被扯坏了，"萨马德说，"我们得从头开始。这事可糟了，琼斯，太糟了。我们失去了通讯工具、交通工具和防御工具。更糟的是：我们失去了指挥官。战争中没有指挥官可太糟了。"

阿吉离开萨马德，跑到矮树丛里拼命呕吐起来。二等兵麦金托什平时大话连篇，到了死神门前，却吓得屁滚尿流，那股气味直冲到阿吉的肺里，扯动了他的神经、他的恐惧和他的早饭。

至于修理发报机，萨马德懂得怎么做，他有理论，阿吉有一双手，摆弄电线、钉子和胶水很灵活。两人在拼凑那些救命的金属小插条时，知识和实践能力之间发生了很有意思的一番搏斗。

"把三欧姆电阻递给我，好吗？"

阿吉红了脸，不知道萨马德说的是哪样东西，只得在装电线和零部件的盒子里来回摸索。当阿吉的小手指偏离正确目标时，萨马德就轻轻咳嗽一声。真尴尬，印度人教英国人怎么做——不过，阿吉生性平和大气，并没有计较。就是这件事情让阿吉懂得了自己动手的真正力量，了解到榔头和钉子是怎么代替名词和形容词，成功地让男人们得以沟通。这堂课让他终生难忘。

"好样的。"萨马德在阿吉递给他电极时说，可随即又发现一只手没法摆弄电线，也没法把电线接到发报机的电路板上，于是又递还给阿吉，告诉他该放在哪里。

"我们很快就能弄好。"阿吉开心地说。

"泡泡糖！给一颗吧，先生！"

到了第四天，村里的一群孩子开始聚到坦克旁，令人毛骨悚然的谋杀、萨马德绿眼睛的魅力和阿吉的美国泡泡糖吸引着他们。

"士兵先生，"一个长着栗色脸蛋、几乎只有小麻雀那么大的男孩小心地用英语说，"泡泡糖，给一颗吧，谢谢你。"

阿吉把手伸进口袋，掏出五片粉红色的细长条。男孩得意地分给同伴。他们使劲嚼起来，因为用力太大，连眼睛都凸了出来。糖的味道慢慢淡下去，他们站在那里，一声不响、满怀敬畏地注视着恩人。过了几分钟，那个骨瘦如柴的孩子又一次被选为代表派了过来。

"士兵先生，"他伸出手，"泡泡糖，来一颗吧，谢谢你。"

"没了，"阿吉边说边比画着，"我没了。"

"来一颗，谢谢你。来一颗吧？"男孩急切地反复说道。

"噢，看在上帝分上，"萨马德大声说道，"我们得把发报机修好，让这玩意儿动起来。我们继续干，好吧？"

"泡泡糖，先生，士兵先生，泡泡糖。"差不多跟念经似的，孩子们把学会的那几个词混合起来，随意组合。

"来一颗吧？"男孩伸出胳膊，他使劲太大，脚跟都跷起来了。突然，他摊开手掌，讨好地笑着，准备讨价还价。在掌心里有四张卷成一捆的绿色钞票，像一把草似的。

"美元，先生！"

"你从哪弄来的？"萨马德问，伸手就抓。男孩飞快地缩回了手，不断地换着脚——这是孩子们从战争中学来的顽皮舞蹈，保持警惕的最简单的方法。

"先给泡泡糖，先生。"

"告诉我哪里弄来的。告诉你，别想耍我。"

萨马德一伸手抓住了孩子的手臂，孩子拼命扭着想脱身。小伙伴们开始溜了，丢下这位很快便被制服的斗士。

"你有没有杀过人？"

萨马德前额的血管猛烈地跳着，好像就要从皮肤下面一跃而出。他想捍卫一个不属于自己的国家，为那些不把他放在眼里的人复仇。阿吉大感惊奇。这是他的国家，他尽管渺小、冷血、普通，可他终究是这国家的中坚分子之一，但他丝毫没有如萨马德那样的感受。

"没有，先生，没有，没有。是他给的。他。"

他伸出没被抓住的那只手臂，指着一所破败的大房子，那房子就像一只正在孵小鸡的肥母鸡那样蹲踞在地平线上。

"是那所房子里的人杀了我们的人？"萨马德咆哮着。

"你说什么，先生？"男孩吱吱叫着说。

"是什么人住在那里？"

"是个博士。他在里面。但病了。动不了。病博士。"

没逃走的几个孩子七嘴八舌地证明那人是叫这个名字。病博士，先生，病博士。

"他生了什么病？"

那男孩现在很得意有人注意自己，于是夸张地模仿起哭泣的样子来。

"英国人吗？像我们这样的？德国人？法国人？保加利亚人？希腊人？"萨马德松开手，因白费力气而感到疲惫。

"他谁也不是。他只是病博士，"男孩轻蔑地说，"泡泡糖？"

几天过去了，援兵仍然没到。他们只好继续留在这个宜人的村庄里。打仗的紧张感渐渐离阿吉和萨马德而去，两人越来越松懈，慢慢进入了平民的生活状态。每天傍晚，他们到古赞老头的小餐馆吃饭。一碗稀汤值五支香烟，鱼不论品种一律值一枚低阶铜勋章。阿吉的制服破了，现在穿的是迪金森-史密斯的，所以手上有几枚死人的勋章，可以用它们换点奢侈品和必需品：咖啡、汤、巧克力。为换猪肉，阿吉掏出一张印着多萝西·兰莫尔的烟卡，那东西从他入伍起就一直贴屁股放在后裤袋里。

"行了，萨姆，我们用这些当代币券，就好比是餐券。等我们有办法了，你想要，还可以赎回来。"

"我是伊斯兰教徒，"萨马德说着，把一盘猪肉推开，"再说，我的丽塔·海华丝要跟着我一起离开人世。"

"你怎么不吃？"阿吉说，同时像疯子似的狼吞虎咽着自己面前的两块肉，"要我说，可真够怪的。"

"我不吃肉，道理跟英国人永远无法真正让女人满意一样。"

"怎么说？"阿吉问，暂时停止了大吃大喝。

"这跟我们的文化有关，朋友，"他想了一分钟，"可能还有更深的原因。可能是我们骨子里与生俱来的。"

吃过晚饭，他们假装到村里搜寻凶手，匆匆走遍小镇，搜索那三个声名狼藉的酒吧，偷看漂亮女人家里的卧房。但是过了一段时间，这些也扔下不干了，他们改坐在坦克外面，抽着廉价香烟，欣赏久久不去的深红夕阳，聊着以前送报（阿吉）和在生物系上学（萨马德）的经历。他们海阔天空地聊着，有些事情阿吉并不能全部听懂，萨马德还在凉爽的夜里讲出了以前从未说出口的秘密。两人长久而轻松地处于沉默之中，就像那些相识多年的女人一样。他们仰望那些照耀着陌生国度的群星，谁也没有特别想家。简言之，这完全是英国人度假时结成的那种友谊，而且只能是度假时才能结成的那种友谊，一种横跨阶级和肤色的友谊，一种以物理上的近距离为基础并且持续下去的友谊，因为英国人认为，物理上的近距离不可能持续。

发报机已经修好一周半了，他们发出的求救信号沿波段跳跃着，搜索着倾听的耳朵，但却石沉大海。（此时，村里人已经知道战争结束了，但他们不愿向两位异乡人披露真相，因为事实证明，两人每天的实物交换行为已经极大地推动了地方经济。）在漫长的空闲时间里，阿吉会用一根铁棒把链轮撬起来，萨马德则检查故障。在不同的大洲，他们的家人都以为他们已经死了。

"你在布莱顿城里有女人吗？"萨马德把头靠在履带和水箱间的狮子口上，问道。

阿吉长得不英俊。如果你拿到他的照片，用拇指遮住他的鼻子和嘴，那样子很帅，但整张脸很普通。姑娘们会为他那又大又忧郁的西纳特拉式蓝眼睛所吸引，可又会被平·克劳斯贝式耳朵和菲尔兹式洋葱头鼻子吓跑①。

"有几个，"他若无其事地回答，"你知道，这里那里的。你呢？"

"已经给我选好一个年轻女子了。一个王公小姐——王公先生和王公夫人的女儿。像你说的，'岳父母'。真主呀，我那岳父母在孟加拉的社会地位可高啦，连总督大人都会在家里忐忑不安地盼着毛拉给自己带来请柬，参加我岳父母举行的晚宴！"

萨马德大笑着，等待对方也跟着笑，可阿吉呢，一句也没听懂，像平常一样傻乎乎的。

"噢，他们可是上等人哪！"萨马德继续说，只是稍微有点气馁，"地位很高，极好的血统……还有一个优点，他们家的女人天生就——历来都是这样，世世代代都是这样，你知道——瓜儿大得出奇。"

萨马德适可而止地比画了一下，然后又专心致志地干起活来，把履带的每个齿和相应的槽对齐。

"还有呢？"阿吉问。

"还有什么？"

"她们是……"阿吉也比画了一通，但这回动作太夸张了，被他描绘出来的女人都站不住了。

"噢，不过我还得等一段时间，"萨马德若有所思地笑着，"可惜呀，

---

① 西纳特拉和平·克劳斯贝都是美国著名歌手，菲尔兹是美国喜剧明星。

王公家里还没有跟我同辈的女孩子。"

"你是说，你老婆他妈的还没生出来呢？"

"那又怎么样？"萨马德问，从阿吉的上衣口袋里抽出一支香烟，在坦克边上擦了根火柴，点着了。阿吉用沾满油污的手抹去脸上的汗水。

"在我们那里，"阿吉说，"小伙子要先认识姑娘，然后才跟她结婚。"

"在你们那里，一般都把菜炖得稀巴烂。这并不等于说，"萨马德简明扼要地说，"这样做很好。"

他们在村里的最后一晚漆黑一片、寂静无声。在闷热的空气中吸烟很不痛快，所以阿吉和萨马德在教堂冷冰冰的石阶上敲着手指头，好让手有点事做。一时间，薄暮下的阿吉忘却了战争，尽管战争实际上早就已经停止。那是一个令人感叹过去糟糕、将来完美的夜晚。

就在他们还不知道和平已经来临的时候，就在这不知真相的最后一个夜晚，萨马德决定巩固与阿吉的友谊。一般人都是透露一点小秘密来达到这个目的：性行为上的小过失、情感秘密、懵懂的激情之类，都是刚认识的人之间不可能畅所欲言的事情。但在萨马德看来，最亲密、含义最深远的莫过于他的血缘关系。因此，当两人坐在圣地上，他很自然地谈起在他看来无比神圣的东西。能够唤起他周身血液的莫过于太爷爷的故事了。于是萨马德就给阿吉讲起早已为人淡忘、霉迹斑斑的百年旧事——曼加尔·潘迪的故事。

"那么，他是你爷爷？"阿吉听完故事，问道，此时，月亮已经躲到云层后面，故事也给阿吉留下了一定印象，"你嫡亲嫡亲的爷爷？"

"太爷爷。"

"噢，这真了不起。你知道吗？我记得在学校读到过，真的，殖民地史课本上有个贾格斯先生：秃头、鱼眼、老糊涂蛋——我是说贾格斯先生，不是你爷爷。不过，话还是这么说，哪怕挨板子呢……你知道，要是哪位哥们有点叛逆，你还会听到部队的人叫他潘迪……我根本没想到这个名字的来历……潘迪是叛逆，不喜欢英国人，射出了哗变的第一颗子弹。我现在记住了，记得明明白白。那就是你爷爷！"

"太爷爷。"

"好，好。这真了不起，对吧？"阿吉边说边把两只手放到后脑勺，躺下来看星星，"血液里面有一点历史，我想，一定能给你动力。你看，我是无名小卒，什么也不是……我爸爸以前说过：'我们是草民，孩子，我们是草民。'倒不是我在乎这个，没有。我照样很自豪的，你知道，诚实善良的英国血统。但是，你的家族里出过英雄！"

萨马德因为自豪而趾高气扬起来："是的，就是那话。阿吉宝德，很自然，你会受那些小家子气的英国教科书的误导，那些课本都极力贬低他，因为他们不能容忍一个印度人得到应有的评价。但是，他仍然是个英雄，我在战争中所做的一切都以他为榜样。"

"说得对，你知道，"阿吉若有所思地说，"他们在国内不会说印度人的好话。你把一个印度人说成是英雄，他们当然不乐意……每个人都会把你当怪物看。"

忽然，萨马德握住了阿吉的手。手很热，几乎滚烫，阿吉想。以前还从没有别的男人握过他的手。他本能地想缩回，或者用力甩开，或者做点别的动作，但随后他改变了想法，因为印度人都很容易感情冲动，不是吗？尽吃辣的。

"求求你。你一定要帮我这个忙，一个大忙，琼斯。如果你听到有人说什么，等你回到家里——如果你，如果我们，能够回到各自的家里——如果你听到有人说起东方，"这时他的声音下降了一个音区，语调变得深沉而忧郁，"你一定要有主见。如果人家对你说'他们都是这样的''他们都这么干''他们就是这么想的'，你一定要有自己的主见，除非有事实依据说明你不应该坚持。因为那片他们称之为'印度'的土地上，有数千个名字，居住着数百万人口。如果你自以为在芸芸众生中看到了两个相同的人，那你一定看错了。那只是月光在作祟。"

萨马德松开了阿吉的手，摸索着把指头伸进口袋里一个装白色粉末的小盒子里，偷偷地把粉末放进嘴里。他靠墙坐着，在石头上蹭着指尖。这本是一个小布道教堂，在被改成医院两个月后，又因炮声震天而遭遗弃。萨马德和阿吉喜欢在这里睡觉，因为有薄薄的床垫和透气的大窗户。就像复活节后还能偶尔发现被遗漏的彩蛋一般，萨马德在教堂各处零零落落的储物柜里找到了粉状吗啡，开始对此产生了兴趣（是因为孤独，他告诉自己，因为忧郁）。每当阿吉出去小便或又去摆弄发报机，萨马德就会在这个小教堂里转来转去，把一个个橱柜洗劫一空，就像一个不断忏悔的罪人。然后，等他找到了罪恶的小瓶子后，会趁机往口香糖上抹上一点或用烟斗抽上一点，然后重新躺在冰冷的赤陶地板上，仰望着教堂穹顶那精致的曲线。这座教堂里涂满了文字，是三百多年前由一批异教徒留下的。他们不愿支付霍乱瘟疫期间征收的埋葬税，因此被一位腐败的领主锁在这座教堂里，直至死去，但在死前，这些异教徒在每一面墙上都写上了家信、诗歌和永不屈服的宣言。萨马德第一次听到这个故事时就很喜欢，但只有在吗啡的作用下才会真正感动。这时，他身上的每一根神经都活跃起来，这里的内容、宇宙中包含的所有这些内容、墙上的所有内容，就会砰的一声冲开塞子，通过地线像电流一样流遍他的全身。然后他的头就会像折椅那样打开，他会在里面坐上一会儿，看着自己的世界飘然远去。今晚，用得过量了一点，萨马德觉得心里特别清澈，舌头仿佛抹了黄油，世界似乎也成了一枚磨得光光的鹅卵石。他觉得自己和这些死去的异教徒有一种血缘关系，他们就是潘迪的兄弟——那天晚上，萨马德觉得，每一位叛逆者都是他的兄弟——他真希望能与他们谈谈他们在世界上留下的痕迹。这样就够了吗？当死亡降临之时，这样真的就够了吗？他们对留在身后的数以千计的文字感到满意吗？

"要我说，"阿吉说，顺着萨马德的视线也望向教堂穹顶，"要是我只有几个钟头好活了，我才不会把这些工夫用在画天花板上呢。"

"你说！"萨马德因为被人从愉快的沉思里拖出来而感到恼火。他问："在你死前的几个钟头里，你会承担怎样了不起的重任？证明费马大定理？掌握亚里士多德哲学？"

"什么？你说谁？没有……我会——你知道……做爱——跟一个女子，"阿吉说，因没有经验而显得有点一本正经，"你知道……来最后一次。"

萨马德放声大笑。"来第一次吧，十有八九。"

"噢，别这样，我说真的。"

"好吧。要是附近没有'女子'呢？"

"那么，你总是可以……"这时阿吉脸红了，那是他加深友谊的方式，"捆香肠，就跟美国大兵说的那样！"

"捆，"萨马德轻蔑地重复，"香肠……就这，是吧？摆脱尘世烦恼之前想干的最后一件事情是'捆你的香肠'，达到性高潮。"

阿吉是布莱顿人，那里从没人说过性高潮之类的词。听了这话，他禁不住笑得前仰后合。

"谁这么好笑？有什么好笑的？"萨马德问，尽管很燥热，还是点着了一支烟，他的思绪被吗啡带到了别的地方。

"没什么好笑的，"阿吉断断续续地回答，"没笑谁。"

"难道你看不到吗？琼斯，难道你看不到……"萨马德半身门里、半身门外地躺着，伸开胳膊指着天花板，"用……意？他们没有捆香肠——喷射白色玩意儿——他们在寻找一种更为永恒的东西。"

"坦率地说，我看不出有什么区别，"阿吉说，"死了就死了。"

"噢，不，不，阿吉宝德，"萨马德面色忧郁地低声说，"你不相信那一套。你活在世上，必须知道你的行为会流传后世。我们是举足轻重的动物，阿吉宝德，"他对着教堂墙壁做了个手势，"他们知道，我的太爷爷知道，总有一天我们的孩子也会知道。"

"我们的孩子!"阿吉偷偷地笑了,只因觉得可笑罢了。生儿育女似乎还很遥远。

"我们的孩子会从我们的行为中诞生,我们的意外事故将成为他们的宿命。噢,行为会流传后世。这关系到危急关头你会怎么做的问题。当压轴戏上演的时候,当墙壁倒塌、天空一片灰暗、大地隆隆作响时,我们在那时的行为就能说明我们是什么样的人,不管当时真主、耶稣或者佛祖有没有在看你都一样。天冷时人能看到自己呼出的气,天热时则不能。但在这两种情况下,人都在呼吸。"

"你知道吗?"停顿了一会儿,阿吉说,"就在我离开费利克斯托弗之前,我看到有一种新型钻子,可以分成两部分,末端可以接上各种各样的东西——扳手、锤子,甚至开瓶器。我想,它很紧凑很实用。告诉你吧,我很喜欢那一类东西。"

萨马德对着阿吉望了片刻,然后摇了摇头。"快,我们进去吧。这里的保加利亚菜弄得我胃疼,我要睡一会儿。"

"你看上去脸色不好。"阿吉说着,扶他站起来。

"我这是自作自受,琼斯,我自作自受,过错无多而报应太重①。"萨马德傻笑着。

"你什么?"

阿吉撑起萨马德半边身体,扶他走进去。

"我吃了点东西,"萨马德说,带着上层社会的英语口音,"觉得有点不舒服。"

阿吉很清楚萨马德偷吃了橱柜里的吗啡,但他知道萨马德不想让他知道,于是只说了一句"还是扶你上床睡觉吧",便把萨马德扶到床垫前。

"这一切都结束以后,我们在英国再见面,好吗?"萨马德说着,朝

---

① 语出莎士比亚的剧作《李尔王》。

床垫扑过去。

"好的。"阿吉说，他极力想象着与萨马德并肩走在布莱顿码头的情景。

"因为你这样的英国人少见，工兵琼斯。我当你是朋友。"

阿吉不知道自己把萨马德当什么，但他温和地笑着，认可了这份情义。

"一九七五年我和妻子会跟你一起吃饭，到时我们应该都是大腹便便、坐拥金山银山的人了。我们总会见面的。"

阿吉对吃外国菜有点犹豫不决，淡淡地笑了笑。

"我们一辈子都要做知心朋友！"

阿吉把萨马德放下，给自己取了个垫子，摆出睡觉的姿势。

"晚安，朋友。"萨马德说，声音里全是满足感。

第二天早上，一支"马戏团"来到了小镇。被喊叫声和狂笑声惊醒的萨马德挣扎着穿好制服，用一只手抱起枪，走进洒满阳光的庭院。一群身穿暗褐色军服的苏联兵正在做跳背游戏，互相朝对方头上的罐头盒射击，还朝插在棍子上的土豆掷刀子，每个土豆都插着短树枝做的黑胡子。萨马德完全明白了，一时间筋疲力尽，瘫坐在门前的台阶上，然后叹了口气，两手抱膝，朝太阳望去。过了一会儿，阿吉奔了出来。裤子只提到一半的他挥舞着枪，寻找着敌人，还朝天放了一枪以示警告。"马戏团"继续表演，一点也没注意到枪声。萨马德疲倦地拽了拽阿吉的裤腿，示意他坐下。

"怎么回事？"阿吉两眼水汪汪地问。

"没事，什么事也没有。实际上，一切都结束了。"

"可是，这些人可能是——"

"看那些土豆，琼斯。"

阿吉睁大了眼睛瞪着他。"土豆跟这有什么关系？"

"这些土豆代表希特勒，我的朋友。用蔬菜代表独裁者，前独裁者，"他拿掉一只土豆上的棍子，"看到这些小胡子啦？它结束了，琼斯，有人替我们把它结束了。"

阿吉接过他手上的土豆。

"就像公共汽车，琼斯。我们没赶上这场该死的战争。"

阿吉朝一位正在射"希特勒土豆"的瘦高个苏联人喊道："会说英语吗？结束多久啦？"

"打仗吗？"他笑了，简直不敢相信自己的耳朵，"两个星期，同志！如果你还想打，那就只有去日本了！"

"就像公共汽车。"萨马德摇着头又说了一遍，一团怒火从心头升起，直冲喉咙。本来，这场战争对他是一个机会。他本想荣归故里，然后得意扬扬地回到德里。什么时候才能碰到第二次机会？再也不会有这样的战争了，大家都明白这一点。同阿吉讲话的士兵踱了过来。他穿着苏联军队的夏常服：薄面料、高领、大软帽，粗壮的腰上系着皮带，皮带搭扣在阳光的照射下熠熠生辉，直刺阿吉的眼睛。炫目的光芒过去了，阿吉看到一张坦诚的大脸、有点斜视的左眼和一头栗色乱发。他压根就是明媚清晨的快乐幽灵。他开口了，流利的美国英语如海浪一般拍打着阿吉的耳朵。

"战争已经结束两个星期了，你们还不知道？"

"我们的发报机……它不能……"阿吉说了一半停住了。

士兵咧嘴笑着，用力与两人一一握手。"欢迎回到和平时代，先生们！我们原以为只有苏联是消息不灵的国家！"他笑得更欢了，又问萨马德，"那么，你们其他人在哪里？"

"没有其他人，同志。我们坦克里的其他人都死了，也没有我们营队的迹象。"

"你们到这里来难道没有目的吗？"

"呃……没有。"阿吉说，突然感到很羞愧。

"目的，同志，"萨马德很恼火，"战争结束了，所以我们在这里也没什么目的了。"他冷冷地笑着，用那只好手握了握苏联人的手。"我进去了，太阳，"他眯着眼睛说，"刺得我眼睛疼。很高兴见到你。"

"是的，不错，"苏联人目送着萨马德，直到他消失在教堂里，然后又把注意力转向阿吉，"怪人。"

"嗯，"阿吉说，"你们到这里来干什么？"他问，同时接过苏联人递给他的手卷香烟。原来，苏联人和七个战友要去波兰解放劳工集中营，他们在这里——托卡以西——稍作停留，目的是抓一个纳粹。

"可这里没有纳粹，朋友，"阿吉和气地说，"除了我、那个印度人和村里的几个老人孩子外，没别人。其他人不是死了就是跑了。"

"不是死了就是跑了……不是死了就是跑了，"苏联人说，觉得这说法很有意思，他用两根手指转动着一根火柴棍，"这个说法好……有意思。不是，嗯，是这样，我本来也这么想，不过我们得到可靠情报——其实是你们的特务机关提供的，说有一个高级军官，此刻就躲在那所房子里，那儿。"他指着地平线上的一所房子。

"博士？有几个小孩子跟我们说起过他。我是说，要是你们去抓他，他肯定吓得尿裤子，"阿吉讨好地说，"但是，我听他们说，他只是个病鬼，他们叫他病博士。对了，他不是英国人，对吗？叛徒还是什么？"

"嗯？噢，不是。不不。马克-皮埃尔·佩雷特博士，年轻的法国人，天才！从战前便一直在纳粹军队里从事科研：绝育计划和后来的安乐死政策，这都是德国的内部事务。他属于很效忠的那种。"

"哎呀，"阿吉说，真想知道这一切都意味着什么，"你们打算怎么办？"

"抓住他，带他回波兰，交给当局处置。"

"当局，"阿吉有点听明白了，但没有真正往心里去，"哎呀。"

阿吉全神贯注的时间总是很短，这时他已经开始走神了，因为这位和善的大个子苏联人有个奇怪的习惯，喜欢同时朝两个方向看。

"由于我们得到的情报是你们的情报机构提供的，由于你是这里级别最高的长官，上尉……上尉……"

玻璃眼！是一只玻璃眼，后面的神经是没用的！

"我还不知道尊姓大名和军衔。"苏联人说，一只眼睛看着阿吉，另一只眼睛看着爬满教堂门的常春藤。

"谁？我？琼斯。"阿吉说，视线追随着那只眼睛的转动路线：树、土豆、阿吉、土豆。

"嗯，琼斯上尉，希望您能赏脸带小分队上山。"

"上尉——什么？哎呀，不对，你完全弄拧了。"阿吉说。他避开那只眼睛的磁力，重新把注意力集中到自己身上，原来他穿着迪金森-史密斯那件纽扣锃亮的制服。"我不是什么——"

"我和少尉很乐意担起重任，"他身后响起一个声音，"我们已有很久没有参加行动了。用他们的话说，现在是重回沙场的时候了。"萨马德已经像影子那样悄无声息地走出来站在前门台阶上了。他也穿着迪金森-史密斯的军服，嘴角叼着一支烟，随意地往下垂着，就像高深莫测的句子一般。他一向都很英俊，现在穿着纽扣锃亮的威风制服，站在耀眼的阳光下，框在教堂的门框里面，真是别有一番风采。

"我朋友的意思是，"萨马德用极为悦耳的印式英语腔说，"他不是他妈的上尉。我才是他妈的上尉。萨马德·伊克巴尔上尉。"

"尼古拉同志——尼克——佩索茨基。"

萨马德和苏联人一起开怀大笑，又一次握了握手。萨马德点着了烟。

"他是我的少尉，阿吉宝德·琼斯。要是我刚才显得有点失态，我现在一定要道歉：都是吃坏了肚子的缘故。那么，我们今晚就出发，天黑以后好吗，少尉？"萨马德说，暗暗对阿吉使眼色。

"好。"阿吉冲口而出。

"顺便提一下，同志，"萨马德边说边在墙壁上蹭火柴点着了香烟，

"希望您不会介意。我想问问——那是不是一只玻璃眼？差不多跟真的一样。"

"是的！我在圣彼得堡买的。我在柏林失去了眼睛。真是逼真得令人难以相信，你们说呢？"

这位友好的苏联人从眼窝里取出那只眼睛，把沾着黏液的珠子放在手掌上让他俩看。阿吉想，战争开始时，小伙子们挤在一起观赏印着嘉宝大腿的香烟卡片；现在战争结束了，我们又挤成一团围观某个可怜虫的眼睛。哎呀。

有那么一会儿，那只眼睛在苏联人手上滑来滑去，然后在他那又长又皱的生命线中心停住了。它仰望着阿吉少尉和萨马德上尉，一眨不眨。

那天晚上，琼斯少尉第一次真正尝到了战争的味道。阿吉、八个苏联人、小餐馆老板古赞和他的侄子，在萨马德的带领下，分乘两辆军用吉普车，上山执行捉拿纳粹的任务。就在苏联人猛灌一瓶瓶茴香酒、醉得记不起第一句国歌歌词时，就在古赞向出价最高的人出售烤鸡块时，萨马德一直站在第一辆吉普车的车顶。在白粉的作用下，他精神抖擞得像风筝一样，挥舞着双臂将夜晚劈得七零八落；同时还发号施令，可惜队员们个个醉得听不到他的命令，他本人也飘飘欲仙得不知所云。

阿吉一声不响、头脑清醒地坐在第二辆吉普车的后排，心里很害怕，同时对自己的朋友满怀敬畏。阿吉从未崇拜过谁：五岁那年，父亲用出去买烟这个老掉牙的借口离开了家，从此再没有回来。他看书不多，从未读过那些给年轻人制造虚幻英雄的烂书——阿吉的世界里没有江湖好汉，没有独眼海盗，没有不知恐惧为何物的坏蛋。但是看着站在那里的萨马德，军官制服上的锃亮纽扣在月光下闪烁，仿佛许愿池里的硬币，十七岁的阿吉深感震撼，仿佛下巴被人猛击了一拳：这是一个任何生活艰险都难不倒的人，这是一个站在坦克上的语无伦次的疯汉，这是一位朋友，一位英雄，这种英雄形象阿吉从未想到过。可是，远征进行了四分之三时，路忽然变窄了，车辆被迫急刹车，英勇的上尉屁股朝天摔了个跟斗。

"已经很久没人来了，"古赞的侄子用力嚼着鸡骨头，颇有感触地说，"这个？"他看着萨马德（萨马德刚才掉到了他旁边），指着大家坐的吉普车说，"没路可走。"

于是，萨马德把这支酩酊大醉的部队集合到身边，开始徒步朝山上行军，寻找一场战争，也好有朝一日在孙子面前夸耀，就如当年人家告诉他太爷爷的功绩那样。大块的土阻挡着部队前进的道路，它们在之前的轰炸中从山上掉下来并沿途散落。树根从很多土块中无力地冒出来，在空中枯萎，要走过去，就得用苏联人的枪刺砍掉一些。

"看起来就像地狱！"古赞的侄子鼻子里哼哼着，醉醺醺地爬过一堆树根，"一切都像地狱！"

"原谅他吧。他还年轻，所以说话冲一些。可话说得不错。这不是——用你的话说——没什么好争的，琼斯少尉，"古赞说，因为两位朋友升官，他接受了两双靴子的贿赂，答应不说出真相，"这一切跟我们有什么关系呢？"他抹去一滴眼泪，一半是因为醉了，一半是动了感情。"这一切跟我们有什么关系呢？我们是热爱和平的人。我们不想参加战争！这座山——以前多美啊！鲜花，小鸟唱个不停，你明白吗？我们是东方人，西方的战争跟我们有什么关系？"

阿吉本能地朝萨马德望去，等他发表宏论。但古赞话音未落，萨马德突然加快了步伐，过了一会儿居然跑起来，越过那些挥舞刺刀的醉醺醺的苏联人。他跑得很快，不久就转了个弯，消失在夜色中。阿吉犹豫了几分钟，但很快挣开了古赞侄子（他刚开始讲在阿姆斯特丹与古巴妓女的艳遇）的手，开始朝最后看到银纽扣闪烁的地方跑去，那是山路上又一个令人意想不到的转弯口。

"伊克巴尔上尉！等一等，伊克巴尔上尉！"

他边跑边喊，同时挥舞着火把。这火把没别的用处，无非是把灌木丛照得越来越像怪异的人形：这里是一个男人，这里是一个跪着的女人，这里是三只朝月亮怒号的狗。他就这样在黑暗中四处摸索了一段时间。

"点上火把！伊克巴尔上尉！伊克巴尔上尉！"

无人回答。

"伊克巴尔上尉！"

"你为什么这么叫我？"从右边很近的地方发出了一个声音，"你明明知道我不是……"

"伊克巴尔吗？"阿吉刚开口询问，火光就照到了，他正双手抱头坐在石头上。

"为什么——我说，你不会真的这么傻吧——你一定知道，我想你知道，我实际上只是国王陛下军队里的一介二等兵？"

"当然知道。可我们得演下去，不是吗？何况我们还披着这身皮呢。"

"这身皮？小伙子。"萨马德咯咯地笑了，笑声听起来很不祥，他抬起头，眼睛里满是血丝，似乎就要哭出来了，"你以为这是干什么？扮白痴吗？"

"不是，我……你怎么样，萨姆？你看上去不大舒服。"

萨马德模糊地觉得自己气色不好。那天傍晚，他在眼皮底下放了一点点白粉。吗啡把他的思维磨得如刀锋般锐利，让他心神迷醉，沉湎于一种滔滔不绝的亢奋之中。但药效过后，宣泄出的思想又被抛进酒精的泥潭，他跌入凄凉的谷底。他看到了今晚自己的倒影，这倒影很丑。他看到了自己身在何处——在欧洲末日的欢送会上——他渴望回到东方。他低头看着自己那只无用的手和上面那五根无用的附肢，他看着自己那被晒成了巧克力色的皮肤，他探究着自己那因愚蠢的谈话和死亡的刺激而变得愚钝麻木的头脑。他渴望回到过去那个自己：博学、英俊、白皙

99

的萨马德·迈阿，他母亲总让他待在家里，舍不得让他晒太阳，给他请最好的导师，每天给他涂抹两次亚麻籽油。

"萨姆？萨姆？你看上去不太好，萨姆。求你了，他们很快就要过来了……萨姆？"

自我悔恨会使人把怒火发泄到他看到的第一个人身上。但让萨马德特别恼火的是，这个人居然是阿吉。他正以温和而关注的眼神俯视着自己，在那张天生不善于表达感情的不成形的脸上，恐惧和愤怒交织在一起。

"别叫我萨姆！"他怒气冲冲地说，那声音阿吉都快认不出来了，"我可不是你的英国小伙伴，我的名字叫萨马德·迈阿·伊克巴尔。不是萨姆，不是萨米，更不是——上帝饶恕——萨缪尔，而是萨马德。"

阿吉显得很沮丧。

"嗯，不管怎么说，"萨马德说，他突然殷勤起来，希望避免出现过于情绪化的场面，"很高兴你在这里，因为我要告诉你，我累坏了，琼斯少尉。就像你说的，我不大舒服。我真累得要命。"

他站起来，但又一屁股坐到那块石头上。

"起来，"阿吉咬牙切齿地说，"起来。你怎么了？"

"真的，我真累得要命。不过我一直在想——"萨马德说着，用那只好手抓起枪。

"把那个放下。"

"我一直在想，我这人该死，琼斯少尉。我看不到未来。我知道你可能觉得很意外——我恐怕没你想的那么坚强，但事实就是事实。我只看到——"

"把那个放下。"

"黑暗。我是个残废，琼斯，"他来回摆动身体，手枪在那只好手里欢快地跳动，"我的信仰也残废了，你明白吗？我现在什么也干不了，连全能、仁慈的真主也没办法。我将来干什么呢？战争结束后，战争已经结束了——我将来干什么呢？回到孟加拉吗？还是到德里？谁要这么个英国人呢？回到英国？谁要这么个印度人呢？他们答应我们，用我们这些当兵的换取独立。可这是一宗邪恶的交易。我应该干什么？留在这里？到别处去吗？有哪个实验室会要独臂人？我还能干什么呢？"

"你看，萨姆……你在丢你自己的人呢。"

"是吗？将来还不就是那样吗，朋友？"萨马德问。他站了起来，被一块石头绊下，又撞回到阿吉身上。"我一个下午就把你从一个狗屎二等兵提升到英军少尉，你就是这么谢我的？在我需要你的时候，你在哪里呢？古赞！"他朝肥胖的小餐馆老板喊道。小餐馆老板正在队伍的最后气喘吁吁、汗流浃背地赶路。"古赞——我的伙伴，凭真主起誓，这样对吗？"

"闭嘴，"阿吉呵斥道，"你想让每个人都听到吗？快放下。"

萨马德拿枪的那只手从黑暗中伸出来，挂在阿吉的脖子上，于是，枪和两人的头挤在一起，令人不快地抱成一团。

"我有什么用呢，琼斯？如果我扣了扳机，我会留下什么？一个印度人，一个变成了英国人的印度人，有着一只没力气的手腕，跟基佬一样，也没带勋章回家。"他放开阿吉，抓起自己的领子。

"拿着吧，看在上帝的分上！"阿吉说着，从自己的衣领上抓下三颗勋章，朝萨马德扔过去，"这玩意儿我有的是。"

"还有那件事怎么办？你有没有想过，我们是逃兵？实际上的逃兵！退后一步，我的朋友，看看我们自己。我们的上尉死了。我们穿着他的制服，控制着军官们——比我们军衔高的人。通过什么手段？欺骗。那还不够使我们成为逃兵吗？"

"战争已经结束了！我是说，我们努力跟外界联络过。"

"是吗？阿吉，我的朋友，是这样吗？真的吗？当世界就在我们的耳旁分崩离析、士兵们在战场上死去时，我们难道不是像逃兵那样，无所事事地躲在教堂里吗?"

两人扭打了一会儿,阿吉想把枪夺下来,萨马德好不容易才把他甩开。阿吉能看到在远处,杂牌军的其他人在转弯,暮色中一大堆东倒西歪的灰色人影,唱着"文身女郎莉迪亚"。

"小心!小点声。冷静点。"阿吉说着,松开了手。

"我们是冒名顶替的、穿着别人衣服的叛徒。我们忠于职守了吗,阿吉宝德?说真的,做到了吗?我把你也拖了进来,阿吉,为此我感到抱歉。其实,这就是我的命运。这一切早就为我安排好了。"

噢,莉迪亚!噢,莉迪亚!噢,要是你遇上我,噢,文身女郎莉迪亚!

萨马德精神恍惚地把手枪塞进嘴里,准备扣扳机。

"伊克巴尔,听我说,"阿吉说,"当我们在坦克里时,跟上尉、罗伊和其他人在一起时——"

噢,文身女王莉迪亚!背上文着滑铁卢之战……

"你老说要做英雄什么的——学你那位叔公,他叫什么来着,我忘了——"

旁边还文着长庚星……

萨马德把枪从嘴里拔出来。

"潘迪,"他说,"我太爷爷。"他说完又把枪放了回去。

"现在机会来了——机会——机会就在你面前。你不想错过末班车吧?如果我们好好把握,也不可能错过。所以,别傻了。"

在海浪的上方,骄傲地泛着红、白、蓝,莉迪亚能教你多少呀!

"同志!看在上帝的分上,这是干什么?"

他们没注意到,那位友好的苏联人已慢慢来到他们身后,正满怀恐惧地看着萨马德吃棒棒糖似的含着枪。

"擦擦。"萨马德结结巴巴地说,颤抖着把枪从嘴里拔出来。

"他们都这么擦,"阿吉解释道,"在孟加拉都这样。"

那场十二个人期待着的在山上古宅里发生的战争，那场萨马德想泡在坛子里腌制起来、将来作为青春纪念品展示给子孙的战争，并没有发生。病博士却是名副其实，在烧木头的壁炉前面，病恹恹地坐在一张扶手椅上，身上还裹着一条毯子。他面色苍白，很瘦，没穿制服，只套着一件无领白色衬衣和一条深色裤子。他很年轻，不超过二十五岁。当他们全副武装地冲进来时，他既不退缩，也不反抗，就好像这些人只是碰巧走进了一间赏心悦目的法国农舍，不过是一群带枪赴宴的不速之客罢了。房间全靠煤气灯照亮，灯罩小巧玲珑，灯光跳上墙壁，映出了挂在那里的八幅表现保加利亚乡间景致的系列绘画。在第五幅上，萨马德认出了教堂：地平线上的一个浅褐色亮点。各幅画之间相隔一定距离，绕房间挂了一圈，构成全景。第九幅没加画框，很有现代风格，就放在靠近壁炉的画架上，颜料还没干。十二把枪对准了画家。当画家博士转身面对他们时，脸上正流着血泪。

萨马德向前走了一步。他刚才连枪都塞进嘴里了，还有什么好怕的呢？他吃了那么多吗啡，掉进毒品的深渊，不也活下来了吗？萨马德一边朝博士走去，一边想，再没有比已经绝望过一回的人更强大的了。

"你是佩雷特博士吗？"他问。

听到这一口英国腔，法国人退缩了，更多带血的眼泪流了出来。萨马德持枪指着他。

"是，我是。"

"这是什么？你眼里流的是什么？"萨马德问。

"我患有糖尿病性视网膜病变，先生。"

"什么？"萨马德问，仍用枪指着他。他不想让自己的光荣时刻毁在平淡无奇的医学辩论中。

"意思是我如果不注射胰岛素，就会出血，我的朋友，通过眼睛流血。这给我的业余爱好——"他用手指着周围的那些画作，"增加了很多难度。本想画十幅，一百八十度场景，不过看来你们要找我麻烦了。"

他叹了口气，站起身。"那么，你会杀我吗，朋友？"

"我不是你朋友。"

"不是，我没把你当朋友。但是，你打算杀我吗？请原谅，但我要说，看你还不到拍苍蝇的年纪，"他看着萨马德的制服，"哎呀！你这么年轻就已经升到这么高了，上尉。"

萨马德不安地变换了一下位置，眼角的余光看到了阿吉惊慌的表情。萨马德把双脚略分开一点，站得笔直。

"如果我在这个问题上令人厌烦，那么，对不起了，可我还是要问，你们是不是打算杀我？"

萨马德的胳膊纹丝不动，枪也拿得很稳。他可以杀了他，他可以无情地杀掉他。萨马德不需要黑暗作掩护，也不需要战争作借口。他可以杀掉他，这点两人都清楚。苏联人看到印度人的眼神，就出面干预了："对不起，上尉。"

萨马德仍一声不响，面对着博士。于是苏联人向前走了一步。"我们没有这个意思，"苏联人对病博士说，"我们接到送你去波兰的命令。"

"我会在那里被杀吗？"

"那要由有关当局决定。"

博士歪着头，眯起眼睛："只是……只是想知道罢了，很想知道罢了。起码是出于礼貌，也该告诉当事人，他将被杀还是被放吧？"

"那将由有关当局决定。"苏联人又说了一遍。

萨马德走到博士身后，用枪抵住他的后脑勺。"走。"他说。

"由有关当局决定……难道和平时代不应该是文明的吗？"病博士说。这时，十二个人一起用枪指着他的脑袋，把他押出屋子。

下了山，在把病博士铐在吉普车里后，大家转移到咖啡馆。

"你们玩扑克吗？"尼古拉兴高采烈地说，问的是刚进屋的萨马德和阿吉。

"我什么都玩，算我一个。"阿吉说。

"更贴切的问法是，"萨马德说着，面带狡猾的微笑坐下，"我玩得好不好？"

"那你玩得好不好，伊克巴尔上尉？"

"简直是大师水平。"萨马德一边说，一边抓起发给他的牌，用一只手把牌排成扇形。

"嗯，"尼古拉说着，给每个人添上茴香酒，"既然我们的朋友伊克巴尔这么有信心，最好先玩小的。让我们从香烟开始，看看结果怎么样。"

先是香烟，后来是军功章，再后来是枪支，再后来是发报机，再后来是吉普车。到了午夜，萨马德已经赢了三辆吉普车、七杆枪、十四枚军功章以及古赞妹妹家旁边的土地，外加欠着的四匹马、三只鸡和一只鸭。

"我的朋友，"尼古拉·佩索茨基说，他的热情爽朗已完全被焦虑沉重取代，"你必须给我们翻本的机会。事情不能就这样完了。"

"我要那个博士。"萨马德说，故意不看阿吉宝德·琼斯的眼神，而琼斯正张着嘴醉倒在椅子里，"换我赢的那些东西。"

"这到底是为什么？"尼古拉往椅背上一靠，惊讶地问，"有什么用——"

"我自有道理。我想今晚把他带走，谁也不许跟着，也不许上报。"

尼古拉·佩索茨基看看自己的双手，又环顾了牌桌，然后又看看自己的双手。最后他把手伸进口袋，掏出钥匙扔给了萨马德。

一走出咖啡馆，萨马德和阿吉就上了关押病博士的吉普车，他靠在仪表盘上睡着了。他们发动引擎，驶入黑暗。

在离村子三十英里的地方，病博士被一阵低低的争论声吵醒了，那争论与他即将临头的命运休戚相关。

"可这是为什么？"阿吉低声说。

"因为，从我的角度看，关键问题是我们的手需要沾上鲜血，你明白吗？作为弥补。难道你不明白吗，琼斯？我们在这次战争中一直在干傻事，你和我。我们没打仗就是罪孽，现在已经来不及了。除非我们利用他，把他当成一次机会。我来问你：为什么要打这次战争？"

"别胡扯了。"阿吉恶狠狠地说，并不理会提问。

"这样，我们将来就可以自由了。还是这个问题：你想让自己的孩子成长在一个什么样的世界里？我们到现在为止无所作为。我们处在道德的十字路口。"

"你看，我不知道你在说些什么，我也不想知道，"阿吉不耐烦地说，"我们把这位甩了，"他指着半清醒的病人，"把他甩给我们碰到的第一支部队，然后你我就各走各的路。这才是我关心的十字路口。"

"我已经认识到，"萨马德继续说道，此时他们正飞驰在一望无际的平原上，"世世代代的人们彼此交谈，琼斯。它不是一条线，生活不是一条线——这不是看手相——它是一个圆，他们会跟我们说话。因此，你无法知晓命运，你必须经历命运。"萨马德能感觉到吗啡又一次把这些信息带给自己——宇宙中所有的信息和教堂墙壁上所有的信息——一次奇妙的神启。

"你知道这人是谁吗，琼斯？"萨马德抓住博士脑后的头发，把他的脖子朝后座上拉，"苏联人告诉我了。他是个科学家，跟我一样——知道他研究什么吗？选择谁该生下来，谁不该生下来——把人当小鸡来孵化，如果规格不对，就销毁。他要控制未来，支配未来。他要一个人种，一个无法毁灭、能挺过地球末日的人种。但这不可能在实验室中完成。这必须、也只能通过信仰完成！只有真主才能拯救世界！我不是一个虔诚的人——我不具备那种力量——但我不会傻到否认事实！"

"啊，是吗？但是你说过，对不对？你说过这和你无关！在山上——你就是那么说的，"阿吉急促地说着，因为抓住了萨马德的漏洞

106

而兴奋不已，"那，那，那——那么要是这家伙干……不管他干什么——你说那是我们的问题，我们西方的问题，你就是那么说的。"

现在，病博士的眼中血汩汩地流着，头发仍被萨马德抓着，气都透不过来了。

"当心，他要憋死了。"阿吉说。

"那又怎样！"萨马德在没有回应的景色中吼道，"他这种人认为，有生命的器官应该按设计产生反应。他们崇拜肉体的科学，而不是给予我们肉体的神！他是纳粹，最坏的那种！"

"但你说过——"阿吉步步紧逼，决心表明自己的观点，"你说过那不干你事，和你无关。如果这辆吉普车里有谁要跟这个德国人算——"

"法国人，他是法国人。"

"好吧，法国人——嗯，要是有谁要算账的话，也该是我。我们是在为英国的未来而战，为了英国。你知道，"阿吉搜肠刮肚地找话说，"为了民主和星期天的晚餐，还有……还有……散步、桥头、香肠和土豆泥——所有属于我们的那些东西，而不是你的。"

"对极了。"萨马德说。

"什么？"

"必须由你来做，阿吉。"

"我做个鬼！"

"琼斯，你的命运之神正在凝视着你，而你却在这里捆香肠。"萨马德坏笑着说，仍然抓着博士的头发不放。

"冷静点，"阿吉说，竭力看清前面的道路，而萨马德都快把博士的脖子给拧断了，"哎，我不是说他不该死。"

"那就做，做呀。"

"但是，我做不做关你什么事？你知道，我从来没杀过人——不是这样，不是面对面杀人。人不该死在车里……那我做不来。"

"琼斯，这只是一个机会来了你会怎么做的问题。这是我深感兴趣的问题，今天晚上就把长期信奉的信仰付诸实践。如果你愿意，也可以称之为实验。"

"我不知道你在说什么！"

"我想知道你是个什么样的人，琼斯，我想知道你能干什么。你是胆小鬼吗，琼斯？"

阿吉猛地刹住了吉普车。

"你在激我，你。"

"你什么主张也没有，琼斯，"萨马德说道，"没有信念，不站在任何政治派别一边，甚至不站在自己国家一边。你的命运怎么会征服我的命运，真他妈的是一个谜。你是个小卒子，不是吗？"

"什么？"

"还是个白痴。你的孩子问你，你是谁？你是什么人？你该怎么回答？你知道吗？你会知道吗？"

"你他妈的干吗这么异想天开？"

"我是伊斯兰教徒，是男人，是儿子，是信徒。我会挺过世界末日。"

"你他妈的是个酒鬼，你还——你还吸毒，你今晚吸了毒，是不是？"

"我是伊斯兰教徒，是男人，是儿子，是信徒。我会挺过世界末日。"萨马德又说了一遍，好像唱诗似的。

"那么，这他妈的到底有什么意思？"阿吉边喊边去抓病博士，把那张此时已为鲜血所覆盖的脸拉到自己面前，近得连鼻子都碰在一起。

"你！"阿吉咆哮着，"你跟我来！"

"是，可是，先生……"博士举起铐着的手腕。

阿吉用那把生锈的钥匙使劲打开手铐，把博士从吉普车里拉出来，离开大路朝黑暗深处走去，同时用枪指着马克-皮埃尔·佩雷特博士的后脑勺。

　　"你要杀我吗，小伙子?"病博士边走边问。
　　"难道不像吗?"阿吉说。
　　"我可以求你饶命吗?"
　　"想求就求吧。"阿吉说着，往前推了他一把。

　　萨马德坐在吉普车里。过了五分钟的样子，他听到一声枪响。他惊跳起来，拍死了一只正盘旋着在他手腕上寻找下口之处的小虫。他抬起头，只见阿吉正往回走——他在流血，而且瘸得厉害。在穿越车前灯的照射范围时，他的身影时现时隐，时明时暗。他的模样是那么稚嫩，车灯把他金色的头发照得透亮，他圆月般的脸像婴儿那样明亮，此时正一头冲进世间。

萨马德

1984，1857

板球比赛实验——他们为哪边欢呼？……
你是在顾盼原来的国家，还是现在的国家？

——诺曼·特比特

第六章

萨马德·伊克巴尔面临的诱惑

孩子。孩子就像传染病一样找上了萨马德。是的,他已经很快乐地拥有了两个孩子——你别指望一个男人能比他更快乐了——但他没料到还有一件事,一件谁也没法教你的事,那就是了解孩子。四十多年里,萨马德快活地走在生活的大道上。他从未意识到,在那条大道上,在每个加油站的托儿所里,生活着社会的一个子集,一群抹眼泪、流鼻涕的小家伙;他对他们一无所知,也毫不在意。后来,突然在八十年代初的某一天,他开始喜欢孩子了——别人的孩子,自己孩子的小伙伴,后来又是小伙伴的小伙伴,再后来是电视上儿童节目中的孩子。到一九八四年,他的社交文化圈里,至少百分之三十是年龄不到九岁的孩子——这一切不可避免地使他处于目前的地位——家长督导。

成为家长督导完全反映了成为家长的过程,这种对称关系很奇怪。事情似乎在偶然间便漫不经心地开始了:你出现在一年一度的学校春季游园会上,会上人头攒动;你帮着卖彩票(因为漂亮的红头发音乐老师要你帮忙),得到了一瓶威士忌(学校彩票全都一样);你还没弄清是怎么回事,就参加了每周一次的学校理事会,组织音乐会,讨论成立音乐科的计划,为修复喷泉募集资金——你与学校纠缠在一起,你和学校的事情有了瓜葛。总有一天你不会把孩子一送到校门口就转身离开,你会陪他们走进校门。

"把你的手放下。"

"我不。"

"放下，求你了。"

"别管我。"

"萨马德，你为什么总爱让我丢人？把手放下。"

"我有意见。我有权有意见。我也有权发表意见。"

"对，但你非得老是发表意见吗？"

一九八四年七月初，在一次周三例行的学校督导会议上，萨马德和阿萨娜·伊克巴尔坐在会议室后排，低声争吵着。阿萨娜竭力想让萨马德放下那只倔强的左臂。

"一边去，娘儿们！"

阿萨娜伸出两只小手抓住他的手腕，像拧毛巾那样狠狠拧着。"萨马德·迈阿，你怎么就不明白，我只是不想你出丑！"

就在两人暗暗较劲时，会议女主席凯蒂·米尼弗正拼命回避萨马德的目光。她是个离了婚的瘦高个白人，穿着紧身牛仔裤，头发很卷，一口龅牙。她暗暗诅咒坐在他身后的汉森太太。这位太太正在阐述学校果园里的树虫问题，这样一来，她就不能假装没看见萨马德那只固执的手了。她迟早得让他发言。她在对着汉森频频点头之际，抽空瞄了一眼会议纪要，这是坐在她左边的秘书尼尔纳尼太太飞快地记下来的。她想核实一下，那不是自己的凭空想象，自己没有不公平，没有不民主，更没有种族歧视（可她已经看过彩虹联盟那本影响非凡的小册子《色盲》，做过自测题，成绩不错），唯恐这种歧视过于根深蒂固，自己没有觉察到。但没有，没有。她并不过分。随意取一段摘要就能说明问题：

13.0　珍妮特·特罗特太太提议在操场上再建一个攀爬架，很多孩子爱玩现在的攀爬架，但遗憾的是，玩的人太多，架子已成了安全隐患。特罗特太太的丈夫、建筑师汉诺弗·特罗特愿意设计并监督该攀爬架的建造，学校不必出资。

13.1　主席看不出有何反对理由，提议对该建议进行表决。

13.2　伊克巴尔先生想知道，为何西方教育制度重身体活动而轻思想灵魂。

13.3　主席不明白这是否切题。

13.4　伊克巴尔先生要求将表决推迟到他提交一篇详述主要论点的文章后再进行，并强调，他的儿子马吉德和迈勒特通过倒立得到了所需的一切锻炼，倒立能增强肌肉，还能输送血液刺激脑部的体觉皮质。

13.5　沃尔夫太太问，伊克巴尔先生是否认为她的苏珊也必须做倒立。

13.6　伊克巴尔先生推断，考虑到苏珊的学习成绩和体重，倒立锻炼法也许是可取的。

"有话要说，伊克巴尔先生？"

萨马德用力掰开阿萨娜紧抓着他翻领的指头，毫无必要地站了起来，在讲义夹里翻了翻，拿出需要的那张举到眼前。

"有，有。我有一个动议，我有一个动议。"

一阵轻轻的不满声在督导中间传开，接着是短暂的骚动：换坐姿、搔头、跷腿、摸提包、整理挂在椅子上的外套。

"又要提动议，伊克巴尔先生？"

"噢，是的，米尼弗太太。"

"今晚，光是您一个人就提了十二项动议。我想，也许其他人——"

"噢，但这项动议太重要了，不能推迟，米尼弗太太。现在，如果我可以——"

"米尼弗女士。"

"您说什么？"

"只是……是米尼弗女士。整晚您都在……应该是，嗯……其实不是太太。应该是女士。女士。"

萨马德不解地看着凯蒂·米尼弗，又看看自己那张纸，好像想从那里找到答案似的，然后又一次看着身处窘境的主席："对不起，您还没结婚吗？"

"离婚了，其实是离婚了。仍旧保留着姓氏。"

"明白了。请接受我的慰问，米尼弗小姐。现在，我要说的是——"

"对不起，"凯蒂用手指梳理着那头倔强的头发，说，"嗯，也不是小姐。对不起。你看，我结过婚，所以——"

凯蒂的两位妇女行动组的朋友，埃伦·科科伦和贾宁·兰泽伦诺朝她微笑着表示支持。埃伦摇着头，示意凯蒂不能哭（因为你干得很好，真的很好）；贾宁做了个"说下去"的口型，还偷偷对她竖起大拇指。

"真不好意思——我只是觉得婚姻状况不应该是一个问题——我不是想让您下不来台，伊克巴尔先生。我只是觉得，如果您——应该是女士。"

"女子？"

"女士。"

"这是不是把小姐和太太混淆起来的说法？"萨马德问。他确实很惊奇，也没注意到凯蒂·米尼弗的下唇在颤动，"可以形容丢了丈夫又没指望再找一个的女人？"

阿萨娜叹息着用双手抱住头。

萨马德看着讲义夹，在什么字下面画了三条线，然后又一次转向家长督导们。

"收获节……"

大家又开始换坐姿、搔头、跷腿、整理挂在椅子上的外套。

"好吧，伊克巴尔先生，"凯蒂·米尼弗说，"收获节怎么了？"

"那正是我想知道的。收获节到底有什么意义？它是什么？为什么要设立？为什么我的孩子必须庆祝收获节？"

女校长欧文斯太太是个很文雅的女人，剪得一丝不苟的金色短发掩住了半张细嫩的脸。她示意凯蒂·米尼弗，这个问题由她应付。

"伊克巴尔先生，我们在秋季的评审会上已经非常彻底地一一讨论了宗教节日问题。您一定知道，学校认可了大量宗教节日和世俗节日，包括圣诞节、斋月、春节、排灯节、赎罪日、犹太圣节、海尔·塞拉西的诞辰以及马丁·路德·金的忌日。收获节是学校宗教多样化活动的组成部分，伊克巴尔先生。"

"明白了。那么，欧文斯太太，有很多异教徒在曼诺学校学习吗？"

"异教徒？我恐怕听不——"

"很简单。基督教教历有三十七个宗教节日，三十七个；伊斯兰教教历有九个节日，只有九个，可这些节日却给多得难以置信的基督教节日挤掉了。现在转入正题。我的动议很简单。如果我们把所有异教徒的节日从基督教教历中去掉，平均可以……"萨马德停下来看讲义夹，"可以多出二十二天，包括十二月的吉庆夜、一月的开斋节、四月的古尔邦节。在我看来，第一个该去掉的节日就是收获节这东西。"

"我看，"欧文斯太太一边愉快而坚定地笑着，一边对大家发表高论，"把基督教节日从地球上抹去有点超越我的权限。否则，我会除掉圣诞前夜，省得往袜子里放礼物。"

萨马德不理睬大家听了这话发出的咯咯的笑声，继续步步紧逼。"但我想说的正是这一点。这个收获节并非基督教节日。《圣经》上有哪处这样写：汝须偷窃汝父母食橱中之食物，将其带至学校集会，汝应强迫汝母烘烤鱼形面包？这些都是异教徒的理想！《圣经》上哪里这样说：汝应将一盒冻鱼条送予住在温布莱的丑老太？"

欧文斯太太皱起了眉头。她只习惯教师式的冷嘲热讽，比如，难道我们生活在牲口棚里吗？我想你自己家就是这个样子！

"事实上，伊克巴尔先生，难道收获节不正因为它仁爱的一面而值

116

得保留吗？在我看来，不管《圣经》上有没有这样的经文，给老人送食物都值得赞许。当然，《圣经》上也没说，我们应该在圣诞节吃火鸡，但很少有人会以此为由反对吃火鸡。老实说，伊克巴尔先生，我们愿意认为，这些事情与其说跟宗教有关，不如说跟社区有关。"

"一个人膜拜的神就等于他的社区！"萨马德提高了嗓门。

"是的，嗯……那么，我们要不要对此动议表决呢？"

欧文斯太太紧张地环顾会议室，看有多少人举手。"有人附议吗？"

萨马德推阿萨娜的手，她往他脚脖子踢了一脚；他在她脚指头上踩了一记，她在他腰窝上掐了一把；他把她的小手指向后翻，她勉强举起右臂，同时灵巧地用左臂在他胯部捅了一下。

"谢谢你，伊克巴尔太太。"欧文斯太太说。这时贾宁和埃伦面带饱含怜悯、悲哀意味的微笑朝她看去，这种笑容是她们专为百依百顺的女伊斯兰教徒准备的。

"同意将收获节从校历中清除这一动议……"

"因其异教的含义……"

"因某种异教……含义。请举手。"

欧文斯太太扫视着会议室。有一只手——美丽的红头发音乐老师波碧·伯特-琼斯的手冒了出来，手腕上的一串镯子哗啦啦滑了下去；然后，夏尔芬夫妇，即马库斯和乔伊丝这对身穿仿冒的印度服装、上了年纪的嬉皮士夫妇，反叛地举起了手；萨马德直视着克拉拉和阿吉——他们俩正温顺地坐在大厅的另一头——于是，又有两只手慢慢从人群中现身。

"其他人都反对吗？"

其余三十六只手举到了空中。

"动议没有通过。"

"我肯定曼诺学校的太阳系巫婆妖精联盟会对这一决定感到高兴的。"萨马德说着，坐下了。

会后，萨马德进了厕所，在孩子们的小便池上费了一番力气才解完手。就在他走出厕所来到走廊上时，那位漂亮的红头发音乐教师和他搭话了。"伊克巴尔先生。"

"嗯？"

她伸出一只手，手臂修长洁白，略带一点雀斑。"波碧·伯特-琼斯。我教马吉德和迈勒特管弦乐和唱歌。"

萨马德伸出他那只健全的左手，取代那只她打算握的没用的右手。

"噢！对不起。"

"没什么，没什么。不疼，只是没用。"

"噢，好啊！我是说，你知道我的意思，不疼就好。"

她天生丽质，大约二十八岁，最多三十二岁，身材苗条而不僵硬，长着孩子似的胸廓，宽而扁平的乳房只在乳峰处才突出那么一点。她穿一件无领白衬衫配一条很旧的李维斯牛仔裤，脚上是灰色运动鞋，浓密的深红色头发扎成一把蓬松、漂亮的马尾，脖子上落着些许碎发，一脸雀斑。此时她正对着萨马德笑着，很快乐，但稍微有点傻头傻脑。

"你想谈我家双胞胎的事吗？出问题了？"

"噢，没有，没有……啊，你知道，他们都很不错。马吉德有点不顺利，但参考他过去优异的成绩，我相信长笛对他不是难事，迈勒特演奏萨克斯很有天赋。不说他们，我只是想说，你刚才说得很有道理。你知道，"她说，用大拇指指着大厅的方向，"刚才在会议室里，我一直都觉得收获节很荒唐。我是说，如果你要帮助老人，你知道，那么，就应该另选一个政府出来，而不是给他们送意大利面条。"她又对他笑了笑，把一绺头发卡到耳朵后面去。

"真可惜那么多人不同意，"萨马德说，见她第二次对着自己微笑，有点受宠若惊，下意识地收了收与他五十七岁年纪相称的肚子，"今晚我们好像完全是少数派。"

"啊，夏尔芬夫妇支持你——他们是很好的人——知识分子，"她低声说，好像在说热带怪病似的，"丈夫是科学家，妻子做园艺那行——两人都很务实。我跟他们谈过了，他们认为你应该坚持不懈。你知道，其实，我刚才在想，以后几个月，我们可以找时间聚一次，做些准备工作，九月份开会可以提出第二次动议——你知道，那时跟节日比较近，关联性会强一点，也许可以印一些宣传单什么的。因为你知道，我真的对印度文化很感兴趣。我只是觉得，你提到的那些节日会更加……多姿多彩，我们可以把它与美术作品、音乐连在一起。那真的很令人兴奋，"波碧·伯特-琼斯越说越兴奋，"我想，这真的很好，你知道，对孩子们很有好处。"

萨马德明白，这个女人不可能对自己产生什么性爱上的兴趣。但他仍然环顾左右去看阿萨娜是否在场，仍然在口袋里把车钥匙晃得很响，仍然感觉到心头一冷，他明白这是出于对真主的恐惧。

"其实，我并非来自印度，你知道。"萨马德说。移居英国后，他已经多次重复这句话了，但这次显得比以往任何一次都更有耐心。

波碧看上去很意外也很失望："你不是?"

"不是。我来自孟加拉国。"

"孟加拉国……"

"以前是巴基斯坦。再以前，是孟加拉地区。"

"噢，好吧。那么，是同一个地方。"

"差不多一样，对。"

两人尴尬地冷场了片刻，萨马德明明白白地感觉到自己想要她，这欲望比他过去十年中遇到任何女人时都更强烈。就是这么回事。情欲根本不管场合，不看看有没有邻居在场——情欲只管一脚踢开房门，自说自话起来。他感到不自在，随即意识到，就在自己估量着波碧的体重以及她所提建议的所有有形和形而上的后果时，自己的表情正在发生从激动到恐怖的变化，怪诞地模拟着心理活动。他必须在形势恶化之前开口说话。

"啊……嗯，这个想法很好，再次提出动议，"他违背自己的意志说，因为此时说话的不是理性，而是兽性，"如果你能抽出时间的话。"

"啊，我们可以谈谈，过几个星期我会给你打电话。也许我们可以在乐队排练以后见面，行吗？"

"那就……太好了。"

"好极了！那么，就这么说定了。你知道，你的孩子真是太可爱了——很不寻常。我也这么跟夏尔芬夫妇说，马库斯确切地指出，印度孩子，如果你不介意我这么说，一般都较——"

"较什么？"

"安静。举止得体，但很，我不知道是否准确，很顺从。"

萨马德在心里皱了两次眉头，想象着阿萨娜听到这话会作何反应。

"可马吉德和迈勒特却那么……会闹。"

萨马德想笑一笑。

"马吉德真是聪明过人，很难想象他才九岁——人人都这么说。我是说，他真的不同凡响。你肯定很自豪。他就像个小大人。连他穿的衣服……我好像没见过哪个九岁的孩子穿得像他那么——那么肃穆。"

这对双胞胎一向都自己挑选衣服。迈勒特总是缠着阿萨娜买红条纹耐克运动服、欧斯库斯服装和那种正反面都有图案的古怪连衫裤；而马吉德却不管什么天气，都穿一件灰色套头衫、灰色衬衫，系一个黑色领结，黑鞋子擦得锃亮，鼻子上架一副国家保健服务中心配的眼镜。阿萨娜会说："小男人，为了阿妈穿上蓝衣服吧，嗯？"她劝他穿母爱牌三原色系列："就买一件蓝色，和你的眼睛很配。为了妈妈，马吉德。你怎么会对蓝色无动于衷呢？那是天空的颜色！"

"不，阿妈。天空不是蓝色的，只是有白光。白光包含彩虹的所有颜色，透过天空中的无数分子散射开来，波长短的颜色——蓝色、紫色——是你看到的颜色。天空并不真是蓝色，只是看上去蓝。这叫瑞利散射。"

真是头脑冷静的怪孩子。

"你一定很自豪，"波碧满脸笑容地又说了一遍，"换了我，一定会的。"

"可惜呀，"萨马德叹了口气，他心情沉重地想到二儿子，这使他不能专心于勃起（注意力分散了两分钟），"迈勒特一无是处。"

波碧听到这话有点窘迫。"噢，不是！不是，我根本不是那个意思……我是说，我想他可能给马吉德压住了，但他多有个性呀！他只是不太……爱学习。但人人都喜欢他——而且，男孩子长得多漂亮呀。当然，"她说着，对他眨了眨眼，还在他肩上拍了一下，"基因优良嘛。"

基因优良？她什么意思？基因优良？

"嗨。"阿吉说。他已经走到他们身后，在萨马德背上重重拍了一下。

"你好，"他又说，同时握着波碧的手，装出一副贵族气派，每次碰到受过教育的人他都摆出这副样子，"阿吉·琼斯，艾丽的爸爸。恕我冒犯。"

"波碧·伯特-琼斯。我教艾丽——"

"音乐，对，我知道。经常说起你。不过很遗憾，你没让她拉第一小提琴……明年行不行，啊？那么！"阿吉说着，看看波碧，又看看萨马德。萨马德站得离他俩有点远，表情有点怪。阿吉想，那表情真他妈古怪。"你碰到了臭名昭著的伊克巴尔！你在会上有点过分，萨马德，啊？他是不是有点过分，啊？"

"噢，我不知道，"波碧甜甜地说，"我倒觉得伊克巴尔先生说得有几分道理，很多话都给我留下了深刻的印象。我真希望自己也跟他一样知识广博、样样精通。可惜的是，我只会一门技术。我不知道，伊克巴尔先生，您是不是教授什么的？"

"不是，不是。"萨马德说，心里很恼火阿吉在旁边，不能说假话，但把"侍者"这个词咽回到喉咙里。"不是，其实我在餐馆工作。我年

121

轻时读过书，可是战争开始了，就……"萨马德耸耸肩膀，不再说下去。看到波碧的雀斑脸扭曲成一个大大的红色问号，他心里不禁一沉。

"战争?"她说，好像他说的是收音机、自动钢琴或洗手间，"福克兰群岛战争?"

"不是，"萨马德淡淡地说，"第二次世界大战。"

"噢，伊克巴尔先生，别人怎么也猜不着的。你当时肯定很年轻吧?"

"有些坦克都比我们年纪大呢，亲爱的。"阿吉笑着说。

"嗯，伊克巴尔先生，那真是太意外了! 不过听说呀，黑皮肤不容易长皱纹，对吗?"

"有这个说法?"萨马德说，他迫使自己想象她紧绷的粉红色皮肤变老后层层堆叠的样子，"我原以为只有孩子才能使人年轻。"

波碧大笑起来。"那也是一个因素，我能想象。啊!"她说着，一时间红了脸，露出羞怯又很自信的样子，"你看上去很年轻。我敢肯定以前有人把你比成奥玛·沙里夫①，伊克巴尔先生。"

"没有，没有，没有，没有，"萨马德说，高兴得满脸通红，"唯一的共同点是我们都爱桥牌。没有，没有，没有……我叫萨马德，"他又说，"请叫我萨马德。"

"留着下次叫吧，小姐，"阿吉说，他管所有老师都叫小姐，"因为我们得走了。老婆们在车道上等着。不用说，要吃晚饭了。"

"啊，很高兴跟你聊天。"波碧说。她又把手伸错了，见他伸出左手跟她握，不禁脸红了。

"是呀。再见。"

"快点，快点。"阿吉催促着把萨马德拉出门，来到前门的车道斜坡上，"我的上帝，骚得跟屠宰场的母狗似的，那娘们! 乖乖。漂亮，很

---

① 埃及男演员，曾以《阿拉伯的劳伦斯》一片获得奥斯卡最佳男配角提名。

漂亮。我说，你刚才装模作样的……你说什么来着——共同点是我们都爱桥牌！我跟你认识几十年了，从没见你打过桥牌。梭哈①才是你平时玩的。"

"闭嘴，阿吉宝德。"

"别，别，挺好，你做得很好。不过，这不像你呀，萨马德——找到了上帝和所有一切——因肉体魅力而分心可不像你呀。"

萨马德甩开了阿吉放在自己肩膀上的手。"你为什么粗俗得这么不可救药？"

"我可不是那种……"

但萨马德没在听，他在心里默念着两句他竭力要相信的英语习语，两句他在英国的十年时间里学会的话，两句他希望能使他免受裤裆里的恼人热气困扰的话：

> 心纯则万物纯。心纯则万物纯。心纯则万物纯。
>
> 没有比这更公平的了。没有比这更公平的了。没有比这更公平的了。

不过，让我们把片子稍微往回倒一点点。

一、心纯则万物纯

性，至少是性的诱惑，长期以来一直很成问题。大约在一九七六年，对真主的畏惧第一次不知不觉进入萨马德的骨髓，当时他和长着一双小手掌、一对柔弱手腕又性情冷漠的阿萨娜结婚不久。他向克罗伊登清真寺一位年长的学者请教，男人是否可以……把自己的手放到他的……

他期期艾艾地说到一半，老学者就默不作声地从桌上取了一张传单

---

① 一种扑克游戏，以五张牌的排列组合、点数和花色大小决定胜负。

递给他，用满是皱纹的手指在第三点下面画了一下。

有九种行为，发生后需禁食：

1. 吃喝
2. 性交
3. 手淫，即导致射精的自我作践
4. 将错事归咎于全能的真主或其先知或神圣先知的继任者
5. 吞下厚厚的灰尘
6. 将头整个浸入水中
7. 晨祷召唤声响起时，仍有精液、经血或产血流出
8. 以液体灌肠
9. 呕吐

"那，长老，"萨马德惊慌地问，"要是他没有禁食怎么办？"

老学者表情凝重。"有人问过伊本·欧麦尔这个问题，据说他这样回答：'一切均无关紧要，只不过是将雄性器官摩擦出水。人揉捏的仅是神经而已。'"

萨马德听到这话心花怒放，但老学者接着说："但是，还有一次他这样回答：'人不可与自己交媾。'"

"那么，哪种说法正确？允许，还是禁止？有人说……"萨马德局促不安地说，"心纯则万物纯。如果一个人内心真诚坚定，它不会伤害别人，不会触怒……"

但是，老学者对此嗤之以鼻。"我们知道这些人是谁。真主怜悯圣公会信徒！萨马德，男人的雄性器官直立时，他就失去了三分之二的理智，"老学者摇着头说，"还失去了三分之一的信仰。先知穆罕默德——愿他安息！——在《言行录》中有这样的说法：'哦，真主！我从你处寻求避难，帮我躲开耳朵、眼睛、舌头、心脏和私处的邪恶。'"

"但可以肯定的是……可以肯定的是，如果一个人本身纯洁，那就——"

"让我看看纯洁的人，萨马德！让我看看纯洁的行为！噢，萨马德·迈阿……我给你的忠告是，离你的右手远些。"

当然，由于萨马德本身的原因，他充分利用了他的西方实用主义。回到家后，他用健全的左手有力地解决起来，心里一遍遍默念心纯则万物纯、心纯则万物纯，直到高潮最终来临：很黏，很伤心，很压抑。这种仪式一直持续了五年光景，就在他独睡的顶楼小卧室里进行。每天凌晨三点，他从餐馆下班，回家后就上这里睡觉（为了不吵醒阿萨娜），秘密地、悄悄地进行；因为他，不管你信不信，心里为此受尽折磨，为这种偷偷摸摸地拉扯挤压、流出液体的行为感到苦恼，为自己心灵不纯、行为不纯、将来永远不会纯洁而感到恐惧。而他的真主也好像老是在给他发送各种小小的预兆、小小的警告和小小的诅咒（一九七六年尿道感染，一九七八年梦见被人阉割，一九七九年结了硬块的脏床单被阿萨娜的姑婆发现并遭误解），一九八〇年这种危机达到了顶点，萨马德听到真主在他的耳朵里轰鸣，就像海浪在贝壳里轰鸣一般。似乎应该做个了结了。

二、没有比这更公平的了

这笔交易是这样的：一九八〇年一月一日，萨马德以喝酒为条件放弃手淫，就像新年节食者以巧克力代替奶酪一样。这是他和真主达成的一笔交易：萨马德为合同一方，真主是匿名合伙人。从那天开始，萨马德得以享有相对的精神宁静，还和阿吉宝德·琼斯多次享用泛着泡泡的吉尼斯啤酒。他甚至养成了基督徒的习惯：在干了最后那口酒时，仰望天空，心想，我基本上是个好人，我不捆香肠，让我休息一下，我只是喝了几杯。没有比这更公平的了……

但是不用说，他想要的妥协、交易、协约、弱点以及没有比这更公平之类的东西，都为他的宗教所不容。如果他想要的是同情和让步，如果他想要开明的经文诠释，如果他想要休息一下，那他站错了立场。他的真主不像圣公会、循道宗或天主教会的白胡子好好先生。他的真主不会让人休息一下。萨马德的眼睛落在漂亮的红发音乐老师波碧·伯特-琼斯身上时，他终于明白了这个道理。他知道真主在报复，他知道游戏结束了，他知道合同撕毁了。在诱惑被明显不怀好意地抛到他面前时，理智的条款不复存在，也许根本就没有存在过。简而言之，所有交易都一笔勾销了。

手淫急切地重新开始了。那两个月，从初次见到漂亮的红头发音乐老师到再次看到她的那两个月里，萨马德过了一生中最长、最黏、最臭、最内疚的五十六天。不管身在何处，不管在做什么，他都会突然产生一种与这女人有关的联觉：在清真寺里听到她头发的颜色，在牙膏管上嗅到她手的触摸，漫不经心地走在上班的路上，也会品尝到她的微笑！这让他熟悉了伦敦街头的每一所公厕，那种手淫连生命力最旺盛的十五岁少年都会觉得过分。他唯一感到安慰的是，他如罗斯福总统那样又推出了"新政"：要捆肠子就饿肚子。他的本意是从心里涤净波碧·伯特-琼斯的模样和气息，涤净手淫之罪。尽管此时并非禁食季节，而且这段时间的白昼是一年里最长的，萨马德从日出到日落仍双唇不沾任何东西，甚至连唾沫都吐在一个小小的瓷痰盂里。由于一头没有食物进入，另一头出来的也就很稀、很少、很弱、很透明，萨马德差不多能说服自己，罪孽已经减轻，总有一天，他可以随心所欲地猛揉那独眼玩意儿，除了空气不会流出别的东西。

尽管在精神、肉体和性欲上都饥饿难耐，萨马德仍每天在餐馆里干十二个小时。坦率地说，他觉得餐馆是唯一能待下去的地方。他不愿看到家人，不愿去奥康奈尔，不愿让阿吉看到自己这个样子而幸灾乐祸。到八月中旬，他已经把每天的工作时间延长到了十四个小时。他一会儿把粉红色餐巾折叠成天鹅形状，一会儿看希瓦的塑料康乃馨放得对不对，一会儿纠正刀叉的摆放次序，一会儿擦拭玻璃杯，一会儿抹掉瓷器盘子上的手指印——这些事情让他感到安慰。不管他是个多么糟糕的伊斯兰教徒，但谁也不能说他不是个出色的侍者。他学会了一样乏味的技能并把它磨炼到完美。在这里，至少他可以告诉别人怎样做是正确的：如何乔装打扮不新鲜的洋葱糕，如何装盘才能让屈指可数的对虾显得很多，如何让澳大利亚客人明白其实不用放那么多红辣椒。在这宫殿餐馆之外，他是个手淫的人、糟糕的丈夫、冷漠的父亲，满脑子都是英国圣公会信徒的教义；但在这里面，在这绘制着黄绿彩图的四堵墙壁里面，他是个独臂天才。

"希瓦！花没放，这里。"

这是萨马德开始"新政"的第二个星期，一个普普通通的星期五下午，他在宫殿餐馆里忙活着。

"这个花瓶你忘了插，希瓦！"

希瓦踱过来看十九号桌上细长如铅笔的海蓝色空花瓶。

"十五号桌调味架上的芒果酸辣酱里浮着一些酸汁。"

"真的吗?"希瓦无动于衷地说。可怜的希瓦，现在都快三十了，样子不那么英俊了，还在这里干。他从来都没有心想事成过。他确实离开过餐馆，萨马德依稀记得，一九七九年他走了一段时间，去开保安公司。可是"谁也不雇巴基斯坦保镖"，所以他又回来了，少了点嚣张，多了点绝望，就像一匹断腿的马。

"是的，希瓦。千真万确。"

"这就让你发疯了，是不是?"

"我不会说发疯之类的话，不会……是让我心烦。"

"因为，"希瓦打断了他的话，"你最近心里有事。我们都注意到了。"

"我们?"

"我们！这些干活的！昨天是在餐巾里看到一粒盐，前天是墙上的甘地像没摆正，上个星期你一直摆出一副太上皇的样子。"希瓦一边说，一边朝阿达谢的方向点头，"就像个疯子！不笑，不吃，整天找别人的碴儿。本来领班不在，大家都可以松口气。就跟足球队长似的。"

"我不知道你在说什么。"萨马德紧闭着嘴唇，把花瓶递给他。

"可我确信你知道。"希瓦挑衅地说，把空花瓶放回桌子。

"如果我真的有什么事，也没有理由干扰我这里的工作，"萨马德说，他变得惊慌起来，又把花瓶递回给他，"我不愿妨碍别人。"

希瓦又一次把花瓶放回到桌上。"那么，果真有事了。说吧，伙计……我知道，我们不是知己，可在这里我们得抱成一团。我们一起共事多久了？萨马德·迈阿？"

萨马德突然抬头望着希瓦，希瓦看出他在冒汗，而且似乎有点头晕。"是的，是的……是有……有点事。"

希瓦把手放到萨马德肩上。"那么，我们别管这些他妈的康乃馨，给你做一份咖喱饭吧——还有二十分钟太阳就要落山了。来吧，把一切告诉希瓦。倒不是因为我在意，你明白，实在是因为我还得在这里干下去，可你都快把我逼疯了，伙计。"

对方愿意听他说心事，虽然话说得粗俗，萨马德还是很奇怪地被打动了。他放下粉红色天鹅餐巾，跟着希瓦走进厨房。

"是动物、植物，还是矿物？"

希瓦站在工作台旁，把一整块鸡胸脯切成整整齐齐的方块，然后放到玉米粉里滚。

"你说什么？"

"属于动物、植物，还是矿物？"希瓦不耐烦地又说了一遍，"那件让你心烦的事情。"

"动物，主要是。"

128

"母的?"

萨马德在旁边的凳子上坐下,垂下了头。

"母的,"希瓦下了结论,"老婆?"

"这事会让我老婆感到可耻、伤心,不过不是……不是因为她。"

"那是另有一只鸟了,这方面我最拿手了,"希瓦做出摆弄相机的样子,嘴里唱着《智多星》里的主题曲,进入了角色,"希瓦·巴格瓦迪,你有三十秒时间追你老婆以外的女人。第一个问题:这样做对吗?回答:看情况。第二个问题:会不会下地狱——"

萨马德厌恶地打断了他:"我没……跟她做爱。"

"已经说了,就让我说完吧:会不会下地狱?回答——"

"别说了,就当我没说过。求你了,就当我什么也没说过。"

"里面要不要放茄子?"

"不要……青椒就够了。"

"好吧,"希瓦说着,朝空中扔了一个青椒,又用刀尖接住了,"一客干炒洋葱咖喱鸡。那么,这事有多久了?"

"没事。我只见过她一次。刚刚认识。"

"那么,有什么大不了的?是摸过了?还是啃过了?"希瓦把青椒和洋葱扔进热油里。"你胡思乱想了。那又怎样?"

"握手,就这。她是我儿子的老师。"

萨马德站了起来,"不光是胡思乱想,希瓦。我整个身子都不听使唤,不管我怎么控制都没办法。我以前可从没这么丢人过。比如,我一直不停——"

"是呀,"希瓦说着,指了指萨马德的胯部,"我们也注意到了。你上班前为什么不做五指操呀?"

"我做的……我是……可没用。再说,真主不允许。"

"噢,你根本不应该那么虔诚,萨马德。这不适合你,"希瓦抹掉一滴被洋葱刺激出来的眼泪,"内疚对身体没好处。"

"这不是内疚，是恐惧！我五十七岁了，希瓦。等你到了我这把年纪，你就会变得……关注自己的信仰，你不想让一切都来不及。我已经被英国毒化了，我现在看清这一点了——我的孩子、我的老婆，他们也都被毒化了。我想可能是我交错了朋友。可能是我太轻率了。可能我太看重知识却轻视了信仰。现在把这么个诱惑摆到我面前，你知道，是为了惩罚我呀！希瓦，你懂女人！帮帮我！怎么可能产生这种感情呢？几个月前我甚至都不知道那个女人的存在，我只跟她说过一次话。"

"就跟你说的那样：你五十七岁了。中年危机。"

"中年？那是什么意思？"萨马德恼火地提高声音说，"见鬼去吧。希瓦，我可不想活一百一十四岁。"

"这是一种说法，你经常可以在报上看到。一个人到了生活中的某一个点，他会开始感觉爬过了山……你会觉得自己跟那姑娘一样年轻，如果你明白我的意思。"

"我正站在人生的道德十字路口，你却跟我胡说八道。"

"你得明白这些东西，伙计，"希瓦慢条斯理地耐心地说，"女性性高潮、G点、睾丸癌、停经——中年危机只是其中之一，这都是现代男人应该掌握的信息。"

"可我不想知道这些信息！"萨马德喊道，他站起来，在厨房里踱来踱去，"就是这话！我不想做现代人！我想生活在自己想要的生活中！我想回到东方！"

"啊，嗯……我们都想，不是吗？"希瓦低声说，他推开锅周围的青椒和洋葱，"我三岁就离开了，他妈的我在这个国家什么名堂都没干出来。可是谁有钱买机票？谁要住在棚屋里，却要给十四个用人发工资？谁知道希瓦·巴格瓦迪在加尔各答会怎么样？王子还是贫儿？还有，"希瓦说，他的脸上又泛起几分从前的英俊，"西方一旦进入骨髓，又有谁能把它拉出去呢？"

萨马德继续踱步。"我根本就不该来——这就是问题的根源。我的

130

儿子也根本不该在这里，和真主隔得那么远。威尔斯登格林地铁站！糖果店橱窗里挂着各种名片，学校里传看朱蒂·布卢姆，人行道上处处可以看到避孕套，收获节，当教师的狐狸精！"萨马德吼叫着，随口挑出几样来，"希瓦——我偷偷告诉你，我最要好的朋友阿吉宝德·琼斯，是不信教的！看看，我给我的孩子树立了什么榜样？"

"伊克巴尔，坐下，冷静一点。听着，你不过是想要某个人罢了。一个人想要另一个人而已。从德里到泰晤士河畔的台福德，这档子事全都一样。这不是世界末日。"

"这一点，我可没把握。"

"你下次什么时候能见到她？"

"我们是为了跟学校有关的事情才见面的……九月的第一个星期三。"

"明白了。她是印度人吗？伊斯兰教徒？不是锡克人，对吧？"

"问题就在这里，"萨马德说，他的声音突然变了，"英国人！白种英国人。"

希瓦摇了摇头："我曾经和好多白鸟来往过，萨马德。好多。有时行，有时不行。我和两个可爱的美国姑娘好过，被一个巴黎美人迷得神魂颠倒，还与一个罗马尼亚人好了一年，可从没跟英国姑娘来往过。不行。不行。"

"为什么？"萨马德用牙齿咬着拇指甲，等着听惊人的回答，那种从天而降的宣判，"为什么不行，希瓦·巴格瓦迪？"

"太多历史，"希瓦高深莫测地回答，边说边把咖喱鸡盛到盘子里，"太多他妈的历史。"

一九八四年九月的第一个星期三，上午八点半。萨马德在神思恍惚中听到他那辆迷你奥斯汀车的车门打开又关上的声音——他刚才已远离现实世界——他转身看看左边，只见迈勒特爬进来坐在了他旁边，或者，是至少脖子以下很像迈勒特的那么个东西：头让一个酷似两只双筒望远镜的托米卓尼克牌游戏机代替了。根据经验，萨马德知道，在游戏机里面，代表他儿子的红色小车正沿着发光二极管弄出来的三维公路，追踪一辆绿色汽车和一辆黄色汽车。

迈勒特把小屁股放在褐色塑料座位上。"噢哟！这么冷的座位！这么冷的座位！屁股都冻掉了！"

"迈勒特，马吉德和艾丽在哪里？"

"就来了。"

"是用火车的速度还是蜗牛的速度？"

"呀！"迈勒特尖叫起来，此时发生了一次虚拟的交通事故，他的红色车很可能要完蛋了。

"拜托，迈勒特，关掉它。"

"不行。还需要一、欧、二、七、三点。"

"迈勒特，你应该从数字开始学起。跟我说一遍：一万零二百七十三。"

"一慢零二拍七斯三。"

"关掉，迈勒特！"

"不行，我要死的。你想要我死呀，阿爸？"

萨马德没听进去。要是这次去学校想要达到什么目的的话，那他务必要在九点以前赶到。九点过两分，她会用修长的手指翻开点名册；九点过三分，她会用半圆形指甲敲打一张看不到的木头桌子。

"他们在哪里？他们不想准时到校了？"

"嗯哼。"

"他们总是去这么晚吗？"萨马德问，因为接送孩子上学一般是阿萨娜或克拉拉的任务。他为了看一眼伯特-琼斯（虽然两人见面还要再过七小时五十七分、七小时五十六分、七小时……）才承担起书上说的最艰巨的父母义务。他费了很大力气才让阿萨娜相信，自己突然想送自家和阿吉的孩子上学，并没有特殊的原因。

"可是萨马德，你凌晨三点才进家门。你是不是有点反常呀？"

"我要看看自己的儿子！我要看看艾丽！每天早晨他们都在长大——我从没看到过！迈勒特已经长高两英寸了。"

"又不是在早晨八点半长个。他一直长个就够奇怪的了——感谢真主！这一定是奇迹。这是怎么回事，嗯？"她把手指甲探进他肚子的上半部，"跟变戏法似的。我能闻出来——像是山羊舌头发臭了。"

啊，阿萨娜对内疚、欺骗和恐惧的嗅觉很灵敏，在布伦特区谁也赶不上，萨马德在这种灵敏的嗅觉面前束手无策。她知道吗？她猜到了？那些焦虑整晚伴随着萨马德（他不捆香肠的时候），第二天他第一件事情就是拿孩子们当借口把它们带上车。

"他们他妈的到底在哪儿？"

"他妈的喇叭！"

"迈勒特！"

"你也说脏话了，"迈勒特说，他跑到第十四跑道，引燃了黄色汽车，赢了五、零、零点，"你老是说脏话。琼斯先生也一样。"

"嗯，我们有特殊的说脏话执照。"

看不到脑袋的迈勒特不用露脸也能表达他的愤怒。"哪有这种东——"

"好，好，好，"萨马德妥协了，意识到跟九岁的孩子吵架没什么意思，"我给你抓住小辫子了。没有说脏话的执照。迈勒特，你的萨克斯管在哪里？今天乐队要排练。"

"在后备厢里。"迈勒特的声音立即透出难以相信和厌恶的口气来：居然有人不知道萨克斯管在星期天晚上就放进了后备厢，这种人简直就是白痴。"为什么由你送？星期一都是琼斯先生送我们。你一点也不懂怎么送我们，也不懂怎么送我们进去。"

"我一定应付得来，谢谢你，迈勒特。这又不是什么航天科学。那两个孩子在哪呢！"他大声喊起来，摁响了车喇叭，让九岁的儿子看出自己行为反常，他不禁有点慌乱。"拜托你把那该死的东西拿掉！"萨马德一把抓住游戏机，把它拉到迈勒特的脖子上。

"你害死我了！"迈勒特看了看游戏机里面，吓了一跳，正巧看到他小小的红色第二自我一个急转弯，朝障碍物冲去，消失在阵阵黄色火星之中。真是一场灾难。"我眼看要赢了，你把我害死了！"

萨马德闭上眼睛，强迫眼球在脑袋上尽量多转动一些，希望大脑能对它们产生影响；如果能做到的话，希望能蒙蔽自己，因为自己与受西方腐蚀的另一个牺牲品俄狄浦斯不相上下。他想，我要另外一个女人。他想，我杀了自己的儿子，我说脏话，我吃火腿，我经常捆香肠，我喝吉尼斯啤酒，我的好朋友是不信教的异教徒。我告诉自己，如果不用手上下摩擦，就不能算。可是，这也算，全都算在记账人那伟大的记录板上。到了迈沙会怎么样？最后审判日来临时，如何才能免除我的罪孽？

咔嗒，砰。咔嗒，砰。一声是马吉德，一声是艾丽。萨马德睁开眼，看看后视镜。后座上坐着两个他等待已久的孩子：两人都戴着小眼镜，艾丽留着一头任性的非洲鬈发（小姑娘长得不美：她的基因混起来了，阿吉的鼻子配上克拉拉难看的龅牙），马吉德则把浓密乌黑的头发梳成了中分。马吉德带着八孔长笛，艾丽带着小提琴。但是除了这些基本细节外，所有一切都不同以往。除非他犯了大错，否则这辆迷你车里一定有什么东西坏了——好像要发生什么事情。两个孩子从头到脚穿了一身黑，左臂上别着白色臂章，臂章上拙劣地画着一篮篮蔬菜。两人的脖子上都用绳子挂着书写纸和钢笔。

"谁让你们挂这些的？"

没人回答。

"是不是阿妈？琼斯太太？"

还是没人问答。

"马吉德！艾丽！舌头让猫吃了？"

孩子们似乎打定主意不开口。大人老是想让孩子安静，但孩子终于不开口了，大人又不安起来。

"迈勒特，你知道这是怎么回事吗？"

"真没意思，"迈勒特哼哼唧唧地说，"这两个机灵鬼，机灵鬼，鼻涕妞，臭屁屁，笨蛋蛋，四眼太爷和丑丑夫人。"

萨马德坐在座位上扭过身子，面对这两个持异议的孩子："我可以问问，这是为什么吗？"

马吉德抓起笔，工整地写道：随你便。然后把纸撕下来，递给萨马德。

"宣誓沉默。我明白了，你也一样，艾丽？我原以为你很有脑子，不会干这种傻事。"

艾丽在便笺上潦草地写了一会儿，把写好的东西递到前面去。

我们在抗拟。

"抗拟？抗什么拟什么呀？这个词是你妈教的？"

艾丽好像话到嘴边，几乎脱口而出了，但马吉德比画着让她闭嘴。他一把夺回那张纸，把"拟"字改成"议"。

"噢，我懂了。抗议。"

马吉德和艾丽拼命点头。

"啊，那倒确实很有意思。我猜是你们的妈妈一手策划了这一整套行头？服装？便笺簿？"

回应他的还是沉默。

"你们完全是政治犯……毫不让步。好吧，能问问是为什么抗议吗？"

两个孩子都急忙指向自己的臂章。

"蔬菜？你们在为蔬菜的权利抗议？"

艾丽用一只手捂住嘴，以免自己喊出声来，马吉德则慌忙在便笺簿上写起来。我们在抗议收获节。

萨马德粗鲁地说："我已经跟你们讲过了，我不要你们掺和那种胡闹。这跟我们没关系，马吉德。你为什么总是不想做你自己呢？"

双方都在生闷气，各自心里都知道说的是那件事。几个月以前，马吉德九岁生日那天，有一群非常英俊、举止非常得体的白人孩子出现在家门口，问马克·史密斯是不是住在这里。

"马克？这里没有马克，"阿萨娜一边说，一边亲切地笑着弯下腰来，"这里是伊克巴尔家。你们找错了。"

但她话音未落，马吉德就冲到了门口，推开了母亲。

"嗨，朋友。"

"嗨，马克。"

"我们去棋牌俱乐部了，妈。"

"好的，马——马——马克，"阿萨娜听到儿子不叫自己"阿妈"却叫"妈"，差点掉下了眼泪，"那，别太晚了。"

"我给你起了个显赫的名字，马吉德·马哈夫兹·穆谢德·姆布塔希姆·伊克巴尔！"那天傍晚，萨马德大发雷霆，马吉德一回到家，就像子弹似的飞快上楼，溜回自己的房间，"可你却偏要人家叫你马克·史密斯！"

但这只是一种更深层次模糊意识表现出的症状。马吉德很想生活在别人家里。他要的是猫，而不是蟑螂；他希望自己的母亲会用大提琴演奏乐曲，而不是在缝纫机上发出噪音；他希望自家房屋一侧有一个爬满鲜花的棚子，而不是别人家日渐增高的垃圾；他希望在门厅里摆放一架钢琴，而不是库谢德表哥的破车门；他希望骑车在法国度假，而不是当天来回去布莱克浦看姑妈；他希望自己房间的地上铺着锃亮的木地板，而不是餐馆里用剩的黄绿色旋涡图案地毯；他希望自己的父亲是医生，而不是独臂侍者。而这个月，马吉德把所有这些欲望都变成一个愿望：像马克·史密斯一样参加收获节，像别人一样。

但是我们要参加。不然课后要留校。欧文斯太太说这是传统。

136

萨马德大发雷霆。"谁的传统?"他吼道,这时,热泪盈眶的马吉德又一次开始奋笔疾书。"该死,你是伊斯兰教徒,不是木妖精!我跟你说过,马吉德,我跟你说过凡事要有分寸。你要跟我去麦加朝圣。如果我死前碰那块黑石头,那我会在大儿子在身边时碰它。"

写到一半时铅笔断了,马吉德还是用只剩一半的钝铅笔头飞快涂着。这不公平!我去不了麦加朝圣。我得上学。我没时间去麦加。这不公平!

"欢迎回到二十世纪。这不公平。一向都不公平。"

马吉德撕下第二张纸,举到父亲面前。你跟她爸爸说过,别让她去。

萨马德无法否认。上周二,他叫阿吉表示团结,让艾丽在收获节这个星期待在家里。阿吉推三阻四的,怕克拉拉会发火,但萨马德让他放心:学学我的样子,阿吉宝德。在我家里穿裤子的是谁呀?阿吉心想,还不是阿萨娜,她经常穿那种裤口逐渐收小的可爱的绸裤子,而萨马德则老是在腰上系一块长长的绣着花的灰棉布,那东西不管怎么看都是一条裙子。但他把这个想法闷在心里。

你不让我们去,我们就不说话。我们会永远、永远、永远、永远不开口。等我们死的时候,大家都会说你是罪魁。是你是你是你。

很好,萨马德想,我这一只好手更加沾满鲜血、罪孽深重了。

萨马德对指挥一窍不通,但他知道自己喜欢什么。是的,可能不太复杂,她指挥的样子,只不过是简单的四三拍,只不过是用食指在空中画单维度的节拍——可是,啊呀,看她指挥的样子是多大的享受啊!她背对着他;每到第三拍,穿在懒汉鞋里的光脚就往上一踮;她的屁股略微突出那么一点点,当她每次身体往前一冲,好让乐队笨拙地奏出渐强音的时候,屁股就会一撅,牛仔裤也往上一拱——这是多大的享受啊!真是赏心悦目!他只能强迫自己不要冲过去把她扛走。他感到恐惧,自己的眼睛根本离不开她。但他必须理智：乐队需要她——真主知道，没有她，这首《天鹅湖》的改编曲永远也练不好（很容易使人联想起鸭子摇摇摆摆游过浮油的情景）。可这简直太浪费了——就好像坐在公共汽车上，眼睁睁地看着一个学走路的孩子无知地抓着身旁陌生女人的胸脯一样——真是浪费，这么个尤物，居然摆在这些什么也不懂的小不点面前。他再次回味这一念头时，又反过来想：萨马德·迈阿……一个人如果到了忌妒小孩子摸女人胸脯的时候、到了忌妒年轻人的时候、到了忌妒未来的时候，这个人已经到了他的最低谷……当波碧又一次踮起脚，鸭子们也终于死于环境灾难时，他问自己：以真主的名义起誓，我在这里干什么呢？答案仍同以前一样，呕吐感也持续不退：因为我就是没法到别处去。

嘀、嘀、嘀。萨马德很感谢指挥棒敲在乐谱架上发出的声音，这声音打断了他的思绪、这些近乎谵妄的思绪。

"好了，孩子们，孩子们。嘘，静一静。把乐器从嘴边拿开，放下弓子。放下，阿妮塔。就这样，对了，放在地上。谢谢你。好了，大家可能注意到了，我们今天有客人。"她向他转过身。他竭力在她身上找一个可以注视的地方，一个不至于让他热血沸腾的地方。"这位是伊克巴尔先生，马吉德和迈勒特的父亲。"

萨马德站了起来，好像人家叫他立正一样。他小心翼翼地用大翻领外衣遮住自己活跃的胯部，动作僵硬地挥了挥手，然后坐了回去。

"大家说：'你好，伊克巴尔先生。'"

"**你好，伊克巴尔先生。**"除了两位音乐家，所有人齐声说道。

"那么，我们现在有一位听众，要不要演奏第三遍？"

"**要，伯特-琼斯小姐。**"

"伊克巴尔先生不单单是我们今天的听众，还是一位很特别的听众呢。就是因为伊克巴尔先生，我们下周再也不用演奏《天鹅湖》了。"

这个消息引起一阵骚动，小号的鸣叫、鼓声、钹的敲击声响成一片。

"好了，好了，够了。想不到大家会这么高兴。"

萨马德笑了。看来，她挺有幽默感，很机智，有点敏锐——但是，为什么要以为，犯罪的理由越多，罪孽就越轻呢？他又像基督徒那样思考问题了，他在对造物主说没有比这更公平的了。

"放下乐器。是的，说你呢，马文。非常感谢。"

"那我们演奏什么呢，小姐？"

"嗯……"波碧脸上仍挂着那种他以前见过的半是娇羞半是鲁莽的微笑，"非常激动人心的东西。下个星期我打算尝试一些印度音乐。"

钹手不知道自己在这种完全不同的音乐中能占据什么位置，就毅然第一个取笑起这一计划来。"什么，你是说那种哎哎哎哎啊啊啊哎哎哎哎啊啊噢噢噢的音乐？"他一边惟妙惟肖地模仿着印度歌舞剧电影片头曲或者"印度"餐馆播放的背景音乐，一边摇头晃脑。同学们发出一阵响亮得跟铜管乐器似的大笑，与哎哎哎啊啊啊噢噢啊啊啊哎哎哎噢噢噢咿咿咿咿汇成一片……这些声音与刺耳的小提琴声渗透到萨马德神魂颠倒的状态中，把他的想象带到了一个铺满了大理石的花园，他自己身着白衣，躲在一棵大树后面，偷看披着纱丽、贴着朱砂的波碧风情万种、时隐时现地穿梭于喷泉之间。

"我认为……"波碧开始说话了，竭力让自己的声音盖过吵闹声。然后，又把声音提高了几个分贝："**我觉得这样可不好。**"说到这里，她的声音又回落到正常。这时，同学们已经察觉到老师生气了，慢慢安静下来。"我觉得取笑别人的文化可不好。"

乐队成员并没有意识到自己刚才是在做这种事情，但都明白，这是曼诺学校校规中十恶不赦的大罪，于是都低下了头。

"你会怎么样？你会怎么样？苏菲，如果有人取笑女王合唱团，你会高兴吗？"

苏菲十二岁，好像脑子有点迟钝，从头到脚套着那种摇滚乐队的行头，像玻璃瓶底那么厚的镜片闪着光。

"不会高兴，小姐。"

"是的，你不会高兴，是吗？"

"是的，小姐。"

"因为弗瑞迪·莫库瑞①属于你的文化。"

萨马德听宫殿餐馆的侍者们说，这个名叫莫库瑞的人其实是个肤色很浅的波斯人，原名叫法鲁克，主厨记得他在孟买附近的潘奇加尼上过学。可是斤斤计较这些干什么呀？萨马德不想打断滔滔不绝的可爱的波碧，就把这些事情放在心里。

"有时候，我们会觉得别人的音乐怪怪的，这是因为他们的文化与我们的不同，"波碧一本正经地说，"但这并不意味着它不好，你们说是吗？"

"是的，小姐。"

"我们可以通过彼此的文化互相学习，对吗？"

"对，小姐。"

"比如，你喜欢什么音乐，迈勒特？"

迈勒特想了想，把萨克斯管抱到边上，像拨弄吉他那样拨弄起来，"为跑——而生！嗒嗒嗒嗒啊啊！布鲁斯·斯普林斯廷，小姐！嗒嗒嗒嗒啊啊！宝贝，我们生而——"

"嗯，没有……没有别的？你在家里听的，说说看？"

迈勒特的脸沉了下来，为自己好像回答得不对而烦恼。他朝父亲看去，父亲正在老师身后起劲地比画着，想表示婆罗达纳天舞那忽停忽动的头和手动作。这种印度古典舞蹈是阿萨娜以前很喜欢的，那时没有悲伤压迫她的心，也没有孩子束缚她的手脚。

"战栗者！"迈勒特声音洪亮地唱了起来，以为自己明白了父亲的

---

① 女王合唱团的主唱。

意思。

"战栗者之夜！迈克尔·杰克逊，小姐！迈克尔·杰克逊！"

萨马德用手捂住脸。波碧用奇怪的眼神看着这个站在椅子上的小孩子，在她面前抓着自己的胯部扭动着。"好吧，谢谢你，迈勒特。谢谢你讲……这些。"

迈勒特咧开嘴笑了。"没什么，小姐。"

就在孩子们排好队，用二十便士换两块干巴巴的消化饼干和一杯寡淡无味的果汁时，萨马德像捕食的动物那样，跟着波碧轻盈的脚步，走进音乐间。这是一个很小的房间，没有窗户，也没有其他出口。房间里堆满了乐器，文件柜里全是散页乐谱，还有一种气息。萨马德原以为是她的气味，但这时才弄清原来是小提琴的皮盒与琴弦老化产生的混合气味。

"这里，"萨马德看到一张桌子，上面堆着一大堆纸，"就是你工作的地方？"

波碧脸红了。"很小，是吧？音乐课的预算每年都在缩减，到了今年已经没什么可减的了。人家恨不得把桌子放进衣柜，权当办公室用。要不是大伦敦市议会，连一张办公桌都不给呢。"

"确实很小，"萨马德说，他扫视着房间，竭力想找一个能跟她相隔远一点、不致触手可及的地方，"简直可以说——幽闭。"

"我知道，很糟——不过你不坐下吗？"

萨马德寻找着她所指的椅子什么的。

"噢，上帝！对不起！在这儿，"她用一只手把纸、书和垃圾都清理到地上，露出一张样子很危险的凳子，"我做的——不过很稳。"

"你擅长木工？"萨马德问，再次寻找更多的犯罪理由，"既是木匠又是音乐家？"

"不，不，不——我去夜校听过几次课——没什么特别的。我做了这个，还做了一个脚凳，脚凳坏了。我不是——你知道吧，我想不出有谁做过木匠！"

"耶稣就是嘛。"

"但是，我不能说'我不是基督徒'……我是说，显然我不是，不过是出于其他原因。"

波碧坐到桌子后面，萨马德也在那张歪歪斜斜的凳子上坐下："你的意思是你不是好人？"

萨马德发觉，自己无意中提出的问题有点严肃，弄得她有点狼狈。她用手指把额前的头发往后捋了捋，无意识地拨弄着衬衫上的小珉瑶扣子，颤声笑道："我觉得自己也不是太坏。"

"就这些？"

"嗯……我……"

"噢，天哪！我道歉……"萨马德说，"我刚才不是认真的，伯特-琼斯小姐。"

"嗯……这么说吧，我不是奇彭代尔先生①——这就行了。"

"是的，"萨马德和善地说，心想，她的腿可比安妮女王的椅子漂亮多了，"就是这话。"

"那么，刚才说到哪儿了？"

萨马德把身子朝桌子上方略微靠过去，正面对着她："我们刚才在说什么嘛，伯特-琼斯小姐？"

（他的眼睛放着电。记得有人说过，他，萨马德·迈阿，刚从德里来的小伙子，那双眼睛呀，真是迷死人了。）

"我在找——找——我在找笔记本——笔记本到哪去了？"

她开始在桌子上乱翻起来，萨马德坐在凳子上又把身子往后靠了靠，心中暗自高兴，因为，如果他没有看错，她的手指好像在颤抖。是

---

① 18 世纪英国家具设计师。奇彭代尔式家具以轮廓优美、装饰华丽著称。

不是叫人动心了，就在刚才？他已经五十七岁了，已经有十年没让人动心了，现在，即使人家真的动心了，他也不太有把握自己能看出来。你这个老东西，他边用手帕擦脸边跟自己说话，你这个老蠢货。现在就走——走吧，免得让自己的汗水淹死（因为他全身都在冒汗），走吧，免得把一切都搞砸了。可是，会不会是这样呢？上个月——他一直在又挤又泄、又是祈祷又是恳求、又是跟真主讲条件又是一刻不停地想着她的那个月——她会不会也一直在想他呢？

"噢！我在找……我想起来了，我有件事要问你。"

好！在萨马德右侧睾丸里住下来的一个人格化声音说。不管问什么问题，答案都是好好好。好，我们就在这张桌子上做爱，好，我们来燃烧吧，好，伯特-琼斯小姐，好，都不可避免、无法逃避地回答，好。不过，外部的谈话在继续，在他"球袋"上方四英尺的理性世界里，答案是："星期三。"

波碧笑了："不是，我不是问你星期几，我不至于那么没头脑吧？不是，我是问今天是什么日子，我是说，伊斯兰教徒的日子。我刚才看到马吉德像是穿着过节的服装，我问他是不是过节，可他没回答。我担心得很，是不是让他生气了。"

萨马德皱了皱眉。真煞风景！人家正在透过胸罩和衬衫估计着乳头的乳晕和硬度，她却说起孩子来了。

"马吉德？不用为马吉德烦恼，我肯定他不会生气。"

"那么我猜对了，"波碧快活地说，"我不知道，这是不是禁言？"

"呃……是的，是的。"萨马德结结巴巴地说，他不想透露家里的窘境，"这是象征《古兰经》上的……说法：算总账那天，我们全都会先给打昏。沉默，你看，就是这样。所以，所以，所以家里的长子要穿上黑衣，嗯，在……一段……时间里不能说话，是一个——净化的过程。"

真要命。

"我明白了。那真是太有意思了。这么说，马吉德是长子？"

"比他弟弟大两分钟。"

波碧又笑了："那么，也就大一点。"

"两分钟，"萨马德耐心地说，因为对方毫不知晓这么短暂的时间在伊克巴尔家族史上所产生的影响，"差别就在这里。"

"这个过程有没有名称？"

"阿玛度波拉齐。"

"什么意思？"

这话可按字面翻译成：我觉得很虚弱。意思是，伯特-琼斯小姐，我身上的每一处都因为想吻你而变得虚弱。

"意思是，"萨马德说出声来，"对造物主的默默崇拜。"

"阿玛度波拉齐。哇！"波碧说。

"不错。"萨马德·迈阿说。

波碧坐在椅子里探过身来："我不知道……对我来说，这就像令人难以置信的自控行为。我们西方就没有这些——牺牲精神——我真钦佩你们这些人的节制精神、自我克制精神。"

就在这时，像上吊的人终于下决心踢翻身下的凳子那样，萨马德滚烫的双唇吻住了波碧·伯特-琼斯健谈的小嘴。

第七章

臼齿

东方父亲造孽，会降罪到西方儿子身上。这个过程通常需要时间，有时储藏在诸如秃头或睾丸癌之类的基因里，但有时却发生在同一天，甚至就在同一时刻。至少，这可以解释两星期后在古老的德鲁伊特式收获节期间发生的事情。那天，萨马德悄悄把那件从不穿到清真寺（心纯则万物纯）去的衬衫放到塑料袋里包起来，打算一会儿换上，去见伯特-琼斯小姐（四点半、哈里斯登钟），免得别人疑心……与此同时，马吉德和改变了想法的迈勒特正把四罐过期鹰嘴豆罐头、一袋混合薯条和几个苹果放进两只帆布背包（没有比这更公平的了），准备跟艾丽见面（四点半、冰激凌车），再去拜访指派给他们的老人——住在肯瑟尔·赖斯的汉密尔顿先生，给他送上异教徒的善心。

不为相关各方所知的是，古老的魔径左右着这两条旅程——或者用现代的说法，这叫重现。我们以前来过这里。这就好像在孟买、金斯顿或达卡看电视，好比观看给老殖民地播放的同样的英国老情景喜剧一样，冗长乏味而没完没了。因为移民总是特别爱重复——这与从西方迁移到东方、从东方迁移到西方、从岛屿迁移到岛屿的经历有关。即使你到了，你仍然要来回跑，你的孩子则旋转不停。找不出合适的词形容这种状况——原罪似乎太过分，可能原伤更妥当。创伤是一种反反复复发生的东西，归根结底，它是伊克巴尔家的悲剧所在——他们禁不住一再

145

重演过去所经历的挫折——从一块土地到另一块土地，从一种信仰到另一种信仰，从褐色的祖国怀抱投入帝国苍白而雀斑累累的臂膀，在他们听新曲子之前还要多次回放听过的歌曲。而这一切都发生在阿萨娜把那台特大的歌手牌缝纫机踩得山响的时候，她正在给一条没有裤裆的童裤边缘踩双线，没有注意到丈夫和儿子在家里蹑手蹑脚地走来走去，又是打点衣服，又是准备东西。这是重复行为的表现，是跨越大洲的挫折，是重现。但让我们一个一个来，现在就开始，一次讲一个⋯⋯

那么，小的准备如何去见老的呢？与老的准备去见小的一样：带一点点屈尊俯就的态度；不指望对方有理性；知道对方会听不懂自己的话，对方不会理解；同时又觉得必须带点对方会喜欢的、合适的东西，比如葡萄干饼干。

"他们爱吃这个。"三个人闹哄哄地朝五十二路公共汽车顶层进发，双胞胎兄弟问艾丽为什么选饼干，艾丽这样回答。"他们爱吃饼干里的葡萄干。老人爱吃葡萄干。"

迈勒特正埋头玩着托米卓尼克牌游戏机，他对艾丽的话嗤之以鼻："没人爱吃葡萄干。死掉的葡萄——哎呀。谁要吃葡萄呀？"

"老人要吃，"艾丽坚持说，把饼干放回袋子，"再说，葡萄并没有死，其西（实）是干了。"

"是呀，死掉以后干的。"

"闭嘴，迈勒特。马吉德，叫他闭嘴！"

马吉德把眼镜往鼻梁上推了推，圆滑地转移了话题："你还带了什么呀？"

艾丽把手伸进袋子："椰子。"

"椰子！"

"告诉你们，"艾丽猛地拉上袋子，不让迈勒特拿到果子，"老人爱吃椰子。可以用椰奶泡茶。"

迈勒特摆出作呕的样子，艾丽继续说："我还带了些硬皮法式面包、干酪饼干、苹果——"

"我们带了苹果，你这个酋长。"迈勒特插嘴。"酋长"这个说法源于伦敦北部的俚语，意思是傻瓜、饭桶、卑鄙小人、**窝囊废**。

"嗯，其西（实），我带的苹果比你们要多、要好，还有薄荷饼、荔枝果烩腌鱼。"

"我讨厌荔枝果烩腌鱼。"

"谁要你吃了？"

"我才不愿吃呢。"

"好，你以后也别吃。"

"好，行啊，因为我不要吃。"

"好，行啊，哪怕你要吃，我也不给你吃。"

"好，还好我不要吃。让你羞一羞，"迈勒特一边埋头玩游戏机，一边同以往一样，用手掌在艾丽的额头上抹了一圈，这就是在传递羞耻了，"让羞耻跑进脑袋瓜。"

"嗯，其西（实），不用你操心，又不是你吃——"

"噢哟，摸摸，发烫了，发烫了！"马吉德尖叫着，用他的小手掌搓着艾丽的前额，"你给羞上了，好啊！"

"其西（实），我没羞，你才羞呢，因为这是给汉密尔顿先生的——"

"我们到站了！"马吉德喊道，一个箭步站了起来，把拴铃的绳子拉了好几遍。

"要我说，"一位退休老人不满地对另一位说，"他们全都应该回到自己的……"

但这话，这句世界上最古老的话，在铃声和杂沓的脚步声中感到窒息，只好躲到座位底下，与口香糖为伍了。

"羞耻，羞耻，知道你的名字。"马吉德用颤音唱着。他们三人奔下台阶，下了公共汽车。

五十二路公共汽车跑两条线路。从万花筒般的威尔斯登上车，往南走，像孩子们那样，经过肯瑟尔·赖斯，到波特贝娄，再到骑士桥，一路可以看到各种有色人种融入雪白的城市；也可以如萨马德那样，往北走过威尔斯登、多利斯山、哈里斯登，心怀恐惧地（如果你和萨马德一样害怕，如果你从这座城市学到的所有的东西就是一看到深色皮肤的人就穿马路避开）观看白人渐渐淹没在黄皮肤、褐皮肤的人群中，然后哈里斯登钟映入眼帘，它宛如矗立在牙买加金斯顿的维多利亚女王塑像——包围在黑人中的白色巨石。

萨马德当时很意外，是的，意外。因为，她悄声告诉他，自己住在哈里斯登。接吻后——这个吻的味道他现在还记得——他按住了她的手，问还可以在哪里见她，除了这里，远离这里。（"我的孩子，我的妻子。"他语无伦次地嘀咕着。）原以为她会说"伊斯林顿"或"西汉普斯特德"，或至少"瑞士农舍"什么的，可她却说："哈里斯登。我住在哈里斯登。"

"石桥庄园？"萨马德惊恐地问。真主居然用这么有创意的方法惩罚他，真叫他开眼。他好像看见自己趴在新欢身上，背上却被歹徒捅进一把四英寸长的刀子。

"不是——不过离那里不远。你想来见面吗？"

那天，萨马德的嘴成了草坡上孤军作战的枪手，一边绞尽脑汁，一边给自己鼓劲。"想。噢，想得很！想。"

然后他又吻了她，使原本相对纯洁的情感变了味。他用左手握住她的乳房，享受着她急促的呼吸声。

然后，两人简短地说了几句必不可少的话，内心有愧的人都要说这些，为的是减轻负罪感。

"我真不该——"

"不知道这是怎么——"

"嗯，我们要见见面，至少谈谈已经——"

"不错，已经发生的事情，必须谈——"

"因为这里已经出了点事，但是——"

"我的妻子……我的孩子……"

"过一段吧……两星期后的星期三？四点半？哈里斯登钟？"

在这污秽的混乱中，他至少还能庆幸自己时间把握得很好。四点十五分下公共汽车，留出五分钟溜进麦当劳的厕所（门口站着黑人门卫，不让黑人进去），脱下餐馆里穿的喇叭裤，把自己塞进一套深蓝色西服，戴上羊毛鸡心领，穿上灰色衬衫，衬衫口袋里放着一把梳子，可以把浓密的头发整理服帖。到四点二十分，他花了五分钟去看表兄哈金和表嫂辛娜特，他们开着一家一元店。（这种店往往给人一种错觉：店里的商品没有一件超过这个价格，但仔细观察后才发现这是最低价格。）这是为了让他们在无意中为自己提供不在犯罪现场的证明。

"萨马德·迈阿，噢！今天可真帅呀——肯定不会无缘无故打扮成这样。"辛娜特·马哈尔的那张快嘴和黑墙隧道一般大，萨马德可指望着它呢。

"谢谢，辛娜特，"萨马德故意摆出一副不想说实话的样子，"说到为什么这么打扮嘛……我不知道该不该说。"

"萨马德！我的嘴严得像坟墓！不管跟我说什么，都会跟着我进坟墓。"

不管对辛娜特说什么，一定会点燃电话网络，沿途弹回到天线、无线电波和卫星上，最后在它弹跳着穿过远方行星的大气层的过程中，为更先进的外星文明所接收。

"嗯，其实……"

"看在真主的分上，说呀！"辛娜特叫了起来，此时她差不多已经站在柜台对面，她实在是太爱说长道短了，"你要去哪里呀？"

"嗯……我要去王室公园见一个人，谈谈人寿保险的事情。我想在死后，让阿萨娜有个依靠——不过，"他说着，朝浑身发亮、戴满首饰、涂着浓重眼影的发问者摇摇手，"我不想让她知道！她讨厌人家说死，辛娜特。"

"你听到了吗，哈金？有的男人在为自己老婆的未来操心哪！去吧——别在这儿耽误了，别让我耽误了你的事情，表弟。别担心，"她在他身后大声说着，同时朝电话伸出卷曲的长指甲，"我一个字都不会告诉阿尔西的。"

制造了不在犯罪现场的证据后，萨马德还有三分钟可以考虑老男人应该给年轻姑娘带什么东西的问题。在四条满是黑人的大街组成的十字路口，一个褐色皮肤的老男人应该给年轻的白人姑娘带什么东西，什么东西合适呢……

"椰子？"波碧·伯特-琼斯双手捧着这个毛茸茸的东西望着萨马德，茫然地笑着。

"这是个混合物，"萨马德紧张地说，"汁液跟水果一样，外壳却硬得像坚果；外面又棕又老，里面却又白又嫩。不过，我觉得，这种混合并不坏。我们有时候，"他没话找话，又补充了一句，"放在咖喱饭里。"

波碧笑了，灿烂的笑容衬托出脸上的每一处自然美。萨马德觉得，那笑容中还蕴含着更美好的东西，不带任何羞耻感的东西，比他们的所作所为要美好、要纯洁的东西。

"很可爱。"她说。

距离学校给的单子上写的地址还有五分钟的路程时，艾丽仍能感觉到羞耻那火辣辣的刺痛，因此想再比试一次。

"圈那个，"她说，指着一辆靠在肯瑟尔·赖斯地铁站旁的相当破旧的摩托车，"圈那个，还有那个。"她又指着摩托车旁的两辆越野自行车。

迈勒特和马吉德立刻参加进来。"圈"某样东西，就像新来的殖民者一样，把别人的东西划归己有，两兄弟很熟悉这种游戏，也很爱玩。

"一边去，朋友！信不信吧，我才不要圈那种烂货呢！"迈勒特用牙买加口音说，所有孩子，不管属于什么国籍，都爱用牙买加口音表示蔑视。"我圈拉（那）个。"他说，指着一辆就要转弯的红色名爵轿车，大家公认这车确实拉风。"还有拉（那）个！"他叫喊着，抢在马吉德前面指着一辆呼啸而过的宝马车。"朋友，你知道我圈那个，"他对马吉德说，马吉德没有争辩，"帅气。"

艾丽没料到形势竟发展成这样，不免有点沮丧。她把视线从马路转到地面上，忽然灵机一动："我圈那些！"

马吉德和迈勒特都停下来，敬畏地看着此时属于艾丽的那双完美的白色耐克鞋（上面有一个红钩和一个蓝钩，那么漂亮！迈勒特后来说，这鞋漂亮得要命），虽然在肉眼看来，这双鞋好像是在朝女王公园走去，穿在一个很前卫的高个黑孩子脚上。

迈勒特勉强点点头："圈得好。但愿是我探（看）见的。"

"圈！"马吉德突然说，把一只脏手指贴着商店的橱窗玻璃，指着一个四英尺长的化学实验盒，盒子正面印着一张过气的电视明星的脸。

他砰砰地拍着橱窗，"哇！我圈那个！"

回应他的是短暂的沉默。

"你圈那个？"迈勒特一副难以置信的样子，"那个？你圈一个盒子？"

可怜的马吉德还没有明白过来，两只手掌就在他前额上狠狠地拍了一下，还使劲地搓起来。马吉德用那种"原来还有你啊，布鲁特斯"①的恳求表情看着艾丽，不过他完全明白这毫无用处。十岁的孩子

---

① 据说，当恺撒发现他的朋友布鲁特斯也参与了暗杀他的行动时，对后者这样说道。

没什么诚信可言。

"羞耻！羞耻！知道你的名字！"

"但是，汉密尔顿先生，"马吉德在羞耻带来的燥热中哼哼着说，"现在已经到了，他的房子就在那里。这条街很安静，你们别这么吵。他老了。"

"可是，如果他老了，"迈勒特推理起来，"那就聋了，聋了就听不见了。"

"不是这样的，老人爱静。你不懂。"

"他可能很老，没力气把东西从袋子里拿出来，"艾丽说，"我们应该把东西拿出来，用手拿着。"

大家都觉得这样好，就花了点工夫，把所有吃的东西都拿出来，用手端着，放在身上能放东西的地方，这样，汉密尔顿先生应门的时候，就会因为他们大方施舍而"大吃一惊"。汉密尔顿先生打开门，看见门前站着三个深色皮肤的孩子，个个抓着一大把东西，倒确实大吃一惊。他和他们想象的一样老迈，但高大得多，也整洁得多。他只拉开一条门缝，一只青筋凸出的手按在门把上，头歪靠着门框。在艾丽看来，他使人联想起文雅的老鹰：一缕缕羽毛般的毛发从耳朵后面、衬衫袖口和领口钻出来，额前还落了一堆；手指始终紧紧地缩在一起，就像鹰爪一样；他穿得很好，就像《爱丽丝漫游仙境》里的老英国鸟一样——软羔皮背心、粗花呢短上衣、带金链子的怀表。

他像喜鹊那样闪着光，蓝眼睛的神采并没有因为四周的眼白和血丝而黯淡，图章戒指熠熠生辉，四枚银色勋章挂在胸口上方，胸前的口袋探出皇家海军烟盒的银边。

"对不起，"传来了"鸟人"的声音，连孩子都能感觉到这声音属于不同的阶层和不同的时代，"我必须请你们走开。不管怎么样我没钱：你们是抢东西也好，卖东西也好，我看都会失望。"

马吉德向前跨了一步，想让自己处于老人的视线之内，因为那只蓝得如瑞利散射般的左眼看着他们上方的位置，而右眼则缩在皱纹下面，差不多都没睁开。"汉密尔顿先生，您不记得了吗？是学校派我们来的，这些是——"

他说"那么，再见了"，像是在对上火车的老姑妈道别，跟着又说了一声"再见"。门关上了，紧闭的门上装着两块廉价的彩色玻璃。透过蒙着一层雾气的玻璃，孩子们目送着汉密尔顿先生被拉长的、模糊不清的身影缓缓沿着走廊离去，直到他化为一个褐色斑点融入同一色系的家具中，完全消失为止。

迈勒特取下游戏机，挂在脖子上。他皱着眉头，举起小拳头，猛地拍在门铃上，摁了下去。

"也许，"艾丽猜测，"他不要这些东西。"

迈勒特松开门铃片刻。"他一定得要，是他自己说要的，"他粗声粗气地说，用全身的力气把门铃按下去，"是上帝的收获节，不是吗？汉密尔顿先生！汉密尔顿先生！"

接着，刚才那个人影消失的缓慢过程倒放了一遍，汉密尔顿先生从楼梯和碗柜原子中脱离出来，由一个斑点逐渐恢复人形，直到再次和真人一般大，再次把头伸出门框。

迈勒特不耐烦地把学校的联系单塞进汉密尔顿先生手里："上帝的收获节。"

但是，老人鸟儿戏水似的摇着头："不，不，别想胁迫我在自家门口买东西。我不知道你们在卖什么东西——上帝，但愿不是百科全书——我这把年纪，已经不想多知道事情，只想少知道。"

"可这是免费的！"

"噢……好，我明白了……为什么呀？"

"上帝的收获节。"马吉德重复了一遍。

"帮助本地社区，汉密尔顿先生，您肯定跟我们老师讲过，所以她派我们到这里来。也许您忘记了。"艾丽用成年人的口气补充说。

汉密尔顿先生悲哀地摸着太阳穴，好像是在回忆，然后缓缓地把前门开到底，像鸽子那样朝前迈出一步，走进秋日的阳光。"嗯……你们都进屋吧。"

他们跟着汉密尔顿先生走进阴暗的大厅。墙边堆满了破破烂烂的维多利亚式器物，中间间或夹杂着现代生活的迹象——儿童的破自行车，丢弃的读写板，四双大小不一、沾满泥土的雨靴。

"那么，"他兴高采烈地说，这时，孩子们已经来到嵌着八角窗的起居室。透过窗户，可以看到一片大园子，"你们都带了什么？"

孩子们在一张蛀坏的躺椅上卸下重负，马吉德流利地说出每一样东西的名称，好像在对购物单似的，而汉密尔顿先生则点起一支香烟，用颤巍巍的手指头检查着这些野餐食品。"苹果……噢，天哪，不好……鹰嘴豆……不好，不好，不好，薯条……"

就这样，老人依次拿起一样东西，批评一番。最后他抬头望着他们，眼里含着微微的泪光。"没一样是我能吃的，你们看……太硬了，硬得很哪。勉强能吃的可能就是椰子里的奶了。不过……我们来喝点茶，好不好？你们坐下来喝茶吧。"

孩子们茫然地看着他。

"来吧，好孩子，坐下。"

艾丽、马吉德和迈勒特紧张地连忙在躺椅上坐下。接着听到咔嗒咔嗒的声音，抬头一看，只见汉密尔顿先生的牙齿落在舌头上了，好像从嘴里吐出了第二张嘴似的。接着，霎时间，牙齿又都缩进去了。

"如果不先磨成粉，那我可什么也没法吃，你们看到了。是我自己不好，长年疏忽的结果。牙齿整洁——这在军队里从来不是首要的，"他笨手笨脚地指着自己，用一只颤抖的手戳着胸脯，"我是个军人，你们看。好了，你们这些小家伙一天刷几次牙？"

"三次。"艾丽说。她在撒谎。

"骗子！"迈勒特和马吉德异口同声地说，"火烧裤子！"

"两次半。"

"嗯，说实话，几次？"汉密尔顿先生用一只手抹平裤子，用另一只手端起茶杯。

"一天一次。"艾丽羞怯地说。他声音里有一种关切，迫使她说出实话。"基本上。"

"我怕你将来要为此后悔。你们两个呢？"

马吉德正在幻想设计一种能在人睡着时刷牙的机器，迈勒特回答得则很干脆："一样。一天一次，差不多。"

汉密尔顿先生沉思着往椅背靠去："人有时候会忘记牙齿的重要性。我们不是低级动物——低级动物定期换牙——我们是哺乳动物，知道吧？哺乳动物只有两次机会，只换两次牙。再加点糖？"

孩子们意识到了两次机会的可贵，都拒绝了邀请。

"但是，凡事都有两个方面。生一口整洁的白牙也不一定好，是吧？比如，我以前在刚果，辨别黑鬼的唯一办法就是他们的白牙，不知道你们懂不懂我的意思。真是可怕呀，黑得不行，真黑。他们就因为牙齿白送了命，明白吗？可怜的杂种。相反，我却活下来了，从另一个角度看就是这样，明白吗？"

孩子们默不作声地坐着，艾丽开始小声地啜泣起来。

汉密尔顿先生继续说下去："那都是你在战争中做出的无奈裁定。看到白光一闪就砰一枪！可以说……黑得不行。真是太可怕了。那些漂亮的小伙子死在那里，就躺在我面前，就在我脚旁。开了膛，你们知道，肠子落在我的鞋上，就跟他妈的世界末日一样。都是漂亮小伙，德国人招募来的，黑得跟黑桃A一样；这些可怜的傻瓜甚至不知道自己干什么来了，他们在给谁打仗，他们在朝谁开枪。枪杆子说了算。那么快，孩子们。那么野蛮。要饼干吗？"

"我要回家。"艾丽轻轻地说。

"我爸爸也打过。他为英国人打。"迈勒特大声说道。他满脸通红，气得要命。

"嗯，孩子，你说的是足球队还是军队？"

"英国军队。他是开坦克的，坦克叫丘吉尔先生，跟她爸爸一起。"马吉德解释说。

"我看你们一定是弄错了，"汉密尔顿先生说，还是一副文雅的样子，"我记得，当时肯定没有阿拉伯佬——不过现在可能不准这么说了，是吧？但是，没有……没有巴基斯坦人……他们如果来打仗，我们拿什么给他们吃呢？没有，没有，"他嘟嘟哝哝地说着，评估着这个问题的价值，好像让他在此时此地重写历史似的，"根本不可能，我的胃可受不了那么油的东西。没有巴基斯坦人，巴基斯坦人当时应该在巴基斯坦军队里，你们懂吗？至于可怜的英国佬，他们有我们这些老东西就够了……"

汉密尔顿先生轻声笑了，他扭头默默地观赏那株占据了整个院角的樱桃树的繁茂枝叶。过了很久，他回过头来，眼里又一次显出泪痕——那眼泪来得又快又突然，好像脸上被人扇了一记耳光。"好了，你们小男孩不应该说这种瞎话，对不对？说瞎话要烂牙齿的。"

"我们没说瞎话，汉密尔顿先生，他真的参加了，"马吉德说，他总是充当和事佬、协调员的角色，"他手上中了一枪。他有勋章，他是个英雄。"

"等你的牙齿烂了——"

"是真的！"迈勒特大声说，他朝放在地上的茶盘踢了一脚，"你这个该死的老傻瓜。"

"等你的牙齿烂了，"汉密尔顿先生接着说，他面朝天花板笑着，"啊呀，那就再也不会长上去了。她们就不会像以前那样看你们了，美人不会多看你一眼的，不管是为了爱情还是为了钱。但是，在你们年纪还小的时候，最重要的是第三颗臼齿。我想，也就是一般常说的智齿。我就栽在那上头。你们现在还没长呢，不过我的曾孙已经能感觉到了。

第三颗臼齿，麻烦就麻烦在，不知道人的嘴巴够不够大，能不能容下它们。在人身上，只有臼齿是要人跟着它长的。人要块头够大，才能容下臼齿，明白吗？要是块头不够大——噢，天哪！牙齿就会长弯，或者根本就不长了。这些牙齿就跟骨头一起固定在那里了——我想，这就叫箍闭——然后就发生严重的感染，很严重。让智齿尽早长出来，我就是这么跟我孙女乔斯林说的，我们是说她的儿子呢。一定得早，斗不过的。但愿当年我也是这样，但愿当年我早点放弃，两头下注，可以这么说吧。因为智齿是你爸爸的牙齿，懂吗？智齿是爸爸遗传下来的，这一点我很肯定。所以你必须长得够大，才容得下智齿。上帝知道，我这个人就不够大……让智齿长出来，每天刷三次牙，听我的没错。"

汉密尔顿低头看看有没有人听他说话，这才发现那三个暗褐色皮肤的客人已经溜之大吉，还随身带走了那袋苹果（那些苹果他本来想叫乔斯林用食品加工机处理一下的）。他们跌跌撞撞地跑了，跑到一块绿地上，跑到城市的肺部，跑到能够自由呼吸的地方。

现在，孩子们认识了这座城市。他们还认识到，这座城市滋生疯子。他们认识白脸先生，那是一位印度人，他把脸涂成白色，嘴唇涂成蓝色，穿着紧身裤，套着登山靴，行走于威尔斯登的大街小巷；他们认识报纸先生，那是一位皮包骨头的高个男人，他总穿一件长及脚踝的雨衣，坐在布伦特图书馆，从公文包里取出当天的报纸，好整以暇地把它撕成碎片；他们认识疯玛丽，一位红脸的黑人巫婆，她的活动范围从基尔伯恩延伸到牛津大街，但只在西汉普斯特德一个垃圾箱里施展巫术；他们认识假发先生，他没有眉毛，假发不是戴在头上，而是用一根绳子穿起来挂在脖子上。但这些人都明摆着是疯子，比汉密尔顿先生要好得多，也没有他吓人。他们招摇地展示自己错乱的精神状态，而不是半疯狂半正常地歪着头靠在门框上。他们是莎士比亚意义上的彻底疯狂，会在你意想不到时说出理智的话来。在伦敦北部，议员们曾经为是否把这一地区改名为涅槃而表决过；走在大街上，忽然碰到一个白脸、蓝唇或没有眉毛的人说出圣人的话来，也是司空见惯。从街对面或地铁车厢的另一头，他们会用自己凭借精神分裂才能看到的随机联系（在一粒沙中洞悉全世界，无中生有地滔滔不绝），让你猜谜语，对你念韵文，把你剥开，告诉你你是谁，将走向哪里（通常是贝克街——绝大多数现代预言家都乘坐大都会线）以及为什么。但是就一座城市而言，我们不欣赏这些人，我们内心的本能反应是这些人想出我们的洋相。他们蹒跚于车厢通道里，睁着圆眼睛，长着酒糟鼻子，随时随地会问我们，我们在看什么？我们到底在看什么？作为一种先发制人的预防机制，伦敦人已经学会不朝他们看，永远不朝他们看，始终都避开他们的眼神；这样，就不用回答这个可怕的问题"你在看什么"，也不用可怜巴巴、胆怯窝囊地回答"没看什么"。但是随着猎物的进化（我们是疯子的猎物，因为疯子在追逐我们，竭力要把自己的真理透露给倒霉的坐车人），猎人也在进化，真正的职业疯子开始厌烦那句口头禅"你在看什么"，转而进入更不寻常的领域。就拿疯玛丽来说吧。噢，原理仍旧相同，仍然要与人对视。但现在她在一两百码甚至三百码之外就开始找人对眼神了，如果她发觉你也在看她，她会沿街怒吼着、全身披挂着羽毛呼啸而来，挥舞着魔杖逼到你跟前，朝你吐唾沫，然后开始念叨。萨马德对此一清二楚——以前遭遇过这种事情，他和红脸疯玛丽；他甚至在公共汽车上碰到过这么倒霉的事情：跟她并排坐在一起。要是平时，萨马德会处理得很好。但今天他觉得内疚和脆弱，此刻他正牵着波碧的手，走在缓缓西沉的夕阳下；他无法面对疯玛丽和她刻毒的真话、她那丑恶的疯狂，而这正是她暗中跟踪他的原因，她正沿着教堂路跟踪他。

"为了你的安全，不要看她，"萨马德说，"一直往前走。我没想到她居然大老远跑到哈里斯登来了。"

波碧飞快地瞥了一眼，只见那五彩斑斓的流动闪电正骑着一匹假想的马沿着大街疾驰而来。

她笑了："那是谁呀?"

萨马德加快了脚步："疯玛丽。她可不好惹,危险着呢。"

"噢,别胡说了。她只是无家可归,精神……有问题,并不说明她会伤害别人。可怜的女人,你想象得出,她在生活中碰到了什么事情,弄得她成了这个样子吗?"

萨马德叹了口气。"首先,她并不是无家可归。她偷了西汉普斯特德所有的垃圾桶,在弗青格林搭了一个相当规模的建筑。其次,她不是什么'可怜的女人'。大家都让她吓坏了,她诅咒了拉姆常德拉那个地方,那里的生意当月就垮了,从此,伦敦北部每个街头小店都让她白吃饭。"马路对面的疯玛丽开始提速,萨马德也随即加快了脚步,魁梧的身体此时已经出了不少汗。

他气喘吁吁地说:"她不喜欢白人。"

波碧睁圆了眼睛。"真的?"她说,好像很意外,然后她犯了个致命的错误。她居然朝疯玛丽看了一眼!只隔了一秒钟,疯玛丽就反击了。一口浓痰刹那间击中萨马德的两眼之间,正中鼻梁。他擦掉痰,把波碧拉到身边,想躲进圣安德鲁教堂的庭院以避开疯玛丽,可那根魔杖重重地打在他俩面前,在鹅卵石和泥地上画了一条不可逾越的线。

疯玛丽满脸怒容,左脸好像瘫痪了似的。她缓缓道:"你……在看……什么?"

波碧勉强说出话来:"没!"

疯玛丽用魔杖敲打着波碧的小腿,扭头对萨马德说:"你,先生!你……在……看……什……么?"

萨马德摇摇头。

忽然,她尖叫起来:"黑人!转到哪里都堵住你!"

"对不起,"波碧结结巴巴地说,显然是吓坏了,"我们不想惹麻烦。"

"黑人！"（她喜欢说押韵的句子。）"那婊子她想看你被烧成烟尘！"

"我们自管自——"萨马德刚开始说话，就让第二口痰给打断了，这次击中了脸颊。

"翻山越岭，他们跟随你跟随你，翻山越岭，魔鬼吞掉你吞掉你。"这些话是唱出来的，就如舞台旁白一样，同时伴随着从左到右的舞蹈动作。她双臂伸得笔直，那根魔杖牢牢地抵着波碧的下巴。

"他们对我们的身躯，唯有杀戮和奴役，此外还干了啥？他们对我们的心灵，唯有伤害和激怒，此外还干了啥？玷污了哪里？"

疯玛丽用棍子抬起波碧的下巴，又问了一遍："玷污了哪里？"

波碧吓哭了："对不起……我不知道您想让我——"

疯玛丽不满地咂了咂牙齿，又一次把注意力转向萨马德："出路在哪里？"

"我不知道。"

疯玛丽用棍子敲打着他的脚踝："出路在哪里，黑人？"

疯玛丽是个惹人注目的漂亮女人：高贵的前额、挺拔的鼻子、没有岁月痕迹的漆黑皮肤，和连女王都梦寐以求的修长脖颈。她骇人的眼睛冒着处于爆发边缘的怒火，但正是这里引起了萨马德的注意，因为他看到，这双眼睛在对他说话，只对他一个人。波碧与这一切无关。疯玛丽以一种认同的眼神看着他。疯玛丽发现了一个同路人，她发现了他身上的疯子特质（也就是说，先知）。他觉得，她肯定发现他是个愤世嫉俗的人、手淫的人、与儿子的世界格格不入的人、在异乡进退两难的外国人……这个人，如果你把他逼急了，他会急中生智。为什么大街上这么多人，她偏偏挑上了他？就因为她认出了他。就因为他们，他和疯玛丽，来自同一个地方：遥远的别处。

"萨特亚格拉哈。"萨马德说，很惊讶自己居然这么冷静。

疯玛丽没想到有人会回答自己的审问，很惊愕地看着他："出路在哪里？"

"萨特亚格拉哈，梵文，意思是'真理和坚韧'，甘地说的。你看，他不喜欢'消极抵抗'或'非暴力反抗'。"

疯玛丽开始抽搐，不由自主地低声诅咒起来，但萨马德觉得这在某种形式上是疯玛丽在倾听的表现，意味着疯玛丽的头脑在努力处理别人说的话。

"他觉得那些词语不够有力。他想要表明，我们称之为'软弱'的东西其实是一种力量。他明白，有时候，无为是一个人最大的胜利。他是印度教徒，我是伊斯兰教徒，我这位朋友是……"

"罗马天主教徒，"波碧颤抖着说，"现在已经放弃了。"

"那么你呢?"萨马德问。

疯玛丽说了几遍龟孙子、婊子什么的，还朝地上吐了口痰，萨马德把这看成是敌对状态正在冷却的迹象。

"我想要说的是……"

听到吵闹声，一小群循道宗信徒紧张地在圣安德鲁教堂门口聚集起来，萨马德看了看人群，变得自信起来。他身上总有一种布道者气质。无所不知、四处布道的行者。只要不多几个听众，只要有大量新鲜空气，他就会自以为上知天文下知地理。

"我想要说的是，生活就是一个大教堂，难道不是吗?"他指着那座难看的红砖建筑物，里面全是浑身颤抖的信徒。"教堂里有宽阔的走廊。"他指着难闻的熙熙攘攘的人群，黑人、白人、棕色人和黄种人正来来往往穿梭在大街上;指着站在现金交易店门口的白化病女人，她正在出售从教堂墓地上采来的雏菊。"如果你觉得可以，那我和我的朋友想继续沿着这条走廊走下去。相信我，我理解你的担忧，"萨马德说，他从另一位伦敦北部了不起的街头布道者肯·利文斯通那里得到灵感，"我自己也正面临困境——在这个国家，我们所有人都面临着困境，这个国家对我们来说是新的，同时也是老的。我们是人格分裂的人，不是吗?"

161

这时，萨马德做出了一个举动，已经有十五年没人敢这么对待疯玛丽了：他碰了她。很轻，碰在肩膀上。

"我们是分裂的人。就我本人而言，一半想要跷着二郎腿，安静地坐着，任自己无力控制的事情随意发展；但另一半又想打圣战，圣战！当然我们可以跑到大街上争论这个问题，但是我想，你的过去终归不是我的过去，你的真理也不是我的真理，而你的出路——也不是我的出路。所以我不知道你想要我说什么。真理和坚韧是一种出路，当然，如果你对这个答案不满意，还可以问其他人。从个人的角度来看，我把希望寄托在末日。先知穆罕默德——愿他安息！——告诉我们，在复活日，每个人都会给打昏。耳不得闻，口不得言。那他妈的真是解脱呀！现在，我要请你原谅了。"

萨马德牢牢牵着波碧的手，往前走去，这时，疯玛丽站在原地惊呆了。不过她只呆立了一会儿，就又朝教堂门口冲去，对会众不停地吐口水。

波碧抹掉一滴恐惧的眼泪，叹了口气。她说："临危不乱。令人难忘。"

萨马德越发想入非非起来，仿佛看到自己的太爷爷曼加尔·潘迪用力挥舞着火枪，反对新奇，坚持传统。

"我家里人都这样。"他说。

随后，萨马德和波碧走过哈里斯登，绕过多利斯山，然后，当他们似乎太靠近威尔斯登时，萨马德就等着，一直等到太阳下山，才买了一盒黏糊糊的印度糖，拐进圆木公园，欣赏着残花败叶。他说啊说，一直说个不停，只想克服不可避免的生理欲望，可越是滔滔不绝，欲望越是强烈。他对她说一九四二年前后的德里，她对他说一九七二年前后的圣奥尔本。她数落着一大堆不般配的男朋友，但萨马德不能批评阿萨娜，甚至不能提她的名字，只能说自己的孩子：担心迈勒特热衷淫秽和喧闹

162

的电视节目，担心马吉德太阳晒得不够。这个国家对他的儿子都产生了什么影响，他很想知道，是什么影响呢？

"我喜欢你，"她终于说，"很喜欢。你很有意思，你知道自己很有意思吗？"

萨马德笑了，摇了摇头："我从不认为自己真有什么了不起的喜剧天赋。"

"不是，你很有意思。你刚才说到跟骆驼有关的事情……"她笑了起来，笑容颇具感染力。

"什么事情？"

"有关骆驼的——刚才走路时说的。"

"噢，你是说那句：'人就像骆驼：一百个里面，能托付生命的不到一个。'"

"对！"

"那不是喜剧台词，那是《布哈里圣训实录》第八部分，第一百三十页，"萨马德说，"这条忠告好，我认为千真万确。"

"嗯，不过还是很有意思，"她紧靠着他坐在长凳上，吻着他的耳朵，"说真的，我喜欢你。"

"我的年纪够做你父亲，我结了婚，我还是个伊斯兰教徒。"

"好吧，那么，日期变更线不适合我们了。那咋办？"

"这叫什么话呀：'那咋办？'英语是这样说的？那不是英语。如今只有移民才会说标准英语。"

波碧咯咯笑了："我还是说：那——"

不过，萨马德用手捂住了她的嘴，有那么一会儿还显出要打她的样子。"什么都那那的。这没什么好笑，这没什么好的。我不想跟你讨论对错。我们到这儿来，该干什么就干什么吧，"他吐出心声，"自然目的，而非超自然目的。"

波碧挪到长椅另一头，身体前倾，胳膊肘支在膝盖上。"我知道，"

她缓缓地说起来，"仅此而已。可我不愿意人家对我这么说。"

"很抱歉，我错了——"

"你感到内疚，我没什么可——"

"是的，我很抱歉。我没——"

"你走好了，要是你——"

没表达完的思绪都混在一起，似乎没比开始时清楚多少。

"我不走，我要你。"

波碧高兴了一点。她笑了，笑容里半是悲哀，半是无助。

"我要跟你一起……共度今夜。"

"好，"她回答，"你刚才在隔壁商店买了这些甜腻腻的糖果，所以我给你买了这个。"

"买了什么？"

她把手探进手提包，当她在唇膏、车钥匙和零钱当中摸索的那短短一分钟里，发生了两件事情。

第一件，萨马德闭上眼睛，听到了那句心纯则万物纯，然后是没有比这更公平的了。

第二件，萨马德睁开眼睛，一清二楚地看到，月台旁站着他的两个儿子，白白的牙齿咬着两个亮亮的苹果，正在挥手微笑呢。

这时，波碧浮出水面，脸上得意扬扬，手里拿着一根红色塑料制品。

"一把牙刷。"她说。

第八章

有丝分裂

信步走进奥康奈尔台球房的陌生人，原以为会在这里听到祖父那种柔和起伏的爱尔兰土音，看到一颗红球从台侧软垫弹回，落入角上的球袋，却失望地发觉，这里既没有爱尔兰风味也不是台球房。他会困惑地端详壁毯、乔治·斯塔布斯的赛马画复制品、装在画框里的异国东方经文残片。他原以为会看见台球桌，却发现一个褐色皮肤、满脸粉刺的高个男人站在柜台后面，还有煎鸡蛋和蘑菇。他的眼睛会疑惑地落在一面爱尔兰国旗和一张阿联酋地图上，这两样东西纠缠在一起，挂满了墙壁，把他与店里的顾客分隔开来。他随后会意识到，有好几双眼睛落在他身上，有的眼神里透着高人一等，有的充满疑问。倒霉的陌生人会踉跄着走出去，小心翼翼地后退，却还是撞到了维夫·理查兹①真人大小的图板上。顾客们哄堂大笑。奥康奈尔不欢迎陌生人。

奥康奈尔是那种有妻室的男人为想得到另一种家庭氛围而光顾的地方。不同于血缘关系的是，这里你必须赢得自己在小团体中的地位，这需要你长年累月、一心一意地在此胡闹、浪费时间、无所事事、吹牛瞎扯、看着油漆变干——这种专注远远超出了男人们投资在生儿育女上的那点随意功夫。你得了解这个地方。比如，奥康奈尔是由阿拉伯人经营的、没有台球桌的爱尔兰台球室，这其中有何奥妙？还有，满脸脓包的米基会给你做薯条、鸡蛋和青豆，或者鸡蛋、薯条和青豆，或者青豆、薯条、鸡蛋和蘑菇，但绝不做薯条、青豆、鸡蛋和火腿，这其中又有何奥妙？你得经常在那里晃悠才会知道原因。这点我们稍后再谈。现在，只需说这里是阿吉和萨马德的另一个家就够了。十年来，他们是这里的常客，从六点（阿吉下班的时候）待到八点（萨马德上班的时候），从《启示录》的含义到管道工的工钱无所不谈。还谈女人，想象中的女人。如果有女人走过奥康奈尔油迹斑斑的窗子（从来没有女人敢进来），他们就会相视而笑，胡乱猜想起来，看萨马德当晚的虔敬程度而定。这种猜测漫无边际，比如你会不会在匆忙之中把她一脚踹下床来，还有各种袜子或紧身衣的相对优点什么的，然后必然会大大争辩一番小乳房（很挺的那种）与大乳房（那种往两边摊开的）孰优孰劣。但是他们从来没有讨论过真实女人的问题，那种有血有肉、潮湿、黏糊的女人。但这次不同。由于几个月里发生了这些史无前例的事情，两人有必要提前到奥康奈尔开碰头会。原来萨马德终于给阿吉打了电话，坦白了这件可怕的麻烦事：他以前骗了人，现在还在骗人，他被孩子们看见了，而现在他时时刻刻都看见孩子们的身影，就像幻影一样，不分昼夜。阿吉沉默了片刻，然后说："真见鬼。那么，四点钟见面。真见鬼。"阿吉就是那样，临危不乱。

　　但是，到了四点一刻，还没见到他的人影，绝望的萨马德已经把自己的每个手指甲都咬到了指甲根。他趴在柜台上，鼻子抵在放碎汉堡的热乎乎的玻璃柜面上，眼睛对着一张画了安特里姆郡八处美景的明信片。

　　米基身兼厨师、侍者和店主三职，他最得意的莫过于叫得出每位顾客的名字，看得出顾客有什么地方不对劲。他用一把小铲子把萨马德的脸从玻璃上铲开。

　　"哎。"

---

① 安提瓜板球运动员。

166

"喂，米基，你好吗？"

"老样子，老样子。别说我了。你他妈的是怎么回事，朋友？啊？啊？我一直都在看你，萨米，从你进屋起就在看你，脸拉得跟狗屎那么长。跟你米基叔叔说说。"

萨马德哼哼了两声。

"哎。别，别这样。你知道我的。我属于服务业里很有人情味的那种，我面带他妈的微笑提供服务，要是我这该死的头不是这么大，我会系一个小小的红领结，戴一顶小小的红帽子，就跟汉堡包店里那些机灵鬼似的。"

这不是在比喻。米基的头很大，好像是痤疮要求造物主多给一点空间，还得到了允许。

"出什么事了？"

萨马德抬头看着米基那大大的红脑袋，"我只是在等阿吉宝德，米基。对不起，你不用管我。我没事。"

"还早呢，不是吗？"

"你说什么？"

米基看了看身后的钟，钟面上沾着鸡蛋的污迹。"我说还早，不是吗？你和阿吉小子。我知道你们是六点钟来。一份薯条、青豆、鸡蛋和蘑菇，一份蛋饼和蘑菇。随季节换换花样，肯定是这样。"

萨马德叹了口气："我们有很多事要商量。"

米基转着眼珠子："你们是不是又要说那个曼吉·潘迪什么的？谁对谁开枪、谁把谁吊死、我爷爷统治巴基斯坦人什么的，好像哪个该死的在乎这些似的。你在煞风景，你在犯……"米基浏览着他的"新圣经"，《思想的食粮：饮食服务业雇主雇员指南——顾客策略和顾客关系》，"你在犯一种反复性综合征，弄得这些伙计都没胃口了。"

"不是，不是。今天不谈我太爷爷。我们有其他事情。"

"嗯，他妈的谢天谢地。那就叫反复性综合征，"米基充满感情地轻轻拍着那本书，"这书上全有，我这四块九毛五花得值。说到钱，你今天不赌一把吗？"米基说，用手指指楼下。

"我是伊斯兰教徒，米基，我再也不放任自流了。"

"嗯，不错，是呀，我们都是兄弟——可一个人得活着。是不是？我说，是不是？"

"我不知道，米基，人得活着吗？"

米基在萨马德的背上重重地拍了一下："当然得活着！我那天跟我兄弟阿卜杜拉说——"

"哪个阿卜杜拉？"

米基的大家族和小家庭都有一个传统，儿子全都起名叫阿卜杜拉，以教导他们设想自己比别人地位高是多么没有意义。这个传统总的来说很不错，不过在形成性格的时期往往会造成混淆。不过，孩子们都很有创意，他们都在阿卜杜拉的名字后面加上一个英文名字，作为对第一个名字的缓冲。

"阿卜杜拉-科林。"

"哦。"

"那么，你知道阿卜杜拉-科林有点正统——鸡蛋、青豆、薯条、烤面包片——他妈的一脸大胡子、不吃猪肉、不喝酒、不玩女人，他妈的工作，伙计——给你，老总。"

阿卜杜拉-米基把一盘炖烂的碳水化合物推到一位面颊凹陷的老人面前，这老人的裤子提得很高，整个人都快淹没在里面了。

"嗯，你猜，我上个星期在什么地方打了阿卜杜拉-科林的眼睛？就在米基·费恩，哈罗路那里。我说：'喂，阿卜杜拉-科林，这真是他妈的意想不到啊！'他说，那样子一本正经的，你知道，那一脸大胡子，他说——"

"米基，米基——不好意思，我们以后再讲这事好不好……只是……"

"没事，行啊，行啊。真不知道我他妈的怎么说起这个来了。"

"阿吉进来时，麻烦你告诉他，我坐在弹子机后面的小隔间里。噢，老位置。"

"没问题，伙计。"

过了十分钟，门开了。米基抬起头来（他刚才正在看第六章："我的汤里有一只苍蝇：应付与健康问题有关的常见敌意态度"），只见阿吉宝德·琼斯提着一只廉价手提箱，正朝柜台走来。

"好啊，阿吉。折纸生意怎么样？"

"噢，你知道的，就那样。萨马德来了？"

"来了吗？来了吗？已经他妈的像一股臭气一样在这晃悠半个钟头了。脸拉得狗屎那么长。得找一个狗屎袋子，把他清理干净了。"

阿吉把手提箱放到柜台上，皱起眉头："心情不好，是吗？我们俩私下说说，我真的很担心他。"

"去跟该死的堆得像山一样的盘子说吧，"米基说，刚才他看到第六章上说"你应该用流动的热水洗盘子"，这话让他很不高兴，"要么，就到弹子机后面的小隔间里去。"

"谢谢，米基。噢，一份蛋饼和——"

"我知道，蘑菇。"

阿吉沿着奥康奈尔的油毡过道走着。

"你好，登泽尔，晚上好，克拉伦斯。"

登泽尔和克拉伦斯都已经八十多岁了，两个极为粗鲁、恶言恶语的牙买加人。登泽尔胖得不得了，克拉伦斯瘦得可怕。他们家里人都死光了，两人都戴着软毡帽，整天坐在角落里玩多米诺骨牌。

"那个浑小子说啥？"

"他说晚上好。"

"他咋没看见我玩多米诺骨牌？"

"没看见！他那双屁眼，你怎么能指望他看见小东西？"

169

这些话传到了小隔间，阿吉处之泰然地坐到萨马德对面。"我不明白，"阿吉径直接过挂断电话时的话头，"你是说你在想象中看见他们，还是在实际生活中看见他们？"

"其实很简单。第一次，正是第一次，他们是真的在那里。但从那时起，阿吉，在过去的几个星期里，我每次跟她在一起，就看见这对双胞胎——就像幽灵一样！就连我们在……我都看见他们站在那里，对着我笑。"

"你肯定不是工作劳累的缘故？"

"听我说，阿吉，我看见他们。这是一个兆头。"

"萨姆，让我们就事论事。他们真的看见你时，你在干什么？"

"我能干什么？我说：'你们好，儿子们。向伯特-琼斯小姐问好。'"

"那他们说什么了？"

"他们说'你好'。"

"那你说什么了？"

"阿吉宝德，你老是这么毫无意义地打断我，我能说清楚发生了什么事情吗？"

"薯条、青豆、鸡蛋、土豆和蘑菇！"

"萨姆，那是你的。"

"我看不是，不是我的。我没点土豆。把可怜的土豆去皮煮死，然后放到油里炸死。我可不要土豆。"

"嗯，不是我的，我要了蛋饼。"

"嗯，不是我的。现在可以接着说了吗？"

"请便。"

"我看着孩子们，阿吉……我看着那两个漂亮的男孩……我的心都要裂了——不，不只是裂，都要碎了。它碎成了很多片，每一片都像致命的伤口一样刺着我。我一直在想：在我自己都迷失方向的时候，怎么

170

能教育我的孩子，怎么能给他们指出正确的道路？"

"我想，"阿吉踌躇地说，"问题在于那个女人。如果你真的不知道该如何对待她，嗯……我们可以抛这个硬币，正面朝上你就跟她好下去，反面朝上你就离开她，至少你已经做出了一个——"

萨马德把那只好手握成拳，砰地拍在桌上。"我不要抛他妈的硬币！再说，这样做为时已晚。你难道不明白吗？过去的事情无法挽回了。我肯定要下地狱，我现在看清这一点了。所以我必须集中精力挽救我的儿子。我要做出抉择，道德的抉择。"萨马德压低了声音。他还没开口，阿吉就知道他要提什么了。"很多年前，你自己做出了艰难的抉择，阿吉。你掩饰得很好，但我知道你并没有忘记那种感觉。你腿上有一颗子弹可以证明这事。你跟他搏斗过，你赢了，我可没忘记。我总是因此钦佩你，阿吉宝德。"

阿吉看着地板："我宁可没有——"

"相信我，我也不愿翻出那些让你厌恶的往事。我只想让你明白我的处境。当时和现在，我们面临着同一个问题：我想让自己的孩子在什么样的世界中成长？在那件事情上，你果断地采取了行动，现在该轮到我了。"

阿吉四十年前没听懂萨马德的话，现在仍旧没有。他抽出一根牙签玩了一会儿。

"嗯……你为什么不能不去，嗯，不去见她呢？"

"我试试看……我试试看。"

"真有那么好吗？"

"不，嗯，也不完全是……我是说，很好，是的……但并不纵欲……我们接吻，我们拥抱。"

"但是没有——"

"严格来说，没有。"

"可是有些——"

"阿吉宝德，你是关心我的儿子还是我的精子？"

"儿子，"阿吉说，"肯定是儿子。"

"他们身上有一种反叛的东西，阿吉。我能看出来——这东西现在还小，但正在成长。告诉你，我不知道这个国家在怎样影响着我的孩子。到处看看，哪儿都一样。上周，辛娜特的儿子被人看见在抽大麻，像牙买加人那样。"

阿吉扬起了眉毛。

"噢，我没有冒犯你的意思，阿吉宝德。"

"没有，伙计。但是你不应该还没尝试就下结论。跟牙买加人结婚，我的关节炎都给治好了，不过这只是题外话。接着说。"

"嗯，就拿阿萨娜的几个姐姐来说——她们的孩子不干别的，尽找麻烦。他们不去清真寺，不祈祷，说话怪，打扮也怪，什么垃圾都吃，天知道他们在跟谁来往，不尊重传统。人们管这叫同化，其实是腐化罢了，腐化。"

阿吉竭力露出震惊的表情，然后又竭力露出厌恶的神情，不知道该说什么。他喜欢人们和睦相处。他觉得人们应该，你知道，以和平、和睦的方式生活在一起。

"薯条、青豆、鸡蛋、蘑菇！蛋饼和蘑菇！"

萨马德举起手，朝柜台转过身去。"阿卜杜拉-米基！"他喊道，声音里略带一点滑稽的伦敦腔，"请你送过来，老板。"

米基看着萨马德，斜靠着柜台，用围裙擦着鼻子。

"你早就知道，这里是自助式，先生。这可不是他妈的沃尔多夫酒店。"

"我去端。"阿吉说着，滑出了座位。

"他怎么样了？"米基低声问，把盘子朝阿吉推过去。

阿吉皱起眉头："不知道。他又说起传统来了。你看，他在担心儿子。这年月，孩子很容易走上邪路，你知道。我真不知道对他说什么好。"

"不用你说我也知道，伙计，"米基说着，摇了摇头，"那不正是我自己的经历吗？看看我那最小的阿卜杜拉-吉米。因为偷该死的 VW 牌照，下星期要上少年法庭了。我跟他说：你他妈是傻了还是怎么了？干这种事有什么意义？要偷就要偷他妈的汽车。我问他为什么呀？他说这跟几个该死的小崽子王八蛋有关系。嗯，我对他说，要是我逮住那些家伙，非要他们的命。没有传统感，没有他妈的道德感，问题就在这里。"

阿吉点点头，拿起一块餐巾来隔热。

"要是想听听我的忠告——你想听，因为这是小餐馆的店主和顾客的特殊关系决定的——你告诉萨马德，他有两条路可走：要么把他们送回到原来的国家，回到印度——"

"孟加拉国。"阿吉纠正道，偷吃了萨马德的一根薯条。

"管他妈是哪里。他可以把他们送回去，让爷爷奶奶好好带大，让他们学习他妈的自己的文化，让他们在那些他妈的原则下成长。要么——稍等——薯条、青豆、馅饼和蘑菇！双份！"

登泽尔和克拉伦斯步履迟缓地走到烤炉跟前。

"那个馅饼看上去怪怪的。"克拉伦斯说。

"他想毒死我们。"登泽尔说。

"蘑菇看上去很古怪。"克拉伦斯说。

"他想用魔鬼的吃食渗透好人。"登泽尔说。

米基用铲子拍了一下登泽尔的手指头："哎，他妈的难兄难弟，玩点他妈的新花样，好不好？"

"还有什么?"阿吉追问。

"他想害死老人家，没力气的老人家。"登泽尔咕哝着，两人拖着脚回到自己的座位。

"他妈的，那两个老东西。他们现在还活着，是因为不肯付他妈的火葬费。"

"还有什么?"

"什么?"

"第二条路是什么?"

"噢,对了。嗯,第二条路明摆着,不是吗?"

"是什么?"

"接受现实。他得接受现实,不是吗?我们现在都是英国人了,伙计。不喜欢也得忍着。两镑五十便士,阿吉宝德,我的好人,用午餐券的黄金时代已经结束了。"

用午餐券的黄金时代十年前就结束了。十年来,米基一直都在说:"用午餐券的黄金时代已经结束了。"阿吉喜欢奥康奈尔的正是这种地方。一切都记得清清楚楚,什么都没忘却。历史永远不会被篡改,也不会被重新诠释、改编或粉饰,就如钟上的蛋迹,牢固而简单。

阿吉回到八号桌时,萨马德一副万能管家的神情:既不是完全不高兴,也算不上高兴。

"阿吉宝德,你是不是在恒河拐错弯了?你难道不是来听我诉苦的吗?我已经腐朽了,我的两个儿子正在腐朽,我们很快都要在地狱的烈焰里烧死了。这些问题很紧迫,阿吉宝德。"

阿吉沉着地笑了笑,又偷吃了一根薯条。"问题解决了,萨马德,伙计。"

"问题解决了?"

"问题解决了。现在,从我的角度看,你有两条路可走……"

大约在二十世纪初,泰国女王坐船游览,一大班朝臣、男仆、女仆、洗脚仆人和尝试食物的仆人同船侍驾。突然,船尾遭到浪击,女王被浪头卷入大海的碧涛之中。女王一再求救,但还是淹死了,因为船上没人去救她。外界对此难以理解,但泰国人立即就明白了个中缘由:传

174

统使然。即无论男女，谁也不能碰女王。这一传统延续至今。

如果说宗教是人民的鸦片，那么传统则是更具欺骗性的止痛药，因为它很少表现出那种欺骗性。如果说宗教是紧箍咒，是跳动的静脉，是针，那么，传统是一种家常得多的调制饮品：加罂粟籽的茶、加可卡因的甜可可饮料，这类饮料可能你奶奶都会调。和泰国人一样，萨马德认为，传统是文化，文化通向一个人的根，这些都是好的，都是未受玷污的原则。这并不意味着他可以靠原则为生，遵照原则或按照原则要求的方式成长；但根就是根，根就是好的。你没法说服他，野草也有块茎，牙齿松动的第一迹象是牙龈深处溃烂退化。根是救命的东西，是那根向落水者抛出去的救命稻草，是挽救灵魂的。萨马德在海上漂游得越远，被一个名叫波碧·伯特-琼斯的海妖往深渊拽得越深，他要为孩子们在海岸上扎根的念头就越坚决，他要扎下狂风大浪无法撼动的深根。他待在波碧憋闷狭小的公寓里，盘算着自己家的账目，结果显然是儿子多钞票少。如果他要把孩子们送回家，就得交给父母两份饭钱、两份学费、两份服装费。实际上，他那点钱只够买两张机票。波碧说过："你妻子怎么样？她娘家有钱，不是吗？"但萨马德还没有把计划透露给阿萨娜。他只是试了试水，很随意地对克拉拉提了提假设的情况，当时她正在做园艺。如果有人，为了艾丽的最大利益，把孩子带走，过更好的生活，她会有什么反应？克拉拉从花床旁站起来，用关切的眼神默默凝视着他，然后大笑起来，笑声久久不停。谁要干这种事，她终于说，在离他胯部几英寸的地方挥舞着一把很大的园艺剪刀，斩，斩。斩，斩，萨马德心里默念着，他知道该怎么做了。

"一个？"

又在奥康奈尔，六点二十五分。一份薯条、青豆、鸡蛋和蘑菇，一份煎蛋蘑菇加青豆（季节性变化）。

"就只一个？"

"阿吉宝德，请你小声一点。"

"可是，就只一个？"

"我是这么说的。斩，斩，"他把盘子里的煎蛋从中间切开，"没别的办法。"

"但是——"

阿吉又在想这个问题，只能这样，仍旧是原来的想法。你知道，人为什么就不能好好相处，你知道，以和平、和睦的方式生活在一起呢？不过这些他都没说。他只说："但是……"接着又说："但是……"

接着，他终于说：

"但是，是哪一个呢？"

这（如果你在盘算机票、饭钱、第一笔学费）可是一个事关三千两百四十五镑的问题。一旦筹到了钱——是的，他再次抵押了房子，让自己的地遭受风险，这是移民之大忌——就只是选哪个孩子去的问题了。第一个星期，他选中了马吉德。选马吉德没错，他脑瓜子聪明，会很快安定下来，很快学会语言。阿吉也赞成让迈勒特留下，因为，他是几十年来威尔斯登运动足球俱乐部（十五岁以下）最好的前锋。所以，萨马德开始偷偷打点马吉德的衣服，给他安排了一张单独的护照（让他十一月四日同辛娜特伯母一起走），还给学校吹了风（假期很长，可不可以给他布置一点作业让他带去做，等等）。

但第二个星期又改主意了，这回选中了迈勒特。因为马吉德是萨马德最喜欢的孩子，他想亲眼看着他长大，再说迈勒特也更需要得到道德引导。于是，开始偷偷打点他的衣服，给他安排了护照，在该知道的地方悄悄说了他的名字。

再下一个星期又换成了马吉德，到了星期三又成了迈勒特，因为阿吉的老笔友艾贝高兹写了下面这封信。阿吉此时已经很明白，霍斯特的信常常会成为预言，就把信带给萨马德看。

最亲爱的阿吉宝德：

有一段没给你写信了，不过现在，我觉得有必要写信把我园子里发生的了不起的变化告诉你，过去这几个月，这些变化让我欣喜不已。长话短说，我最后还是动手斩掉了角落里那棵老橡树，没有了这棵树，变化真是太大了！现在，弱小的种子能得到更多日照，长势很好，我甚至能剪下一些花来，在每个孩子的房间窗台上摆一瓶牡丹花，在我的记忆中，这还是第一次。这些年来，我一直因为自己花艺不精而烦恼，而实际上，罪魁祸首却是那棵老树，是它的根占据了半个园子，弄得其他植物都无法生长。

……

信还没完，但萨马德看到这里就不看了。他恼火地说："你是要我从这里看到预兆，到底是……什么呀？"

阿吉会心地拍拍鼻翼："斩，斩。应该是迈勒特，这是个预兆，伙计。你就相信艾贝高兹好了。"

就这样，原本不相信预兆或拍鼻子这种事的萨马德，也紧张地听取了这条建议。但这时，波碧（她敏锐地感到，与孩子们的问题相比，自己在萨马德心目中的地位正在降低）也忽然来了兴趣，说自己做了个梦，就是觉得应该送马吉德去，于是就又一次选中了马吉德。绝望之中，萨马德甚至允许阿吉扔硬币，但总是下不了决心——三局两胜、五局三胜——萨马德不能相信这个。信不信由你，阿吉和萨马德就这样拿两个孩子玩抓阄游戏，把问题扔给奥康奈尔的墙壁又弹回来，两人抛掷着孩子的化身，看哪面朝上。

在争辩中，有一件事应该说清楚，那就是在任何时候都没有提到绑架这个词。实际上，如果告诉萨马德，他要做的事情其实是绑架，他会大吃一惊，就此罢手，就像梦游的人一觉醒来，发现自己手里拿着一把切面包的刀，站在主人的卧室里，一定会立即放下刀。他知道自己还没有告诉阿萨娜，他知道自己已经预订了凌晨三点的航班，但这些都没有让他想到绑架。所以，当萨马德在十月三十一日凌晨两点回到家时，看到阿萨娜哭得那么厉害，不禁大为诧异。他没有往这方面想：啊，她已经发现我对马吉德的安排了（最终选定了马吉德）。因为他不是维多利亚时代犯罪小说中满脸胡子的恶棍，此外，他没有意识到自己是在策划犯罪。他的第一个念头反倒是：这么说，她知道波碧的事了。为了应付这一局面，他采用了每个通奸的男人出于本能采用的手段：先发制人。

"我回家就是为了看你这副德行，是吗？"他把包往地上一摔以加强效果，"我在那个地狱似的餐馆里待了整整一晚，回到家还要看你装神弄鬼？"

阿萨娜泣不成声，萨马德还听到咯咯的声音从她纱丽褶子下面震颤的肥肉里发出来。她朝他挥挥手，然后用手捂住耳朵。

"有必要吗？"萨马德问，竭力掩饰着自己的慌张（他原以为阿萨娜会大发雷霆，没料到却要对付眼泪），"对不起，阿萨娜，你的反应有点过头了。"

她又朝他挥挥手，然后把身子抬起来一点，萨马德这才明白，原来声音不是器官发出来的。她趴在什么东西上面，一部收音机。

"到底——"

阿萨娜把收音机推到桌子中央，打手势让萨马德把声音开大。四记熟悉的嘟嘟声后，厨房里响起了在所有被征服土地上推广的英语，然后萨马德听到播音员以标准发音播报新闻：

> 这是英国广播公司全球服务，现在是凌晨三点。印度首相英迪拉·甘地夫人今天遇刺，她在新德里家中的花园遭到两名变节锡克族保镖射杀。此次谋杀无疑是为了报复"蓝星行动"，即去年六月进攻锡克教圣地阿姆利则金庙的行动。锡克人感到自己的文化受到攻击……

"够了，"萨马德说着，关掉了收音机，"反正她也不是什么好东西。这些人没一个好东西。那个粪坑印度，管它发生了什么事情……"这些话还没出口，他就问自己为什么要说，为什么今晚他会这么恶毒。"你的悲痛可够真切的。我在想，如果我死了，那些眼泪还不知道在哪里呢！哪里都没有啊——从没见过面的什么腐败政客，你倒是挂心得很哪。知道吗，阿尔西？你是愚昧大众的最佳典范。你知道不知道？"他那样子好像是在对小孩说话，还扳起她的下巴，"为有钱有势的人流泪，这些人会轻蔑地往你头上拉屎。下个星期你多半又要嚎上了，因为戴安娜王妃的一根手指甲断了。"

阿萨娜积满一嘴唾沫，朝他吐了过去。

"布哈楚特！我不是在哭她，你这个蠢货，我在哭我的朋友。因为这件事情，家乡的大街要流血了，印度和孟加拉。要发生暴动——动刀动枪。要死人，我见过。会跟世界末日一样——人们当街送命，萨马德。你知道，我也知道，德里的情况最严重，总是最严重的。我在德里有亲人，我有朋友、老情人——"

听到这里，萨马德扇了她一记耳光，一半是因为她提起老情人，一半是因为她骂他布哈楚特（这词翻译过来，说白了，就是操自己姐妹的人），已经有很多年没被人这么骂了。

阿萨娜无动于衷，平静地说："我哭是为那些可怜的家庭感到难过，为我们的孩子感到庆幸！他们的父亲对他们不闻不问，就会打骂，是呀，可是至少他们不会像老鼠那样横死街头。"

于是这次也与以往历次一样：同样的姿势，同样的说法，同样的互相指责，同样的右勾拳，就像拳赛一样，只是没戴手套罢了。回合开始的铃声响了，萨马德从擂台上他的那一角蹿了出来。

"不对，他们的处境还要糟，糟得多：生活在一个道德败坏的国家，有一个发疯的妈妈，彻头彻尾的疯子，难以理喻。看看你，看看你这个样子！看看你有多肥！"他抓起她身上的一把肉，随后又像怕传染似的赶快松开手，"看看你穿成了什么样子！脚上是跑鞋，身上是纱丽？这又是什么？"

那是克拉拉的非洲式头巾，一块很长很漂亮的橘黄肯特布，阿萨娜用它扎起长发。萨马德一把扯下头巾，随手扔到地上，任凭阿萨娜的头发在背后倾泻而下。

"你甚至不知道自己是什么人，从哪里来。我们再也不走亲戚了——我不好意思带你出去丢人。你为什么大老远跑到孟加拉找老婆呀？他们会这么问。直接到普特尼不就得了？"

阿萨娜惨笑着，摇了摇头，同时萨马德假装镇静，把金属壶灌满水，砰地放到炉子上。

"这就是你围的漂亮腰布，萨马德·迈阿。"她恨恨地说，朝他的蓝色慢跑服点着头，这件慢跑服配一顶波碧的"洛杉矶突击者队"的棒球帽。

"区别在这里，"他看也不看她，而是用大拇指指着左胸骨以下的位置，"你说谢天谢地我们在英国，那是因为你全盘接受了。我可以告诉你，那两个孩子如果在原来的家里，生活会好得多——"

"萨马德·迈阿！休想！除非从我尸体上跨过去，你倒是把全家人迁回到危险的地方试试看！克拉拉跟我说起你，她告诉我，你跟她说一些怪话。你在盘算什么，萨马德？我从辛娜特那里听说了人寿保险……谁要死了？我都闻到什么味儿了？我告诉你，除非从我尸体上跨过去——"

"可是如果你已经死了，阿尔西——"

"闭嘴！闭嘴！我没疯。你想把我逼疯！我给阿达谢打过电话，萨马德。他告诉我，你十一点半就走了，现在是凌晨两点。我没疯！"

"没疯，可是比疯了还糟。你的思想有病。你管自己叫伊斯——"

阿萨娜突然转身面对萨马德，萨马德正努力把注意力集中在水壶的蒸汽笛声上。

"没有，萨马德。噢，没有。噢，没有。我没管自己叫什么，我从来不说自己是什么人。是你管自己叫伊斯兰教徒，是你跟真主做交易。真主跟你交谈，跟你见面。是你，萨马德·迈阿，是你，你，你。"

第二回合开始。萨马德抢了阿萨娜一记耳光。阿萨娜对着他的肚子回敬了一记右勾拳，跟着又在左颧骨上印了一拳，然后她朝后门猛冲过去。可是萨马德抓住了她的手腕，抱住她往下拖，然后用胳膊肘推她的屁股。阿萨娜比萨马德重，她直起身子，把他提起来，推倒在地，拖到院子里，趁他躺在地上时踢了两脚——这两下踢在前额上，很短促、用力很猛——不过橡胶鞋底几乎没造成什么伤害。只一会儿，他便爬了起来。他们都伸手去抓对方的头发，萨马德决心一直揪到出血。但这样一来，阿萨娜的膝盖就自由了，她朝萨马德的胯部猛地一顶，迫使他松开头发。他本想对着她的嘴打过去，却打中了一只耳朵。这时，双胞胎已经睡眼惺忪地从床上爬起来，站在长长的厨房玻璃窗前观战，同时邻居家的警示灯也都亮了，把伊克巴尔家的院子照得如竞技场般灯火通明。

"阿爸赢，"马吉德审视了一会儿战况，然后判断，"肯定是阿爸赢。"

"嘿，瞧着吧，没门，"迈勒特说，在灯光下眨巴着眼睛，"我跟你赌两根橘子棒棒糖，阿妈会把他打得屁滚尿流。"

"噢噢噢噢噢!"双胞胎齐声喊叫，好像在看焰火，然后又叫，"啊啊啊啊啊!"

这时，阿萨娜用园子里的耙子帮了一点小忙，结束了战斗。

"好了，我们有些人明天都得上班，该让我们像样地眯上一觉了!该死的巴基斯坦佬。"一位邻居叫骂道。

过了几分钟（因为每次打过架，两人总是抱在一起，一种介于深情和虚脱之间的拥抱），萨马德从院子里走进屋，还稍微有点站立不稳，他说"上床去"，然后用手梳了梳两个儿子浓密的黑发。

走到门口，他站住了。"你会感谢我的，"他对马吉德说。马吉德微笑着，心想，可能阿爸终于要给他买那个化学实验盒了，"你最终会感谢我的。这个国家没什么好，我们在这里过得一塌糊涂。"

他上楼给波碧·伯特-琼斯打电话，把她吵醒，告诉她以后不再有下午的亲吻，不再有负疚的散步，也不再偷偷摸摸坐出租车了。关系结束了。

也许伊克巴尔家的人都是先知，因为阿萨娜嗅到动乱气息的鼻子比以往更加灵敏正确。斩首示众，一个个家庭在熟睡中被活活烧死，克什米尔城门外悬挂着绞死的尸体，人们踉跄着穿行于自己失落的残躯断肢之间，锡克人从伊斯兰教徒身上取下身体器官，印度人从锡克人身上取下身体器官，腿、手指、鼻子、脚指头以及牙齿，牙齿遍地散落，与尘土混合在一起。到十一月四日，已有一千人死去了。那天，阿萨娜从浴缸的水下浮出头来，听到"我们在德里的人"报告这条消息，收音机从药箱顶上发出噼噼啪啪的杂音。

太可怕了。但是，在萨马德看来，有的人有福气坐在浴缸里听外国新闻，有的人却得去谋生，得忘记情人，得诱拐小孩。他把自己塞进白色喇叭裤，检查了机票，给阿吉打电话把计划复习一遍，然后出门上班去了。

地铁里有个年轻俊俏的女子在哭，她皮肤黑黑的，像个西班牙人，只有一边眉毛。她就坐在他对面，穿着一双大大的粉红腿套，毫无顾忌地哭着。没有人说话，没有人采取行动，人人都盼着她在基尔伯恩就下车。但她一直就这么坐着，哭着，西汉普斯特德、芬切利大街、"瑞士农舍"、圣约翰树林，然后，到了邦德街。她从帆布背包里掏出一张照片，上面是一个看上去没什么前途的年轻人。她让萨马德和另外几个乘客看照片。

"为什么他走了呢？他让我心碎……尼尔，他说他叫尼尔，尼尔，尼尔。"

到了终点站查令十字街站，萨马德看到她穿过月台，坐上了径直开回威尔斯登格林的火车。有点浪漫。她说"尼尔"时，好像这是一个在接缝处爆裂出来的词，带着过去的激情，带着失落，那样一种女性悲惨境遇的涌动。不知怎的，他期待波碧也会这样；他期待着拿起电话时，传来温柔、有节奏的抽泣，然后是信件，也许还散发着香水，沾染着泪迹。在她的悲伤之中，他就会成熟起来，就像尼尔此时此刻那样；她的悲哀会成为一种顿悟，引领着他接近自己的救赎。但是，实际情况恰恰相反，他只听到"去你妈的，你这个狗娘养的"。

"跟你说过，"希瓦摇了摇头，把一篮黄色餐巾纸递给萨马德，这些要叠成城堡形状，"我跟你说过别沾那种事，对不对？太多历史，朋友。你要知道，她气恼的不仅仅是你，明白吗？"

萨马德耸了耸肩膀，开始叠塔楼。

"不行，朋友，历史，历史。这等于是棕皮肤男人抛弃英国女人，这就跟尼赫鲁对不列颠夫人说再见一样，"希瓦为了提高自己，上了开放大学，"太复杂了，复杂得不得了，这都是因为傲气。跟你赌十镑，她把你当男仆呢，剥葡萄皮的用人。"

"不对，"萨马德反对这种说法，"不是那么回事。现在不是黑暗时代，希瓦，现在是一九八四年。"

"你说说自己知道的情况。从你告诉我的来看，她是古典型的，伙计，古典型。"

"嗯，我现在有别的事情要操心，"萨马德低声说（心里暗自思忖，孩子们现在应该已经安全地在琼斯家里睡觉了，还有两个小时，阿吉就该叫醒马吉德，让迈勒特继续睡觉），"家里的烦心事。"

"没工夫说那个！"一身礼服的阿达谢喊道，他已经神不知鬼不觉地溜到大家身后，看着萨马德那些城堡的城垛。"没工夫说家事，表兄。家家有本难念的经，人人都想理好家里那堆乱麻——我今天就掏了一千

183

块给我那个狮子大开口的妹妹买票——可我还得来上班，该办事我还得办事。今天晚上生意好，表兄，"阿达谢说着，出了厨房，往餐厅踱去，"别让我失望。"

那天是周六，一周里最忙的一天，客人一拨拨地涌入：演出前、演出后、酒吧打烊后、俱乐部关门后。第一拨文雅而健谈，第二拨哼着剧中的曲子，第三拨粗声大气，第四拨爱瞪眼睛，出口伤人。看戏的客人自然是侍者最喜欢的，他们性情和善，小费给得多，还爱打听食物的来龙去脉——食物的东方起源、历史，所有这些。年轻侍者都会高高兴兴地胡编乱造一番。（他们往东方走得最远的地方就在每天回家的线路上：白教堂、史密斯费尔德、狗岛。）老年侍者则会忠实而自豪地用黑色圆珠笔在粉红色餐巾背面画出食物的发源地。

这几个月，国家剧院在上演《我打赌就是她！》，一出重新搬上舞台的音乐剧，它写于五十年代中期，故事以三十年代为背景，讲述一个离家出走的富家女和一个志愿参加西班牙内战的穷小子之间的爱情。萨马德捡了很多客人扔下的节目单，听了很多客人齐声歌唱，所以连他这个没有音乐细胞的人也听会了剧中的大多数曲子。他喜欢这些曲子。实际上，这些曲子转移了他做苦役的注意力。（好处还不止这些——今晚，这些曲子卸下了他心头的重负，让他不再担心阿吉能不能在凌晨一点准时把马吉德带到宫殿餐馆外边。）他和厨房里的其他人一起一边剁菜、腌菜、切菜、捣菜，一边哼唱，好像劳动号子似的。

我见识过巴黎的歌剧和东方的奇观……

"萨马德·迈阿，我在找芥菜籽。"

在尼罗河边度夏，在滑雪道上过冬……

"芥菜籽……好像刚才看到穆罕默德拿去了。"

我拥有钻石、红宝石、皮衣和天鹅绒斗篷……

"瞎说，瞎说……我没看见芥菜籽。"

霍华德·休斯给我剥过葡萄……

"对不起，希瓦，要是老人家没见过，那我也没见过。"

可是没有爱情这一切有何用？

"那这些是什么？"希瓦从厨子旁边走过来，在萨马德右胳膊肘边拿起一小包芥菜籽，"行了，萨姆——打起精神来。今天晚上魂不守舍啊。"

"对不起……我脑子里一大堆事儿……"

"还想着你那个女朋友，啊？"

"轻点，希瓦。"

"人家说我给惯坏了，爱惹麻烦的富婆，"希瓦用大西洋彼岸的印第安口音怪里怪气地唱着，"噢—噢，我的合喝来了。可不论我得到多少爱，都会加倍奉还。"

希瓦抓过一只海蓝色花瓶，喝出恢宏的、上扬的尾声。"可是不管多少金钱，都无法让我的甜心动情……你应该听听这番忠告，萨马德·迈阿，"希瓦说，他以为萨马德最近办理再抵押是闹婚外恋的缘故，"这话很中肯。"

过了几个小时，阿达谢穿过双开式弹簧门，再次露面了，他打断了大家的歌声，发表第二阶段的打气演说。"诸位，诸位！客人太多了。好了，都听着：现在十点半，戏已经散场了，人都饿了。幕间休息只吃了可怜巴巴的一小杯冰激凌，喝了一肚子孟买杜松子酒，各位都知道，这些东西下了肚，接下来就想吃咖喱饭了，诸位，该我们大显身手。两桌客人，十五位，刚刚进来，坐在后面。听好了：客人要喝水，你怎么做？你怎么做，拉温德？"

拉温德是个新手，厨师的侄子，显得很紧张，他才十六岁，"告诉他们——"

"不是，拉温德，你跟客人说话之前，应该怎么做？"

拉温德咬着嘴唇："我不知道，阿达谢。"

"你要摇头，"阿达谢说着，摇了摇头，"同时显出关注的神情，表示担心他们的身体。"阿达谢做着表情示范，"然后你说……"

"喝水不能去火，先生。"

"那么，什么能去火，拉温德？什么东西能缓解先生们此时火烧火燎的感觉？"

"多吃饭，阿达谢。"

"还有呢？还有呢？"

拉温德好像给难住了，开始出汗。萨马德以前也老被阿达谢看不起，不想看到别人出洋相，于是就弯下身子，对着拉温德湿乎乎的耳朵悄悄说出答案。

拉温德的脸顿时感激地亮了起来："多吃印度烤饼，阿达谢！"

"对了，因为烤饼可以吸收辣味，更重要的是，水是免费的，烤饼要一镑二十便士。好了，表兄，"阿达谢说着，朝萨马德转过身去，伸出一根骨瘦如柴的手指晃来晃去，"孩子怎么才能学到东西呢？下次让孩子自己回答。你有你该干的事：十二号桌的几位女客点名要领班，她们只要领班服务，所以——"

"点名叫我？可我以为今晚是在厨房干活。再说，我也不能跟人家的私人总管似的，让人家点名，那太过分了——没这个规矩，表弟。"

此时此刻，萨马德感到很恐慌。他的全部心思都放在凌晨一点钟的"诱拐"上面，放在拆散双胞胎上面，他没把握能端稳一只只滚烫的盘子、一碗碗冒着热气的木豆、一钵钵溅着油星的鸡汤，没把握能躲开独臂侍者所要应付的种种危险。他满脑子都是儿子，整晚都半睡半醒。他又一次把每个指甲都咬到了角质层，都快咬到透明的月牙了。

他说，他听到自己在说：阿达谢，我在这儿有干不完的活。为什么要去——

回答是：因为领班是最出色的侍者，而且他们理所当然会因为这份特权给我——给我们——小费。别废话，去吧，表兄。十二号桌，萨马

186

德·迈阿。

萨马德微微冒着汗，把一条白毛巾往左胳膊上一搭，边推开门边不成调子地哼着剧中的精彩片断。

一个人有什么不会为姑娘干？香水有多香？珍珠有多大？

到十二号桌要走很久。倒不是距离远，不过二十米罢了，但要走很久。因为要穿过浓重的气味和大声喧哗与问询；穿过英国人的喊叫；要走过二号桌，这里的烟灰缸满了，该换了，他一声不响地拿起来，漫不经心地换上新的；在四号桌上停留了一下，那里上的一道菜客人没点；和五号桌理论了几句，他们想同六号桌合在一起，也不管这有多不方便；七号桌要蛋炒饭，压根不理会这里不是中国餐馆；八号桌已经喝高了，还要酒！还要啤酒！是要走很久才行，你得穿越丛林，满足客人无休无止的需求和不必要的啰唆、欲望和要求。客人们个个脸色红润，此时，在萨马德看来，男的都成了头戴太阳帽的绅士，双脚搁在桌子上，怀里抱着枪；而女的都像闺秀似的，坐在阳台上啜着茶，让棕色皮肤的男佣摇着鸵鸟毛扇子，享受着习习凉风。

多远的路程他都愿走，再多的打击也能承受。

凭真主起誓，他心中有多么感激（好的，夫人；稍等，夫人），想到马吉德，至少马吉德，四个小时后就将向东飞去，远离这里和这里的种种要求、这里永恒的渴望。这个地方没有耐心，没有怜悯心，这里的人想要什么就要什么，现在就要，立刻就要（我们等素菜已经等了二十分钟），要自己的恋人、孩子、朋友，甚至上帝很快就到，就像十号桌等待炭烤对虾一样……

在她的财产拍卖会上，有多少伦勃朗、克利姆特、戴·库宁的画作？

这些人不惜以所有信仰换取性，以所有的性换取权力，以对上帝的敬畏换取自豪，以知识换取讥讽，以戴着帽子、受尊敬的脑袋换取刺眼的橘黄长发——

波碧坐在十二号桌！波碧·伯特-琼斯！此时，单是这个名字就够他受了（因为他，萨马德，正处在情绪波动最大的时候；他就要把自己的儿子一分为二，就像那第一位紧张的外科医生，在暹罗双胞胎的肉体上笨拙地挥舞他那吐了唾沫的粗笨刀子一样），光这名字就够让他伤脑筋了，光这名字就是一枚朝着小渔船前进的鱼雷。更何况并不只是名字，不只是哪个笨蛋无意中脱口而出的名字的回声，也不是一封旧信下方的签名，而是雀斑点点、活灵活现的波碧·伯特-琼斯本人。她冷冷而镇定地坐着，身边是她姐姐，就如我们所预想的所有姐妹一样，这位姐姐的长相要逊色一些。

"那么，说点什么吧，"波碧生硬地说，不停拨弄着万宝路烟盒，"你的机智风趣都到哪里去了？也不说说驴呀马的？没话说了？"

萨马德没什么好说的，只是不再哼小曲了，恰到好处地歪着头，摆出毕恭毕敬的样子，把笔尖对着纸头准备记录。真和做梦一样。

"好吧，那么，"波碧刻薄地说，上上下下打量了一番萨马德，点着了一支烟，"由你吧。对，我们先来点羊肉煎饼和酸奶什么的。"

"主菜呢，"那位个子矮些、长相差些、脸色红些、鼻子塌些的姐姐说，"服务生，麻烦你来两份三（酸）添（甜）羊羔和米饭，要薯条。"

至少阿吉很准时：年份准、日子准、钟点准，刚好在一九八四年十一月五日凌晨一点。他站在餐馆门外，身穿一件双排扣长大衣，站在他那辆博克斯堡车前，一只手搔着崭新的倍耐力车胎，另一只手像电影明星鲍嘉或司机或鲍嘉的司机那样使劲掏着一支香烟。萨马德到了，紧紧握住阿吉的右手，朋友的手指冰凉。他觉得欠朋友很大一个人情。不知不觉中，他把一团冷气吹到阿吉脸上。"我不会忘记这一切的，阿吉宝德，"他说，"我不会忘记你今晚为我做的一切，我的朋友。"

阿吉尴尬地踱来踱去："萨姆，你先别——有点事还——"

可是萨马德这时已经伸手去开车门了，在他看到后座上三个发抖的孩子之前，阿吉肯定来不及解释了。

"他们醒了，萨姆。他们都睡在一个房间里——都睡在我家。我没别的办法。只好给他们在睡衣外面穿了外套——我不敢让克拉拉听见——只好把他们都带上了。"

艾丽蜷着身子睡得正香，头枕在烟灰缸上，脚搁在齿轮箱上；可迈勒特和马吉德欢欢喜喜地朝父亲扑过来，拉着他的喇叭裤，拧着他的下巴。

"嘿，阿爸！我们去哪里，阿爸？是不是参加秘密的迪斯科舞会？真的吗？"

萨马德严厉地看着阿吉，阿吉耸了耸肩膀。

"我们这是去飞机场，去希思罗机场。"

"哇！"

"到了那里，马吉德——马吉德——"真和做梦一样，萨马德忍不住流泪了。他伸手抱住先出生两分钟的大儿子，把他紧紧地搂在胸前，搂得那么紧，把眼镜架都折断了。"然后马吉德跟辛娜特伯母去旅行。"

"他还回来吗？"迈勒特问，"要是不回来就太酷了！"

马吉德挣开父亲的怀抱："远吗？星期一赶得回来吗——我得看看科学课的光合作用实验做得怎么样了——我弄了两棵植物：一棵放在衣柜里，一棵放在太阳底下——我得看看，阿爸，我得看看哪棵——"

多年以后，甚至就在飞机起飞几个小时后，这些都是萨马德不堪回想的过去，这一切他都不愿保留在记忆里。突然间，石头潜入水中，假牙悄无声息地飘落到玻璃杯底。

"我能赶回来上学吗，阿爸？"

"好了，"坐在前面座位上的阿吉一本正经地说，"再不走就赶不上了。"

"星期一你会上学的，马吉德。我保证。现在坐好，走吧。为了阿爸，听话。"

萨马德关上车门，弯下身来，看着双胞胎儿子朝车窗吹热气。他举起一只手，隔着玻璃抚摸儿子的嘴唇。孩子们粉嘟嘟的嘴唇贴着玻璃，嘴里的唾沫与肮脏的水珠混合在一起。

第九章

反叛！

在阿萨娜心目中，人与人的真正差别不在肤色，不在性别，不在信仰，不在有没有本事按切分节奏跳舞，也不在有没有本事伸开五指给人家看手里抓的金币。真正的差别在某些更为根本的东西。它在大地上，它在天空中。在她看来，可以把整个人类划分成两大阵营，只需让他们填写一份非常简单的调查表就能知道他们属于哪个阵营，就是每周二《妇女专刊》上登的那种调查表：

1. 你在其下安睡的天空有无可能一连几个星期裂开？
2. 你行走的大地有无可能颤抖裂开？
3. 在你家投下正午阴影的不祥山峦会不会有朝一日莫名其妙地喷火？

（只要你认为有可能，不管可能性多小，都在方框上打钩。）

如果对上述问题，全部回答"是"或者有一个回答"是"，那么你所过的生活就有点子夜的味道，老是离午夜仅一步之遥；你的生活动荡不安、乏味无聊，是真正意义上的无所牵挂；它轻如鸿毛，就如钥匙圈或发夹那样容易遗失。而且它还了无生气：为什么不坐一整个上午、一整天、一整年，就在同一棵柏树下，在泥地上写"8"字呢？不仅如此，它还是灾难，是混沌：为什么不心血来潮推翻政府？为什么不把自己深恶痛绝的人弄瞎？为什么不发疯，满口疯话地走街串巷、手舞足蹈、捶胸顿足？什么也拦不住你，或者说什么都可以拦住你，随时随地都可以。那种感觉。那是生活中的真正差别。一个人如果生活在坚实的大地上、安全的天空下，不会知道这些。他们就像德累斯顿的英国战俘，照样喝茶，照样穿戴整齐地吃晚饭，即使警报响起也依然如故，即使城市成了一颗硕大的火球也依然如故。英国人出生在一片郁郁葱葱、舒适惬意、温和的土地上，因此想象不出灾难的情景，即使是人为的灾难也难以想象。

而孟加拉国人就不同了，这里以前是东巴基斯坦，再以前是印度，再再以前是孟加尔。他们始终被灾难玩弄于无形的股掌之间，洪水、龙卷风、飓风、泥石流都是家常便饭。一年里有半年时间一半国土位于水下，一代代国民像钟表一样准时销声匿迹，人均寿命最多不超过五十二岁，而且，当你说到大灾变时，当你说到全体死于非命时，嗯，他们明白自己在这个特定领域处于领先地位，他们明知这一点而不动声色。他们第一个起跑，当讨厌的极地冰山开始融化时，他们第一个像亚特兰蒂斯岛①那样向下滑去，沉入海底。这是世界上最荒唐的国家，孟加拉国。这是上帝想出来的绝妙好计，是他创作黑色喜剧的尝试。你不必向孟加拉人发放调查表。灾难就是生活。从阿萨娜甜蜜的十六岁生日（一九七一年）到她不再直接和丈夫说话那年（一九八五年），其间死在孟加拉国的人、消失在风雨中的人，比广岛、长崎和德累斯顿的死亡总人数还多。一百万人丢了性命，而他们对自己的性命从一开始就看得很轻。

而这就是阿萨娜真正怪罪萨马德的地方。说真的，不是因为背叛，不是因为撒谎，不是因为绑架，而是因为马吉德必须学会看轻自己的生

---

① 传说中的大西洋岛屿，位于直布罗陀西部，柏拉图称该岛在一场地震中沉入海底。

命。即使马吉德在吉大港山（这个低地平原国家的最高点）相对安全一些，阿萨娜还是一想到他要过她以前的生活就恨恨不已：得把生命看得贱如一枚派萨①，毫无意识地在洪水中跋涉，在乌云密布的天空重压下战栗……

理所当然地，她变得歇斯底里；理所当然地，她想把他弄回来。她给有关当局打电话，有关当局如此这般说了一通："说实在的，亲爱的，我们更担心他们回来。""说真的，如果是你丈夫安排了旅行，那就没什么大不了的了……"于是，她放下了电话。过了几个月，她就不再打了。她绝望地跑到温布利和白教堂，坐在亲戚家里，在哭泣、吃东西和接受怜悯之中轰轰烈烈地度过周末，但她心里明白，咖喱饭好吃，怜悯却好像有点假惺惺。因为有的亲戚正幸灾乐祸呢，阿萨娜·伊克巴尔有大房子，有黑白混血的朋友，有一位酷似电影明星奥玛·沙里夫的丈夫，有一个说起话来像威廉王子的儿子，现在也和他们一样生活在疑虑不安之中了，也得时时面带愁容了。辛娜特（对于自己在这件事情里扮演了什么角色，她一点风声也没透露）把手伸过椅子扶手，同情地把阿萨娜的手抓在自己的爪子里，甚至在这时候，也有那么一点称心的味道。"噢，阿尔西，我就一直在想，太可恶了，他居然把好的那个带走了！他是那么聪明，举止那么得体！那个孩子呀，你不用担心他吸毒，不用担心他跟下流丫头鬼混。只是书看得多，要花钱买眼镜。"

噢，话里带着一点欢喜。千万不要低估别人。旁观别人的痛苦，散布不幸的消息，看电视里扔炸弹，听别人在电话中哭诉——千万不要低估人们从这些事情上得到的快乐。痛苦本身只是痛苦。但是痛苦如果发生在别人身上，那便成了娱乐、窥阴癖、人类的好奇心、真实的电影、叫人笑痛肚子的笑料、同情的微笑、扬起的眉毛、掩饰起来的轻蔑等等。阿萨娜感觉到了这些迹象，而且在电话那头还不止这些，当时——

---

① 印度、巴基斯坦、卡塔尔、马斯喀特和阿曼的货币单位，等于百分之一卢比。

一九八五年五月二十八日，电话潮水般涌来，告诉她最近发生了灾难，以表同情。

"阿尔西，我非给你打电话不可。他们说孟加拉湾到处是浮尸……"

"我刚在收音机上听到最新消息——一万人哪！"

"幸存者漂游到屋顶上，鲨鱼和鳄鱼咬住他们的脚跟不放。"

"一定很恐怖，阿尔西，不知道，拿不准……"

六天六夜，阿萨娜不知道，拿不准。在这段时间里，她读了大诗人泰戈尔的大量作品，竭力让自己相信他说的宽心话（夜之黑暗是一只口袋，迸出黎明的金光），但在内心深处，她是个很实际的女人，无法从诗歌中找到安慰。在那六天时间里她的生活充满了子夜的味道，离午夜仅一步之遥。但是第七天，光明到来了——传来了马吉德安然无恙的消息，只是鼻梁被一只花瓶砸断了，那花瓶放在清真寺一只高高的架子上，起风时从那个危险的位置掉了下来。（千万小心那只花瓶，就是它后来牵着马吉德的鼻子，让他选择了后来的职业。）只是仆人们两天前偷偷拿了家中的杜松子酒，开上那辆破旅行车去达卡游览去了，结果他们现在肚皮朝上漂在札牡娜河上，长着银鳍的鱼睁大了眼睛出神地瞪着他们。

萨马德很得意。"看到了？他在吉大港万无一失！甚至还要好，是在清真寺里。与其在基尔伯恩打架打破鼻子，不如在清真寺打破鼻子！正跟我希望的一样，他正在学习传统的生活方式。难道他不是在学习传统的生活方式吗？"

阿萨娜想了想，然后说："可能是，萨马德·迈阿。"

"你说'可能是'是什么意思？"

"可能是，萨马德·迈阿，可能不是。"

阿萨娜打定主意，不再直截了当地同丈夫说话。在随后的八年中，她决心永远不对他说是，也永远不对他说不，而是迫使他与她一样——永远处于不确定的状态之中，永远心中没底。她要绑架萨马德的心智，直到讨还早两分钟出生的大儿子，直到她能再次用自己肥胖的手指梳理他浓密的头发为止。这就是她立下的誓言，这就是她对萨马德的诅咒。这种报复方式真是妙不可言，有几次都快把他逼到绝路上了，逼到了菜刀面前，逼到了药箱面前。可是萨马德是那种脾气倔强的人，如果自己死了只会让别人开心，那他绝不会自寻短见。他就靠这个撑着。阿萨娜在睡梦中一边翻身一边嘟哝："把他弄回来吧，傻瓜……如果这样逼得你发疯，那就把他弄回来。"

可是，哪怕萨马德想要挥舞白腰布投降，现在也没钱把马吉德弄回来了。他学会了忍受这种生活。甚至到了这种地步：如果在街上或餐馆里有人对萨马德说"是"或"不"，他简直不知道该作何反应，他都快忘记那两个小小的、简洁的语言符号是什么意思了。他永远不可能从阿萨娜的嘴里听到它们。在伊克巴尔家里，不管提什么问题，永远听不到直截了当的答复。

"阿萨娜，你看到我的拖鞋没有？"

"也许吧，萨马德·迈阿。"

"现在几点？"

"可能是三点，萨马德·迈阿，可是真主知道，也可能是四点。"

"阿萨娜，你把遥控器放哪儿了？"

"可能在抽屉里，萨马德·迈阿，也可能在沙发后面。"

日子就这样一天天过去。

五月飓风过后的一天，伊克巴尔家收到了早出生两分钟的大儿子的信，信写在练习本的纸上，字迹工整，还夹着一张近照。这不是他第一次写信，但萨马德从这封信里看到某种不同寻常的东西，这让他兴奋不已，也证明了他那不得人心的决定是多么正确。信的语气有点变化，有点成熟起来的迹象，有点逐渐增长东方智慧的迹象。他先在院子里细看了一遍，然后高高兴兴地拿着信回到厨房，给正在喝薄荷茶的克拉拉和阿萨娜念起来。

"听着,他在这里说:'昨天,祖父用皮带打塔米(家里的男仆),一直打得他屁股比番茄还红才住手。他说塔米偷了蜡烛(是偷了,我看见他偷的),这就是他应得的惩罚。他说,惩罚这种事情有时真主会做,有时得由人来做,只有贤人才知道什么时候该真主动手,什么时候该人动手。我希望有朝一日会成为一个贤人。'你们听到了?他要成为贤人。你们可知道,如今学校里会有多少孩子想成为贤人?"

"可能一个也没有,萨马德·迈阿,也可能个个都想。"

萨马德瞪了妻子一眼,继续说下去:"这里,这里他说到自己的鼻子:'我觉得,花瓶不应该放在有可能掉下来砸坏小孩鼻子的地方。这是不对的,这样放花瓶的人应该受到惩罚(不过如果是成年人,不是十二岁以下的小孩子,就不应该打屁股)。等我长大了,我想我一定不让人把花瓶放在那么危险的地方,其他危险的事情我也要投诉。(顺便说一句,我的鼻子现在已经好了。)'看见了?"

克拉拉皱起了眉头:"看见什么?"

"显然他不赞成清真寺的装饰,他不喜欢一切异教的、不必要的、危险的装饰!那样的孩子注定是个伟人,是不是?"

"可能是,萨马德·迈阿,可能不是。"

"可能他会进入政府部门,可能会干法律这一行。"克拉拉说。

"胡说!我的儿子是为上天服务的,不是为尘世。他对自己的责任无所畏惧。他对成为一个真正的孟加拉人、一个彻底的伊斯兰教徒无所畏惧。这里,他告诉我们,照片中的山羊已经死了。'我帮着杀掉了山羊,阿爸,'他说,'我们把山羊劈成两半,它还不停地动了一阵子。'这孩子胆小怕事吗?"

显然,说不胆小是义不容辞的任务,克拉拉就淡淡地说了,伸手接过萨马德递给她的照片。那是马吉德,穿着平常的灰色衣服,站在那头在劫难逃的山羊旁边,身后是一所老房子。

"噢！瞧他的鼻子！瞧这鼻子断的，现在成了罗马式鼻子了。他看起来就像一个小贵族，像一个小英国人。看，迈勒特，"克拉拉把照片放到迈勒特那小一点、塌一点的鼻子下面，"你们俩再也没以前那么像了。"

"他看起来，"迈勒特草草扫了一眼，"像个酋长。"

萨马德不熟悉威尔斯登的街头俚语，严肃地点了点头，拍了拍儿子的头发。"这很好，你看到你们俩的差别，迈勒特。现在就看到了，而不是以后。"萨马德瞥了一眼阿萨娜，只见阿萨娜用食指在太阳穴上画圈，拍着脑袋一侧：有病、疯子。"别人也许会笑，可是你我都明白，你哥哥会领导人们走出荒野。他会成为部落的领袖。他是天生的酋长。"

迈勒特听了这话，大笑起来，笑得那么厉害，那么难以控制，竟然一时站立不稳，踩到抹布上滑倒了，碰上水池撞断了鼻梁。

两个儿子。一个不在眼前而完美无缺，凝固在九岁那讨人喜欢的年龄，静止在相框之中，而相框下面的电视则倾倒着八十年代的种种垃圾——爱尔兰炸弹、英国暴动、大西洋两岸的腐臭气息——那孩子就在这些混乱之中得到升华，高不可及而一尘不染，上升到了永远笑容满面的佛陀的地位，弥漫着东方特有的安详沉思气息；他无所不能，是天生的领袖，天生的伊斯兰教徒，天生的酋长——总而言之，一个幻影而已。他是父亲在想象中用水银做成的幽灵般的银版照片，被母亲用咸咸的眼泪腌制保存下来。这个儿子沉默不语，相隔遥远，而且"都说他好"，就像女王陛下众多殖民岛屿的前沿阵地一样，定格在纯真无邪的永恒状态之中，永远都是青春期之前的样子。这个儿子萨马德见不到，而萨马德早就学会了崇拜自己见不到的东西。

至于他能够见到的儿子，那个就在他脚下、整天找碴儿的儿子，嗯，最好别让萨马德说起这个话题：迈勒特找碴鬼的话题。不过就是这么回事：他是二儿子，就像姗姗来迟的公共汽车，就像姗姗来迟的邮费低廉的包裹，行动迟缓，赶不上趟。由于真主那难以理解的安排，他在出生的起跑线上就输了，损失了他永远无法弥补的关键的两分钟，全知的寓言镜子里没有他，神性的玻璃球里没有他，父亲的眼里没有他。

换了比迈勒特多愁善感、爱沉思冥想的孩子，下半辈子可能都要在找回那两分钟里度过，生活在痛苦之中，追寻着难以捕捉的猎物，最终把猎物摆在父亲脚下。但是，父亲的话一点也没让迈勒特焦心，他明白自己不是信徒，不是酋长，不是手淫的人，不是叛徒，不是他妈的才子——不管父亲说什么，他都不在乎。用街头俚语来说，迈勒特是个没礼貌的坏孩子，很前卫，像换鞋一样经常变换形象。他自有他的可爱之处，没人敢惹他，淘气的他带领孩子们上山踢足球，下山把吃角子老虎机洗劫一空，出了校门，就进录像厅。洛基录像厅是迈勒特最爱光顾的地方，老板是个黑心的可卡因贩子，十五岁的孩子在这里看色情片，十一岁就看 R 级片，花上五个英镑还能躲起来看凶杀片。就是在这里，迈勒特真正知道了父亲应该是什么样子。教父、铁哥们、帕西诺和德尼罗，身着黑衣，外表潇洒，说话很快，不伺候（他妈的）客人，都有功能健全、带枪的双手。他明白了一个道理：不用住在洪水滔天的地方，不用住在飓风肆虐的地方，也照样能找到刺激，照样能做贤人，可以主动出击找刺激。十二岁的迈勒特爱找刺激，虽然威尔斯登格林不是布朗克斯区，不是中南区，他还是找到了一点刺激，找到了足够的刺激。他四处鬼混，夸夸其谈。到了十三岁，他那英武的帅模样像千斤顶似的从体内顶了出来，于是从满脸青春痘的孩子王摇身变成女人的头领，威尔斯登格林的花衣魔笛手①。堕入情网的姑娘们成串地跟在他后面，个个伸着舌头，挺着奶子，掉进心碎池里……就因为他最大也最坏，年纪轻

---

① 中世纪传说中，解除普鲁士哈默尔恩鼠疫的魔笛手，因未获得应有的报酬而把当地的孩子全部拐走。

轻就过着令人目眩神迷的生活：第一个抽烟，第一个喝酒，还失去了那个——那个！才十三岁半。不错，尽管他既没感觉也没触摸到什么，只是湿乎乎、懵懵懂懂地就把那个失去了，因为他毫无疑问是最了不起的，在大大小小的少年犯罪案件上，他是青少年的明灯、首领、老板、种马、街头小子、部落头人。实际上，迈勒特的唯一毛病是爱找碴，而且长于此道。除此之外，他可好了。

尽管如此，在家里、学校和庞大的伊克巴尔/贝古姆家族的各家厨房里，人们还是对迈勒特找碴鬼议论纷纷：不听管教的十三岁的迈勒特在清真寺里放屁、追逐金发女郎、身上散发着烟味。不仅迈勒特这样，所有孩子都这样：穆吉波（十四岁，犯罪记录是开车兜风）、卡达卡（十六岁，交白人女朋友，晚上涂睫毛膏）、戴佩士（十五岁，抽大麻）、库谢德（十八岁，抽大麻，穿肥大的多袋裤）、卡勒达（十七岁，婚前同亚洲男孩发生性关系）、比麦尔（十九岁，学戏剧）。这些孩子都出什么毛病了？这次伟大越洋实验的第一批后代出了什么毛病？难道他们不是要什么就有什么吗？住着大院子，一日三餐不愁，穿着时装店里买的干净衣服，受一流的教育，还要什么？难道长辈们没有尽其所能吗？大家是为什么跑到这个岛国来的？为了安全。难道他们不安全吗？

"太安全了，"萨马德说，耐心地安慰着哭哭啼啼、火气十足的爹娘们和年迈的、心烦意乱的爷爷奶奶们，"他们在这个国家太安全了，不是吗？他们生活在我们自己创造出来的大塑料泡里，他们的人生已经都给安排好了。就我个人而言，你知道我会朝圣保罗吐口水，可是老话说得好，那句老话其实是真主说的：抛开幼稚的东西。如果我们的孩子们不像男子汉那样面对挑战，又怎么能长成男子汉呢？毫无疑问，现在回想起来，把马吉德送回去是再对没有了。我劝你们也这么干。"

说到这里，这些聚在一起哭泣悲叹的人们全都悲哀地看着马吉德与山羊那张备受珍视的合影。他们呆呆地坐着，就像印度人等着石牛哞叫一般，直到照片上似乎发出一圈可见的光环为止：靠善良和勇敢度过逆境，经受地狱和洪水的考验，真正的伊斯兰教徒孩子，他们没有这样的孩子。尽管这很叫人可怜，阿萨娜还是觉得有点可笑，事情倒过来了，谁也不为她哭泣，每个人都为自己和自己的孩子哭泣，为可怕的八十年代给自己和孩子所带来的一切而哭泣。这些聚会就像绝境中的政治峰会，就像政府和教会紧闭门窗绝望地开会一样，门外则是叛乱的暴民在大街上狂奔、乱砸窗户。一条沟壑正在形成，不仅父子、长幼、此地出生和彼地出生的人们之间有沟壑，而且待在室内的人和在室外暴乱的人之间也形成了沟壑。

"太安全，太安逸。"萨马德又说了一遍，这时姑奶奶碧碧怜爱地用"西恩先生"牌抹布擦着马吉德，"只要送回老家去待上一个月，个个都会变样。"

可问题是，迈勒特不需要回老家——他身处两地，一只脚在孟加拉，一只脚在威尔斯登；他的心一半在那里，一半在这里；他不用护照就能同时身处两地，不用签证就过着哥哥和自己的生活（毕竟他们是双胞胎）。阿萨娜第一个发现了这一点。她把心事告诉克拉拉：

老天他们就像翻绳一样拴在一起，像跷跷板一样连在一起，推一头，另一头就会翘起来，不管迈勒特看到什么，马吉德也看到了，反过来也一样！阿萨娜只知道那些小事情：两人生的病差不多，同时出事情，两人的宠物也是相隔万里但同时奄奄一息。但她不知道，就在马吉德看到一九八五年的飓风把一件件物品从高处摇下来时，迈勒特在弗青格林公墓的高墙上找运气；一九八八年二月十日，就在马吉德穿过达卡的暴乱民众，躲闪那些忙于用刀子和拳头决定选举结果的人们时，迈勒特在比迪·穆利根那臭名昭著的基尔伯恩酒馆外面，和三个喝得醉醺醺、脾气暴躁、快手快脚的爱尔兰人干了一架。啊，但你不相信巧合，是吗？你要看事实，事实，事实，是吗？你想要那些与死神发生的冲突，是吗？好吧！一九八九年四月二十八日，龙卷风把吉大港马吉德家的厨房卷到空中，带走了一切，奇迹般地留下马吉德缩成一团躺在地上。现在，再来看五千英里外的迈勒特，他压在有名的六年级学生纳塔莉娅·卡文迪什（她对自己体内隐藏的黑暗秘密浑然不觉）身上。避孕套就在他的后裤袋里放着，还没拆封，但不知为何他也不打算拿。此时他正在有节奏地朝上面、朝里面、朝深处、朝两边运动着，与死亡共舞。

*

三天

一九八七年十月十五日

阿萨娜很相信英国广播公司的预报，即使灯灭了，风猛烈地拍打着防风窗，她也仍旧穿着睡衣，不肯挪窝。

"如果那位费希先生说没事，那就肯定没事。他是英国广播公司的，看在上帝的分上！"

萨马德只好作罢。（阿萨娜对自己喜欢的英国机构坚信不疑，要改变她的看法几乎是不可能的，其中有安妮公主、儿童皇家联合表演团、喜剧明星埃里克·莫克姆、《妇女时间》。）他到厨房拿了手电筒，上楼去找迈勒特。

"迈勒特？回答我，迈勒特！你在吗？"

"也许在，阿爸，也许不在。"

萨马德循着声音来到浴室，只见迈勒特浸泡在浴缸里，肮脏的粉红色肥皂泡一直满到下巴，他正在看《即》呢。

"啊，老爸，真行。手电筒，照这里，让我看书。"

"还记挂这个！"萨马德一把夺过儿子手里的卡通书，"他妈的正在刮飓风，你那个疯子老妈还坐在那里，等屋顶掉下来呢。快爬出来，我要你到工具棚去，拿些木头和钉子来，我们要——"

"可是阿爸，我光着屁股呢！"

"别跟我争这些鸡毛蒜皮！现在情况紧急，我要你去——"

一声巨大的撕裂声从外面传来，似乎有什么东西从根部一切两段，猛地甩到了墙上。

过了两分钟，伊克巴尔全家衣冠不整地列队站在一起，透过厨房的长窗户朝草地望去。工具棚已经没有了。迈勒特跺了三次脚，又夸张地用街角小店主的口音表演起来："噢哟哟。金窝银窝不如自家的草窝。"

"好了，娘儿们。现在你来不来呀？"

"可能来，萨马德·迈阿，可能不来。"

"他妈的！我没心情投票表决。我们要到阿吉宝德家去，可能他们还有灯，再说人多胆子也壮一点。你们俩，都穿好衣服，抓几样必需品：生死攸关的东西，然后上车！"

萨马德顶着强风奋力打开后备厢，看到妻儿拿来的必需品，生死攸关的东西，先是觉得好笑，接着不免沮丧起来。

迈勒特：

《天生会跑》（唱片，史宾斯汀），德尼罗在《出租汽车司机》一片中"你在跟我说话"场景的海报，《紫雨》录像带（摇滚电影），经过缩水合身处理的李维斯501牛仔裤（红标），一双黑色匡威棒球鞋，《发条橙》（书）。

阿萨娜：

缝纫机，三盒万金油，羊腿（冷冻），足盐，《琳达·古德曼的星座》（书），一大盒印度线扎烟卷，达瓦吉特·辛主演的《喀拉拉的月光》（音乐剧录像带）。

萨马德砰的一声合上了后车盖。

"没有小折刀，没有吃的，没有光源，真他妈的太好了，不用想就知道伊克巴尔家哪个才是退伍老兵。甚至谁都没想到带上《古兰经》。紧急情况下的重要物品——精神支柱。我这就回去拿，坐在车里别动。"

一到厨房，萨马德就用手电筒四处照着：水壶、煤气灶、茶杯、窗帘，然后瞥见了一幅超现实的画面，只见工具棚就像一座巢屋那样安坐在邻居家的七叶树上。他拿起以前放在水槽下面的一把瑞士军刀，跑到起居室取了镀金镶天鹅绒边的《古兰经》，正要离开，忽然禁不住想感觉一下狂风，看一眼可怕的毁灭场面。他等风平息下来，打开厨房的门，试探着挪到院子里，这时，一片闪电亮起，照亮了一幕城郊的毁灭场景：橡树、雪松、枫树、榆树在一个又一个院子里倒下了，篱笆倒下了，院子的家具也毁了。他的院子以前没少被人笑话，因为他用瓦楞铁板做围栏，里面没有树，一个个花坛种满了气味古怪的草药，如今，却只有他的院子还相对完整。

他正高兴地以弯曲的东方芦苇和顽固的西方橡树为题构思警句，忽然狂风卷土重来，把他推到一边，然后继续朝防风窗奔去，毫不费力地撕碎了它，把玻璃吹进厨房，把厨房里的一切都掏了出来，抛到露天中。刚刚被风卷来的一只过滤器砸到萨马德耳朵上，他把书抱在胸前，朝汽车跑去。

"你干吗坐在驾驶座上？"

阿萨娜紧紧攥着方向盘，望着后视镜对迈勒特说："有谁帮帮忙，请转告我丈夫，我来开车。我在孟加拉湾长大。我见过我妈迎风驾车，那时我丈夫还在德里跟一帮漂亮的大学同学高谈阔论呢。我建议我丈夫坐到乘客座位上，没我的命令不许放屁。"

阿萨娜以每小时三英里的速度穿行在空无一人、漆黑一片的公路上，此时，风正以每小时一百一十英里的速度无情地撞击着高楼大厦。

"英国，原来是这样的！我搬到英国来，就是为了躲开这个。我再也不相信那位克莱博先生了。"

"阿妈，那是费希先生。①"

---

① "克莱博"（crab）意为"螃蟹"，"费希"（Fish）意为"鱼"。

"从现在开始，他对我来说就是克莱博先生，"阿萨娜阴沉着脸，不耐烦地说，"管他是不是英国广播公司！"

阿吉家的电灯也灭了，但他们未雨绸缪，早已做好了防范从海啸到核爆炸落尘的一切准备。伊克巴尔一家到达时，阿吉家点亮了好几打煤气灯、院子蜡烛灯和夜灯，前门和窗户都已经迅速用胶合板加固，院子里几棵树的树枝也用绳子扎在一起。

"这一切都是事先准备的结果，"阿吉说，他正在给绝望的伊克巴尔一家和他们那一抱财产开门，就像"一切自己动手"的国王迎接一无所有的人一样，"我是说，你必须保护自己的家人，对不对？既然你这方面没做到——你知道我说的是什么意思，我就是这么看的：那就由我来抵御大风。如果我跟你说过一次，伊克巴尔，那我就跟你说过一百万次：要检查承重墙。如果承重墙不顶呱呱，那你就完了，伙计。你真的完了。你还应该在家里备一把气动扳手。必需品。"

"干得真不错，阿吉宝德。我们可以进来吗？"

阿吉让到一边："当然。说实话，我正在等你呢。你从来就分不清钻头和螺丝刀，伊克巴尔。说起理论来头头是道，实践起来就摸不到门了。走吧，上楼去，小心夜灯——这主意不错吧，啊？你好，阿尔西，你看上去跟平常一样可爱；你好，迈勒活宝，你这个小坏蛋。那么，萨姆，说吧，你损失了什么？"

萨马德不好意思地列举了到目前为止遭受的损失。

"啊，现在你看到了，不是窗户——窗户没事，是我安的窗户——是窗框。硬是从就要倒塌的墙壁上扯了出去，我敢打赌。"

萨马德勉强承认确实如此。

"更糟的还在后头，记住我的话。好吧，事已至此也无可挽回了。克拉拉和艾丽在厨房里。我们点了一盏煤气灯，吃的很快就好。暴风雨真厉害，呃？电话断了，电也断了，从没见过这么厉害的。"

厨房里是一片人为的宁静。克拉拉正在拌豆子，轻轻地哼着《水牛城战士》。艾丽扑在笔记本上，以十三岁孩子的方式不停地写日记。

　　晚上八点半。迈勒特刚走进来。他真是太帅了，可又太气人了！跟平时一样穿着紧身牛仔裤。看也不看我（跟平时一样，只是态度好一点）。我爱上了一个傻瓜（我真笨）！要是他有他哥哥的脑瓜子就好了……嗯，对了，等等等等。我已经在早恋，还早早地胖上了——哎呀，要命！暴风雨仍然很猛烈。该走了，以后再写。

"很好。"迈勒特说。

"很好。"艾丽说。

"真厉害，呃？"

"是呀，发疯了。"

"爹地吓坏了，房子给吹倒了。"

"一样，这里也跟发了疯似的。"

"我倒要看看，没有我，你现在在哪里，小姑娘，"阿吉说，又把一颗钉子敲进胶合板，"威尔斯登保护得最好的房子，就是我们这所房子。谁也料不到暴风雨会来。"

"是呀，"迈勒特赶在阿吉用木头和钉子把天空整个堵在外面之前，透过窗户朝狂怒的大树胆战心惊地投去最后一瞥，"问题就在这儿。"

萨马德拧着迈勒特的耳朵。"你别厚脸皮了，我们知道自己在干什么。你忘了，阿吉宝德和我是见过世面的。在战场上，修过五人坦克你就知道了，每次转弯你都要冒生命危险，子弹嗖嗖地擦过屁股，还要在最艰苦的条件下抓敌人。我告诉你，飓风只能算小菜一碟。还有更糟的呢——好了，好了，很好笑。我敢肯定，"萨马德咕哝着，这时两个孩子和两个妻子假装睡着了，"谁要豆子？我要分菜了。"

"谁来讲个故事，"阿萨娜说，"要是整晚都听老兵说这些陈谷子烂芝麻，那就太无聊了。"

"来吧，萨姆，"阿吉眨了眨眼说，"给我们说说曼加尔·潘迪。那才好笑呢。"

屋子里响起一片反对声，有的假装清喉咙，有的闷声不响。

"曼加尔·潘迪的故事，"萨马德不满地说，"可不是笑话。他是导火线，有了他才有我们的今天，现代印度的奠基人，一个了不起的历史人物。"

阿萨娜哼了一声："一派胡言！连傻瓜都知道甘地才是历史人物，要不然也是尼赫鲁，或者阿克巴①。潘迪是个驼背、大鼻子，我可不喜欢他。"

"该死的！不许乱说，娘儿们。你懂什么？实际上，这都是市场经济、舆论宣传和电影版权在作怪，导致了那些长着大白牙的英俊小生愿不愿意演你之类的问题。甘地有金斯利先生演——好样的——可谁来演潘迪，呢？潘迪不够英俊，是不是？长得太有印度特色了，大鼻子、浓眉毛。所以，我不得不老是跟你们这些忘本的东西说些曼加尔·潘迪的事情。问题是，我不说，还有谁会说呀。"

"这样，"迈勒特说，"我说个梗概吧。太爷爷——"

"你的太太爷爷，笨蛋。"阿萨娜纠正他。

"管他呢。决定操英国人——"

"迈勒特！"

"反抗英国人，就凭他自己单枪匹马，把枪举到眼前，想打指挥官，没打中，再想打自己，没打中，就给吊杀了——"

"吊死了。"克拉拉心不在焉地纠正。

"吊杀还是吊死？我去拿字典。"阿吉说着，放下锤子，从厨房的台

---

① 尼赫鲁（1889—1964），印度开国总理。阿克巴（1556—1605），印度莫卧尔帝国皇帝，征服了印度北部大部分地区，推行宗教宽容政策。

面上爬下来。

"管他呢。故事讲完了，没意思。"

这时，有一棵巨杉——伦敦北部的地方性树种，树干上长了三个树杈，枝繁叶茂，绿叶成荫，栖息着成群结队的喜鹊——猛地冲出狗粪和混凝土路面，踉跄着朝前迈出一步，晕厥过去，颓然倒下；它穿越了排水系统，穿越了防风窗，穿越了胶合板，还砸翻了一盏煤气灯，然后落在阿吉刚刚离开的地方。

阿吉第一个跳起来，做出了反应，厨房软木砖上有小火在蔓延，他立刻扔过去一条小毛巾，而此时，其他人都在发抖，哭泣，看看彼此身上有没有受伤。阿吉"自己动手"的优越感遭到重创，显然，他也动摇了，但他又动手控制起自然来，用厨房的抹布把一些树枝捆扎起来，还命令迈勒特和艾丽把屋子四周的煤气灯熄灭。

"我们可不想把自己烧死，是吧？我最好去找些黑色电线塑胶带。得想想办法。"

萨马德觉得难以置信："想想办法，阿吉宝德？厨房里有半棵树呢，我看不出电线塑胶带能拿它怎么办。"

"哎呀，我吓坏了。"这时，暴风雨平静下来。克拉拉沉默了几分钟后，结结巴巴地说，"寂静不是好兆头。我外婆——上帝让她安息——她总是这么说。寂静是上帝停下来喘气，然后就又要咆哮了。我想我们应该到别的屋子里去。"

"这边只有这一棵树。最好待在这里，最糟糕的情况已经过去了。另外，"阿吉说着，深情地摸了摸妻子的手臂，"你们鲍登家什么没见过！你妈是地震时出生的。一九〇七年，金斯顿山崩地裂，霍滕丝蹦到了人世。这种小风暴吓不倒她。跟钉子一样结实，那个人。"

"不是结实，"克拉拉平静地说，她站起来，透过打破的窗子看着混乱的屋外，"靠运气，运气和信念。"

"我提议，大家做祈祷，"萨马德说着，拿出他那本考究的《古兰经》，"我提议，我们应对造物主今晚展现的破坏力量有所表示。"

萨马德开始快速地翻书，找到自己想要的那页后，很有贵族派头地把书送到妻子的眼皮底下，但她猛地合上书，瞪着他。不信神灵的阿萨娜，拿上帝开玩笑是最拿手的（学历好，家世好，噢，不错），什么也不缺，就缺信仰。此时她准备做只在紧急情况下才做的事情——吟诵："我不侍奉你的神，你也不侍奉我的神。我将永不侍奉你的神，你也将永不侍奉我的神。你有你的信仰，我有我的信仰。《古兰经》第一百零九章，N.J. 达伍德翻译。现在，哪一位——"阿萨娜看着克拉拉说，"请提醒我丈夫，他不是歌手马尼洛，没有让全世界传唱的颂歌。他吹他的调调，我吹我的。"

萨马德轻蔑地从妻子身边走开，双手端端正正地放到书上："谁跟我一起祈祷？"

"对不起，萨姆，"传来一个闷闷的声音（阿吉把头伸进壁橱，正在找垃圾袋），"也不对我的胃口，我从不去教堂。没有冒犯的意思。"

五分钟过去了，仍然没有风。接着宁静打破了，上帝开始吼叫起来，正如安布罗西娅·鲍登告诉外孙女的那样。雷声就像弥留之人的怒火一样滚过屋顶，闪电就像他最后的诅咒那样接踵而至。萨马德闭上了眼睛。

"艾丽！迈勒特！"克拉拉喊着，接着阿萨娜也喊起来。没有人回答。阿吉在壁橱里直起身子，头撞到了调味品架子，说："都十分钟了。啊呀，孩子们在哪里啊？"

一个孩子在吉大港，给朋友一激，居然取下腰布，去穿越著名的鳄鱼沼泽；另外两个溜出屋子感受风暴眼去了，此时，他俩正迎风走着，好像在漫到大腿的水中跋涉一样。他们吃力地走进威尔斯登的运动场，在那里说了下面这番话：

"真是不可思议！"

"是呀，发疯了！"

"你才发疯了。"

"你什么意思？我好好的！"

"不对，你有问题，你老是在看我。你刚才在写什么？你真是个书呆子，你老是在写。"

"没写。乱写，你知道，日记呗。"

"你想我都想疯了。"

"我听不见！响一点！"

"想我！想疯了！你听得见。"

"我没有！你自我感觉太好了。"

"你在想我的屁股。"

"别下流了！"

"嗯，不管怎么样，这不行。你长得有点太大了，我不喜欢大个子。你得不到我的。"

"我才不要呢，自大狂先生。"

"另外，想想我们俩的孩子会长成什么样子。"

"我觉得他们会很好看。"

"黑褐色。黑褐色。非洲人的塌鼻子、兔牙、麻子。那是怪物！"

"随你怎么说，我也见过你爷爷的画像——"

"太太爷爷。"

"大鼻子、难看的眉毛——"

"那是画家的印象，你这个酋长。"

"而且，他们还会发疯——他当时就发疯了——你们全家人都是疯子，是遗传。"

"就是，就是。管他呢。"

"告诉你，不管怎么说，我不喜欢你。你长了一只歪鼻子，再说，你是个找碴鬼。谁喜欢跟找碴鬼好呀？"

"好吧，小心点。"迈勒特扑过去，撞上了几颗龅牙，立刻就把舌头滑进去，随即又收回来，"这就是你找上的碴。"

一九八九年一月十四日

迈勒特像猫王埃尔维斯那样张开两条腿，把皮夹子往柜台上一掷。"一张票，去布拉德福德，啊？"

卖票的把疲惫的脸凑近玻璃窗："你是在问我，还是在命令我，小伙子？"

"我只说，啊？一张票，去布拉德福德，啊？你听不懂呀，啊？不会说英语呀？这里是国王十字区，啊？一张票，去布拉德福德，有没有？"

迈勒特的哥儿们（拉吉克、拉尼尔、迪皮西和海凡）在他身后嘻嘻哈哈地走来走去，就像啦啦队似的跟着他说"啊"。

"不会说'请'吗？"

"请什么呀请，啊？一张票，去布拉德福德，啊？你听懂我的话了？一张票，去布拉德福德。酋长。"

"往返票？儿童票？"

"咋啦，朋友。我十五岁，啊？我要往返票，我得跟人家一样回家。"

"那么，请给七十五镑。"

这话让迈勒特和他的哥儿们不舒服了。"你说什么？乱收钱！七十——哟哟哟，朋友，那太可恶了。七十五镑我不付！"

"嗯，票价就是这样。也许下次你可以去偷老太太的钱包，"卖票的说，直视着迈勒特耳朵、手腕、手指和脖子上粗粗的金链子，"你可以先在这里停留一下，然后再去珠宝店。"

"乱收！"海凡尖声叫着。

"他要咒你了，啊？"拉尼尔帮腔。

"你最好给他点颜色看看。"拉吉克警告。

迈勒特等了一分钟——最重要的是算准时间。然后他转过身，撅起屁股，冲卖票的放了一个很长很响的屁。

帮凶们同时喊道："索摩卡米！"

"你们骂我什么？你们——你们说什么？你们这些小流氓。难道就不能用英语说吗？非得说你的巴基斯坦语？"

迈勒特砰的一拳重重地砸在玻璃窗上，震动通过售票亭传向另一头的售票员。"第一，我不是巴基佬，你这个无知的笨蛋。第二，你用不着翻译，啊？我来告诉你。你是他妈的基佬，啊？同性恋、娘娘腔、变态佬！"

迈勒特的哥儿们最得意的莫过于自己能说出一大堆同性恋的别称：屁眼盗、漂亮操、马桶鬼。

"你应该为挡在我们当中的玻璃感谢上帝，小孩。"

"啊，啊，啊。我感谢真主，啊？但愿真主操你，啊？我们要去布拉德福德，揪出你这种人来，啊？酋长！"

十二号站台爬到一半，国王十字区的保安拦住了企图无票乘车的迈勒特一伙，问了他们一个问题："你们这些孩子不是想找碴吧？"

这问题问得好。迈勒特一伙看着就像找碴的。当时，他们这类看着像找碴的团伙，有一个专门的名字：拉贾斯坦尼。

这个新词最近才出现，除此之外，街头团伙的名称还有：贝克、霹雳男孩、印第孩子、锐舞客、浪人、野孩子、酸头、沙伦、特蕾西、凯弗、祖国兄弟、拉贾斯和巴基斯，拉贾斯坦尼则是后三类的文化混合物。拉贾斯坦尼说的语言是一种糅合了牙买加方言、孟加拉语、古吉拉特语的奇怪混合语言。他们的精神气质、他们的宣言，如果可以这么说的话，也同样是一种混合物：以真主为特点，但与其说真主是个至尊的存在，不如说是大家共同的大哥，一个必要时能挺身而出为他们打架的铁哥儿们；功夫和李小龙的电影也是其价值体系的重要组成部分；此外

211

还有一种对黑人民权运动一知半解的认识。（"人民公敌"的唱片《黑色星球的恐惧》就是写照。）但是，他们的主要使命是让印度硬起来，让孟加拉猛起来，让巴基斯坦爬起来。以前，拉吉克下棋、穿V形领，人家欺负他；以前，拉尼尔坐在教室后面认真地把老师的评语抄到本子上，人家欺负他；以前，迪皮西和海凡身穿传统服装在操场上玩，人家欺负他们；迈勒特穿紧身牛仔裤、吃白色棒棒糖，也有人欺负他。但是，自从他们看起来像找碴鬼之后，就没有人欺负他们了。他们的找碴鬼模样真是活灵活现。当然，他们有一套行头：人人挂金链子，花色大手帕不是绕着前额就是系在手臂或大腿关节上；裤子肥大得可以扫地，左腿裤脚总是莫名其妙地卷到膝盖上；运动鞋也同样新奇，鞋舌长得盖住了整个脚脖子；棒球帽必不可少，帽檐压得低低的，从不取下；一切的一切的一切都是耐克牌。这五个人所到之处，都留下巨大的轰动效应和一致的社团标志。他们走路的样子也很特别，左侧身体呈瘫痪状，需要右侧身体拖着。一种夺目而时髦的跛行模样，就像叶芝所想象的千年巨兽那样缓慢而累赘地挪动①。十年前的今天，快乐的瘾君子跳着舞度过爱之夏，而迈勒特一伙则懒洋洋地朝布拉德福德进发。

"不找碴，啊？"迈勒特对保安说。

"只是去——"海凡开口了。

"布拉德福德。"拉吉克接过话头。

"有事，啊？"迪皮西解释着。

"再见！老兄！"海凡喊着，这时，大家溜进火车，轻蔑地对他伸出中指，还对着正在关上的车门撅起屁股。

"圈窗口的座位，啊？好。我太想在这里抽上一根了，啊？我真他妈兴奋，啊？干一件大事，朋友。这个他妈的怪人，朋友。他是个他妈的老顽固——我要弄死他，啊？"

---

① 指叶芝在《基督重临》中描写的斯芬克斯的形象。

212

"他真的会去那里吗?"

所有严肃的问题都是对迈勒特提的,迈勒特回答时也总是面向全体哥儿们:"没门,他不会去的,就是兄弟们去。那是他妈的抗议活动,你个酋长,为什么他要去自己抗议自己?"

"我只是在说,"拉尼尔说,有点没面子,"我要弄死他,啊?如果他去的话,你知道。他妈的贱书。"

"这是他妈的侮辱!"迈勒特说,朝车窗吐口香糖,"我们在这个国家受够了气。现在还要受自己人的气,朋友。娘的!他是他妈的叛徒、白人的木偶。"

"我伯伯说他连字都拼不对,"海凡气愤地说,他是这些人里最虔诚的,"还敢议论真主!"

"真主会弄死他,啊?"拉吉克说,他脑子最笨,以为上帝是孙悟空和电影明星布鲁斯·威利的混合体。"他会踢他的蛋蛋。贱书。"

"你看过了?"拉尼尔问,这时列车呼啸着经过芬斯伯里公园。

大家都不说话了。

迈勒特说:"我还没有真看过,真看——但我知道里面放了什么狗屁,啊?"

准确地说,迈勒特没看过。他对作者一无所知,对书的内容一无所知;如果把这本书跟一大堆别的书放在一起,他根本认不出这本;如果让这位作家跟很多其他作家排成一排站着,他也认不出这位作家。(毋庸置疑,这一排犯戒的作家有:苏格拉底、普罗泰哥拉、奥维德、尤维纳利斯、雷德克利夫·霍尔、鲍利斯·帕斯捷尔纳克、D. H. 劳伦斯、索尔仁尼琴、纳博科夫,这些人都举起号码让人拍正面照片,在闪光灯的照射下眯着眼。)但他知道别的。他知道自己——迈勒特——不管是哪里人,别人都当他是巴基斯坦人;他散发着咖喱的气味;没有性别身份;抢走别人的工作;要么没有工作,做无业游民,要么把工作都让给了亲戚;他可以当牙医或开店,或当咖喱店的小时工,但是不能踢足球

213

或拍电影；他应该回自己的国家，或者待在这里，挣钱养活自己；他对大象顶礼膜拜，戴包头巾；跟迈勒特长相、言谈、感觉类似的人，都是因为被谋杀了才出现在新闻里。简言之，他知道自己在这个国家没有立足之地，没有说话的份。但是两个星期以前，忽然之间，每个电视频道、每个电台、每份报纸上都出现了迈勒特这样的人，他们都很愤怒；迈勒特觉得这种愤怒似曾相识，就认为这种愤怒该有自己的份，于是用双手紧紧抓住了它。

"那么……你没看过?"拉尼尔紧张地问道。

"你看，相信我，我不会买这种垃圾，朋友。没门儿，活宝。"

"我也没。"海凡说。

"真是个活宝!"拉吉克说。

"真他妈的恶心!"拉尼尔说。

"十二镑九十五便士呢，要知道!"迪皮西说。

"另外，"迈勒特口气决断地说，"不一定非要看了垃圾书才知道它亵渎神灵，懂我的意思了?"

在威尔斯登，萨马德·伊克巴尔正对着晚间新闻高声发表同样的见解。

"这种书不用看。有关的段落已经被我复印了。"

"有没有谁可以提醒我丈夫，"阿萨娜对新闻播报员说，"他甚至不知道这本该死的书都说了什么，因为他最近一次看的是该死的《A-Z》。"

"我要再次请你闭嘴，让我看新闻。"

"我听到有人在尖叫，可那声音好像不是我发出来的。"

"你难道不懂吗，娘儿们? 这是在这个国家发生的最重要的事情。决定性的时刻到了。导火线、关键时刻，"萨马德用拇指在音量按钮上摁了几次，"这女人——叫莫伊拉什么的——口齿不清。连话也说不清，怎么让她播新闻?"

莫伊拉的声音忽然响了起来:"……作者否认书中有亵渎神灵的内容,并认为书中关注的是世俗人生观和宗教人生观的搏斗。"

萨马德哼了一声:"什么搏斗!我看没什么搏斗。我就处理得很好,都是良好状态下的灰细胞,没有情感困惑。"

阿萨娜刻薄地笑起来:"我丈夫每天都在该死的脑袋里打第三次世界大战,所以,有没有谁——"

"没,没,没有,没有搏斗。他想干什么,呃?他别想借口理性蒙混过关。理性!评价过高的西方美德!哦,不是。问题是,他就是亵渎——他已经亵渎了神灵——"

"哎,"阿萨娜插嘴道,"我们几个人聚在一起的时候,如果对某件事情有不同看法,我们就找出这些不同点。比如莫霍娜·侯赛因痛恨达瓦吉特·辛,讨厌他的电影,讨厌得不得了,却喜欢另一个长着女人眼睫毛的家伙!可是我们都会互相让步,我从来没有因为这样就烧她的录像带。"

"根本不是一回事,伊克巴尔太太,鱼缸里根本不是同一条鱼。"

"噢,在妇女委员会,人们热情高着呢——跟萨马德·伊克巴尔不相上下。但是我跟萨马德·伊克巴尔不同,我克制自己。我要活,我也让别人活。"

"这不是让别人活的问题,这是保护自己文化的问题,保护自己的宗教信仰不受亵渎。你不懂这些,这也难怪。一天到晚想入非非,哪有空关注自己的文化!"

"我自己的文化?请问那是什么?"

"你是孟加拉人,举手投足要像个孟加拉人的样子。"

"那么,请问老公,孟加拉人是什么样子?"

"别妨碍我看电视,自己去查。"

阿萨娜取出二十四卷本《读者文摘百科全书》的第三卷"波罗的海

大脑",找到有关段落读起来。

> 孟加拉国的居民,绝大多数是孟加拉人,他们大多是印度雅利安人的后裔,几千年前开始迁移到该地,与不同种族、血统的本地孟加拉人混居。少数民族包括生活在吉大港丘陵地带的恰克玛和莫格、蒙古民族,主要是当今印度移民后裔的山塔人,以及在国家分裂后从印度移民的比哈里人、非孟加拉伊斯兰教徒。

"呀,天哪!印度雅利安人……好像我骨子里还是西方人!也许我该听蒂娜·特娜的歌,穿又短又小的皮裙子。呸。这就是在告诉你,"阿萨娜说,露出英国腔来,"追根究底,在地球上,要找到一个纯血统的人、只有一项纯粹信仰的人,简直比登天还难。你能告诉我谁是英国人吗?这简直是天方夜谭。"

"你不知道自己在说些什么。这是你无法理解的。"

阿萨娜举起百科全书:"噢,萨马德·迈阿。你也要把这个烧掉吗?"

"听着,我现在没时间跟你玩。我要听一条非常重要的新闻,布拉德福德发生了严重事件。所以,如果你不介意——"

"噢,我的真主呀!"阿萨娜尖叫起来,脸上的微笑一扫而空,跪倒在电视机前面,她把手指从燃烧的书本移到她熟悉的脸,这张脸正通过显像管对着她微笑,她淘气的二儿子就在大儿子的相框下面,"他在干什么?他疯了吗?他以为自己是谁?他到底在那里干什么?他应该去上学。难道已经到了娃娃们焚书的时代了吗?我不相信!"

"跟我没关系。导火索,伊克巴尔太太,"萨马德冷冷地说,坐回到扶手椅上,"导火索。"

那天晚上,迈勒特回到家时,一团很大的篝火正在后院里熊熊燃烧。他的所有世俗物品——他四年里攒下的东西，参加拉贾斯坦尼之前和之后的所有东西：每一张唱片和招贴画、限量版 T 恤衫、搜集保存了两年的俱乐部广告传单、漂亮的耐克气垫鞋、漫画杂志《2000AD》第二十至七十五期、人民公敌乐队主唱查克的签名照片、老牌说唱之王斯里克·瑞克无比珍贵的《嘿，年轻的世界》、《麦田里的守望者》、吉他、《教父》及其续集、《穷街陋巷》、《雷鸣小子》、《炎热的下午》，还有《神探沙夫特》——统统放在柴堆上，此时余烬正在闷烧，冒着塑料和纸的浓烟，刺激着男孩已经热泪盈眶的眼睛。

"每个人都得吸取教训，"几个小时前阿萨娜心情沉重地点燃火柴时说，"要么万物皆神圣，要么无一神圣。如果他开始烧别人的东西，那也要让他失去一些神圣的东西。每个人都有报应，不过是迟早的问题。"

一九八九年十一月十日

一堵墙正在倒塌，它跟历史有点关系，这是历史性的场面。这堵墙到底是谁建起来的，又是谁把它推倒的，或者这样做是好是坏或怎么样，这些谁也不知道；墙有多高，有多长，为什么人们要冒死翻墙，他们将来会不会因此而死，这些谁也不知道；但它仍旧具有教育意义，和别的事情一样，可以作为聚会的借口。这是星期四的晚上，阿萨娜和克拉拉做好了饭，每个人都在通过电视观看历史。

"谁还要添饭？"

迈勒特和艾丽都递上自己的盘子，争着要先盛。

"现在怎么样了？"克拉拉问，她装了一碗牙买加煎饺，赶快回到座位上，艾丽伸手在妈妈碗里抓了三个。

"还那样，朋友，"迈勒特嘟囔着说，"还那样，还那样，还那样。在墙上跳舞，用锤子砸墙。管他呢。我想看别的，啊？"

阿萨娜夺过遥控器，挤进克拉拉和阿吉当中："你休想，先生。"

"有教育意义，"克拉拉郑重地说，她把便笺本和纸张放在扶手上，随时准备在看到有启发意义的东西时记录下来，"这种内容我们大家都应该看。"

阿萨娜点了点头，吞下两个样子难看的洋葱球："我就是这么告诉孩子的。大事情，头等历史场面。当你自己的小伊克巴尔拽着你的裤子，问你，当时你在干什么——"

"我就说，我正看电视看得他娘的烦死了。"

迈勒特因为说了"他娘的"，头上吃了一记栗暴，因为表情粗俗，又吃了一记。艾丽模样怪怪的，和站在墙上的人群一样。她穿着别着徽章的日常衣服、涂得乱七八糟的裤子，头发梳成一串串的小辫子，神情黯淡地摇头表示难以相信。她正处于那个年龄：不管她说什么，都是石破天惊的天才之语；不管她碰到什么，都是史无前例的天才之举；不管她相信什么，都不是出于信仰，而是出于理所当然；不管她想什么，都是前无古人后无来者。

"那完全是你的问题，迈尔，对外部世界不感兴趣。我觉得这很了不起。他们都自由了！经历了这一切后，难道你不认为这很了不起吗？这么多年都笼罩在东部的阴云下，现在他们走进了西方民主的光芒，统一了！"她一字不差地引用着《晚间新闻》的话，"我只是想，民主是人类最伟大的发明。"

阿萨娜私下里觉得，近来艾丽变得越来越夸夸其谈了，简直令人难以相信。于是，她举起一个牙买加煎鱼头表示反对："不对，亲爱的。这话说错了。马铃薯去皮机才是人类最伟大的发明。没有它，就得哼哧哼哧自己刨了。"

"他们应该干点别的，"迈勒特说，"要是嫌那墙碍事，也别用锤子那种玩意儿瞎折腾呀，只要弄个炸药包，炸它一下，什么都成了，听懂我的意思了？那不更快，对不？"

"你为什么这样说话？"艾丽呵斥着，她正在吞一只饺子，"那不像你的腔调，你这样说话太可笑了！"

"当心你那饺子，"迈勒特边说边拍着自己的肚皮，"大了可不好看。"

"滚开!"

"你们知道，"阿吉喃喃地说，同时用力嚼着一只鸡翅膀，"我觉得这不一定是件好事情。我是说，你们一定记得，我和萨马德，我们当时在现场。相信我，把它一分为二是有充分理由的。分而占之，小女士。"

"耶稣基督呀，爸爸。你嗑了什么药?"

"他什么药也没嗑!"萨马德严厉地说，"你们这些年轻人，忘了任何事情的发生都有前因后果，你忘了发生的意义。我们当时在现场。并不是所有人都认为德国统一是好事。东西德国处于不同的时代，小女士。"

"一帮人嚷嚷着要自由，何错之有? 看，看他们多快乐。"

萨马德看着快乐的人们在墙上跳舞，对他们很是不屑，在不屑的后面，更令人刺痛的可能是忌妒。

"不是我不赞成反叛行为本身。问题只是，如果你要推翻旧秩序，你必须很有把握，能够拿出一些实质性的东西来取代旧秩序。这就是德国需要明白的地方。比如，就拿我的太爷爷曼加尔·潘迪来说——"

艾丽叹了有生以来最重的一口气："最好别说了，还不是老一套。"

"艾丽!"克拉拉呵斥道，因为她觉得自己应该这么做。

艾丽很气愤，接着自夸起来。

"嗯! 他那样子好像自己什么都知道，一切总是跟他有关——我在谈论现在、今天、德国。我跟你打赌，"她对萨马德说，"德国的事情我知道得比你多。来吧，考考我，我整个学期都在学。噢，顺便说一句，你当时不在那里，你和爹地一九四五年就离开了，那堵墙要到一九六一年才竖起来呢。"

"冷战，"萨马德阴郁地说，没有搭理她，"现在大家再也不谈热战了。那种真枪实弹打死人的战争。我是从战争中了解欧洲的，书本不可能告诉你。"

"好好，"阿吉说，想要分散大家的注意力，"你们可知道《最后的夏日美酒》还有十分钟就要放了？英国广播公司二台。"

"来吧，"艾丽不依不饶地站起来，转身面对萨马德，"考我吧。"

"书本与经验的鸿沟，"萨马德一本正经地拖着腔，"是一片孤寂的海洋。"

"对。你们俩说起话来就像一堆狗——"

克拉拉连忙在她耳朵上重重地拍了一下："艾丽！"

艾丽一屁股坐了回去，此时，与其说她感到气馁，不如说感到恼怒，她把电视的音量调高。

   这条二十八英里长的疤痕——东西分隔的丑陋象征——再也没有任何意义了。包括记者在内的很多人，从没想过能在有生之年目睹它消失。但是，昨晚，在午夜的钟声里，成千上万徘徊在墙两侧的人们大吼一声，蜂拥着穿过哨卡，向墙上爬去，翻过了隔离墙。

"愚蠢。接着就是巨大的移民潮问题，"萨马德对着电视说，把饺子放进番茄酱里蘸了蘸，"你无法阻挡一百万人进入富国。真是走向灾难的灵丹妙药。"

"他以为自己是谁呀？丘吉尔先生吗？"阿萨娜轻蔑地笑了笑，"真是原汁原味的多佛白崖、馅饼土豆泥、鳗鱼、王室、英国牛头犬，① 嗨！"

"疤痕，"克拉拉说着，把这个记录下来，"这个词用得很贴切，是不是？"

"耶稣基督呀！难道就没有人明白这里发生的一切多么了不起吗？它标志着一种政体的终结。这是大变革，彻底垮台。这是一场历史性的

---

① 这些事物是英国所特有的，阿萨娜讽刺萨马德把自己完全当成了英国人。

巨变!"

"你们老是说这个，"阿吉一边说，一边快速浏览着《电视节目报》，"可是，独立电视台的《氪元素》怎么样？那片子不错，呃？就要放了。"

"别说什么历史性的，"迈勒特说，这些政治话题让他不耐烦了，"为什么你就不能跟别人一样说'啊'，朋友？为什么你非要装腔作势地说'历史性的巨变'？"

"噢，看在他娘的分上！"（她爱他，但他简直无可救药。）"那又有什么他娘的分别？"

萨马德坐不住了。"艾丽！这是我的家，你只是个客人，在我家就不准说这种话！"

"好吧！我这就上街，跟别的无产阶级说去。"

"这姑娘，"前门砰地关上了，阿萨娜啧啧地说，"把一套百科全书和一堆脏话同时吞下去了。"

迈勒特不满地咂了咂牙，对妈妈说："别跟着起哄了，朋友。为什么不能说'一本'百科全书，偏要说'一套'？为什么这屋里的人个个都爱装腔作势？"

萨马德指着门："好了，先生，你不能跟妈妈这么说话。你也滚。"

"我觉得，"等迈勒特冲到自己房间里以后，克拉拉不动声色地说，"我们不应该阻止孩子发表意见。他们能够自由思考是好事。"

萨马德嗤之以鼻。"你想知道……什么呢？你自由思考吗？整天待在家里看电视，能自由思考吗？"

"你说什么？"

"我这样说没有不尊重你的意思：世界很复杂，克拉拉。如果有什么事情是孩子们需要了解的，那就是人活在世上需要法则，而不是幻想。"

"他说的对，你知道，"阿吉恳切地说，把烟灰抖落在一只空咖喱碗

221

里，"感情问题——对了，那才是你们的领域——"

"噢——那是女人的话题！"阿萨娜嘴里含着满满一口咖喱饭，尖叫起来，"太谢谢你了，阿吉宝德。"

阿吉尽力说下去："可是你们没有阅历，对不对？我是说，你们两个，在某种程度上，你们还是年轻女子。而我们，我是说，我们则阅历丰富。你们知道，孩子们可以在需要时从我们这里获得教益。我们就像是百科全书。我们有的东西，正是你们所没有的。这话很公平。"

阿萨娜伸出手掌，在阿吉的前额上轻轻拍了一下："你这个傻瓜。你难道不知道自己就像老牛破车，跟蜡烛一样落伍吗？你难道不知道，对孩子们来说，你们就像昨天的炸鱼薯条垫纸那样又老又腥吗？一个关键问题，我赞同你女儿的话。"克拉拉听到最后的那句侮辱，站了起来，含着眼泪走进了厨房。阿萨娜也跟着克拉拉站起来，说："你们两位先生说起话来就跟什么似的。"

只剩下阿吉和萨马德了，他们俩你看看我我看看你，苦笑着。他们沉默了一会儿，阿吉的拇指飞快地按着遥控器：历史性场面、泽西岛的古装剧、两个男人试图在三十秒内扎一只木排、有关流产的辩论会，然后又回到历史性场面。

咔嗒。

咔嗒。

咔嗒。

咔嗒。

咔嗒。

"回家？酒吧？奥康奈尔。"

阿吉刚要伸手到口袋里摸一枚闪闪发亮的十便士硬币，忽然意识到这没必要。

"奥康奈尔？"阿吉说。

"奥康奈尔。"萨马德说。

第十章

曼加尔·潘迪的牙根管

最终，还是去了奥康奈尔。照例，还是去了奥康奈尔。就因为在奥康奈尔，你可以没有家，没有财产地位，没有过去的光荣和未来的希望——你可以一无所有地推门进去，与那里的其他人毫无分别。屋外可以是一九八九年、一九九九年、二〇〇九年，而你仍然可以穿着一九七五年、一九四五年、一九三五年结婚时穿的 V 形领，坐在柜台前。这里一成不变，这里只有复述、回忆。那就是老男人喜欢这里的原因。

一切都与时间有关。不单与时间的静止性有关，而且与它纯粹、刺目的量有关：数量而非质量。这很难说清楚。如果要用等式表达，那么，应该类似于：

$$\frac{\text{在此消磨的时间}}{\text{我本来可以花在别处的时间}} \times 享乐 \times 自虐 ＝ 我常来此地的原因$$

要有自圆其说的理由，说明为什么一个人老是像弗洛伊德的孙子那样做"不在啦——有了"的游戏，回到同一个可悲的场景中来[①]。但归根结底还是时间在作怪。你在一个地方消磨了一定时间，投入这么多时间之后，你的信用等级会上升，你会觉得抢了时间银行。你会产生一种感觉，想在这里待下去，直到它回报了你投入的所有时间为止——即使它永远不回报也在所不惜。

随着时间的消逝，增长的是知识，增长的是历史。正是在奥康奈尔，萨马德建议阿吉再婚，那是一九七四年。就在六号桌下面，在他自己吐的那摊脏东西中，阿吉庆祝了艾丽的降生，那是一九七五年。弹球机角落上有一片污迹，那是萨马德第一次作为平民洒下的鲜血，挨了一个种族歧视的醉鬼一记有力的右勾拳，那是一九八〇年。阿吉就在这里的楼下，眼看自己的五十岁生日穿过威士忌海洋，像一艘老破船似的与他相会，那是一九七七年。而现在他们又来了，就在一九八九年的新年夜（伊克巴尔和琼斯的家人都没说想陪他们一起进入九十年代），他们很高兴能吃上米基推出的新年特惠套餐：二点八五英镑可以吃三个鸡蛋、青豆、两片烤面包、蘑菇，外加一大块应季的火鸡。

火鸡只是意外的惊喜。对于阿吉和萨马德而言，最要紧的是，自己是这里的见证人，这里的专家。他们来这里，是因为了解这里。他们了解这里的里里外外。如果你无法对孩子讲清，为什么玻璃受到某些撞击会破裂而受其他的却不会，如果你不理解民主世俗主义和宗教信仰如何能在同一个国家达到平衡，如果你想不起来德国是在什么情况下分裂的，那么，只要你从亲身体验中，至少知道某一个地方、某一段特定时期，见证了这里的一切，只要你是这里的权威，时间都站在你这边，只一次也好，只一次也好，你就会感觉很好，岂止是很好，简直是飘飘然了。说起奥康奈尔台球房的战后重建和发展，世界上没有一个历史学家、一个专家比得上阿吉和萨马德。

1952　阿里（米基的父亲）和三个弟弟怀揣着三十个旧英镑和父亲

---

① 弗洛伊德观察一岁半的男孩，母亲数小时不在身边，孩子虽能忍受，但不久就会出现奇怪的现象。孩子把手里拿着的任何东西都扔向远处，并嗷嗷地叫喊，这被认为是在说"不在啦"。一天，男孩将缠线板扔到床角，找不到了便发出嗷嗷的叫喊，接着拉住线头，把缠线板拉出来，发出"有了"的声音。弗洛伊德把这种不知疲倦的反复动作解释为"表现消失与再现的游戏"，认为与孩子完成了允许母亲不在这一冲动放弃（对冲动满足的放弃）有关。

的金怀表到达多佛。大家都得了皮肤病，深受其苦，形容丑陋。

1954—1963　结婚，到处打零工，阿卜杜拉-米基、另外五个小阿卜杜拉和他们的表兄弟表姐妹相继出世。

1968　阿里和弟弟们给一家南斯拉夫人开的干洗店做了三年送货员，攒了一小笔钱开了一家阿里出租车服务公司。

1971　出租车经营大获成功，但阿里并不满足。他觉得自己真正想做的是"供应饭菜，让人们开心，不时面对面地说上几句话"。于是他买下了芬切利大街老火车站旁废弃的爱尔兰台球房，继而着手翻修起来。

1972　在芬切利大街上，只有爱尔兰人开的店才有生意。所以，尽管阿里来自中东，开的又是小餐馆而非台球房，但他还是决定保留原来的爱尔兰店名。他把所有设备都油漆成橘黄色和绿色，挂上赛马图片，以"安德鲁·奥康奈尔·优素福"注册了餐馆名称。出于尊敬，他的弟弟们都支持他在墙上张贴《古兰经》片段，这样，这个大杂烩餐馆将会"看起来很亲切"。

1973/5/13　奥康奈尔开业。

1974/11/2　萨马德和阿吉在回家的路上无意中发现了奥康奈尔，于是进去吃东西。

1975　阿里决定铺上壁毯，以减少饭菜的污迹。

1977/5　萨马德在吃角子老虎机上赢了十五个角子。

1979　由于胆固醇积聚，阿里心脏病发作去世。他的家人认为他的死是吃多了不洁的猪肉制品所致，于是菜单上不再出现猪肉。

1980　至关重要的一年：阿卜杜拉-米基接管了奥康奈尔。地下室辟为赌博室，以弥补不卖香肠的损失。摆了两张大型台球桌："死亡"桌和"生命"桌。要赌钱的都到"死亡"桌上去玩，因为宗教原因或囊中羞涩而反对赌钱的则在不伤感情的"生命"桌上玩。这套安排大获成功。萨马德和阿吉在"死亡"桌上玩。

1980/12　阿吉在弹子机上取得了最高纪录：51998 点。

1981　阿吉在塞尔弗里奇百货店看到一张没人要的维夫·理查兹剪切图，就捡了带到奥康奈尔。萨马德要求把自己的太爷爷曼加尔·潘迪的画像贴在店里，米基不肯，说他"两只眼睛长得太近了"。

1982　萨马德因为宗教原因不再在"死亡"桌上玩了。萨马德继续恳求挂潘迪的画像。

1984/12/31　阿吉在"死亡"桌上赢了二百六十八点七二英镑，给破车买了漂亮的倍耐力车胎。

1989 新年夜 10:30　萨马德终于说服米基挂肖像，米基仍然认为肖像"叫人倒胃口"。

"我还是认为这肖像叫人倒胃口，还是在新年夜。我很抱歉，朋友，没有冒犯你的意思。当然，我的看法毕竟不是他妈的金口玉言，可以这么说，可我就是那么想的。"

米基在廉价的画框后面系上一条绳子，用围裙草草擦了一下脏玻璃，不情愿地把肖像挂到炉子上方的钩子上。

"我是说，他的模样太他妈难看了。那胡子、那模样真叫人不敢恭维，还戴耳环？他不是基佬吧？"

"不是，不是，不是。那时候，男人戴首饰没什么大不了的。"

米基有点半信半疑，那眼神好像萨马德自称付了五十便士却没玩弹子游戏、要求退钱似的。他走出柜台，换一个角度看肖像："你觉得怎么样，阿吉？"

"好，"阿吉口气坚定地说，"我觉得：好。"

"挂着吧。如果你把画像挂着，我会觉得是个很大的人情。"

米基把头歪过来又歪过去。"我说过，我没有冒犯的意思，也没别的意思，我只是觉得他那样子太阴沉。你有没有其他画像？"

"只有这一张。我会觉得这是很大的人情，很大。"

"嗯……"米基沉思着，把一只鸡蛋翻了个面，"你是老主顾，可以这么说，再说，你都说这么多次了，我想我们得留着它。来一次民意调查怎么样？你们怎么看，登泽尔？克拉伦斯？"

登泽尔与克拉伦斯和以往一样坐在角落里，几片难看的金属片从登泽尔的软毡帽上挂下来，一支插了羽毛的小笛子和雪茄占据了克拉伦斯的嘴部空间，算是迎合新年夜的气氛。

"啥事？"

"我说，萨马德要求把这家伙挂起来，你们觉得怎么样？那是他爷爷。"

"太爷爷。"萨马德纠正说。

"你没见我在玩多米诺骨牌？你想剥夺老人的快乐吗？什么画像？"登泽尔不情愿地转身看了看，"就那？哼！我不喜欢。看上去就像撒旦一伙的！"

"他是你亲戚？"克拉伦斯用他的娘娘腔朝萨马德尖叫着，"这很说明问题，我的朋友，太说明问题了！他那张脸就像驴屁蛋蛋。"

登泽尔和克拉伦斯下流地大笑起来："隔夜饭都要吐出来了，真恶心！"

"听到没？"米基得意扬扬地喊道，又朝萨马德转过身来，"让顾客倒胃口——我就是这么说的。"

"你千万别听那两个人的鬼话。"

"我不知道……"米基转过身去，来到灶头前面，他思想斗争时，总是不知不觉地让身体来帮忙，"我尊敬你，你是我父亲的朋友，不过——没有丝毫不敬，没有什么——你如今岁数大了，萨马德伙计，有些年轻的顾客可能——"

"什么年轻的顾客？"萨马德问道，指着克拉伦斯和登泽尔。

"是呀，懂你的意思……但顾客总是对的，如果你明白我的意思。"

萨马德的自尊心受了伤害。"我是顾客，我是顾客！我光顾你这里已经有十五年了，米基！不管是谁，这都是很长一段时间。"

"是的，可少数服从多数，不是吗？在多数其他事情上，可以这么说，我都听从你的意见。伙计们叫你'教授'，很恰当，不是没有道理。我尊重你的判断，七天里有六天都是这样。但底线是：如果你是船长，而水手要来一次该死的造反，那么……你就完蛋了，对不对？"

米基怜悯地在煎锅里证明这番智慧，演示着十二个蘑菇如何将一个蘑菇挤出锅沿，让它掉到地上。

萨马德的耳中仍回响着登泽尔和克拉伦斯的尖笑声，一股怒火传遍全身，难以遏制地涌到喉咙。"把它还给我！"他扑到柜台前，那里，曼加尔·潘迪以令人伤心的角度悬挂在炉子上方。"我根本不该求你……让曼加尔·潘迪待在这种——这种亵渎神灵的地方，真是有损尊严，玷污对他的回忆！"

"你说什么？"

"把它还给我！"

"你看……等一等——"

米基和阿吉伸手去拦他，但萨马德心情抑郁，怀着十年来的羞辱不停地挣扎着，想挣脱米基的有力阻挡。他们搏斗了一会儿，萨马德的身体软了下来，他微微出了一身汗，投降了。

"你看，萨马德，"这时，米基拍了拍萨马德的双肩，似乎充满了感情，萨马德觉得自己都要哭了，"我没想到这对你来说这么重要。让我们再来吧，我们把画像挂上一个星期，看看会怎么样，好不好？"

"谢谢你，我的朋友，"萨马德拉出一条手绢，在前额上擦了擦，

"领情了，领情了。"

米基在他肩胛骨间抚慰地拍着。"鬼知道，这些年来他的故事我可没少听。我们不妨让他待在那该死的墙上吧，这对我来说都一样，我想。就跟法国佬说的，不过如此。我的意思是，去他妈的，去他——妈——的。那块外加的火鸡可要不少子儿，阿吉宝德，我的好人，午餐券的黄金时代已经结束了。哎呀呀，真是没事瞎聊……"

萨马德凝视着太爷爷的眼睛。他们，萨马德和潘迪，已抗争过多次，为了后者的名誉。两人实在太明白了，当代对曼加尔·潘迪的看法分属两大阵营：

坚称他为未获承认的英雄：萨马德·伊克巴尔、A. S. 米斯拉；
认为是鸡毛蒜皮的琐事：米基、马吉德和迈勒特、阿萨娜、阿吉、艾丽、克拉伦斯和登泽尔、从一八五七年至今的英国学界。

他跟阿吉反反复复讨论过这个问题。多年来，他们坐在奥康奈尔，老是争论着同一件事情，有时萨马德会提供自己在持续研究中搜集到的新资料。但是，自从阿吉在一九五三年左右发现了潘迪的"真相"后，就再也没能改变他的想法。阿吉尽力指出，潘迪唯一出名的地方，是他的名字给英语增加了一个词："潘迪"。在《牛津英语辞典》中，好奇的读者可以找到该词的定义。

Pandy/'pandi/名词，用于口语（现多见于历史中），亦拼作Pandee。19世纪中（人名，孟加拉军队高种姓印度兵中第一个兵变者的姓氏），1. 1857年至1859年印度兵变中造反的印度兵；2. 叛变者或叛徒；3. 军事行动中的傻瓜或懦夫。

"就跟脸上摊着一张馅饼一样，明摆着，我的朋友，"这时，阿吉会得意扬扬地合上书，"这些字典上不写我也知道，你也一样。不过，这是常识嘛，你我在部队里的时候也一样。你曾想说服我相信，可真相会水落石出，伙计。'潘迪'只意味着一样东西。如果我是你，我就玩排家谱，而不是一天到晚对着每个人的耳朵絮叨。"

"阿吉宝德，有这个词，也不说明这个词正确刻画了曼加尔·潘迪的品格。第一条定义我们同意：我的太爷爷是兵变者，这么说我很自豪。我承认事情没能完全按计划进行，但怎么能说是叛徒和懦夫呢？你给我看的字典有点老——这些定义现在已经过时了。潘迪绝不是叛徒，也不是懦夫。"

"啊，现在，你看到了，我们已经谈过这些了。我是这么想的，无火不生烟，"阿吉会说，为自己能得出这么机智的结论而得意，"明白我的意思吗？"这是阿吉的首选分析工具，当他面对各种新闻故事、历史事件、棘手的甄别过程时，他就会说出这句话来：无火不生烟。他拿这话来抵挡，是那么不堪一击，萨马德总是不忍心纠正他。何必告诉他老人家，没有火肯定也能生烟，这就像有的伤口很深却不流血一样。

"当然，我明白你的意思，阿吉，我明白。但现在我认为，从我们第一次讨论这个问题开始，我就一直认为，我认为，这不是全部真相。是的，我意识到，我们有很多次彻底考察过这点，但问题还是：全部真相就跟诚实一样罕见，就跟钻石一样宝贵。如果你够运气，揭开了事实真相，那么全部真相就跟铅锤一样坐在你的头上。真相很难理解，真相很冗长，真相是史诗，真相就跟上帝讲的故事一样：充满了令人难以想象的细节。你在字典里找不到真相。"

"好吧，好吧，教授。让我们听听你的说法。"

你经常会看到老男人们坐在昏暗小酒馆的一角，说着话，打着手势，用啤酒杯和盐瓶代表过世已久的人和遥远的地方。此时，他们会表现出一种别处少有的活力，他们神采飞扬地在桌子上摆开全部真相——

这里是丘吉尔——用叉子表示，那里是捷克斯洛伐克——用餐巾表示，这里是一小撮德国兵——用一把冷豌豆表示：一切都复活了。但是阿吉和萨马德在八十年代开展这些桌面辩论时，光用刀叉可不够。一八五七年的印度炎夏，那年的兵变和屠杀，都被完整地拖进了奥康奈尔，被这两位临时的历史学家带入半清醒状态。点唱机到吃角子老虎机的那片区域成了德里；维夫·理查兹默默接受了变身为潘迪的英国上司赫西上尉这一命运；克拉伦斯和登泽尔一边玩多米诺骨牌，一边扮演英国军队中造反的印度兵。两人都提出自己的论点，又列举又总结，让对方看。两人布置了场景，追踪了子弹走过的路径，仍旧无法说服对方。

据传，一八五七年春，在达姆一家工厂里，一种新的英国子弹投入生产，它们将用于印度士兵使用的英国枪支。与当时多数子弹一样，这类子弹也有一个套管，咬掉后才能装进枪管。一切似乎都很正常，直到有一天，一些机警的工人发现，子弹涂了油脂——用猪油和牛油做的油脂。这个错误是无知造成的，是英国人臭名昭著的无知。在这片偷来的土地上，一切都是无心之过。但是，刚听到这一消息，人们肯定是怒火中烧！英国人以新弹药作掩护，企图摧毁他们的种姓、荣誉、在神和人们心目中的地位——简言之，就是一切使生命有价值的东西。这种流言不可能不流传开去；那年夏天，流言像野火一样在印度干旱的土地上蔓延，烧到生产线，烧到大街小巷，烧遍城市的深宅大院和乡村的茅舍棚屋，烧遍一个又一个军营，直到整个国家都燃烧着反抗的欲望。流言传到了曼加尔·潘迪那难看的大耳朵里，于是这个巴拉克普尔小城里的无名小卒昂首阔步地来到阅兵场——一八五七年三月二十九日——向前跨出几步，走出人群，为的是创造历史。"还不如说，让自己丢人现眼。"阿吉会说。（那时，他已经不像以前那样不分青红皂白地轻信潘迪学了。）

"你完全不理解他做出的牺牲。"萨马德会回答。

"什么牺牲？他连好好自杀都不会！萨姆，你这个人的毛病，是你对证据充耳不闻。我已经全部翻过了。不管多么令人难堪，真相就是真相。"

"千真万确。嗯，麻烦你，我的朋友，既然你对我家人的所作所为了解得一清二楚，那么，麻烦你给我指点迷津。让我们听听你的说法。"

现在，普通的在校学生也明白，引起战争和触发革命的，可能有多种复杂的力量、运动和暗流。但是，在阿吉的学生时代，世界似乎以更开放的态度接受人们对自己的虚构说法。那时历史是另一回事：一边是叙事，一边是戏剧，不管多么靠不住，也不管发生时间多么不准确。根据这种模式，俄国革命是因为人人憎恨拉斯普廷①才开始的，罗马帝国是由于安东尼背弃罗马、追随埃及女王克莉奥佩特拉才衰落灭亡的，亨利五世在阿金库尔②大获全胜是因为法国人只顾欣赏自己的铠甲，而一八五七年的印度大造反则是在一个名叫曼加尔·潘迪的神志不清的小丑射出一颗子弹后开始的。尽管萨马德反对这种说法，但阿吉每次读下面这段文字，都深信此说不谬：

> 事情发生在一八五七年三月二十九日的巴拉克普尔，时间是星期日下午，但在尘土飞扬的阅兵场，正在上演一出与安息日③的宁静格格不入的大戏。那里，一群糊涂的印度兵在喋喋不休地交谈、踱来踱去、上蹿下跳，有的衣着整齐，有的衣冠不整，有的全副武装，有的手无寸铁，但人人骚动不安，兴奋不已。就在第三十四团队列前面约三十码的地方，有个名叫曼加尔·潘迪的印度兵在踱来

---

① 沙皇尼古拉二世在位时期的神秘主义者，沙皇及皇后的宠臣。
② 法国北部城市阿拉斯西北的一个村庄。1415 年 10 月 25 日，英王亨利五世在此重创兵力远胜于己方的法军。这次胜利显示了装备大弓的军队优于穿着厚重盔甲的封建武士。
③ 大多数基督徒把一周的第一天——星期日作为休息和拜神的日子，即安息日。

踱去。他吸过印度大麻，已经神志不清，在宗教狂热心理的支配下，更是理智尽失。他下巴翘得老高，手里拿着火枪，昂首阔步地来回踱着，有点像在跳舞。他用鼻音尖声叫着："站出来，你们这些混账！起来，诸位！英国人爬到我们头上来了。让我们咬这些子弹壳，把我们变成异教徒！"

其实，这家伙正处在印度大麻和那种使马来人沦为杀人狂的"歇斯底里"的混合作用下。从他嘴里喊出的每一句话，像突如其来的火焰，烧热了听他讲话的印度战友的头脑，鼓起了他们的勇气。人越聚越多，情绪也越来越激昂。一句话，一个由人组成的火药库就要爆炸了。

确实爆炸了。潘迪朝他的中尉开了一枪，没打中。然后他拿出一把大刀，月形弯刀，怯懦地趁中尉背过身时刺过去，结果刺中了中尉的肩膀。一个印度兵想制止潘迪，但他拒不停手。接着援兵来了，一位名叫赫西的上尉冲上前来，上尉的儿子与他并肩作战，两人都携带武器，行为可敬，随时准备为国捐躯。（"赫西就和他的名字一样！垃圾！听人瞎说！"①）这时，潘迪见大势已去，就把大枪对准了自己的脑袋，夸张地用左脚扣动了扳机，但没打中。几天后，潘迪被判有罪。在这个国家的另一端，一位名叫亨利·哈夫洛克的将军坐在德里的一把躺椅上，下令处死潘迪。（让萨马德愤愤不平的，是这位将军还很风光，他的塑像就矗立在宫殿餐馆外面，靠近特拉法尔加广场，内尔森塑像的右边。）他在书面指示中附言，但愿这样能终结最近老是听到的造反之类的胡言乱语。但为时已晚。就在潘迪吊在临时搭起的绞架上、在闷热的微风中摇晃时，已被解散的三十四团——他的战友正向德里进发，决心加入起义军。起义最终失败，成为该世纪甚或有史以来最惨烈的一次兵变。

---

①"赫西"的英文为 Hearsay，直译为"听说"。

这个版本是一位名叫菲切特的当代历史学家写的，足以让萨马德大怒不已。当一个人除了热血之外一无所有时，每一滴血都事关重大，太重大了，必须小心翼翼地加以维护，必须保护它免受攻击和诽谤，必须为之而战。但是正如流言一样，菲切特笔下那神志不清、懦弱无能的潘迪形象历经后来的一代代历史学家流传下来，真相发生了变异，被扭曲了，而流言则在继续。至于因治疗需要而服用小剂量印度大麻根本不可能使人神志不清到这种程度，或者，潘迪，身为虔诚的印度教徒，也绝不可能服用大麻，这些都无关紧要。萨马德能找到潘迪那天早晨没有服大麻的确凿证据，这也无关紧要。这故事仍像严重的误引一样，依附在伊克巴尔家的名誉上，就像人们误以为哈姆雷特曾经说他"很熟悉"尤里克①那样根深蒂固，无法拔除。

"够了！这些玩意儿，你给我念多少遍都一样，阿吉宝德。"（阿吉来的时候带着满满一塑料袋图书馆里借来的书，都是反潘迪的宣传册和误引。）"这就像一大帮孩子偷糖吃给人当场抓住一样：个个都要说同样的瞎话。我对这种流言蜚语不感兴趣，我对木偶戏、闹剧不感兴趣。我只关心行动，朋友，"说到这里，萨马德会扮出闭口不言的样子，"真正的行动。不是语言。告诉你，阿吉宝德，曼加尔·潘迪为印度牺牲了生命，是为了捍卫正义，而不是因为神志不清或头脑有病。把番茄酱递给我。"

这是在奥康奈尔，一九八九年的新年夜，两人正在激烈争论。

"不错，他不是你们西方的那种英雄——他没有成功，但已经成仁。你想象一下，他就坐在那里，"萨马德指着正在玩多米诺的登泽尔，"受审时，明知死亡就在面前，却不肯说出同谋的名字——"

"等等，这一点嘛，"阿吉轻轻拍着他那堆怀疑论者写的书，迈克

---

① 《哈姆雷特》剧中有一场墓地戏，哈姆雷特认出一个骷髅原本是一个叫尤里克的人，他说"我认识他"，并没说"很熟悉他"。

尔·爱德华兹、P. J. O. 泰勒、西德·莫努·哈克等，"要取决于你看的书。"

"不，阿吉，大家都错了。真理不取决于你看的书，我们不要讨论真理的本质。那么你就不用来动我的奶酪，我也不会吃你的白垩。"

"好吧，那么，还是说潘迪。他成就了什么事业？什么也没有！他所做的一切就是发动了兵变——提前了，请记住，不到预定日期就开始了——请原谅我的外行话，但那是军事上的大忌。凡事要按计划，不能冲动行事。他造成了不必要的伤亡，不管是对英国人还是印度人。"

"我没有不尊重你的意思，不过我认为不是这么回事。"

"那么，你错了。"

"我没有不尊重你的意思，我认为我是对的。"

"事情就是这样，萨姆，想象一下，这里——"他拿了一堆米基准备放到洗碗机里的脏盘子，"是过去一百多年来写过你那位潘迪的所有作者。你看，这里是同意我观点的人，"他在自己那边摆了十个盘子，把一个盘子推到萨马德这头，"而这位就是站在你一边的疯子。"

"A. S. 米斯拉，备受敬重的印度公仆。他不是疯子。"

"对。好吧，想得到跟我一样多的盘子，你至少得等上一百多年，哪怕全由你自己来写。问题是，即使你写了这么多，也没哪个傻瓜要看。这都是比喻的说法，听懂我的意思了？"

只有 A. S. 米斯拉。萨马德的侄子拉吉努，一九八一年春从剑桥大学来信，无意中提到他看到一本书，伯伯可能会感兴趣。他说，在这本书里，可以找到为他们共同的祖先曼加尔·潘迪辩护的内容。唯一残存下来的一本在他们大学的图书馆里，由一位名叫米斯拉的人所写。他是否听说过这本书？如果没有，不如正好利用这次愉快的机会（拉吉努小心地在附言里加了这样一句）与伯伯再次相见？

萨马德第二天就坐上火车去了，站在站台上、在瓢泼大雨中亲切地与他那位说话轻声细气的侄子见了面，跟他握了好几次手，滔滔不绝地说话，好像以后再也没有机会相见了。

"好日子，"直到两个人浑身上下都淋湿了为止，他说了一遍又一遍，"我们家族的好日子！拉吉努，揭开真相的好日子。"

大学图书馆不准浑身湿透的人进去，他们只好到楼上一家气闷的咖啡馆里待了一个上午，等衣服干透。咖啡馆里坐满了再正常不过的女士，都喝着再正常不过的饮品。拉吉努一向擅长倾听，他耐心地听伯伯喋喋不休——噢，这一发现多么重要，噢，这一时刻他等待了多久——在所有该点头的地方点头，甜甜地微笑着，而萨马德则抹着眼角的眼泪。"这是一本了不起的书，对吗，拉吉努？"萨马德恳切地问。这时他侄子慷慨地留下了很多小费，因为女服务生脸色很难看，她不喜欢兴奋过度的印度人只要一杯奶茶，一坐三个钟头，还把桌椅都弄得湿漉漉的。"这本书广为人知，对吗？"

拉吉努心里知道，这本书质量低劣、无足轻重，已被学界遗忘。但他爱他的伯伯，于是微笑着点了点头，接着更加坚定地笑了笑。一到图书馆，萨马德就按要求在来宾登记簿上签名。

姓名：萨马德·迈阿·伊克巴尔
学院：他处受教（德里）
研究项目：真理

拉吉努觉得最后一栏很可笑，就拿起笔，加了"和悲剧"。

"真理和悲剧，"面无表情的管理员放回登记簿，"有没有具体内容？"

"不用担心，"萨马德和蔼地回答，"我们会找到的。"

需要爬上活梯才能拿到这本书，不过费这番功夫很值得。当拉吉努把书递给伯伯时，萨马德感觉到手指一阵刺痛，再看书的封面、形状和颜色，觉得这书跟自己梦中的一模一样。书很厚，有很多页，用褐色的皮革装订，薄薄地覆盖着一层灰，说明这东西格外珍贵，很少有人去碰。

"我在书里夹了一个书签。需要看的地方很多，但有些地方我想你愿意先睹为快。"拉吉努说着，把书放到桌子上。书的一侧咚的一声落在桌上，萨马德看着指定的那页，他梦寐以求的东西！

"这是画家凭印象画的，但相似——"

"别说话，"萨马德说，用手指抚摸着画像，"这是我们的血脉，拉吉努。没想到我还能……这眉毛！这鼻子！我的鼻子像他！"

"你的脸像他，伯伯，只是你更有活力，这很自然。"

"下面说什么——什么呢。见鬼！我的眼镜到哪里去了……给我念，拉吉努，字太小了。"

"图片说明？曼加尔·潘迪射出了一八五七运动的第一颗子弹。他的自我牺牲给国家拉响了警报，促使大家拿起武器反抗外国统治者，最终造成了一次世界上史无前例的大起义。虽然这次努力从当时的结果来看是失败了，但它成功地为一九四七年的独立奠定了基础。他以自己的生命表达了爱国精神。他直到生命的最后时刻，都拒不供出那些正在准备和鼓动大起义的人们。"

萨马德在活梯的底部坐下，哭了起来。

"那么，让我把这个问题搞清楚。现在，你告诉我，没有潘迪，就没有甘地。没有你那个疯狂的爷爷，就没有该死的独立——"

"太爷爷！"

"别插嘴，让我说完，萨姆。你真的要我们都——"阿吉拍了拍跟这事毫无关系的克拉伦斯和登泽尔的背，"相信吗？你相信吗？"他问克拉伦斯。

"俺不信那个！"克拉伦斯说，根本不知道他们在说什么。

登泽尔用餐巾擤着鼻涕："说实话，俺如今啥都不信。不听坏事，不看坏事，不说坏事。那就是俺的座右铭。"

"他是导火线，阿吉宝德。就是这么简单。这一点我确信无疑。"

有一分钟大家谁也没说话。阿吉宝德看着三块方糖在茶杯里融化，然后，怯生生地说："我有一套自己的看法，你知道。我是说，跟书上不一样。"

萨马德鞠了一躬："愿闻高见。"

"别生气，啊……不过只要思考一分钟。像潘迪这样虔诚的人为什么要服印度大麻呢？说真的，我知道这样问你，会惹你生气，可他为什么要服呢？"

"你知道我对此的看法。他不是，他没有，这是英国人的诽谤。"

"他枪法很好……"

"这一点毫无疑问。A. S. 米斯拉曾举出一份记录，证明潘迪受过一年特别警卫训练，尤其是火枪。"

"那么，为什么他没打中？为什么？"

"我相信，唯一可能的原因就是枪本身有问题。"

"是呀……有这个可能。但是，也许，也许有别的原因。也许他是被逼出头的，你知道，受别人唆使。他一开始就不想杀人，你知道。于是他就假装醉了，这样连队里的战友就能相信他没打中。"

"这是我听到的最没道理的说法，"萨马德叹了口气，这时米基那只沾了鸡蛋污迹的钟开始午夜三十秒倒计时，"只有你才想得出，太荒唐了。"

"为什么？"

"为什么？阿吉宝德，这些英国人，这些赫西上尉、哈夫洛克以及其他人，都是印度人的死敌。一个鄙视他们的人为什么要饶他们的命？"

"也许他只是不想杀人，也许他不是这种人。"

"你真的认为，人分两种：杀人的人和不杀人的人？"

"也许是，萨姆，也许不是。"

"你这口气就跟我老婆一样，"萨马德哼哼着说，把最后一块鸡蛋吃完，"我来告诉你吧，阿吉宝德。男人毕竟是男人。如果一个男人的家庭受到了威胁，信仰遭到了亵渎，生活方式遭到了破坏，整个世界都在走向末日，他就会杀人。这一点毋庸置疑。他不会不加抗争地屈服于新秩序，总有人要被他杀掉。"

"而总有人要被他拯救，"阿吉·琼斯说，神色那么诡秘，他的朋友简直难以相信那些松垂肥胖的五官居然还有这般能耐，"相信我。"

"五！四！三！二！一！牙买加艾丽！"登泽尔和克拉伦斯说，举起热热的爱尔兰咖啡庆祝新年，接着立即投入第九轮多米诺骨牌。

"他妈的新年快乐！"米基站在柜台里大声喊道。

艾丽
1990,1907

在这个因果交错的铁铸世界里，我从她们那里窃走的那份隐秘悸动真的不会影响她们的未来吗？

——纳博科夫《洛丽塔》

第十一章

艾丽·琼斯的不当教育

与琼斯家和格莱纳橡树综合学校等距离的一根街灯柱开始出现在艾丽的梦中。与其说是灯柱，不如说是一张小小的手写广告，就贴在灯柱上与视线齐平的地方。广告是这样写的：

　　　减肥赚钱　　电话:081 555 6752

现在，艾丽·琼斯十五岁，块头很大。克拉拉身材上的欧洲成分跳过了一代人，艾丽反而继承了霍滕丝的牙买加大骨架，身上满载着菠萝、芒果和番石榴。这姑娘有分量，奶头大、屁股大、髋骨大、大腿粗、牙齿也大。她体重十三英石①，储蓄账户里却只有十三英镑。她知道自己就是广告的目标受众（如果有的话），当她嘴里塞满了油炸圈饼，带着一身赘肉，拖着沉重的脚步朝学校走去时，她完全明白，那广告就是跟她说的。它在跟她说话。减肥（它在说）赚钱，你，你，就是你，琼斯小姐，故意把开襟针织衫系在屁股上（没完没了地想办法，如何缩小硕大的躯体，特别是那个牙买加臀部），穿收腹内裤和缩胸乳罩，穿精心挑选的弹力紧身内衣——这种内衣备受好评，算得上九十年代的鲸须紧身衣。她知道这条广告是在跟她说话。但她不太明白广告上的意思。我们在说什么呀？赞助减肥？瘦人的赚钱本领？还是哪个唯利是图的威尔斯登夏洛克挖空心思想出来的把戏，一磅肉换一磅金子——肉换钱？

快。眼睛。运动②。有时她想象着自己身穿比基尼走在学校里的情景，用粉笔把灯柱上的谜写在自己褐色皮肤的各处凸起上（这些地方用来放书、茶杯、篮子都绰绰有余，或者更确切地说，可以用来放孩子、各种水果、一桶桶水）。上帝为艾丽设计这些置物处时，考虑的是另一个国家、另一种气候的需要。有时，她会做赞助减肥的梦：光着屁股，拿着剪贴本，挨家挨户敲门，竭力鼓动老头子们扯一寸③掏一镑。气急败坏时，她仿佛看见自己扯下布满白色斑点的赘肉，装进一只只曲线优美的可口可乐瓶子，再把这些瓶子搬到街角的商店，放到店里的柜台上。迈勒特就是贴着朱砂额贴、身穿 V 形领毛衣的店主，他收过瓶子，不情愿地用沾血的爪子打开放钱的抽屉，把现金递过来。一点点加勒比肉换一点点英国零钱。

艾丽·琼斯被迷住了心窍。偶尔，忧心忡忡的妈妈会在她溜出家门以前把她堵在走廊里，用手指戳着她精致的紧身内衣，问："你怎么啦？你到底穿了什么呀？你怎么透得过气来？艾丽，亲爱的，你没什么问题——你天生就是鲍登家的身材——你难道不知道自己没什么问题吗？"

但是艾丽不这么认为。英国像一面硕大的镜子，艾丽就站在这里，却看不到自己的身影。在陌生土地上的陌生人。

没日没夜地做梦，在公共汽车上、在浴缸里、在教室里，时刻都在做梦，梦想着自己在减肥前后身材上的惊人变化。之前，之后；之前，之后；之前，之后。这就是沉迷于改变形象的人的咒语。收腹，放松。不愿屈服遗传的命运，而是等着把自己从牙买加沙漏（满满地装着敦斯

---

① 英国重量单位，一英石等于十四磅。
② 眼球快速转动的深睡阶段，被称为快速眼动睡眠，此时人大都处于梦境中。
③ 据说，判断一个人是否肥胖，可以做一个小小的实验：用手捏自己腰上的肉，如果能捏起来一英寸厚，就说明超重了，需要减肥。

河瀑布那里搜集来的沙子）变成英格兰玫瑰——哦，你认识英格兰玫瑰——她是那种经不起太阳曝晒、苗条娇嫩的尤物，她是乘风破浪的冲浪板。

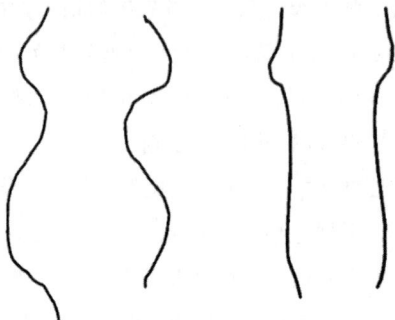

奥列弗·鲁迪太太是英语老师，也是在二十码之外就能看到学生涂鸦的专家。她走到艾丽桌前，拿起笔记本，撕下那张涂鸦，满腹狐疑地看着，然后用悦耳的苏格兰音调问道："什么之前和之后？"

"呃……什么？"

"什么之前和之后？"

"噢，没什么，小姐。"

"没什么？噢，说吧，琼斯女士，没必要谦虚。这显然比第一二七首十四行诗有意思多了。"

"没有，没什么。"

"肯定没？你不想扯全班的后腿吧？因为……班上有些同学要听课，对我的讲课内容，甚至还有一丁点兴趣。所以要是你能从自己的乱——画中抽出一点时间，"奥列弗·鲁迪说"乱画"的口气很特别，"跟我们一起学习，我们就继续上课了。行吗？"

"什么行吗？"

"抽出时间。可以吗?"

"可以,鲁迪太太。"

"噢,好,那我就高兴了。第一二七首十四行诗,请读下去。"

"昔时,黑算不得漂亮,"弗朗西斯·斯通继续念下去,声音有点紧张,语调单一低沉,学生念伊丽莎白时代的诗歌都这样,"即使算,也未把美名挂。"

艾丽把右手放到肚子上,收腹,同时想逮住迈勒特的视线。但迈勒特正忙着给漂亮的妮基·泰勒表演如何把舌头像笛子那样卷成一条,妮基·泰勒正在给他看自己的耳垂如何与脑袋紧贴在一起,而不是松松地坠下来。这天早晨,调情之余的科学课内容是"遗传特征第一部分(a)":松松的赘肉、紧贴、鬈曲、齐平、蓝眼睛、褐色眼睛、之前、之后。

"因此,我情人的眼睛黑如乌鸦,眉毛也穿上黑衣,仿佛在哀泣……我情人的眼睛绝不像太阳;珊瑚远远红过她的嘴唇。如果雪为白色,那她的胸为何是暗褐……"

青春期,真正盛开的青春期(不是刚长出小山包一样的胸脯,也不是刚隐约长出一点绒毛),把艾丽·琼斯和迈勒特·伊克巴尔这两个老朋友分开了,分处学校樊篱的两侧。艾丽觉得自己属于躲躲闪闪的那类:山峦般的曲线、龅牙上装着粗粗的金属牙架、没法改变的非洲头发,雪上加霜的是,她的视力也很糟,得戴上浅粉色的眼镜,镜片还厚得像可口可乐的玻璃瓶底。(即便是那双蓝眼睛——阿吉曾为那双蓝眼睛兴奋不已——也只蓝了两个星期。不错,她生下来的时候长着一双蓝眼睛,可有一天,克拉拉仔细一看,原来是一双褐色眼睛在凝视着自己。就像花骨朵转入怒放一样,这种转变究竟从什么时候开始,等在一旁观看的肉眼无法察觉。)她觉得自己很丑、不正常,所以,总是底气不足。这些日子她把那些自以为是的看法存在心里,把右手放在腹部。她的一切都不正常。

迈勒特则像老年人在怀旧时脑海中浮现出的青春形象一样，本身就是美的化身：撞断的罗马式鼻子，身材修长挺拔，肌肉光滑，皮肤上微微显出静脉的纹路，巧克力色的眼睛泛着绿色的光泽，就像月光反射在黑暗的海水上，令人难以抗拒的迷人微笑，洁白齐整的牙齿。在格莱纳橡树综合学校，有黑人、巴基斯坦人、希腊人、爱尔兰人等种族，但是具备性魅力的人则超越了种族而自成一类。

"如果头发是铁丝，那么黑色的铁丝长满她的头……"

她爱他，当然了。但他以前总是对她说："问题是，大家依靠我，他们需要我这个迈勒特。以前的好迈勒特，坏迈勒特，可靠、可爱的迈勒特。他们需要我这个帅哥。这可以说是一种责任。"

可以这么说。甲壳虫乐队的成员林戈·斯塔尔曾经说过，甲壳虫乐队最鼎盛的时期是在利物浦，一九六二年下半年，后来只是多跑了一些国家罢了。迈勒特也是这样。一九九〇年夏，他在克里考伍德、威尔斯登、西汉普斯特德已经声名显赫，后来的所作所为再无一件能出其右。他从第一个拉贾斯坦尼帮派开始，把自己的团伙发展壮大到全校乃至整个伦敦北部。他太显赫了，不能只当艾丽的恋人、拉贾斯坦尼的头领或萨马德和阿萨娜·伊克巴尔的儿子。他得时刻取悦所有的人。在身着白牛仔裤和花衬衫的伦敦东区小太保眼里，他爱逗乐，爱冒险，还是个令人敬佩的情场杀手；在黑孩子眼里，他是个吸大麻的麻友和重要的顾客；在亚洲孩子眼里，他是英雄和代言人。而在这一切表面现象的深处，仍有一种无时不在的愤怒和刺痛，一个人属于每个人，自然会产生这种无所归依的感觉。正是这一缺陷使他成为大众情人，为艾丽和那些吹双簧管、穿长裙的漂亮中产阶级女孩所爱慕，为那些长发飘飘、吟唱赋格曲的女性所珍爱。他是她们的黑王子、临时情人、甜蜜幻想和激情美梦的对象……

他还是她们的研究对象：该拿迈勒特怎么办？他非戒掉大麻不行。我们必须制止他逃学。她们因为他在别人家借宿的"态度"而忧心忡忡，用假设性的说法同父母讨论他的教育问题（比如说有这么一个印度男孩子，对，他老是惹……），甚至还就此写诗。姑娘们不是想要他，就是想改造他，多数时候两样都想。她们想要改造他，把他变成自己想要的那个样子。属于每个人的毛头小伙，迈勒特·伊克巴尔。

"但你不一样，"迈勒特·伊克巴尔会对受尽折磨的艾丽·琼斯说，"你不一样。我们从小在一起，我们有共同的过去，你是真正的朋友。他们对我真的根本算不了什么。"

艾丽愿意相信这话。愿意相信他们有共同的过去，愿意相信她比别人好。

"你的黑在我看来是绝色……"

鲁迪太太伸出一根手指，示意弗朗西斯停下："好，这里是什么意思？阿娜蕾丝？"

阿娜蕾丝·赫什上课时，一直在把红黄头绳编到头发里。她茫然地抬起头来。

"说点什么，阿娜蕾丝，亲爱的。任何小小的想法都可以，不管多么无足轻重，不管多么微不足道。"

阿娜蕾丝咬着嘴唇，看看书，又看看鲁迪太太，又看看书："黑……是……好看？"

"是的……嗯，我想这一点可以加上上个星期的观点：哈姆雷特……是……疯子？还有谁来说？再看这句话，因为自从每只手都撷取了自然的力量，用艺术的假面美化丑陋。这句话是什么意思，谁来说说？"

乔舒华·夏尔芬是班上唯一主动发言的孩子，他把手举起来了。

"你说，乔舒华。"

"化妆。"

"是的，"鲁迪太太说，看上去兴奋极了，"对，乔舒华，完全正确。为什么要化妆？"

"她皮肤有点黑，所以想通过化妆手段变白。伊丽莎白时代的人非常喜欢白皮肤。"

"那他们一定会爱上你，"迈勒特用嘲笑的口吻说，因为乔舒华脸色苍白得和贫血差不多，一头鬈发，长得肉乎乎的，"你会成为该死的汤姆·克鲁斯。"

教室中爆发出一阵大笑。不是因为好笑，而是因为迈勒特给了书呆子一点颜色看看。让他一边待着去！

"你再说一句，伊克巴尔先生，就给我出去！"

"莎士比亚。臭。讨厌。已经说了三句。不用操心，我自己会出去。"

这种事情迈勒特做起来很拿手，门砰地关上了。好姑娘们用那种眼神彼此望着（他就是这么桀骜不驯，这么疯狂……他真的需要别人帮助，那种由好朋友提供的亲密的一对一的个人帮助……），男孩子们则捧腹大笑，老师疑心班上是不是要造反了，艾丽用右手按在腹部。

"棒极了，很成熟，我猜迈勒特·伊克巴尔算得上是英雄。"鲁迪太太在5F班学生愚蠢的面孔上扫视了一周，第一次发现他就是班上的英雄，不免心情沉重起来。

"这些十四行诗，其他同学有什么要说的吗？琼斯女士！不要悲哀地望着门口了！他已经走了，对吗？你想跟他一起去吗？"

"不，鲁迪太太。"

"那么，好吧。这些十四行诗，你有什么要说的吗？"

"是的。"

"想说什么？"

"她是黑人吗？"

"谁？"

"那位黑皮肤的女士。"

"不是，亲爱的。她肤色较深，但不是现代意义上的黑人。那时还没有……嗯，那时英国还没有非洲裔-牙买——加——人，亲爱的。黑人是现代才出现的现象，我想这你肯定知道。但当时是十七世纪。我是说我不敢肯定，不过这似乎完全不可能，除非她是奴隶，作者也不可能给贵族写一组十四行诗，同时又给奴隶写，对吗？"

艾丽脸红了。就在这时，她觉得自己好像明白了，可想法很模糊，她于是说："不知道，小姐。"

"另外，他说得很清楚，你一点也不黑，除了你的行径……不是，亲爱的，她只是肤色比较黑，你看，可能就跟我这么黑。"

艾丽看着鲁迪太太，她和草莓奶油冻一个颜色。

"你看，乔舒华说得很对：那个时代推崇肤色苍白的女人。这首十四行诗讨论的是她的自然肤色和当时时髦的妆容。"

"我刚才在想……这里他是这样说的：我于是赌咒，美本身就是黑……还有鬈发，黑色铁丝——"

面对咯咯的笑声，艾丽只好住嘴，然后耸了耸肩膀。

"不是，亲爱的，你在用现代眼光看诗。不要用现代眼光读以前的作品。其实，这也是今天的原则——请大家把这一点记录下来。"

5F班的同学照做了，艾丽脑中闪现的那点思绪也溜回到熟悉的黑暗之中。离开教室时，阿娜蕾丝·赫什传给艾丽一张纸条。阿娜蕾丝耸了耸肩膀，表示自己不是纸条的作者，只是众多的传递者之一。纸条上这样写道："**威廉·莎士比亚作：莱蒂夏和我所有鬈发肥臀的婊子颂。**"

"保金非洲发式设计和管理发廊"的名称意义含糊，它坐落在费尔韦瑟殡仪馆和拉山牙科诊所之间，三者相距很近，说明一个非洲裔的人在走完人生之旅、最终被装进棺材的过程中，很可能会历经这里的全部三个机构。所以，如果你打电话预约做头发，而安德烈娅或丹尼丝或杰姬叫你牙买加时间三点半到，那么，实际时间肯定还要晚，不过也有可能意味着，某位躯体已变得冰冷、将被抬进教堂的女士生前决定要戴着长长的假指甲和假发进坟墓。这听起来有点奇怪，但很多人不肯顶着非洲发式去见上帝。

艾丽对此一无所知，三点半如约来到理发店，决心要脱胎换骨，决心跟自己的基因做斗争。她用一块头巾掩住鸟窝似的头发，右手小心翼翼地搁在腹部。

"你有啥事呀，小麻子？"

直发。笔直笔直又长又黑又光滑又亮泽又飘逸又摇摆又能摸又能让手指穿过又能在风中飘动的头发，还要有刘海。

"三点半，"艾丽能说的只有这个，"跟安德烈娅约好的。"

"安德烈娅在隔壁，"女人一边拉着一块拉长的口香糖，一边朝费尔韦瑟殡仪馆的方向点了点头，"正在给下世的人准备着呢。你还是过来坐下等她，别来烦我。不知道她要多长时间。"

艾丽显得有点失落，她站在理发店中央，抓着身上的赘肉。那女人有点可怜艾丽，便吞下口香糖，上下打量她，见她长着可可色皮肤和浅色眼睛，就更加同情起来。

"我叫杰姬。"

"我叫艾丽。"

"很白，嗨！还有雀斑什么的。你墨西哥人？"

"不是。"

"阿拉伯人？"

"一半牙买加，一半英国。"

"混血儿，"杰姬耐心地说明，"你妈是白人？"

"爸爸。"

杰姬皱了皱鼻子："一般都是反过来的。头发有多卷？让我看看里面——"她伸手去抓艾丽的头巾。艾丽害怕自己在满满一屋子人面前被扯下头巾，连忙伸手按住，紧抓不放。

杰姬不满地咂着牙齿："不让看，我们怎么给你做头发？"

艾丽耸耸肩膀。

杰姬摇了摇头，觉得好笑："你以前没来过？"

"没，从没来过。"

"你想做成什么样子？"

"笔直的，"艾丽坚决地说，心里想着妮基·泰勒，"笔直、深红色。"

"是不是真的！你最近洗过头了？"

"昨天洗的。"艾丽说，她有点生气。杰姬在她头上拍了一下。

"别洗头！你要做直发，就不要洗。你头上有没有浇过氨水？那可真够受的，就像魔鬼在你头皮上开舞会一样。你疯了吗？不要洗头，过两个星期再来。"

可艾丽等不了两个星期。她一切都计划好了。她今天晚上要去找迈勒特，一头新毛毛全部拢在一起，扎成一个发髻；她还要摘掉眼镜，把头发摇落下来。他会说怎么琼斯小姐，我真没想到……怎么琼斯小姐，你是——

"我今天就要做。我姐姐要结婚了。"

"嗯，等安德烈娅回来，她会把你的头发烧个稀巴烂的，到时候你要不是光着头出去就算你运气。那时就是你的葬礼了。拿着，"她把一大堆杂志塞到艾丽手上，"去那儿。"她指着一把椅子说。

保金发廊一分为二：男宾部和女宾部。在男宾部，雷鬼乐队从一台旧音响中忽高忽低、持续不断地唱着，年轻小伙子们让擅长操作电动剪子、年纪比自己稍大的小伙子在后脑勺上剪出徽标：阿迪达斯、百得木沙、马丁。男宾部充满了笑声，大家都在说话，都在动剪子，男人理一次头发只要六镑，顶多十五分钟，到处散发着轻松的气氛。这种交换够简单，而且充满欢乐：旋转的剃刀在你耳畔嗡嗡作响，温暖的手随意掸下头发，用前后的镜子欣赏头发的变化。你顶着一个又乱又粗的刺儿头走进店来，用一顶棒球帽遮掩着，但很快就焕然一新，离开时头发干净

251

整齐，散发着椰子油的甜香。

相比之下，女宾部则死气沉沉。这里，女人们想要一头笔直而"动感"的头发，这种不可能实现的欲望，每天都在与顽固的非洲鬈发毛囊搏斗着。这里，氨水、火烫的梳子、夹子、别针，甚至火都入伍参战，使出吃奶的力气，努力降伏每一根卷发。

"直不直？"这是你唯一能听到的问题。此时，客人刚取下毛巾，头刚从烘干机里露出来，头皮仍疼得青筋直跳。"直不直，丹尼丝？告诉我直不直，杰姬？"

杰姬或丹尼丝没有白人发型师的义务，不用沏茶，不用拍马屁，不用奉承，也不用聊天。（因为他们接待的不是客人，而是病入膏肓的病人。）听到这类问话，她们总是怀疑地哼哼两声，扒下脏兮兮的绿工作袍，说："要多直有多直！"

此时，有四个女人坐在艾丽前面，他们咬着嘴唇，专注地盯着一面又长又脏的镜子，等着自己变直。就在艾丽紧张地翻阅美国黑人发型杂志时，那四个女人坐在那里，疼得龇牙咧嘴。间或其中一位会问另一位："要多久？"对方自豪地回答："十五分钟。你呢？""二十二。这玩意儿已经在我头上放了二十二分钟了，总该直了。"

这是在比谁更痛苦，就像有钱女人坐在豪华餐厅里，比谁点的色拉少一样。

最后会传来一声尖叫，要么是："就这样了！娘的，我吃不消了！"于是，那人就直冲水槽奔去，迫不及待地冲洗起来（冲洗头上的氨水总是越快越好），然后不出声地流起泪来。敌意就在这时产生了；有些人的头发比别人的"卷"，有些非洲头发比较顽固，有些大难不死。这种敌意从一起做头发的顾客身上蔓延到理发师身上，蔓延到造成痛苦的人身上，她们很自然地怀疑杰姬或丹尼丝有点虐待狂倾向：弄掉药水时，手指动作太慢，冲洗时水好像是在一滴一滴地流出来而不是汩汩地喷涌出来，而且，药水都快把发际线烧没了。

"直不直？杰姬，直不直？"

小伙子们把头探过隔墙，艾丽放下杂志，抬起头来。没什么可说的。头发都变直了，或者说，变得够直了。可是那头发也都死了，裂了，僵了，失去了一切弹性，就像渗干了水分的死人头发。

杰姬或丹尼丝完全明白，非洲鬈发毛囊最终会听从基因的命令，她们对这个坏消息表达了达观的看法："要多直有多直。运气好的话，可以维持三个星期。"

尽管这项工程显然是失败的，但排队的每个女人都觉得，轮到自己时结果会不一样，等到她们揭开盖头，笔直笔直又飘逸又能随风拂动的头发就属于自己了。艾丽同别人一样信心十足，她又低头看起杂志来。

> 马丽卡，轰动一时的情景剧《马丽卡的人生》中那位光彩照人的年轻明星，透露了如何使秀发飘逸流动的秘密："我每天晚上都用热毛巾把头发包起来，在发梢上稍微抹一点非洲女王非洲头发亮泽膏，然后，到了早晨，把梳子放在炉子上烤大约……"

安德烈娅回来了。艾丽手上的杂志被一把夺走，头巾也给唐突地拿掉了。她根本来不及制止，五根又长又灵活的手指甲已开始在她头皮上动作起来。

"噢呵！"安德烈娅轻声赞叹着。

这种赞叹极为少见，引得店里其他人都围到隔墙旁一看究竟。

"噢呵，"丹尼丝说，也用手指摸起来，"这么松。"

一位年龄稍大的女士正在烘干机底下痛苦地煎熬，她也羡慕地点点头。

"这么松的卷发！"杰姬柔声说，她丢开自己的烫发病人，来摸艾丽的毛发。

"那是混血儿的头发。我的头发要是像你的就好了，拉直可漂亮了。"

艾丽板起面孔："我讨厌它。"

"她讨厌它！"丹尼丝对大家说，"有些地方还是浅褐色呢！"

"整个早晨都在跟死尸打交道！我这双手能摸点柔软的东西可真好，"安德烈娅醒醒神来，"你要拉直吗，亲爱的？"

保金发廊的理发师之间的沟通很糟糕，谁也没告诉安德烈娅，艾丽刚洗过头。浓稠的白色氨水胶倒在艾丽头上两分钟后，她觉得一开始的冰凉感觉变成了可怕的烧灼，因为没有污垢保护头皮。艾丽开始尖叫起来。

"我刚放上去！你要拉直，对不对？别叫得那么响！"

"可是很疼！"

"人生就是吃苦，"安德烈娅挖苦地说，"要漂亮就要吃苦。"

艾丽咬咬牙又坚持了三十秒，这时她右耳上方开始出血，接着，可怜的姑娘便昏死过去。

她醒过来时发现自己的头靠在水槽上，头发正一团团掉下来，向防水孔流去。

"你应该告诉我，"安德烈娅嘟囔着，"你应该告诉我你洗过头。要脏头发才行。现在看看——"

现在看看，原先垂到后背的头发，现在只有几英寸长了。

"看看你都干了什么！"安德烈娅继续说，艾丽则不加掩饰地哭着，"我看看保罗·金先生怎么说。我还是给他打电话，看我们能不能给你免费修补。"

保罗·金先生是这里的老板，店名保金就是他姓名的缩写。他是个五十多岁的大块头白人，曾经是建筑业的企业家，但在一个黑色星期三，由于太太信用卡透支而失去了一切，只剩下几块砖瓦。他在寻找创业点子时，看到早报的时尚栏目发表的一篇文章，说黑人妇女用在美容产品上的钱是白人妇女的五倍，用在头发上的钱是白人妇女的九倍。保罗·金把自己的太太希拉当成白人妇女的典型稍加思索，不禁垂涎三尺。他又到当地的图书馆做了一点研究，结果发现了一条生财之道。于是，保罗·金买下了威尔斯登路上一家关门的肉店，把安德烈娅从哈里斯登一家美发屋挖过来，开始尝试黑人美发项目。这项业务甫一推出就大获成功。他惊讶地发现，低收入的黑人妇女居然肯每月在头发上花几百英镑，指甲和装饰品上的开销还要大。当他从安德烈娅那里得知，肉体疼痛也是美发过程的一部分时，觉得又困惑又好笑。这项生意还有一个最大的好处，是顾客不会起诉，她们知道做头发很疼。这么理想的生意到哪里去找！

"就这样吧，安德烈娅，亲爱的，给她免费做。"保罗·金对着砖头似的手机喊道。他正在闹哄哄的施工现场，准备在温布利开一家新发屋。"不过下不为例。"

安德烈娅带着好消息回到艾丽身边："行了，亲爱的。这次算我们的。"

"可是，"艾丽盯着镜子里自己劫后余生的样子，"你怎么——"

"包上头巾，这里出去向左转，沿着马路走，找到一家罗师护发屋。把这张卡交给他们，说是保金发廊让你来的，问他要八包五号发红的黑头发，拿了就赶快回来。"

"头发，"艾丽含泪重复道，"假发？"

"傻姑娘。不是假的，是真的。装到你头上，就成了你的真头发了。去！"

艾丽孩子似的哭着，磨磨蹭蹭地走出保金，沿马路走着，竭力不看自己映在路边橱窗上的身影。到了罗师护发屋，她强打精神，把右手放在腹部，推开一扇又一扇门走了进去。

罗师护发屋很暗，像保金一样，散发着浓烈的氨水味和椰子油味，快乐中掺着痛苦。借着摇曳的条形灯发出的幽暗光线，艾丽看到，这里根本没有货架，美发产品像小山似的堆在地板上，饰品（梳子、带子、指甲油）则固定在墙上，旁边用签字笔写明价格。只有在天花板下面、绕房间一圈挂着的东西是勉强看得清的陈列品，像祭祀用的头皮或狩猎的战利品一样，摆在最显眼的地方。头发！不同的长发彼此相隔几英寸钉在墙上，下面各贴着一块说明来源的大卡片。

> 两米泰国人真发，直，栗色。
> 一米巴基斯坦人真发，直，带波浪，黑色。
> 五米华人真发，直，黑色。
> 三米假发，螺旋形卷发，粉色。

艾丽走到柜台前。一个身着纱丽的大个子胖女人正摇摇摆摆地走到放钱的抽屉面前，又走回来，把二十五镑钞票递给一位头发胡乱剪到头皮的印度姑娘。

"请别用这种眼神看我。二十五镑是很合理的价钱，我告诉你，这种末梢分叉的头发，我不能再多给了。"

姑娘用另一种语言反驳着，从柜台上拿起那袋头发，作势要走，但又被胖女人一把夺了过去。"好了，别再为难自己了。我们俩都看到发梢分叉了，我只出二十五镑，你在别的地方卖不了这么高的价钱。现在请吧，"她说着，视线越过姑娘的肩膀，落在艾丽身上，"我要招呼客人了。"

艾丽看到姑娘的眼里涌出了热泪，这和自己不无相像。她似乎发了一会儿呆，气得微微颤抖着，然后砰地把手里的东西扔在柜台上，一把抓起钞票，朝门口走去。

胖女人在离去的女孩身后轻蔑地摇着头："不知道领情，这娘儿们。"然后她从褐色衬纸上撕下一张不干胶标签，啪地贴在装头发的袋子上。标签上写着："六米印度人，直发，黑/红。"

"怎么样，亲爱的，你要什么？"

256

艾丽重复了一遍安德烈娅的嘱咐，递上卡片。

"八包？那是六米，对不对？"

"我不知道。"

"对的，对的，是六米。你要直的还是带波浪的？"

"直的。笔直。"

胖女人一声不响地计算着，然后拿起女孩刚才留下的那袋头发："这就是你想要的。我还没来得及包装，你知道。不过头发绝对干净。你要不要？"

艾丽显得有点犹豫。

"别为我刚才说的话担心，发梢没有分叉。只是那傻姑娘想多卖点钱。有些人连一丁点经济学常识都不懂……她剪掉头发感到很伤心，所以，她盼着卖上几百万呢！卖个好价钱！头发很漂亮。我年轻时呀，噢，我的头发也很漂亮，呃？"胖女人爆发出一阵大笑，动个不停的上唇弄得嘴上的绒毛也颤动起来。笑声慢慢平息下来。

"告诉安德烈娅，价钱是三十七镑五十便士。我们印度女人的头发很漂亮，嘿？大家都想要！"

在艾丽身后，一位推着双人婴儿车的黑人妇女等着买发夹。她不满地咂着嘴。"你们这些人个个自以为是，"她声音很低，几乎是自言自语，"我们有些人喜欢自己的非洲头发，谢了，我可不想买可怜的印度姑娘的头发。上帝保佑，但愿我有机会到黑人开的店里买黑人的美发产品。要是我们不做自己人的生意，那我们在这个国家又怎么能站得住脚呢？"

胖女人嘴巴周围的皮肤变得很紧，开始指桑骂槐。她把头发放进口袋，一边给艾丽开收据，一边隔着艾丽对那个女人说话，同时竭力不理会那个女人的插话。"你不喜欢在这里买，就不要到这里来买——谁逼你来了？没有呀，谁逼你了？真怪：说这说那，说话这么难听，我不是种族主义者，可我不明白这是为什么，我只是提供一种服务，一种服务而已。我可不是给人家骂的，把钱放在柜台上，如果人家骂我，我就不提供服务。"

"谁也没骂你，上帝知道！"

"人家要买直发，那是我的错吗？有的想把皮肤弄白，就像迈克尔·杰克逊那样，那也是我的错吗？他们——本地报纸——叫我不要卖孔雀博士增白霜，我的上帝，真是多管闲事！他们要买——把收据带给安德烈娅，好吗，亲爱的？我只是想在这个国家找条活路，跟别人一样。给你，亲爱的，这是你的头发。"

黑女人绕过艾丽，气恼地把零钱摔到柜台上："见你的鬼去！"

"他们要什么，我有什么办法——供应，需求。说话这么粗，我可受不了！简单的经济学——出去当心，亲爱的——你，以后别来了，求你了，我要叫警察的，我可不受人家恐吓，警察，我会叫他们的。"

"好啊，好啊，好啊。"

艾丽撑开门，帮着把婴儿车的一端提起来，抬出前门的台阶。到了外面，那女人把发夹塞进口袋，看上去筋疲力尽。"我讨厌这地方，"她说，"可我要买发夹。"

"我要买头发。"艾丽说。

那女人摇摇头。"你有头发。"她说。

经过五个半小时的艰苦劳动，在用胶水把别人的头发一点点粘到自己两英寸长的头发上后，艾丽·琼斯总算有了一头又长又直、黑里带红的头发。

"直不直？"艾丽盯着镜子，无法相信眼前的情景。

"直得要命！"安德烈娅一边说，一边欣赏着自己的手艺，"可是亲爱的，你得把头发编起来才不会掉下来。你为什么不让我给你编起来呢？头发这么散着，可是要掉下来的。"

"不会掉，"艾丽说，陶醉在自己的身影里，"不能掉。"

他——迈勒特——只需看到一次就够了，毕竟，只需一次。为了让他看到自己最光鲜的样子，她朝伊克巴尔家走去时，一路用双手护着头发，生怕被风吹落。

阿萨娜给她开了门，"噢，你好。不，他不在家，出去了。别问我去哪儿了，他什么都不告诉我。马吉德在哪里，我倒知道得清楚些。"

艾丽走进门厅，偷偷在镜子里瞥了自己一眼，还在那儿，完好无损。"我在这里等，行不行？"

"当然可以。你看起来有点变化，亲爱的。减肥了？"

艾丽脸红了："新发型。"

"噢，是的……你看起来就跟播音员似的，很好看。请到客厅来吧，'不要脸的侄女'和她的'下流朋友'都在那里，不过别为她们烦恼。我在厨房干活，萨马德在除草，所以要小声点。"

艾丽走进客厅。"真要命！"尼娜看到眼前的情景尖叫起来，"你他妈的像什么样子？"

她样子很漂亮。她头发笔直、不弯、漂亮。

"你看上去像个怪物！真见鬼！马克辛，伙计，检查一下。上帝呀！艾丽，你到底想干什么？"

难道不是明摆着的吗？笔直、笔直、飘逸。

"我是说，有什么了不起的计划吗？要做黑人梅里尔·斯特里普？"尼娜笑弯了腰。

"'不要脸的侄女'！"阿萨娜的声音从厨房里传出来，"缝纫需要专心。闭嘴，大嘴小姐，好了！"

尼娜的"下流朋友"又名尼娜的女朋友，是个很性感、很苗条的姑娘，名叫马克辛，长着一张漂亮的瓷娃娃脸、黑眼睛和一头浓密的褐色鬈发。她拉了拉艾丽的怪刘海："你干什么了？你以前的头发很漂亮，伙计。卷卷乱乱的，多惹眼啊！"

艾丽一时说不出话来，她从没想过自己这样子不好看。

"我只是做了头发。有什么了不起的?"

"可那不是你的头发,见鬼,那是某个受压迫的巴基斯坦穷女人的头发,她需要钱给孩子买吃的!"尼娜说着,在艾丽头上拉了一下,一拉就是一把,"噢!真恶心!"

尼娜和马克辛又像刚才那样歇斯底里地大笑起来。

"别碰,行吗?"艾丽退到一把扶手椅上坐下,抱紧双膝,把下巴支在膝盖上。她竭力装出很随便的样子,问:"那么……嗯……迈勒特到哪里去了?"

"弄成这样都是为了他吧,"尼娜问,显得很吃惊,"我那没头脑的表弟?"

"不是,去他的。"

"啊,他不在这里。他又弄了一只新鸟,东方国家的体操运动员,那小肚子就跟搓衣板似的,奶子挺好看,但屁股硬得跟什么似的。叫……叫什么来着?"

"斯塔霞,"马克辛说,她在看《顶级明星》,这时略抬了抬头,"反正就是这类名字。"

艾丽在萨马德最喜欢的、弹簧已经坏掉的椅子上陷得更深了。

"艾丽,你愿意听几句忠告吗?从我认识你开始,你就一直像一条丧家犬围着那孩子转。他跟谁都亲嘴,除了你之外的每个人。他甚至跟我亲嘴,我还是他大表姐,见鬼去吧。"

"还有我,"马克辛说,"但我对那没兴趣。"

"你有没有想过,为什么他不跟你亲嘴?"

"因为我长得难看,太胖了,还有一头非洲头发。"

"不是,去你的,因为你是他拥有的全部。他需要你。你们两个有过去,你真的了解他。你看他有多困惑吧。今天他是真主这真主那,明天又是大奶子的金发姑娘、俄罗斯体操运动员、精育无籽大麻。他分不清哪是屁股哪是胳膊,就跟他爸爸一样,他不知道自己是什么人。可是你了解他，至少有一点点，你知道他的方方面面。他需要那个。你跟别人不同。"

艾丽转动着眼珠子。有时候你希望跟别人不同，有时候你又希望自己的头发跟别人一模一样。

"听着，你是个聪明人，艾丽，但别人教你的净是各种各样的垃圾。你得重新教育自己，实现自己的价值，不要奴性十足地跟随别人，要有自己的生活，艾丽。随你找个姑娘还是找个小伙，可是一定要有生活。"

"你是个很性感的姑娘，艾丽。"马克辛亲切地说。

"是的，很对。"

"相信她，她可是个不折不扣的同性恋，"尼娜说，深情地拨弄着马克辛的头发，还吻了她一下，"但问题是，哪怕你把头发弄得像芭芭拉·史翠珊，也没屁用。非洲头发很酷，伙计，妙不可言，是你自己的头发。"

忽然，阿萨娜端着一大盘饼干站在门口，露出疑心重重的样子。马克辛给了她一个飞吻。

"要吃饼干吗，艾丽？来吃几块饼干。跟我来，去厨房吃。"

尼娜哼了一声。"别慌，姑姑。我们没有招她加入萨福①教派。"

"你们在干什么我无所谓，你们在干什么我不知道。这种事情我不想知道。"

"我们在看电视。"

电视屏幕上，麦当娜的一双手正绕着两只圆锥形的乳房扭来扭去。

"很好，我肯定，"阿萨娜咬了一口饼干，瞪着马克辛，"吃饼干，艾丽？"

"我想吃几块。"马克辛眨着长长的睫毛轻声说。

"我肯定，"阿萨娜缓缓而尖刻地说，话里带着刺，"没有你喜欢的

———————————————
① 古希腊抒情诗人的名字，后来逐渐成为女同性恋者的代名词。

那种。"

尼娜和马克辛又忍不住大笑起来。

"艾丽?"阿萨娜说着,做了个上厨房的表情。艾丽跟她走出去。

"我跟别人一样开明,"她俩单独在一起时,阿萨娜不满地说,"可是她们为什么老是笑得不可开交,碰到每件事情都大动干戈?我不认为同性恋有那么好玩,当然异性恋也不好玩。"

"我不想在家里再听到这个字眼。"萨马德面无表情地说。他刚从花园里走进来,把除草的手套放在桌上。

"哪个?"

"两个都不喜欢。我正竭尽全力在家里营造虔诚的气氛。"

萨马德看到餐桌旁坐着一个人,他皱了皱眉头,认出这确实是艾丽·琼斯,于是开始说起两人的惯常套话来:"你好,琼斯小姐。你父亲怎么样?"

艾丽马上耸了耸肩膀:"你见到他的次数比我们多。真主好吗?"

"好极了,谢谢你。你最近有没有看到我那一无是处的儿子?"

"最近没有。"

"见过我那好儿子吗?"

"多年没见了。"

"你见到那个一无是处的家伙时,请你告诉他,他这个人一无是处,好吗?"

"我会尽力的,伊克巴尔先生。"

"真主保佑你。"

"愿你健康。"

"好了,请原谅。"萨马德伸手去拿冰箱上面的祈祷垫子,然后走出房间。

"他怎么了?"艾丽问,她注意到萨马德说话时不太有精神,"他好像,我不知道,有点难过。"

阿萨娜叹了口气。"他很难过，他觉得自己把一切都弄拧了。当然，他已经把一切都弄拧了，可又是谁先指责别人的呢？他祈祷了又祈祷，却不愿直面现实：迈勒特，上帝知道，他都跟什么人在鬼混，老是跟白人姑娘，而马吉德……"

艾丽想起了自己的第一个心上人，他周身环绕在完美的光晕之中，这是这些年来因为对迈勒特大失所望才产生的幻影。

"怎么了，马吉德出什么事了？"

阿萨娜皱了皱眉，把手伸到厨房的顶架上，拿起一个薄薄的航空邮件信封递给艾丽。艾丽从里面取出信和照片。

照片上是马吉德，现在他是一个身材高大、外表出众的年轻人了。他的头发和弟弟一样是深黑色，但没有盖到脸上，而是靠左侧分开，用油抹得光滑整齐，梳到右耳后面。他身穿粗花呢西服，还戴着——不过看不太清楚，照片拍得不好——领结似的东西。他一只手拿着一顶大大的遮阳帽，另一只手紧握着著名印度作家 R. V. 萨拉斯瓦迪的手。萨拉斯瓦迪身穿白色西服，头戴宽边帽，手里拿着一根装饰性手杖。他们俩摆出一副有点扬扬自得的样子，笑容满面，好像两人就要互相拍拍背或者刚才已经拍过了。正午的太阳当头照着，反射在达卡大学的正门台阶上。照片就是在这里拍的。

阿萨娜用食指慢慢擦去照片上的一点污迹。"你知道萨拉斯瓦迪吗？"

艾丽点了点头。中学必修课程中有篇课文《及时的一针》就是 R. V. 萨拉斯瓦迪写的，一出描写帝国末日的悲喜剧。

"萨马德讨厌萨拉斯瓦迪，你可以理解，说他是殖民返祖、舔英国人屁股的家伙。"

艾丽随意挑了信上的一段念起来。

你们可以看到，在三月里一个晴朗的日子，我有幸见到了印度最优秀的作家。我在散文竞赛中获奖（文章题目是："孟加拉国——她应走向何方？"）。在达卡大学的颁奖典礼上，这位大人物亲自给我授奖（一本获奖证书和一小笔奖金）。我很荣幸地说，他有点喜欢我。我们一起度过了一个非常愉快的下午，喝茶的时间很长，气氛很亲密，然后又一起徜徉在达卡动人的景色之中。在我们长时间的谈话中，萨拉斯瓦迪爵士对我的才智赞赏有加，甚至说（这里引用他的原话）我是个"一流的年轻人"——这句赞语我将铭记在心！他建议我将来进入法律界、高等学府甚至他本人所从事的创作领域！我告诉他上述职业都是我最心仪的，我一直都怀着这样的理想：让亚洲国家成为富于理智的地方，在这里，一切秩序井然、有备无患，小男孩不会有被花瓶砸伤的危险，需要制定（我对他说）新的法律、新的规定来应对我们不幸的命运和自然灾害。但这时，他纠正了我的说法。"不是命运，"他说，"我们印度人，我们孟加拉人，我们巴基斯坦人，面对历史时，总是举起双手，高喊：'命运！'但是我们很多人没有受过教育，我们很多人不了解世界。我们必须学习英国人，英国人与命运展开殊死搏斗，除非历史教训正是他们需要的，否则他们不会听命于历史。我们说：'非得如此！'不是非得如此，没有一件事非得如此。"我一个下午从这位伟人那里学到的东西超过了——

"他什么都没学到！"萨马德怒气冲冲地走回厨房，把水壶摔到炉子上，"他从一个什么也不懂的人身上能学到什么？他的胡须到哪里去了？他的传统服装到哪里去了？他的谦卑到哪里去了？如果真主说有暴风雨，那就是有暴风雨；如果真主说有地震，那就会发生地震。当然是非得如此了！就是为了这，我把孩子送回老家——让他明白一个道理：我们在本质上是脆弱的，我们不能控制万物。伊斯兰意味着什么？这个词，这个词本身，是什么意思？我顺服，我顺服真主，我顺服他。这不是我的生活，这是他的生活。我称之为我的生活的这种生活是他的生活，跟他有关系。实际上，我应该随波逐流、无所作为。什么也没有！自然本身就是伊斯兰教徒，因为它服从造物主所赋予的规律。"

"别在家里布道，萨马德·迈阿！布道的地方多得很。去清真寺，别在厨房布道，这里是吃饭的地方——"

"可是我们，我们并没有自动服从。我们诡计多端，我们是诡计多端的杂种，我们人类。我们的内心深处藏着邪恶，藏着自由意志。我们必须学会服从。我把马吉德·马哈夫兹·穆谢德·姆布塔希姆·伊克巴尔这个孩子送回去，就是为了让他发现这些道理。告诉我，我送他回去是为了让他受一个崇拜大不列颠统治的印度基佬毒害吗？"

"也许是，萨马德·迈阿，也许不是。"

"不要这样说话，阿尔西，我警告你——"

"噢，说吧说吧，你这烧开水的老家伙！"阿萨娜像相扑运动员那样整了整全身的赘肉，"你说我们没有控制权，可你老想控制一切！放手吧，萨马德·迈阿，放手让孩子自己发展。他是第二代——他在这里出生——他的处事方式不同，这很自然，你不可能安排一切。再说，又有什么大不了的呢？他没有成为伊斯兰学者，但他受过教育，干干净净的！"

"你对儿子就是这点要求？只要干干净净就够了？"

"也许是，萨马德·迈阿，也许——"

"别跟我说什么第二代！只有一代！分不开！永远！"

就在两人争吵时，艾丽溜出厨房，朝前门走去。她在门厅那面镜子的刮痕和污迹中瞥见自己的倒霉样，她看上去就像黛安娜·罗丝和英格柏特·汉帕汀克的私生女似的。

"你得让他们自己犯错误……"阿萨娜的声音从激烈的战场上传来，穿过厨房的廉价木门，直达门厅。艾丽就站在门厅里，看着镜子里的自己，赤手空拳地死命拔掉别人的头发。

同任何一所学校一样，格莱纳橡树综合学校的地形很复杂，倒不是指布局，而是因为学校分两个阶段建成。第一部分建于一八八六年，是一所济贫院（结果：一幢红色大怪物，维多利亚风格的收容所）；第二部分是一九六三年加上去的，这才成为一所学校（结果：灰色庞然大物，美丽的新议会校区）。一九七四年，又用防风玻璃建了一座巨大的封闭人行桥，把两幢庞大的建筑物连起来。但一座桥还不足以把两处合成一处，也无法削弱学生们拉帮结伙的决心。校方在付出代价后明白了一个道理：无法把一千个孩子团结在一条拉丁语格言（Laborare est Orare，"劳动即祈祷"）下面。就像猫儿撒尿或鼹鼠打洞那样，孩子们总爱在地上划界，每个区块有各自的规定、信仰、游戏规则。尽管学校竭尽全力压制这一切，但孩子们还是分出了一个个小区块、巢穴、争端不断的领地、卫星国、紧急状态国、少数民族聚居区、飞地和岛屿。没有地图，全凭常识，比如，不要在垃圾桶和工艺科之间的那块地方胡闹。那里有过死伤（特别是某个名叫基思的可怜家伙，他的脑袋被夹在一把老虎钳里），逡巡于这个区域的那些骨瘦如柴而肌肉结实的孩子也不好惹——他们本人很瘦，可父亲都是胖子，后裤袋塞着邪恶庸俗的小报，鼓鼓囊囊就像别着手枪。在这些胖子眼里，公正再简单不过了——一命换一命，吊死算便宜他们了。

这里对面有长椅子，三张一排，小量毒品交易就在这些椅子上进行。比如两镑半的大麻树脂，小得几乎可以淹没在铅笔盒里，看见了也会误以为是橡皮头。还有一种四分之一镑的迷幻药，最大的用处是缓解特别顽固的痛经。容易受骗的笨蛋可能会买到各种家用品——茉莉花茶、庭园草、阿司匹林、甘草根、面粉——这些都冒充甲级麻醉品出售，让你在戏剧科后面的凹陷处吸食。有些学生年纪太小，不能去吸烟园（一个水泥园，年满十六岁的吸烟学生可以在那里吸烟——现在还有这种学校吗？）吸烟，就可以躲在这个凹洞里，避开老师的视线。这里很危险，净是冷酷的小流氓，十二三岁，烟一根接一根。他们什么都不在乎，他们真的什么都不在乎——别人的健康、自己的健康、老师、父母、警察——什么都不在乎。抽烟就是他们对世界做出的反应，是他们对一切的反应，是存在的理由。他们热衷香烟。他们不是鉴赏家，不计较牌子，是烟就行。他们大口大口地吸着，就跟婴儿吃奶一样，直吸得两眼泪汪汪，才把烟蒂扔到泥地上。这些孩子他妈的就是爱抽烟。烟、烟、烟。香烟之外，唯一感兴趣的是政治，准确地说，就是咒骂该死的、老是提高烟价的大官。由于钱老是不够，烟也老是不够，你得成为蹭烟、要烟、讨烟、偷烟的行家。有一种花招很通行，那就是挥霍掉一个星期的零花钱，买上二十支烟，到处去散，人人有份；到了下个月，你就提醒那些有烟的人，你以前给他们散过烟。不过这种做法风险很大。最好还是长一张令人过目就忘的脸，这样就能要上一支烟，过五分钟回来再要一支而不被发觉。最好把自己伪装得无关紧要，成为那种名叫马特、朱尔斯、伊恩的毫无特点的小角色。不然，你就得靠人家发善心，跟人家共烟了。一支香烟可以有无数种分享方法。方法是这样的：有人买了一包烟，点上了一支。只听有人喊"给半支"。他就把香烟拦腰掐断递过去半支。第二个人拿到半支烟后，又会听到第三个人喊"给三分之一"，接着是"再半"（即三分之一的一半），接着是"烟头"。接着，如果天很冷，想抽烟想得要命，就说："最后一口！"但这只给那种烟瘾难耐的人——已经过了过滤嘴的位置，过了香烟牌子的位置，过了一般称为烟蒂的位置。最后一口吸的是烟蒂的泛黄纤维，所含物质不能算是烟草，而是像定时炸弹一样积在肺部的玩意儿。它会摧毁免疫系统，让人患感冒、流鼻涕、带鼻音，老也好不了，那玩意儿会把雪白的牙齿熏得焦黄。

在格莱纳橡树综合学校，人人都在忙碌。他们是地位不同、肤色不同、语言不同的巴比伦人，都在各自的角落里辛勤地吞云吐雾，忙着用燃烧烟草的烟祭祀天上的众神。（一九九〇年的布伦特区学校报告：六

267

十七种不同的信仰和一百二十三种不同的语言。）

劳动即祈祷：

书呆子在池塘旁分辨雌雄青蛙；

音乐科的优雅女子唱法语歌，讲拉丁语，吃减肥餐，克制同性恋冲动；

胖男孩在体育教室的走廊上手淫；

神色不安的女孩在语言大楼外读谋杀案例；

印度孩子在足球场上用网球拍打板球；

艾丽·琼斯在找迈勒特·伊克巴尔；

斯科特·布瑞兹和丽莎·蓝波在厕所里性交；

乔舒华·夏尔芬、小精灵、长老和矮子在科学大楼后面玩"小精灵和蛇发女怪"。

每个人，每一个人都在抽烟、抽烟、抽烟，一个劲地讨烟、点烟、吸烟、找烟蒂、卷烟丝，庆祝烟有本领将不同文化和信仰的人团结在一起，但大多只是在吸烟——给一支烟，匀一支烟——像小烟囱似的不停排烟，到处乌烟瘴气。一八八六年济贫院时代在这里烧炉子的人，肯定会觉得自己适得其所。

烟雾中，艾丽在寻找迈勒特。她已经去过篮球场、吸烟园、音乐科、自助餐厅、男女厕所以及学校后面的墓地。她得给他通风报信。学校里就要大扫荡了，目的是抓捕非法吸大麻或抽烟的学生，教职员和本地治安官将联合行动。这个震撼性消息来自泄密天使阿吉，她偷听了他的电话和家长教师联谊会的神圣秘密。此时，艾丽肩负着比那些地震学家更重的责任，实际上，这是预言家的责任，因为她知道地震的日期和具体时间（今天两点半），知道震级（可能要开除），她还知道有谁会掉进断层，成为扫荡的牺牲品。她得救他。她挺着浑身乱颤的赘肉，透过三英寸长的非洲头发冒着热汗，在操场上横冲直撞，喊着他的名字，问别人有没有看见他，找了他平时去的所有地方。但他没有在伦敦东区的手推车货郎那里，没有在优雅女子那里，没有在印度烂仔那里，没有在黑人孩子那里。最后，她跋涉到科学楼。这里是以前济贫院的一角，也是备受欢迎的学校盲区，远处墙边和东部角落有三十英尺的宝贵草地，学生可以躲开大众的视线在这里干非法的勾当。这是一个秋高气爽的好日子，到处是人。艾丽不得不穿过流行的交颈拉锯/爱抚冠军赛现场，跨过乔舒华·夏尔芬的"小精灵和蛇发女怪"游戏（"嘿，小心你的脚！注意死亡之洞！"），耕田似的从密密麻麻的烟民方阵中挤过去，最后，找到了位于震中的迈勒特。他正在抽一根圆锥形的大麻烟，听一个高个大胡子讲话。

"迈尔！"

"现在不行，琼斯。"

"可是迈尔！"

"别吵，琼斯。这是海凡，老朋友。我正听他说话呢。"

那位高个子海凡没有停止说话。他的声音深沉温和，仿佛流水一般，不可阻挡而始终如一，艾丽的突然出现还不足以使他停下，可能需要一种比重力更强大的力量才可以。他刺眼地穿着黑西服、白衬衫、戴着绿色领结，胸袋上绣着一个小徽章：两只手握着火焰，下面还有一点什么东西，太小了看不清。虽然他年纪不比迈勒特大，毛发的生长能力却很惊人，胡子让他显得很老成。

"……所以，大麻会削弱人的能力、人的力量，从我们身边夺走这个国家最优秀的人——像你这样的人，迈勒特，有着天生领导才能的人，拥有引导和提升一个民族的能力的人。《穆罕默德言行录》第五部分第二页：我的社区中最优秀的人是我的同代人和支持者。你是我的同代人，迈勒特，我请你也成为我的支持者；有一场战争正在进行，迈勒特，一场战争。"

他就这样说个不停，一个词接着一个词，没有标点，也不歇气，而且速度均匀——你简直都可以爬到他的句子里去，简直可以在他的句子里睡大觉。

"迈尔，迈尔，有要紧事。"

迈勒特看上去有点神思恍惚，不知道是因为麻醉品还是因为海凡。他摆脱了艾丽拉着他袖子的手，想给两人介绍一下。"艾丽，这是海凡。我和他以前常常在一起；海凡——"

海凡向前一步，像钟楼似的俯视着艾丽："很高兴认识你，姐妹。我是海凡。"

"好极了。迈勒特。"

"艾丽，伙计，见鬼了。你就安静一分钟，好不好？"他把烟递给她，"我想听这位老兄讲话，啊？海凡是首领。看他的西服……强盗样式哩！"迈勒特用一根手指捎着海凡的翻领，海凡忍不住喜笑颜开。"说真的，海凡，伙计，你看上去不赖呀。真帅。"

"啊？"

"比我们以前一起鬼混的时候强多了，呃？在基尔伯恩那会儿，记得那次我们去布拉德福德，后来——"

海凡想起来了，但他恢复了刚才那副虔诚坚定的表情。"我恐怕已经不记得基尔伯恩那时候的事情了，兄弟，那时我很无知。今非昔比了。"

"啊，"迈勒特局促不安地说，"当然。"迈勒特在海凡的肩膀上开玩笑地打了一拳，海凡一动不动地站着，像根门柱子。

"那么，有一场他妈的精神战争正在进行——那真他妈的叫人发疯！就要进行了——我们要在这个要命的国家里留下自己的印迹。叫什么来着，你那个团体？再说一遍。"

"我是永恒凯旋的伊斯兰民族守护者组织基尔伯恩小组的成员。"

艾丽倒吸了一口气。

"永恒凯旋的伊斯兰民族守护者组织，"迈勒特复述了一遍，印象很好，"那名字不赖呀，听起来有点功夫拳脚的味道。"

艾丽皱起眉头："永伊护（KEVIN）？"

"我们认识到，"海凡一本正经地说，指着火焰下方绣着缩写的位置，"缩写有点问题。"

"稍微有点。"

"但这个名字是真主的，不能更改……接着刚才的话题，迈勒特，我的朋友，你可以当基尔伯恩小组的组长——"

"迈尔。"

"你可以拥有我所拥有的一切，而不是像现在这样鬼混。不要依赖毒品，这玩意儿是政府专门进口的，用来对付黑人和亚洲人，削弱我们的力量。"

"啊，"迈勒特难过地说，他已经又点了一支，刚抽到一半，"这点我倒真的没想到。我想我应该这么看。"

"迈尔。"

"琼斯，别闹了。我正在他妈的想事儿。海凡，你现在在哪里上学，伙计？"

海凡笑着摇了摇头。"我脱离英国教育体系有一段时间了，不过我的教育远远没有结束。我给你引用《穆罕默德言行录》第二百二十条：寻求知识的人始终都在为真主服务，直到他回到天堂——"

"迈尔，"艾丽轻声说，几乎为海凡那流畅的声音所掩盖，"迈尔。"

"见鬼。什么事？不好意思，海凡，伙计，等我一分钟。"

艾丽深吸了一口大麻，然后传达了消息。迈勒特叹了口气："艾丽，他们从这头过来，我们就从那头走。没啥了不起的，都这样，对不对？好了，怎么不跟孩子们玩？这里谈正事呢。"

"见到你很高兴，艾丽，"海凡说着，伸出手来，上下打量着她，"要是可以这么说的话，看到一个女人穿得这么端庄，头发却那么短，真叫人吃惊。永伊护认为，一个女人不应迎合西方性观念中的色情

271

想象。"

"呃，对。谢谢。"

艾丽觉得自己很可怜，同时又觉得有点飘飘然。她艰难地穿过浓重的烟雾找路往回走，又一次踩到了乔舒华·夏尔芬的"小精灵和蛇发女怪"游戏。

"嘿，我们在这儿玩呢。"

艾丽猛一转身，满腔怒火地说："那又怎样？"

乔舒华的朋友们——一个胖子、一个长粉刺的孩子，还有一个大块头——都吓得缩了回去，但乔舒华坚守阵地。他以参加校管弦乐队为借口，坐在艾丽的第二中提琴位置后面吹双簧管。他经常观察她奇怪的头发和宽阔的肩膀，觉得自己在那些地方说不定还有一点机会。她很聪明，也不是难看得不得了，而且，她身上有一种很强烈的书呆子味道。不过她老跟那个男孩在一起，那个印度男孩，她围着他转，但她不像他。乔舒华·夏尔芬疑心她与自己是同一类人。她有某种内在的东西，他觉得自己可以把这种东西带出来。她是个从满是胖人的岛屿逃出的惹人厌的移民，长得让人没法恭维却又聪明得让人非常放心。她爬过卡尔多山，游过拉维斯拉克斯河，穿过杜尔文裂口①，疯狂地逃离自己的同胞，来到另一片土地。

"我只是在说，你好像很喜欢踩到格尔松的土地上。你要不要跟我们一起玩？"

"不要，我才不跟你们玩呢。你这该死的笨蛋，我根本不认识你。"

"乔舒华·夏尔芬。我以前在庄园小学，我们英语课在一个班上，我们在管弦乐队也是一起的。"

"没有，我们不是一起的。我在管弦乐队，你在管弦乐队，可我们

---

① 卡尔多山、拉维斯拉克斯河、杜尔文裂口和下文的格尔松似乎都是虚构的地名，可能是乔舒华玩的游戏里出现的。

并不在一起。"

小精灵、长老和矮子都能体会文字游戏的妙处，听到艾丽这么说，都吸着鼻子咯咯笑了起来。但侮辱对乔舒华来说算不了什么，乔舒华是忍受侮辱的大鼻子情圣。他忍受各种侮辱人的叫法（亲热的如：夏尔芬小胖墩、优雅的乔舒、顶着犹太非洲式发型的乔舒；恶意的如：那个嬉皮鬼、鬈毛基佬、吃屎的），他那见鬼的一辈子都要忍受无休无止的侮辱，但他大难不死，扬扬得意地活着走了出来。侮辱只是前方路上的一块鹅卵石，只能证明扔鹅卵石的人智力低下。他假装没听见，继续说下去。

"我喜欢你做的头发。"

"你是不是喝尿了？"

"没有，我喜欢女孩子剪短发，我喜欢那种雌雄同体的东西。不是开玩笑。"

"你他妈的有病啊？"

乔舒华耸了耸肩膀："没有。只要对弗洛伊德的理论略知一二，你就会明白，有病的是你。你这种敌对情绪从何而来？我想抽烟是为了让你冷静下来。我可以来一口吗？"

艾丽忘了手上拿着烟卷："噢，可以，行啊。是老烟枪，对吗？"

"偶尔来一口。"

矮子、长老和小精灵发出一阵呼哧带喘和抽鼻子的声音。

"噢，没问题，"艾丽叹了口气，伸手把烟递给他，"管你是不是。"

"艾丽！"

是迈勒特。他忘了从艾丽那里要回烟卷，这时跑过来取。艾丽正把烟递给乔舒华，听到叫声，就回头去看，只见迈勒特正朝她跑来。与此同时，她感觉地上隆隆地震动起来，震得乔舒华的铁制小精灵部队纷纷倒地，跌出棋盘。

"怎么——"迈勒特说。

扫荡委员会来了。委员会听取了家长督导阿吉宝德·琼斯——这位家长以前当过兵，自称最擅长伏击——的建议，决定采用两面包抄的办法（以前从未试过）。这支由百名精兵强将组成的扫荡大队运用突袭战术，事先没有发出任何预警，悄无声息地靠近，把小流氓统统包围在内，从而切断了敌人的所有逃跑路线，就在他们吸食大麻之际，把迈勒特·伊克巴尔、艾丽·琼斯和乔舒华·夏尔芬之流逮了个正着。

格莱纳橡树综合学校的校长持续处于心力交瘁之中。他的发际线已经后退，像坚定不移的退潮那样不再向前推进；他眼窝深陷，双唇向内缩进嘴里；与其说他有身体，不如说他把自己的一切都折叠起来，装进了一只扭曲的小包装袋，交叠四肢把袋子密封起来。好像是为了使这种心力交瘁的状态达到平衡，校长把座椅摆成了一个大圈，他希望这种开放的姿态能有助于人们的交谈与观察，使每个人畅所欲言、为人所闻，这样大家就能携手解决问题，而不是惩罚不当行为。有些家长担心，校长是个心肠很软的自由主义者。如果你问问他的秘书蒂娜——这倒不是说谁也没问过蒂娜，噢，不是，不用担心，只是问的都是：那么，这三个无赖戳在这里干吗呢？——那么，你会知道，校长的心肠岂止很软，简直是太软了。

"那么，"校长带着忧郁的笑容问蒂娜，"这三个无赖戳在这里干吗呢？"

蒂娜疲惫地读出拥有"大——麻"的三条罪状。艾丽举手表示反对，但校长以温和的笑容制止了她。

"我明白了。那就这样吧，蒂娜。你出去的时候，让门开着，好，就是这样，再大一点点……好了——不想让任何人觉得自己给包围了，可以这么说。好吧，开始了。我想，处理这个问题最文明的办法是——"校长说着，把手掌向上摊开，平放在膝盖上，表示他没带武器，"大家不要七嘴八舌地说话，也就是说，我说我的，我说完了，你们一个个说自己的。从你开始，迈勒特，到乔舒华结束，然后，一旦大家把一切都摆出来以后，我最后来总结。就这样，相对省力一点，好吗？好吧。"

"我要抽烟。"迈勒特说。

校长换了个姿势。他放下右腿，把皮包骨头的左腿甩了上去，把两根食指举到唇边，做成教堂尖顶的样子，像乌龟那样缩着脑袋。

"迈勒特，请说。"

"您有烟灰缸吗？"

"没有，开始，迈勒特，说吧……"

"那，我出去到门口抽一根。"

全校就是用这种办法要挟校长的。他不能让一千个孩子列队站在克里考伍德大街上抽烟，败坏学校的声誉。这是一个排学校名次的时代。吹毛求疵的家长们仔细钻研着《泰晤士教育增刊》，按照督察的报告，用字母和数字编排各所学校的名次。校长只好关掉火警，把自己学校的一千个烟鬼关在学校里抽烟。

"噢……这样吧，你坐到窗户那边去。快点，快点，别磨蹭了，就这样。行了？"

迈勒特叼着一支伦伯特和巴特勒牌香烟："有火吗？"

校长在衬衫口袋里摸索着，在一大堆面巾纸和圆珠笔中间躲着一包德国卷烟和一个打火机。"给你。"

迈勒特点着烟，朝校长的方向吐出一口。

校长像老太太似的咳了起来。"好了，迈勒特，你先说。因为我希望至少由你说出来，来个竹筒倒豆子。"

迈勒特说："我在那里，在科学楼的后面，谈精神成长的问题。"

校长探过身子，在嘴唇上敲击了几下教堂尖顶。"你得稍微说详细一点，迈勒特。如果这里面牵涉到宗教，那只会对你有好处，但我得了解清楚是怎么回事。"

迈勒特详细说起来："我当时正在跟朋友谈话，就是海凡。"

校长摇了摇头。"我听不懂你的话，迈勒特。"

"他是精神领袖，我当时在听取他的忠告。"

"精神领袖？海凡？他现在在学校吗？我们是在说教派吧，迈勒特？我想知道，我们是不是在说教派。"

"不是，不是该死的教派，"艾丽大声说，她很恼火，"能不能快一点？再过十分钟我要上中提琴课。"

"迈勒特在说话，艾丽。我们在听迈勒特说话。但愿轮到你的时候，迈勒特会尊重你一点，而不是像你这样。好吗？我们得沟通。好了，迈勒特，继续说，哪种精神领袖？"

"伊斯兰教徒。他在帮我解决我的信仰问题，啊？他是永恒凯旋的伊斯兰民族守护者组织基尔伯恩小组的组长。"

校长皱了皱眉："永伊护？"

"他们已经意识到，缩写有点问题。"艾丽解释道。

"那么，"校长急切地接着说，"他是永伊护的成员。那东西是不是他供应的？"

"不是，"迈勒特说，在窗台上捻灭香烟，"那东西是我的。他当时在跟我说话，是我在抽。"

"看，"来来回回说了几分钟后，艾丽说，"事情很简单：东西是迈勒特的，我是无意中抽的，然后我递给了乔舒华，因为我要系鞋带，让他帮我拿一会儿。他真的跟这事毫无关系。好了吗？现在可以走了吗？"

"不，我抽了！"

艾丽朝乔舒华转过脸去："什么？"

"她想替我掩饰。有些大麻是我的，我在卖大麻，那些猪接着就扑到我身上了。"

"噢，上帝！夏尔芬，你这个疯子。"

也许吧。可在以后两天里，乔舒华赢得了很多同学的尊敬，拍他肩膀的人也多起来了，吆五喝六的时候也比这辈子任何时候都多，似乎迈勒特身上的一些魔力因此落到了他身上，至于艾丽——嗯，在过去的两天时间里，他任凭"模糊的好感"发展成完全的迷恋。他们身上有一种引人注目的东西，比矮子埃尔金或魔法师摩洛更有魔力。他喜欢同他们联系在一起，无论这种联系是多么脆弱。他已经被这两个人从落伍的行列里扯了出来，从默默无闻中冷不防给带到全校的聚光灯下。他不可能心甘情愿地回到以前的状态。

"这是真的吗，乔舒华？"

"是的……嗯，一开始很少，不过现在我觉得自己真有问题了。我不想卖毒品，显然我不想这么做，可就是忍不住——"

"噢，看在上帝的分上……"

"好了，艾丽，你得让乔舒华说话。他跟你一样有权说话。"

迈勒特把手伸向校长的口袋里，掏出那包重重的烟草。他把里面的东西倒到小咖啡桌上："来，夏尔芬，小犹太，取八分之一①出来。"

乔舒华看着这堆刺鼻的褐色烟丝："欧洲单位还是英国单位？"

"你就照迈勒特说的做，"校长恼火地说，从椅子里探出身来看着烟草，"把这个问题弄弄清楚。"

乔舒华的手指在发抖，他抽出一点烟丝，放到手心里端起来。校长把乔舒华的手拉到迈勒特的鼻子底下，让他查看。

"这一把只有五镑，"迈勒特轻蔑地说，"我不会到你这里买那玩意儿。"

"好了，乔舒华，"校长说着，把烟草放回烟袋，"我想，我们可以很有把握地说：游戏结束了，连我都知道那远远不到八分之一。不过我确实很担心，你居然觉得有撒谎的必要，我们得找个时间谈谈这个问题。"

---

① 指八分之一盎司，毒品交易的常见单位。

"好的，先生。"

"同时，我已经跟你们的父母谈过了，根据学校远离惩罚、走向建设性行为管理的政策，他们很慷慨地提出了一项为期两个月的计划。"

"计划？"

"每周二和周四，你，迈勒特，还有你，艾丽，都到乔舒华家里去，跟他一起组成一个课后两小时学习小组，学习内容是数学和生物——你们的弱项和他的强项。"

艾丽哼着鼻子说："您是说真的？"

"你知道，我是说真的。我认为这点子很有意思。这样，你们俩就能学到乔舒华的长处，又身处一个稳定的环境。还有一个好处是，能使你们俩离开街上的混混。我已经跟你们的父母谈过，你知道，他们也为这一安排感到高兴。真正令人兴奋的是，乔舒华的父亲是个杰出的科学家，他母亲是园艺学家，所以，我确信你们将从中获益。你们俩很有潜质，但我觉得你们所接触的东西会毁掉那种潜质——不管是家庭环境也好，个人的骚扰也好，我不知道——但这项计划是避开这些东西的大好时机。我希望你们明白，这并非惩罚，而是富于建设性的活动，是人与人的互相帮助。我真的希望你们能全身心地投入其中，知道吗？这种东西存在于格莱纳橡树综合学校的历史、精神和整个气质之中，甚至从格莱纳爵士本人那时起就这样。"

格莱纳橡树综合学校的历史、精神和气质，正如每个名副其实的格莱纳人知道的那样，可以追溯到埃德蒙·弗莱克·格莱纳爵士（1842—1907），校方将他视为一位维多利亚时代的仁慈捐赠人。官方的说法是格莱纳基于改善弱势群体的满腔热情，捐资兴建了原来的大楼。官方的家长教师联谊会宣传册没有把这幢大楼称为"济贫院"，而说它是当时为英国人和加勒比人建立的"庇护所、工作场所和教育机构"。宣传册上说，格莱纳橡树综合学校的创始人是一位教育慈善家；宣传册又说，

"放学后反省课"是代替留堂的合适名词。

彻底研究一番当地格兰其图书馆的档案，就会发现，埃德蒙·弗莱克·格莱纳爵士其实是一个成功的殖民者。他在牙买加赚了不少钱，干的是种烟草这一行，换句话说，是督管大片种了烟草的土地。在这行干了二十年后，埃德蒙爵士赚够了钱。他靠在那把硕大的皮椅上问自己：还有什么事是在昏聩的暮年可以做的？让善意和有用的感觉减轻自己的昏聩。去做一些对别人有好处的事情，对那些他能从窗户里看到的人、就在田野里的那些人。

接连几个月，埃德蒙爵士都被这个问题难住了。然而，一个星期天的黄昏，正当他在金斯顿四处漫步时，听到了一个熟悉的声音，他不禁心中一动。虔敬的歌声、拍手声、哭泣哀号声、热烈的喧闹声和狂喜的乐声从一所所教堂里传来，宛如无形的合唱，穿越了牙买加厚重的空气。好，有点意思，埃德蒙爵士想。移居国外的同胞爱把这种歌唱说成是猫儿叫春，斥之为异教，但埃德蒙爵士不同，他一直都为牙买加基督徒的虔诚所感动。他喜欢欢乐的教堂气氛，人们可以吸鼻子、咳嗽、突然动一动，而不会有牧师怪怪地看着你。埃德蒙爵士明智地认为，上帝的本意肯定不是把教堂变成一个叫人拘谨难受的地方，像在坦布里奇韦尔斯那样，而是一个让人开心的地方，让人可以唱唱跳跳、跺脚拍手的地方。牙买加人明白这个道理。有时候，你会觉得，他们真正明白的只有这一件事情。埃德蒙爵士在一个特别热闹的教堂外面驻足片刻，趁机思考起这个谜来：牙买加人对上帝的忠诚与其对雇主的忠诚有天壤之别。这个问题他过去也多次思考过。就在这个月，当他坐在书房里，想全神贯注地思考自己给自己提出的问题时，工头来找他，说发生了三起罢工，很多人在工作时睡觉或吸毒，还有全体做母亲的女人（其中有鲍登家的女人）都在发牢骚，嫌工资太低，不肯工作。现在你看到了，那就是问题的难点，难就难在这里。你可以让牙买加人在白天或晚上的任何时候祈祷，他们会因为任何哪怕无足轻重的宗教节日冲进教堂。但是，在烟草地里，你一不留神，就没人干活了。做礼拜时，个个生龙活虎，像跳豆那样舞动，在教堂的侧廊上哀号……干活时，个个萎靡不振、不肯合作。这个问题使他深感困惑，于是，就在这年早些时候，他给《拾穗人》报写了一封信，请大家发表高见谈谈这个问题，但没有得到令人满意的答复。埃德蒙爵士越想越觉得，英国肯定是另一种情况。牙买加人的虔诚令人叹服，但他们的工作道德和教育令人失望；反过来，英国人的工作道德和教育令人赞叹，但他们不虔诚，这也很令人失望。就在埃德蒙爵士转身向庄园走去时，他意识到，自己可以对这种局面产生一些影响——不，岂止是影响——简直是扭转乾坤！埃德蒙爵士是个相当肥胖的人，胖得让人误以为他身体里还藏着一个人，但他往家里走去时，却兴奋地一路跳着。

第二天，他就给《泰晤士报》写了一封令人震撼的信，把四万英镑捐赠给一个传教组织，条件是用这笔钱在伦敦建造一所大房子。在这里，牙买加人将与英国人并肩工作，包装埃德蒙爵士的香烟，傍晚则听英国人的教诲。主厂房旁边要建一所小教堂。埃德蒙爵士继续写道，到了星期天，牙买加人要带英国人上教堂，让他们看看应该如何做礼拜。

房子造好了，埃德蒙爵士匆匆许诺了种种好处后，把三百名牙买加人运往伦敦北部。过了两个星期，在世界的另一侧，牙买加人给格莱纳发来电报，确认安全抵达。格莱纳回电说，要在已经刻了他名字的匾额下面加上一条拉丁语格言：Laborare est Orare。一时间，诸事顺利。牙买加人对自己在英国的前途很乐观，他们把冰冷的气候抛到脑后，埃德蒙爵士的突发热情和关注让他们心里热乎乎的。但是，埃德蒙爵士的热情和关注一向难以持久。他头脑很小，但长着一个大洞，热情就通过这个洞经常往外渗漏，在他那个倒置的意识筛子里，牙买加人的虔诚问题很快为其他问题所取代：印度兵的可激发性、英国处女的空想性、极度炎热对特立尼达人性倾向的影响等。在随后的十五年里，除了埃德蒙爵

280

士的办事员定期发来的支票外，格莱纳橡树厂没有收到过他的片言只语。接着，一九〇七年发生了金斯顿地震，格莱纳被一尊倒下的圣母像压死了，当时艾丽的外祖母目睹了一切。（这些都是陈年的秘密，时机一到就会像智齿一样浮出来。）那一天很不幸。就在那个月，他打算回到英国海滨，看看长期为自己忽视的实验进展得如何。他在一封信中披露了旅行计划的细节，可当这封信到达格莱纳橡树厂时，一条蚯蚓已经在他脑袋里转悠了两天，正从这可怜家伙的左耳爬出来。尽管格莱纳成了蚯蚓的盘中餐，但他也免受了一份大罪，因为他的实验进展很糟。把又潮又重的烟草运到英国的开支很大，从一开始就不切合实际；而埃德蒙爵士的补贴六个月以前就已枯竭，生意一落千丈，传教组织也悄悄溜了。英国人都离开工厂，另找活路去了。牙买加人无处可走，只好留下来耗日子，直到水尽粮绝。这时，他们已经完全掌握了虚拟语气、九九乘法表、征服者威廉的生平和时代，以及等腰三角形的性质，但这些却无法使他们免受饥寒交迫之苦。有些饿死了，有些在饥饿的驱使下犯下小错，被关进监狱，很多人逐渐流入伦敦东区，与英国工人阶级为伍。少数人在十七年后出现在一九二四年的不列颠帝国展上，打扮成牙买加人的样子，站在牙买加展品中，扮演着自己以前生活的可憎幻影——锡鼓、珊瑚项链——因为他们现在是英国人，由于失望而变得比英国人更像英国人。因此，总而言之，校长说错了：不能说格莱纳给后代子孙留下了不起的、有益的指路明灯。遗产不是那种你可以想给就给、想要就要的东西，而且遗产这种微妙的东西也没什么必然性。尽管这结果会使格莱纳大失所望，但他所作所为的影响的确仅限于个人，而未涉及专业领域或教育领域——它流经人们的血液，流经他们家人的血液，流经三代移民，这些移民即使面对盛筵，处在家人的怀抱里，也会感到无依无靠、饥寒交迫；它甚至流经牙买加鲍登家族的艾丽·琼斯，尽管她自己并不知道。（但是有人应该已经告诉她，叫她不要正眼看格莱纳；牙买加是个小地方，一天就能走完，生活在那里的人们低头不见抬头见。）

"我们真的还有选择吗?"艾丽问。

"你对我说了实话,"校长一边说,一边咬着没有血色的嘴唇,"我也实话告诉你。"

"我们别无选择。"

"说实话,没有。其实,只不过是为期两个月的放学后反省课而已。我觉得我们得让别人高兴才行。如果我们无法让人人高兴、时时高兴,那么,我们至少能——"

"啊,好极了。"

"乔舒华的父母都是很有魅力的人,艾丽,我觉得这次经历能给你带来真正的教益。你难道不这么看吗,乔舒华。"

乔舒华喜笑颜开:"噢,对,先生。我确实这么想。"

"你们知道,这有点像全套计划的实验项目,令人兴奋啊,"校长说出了自己的心里话,"让弱势群体或少数族裔背景的孩子接触那些能给他们带来好影响的孩子。还可以进行反向交换,让孩子们彼此学习打篮球、踢足球等等。我们可以得到赞助!"说到赞助这个魔力四射的词,校长深陷的双眼开始消失在颤抖的眼睑底下。

"见鬼,伙计,"迈勒特说,摇头表示不信,"我要抽支烟。"

"给我半支。"艾丽说着,尾随他走了出来。

"各位星期二见!"乔舒华说。

第十二章

犬齿：松土齿

　　如果这种对比不是太牵强，那么，可以说，在过去二十年中我们所经历的性革命和文化革命，与路边花坛和花床上所发生的园艺革命之间，并没有十万八千里的距离。曾几何时，我们满足于拥有两年生的植物，颜色难看的花朵病病歪歪地戳在地上，一年只开几次花（如果运气好）；如今，我们既要求花儿品种多，又要求花期长，一年三百六十五天每天都盛开色彩鲜艳的奇花异草。曾几何时，园丁们深信，自花授粉的植物比较可靠，即花粉从雄蕊授给同一朵花的柱头；如今，我们敢于冒险，高唱异花授粉的赞歌，即把花粉从一朵花授给同一植物的另一朵花（同株授粉），或者授给另一株同种植物的花（异株受粉）。鸟儿、蜜蜂、浓密的花粉——这些都将得到提倡！是的，自花授粉在两种受精过程中比较简单可靠，特别是对那些以大量重复同一亲代菌株方式加以移植的物种而言。但是克隆同一子代的物种，有可能在发生个别进化变故时，失去其整个种群。花园与社会和政治领域一样，变革应该是唯一的常数，我们的父母和父母的牵牛花吃够苦头才明白这个道理。历史在不动声色中前进，毫不留情、坚定不移地踩着一代人及其一年生植物。

　　实际上，异花授粉能产生多样的子代，它们应对环境变化的能力也得到了提高。据说，异花授粉的植物所产生的种子也往往量多质高。如果可以不理睬我一岁的儿子（他是离经叛道的天主教女权主义园艺师和犹太知识分子异花授粉的结果），那么我当然可以证明其正确性。姐妹们，关键是，如果我们在未来十年仍想头上一直有花戴，那么，我们的花必须茁壮成长，永远采摘不完，这只有真正慈母般的园丁才能做到。如果我们想给孩子提供一片欢乐的玩耍场所，给丈夫提供思考的角落，我们就需要创造出多姿多彩、生趣盎然的花园。大地母亲是伟大而丰饶的，但即使是她，也偶尔需要别人助一臂之力！

——乔伊丝·夏尔芬《新花权》①（毛虫出版社，1976 年）

　　一九七六年炎夏，乔伊丝·夏尔芬在阁楼的一间陋室里写了《新花权》，在那里，她可以俯瞰自己杂乱无章的花园。上文是这本古怪小书的质朴开头，讨论的与其说是花朵，不如说是人际关系。在整个七十年代末期，这本书的销量一直良好稳定（绝非茶几上的必备读物，但出生在生育高峰期的人们，都在书架上摆着这本书，和其他人们耳熟能详的书，如来自斯波克医生、雪莉·康兰和妇女出版社出版的艾丽丝·沃克的《格兰奇·科普兰的第三次生命》为伍，沾满灰尘，无人理睬）。对《新花权》的畅销，谁也没有乔伊丝那样吃惊。这本书可以说是自然而然的产物，只用三个月就写出来了。写作时，为了凉快，她通常只穿小T恤衫和热裤，不时还要几乎心不在焉地给乔舒华喂奶。在轻松涌出一段段文字的间歇，她暗想，这正是她向往的生活。这是她刚看到马库斯聪明的小眼睛扫过她的大白腿时就敢于憧憬的未来，那还是在七年前，当时她身着迷你裙，走过他的"牛桥"学院方庭。她属于那些一眼就立

---

① 花权指 20 世纪 60 年代和 70 年代，嬉皮士（尤指佩花嬉皮士）间兴起的表达反文化或反传统信仰和观点的运动。

即能认出未来配偶的少数人之一，而当时，她的未来配偶则第一次紧张地对她说"你好"。

非常幸福的婚姻。一九七六年夏，炎热、苍蝇、冰激凌运货车无休止的旋律，使得一切都显得那么恍惚——有时，乔伊丝不得不拧自己一下，才能确信一切都是真的。马库斯的办公室在客厅后面右侧，她一天要朝走廊那里走两次，结实的臀部一侧支着乔舒华，用另一侧轻轻推开门，就是为了看看他就在那里，他真的存在。她贪婪地靠着书桌，从她最喜爱的天才那里窃取一个吻，而他正对着奇特的螺旋、字母和数字辛勤工作。她喜欢把他从工作中拉出来，给他看乔舒华刚做过或学会的非同寻常的事情：发音、认字、动作协调、模仿。她会对马库斯说，就像你，他会对她说，基因好，然后拍拍她的背和丰腴的腿，掂掂她的乳房，拍拍她的小肚子，欣赏他那只"英国梨"的全身、他的大地女神……然后，她就会心满意足，像嘴里叼着猫仔的大猫一样，身上微微冒着幸福的汗水，回到自己的办公室。在漫无目的的幸福之中，她能听到自己哼出了少男少女们在厕所门上的涂鸦：乔伊丝和马库斯、马库斯和乔伊丝。

一九七六年夏，马库斯也在写一本书，与其说是本书不如说是项研究（在乔伊丝看来），书名叫"怪鼠：布林斯特一九七四年关于在鼠系八细胞发育阶段进行胚胎嵌合之研究成果的评价和实用性探索"。乔伊丝在大学里学过生物，但她不想碰这本页数很多的手稿。手稿正像鼹鼠挖出来的泥土一样，在丈夫的脚边越堆越高。乔伊丝知道自己的局限。她不是很想看马库斯的书。知道书正在写，这就够了；知道是与她结婚的那个男人在写书，这就够了。丈夫不仅仅是在赚钱，不仅仅是在做东西，或者出售别人做的东西，而是在创造生命。他极尽上帝想象之能事，造出耶和华想象不出的老鼠——带兔子基因的老鼠、长着蹼的老鼠（这可能是乔伊丝想象出来的，她没问马库斯），年复一年越来越清晰地显示出马库斯设想的老鼠。从选择育种的碰运气过程，到胚胎的荒诞融合，随后是超出乔伊丝知识范围的快速发展。在马库斯的未来——DNA显微注射、逆转录病毒媒介的转基因（此项成果差点使他获得一九八七年的诺贝尔奖）、胚胎干细胞媒介的基因转移——马库斯就是通过所有这些过程来操纵卵子，调节基因的过度表现或不足表现，在生殖系中植入实现物理特征所需的指示和命令，创造出身体功能完全按马库斯意愿运作的老鼠，始终牢记人类的需要——治疗癌症、脑瘫、帕金森氏症——始终坚信要让一切生命都完美无缺，努力使生命更高效、更有逻辑（在马库斯看来，疾病只不过是基因组发生了逻辑混乱而已，正如资本主义只不过是因为社会动物发生了逻辑混乱）、更有效、在前进方式上更具有夏尔芬色彩。他蔑视维护动物权利的狂人——几个极端分子风闻马库斯的老鼠勾当后，乔伊丝不得不用窗帘杆把这些可怕的人轰走——也同样蔑视嬉皮士、树人和那些看不到社会与科学进步密不可分这一简单事实的人。这是夏尔芬方式，家族中世代相传的方式，他们天生不能容忍愚人。如果你同夏尔芬家的人辩论，试图提出证据，说明那些奇怪的法国人的观点是正确的，即真理是语言的一种功能，历史具有阐释性，科学是形而上的，那么，这位夏尔芬会一声不响地听你把话说完，然后挥挥手，摆出轻蔑的样子，觉得反驳这种废话未免太抬举它了。在夏尔芬家的人看来，真理就是真理，天才就是天才，马库斯造物，而乔伊丝是他妻子，热衷造小马库斯。

十五年过去了，乔伊丝还是认为谁的婚姻也没有自己的幸福。乔舒华之后又多了三个男孩：本杰明（十四岁）、杰克（十二岁）和奥斯卡（六岁），个个活蹦乱跳、满头鬈发，个个能说会道、风趣好玩。《室内植物的内在生命》（1984 年）和马库斯的大学教授职位使一家人度过了八十年代的繁荣与萧条，给家里带来了一间浴室、一间花房和种种生活享受：陈干酪、好酒、去佛罗伦萨过冬。目前，有两本新书在写：《藤蔓蔷薇的神秘激情》和《转基因鼠：DNA 显微注射（戈登和拉德尔，1981 年）较胚胎干（ES）细胞媒介基因转移（戈斯勒等，1986 年）的内在局限性研究》。马库斯还与一位小说家合作，写一本"科普"读物，这样做有点违心，但他希望这本书的收入能供前两个儿子念完大学。乔舒华的数学很出色，本杰明想成为父亲那样的遗传学家，杰克的兴趣是精神病学，奥斯卡能在十五步内把父亲的王将死。尽管如此，夏尔芬夫妇却把孩子送到格莱纳橡树综合学校读书，毫不惧怕同等地位的人内疚地回避的意识形态风险，那些神经紧张的自由主义者会耸耸肩膀，勉强拿出钱来，让孩子接受私立学校的教育。夏尔芬家的孩子不仅聪明，还很快乐，一点也不像在温室里长大的。孩子们唯一的课后活动（他们看不起运动），是一周五次的个别心理治疗，治疗师是一位名叫马乔里的老派弗洛伊德学者，乔伊丝和马库斯（分别）在周末进行治疗。别人可能觉得这有点极端，可马库斯从小就在看重心理治疗的氛围中长大（在他家里，心理治疗早就取代了犹太教），结果也是没说的。夏尔芬家的每个人都说自己心理健康、情绪稳定。孩子们很早就有恋母情结，而且顺序正确。他们都是强烈的异性恋者，爱慕自己的妈妈，欣赏自己的爸爸，而且，非同寻常的是，这种感情随着他们进入青春期而有增无减。大家很少吵闹，即使吵闹，也是闹着玩的，而且只争论政治问题或智力问题（无政府状态的重要性、提高赋税的必要性、南非问题、灵魂/肉体二分法），而这些问题最终也都能达成一致意见。

夏尔芬夫妇没有朋友，他们主要与夏尔芬大家庭交往（大家经常提到的好基因：两位科学家、一位数学家、三位精神病学家，以及一位服务于工党的年轻表弟）。在法定假日，他们不无勉强地去拜访一直受到他们排斥的乔伊丝家的人，即康纳家族。乔伊丝家的人爱给《每日邮报》写信，对乔伊丝嫁给以色列人一事，他们甚至至今仍毫不掩饰自己的厌恶。基本上就是这么回事：夏尔芬不需要别人。他们把自己的姓氏当名词、动词使用，偶尔也当形容词——这是夏尔芬式的做法，然后他提出了真正的夏尔芬主义，他是在夏尔芬呢，我们对此需要变得稍微夏尔芬一点。乔伊丝认为再也没有比他们更幸福、更有夏尔芬色彩的家庭了。

可是，可是……乔伊丝仍十分怀念自己是夏尔芬家中关键人物的黄金时代——没有她孩子们就吃不了饭的时代，没有她帮忙孩子们就穿不了衣服的时代。现在，连奥斯卡都已经会做点心了。有时，似乎一切都无须改进和培养了。最近，她一边剪除蔓生蔷薇的枯枝败叶，一边希望能在乔舒华身上找出一些能引起他注意的毛病，在杰克或本杰明身上发现他们的内心创伤，在奥斯卡身上发现反常行为等，但他们个个完美无缺。有时候，夏尔芬一家围坐一处，共进周日晚餐，把一只鸡拆分得只剩一具骨架，一声不响地大口吃着，偶尔说话也是为了拿盐或胡椒粉——那种厌倦简直都触摸得到。就要到世纪末了，夏尔芬家的人也厌倦了。就像彼此是对方的克隆一样，他们的餐桌是一种镜子般相像的完美活动，夏尔芬主义及其一切原则均折射无遗，令人作呕地越过肉和蔬菜，从奥斯卡反射到乔伊丝，到乔舒华，到马库斯，到本杰明，到杰克。他们和以往一样，仍然是非同寻常的一家。但是，由于跟"牛桥"的同学切断了所有联系，这些同学当了法官、电视台高级行政人员、广告商、律师、演员，或从事夏尔芬主义嗤之以鼻的其他毫无意义的职业，所以，没有人欣赏夏尔芬主义。它的严密逻辑、它的悲天悯人、它的才智，都无人喝彩。他们就像"五月花"号上双眼圆睁的乘客，看不见一块礁石；就像朝圣者和先知，没有一片土地是陌生的。他们厌倦了，而最厌倦的当属乔伊丝。

为了填满独自待在家里的长长的日子（马库斯去大学上班了），乔伊丝常常出于无聊而翻阅夏尔芬一家的大量杂志（《新马克思主义》《活着的马克思主义》《新科学家》《牛津饥荒救济委员会报告》《第三世界行动》《无政府主义杂志》），怜悯秃顶的罗马尼亚人或漂亮的大肚埃塞俄比亚人——是的，她知道这感觉很糟，但它确实存在——蜡光纸上的孩子们哭喊着，需要她。她需要被人需要。她是第一个承认这一点的人。比如，那些瞪大眼睛离不开母乳的孩子们一个个终于断奶时，她其实很不情愿。她通常把哺乳期拉长到两三年，乔舒华甚至持续了四年，但是，尽管乳汁的供应源源不断，需求却断了。她惴惴不安地等着那个不可避免的时刻，那时，孩子们就会舍软毒品①而取硬毒品，从钙转向甜甜的雷博娜饮料。她在奥斯卡断奶后才重拾园艺，重新收拾温暖的地面覆盖物，这里的小东西们离不开她。

于是，在一个晴朗的日子里，迈勒特·伊克巴尔和艾丽·琼斯不情愿地走进了乔伊丝的生活。她当时正在后园含泪检查"嘉德骑士"飞燕草（淡紫色和钴蓝色，中间乌黑，像天空中的弹孔），看上面有没有蓟马——这种可恶的害虫已经残杀了她的灌木。门铃响了。她把头往后一侧，一直等到听见马库斯穿着拖鞋从楼上书房跑下来开门，才心满意足地重新钻到密密的草丛中。她扬起眉毛，查看着张嘴的双花，这些花沿飞燕草的八脚棘亭亭玉立。蓟马，她自言自语着，辨认着所有其他花上的卷角突变；蓟马，她不无愉悦地重复着，因为现在需要仔细留心了，甚至可能发展成一本书，至少是一个章节；蓟马。乔伊丝对蓟马略知一二。

蓟马，一种以各类植物为食的小昆虫的常用名，特别喜欢室内植物或外来植物所需的温暖空气。大多数种类的蓟马，成虫体长不超过 1.5 毫米（0.06 英寸）；有些无翅，有些有两对毛边翅膀。成虫和幼虫均有挫吸口器。虽然蓟马能给某些植物授粉，是某些害虫的天敌，但现代园艺家认为蓟马既有利也有弊，通常认为蓟马是需要用林德克斯等杀虫剂加以控制的害虫。**科学分类：** 蓟马属于缨

---

① 与硬毒品相比不会上瘾且对健康损害较小的毒品，这里指母乳。

翘目。

——乔伊丝·夏尔芬《室内植物的内在生命》
害虫和寄生虫类索引

是的，蓟马具备很好的本能，它们基本上是帮助其他植物生长的、善良的多产生物体。蓟马的本意很好，但做过了头，超越了授粉和吃害虫的范围，开始从内部吃起植物本身。如果任其发展，蓟马会感染一代又一代飞燕草。如果林德克斯杀虫剂不起作用，就像现在这样，那么，该怎么对付蓟马呢？剪除，无情地剪除。一切从头再来。除此之外，还有什么办法呢？乔伊丝深深地吸了一口气。她正在给飞燕草做这件事情。她这么做是因为，没有她，飞燕草就没有活路。乔伊丝悄悄从围裙口袋里掏出那把大园艺剪，紧紧地抓住醒目的黄色手柄，把一棵蓝色飞燕草花裸露的咽喉放在两片银色刀刃之间。苦爱。

"乔伊丝！乔——伊丝！乔舒华和他抽大麻的朋友来了！"

帅气！这个源自拉丁语"漂亮"（pulcher）的词首先浮现在乔伊丝脑海里，当时迈勒特·伊克巴尔正跨上花房的台阶，面对马库斯的拙劣玩笑嘲讽地笑笑，伸手给自己紫色的眼睛遮挡正在消退的冬日阳光。帅气——不单是这个词的意思，而且整个有形的词都出现在她面前，好像有人把这个词用打字机敲到了她的视网膜上。帅气——那种你最不可能想到会在这里出现的美，隐藏在一个外形令人联想到怄气和筛子的词里面。这种美存在于一个高个子、褐皮肤的年轻人身上，而在乔伊丝眼里，这个人本应与这些人毫无二致：经常卖给她牛奶和面包的人、让她核对账单的人、坐在银行厚厚的玻璃窗后面收取她支票的人。

"迈勒——耶特·伊克——包儿，"马库斯用外国腔调念着迈勒特的名字，"这位显然是艾丽·琼斯。乔舒的朋友。我刚才正在跟乔舒说，这几位在他的朋友里面是最好看的！他的朋友一般都又小又瘦、又远视又近视外加八字脚，而且没一个女的。好!"马库斯快活地说着，并不理会乔舒华的恐惧表情，"你来真是他妈的太好了。我们一直都在给老乔舒华物色结婚对象呢……"

马库斯站在花园的台阶上，毫不掩饰地欣赏着艾丽的胸脯。(不过，说句公道话，他的身高只到艾丽的肩膀。)"他很不错，聪明，分形有点弱，不过，不管怎么说，我们都爱他。好……"

马库斯不说了，等乔伊丝从花园里走出来，摘下手套，与迈勒特握手，然后跟着他们走进厨房。他又开了口:"你是个大姑娘了。"

"呃……谢谢。"

"我们这里喜欢这样——吃东西胃口好。夏尔芬家的人个个胃口好。我一磅肉都没长，可乔伊丝长肉了，当然，全长在该长的地方。你们留下吃晚饭吗?"

艾丽一声不响地站在厨房中央，紧张得说不出话来。这样的家长她还是头一次见到。

"噢，别理马库斯，"乔舒华快活地使了个眼色，"他有点像老色鬼。这是夏尔芬式的玩笑。你一进屋，他们就爱对你狂轰滥炸，只想看看你的思维有多敏捷。夏尔芬家的人认为寒暄没什么意义。乔伊丝，这是艾丽和迈勒特，就是科学楼后面那两位。"

乔伊丝从迈勒特·伊克巴尔的英俊中缓过一半神，打起精神，扮演起夏尔芬妈妈的指定角色来。

"那么，你们就是带坏我大儿子的那两个了。我是乔伊丝。喝茶吗?这么说，你们就是乔舒的坏伙伴了。我刚才在剪飞燕草。这是本杰明、杰克——走廊里的是奥斯卡。草莓茶、芒果茶还是原味茶?"

"我要原味茶，谢谢，乔伊丝。"乔舒华说。

"一样，谢谢。"艾丽说。

"啊。"迈勒特说。

"三杯原味茶，一杯加芒果，请你拿一下，马库斯，亲爱的，求你了。"

马库斯拿着一只刚加满了烟丝的烟斗，正朝门口走去，这时，只好折回来，脸上挂着疲惫的笑容。"我是这个女人的奴隶，"说着，他一把搂住她的腰，就像赌徒双手围拢收筹码一样，"但是如果我不做奴隶，她可能会跟闯进我家的年轻帅哥逃跑。我可不想在这个星期成为达尔文主义的牺牲品。"

这个拥抱，再明显不过的拥抱，是故意做出来的，似乎专为让迈勒特欣赏。乔伊丝的乳蓝色大眼睛一直盯着他。

"你就应该找一个这样的人，艾丽，"乔伊丝对艾丽亲密地低语，好像两人不是认识才五分钟，而是已经五年了，"从长远来看，要一个像马库斯那样的人。一时的朋友玩玩可以，但哪能做父亲呢？"

乔舒华脸红了："乔伊丝，她刚走进我们家门！让她喝点茶吧！"

乔伊丝佯装吃惊："我并没有令你尴尬，对吧？你得原谅夏尔芬妈妈，我的脚呀嘴呀都是自来熟。"

可是艾丽不觉得尴尬，五分钟后她就被吸引住了。琼斯家没人说达尔文的笑话，不会说"我的脚呀嘴呀都是自来熟"，不会问你要什么茶，不会让谈话无拘无束地从大人流向孩子，又从孩子流向大人，似乎这两类人的沟通渠道畅通无阻，不受历史的阻隔，无拘无束。

"好了，"乔伊丝说，马库斯放开了她。她在圆桌旁坐下，请大家都过来就座。"你们看上去很有异国情调。如果你们不介意我问的话，你们从哪里来的？"

"威尔斯登。"艾丽和迈勒特同时回答。

"是的，是的，当然，但是原先从哪里来的？"

"噢，"迈勒特装出一种他称之为"吧嗒吧嗒叮叮"的口音，"你是说我原先来自哪里？"

乔伊丝显得有点困惑："是的，原先。"

"白教堂，"迈勒特说着，掏出一支烟，"通过伦敦皇家医院和二〇七路公共汽车。"

在厨房里乱跑的夏尔芬一家，也就是马库斯、乔舒、本杰明、杰克，都开怀大笑起来。乔伊丝顺从地跟着笑了。

"别笑了，伙计，"迈勒特说，有点疑心，"他妈的没那么好笑。"

可是夏尔芬一家仍旧笑个不停。夏尔芬家的人几乎不开玩笑，除非这种玩笑太拙劣，或者有数字性质，或者两者兼备：0 对 8 说什么？腰带不赖。

"你就这样抽烟吗？"笑声渐渐平息时，乔伊丝突然问道，语气里带着一丝惊慌，"在这里抽？只是，我们讨厌烟味。我们只喜欢德国烟草的气味。我们即使抽，也都是在马库斯的房间里抽，否则奥斯卡会不高兴的，对不对，奥斯卡？"

"不会，"奥斯卡是家里最小、最可爱的孩子，正忙着搭乐高积木，"我无所谓。"

"奥斯卡会不高兴的，"乔伊丝又说了一遍，又是那种舞台低语的口气，"他讨厌烟味。"

"我……去……花……园……抽，"迈勒特缓缓地说，那口气好像是在同疯子或外国人说话，"一……分……钟……就……回……来。"

等迈勒特走开、听不见他们说话时（这时马库斯把茶端了过来），岁月仿佛死皮一般从乔伊丝的身上褪去，她像女学生一样趴在桌子上。"上帝呀，他真帅，是不是？就像三十年前的奥玛·沙里夫，有趣的罗马式鼻子。你跟他……？"

"别烦这姑娘，乔伊丝，"马库斯轻责道，"她不会告诉你的，是不是？"

"不是，"艾丽说，很想把一切都告诉这些人，"我们不是。"

"还好不是。他父母可能已经给他物色好了，是不是？校长说，他是伊斯兰教徒。我想，他应该感到高兴，自己不是女孩子，对不对，嗯？他们那样对待女孩子，真难以置信。记得《泰晤士报》上那篇文章吗，马库斯?"

马库斯正在冰箱里找昨天吃剩的一盘土豆。"嗯，难以置信。"

"不过你知道，从我刚才所见的那点情况来看，他好像和多数伊斯兰教徒孩子没有一点相似的地方。我的意思是，我是从个人经验来看，我去过很多学校教园艺，接触过各个年龄层的孩子。他们通常都沉默寡言，你知道，温顺得很——可他是那么充满……胆量! 不过那样子的男孩喜欢高个子金发姑娘，是不是? 我是说，他们长得那么英俊，金发姑娘是最低要求。我知道你是什么感受……我在你那个年龄，也喜欢捣蛋鬼，但以后你会明白，你真的会明白。危险并非真性感，记住我的话。你找一个像乔舒华这样的，会好得多。"

"妈!"

"这一个星期他都在不停地说你。"

"妈!"

乔伊丝微笑着面对责备："好了，可能我对你们年轻人来说，有点太坦率了。我不知道……在我那个年代，大家都更直率，要抓住门当户对的人，就得这样。大学里只有两百个女生，却有两千个男生! 大家争抢一个女生——不过你要是机灵，就要好好挑选了。"

"啊呀，你就挺会挑的，"马库斯说，匆匆走到她身后，吻着她的耳朵，"而且品位甚佳。"

乔伊丝就像女孩子迁就好朋友的弟弟那样接受着这些吻。

"可你妈不这么想，对不对? 她觉得我智力太发达，不会要孩子。"

"可你说服了她。见了你的屁股，谁都会被说服的!"

"是的，最后同意了……但她低估了我的本事，是不是? 她没想到我是一块夏尔芬原材料。"

"她当时还不了解你。"

"哎，我们让她大感意外，是不是?"

"居然生了四个孙子!"

他俩你一言我一语地说着，艾丽尽量盯着奥斯卡看，他正在把粉红色大象的鼻子往大象的后端塞，想做成一条含尾蛇。她从未如此亲近这种陌生而美丽的玩意儿——中产阶级。她感到不安，这种不安实际上是一种吸引力、魅力，既陌生又奇妙。她觉得自己就像一个过分正经的人，穿过天体海滩，眼睛只敢看着沙滩。她觉得自己就像哥伦布看到了一丝不挂的南美阿拉瓦克人，不知道该往哪里看才好。

"请原谅我父母，"乔舒华说，"他们总这样动手动脚。"

即便在道歉，这话也是以自豪的语气说出来的。因为夏尔芬家的孩子知道，自己的父母是稀有动物——幸福的已婚夫妇，格莱纳橡树综合学校全校也找不出一打。艾丽想到了自己的父母，他们的接触如今都是虚的，只存在于两人的手指曾经到过的地方：遥控器、饼干箱盖子、电灯开关。

她说："结婚二十年还能那样，一定很了不起。"

乔伊丝旋转了一圈，好像松开了的陀螺。"太美妙了！太不可思议了！早晨你一觉醒来，觉得一夫一妻制并不是一种束缚——它给了你自由！孩子们需要在这样的环境里成长。我不知道你有没有这种经历——非洲裔加勒比人似乎很难建立长期的关系，这种说法很多。那真是太悲哀了，是不是？我在《室内植物的内在生命》里写过一个多米尼加妇女的故事，她带着一盆杜鹃花同六个男人生活过，一次靠窗台放，后来挪到了阴暗的角落，后来又搬到朝南的卧室，换来换去。对植物可不能这样。"

这是乔伊丝的经典定理，马库斯和乔舒华转着眼珠子，满怀深情的样子。

迈勒特抽完了烟，悄悄回来了。

"我们是不是该学习了，啊？这一切都很好，不过我今晚要出去。到点要出去。"

刚才，就在艾丽沉溺于幻想，像浪漫的人类学家那样评估着夏尔芬

295

夫妇时，迈勒特则在花园里，透过一扇扇窗户观察里面的情景，侦察地形。在艾丽看到文化、精致、等级、才智的地方，迈勒特看到了钱，天上掉下来的钱，在这家四处挂着，不用干活就唾手可得的钱，他可以出于正当原因拿来用的钱。

"那么，"乔伊丝说，她轻轻拍着手，想让大家在屋子里多待一会儿，以尽量推迟夏尔芬家沉默时刻的到来，"你们大家要在一起学习了！好了，我们真的很欢迎你和艾丽。我跟你们校长说过，是不是，马库斯？说这真的不应该让人觉得是惩罚，也不是十恶不赦的罪。就我们自己人说说，有一段时间我种大麻种得可好了……"

"出去。"迈勒特说。

要好好培养，乔伊丝想，要耐心，定时浇水，修剪花草时不能动气。

"……你们的校长告诉我们，你们自己的家庭环境不太……嗯……我肯定你们在这里可以好好学习。这可是取得普通中等教育证书关键的一年。显然，你们俩都很聪明——看看你们的眼睛就知道了。是不是，马库斯？"

"乔舒，你母亲是在问我，智商是不是以眼睛的颜色、形状等次要物理特征表现出来。对这个问题，有没有合理的答案？"

乔伊丝继续发挥。鼠与人、基因和精子，那是马库斯的专利；秧苗、光源、生长、培养、万物隐藏的心——那是她的专利。就像同在一艘传教船上，两人分工明确。马库斯管船首，观察风云变幻；乔伊丝管甲板下面，检查床单有无臭虫。

"你们校长知道，看到人们浪费潜质，我是多么痛心——他把你们送到我家来也是出于这个原因。"

"因为他知道，夏尔芬家的人大多比他聪明四百倍！连奥斯卡都比他聪明。"杰克说，做了个四肢伸开的跳跃动作。他还小，还没学会用得体的方式表达自己对家人的自豪。

"不，我不是，"奥斯卡说，踢翻自己刚搭好的乐高车库，"我是世界上最笨的。"

"奥斯卡的智商有一百七十八，"乔伊丝低声说，"连我这个做妈妈的都觉得有点吓人。"

"哇，"艾丽说，同其他人一起扭头欣赏奥斯卡，他正在想办法塞一只塑料长颈鹿的头，"那真是太棒了。"

"是的，可他什么都有，其中很重要的是培养，对不对？我完全相信这一点。我们只是很幸运，能给他提供这么多优越条件，而且他还有一个马库斯这样的爸爸——这就好比一天二十四小时沐浴在阳光下。是不是，亲爱的？他拥有这些太幸运了。嗯，他们都很幸运。对了，你可能认为这听起来很奇怪，但我的目标一向是找一个比我聪明的人结婚，"乔伊丝把双手搭在臀部，让艾丽去想这很奇怪，"不奇怪，我真是这么想的。而我还是一个坚定的女权主义者，马库斯会告诉你的。"

"她是个坚定的女权主义者。"马库斯的声音从冰箱里面传出来。

"我想你可能不理解这一点——你们这代人的想法不同——但我认为这具有解放意义。我也知道自己想给孩子们找一个什么样的父亲。对了，那可能让你很意外，是不是？我很抱歉，不过我们家真的不怎么闲聊。如果你们以后每个星期都来，我想你们最好现在就好好感受一下夏尔芬家的氛围。"

听到这话，夏尔芬们都笑了，也都点了点头。

乔伊丝停下来，看着艾丽和迈勒特，那样子像是在看她的"嘉德骑士"飞燕草。她经验丰富，能迅速发现疾病，而这里就有病变。第一朵（马库斯的黑艾丽花）有一种内心痛苦，也许是缺少父亲的榜样，智力未得到开发，自尊心不强；第二朵（乔伊丝的白兰度科迈勒特花）有一种更深的悲哀，一种可怕的失落，一个裂开的伤口。要使这伤口愈合，单是教育或金钱还不够，还需要爱。乔伊丝渴望用她那夏尔芬式园艺能手的指尖去触碰病灶，弥合伤口，缝好皮肤。

"我能提个问题吗？你们的父亲，做什么工作？"

（乔伊丝想知道他们的父母现在和以前做什么工作。当她发现变异的第一朵花时，就要知道这是如何发生的。这个问题问得不对。问题不在于父母，也不仅仅是一代人的问题，而是整个世纪的问题。问题不在蓓蕾，而在灌木。）

"送咖喱饭的，"迈勒特说，"餐馆小工。侍者。"

"纸，"艾丽说，"折纸之类……打孔什么的……有点像直邮广告之类，不过不完全是广告，至少不是做创意……折叠之类——"她不说了，"很难说清楚。"

"噢，对，对，对，对。在缺少男性榜样的环境下，你们看……那时就要出错了，这是我的经验之谈。我最近给《女性的大地》写了一篇文章，写了我在一所学校所做的实验，发给每个孩子一盆吊兰，让他们用一个星期像爹地或妈咪照管小宝宝那样照管吊兰，每个孩子可以决定模仿爸爸还是妈妈。有个可爱的牙买加小男孩，温斯顿，决定模仿爸爸。第二个星期，他妈妈打电话来，问我为什么温斯顿用百事可乐浇吊兰，还把它放在电视机前面。我的意思是，这真够可怕的，是不是？但我认为这些父母很多只是不懂得赏识孩子。一部分原因是文化，你知道吗？这真让我恼火。我只许奥斯卡每天看半个小时《各地新闻》。那就够了。"

"奥斯卡真幸运。"迈勒特说。

"不管怎么说，你们能来这里，我真的很兴奋，因为，因为，夏尔芬家，我是说——这听起来可能有点怪，可我真想让你们校长明白，这个点子实在太好了。现在我见到了你们俩，我更加相信这一点——因为夏尔芬家——"

"懂得如何把人们身上的好品质发掘出来，"乔舒华替她把话说完，"他们在我身上做到了。"

"是的，"乔伊丝说，为不用搜肠刮肚找字眼而松了一口气，眉宇间洋溢着自豪,"是的。"

乔舒华把椅子往身后拖了拖,站了起来。"好了,我们还是坐下来学习吧。马库斯,过一会儿你能不能过来给我们辅导生物?我不擅长化繁为简,把生殖部分的内容简化成一块块好消化的内容。"

"行。我正在研究我的未来鼠,没关系,"家里人给马库斯的项目起了个未来鼠的诨名,小夏尔芬们随声附和,唱起了未来鼠,同时想象着一只穿红短裤的拟人啮齿动物,"我还要先跟杰克弹一小会儿钢琴。斯科特·乔普林①。杰克用左手,我用右手。虽然比不上亚瑟·泰特姆②,"他抚摸着杰克的头发,"但我们还过得去。"

艾丽竭力想象伊克巴尔先生会如何用他没用的灰色手指弹斯科特·乔普林的右手部分,想象琼斯先生如何化繁为简。她觉得自己的双颊在夏尔芬式启示的温暖中发红了。原来,这世上仍有关注当下的父亲,他们不会把古旧的历史像锁链一样拖在身边。原来,这世上仍有不缩脖子、不沉溺于过去的男人。

"你们留下来吃晚饭,好不好?"乔伊丝恳求着,"奥斯卡真的希望你们能留下来。奥斯卡喜欢在家里看到陌生人,他觉得这样很刺激,特别是褐色皮肤的陌生人!是不是,奥斯卡?"

"不,我不喜欢,"奥斯卡说着心里话,口水溅到了艾丽的耳朵里,"我讨厌褐色皮肤的陌生人。"

"他觉得褐色皮肤的陌生人真的很刺激。"乔伊丝低声说。

这是一个陌生人的世纪:褐色、黄色和白色人种,这是一个伟大的移民实验的世纪。只有在这个世纪末,你走在操场上,会看到伊萨克·梁坐在鱼塘边,丹尼·拉曼站在足球球门里,宽·欧罗克在拍篮球,艾

---

① 美国钢琴家、作曲家,以其拉格泰姆(一种音乐形式)作品著称。
② 美国传奇钢琴演奏家,天生失明,极富才华。

丽·琼斯在哼小调。孩子们的姓氏和名字处在直接碰撞的航向上,这些名字本身蕴含着很多故事:大批迁离、局促的轮船和飞机、在寒风中到达目的地、体检。只有在这个世纪末,也许只有在威尔斯登,你才会看到西塔和沙伦成了好朋友,而且人们总是把两人弄混,因为西塔才是白人(她妈妈喜欢这个名字),沙伦才是巴基斯坦人(她妈妈觉得这名字最好——能省很多烦恼)。然而,尽管发生了所有这些混合,尽管我们最终不无愉快地溜进了彼此的生活(就像一个人半夜出去溜达一圈后又回到爱人的床上一样),尽管发生了这一切,我们仍难以认可这一点:再没有比印度人更英国化的,也再没有比英国人更印度化的。仍有年轻的白人对此愤愤不平,他们会手攥一把菜刀,在店铺打烊后跑到灯光昏暗的街上。

但是,听到民族主义者的担心时,移民会哑然失笑:怕传染、渗透、种族通婚,这些与移民所惧怕的东西比起来,简直是小菜一碟、芥菜籽大小的事情;移民担心的是:消亡、消失。连处变不惊的阿萨娜·伊克巴尔都经常会在一身冷汗中醒来,因为她梦见迈勒特(遗传基因为BB,其中 B 表示孟加拉基因)和一个名叫萨拉的人(aa,其中 a 表示雅利安基因)结了婚,两人生了一个名叫迈克尔的孩子(Ba),这孩子又同一个叫露西的姑娘(aa)结了婚,给阿萨娜生了一堆认不出来的孙儿(Aaaaaaa),本来的孟加拉基因被彻底稀释。这是世界上最不理智而又最自然的感觉。在牙买加,它甚至存在于语法中:没有人称代词,不分"我"、"你"或"他们",只有一个纯粹同质的"我"。霍滕丝·鲍登本人有一半白人基因,她听说克拉拉结婚后,就跑到她家,站在台阶上,说:"听好了:我和我从现在起什么也不说了。"说完转身就走,而且说到做到。霍滕丝没有为了让女儿把深肤色的孩子带到这个世界上来而费尽心机让她与黑人结婚,以把她的基因拉回到始发点。

同样,在伊克巴尔家也明确画出了作战队形。每当迈勒特把埃米莉或露西带回家,阿萨娜就在厨房里暗自哭泣,萨马德则跑到花园里折腾胡荽。第二天早晨则是采用伺机而动的策略，两人一个劲咬牙切齿，等埃米莉或露西一走，口水仗就开始了。但在艾丽和克拉拉之间，问题大多没有说出口，因为克拉拉明白自己没有资格说教。不过，她并不刻意掩饰自己的失望或钻心的悲哀。从艾丽卧室里供奉的碧眼好莱坞偶像到经常成群结队出入她卧室的一帮白人朋友，克拉拉看到一片粉色皮肤的海洋正围着女儿，她担心潮水会把她冲走。

半是出于这一原因，艾丽没有对父母提起夏尔芬一家。倒不是她有意要和夏尔芬家亲近……但本能就是如此。她对夏尔芬家有一种朦朦胧胧的十五岁孩子的激情，这种激情势不可挡，但没有真正的方向或对象。她只是有点想，嗯，融入到他们的生活中而已。她想要他们的英国味、他们的夏尔芬味、他们的纯粹。她没有想到，夏尔芬一家多少也是移民（第三代、德国和波兰后裔、夏尔芬诺夫斯基），也没有想到，他们可能也同样需要她，就像她需要他们一样。在艾丽眼里，夏尔芬一家比英国人更像英国人。当艾丽跨过夏尔芬家的门槛时，她会感到一阵颤抖，好像做了不正当的事情一样，好像犹太教徒大口嚼香肠或者印度教徒抢巨无霸一样。她在跨越国界，偷偷溜进英国，感觉就像某种可怕的反叛行为，穿着别人的制服或披着别人的皮。

她只说星期二晚上要打无挡板篮球，没说别的。

在夏尔芬家，谈话进行得顺畅轻松。艾丽觉得，这家人好像谁也不祈祷，不把自己的感情隐藏在工具箱里，也不会默默地抚摸褪色的照片，猜想着事情本来会怎么样。谈话就是生活。

"你好，艾丽！进来，进来，乔舒华在厨房，跟乔伊丝在一起。你看上去很不错。迈勒特没跟你一起来？"

"过一会儿来，他有约会。"

"啊，是的。噢，要是你在口头表述考试中会有些小麻烦的话，他肯定没问题。乔伊丝！艾丽来了！那么，学习进行得怎么样了？已经——什么？到现在已有四个月了？有没有沾上一点夏尔芬的天才？"

"是的，不错，不错。我没想到自己身上还有科学细胞，但是……好像灵起来了。我不知道。有时我头痛。"

"那是因为你的右脑在长期睡眠后醒过来，重新转动了。你确实给我留下了很深的印象。我跟你说过，完全有可能把乏味的文科学生瞬间变成理科学生。噢，我拍了未来鼠的照片。待会儿提醒我，你要看，好吗？乔伊丝，大块头褐色女神驾到了！"

"马库斯，别嚷嚷，伙计……嗨，乔伊丝。嗨，乔舒。嘿，杰克。噢——你好，奥斯卡，你这个小家伙。"

"你好，艾丽！过来亲我一下。奥斯卡，瞧，艾丽又来看我们了！噢，看他的脸蛋……他正在想迈勒特在哪里呢，是不是，奥斯卡？"

"没有，我没想。"

"噢，亲爱的，想的，他在想呢……看他的小脸蛋……迈勒特不来，他就很不高兴。告诉艾丽，奥斯卡，那只新猴子，爹地给你的新猴子，叫什么名字。"

"乔治。"

"不是，不叫乔治——你叫它迈勒特猴子，记得吗？因为猴子都很淘气，迈勒特就是那么坏，对不对，奥斯卡？"

"不知道，无所谓。"

"迈勒特不来，奥斯卡就很不高兴。"

"他一会儿就要来了。他有约会。"

"他什么时候没有约会！都是跟那些丰满的姑娘！我们会忌妒的，是不是，奥斯卡？他跟她们在一起的时候比我们多。不过，我们不应该开这种玩笑，我想你听着不好受。"

"没有，我不在乎，乔伊丝。真的，我习惯了。"

"可是人人都爱迈勒特，是不是，奥斯卡！不爱他都难，是不是，奥斯卡？我们都爱他，是不是，奥斯卡？"

"我恨他。"

"噢，奥斯卡，别说傻话。"

"我们能不能不要说迈勒特了，好不好？"

"行，乔舒华，可以。你听出来他有多忌妒吗？我跟他讲，我们要多关心迈勒特，你知道。他的家庭背景很不同。我在牡丹花上花的时间就比米迦勒雏菊多，因为雏菊随处都能生长，这是同一个道理……你知道你有时候很自私，乔舒。"

"好吧，妈妈，好吧。晚餐怎么样了——先做功课还是先吃饭？"

"先吃饭，我想还是先吃饭，乔伊丝，好不好？我整个晚上都得对付未来鼠。"

"未来鼠！"

"嘘，奥斯卡，我在听爹地说话呢。"

"因为我明天要交一篇论文，所以晚饭最好早一点。如果你不反对，艾丽，我知道你多么爱吃。"

"可以。"

"别说这种话，马库斯，亲爱的，她对自己的体重很敏感的。"

"敏感？对她的体重敏感？可是人人都喜欢大姑娘，不是吗？我就喜欢。"

"各位晚上好。门开着，我就自己进来了。哪天有人摸进来，把你们他妈的个个都杀掉。"

"迈勒特！奥斯卡，看，迈勒特来了！奥斯卡，你很高兴看到迈勒特，对不对，亲爱的？"

奥斯卡皱起鼻子，装出呕吐的样子，朝迈勒特的小腿扔来一把木斧头。

"奥斯卡看到你就变得这么兴奋。嗯。你正好赶上吃晚饭——菜花干酪炖鸡。坐下，乔舒，把迈勒特的外套挂好。怎么，出什么事了？"

迈勒特一屁股坐到桌前，看上去刚哭过。他掏出烟袋和一小包大麻。"真他妈的烦!"

"烦什么?"马库斯心不在焉地问,专心致志地给自己切一大块斯蒂尔顿干酪,"扒不下姑娘的裤子?姑娘不扒你的裤子?姑娘不穿裤子?对了,她穿什么样的裤子——"

"老爸,省省吧!"乔舒华不满地说。

"嗯,要是你有本事扒下别人的裤子,乔舒,"马库斯有所指地看着艾丽说,"我会为你高兴的,可到现在为止——"

"嘘,你们俩别说了,"乔伊丝大声说,"我要听迈勒特说话。"

四个月前,有一个像迈勒特这么酷的伙伴,在乔舒看来是件大好事。迈勒特每周二到他家去,这大大提高了乔舒华在格莱纳橡树综合学校的地位。现在,迈勒特在艾丽的怂恿下,已经主动上门了,串门来了,乔舒华·夏尔芬,夏尔芬小胖墩应该感到自己吉星高照才是。可他没有,他感到厌烦。因为乔舒华不可能有迈勒特的魅力——磁铁般的力量。他看到,艾丽仍像回形针那样牢牢地粘着他,甚至连母亲有时候好像也只关注迈勒特一个人,她把以前花在园艺、孩子、丈夫身上的所有精力都集中起来,像许多铁屑似的,都被这唯一的对象吸住了。这让他厌烦。

"我现在不能说话了?我在自己家里也不能说话?"

"乔舒,别傻了。迈勒特显然不高兴了……我只是想现在就处理好这一点。"

"可怜的小乔舒,"迈勒特慢条斯理、不怀好意地低语,"从妈咪那里没有得到足够的注意吧?要妈咪给他擦屁股吗?"

"去你的,迈勒特。"乔舒华说。

"噢哟哟……"

"乔伊丝,马库斯,"乔舒华求助地叫着,希望有人来主持公道,"给他讲讲道理。"

马库斯把一大块干酪抛进嘴里,耸了耸肩膀:"我看迈耶(勒)特

304

说得硬（挺）赛义（在理）。"

"我先把这个问题解决了，乔舒，"乔伊丝开口了，"然后再……"
就在这时，大儿子一摔厨房门出去了，乔伊丝只得硬生生把下半句咽了
回去。

"我要不要跟上去……"本杰明问。

乔伊丝摇了摇头，在本杰明的脸颊上亲了一下："不用，本杰。还
是随他去。"

她又转回到迈勒特身边，抚摸着他的脸，用手指追溯着一道已风干
的泪痕，"说吧。出什么事了？"

迈勒特开始慢慢卷他的大麻烟。他喜欢让他们等待。让夏尔芬家的
人等待，可以得到更多。

"噢，迈勒特，别卷那玩意儿。这些天，我们每次看到你，你都在
抽。奥斯卡多不高兴呀。他不小了，比你想象的懂事。他知道大麻。"

"什么是大妈？"奥斯卡问。

"你知道什么是大麻，奥斯卡。就是让迈勒特变得很可怕的东西，
就像我们今天在说的那样，它会杀掉迈勒特的小脑细胞。"

"别他妈的烦我，乔伊丝。"

"我只是想……"乔伊丝夸张地叹了口气，然后用手指梳理自己的
头发，"迈勒特，怎么回事？你需要钱吗？"

"啊，我需要，就是这么回事。"

"为什么？发生了什么事？迈勒特，告诉我，又是家里人吗？"

迈勒特把黄色的大麻烟卷塞进嘴里，用嘴唇叼着："我爸把我赶出
家门了。"

"噢，上帝呀！"乔伊丝的眼泪立即涌上来了，她把椅子拉近些，握
住他的手，"如果我是你妈妈，我会——嗯，不管怎么说我不是，是
不……可她太无能了……真让我太……我是说，想想看，居然让丈夫把
自己的一个孩子送走，天知道是怎么对待另一个的，我只是——"

"别说我妈妈。你没见过她，我根本没提起过她。"

"嗯，她不肯见我，不是吗？好像在斗气似的。"

"你他妈的闭嘴，乔伊丝。"

"嗯，没道理，对不对？说起……让你不高兴了……我看得出来，显然，太像……马库斯，端杯茶来，他需要喝杯茶。"

"见他妈的鬼！我不用喝那该死的茶，你们就知道喝茶！你们这帮人肯定连撒的尿也都是该死的茶。"

"迈勒特，我只是想——"

"好了，别，"有一点碎籽从烟卷里掉了出来，粘在嘴唇上，他捻下来，抛进嘴里，"不过，我想来点白兰地，如果有的话。"

乔伊丝对艾丽摆出一副拿他没办法的神态，用食指和拇指做了个手势，表示让她倒一点点三十年的拿破仑白兰地。艾丽把一只桶翻过来，站上去，把手伸到最高的架子上取下白兰地。

"好了，我们都冷静一下，好吗？好了，那么，这次出什么事了？"

"我骂他王八蛋。他就是王八蛋。"迈勒特边说边朝奥斯卡的手指猛击了一下。奥斯卡想找些好玩的东西，正试探性地去够火柴。"我需要一个临时落脚的地方。"

"嗯，那根本不成问题，你可以跟我们一起住，这是理所当然的。"

艾丽走到乔伊丝和迈勒特中间，把厚底白兰地酒杯放在桌上。

"好了，艾丽，我想，现在要给他一点点空间。"

"我只是——"

"是的，好吧，艾丽……他在这时候不需要旁边挤着人——"

"他是个该死的伪君子，伙计，"迈勒特粗声粗气地插嘴，眼睛望着不远不近的地方，对着花房和所有人说话，"他一天祈祷五次，可他照样喝酒。他没有伊斯兰教徒朋友，可我跟白人姑娘睡觉，他又要跟我吵。后来他又对马吉德失望了，把一肚子怒气都撒到我身上。他还叫我不要跟永伊护来往，我比他更像他妈的伊斯兰教徒。去他妈的！"

"你想告诉所有人，"乔伊丝意味深长地环顾四周，"还是仅限你我？"

"乔伊丝，"迈勒特说，一口吞下了白兰地，"我不在乎。"

乔伊丝把这看成是"仅限你我"的意思，于是，示意大家离开房间。

艾丽很高兴可以离开。在四个月里，她和迈勒特经常去夏尔芬家，孜孜不倦地学习，吃他们家的煮菜，但却形成了一种奇怪的模式。不管是功课，还是努力学习文雅的谈吐，还是模仿夏尔芬家的做派，艾丽进步越大，乔伊丝对她就越没兴趣。而迈勒特呢，星期天晚上阴沉着脸不请自到，带着姑娘来鬼混，在屋子里到处抽大麻，偷喝他们家一九六四年的香槟王，在蔷薇园里撒尿，在正门开永伊护会议，往孟加拉打长途用了三百英镑电话费，当面说马库斯是同性恋，威胁要阉了乔舒华，骂奥斯卡是个宠坏的小狗屎，说乔伊丝本人是个疯子。反正迈勒特越出格，乔伊丝就越喜欢他。过了四个月，他已经欠了她三百多镑、一条新羽绒被和一只自行车轮子。

"你上楼去吗？"马库斯问，这时，他关上厨房门，让他们俩待在那里，然后像芦苇那样左右躲闪着，给孩子们让路，"我给你看你要看的照片。"

艾丽感激地对马库斯笑了笑。似乎只有马库斯在关照她，只有马库斯在这四个月里帮助她，让她的头脑从一团混沌变得坚实有物，让她慢慢熟悉了夏尔芬的思维方式。她原以为这对一个大忙人来说是莫大的牺牲，但最近，她怀疑其中可能不无乐趣，也许就像亲眼看到盲人摸出新物体的轮廓线或一只小白鼠走出迷宫一样。不管怎样，为了换取他的关注，艾丽对他的未来鼠表现出兴趣来，一开始只是种手段，现在则发自内心。结果，马库斯越来越频繁地请她到顶楼的书房去，现在那里已经成了她最喜欢的地方。

"哎，不要站在那里像个乡下人似的傻笑。快上来呀。"

艾丽以前从没见过像马库斯的房间那样的地方。没有共用设施，仅限马库斯专用。没有玩具、小摆设、破东西、备用的熨衣板，也没人在这里吃饭、睡觉或者做爱。它和克拉拉的阁楼不一样，那里是废物的大本营，一切都仔细存放在箱子里，贴了标签，以备某天仓皇出逃时的不时之需（这不像移民的备用房间，因为在移民的房间里，他们曾经拥有的一切，不管多破多烂，都零零碎碎山一样地一直堆到屋顶，似乎在证明相比于以前的一无所有，他们现在有东西了）。马库斯的屋子纯粹为马库斯及其工作服务。就是书房，就像在奥斯丁的小说、《楼上楼下》①或《夏洛克·福尔摩斯探案》里面看到的一样。不过，这是艾丽第一次在真实生活中看到的书房。

　　房间本身很小，也不规则，地面倾斜，屋檐为木制，这意味着某些位置可以站立，而某些则不行；采光用天窗，而不是普通的窗户，阳光一片片地透进来，成了飞尘的聚光灯。屋子里放着四个文件柜，仿佛张嘴吐纸的野兽；纸一堆堆放在地板和架子上，将椅子团团围住。德国烟草那浓烈而香甜的气味弥漫在略高过头顶的位置，熏黄了高处的书页，茶几上放着一套精致的烟具——备用的烟嘴、烟斗从标准的弯曲形到各种奇特形状应有尽有，鼻烟盒、各种过滤嘴——全都摆在一只衬天鹅绒的皮箱里，就像医生的用具一样。墙上散挂着夏尔芬家族的照片，壁炉上也一字排开家族的照片，其中包括乔伊丝在嬉皮士时代活力四射的动人肖像，翘鼻子从两绺头发当中钻出来。还有几件装饰品较大，被加框挂在中心位置：一张夏尔芬族谱图、一张神情自得的孟德尔②像、一张爱因斯坦在其美国偶像阶段的招贴画——蓬乱的教授式发型、"惊讶的"表情和大烟斗——标题是"上帝不与世界玩骰子"。马库斯那张大橡木椅后面挂着一张克里克和沃森的肖像，他们神情疲惫，但在脱氧核糖核

---

① 英国的一部电视连续剧。
② 奥地利植物学家，遗传学创始人。

酸的模型面前显得很得意，模型是一个用金属夹子做的螺旋形阶梯，从他们的剑桥实验室地板一直延伸到摄影师的镜头之外。

"可是，威尔金斯到哪里去了？"马库斯在天花板很低的地方弯下腰来，用铅笔轻轻拍着照片，"一九六二年，威尔金斯、克里克和沃森共同获得诺贝尔医学奖。但照片里却没有威尔金斯的影子，只有克里克和沃森。沃森和克里克。历史往往青睐孤胆英雄或双人行动，却不给三人行留一席之地，"马库斯又想了想，"除非是喜剧演员或爵士乐手。"

"看来你肯定会成为孤胆英雄喽。"艾丽高高兴兴地说，从照片旁边走开，在一张无靠背的瑞典式凳子上坐下。

"啊，可我有一位导师，你看，"他指着另一面墙上一张招贴画大小的黑白照片，"导师是另一码事。"

这是一张极为精细的特写，画面上是一位很老的老人，线条和阴影清晰地刻画出脸部轮廓，宛如地形图上的阴影线。

"法国老前辈，一位绅士，也是学者。我知道的一切都得自他的教诲。七十多岁了，思维仍像鞭子般犀利。可是你看，导师的好处就在于，你不用直接归功于他们。对了，那张该死的照片在哪里……"

马库斯在文件柜里乱翻着，艾丽趁机端详起夏尔芬族谱来，它画得很精细，往前回溯到十七世纪，往后到当代为止。夏尔芬家和琼斯或鲍登家的差别一目了然。首先，在夏尔芬家族，每个人都生了一定数量的孩子；更重要的是，每个人都知道谁的孩子是谁的；男人都比女人长寿；都只有一次婚姻，也很持久；出生和死亡日期都很确切；而且，夏尔芬家族在一六七五年就有记录可查了。阿吉·琼斯能给出的家族记录最早也就是父亲偶然出现在这个星球的时间，地点是布罗姆利酒吧的后室，时间大约在一八九五年或一八九六年，也可能是一八九七年，这要看你在和哪位九十岁的前酒吧女招待说话了。克拉拉·鲍登对祖母知之甚少，对她那著名而多产的P舅公生有三十四个孩子的说法也是半信半疑，她只能确切地说出母亲出生在一九〇七年一月十四日下午两点四十

五分，地点是天主教堂，当时正在发生金斯顿大地震。剩下的都是流言、虚构和传说。（见 312 页图）

"你们家的历史竟能回溯得这么远。"艾丽说。这时马库斯过来了，站在她身后，看她在注意什么东西，"真是难以置信。我很难想象那是什么感觉。"

"胡说八道。我们大家的历史都可以回溯得很远，只不过夏尔芬家把过去记录下来了，"马库斯若有所思地说，给烟斗装上烟丝，"如果你想让后人记住你，这样做很有用。"

"我猜，我家的历史更多靠口头流传，"艾丽耸耸肩，"可是，伙计，你应该问问迈勒特家的历史。他的祖先是——"

"一个伟大的革命家，我已经听说了。如果我是你，我就不会太当真。我想，那家人的历史是一分真实加三分虚构。你们家有什么历史人物吗?"马库斯问，接着很快对自己的问题失去了兴趣，又搜寻起第二个文件柜来。

"没有……显赫的……一个也没有。不过我祖母是在一九〇七年一月出生的，当时是金斯顿——"

"找到了!"

马库斯高兴地从一只钢抽屉里抬起头来，挥舞着一只夹着几张纸的薄薄的塑料夹。

"照片。专门给你看的。要是维护动物权利的人看见了，非要我的命不可。一张一张看。别抢。"

马库斯把第一张递给艾丽。照片上是一只躺着的老鼠，肚子上长着一颗颗蘑菇状小肿瘤，呈褐色，鼓鼓的。由于平躺的缘故，它的嘴不自然地张开，痛苦地叫着。但这不是真正的痛苦，艾丽想，而是一种舞台上的痛苦。更像是表演，很夸张、做作的表演，颇有讽刺味道。

"你看，胚胎细胞都很好，能帮助我们弄清可能引起癌症的遗传因素，但我们真想了解的是肿瘤在活组织中如何发展。我是说，你无法在细菌培养中达到这一步，不能真正达到。于是，你把化学致癌物质引入目标器官，但是……"

艾丽一半心思在听，另一半心思放在照片上。看得出来，第二张照片上仍是那只老鼠，不过是正面照，这些地方的肿瘤大些。脖子上还有一颗，几乎同它耳朵一样大。可是老鼠看上去挺开心，好像那些瘤子是特意照马库斯的意思长出来的器官。艾丽知道，把一只实验鼠想象成那样是很愚蠢的。但是，她还是觉得，鼠脸上带着一种老鼠的狡猾表情，鼠眼里透着老鼠的嘲讽，鼠唇上露着老鼠的假笑。重症。（老鼠对艾丽说）什么重症？

"……又慢又不准确。但是，如果你重新设计基因组，使特定的癌症在老鼠发育的预定时间在特定的组织中表现出来，那就不再有随机问题了。你消除了诱变因素中的随机行为。现在我们在谈老鼠的遗传程序，也就是激发细胞内致癌基因的力量。现在这张，你看，是雄性幼鼠……"

在这张照片上，未来鼠 C 的前爪给两个粉红色大手指抓住了，它只好像卡通鼠那样抬头直立着。它好像一开始是对摄影师伸出小小的粉红鼠舌，现在则对着艾丽。在老鼠的下巴上，肿瘤像大滴大滴的脏雨滴似的挂着。

"……它在某些皮肤细胞中表现出 H-ras 致癌基因，所以形成了多个良性皮肤乳头瘤。当然，有意思的是，雌幼鼠不会形成这种瘤，也就是……"

一只眼闭着，一只眼睁着。像眨眼，狡猾的老鼠式眨眼。

"……那是为什么呢？因为雄性间的竞争——搏斗导致擦伤。不是生物性要求，而是社会性要求。遗传结果：相同。你懂吗？而这只有通过实验方法，给转基因鼠加上基因组，才能明白那种区别。这只，你正在看的这只，是一只独一无二的老鼠，艾丽。我植入了癌细胞，癌细胞正好在我预测的时间出现，发育十五周。它的遗传编码是新的，新品

```
另一个男人  &   曾曾曾外祖母（T夫人？） &   曾曾曾外祖父
另一个男人  &   （天知道是何时）              （天知道是何时）
                      │                              │
        ┌────────┬────────┬────────┐                │
      %?G      %?G      %?G    老伙计鲍伯             │
                            （很久以前）              │
                                                      │
    ┌──────────────┬──────────────┬──────┬──────┬──────────────┐
曾外祖母安布罗西娅·鲍登    曾舅公 P      曾姨婆蜜   曾姨婆    曾姨婆帕特里夏
（约1890－约1950）    （约1890－约1960）  雪儿    拉维尼娅   &一些一无是处、
&查理·"白人小子"·    &天知道多少女人                        跳瑞格舞的家伙
德拉姆上尉
（约1880－天知道是何时）

外祖母霍滕丝·鲍登        34个孩子          不详     不详     3个孩子%?G
（1907－ ）           其中包括苏西姨妈、博博、
&达克斯·鲍登           G－曼、德洛尔、大脸、
（1910－1985）        佩内罗普夫人
（1947年结婚）


克拉拉·鲍登&阿吉·琼斯                    ┌─────────────────┐
（1955－ ） （1927－ ）                  │ 图解             │
（1975年结婚）                           │ & = 婚配         │
                                        │ % = 父系不明     │
                                        │ ? = 孩子名字未知 │
艾丽·安布罗西娅·琼斯                      │ G = 由祖母带大   │
（1975－ ）                              └─────────────────┘
```

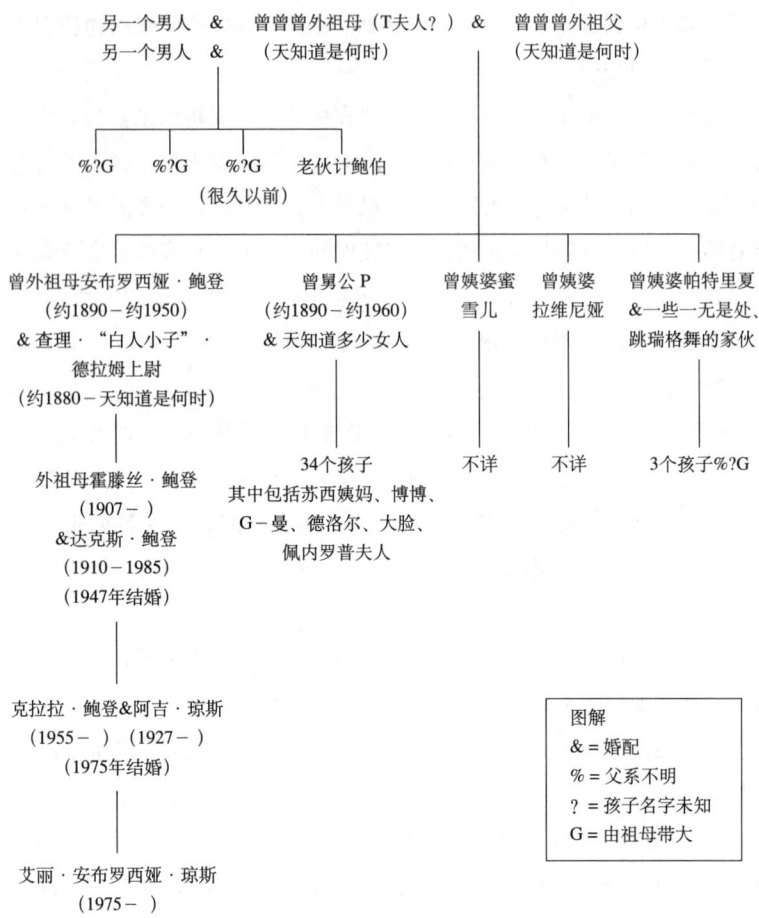

种。要我说，完全符合专利要求，或者至少可以获得某些版税：百分之八十归上帝、百分之二十归我，或者反过来，这要看我律师的本事了。哈佛那些可怜的坏蛋还在争论这一点。从个人的角度讲，我对专利没兴趣，我感兴趣的是科学。"

"哇！"艾丽说，不情愿地把照片递还给他，"太难懂了，我只听懂了一半，还有一半一点也不懂。真是太奇妙了。"

"哪儿啊，"马库斯装出谦逊的样子，"消磨时间罢了。"

"能消灭随机……"

"消灭了随机，就控制了世界，"马库斯言简意赅地说，"为何抓住致癌基因不放？你能编写生物体各发育步骤的程序：生殖、食性、寿命……"马库斯模仿机器人的声音，像僵尸般伸出双臂，眼珠子不停地转动，"世界主宰。"

"我都能看到轰动的大标题了！"艾丽说。

"不过，说真的，"马库斯一边说，一边把照片放回夹子，朝文件柜走去，打算放回去，"转基因动物的孤立品种研究有助于阐明随机问题。你听懂我的意思了？为了五十三亿人，牺牲了一只老鼠，算不得老鼠的灾难，代价不是很高。"

"不高，当然不高。"

"该死！真他妈的乱！"马库斯想关上柜子最下面的抽屉，关了三次也没关上，然后，没了耐心的他冲着抽屉的铁面踢了一脚，"见鬼！"

艾丽望着关不上的抽屉。"你需要更多隔层，"她断然说，"你用的纸多为A3、A2，有的不规则。该实行某种叠纸方法，你现在是随手一扔了事。"

马库斯回过头来，笑了："叠纸方法！嗯，我想你应该懂，有其父必有其女。"

他在抽屉旁蹲下身子，又推了几下。

"我是认真的。我不知道你那样子怎么工作，我学校里的讲义都理得整整齐齐，而且我还不是干主宰世界这一行的呢。"

马库斯从他蹲着的地方抬头望着她。从那个角度看，她就像一座山峦，柔和的枕头般的安第斯山。

"这样行不行。你一周来两次，帮我整理这堆乱糟糟的文件，我每周给你十五镑。你会学到更多东西，我也能得到我需要的。啊？怎么样？"

怎么样。乔伊丝已经每周付给迈勒特三十五镑，让他做各种各样的事情：管奥斯卡啦，洗车啦，除草啦，擦窗户啦，回收彩纸啦。她真正得到的，当然，就是迈勒特在身旁，那种她身边的活力，那种依赖。

艾丽知道自己该做什么。她不会像迈勒特那样，做事情时醉醺醺、迷瞪瞪、不顾一切、杂乱无章，而且，她要这份工作。她要融入夏尔芬家，与他们成为一体，与自己家的混乱躯体分离，以转基因方式同另一个基因嵌合。一种独一无二的物种。新品种。

马库斯皱起眉头："需要那么慎重吗？如果你不介意，我希望在本世纪内能得到答复。我这个建议好不好？"

艾丽点头微笑："当然好。什么时候开始？"

阿萨娜和克拉拉都不快乐。但过了一段时间，两人才交换意见，结果更加闷闷不乐。克拉拉一星期有三天要上夜校（课程有"一七六五年到现在的不列颠帝制"、"中世纪威尔士文学"、"黑人女权主义"），阿萨娜则在家庭战争硝烟弥漫时，把上帝赐予的所有白昼时间用来踩缝纫机。她们只偶尔在电话上谈几句，见面的机会很少。但是，两人越来越多地听到孩子提起夏尔芬一家，都心神不定起来。经过几个月的秘密监视，阿萨娜已经可以肯定，迈勒特不在家的时候，都去了夏尔芬家。至于克拉拉，她总算在一个周末晚上逮住了艾丽，而且早就对艾丽借口打无挡板篮球外出表示过不满。但克拉拉不是那种小题大做的人，只要对艾丽有好处，她绝不反对。她一直认为，为人父母的绝大部分责任是做出牺牲。她甚至提出跟夏尔芬一家见一次面，但对于此事，不是克拉拉疑虑重重，就是艾丽竭力阻挠。别指望阿吉宝德能帮上忙。他只在艾丽回家洗澡、穿衣服、吃饭的时候见她几面，至于她是不是喋喋不休地谈夏尔芬家的孩子（听起来他们都不错，亲爱的），谈乔伊丝做了什么事情（是吗？那真是太聪明了，是不是，亲爱的？），谈马库斯说了什么话（听起来很像老爱因斯坦，呃，亲爱的？嗯，对你有好处。得抓紧了，八点钟跟萨米在奥康奈尔见面），阿吉都无所谓。阿吉的脸皮厚得跟鳄鱼皮似的。在他心里，父亲的遗传地位牢不可破（阿吉生命中最实在的事实），他从来没想过，可能会有人挑战他的权力。克拉拉只好独自咬牙吞血地苦撑着，希望不会失去独生女儿。

但是，阿萨娜终于认定，这是一场一致对外的战争，她需要一个盟友。一九九一年一月下旬，在平安度过圣诞节和斋月后，她拿起了电话。

"这么说，你知道夏芬其①夫妇了？"

"夏尔芬，我想这家姓夏尔芬。是的，他们是艾丽朋友的父母。我想，"克拉拉毫无诚意地说，她想先知道阿萨娜了解到多少情况，"乔舒华·夏尔芬，听起来是好人家。"

阿萨娜在鼻子里哼了一声。"我就管他们叫夏芬其——四处找食的小小英国鸟，见到好种子就啄！那种鸟啄我的月桂树叶，这些人呢，抢我的孩子。可他们还要坏；他们就像是长了牙齿的鸟，尖尖的小犬齿——他们不单是偷，还撕开来呢！你对他们的情况了解多少？"

"嗯……一无所知，真的。他们一直在给艾丽和迈勒特辅导科学课，艾丽就是这么对我说的。我肯定这没有坏处，阿尔西。艾丽现在的功课挺好，她确实一天到晚不着家，可我真的不能插手。"

克拉拉听到阿萨娜怒气冲冲地拍着伊克巴尔家的栏杆。"你见过他们吗？因为我没见过，可他们却随心所欲地给我儿子钱花，给他地方住，好像他没钱没家似的——还说我的坏话，肯定的。只有真主知道，他都跟他们说我什么了！他们是什么人哪？我根本不认识他们！迈勒特一有空就跟他们在一起，我也没见他成绩有什么提高，他还在抽大麻，还在跟姑娘们睡觉。我跟萨马德说，可他躲在自己的世界里，连听都不愿听，只会对着迈勒特大喊大叫，连话也不跟我说。我们正在攒

---

① chaffinch，意为"苍头燕雀"，阿萨娜以此表达对夏尔芬一家的反感。

钱，想把马吉德弄回来，进一所好学校。我拼命让一家人聚在一起，而这些夏芬其却拼命要把这个家拆散！"

克拉拉咬着嘴唇，一声不响地对着听筒点头。

"你在听吗，夫人？"

"在听，"克拉拉说，"在听。你看，艾丽，嗯……她好像挺崇拜他们的。我一开始挺生气，但后来我想，我只是在犯傻。阿吉说我是在犯傻。"

"如果你告诉那个土豆脑袋，月球上没有引力，他也会说你在犯傻的。十五年来，我们不听他的话，过得好好的，现在，我们也不用听他的。克拉拉，"阿萨娜说，她的呼吸沉重地撞击着话筒，声音听起来很疲惫，"我们一直都站在一起……我现在就要见你。"

"是的……我只是在想……"

"好了。别想了。我买了电影票，法国老片子，你喜欢的那种——今天两点半。在三轮车剧院门前等我。'不要脸的侄女'也来。我们一起喝茶。聊聊天。"

电影叫《筋疲力尽》，一部十六毫米的黑白片，有老福特车和林荫大道、意外相逢和手帕，还有亲吻和香烟。克拉拉喜欢这部电影（贝尔蒙多真美！茜宝真美！巴黎真美！），尼娜觉得法国情调太重了，阿萨娜则看不明白这该死的电影讲了些什么："两个年轻人在巴黎到处乱转，胡言乱语，杀警察，偷汽车，还不戴胸罩。如果那就是欧洲电影，那每天都给我放宝莱坞好了。好了，女士们，现在是不是该谈正事了？"

尼娜过去端了茶，砰的一声放到小桌子上。"那么，这夏芬其夫妇究竟在玩什么把戏？听起来很像希区柯克的电影。"

阿萨娜简短地介绍了情况。

尼娜把手伸进手提包，摸出香烟，点着了，吐出一口薄荷味的烟。"姑姑，听起来，他们只是辅导迈勒特学习的很好的中产阶级家庭。你就为这把我拖出来吗？我是说，这又不是琼斯镇事件①，嗯，对不对？"

"不是，"克拉拉谨慎地说，"不是，当然不是。但你姑姑想说的是，迈勒特和艾丽在那里待那么长时间，我们只是想多了解一点他们是什么样的人，你知道。那很自然，是不是？"

阿萨娜不同意这说法："那不是我的全部意思。我是说，这些人在抢我的儿子！长牙齿的鸟！他们正在把他变成彻底的英国人！他们正在别有用心地引导他远离自己的文化、他的家庭和他的宗教——"

"你什么时候管过他的宗教了！"

"你，'不要脸的侄女'，你不知道我怎么为那孩子流血流汗，你不知——"

"好了，要是我这也不知道那也不知道，你他妈的带我到这里来干吗？我他妈的有别的事情要忙，你知道，"尼娜抓起提包，做出要走的样子，"对不起，克拉拉。我不知道为什么老是这样，我们以后再见……"

"坐下，"阿萨娜发出嘘的声音，抓住她的胳膊，"坐下，好了，要说的也说了，聪明的同性恋小姐。看，我们需要你，行了吧？坐下，向你道歉，道歉。行了吧？好了。"

"好吧，"尼娜恶狠狠地在一张餐巾上掐灭了香烟，"不过，我要说出自己的想法，我说的时候，劳驾闭上嘴。行吗？行了。好吧。听着，你刚才说了，艾丽在学校里功课很好，如果迈勒特成绩不那么好，那也不奇怪，他一点功课都不做。至少有人在努力帮他。如果他老是跟人家在一起，我肯定那是他自己的选择，而不是他们的选择。你们家现在也不是什么幸福乐园，是不是？他在逃离自己，寻找离伊克巴尔家尽可能远的东西。"

---

① 1978 年 11 月 18 日，人民圣殿教的九百多名信徒在圭亚那琼斯镇服毒自杀，惨案震惊世界。

"啊哈！可他们就住在两条街以外的地方！"阿萨娜得意地喊道。

"不对，姑姑。我是指在思想上距你很远。做伊克巴尔家的人有时有点令人喘不过气来，你知道吗？他把那个家庭当成避难所，他们也许能给他好的影响或者某些东西。"

"或者某些东西。"阿萨娜有一种不祥的预感。

"你担心什么，阿尔西？他是第二代移民——你自己总是这样说——你要让他们走自己的路。是的，看看我吧，怎么样——我在你眼里是'不要脸的侄女'，阿尔西，可我的鞋子生意让我过上了好日子，"阿萨娜半信半疑地看着尼娜自己设计、制造并穿着的及膝黑靴，"我过得很好——你知道，我按自己的原则生活。我是说，他已经在跟萨马德姑父对着干了，不要再让他跟你也对着干。"

阿萨娜咕噜咕噜地喝着黑莓茶。

"如果你担心，姑姑，那也该担心那些永伊护的人，他老是跟他们鬼混。这些人都是疯子，而且人数还他妈的挺多。都是你想不到的人。摩，你知道的，就是那个肉店老板——是的，你知道的——侯赛因-以实玛利——阿达谢那支的。对，是的，他算一个。还有该死的希瓦，餐馆的那个——他也皈依了！"

"对他倒挺合适。"阿萨娜刻薄地说。

"但这跟严格意义上的伊斯兰没有关系，阿尔西。他们是政治团体，搞一些政治活动。其中一个小流氓对我和马克辛说，我们会在地狱的火坑里受煎熬。显然我们是最低等的生物，甚至不如鼻涕虫。我对他的鸟蛋赏个三百六十度大回旋。那些人才是你该担心的。"

阿萨娜摇摇头，对尼娜挥了挥手。"你难道不明白吗？我担心自己的儿子给人家抢走。我已经失去一个了。我六年没看见马吉德了，六年。可我看到这些人，这些夏芬其——他们和迈勒特在一起的时间却比我多。你能明白这种心情吗，嗯？"

尼娜叹了口气，拨弄着上衣的一颗纽扣，见姑姑眼里涌起泪水，只好默默地点了点头。

"迈勒特和艾丽经常去那里吃晚饭，"克拉拉平静地说，"阿萨娜，嗯，你姑姑和我就在思忖……要是你哪天能跟他们一起去一次——你看上去年轻，你显得年轻，你去——"

"再回来汇报，"尼娜接口把话说完，她转动着眼睛，"渗透到敌人内部。那家人好可怜——他们不知道自己在跟谁掺和呢，是不是？他们受了监视而不知道。就像该死的《三十九级台阶》。"

"'不要脸的侄女'，行还是不行？"

尼娜嘟囔了一声："行，姑姑。行，如果非我去不可。"

"十分感谢。"阿萨娜说着，喝干了茶。

其实，乔伊丝并不憎恨同性恋。她喜欢男同性恋，他们也喜欢她。在大学里，她甚至无意中组织了一个小小的男同性恋俱乐部，俱乐部的男人们视她为芭芭拉·史翠珊、贝蒂·戴维丝和琼·贝兹的混合体，每个月聚会一次，给她做饭，赞美她的着装品位。所以，乔伊丝不可能憎恨同性恋。但女同性恋……有些事情让乔伊丝不太明白女同性恋。不是她不喜欢她们。她只是不能理解她们。乔伊丝明白为什么男人会爱男人，她一心一意爱男人，因此，知道爱男人是什么感觉。但女人爱女人的观念超出了乔伊丝对世界的认知，因此不知该做何感想。她们的观念她就是理解不了，上帝知道，她已经努力了。七十年代，她尽责地读了《孤独之井》与《我们的身体、我们自己》（书中有一章简述了这个问题），新近，她阅读并观看了《橘子不是唯一的水果》的书和电影，但这些都对她毫无帮助。她没有觉得不愉快，只是看不出其中的意义。因此，当尼娜与马克辛手挽手地到她家吃晚饭时，乔伊丝只是坐着，吃第一道菜（黑麦面包加扁豆）时一直目不转睛地盯着她俩。在头二十分钟里，她被弄蒙了，任由家里其他人执行夏尔芬家的例行程序，没有发挥自己的重要作用。这有点像恍恍惚惚或置身浓雾中的感觉，饭桌上的谈话在没有她参与的情况下进行着。透过迷雾，她听到席间的片言只语。

"那么，还是先问夏尔芬家的第一个问题：你做什么工作？"

"鞋，我做鞋。"

"啊，唔，这恐怕不是妙趣横生的话题。那位漂亮女士呢？"

"我是个优哉游哉的漂亮女士，我穿她做的鞋。"

"啊。那么，没上大学？"

"没有，不耐烦上什么大学。这样可以吗？"

尼娜也同样采取守势："不等你问，我自己告诉你，我也没上。"

"嗯，我没有让你们难堪的意思——"

"没有。"

"因为这不足为奇……我知道你们家不是世界上最有学术氛围的人家。"

乔伊丝知道气氛很糟，但她说不出打圆场的话。成千上万句带刺的话正躲在她喉咙口，只要一张嘴，哪怕只张开一条缝，那些话就会跑出来。总是在无意中得罪人的马库斯又开开心心地说下去："你们俩对男人来说真是太诱人了。"

"是吗？"

"噢，女同性恋总是很诱人。我肯定某些绅士会有一半机会——不过，我怀疑，你们可能更重美貌而不是智慧，所以，我是没机会了。"

"你好像对自己的智慧很有信心，夏尔芬先生。"

"难道我不应该有信心吗？我非常聪明，你知道。"

乔伊丝只是一个劲地看着她们，心想：谁靠谁？谁教谁？谁改造谁？谁授粉，谁培育？

"嗯，又有一位伊克巴尔家的人坐在餐桌旁，真是太好了，是不是，乔舒？"

"我家姓贝古姆，不是伊克巴尔。"尼娜说。

"我情不自禁地想，"马库斯并不理会这话，"夏尔芬家的男人跟伊克巴尔家的女人会是天造地设的一双，就像弗雷德和金格。你们给我们性，我们给你们理智或别的什么。嘿？你会让夏尔芬家的男人精神百倍——你像伊克巴尔家的人一样热烈，印度式的激情。你们家真有意思：第一代都有点疯疯癫癫的味道，第二代倒还长着脑袋。"

"唔，听着，没人能说我的家人疯疯癫癫，懂吗？哪怕他们真的如此，也不可以。只有我可以说他们疯疯癫癫。"

"好了，你看，要用心恰当运用语言。你可以说'没人能说我的家人疯疯癫癫'，但那句话说得不正确。因为人们现在在说，将来也会说。一定要说'我不许别人说'等等。这是小事一桩，但是如果我们不滥用词语，大家就能更好地了解彼此。"

接着，就在马库斯到炉子边取主菜（土豆炖鸡）时，乔伊丝开口了。出于某种难以理解的原因，她抛出来这么一句："你们俩是不是把对方的胸脯当枕头？"

尼娜正把叉子往嘴里送，听到这话，差点戳到鼻尖；迈勒特被一块黄瓜噎住了；艾丽努力想使下颌与上颌重新同步运动；马克辛开始咯咯笑起来。

但是乔伊丝并不气恼。乔伊丝是那种强硬女人的后代，即使在扛包的土人放下重负往回走、白种男人倚着枪无奈地摇头时，她们仍会继续前行，穿越非洲沼泽。她像边境妇女一样，只需一本《圣经》、一把猎枪和一块网眼窗帘，就能冷静地除掉从地平线朝平原前进的棕色男人。乔伊丝不会退缩。她要坚守阵地。

"只是，很多印度诗歌都谈到用胸脯做枕头、柔软的枕头、胸脯枕头。我只是——只是——只是想知道，是白人睡在棕色人上面，还是，跟人家预想的那样，是棕色人睡在白人上面？把这——这——这个枕头比喻扩展一下，我只是想知道，哪种……方式……"

沉默持续了很久。尼娜反感地摇了摇头，当啷一声把叉子扔在盘子上；马克辛在桌布上敲着手指，紧张地敲出《威廉·退尔》的曲子；乔舒看上去好像要哭了。

终于，马库斯把头往后一仰，拍着双手，发出一阵猛烈的夏尔芬式狂笑。"我整个晚上都想问这个。干得好，夏尔芬妈妈！"

就这样，尼娜这辈子头一次不得不承认姑姑完全正确。"你想听汇报，那你听好了，这就是全部汇报：神经病、疯子、脑袋里头少根筋、疯人院、精神失常的狂人。个个都是他妈的这种货色。"

阿萨娜点着头，惊讶地张着嘴，让尼娜第三次重复吃甜点时乔伊丝说的那几句话。当时乔伊丝端上来一道奶冻，她问：伊斯兰教徒妇女身披又长又黑的床单，烘烤时碍不碍事？做蛋糕时袖口会不会卷进去？衣服会不会让煤气灶点着？

"疯话连篇。"尼娜最后说。

但是，事情就是这样，一旦得出了结论，谁也不知道该怎么办了。艾丽和迈勒特十六岁了，他们老是对母亲说，自己现在已经到了从事各种活动的合法年龄，无论何事、无论何时都可以随心所欲。除了锁门和钉窗户，克拉拉和阿萨娜毫无办法。要说有什么情况，也是越来越糟。艾丽去夏尔芬家比以往去得更勤了，把自己浸淫在夏尔芬主义中。克拉拉注意到，她老是避免和父亲说话，对克拉拉睡前看的俗气小报也皱起眉头。迈勒特有时好几个星期不着家，即便偶尔带着别人的钱回到家里，说话腔调也半是夏尔芬式的字正腔圆，半是永伊护帮派的街头粗话。他总让萨马德毫无理由地火冒三丈。不，不对，有个理由。迈勒特是一个非此也非彼的人物，不是这也不是那，不是伊斯兰教徒也不是基督徒，不是英国人也不是孟加拉人。他介于两者之间，他身体力行了自己的中间名——扎尔复卡，意为"两把剑的冲撞"。

"要说多少遍？"萨马德看完儿子买《马尔克姆·X自传》的过程后，吼叫道，"这有必要吗，每次都说'谢谢你'？你把书递过去，说'谢谢你'，她接过书，你又说'谢谢你'，她告诉你价格，你又说'谢

322

谢你'，你签支票，又说'谢谢你'，她接过支票，你又说'谢谢你'！他们管这叫英国人的礼貌，而实际上只是傲慢罢了。配得上这么大谢特谢的只有真主本人！"

阿萨娜又一次夹在两人中间，拼命想达成中立："要是马吉德在这里，他会帮你们把事情分析得清清楚楚。他有律师头脑，可以理清头绪。"可马吉德不在这里，而在那里。要改变这种状况，现在钱还不够。

到了夏季，学校考试了。艾丽的成绩紧跟在"胖墩夏尔芬"后面，迈勒特的成绩也远超别人的期望，连他自己也没想到。这只能归功于夏尔芬家的影响，只有克拉拉为自己感到羞愧。阿萨娜只说："伊克巴尔家的脑袋瓜子，终究都会闪光。"她决定伊克巴尔和琼斯两家联合庆祝，在萨马德的草坪上办一次野餐会。

尼娜、马克辛、阿达谢、希瓦、乔舒华，以及七大姑八大姨、同辈亲戚、艾丽的朋友、迈勒特的朋友、永伊护的朋友和校长都来了，用纸杯装了廉价的西班牙香槟，笑笑闹闹。（永伊护们在角落里围成一圈，不苟言笑。）

一切都进行得很顺利，直到萨马德注意到这一圈叉着手、戴绿领结的人。

"他们在这里干什么呢？谁把异教徒给放进来了？"

"哦，你不也在这里吗？"阿萨娜插进来，看着萨马德已经喝完的三个空吉尼斯啤酒罐，此时他的下巴上正在滴热狗汁呢，"是谁想搞砸这个野餐会？"

萨马德瞪着眼，摇摇晃晃地同阿吉走开，去欣赏两人一起重建的工具棚。克拉拉趁机把阿萨娜拽到一边，问她一个问题。

阿萨娜在自家的胡荽上跺了一脚。"不！绝对不去！我该谢她什么呀？如果他成绩好，那是因为他自己脑子好，伊克巴尔家的脑子。那个长牙夏芬其一次都没有赏脸给我打过电话，一次也没有！除非是用几匹野马拉着我的死尸去，夫人。"

"可是……我只是想去谢谢她在孩子们身上费心罢了……我想也许我们误——"

"你一定要去，琼斯夫人，那就去吧，"阿萨娜轻蔑地说，"至于我呢，多少匹野马、多少匹野马都别想拉动我。"

"那是所罗门·夏尔芬医生，马库斯的祖父。他是那时候少数几个认同弗洛伊德的人。当时，在维也纳，人人都把弗洛伊德当成性变态。他长着一张令人难以置信的脸，你说呢？脸上充满了智慧。马库斯第一次给我看这张照片，我就明白自己愿意跟他结婚。我想，要是我的马库斯八十岁时成了那个样子，我该有多幸运啊！"

克拉拉微笑着欣赏银版照片。至此，她已经欣赏了摆在壁炉上的第八张照片，艾丽则无精打采地跟在身后。这才看了一半！

"这是个古老的大家庭，要是你不会觉得这样太自以为是了，克拉拉，可以叫克拉拉吗？"

"就叫克拉拉好了，夏尔芬太太。"

艾丽等着乔伊丝让克拉拉叫她乔伊丝。

"嗯，正如我刚才说过的那样，这是一个古老的大家庭，要是你不觉得这样太自以为是了，艾丽来了，我情愿以为是给这个家添了一个人，在某种方式上是这样。她是个多出色的姑娘啊！有她在身边我们多愉快啊！"

"她在你们身边也很愉快，我想。她真该好好谢谢你们，我们都该好好谢谢你们。"

"噢，不，不，不，我相信知识分子的责任……此外，这也是一种快乐，真的。尽管考试已经考完了，但我希望仍能见到她。哪怕不为别的，为了 A 级考试也应该来嘛！"

"噢，我肯定她会来的。她一直都在说你们，夏尔芬长，夏尔芬短……"

乔伊丝握住克拉拉的双手："噢，克拉拉，我很高兴，我也很高兴我们终于见面了。噢，好了，我还没完呢，说到哪儿了——噢，对了，嗯，这是查尔斯和安娜——曾叔公和曾姑婆——早就过世了，叫人伤心。他是精神病学家——是的，又一位——她是植物学家，跟我志趣相投。"

乔伊丝退后站了一分钟，就像美术批评家在画廊里看画一样，还把双手放在臀部："我是说，过一会儿，你会怀疑这都是基因在起作用，是不是？所有这些人的大脑都那么发达。我说，后天培养是不可能的，我是说，可能吗？"

"呃，不，"克拉拉附和道，"我猜不可能是后天培养。"

"好了，出于兴趣——我是说，只是出于好奇——你认为艾丽继承的是哪方面的基因，牙买加人这边还是英国人这边？"

克拉拉上下打量着这些系着硬领的过世白人，他们有的戴着单片眼镜，有的身穿制服，有的被家人抱在怀里，每个人都规规矩矩地坐在位置上，以便照相机能慢慢拍下来。他们全都让她想起某个人，她外公——风度翩翩的查理·德拉姆上尉那张尚存的照片：拘谨而苍白，目中无人地看着照相机。他属于以前人们所说的那种魁梧的基督徒，鲍登家的人叫他"白人小子"，该死的傻小子说他碰过的一切都归他所有。

"我这边，"克拉拉迟疑地说，"我猜是我这边的英国种。我外公是英国人，我听说，他很文雅。他的孩子，也就是我母亲，出生在一九〇七年金斯顿大地震中。我老觉得可能是地震的隆隆声把鲍登家的脑细胞震好了，因为从那时开始，我们就一直干得不坏！"

乔伊丝看出克拉拉在等人家笑，便迅速做出回应。

"不过说真的，很可能是查理·德拉姆上尉的功劳。我外婆的知识都是他教的，很好的英国教育。上帝知道，我想不出别人还有谁。"

"嗯，真奇妙！这就是我跟马库斯说的——不管他怎么说，我都说是基因。他说我总把事情简单化，但他太讲理论。事实证明，我一直都是正确的。"

　　前门在她身后关上了，这时，克拉拉又一次咬着自己的嘴唇，这次是因为心烦和懊恼。为什么她要说查理·德拉姆上尉？那是彻头彻尾的谎言。霍滕丝比他聪明，甚至外婆安布罗西娅可能也比他聪明。查理·德拉姆上尉并不聪明，他自以为聪明，可并非如此。因为他为了救一个自己并不真正了解的女人，牺牲了一千个人。查理·德拉姆是个一无是处的该死的傻小子。

第十三章

霍滕丝·鲍登的牙根管

受一点英国教育可能是危险的。阿萨娜最爱举埃伦伯勒勋爵那个老故事来作为例证。话说勋爵从印度手里夺过信德①后，给德里发了一份电报，电文只有一个词：peccavi，这是发生了动词变化的拉丁文，对应的英文是"I have sinned"②。她厌恶地说："英国人是唯一一个既要教你知识也要偷你东西的民族。"阿萨娜就是因此而信不过夏尔芬夫妇。

克拉拉同意这个说法，但理由与家里人有关：一段家庭往事，鲍登家牢记在心的仇恨。克拉拉的母亲还在娘胎里时（要讲这个故事，我们就得把她们像俄罗斯套娃那样，一一放回娘胎才行，艾丽回到克拉拉的肚子，克拉拉回到霍滕丝的肚子，霍滕丝回到安布罗西娅的肚子），默默地见证了英国人突然间认定你需要教育时所发生的一切。一九〇六年五月，查理·德拉姆上尉被派驻牙买加。一天晚上，他喝醉了酒，在鲍登家的食品储藏室里，使房东未成年的女儿受了孕。他夺走她的童贞还不满足，还要教她点什么。

"我？他要教我？"安布罗西娅把手放在肚子上渐渐隆起的霍滕丝这个小山包上，尽量装出清白无辜的样子，"他为什么要教我？"

"一星期三回，"她妈妈回答，"甭问俺为啥。可上帝知道，你总可以多少有点长进。你要晓得好歹，像德拉姆先生这样英俊正直的英国绅士想做好事，还用得着问缘故吗？"

安布罗西娅·鲍登这个任性的长腿乡下姑娘，在整个十四年的人生中，从未见过教室。连她也知道，妈妈这种说法是错的。当英国人想做好事时，你应该首先问为什么，因为凡事都是有原因的。

"还站在这里，丫头？俺不要看见你。别弄得我冒火，还不快去！"

于是，身怀霍滕丝的安布罗西娅·鲍登飞奔着来到上尉的房间，此后每个星期上三次课：字母、数字、《圣经》、英国历史、三角——这些上完后，如果安布罗西娅的妈妈不在家，就再上一堂解剖课。这门课时间长些，在仰卧着咯咯乱笑的学生身上进行。德拉姆上尉告诉她，不用担心肚子里的婴儿，他不会把它弄坏。德拉姆上尉告诉她，他们俩的私生子将是牙买加最机灵的黑人男孩。

时间飞逝，安布罗西娅从英俊的上尉那里学到了很多美妙的东西。他教她如何读约伯的审判，学习《启示录》的警告；如何挥舞板球棒，唱"耶路撒冷"；如何加一列数字；如何列出拉丁名词的词尾变化；如何吻男人的耳朵，吻到他像小孩子那样哭。但他教得最多的是，她不再是女仆，她所受的教育提高了自己的地位，虽然她的日常杂事没有变，但在她的内心，她是一位夫人。在这儿，在这儿，他爱这么说，还指着她胸骨下方的某个位置，正是扫帚每天倚靠的那个地方。再也不是女仆了，安布罗西娅，再也不是女仆了，他爱这么说，把玩着双关语③。

霍滕丝还有五个月就要出生了。一天下午，安布罗西娅飞快地跑上

---

① 巴基斯坦南部一个历史悠久的地区，位于印度河下游。

② 意思是"我有罪"；sinned 和 Sind（信德）谐音，因此，这封电报其实是在玩文字游戏，意思是"我占领了信德"。如果印度人不懂拉丁文和英文，就不可能从电报中看出信德已被占领。此处内容似与事实不符。首先，这段文字游戏系《笨拙》杂志一幅漫画的说明，并非真有其事；其次，杂志上画的是纳皮尔将军发电报，而非埃伦伯勒勋爵。可能这也正是阿萨娜说"老故事"的缘故。

③ 英文单词 maid 兼有"女仆"和"未婚年轻女子"的意思。

楼梯。她穿着一件非常宽松、掩人耳目的棉布裙子，一只手轻轻敲门，另一只手拿着一束英国金盏花藏在背后。她想用爱人家乡的鲜花给他一个惊喜。她敲了又敲，叫了又叫，可他已经走了。

"甭问俺为啥，"安布罗西娅的妈妈满腹狐疑地看着女儿的肚子，"俺起来，他就已经走了，突然走的。不过，他留下了一张字条，说仍旧希望你得到照顾。他要你尽快到农庄去，找格莱纳先生，那是一位很好的基督徒绅士。上帝知道，你可以有所长进。怎么还愣在这里，丫头？别弄得我冒火……"

话音未落，安布罗西娅已经出了门。

德拉姆好像是到金斯顿一家印刷厂控制局面去了。那里，一位名叫加维的年轻人正在带领印刷工人罢工，要求提高工资。接着，他打算再离开三个月，去训练陛下的特立尼达士兵。英国人向来擅长卸下一项责任而担起另一项，但他们也爱把自己看成有良心的人。所以，在这段过渡期，德拉姆把安布罗西娅·鲍登的继续教育托付给了好友埃德蒙·弗莱克·格莱纳爵士。格莱纳爵士同德拉姆一样，认为需要给原住民提供教育、灌输基督信仰、给予道德指引。格莱纳很喜欢她在身边。谁会不喜欢呢？这姑娘漂亮听话，勤快能干。但她待了两个星期后，肚子再也盖不住了，人们开始说闲话。这肯定不行。

"甭问俺为啥，"安布罗西娅的母亲从她哭哭啼啼的女儿手里一把夺过格莱纳爵士表示遗憾的来信，"大概你没法长进！大概他不要在家看见你。现在你回来了！这下没法子了！"但信中又提出一个表示抚慰的建议，"信上说，他要你去见一位基督徒，叫布雷顿夫人。他说你可以跟她在一起。"

德拉姆当时叮嘱把安布罗西娅引荐给英国圣公会，格莱纳则推荐牙买加循道宗教会，但布雷顿夫人，一位专门挽救迷途灵魂的刚烈的苏格兰老处女，有自己的主意。"我们将去寻求真理，"到了星期日，她果断地说，因为她对"教会"这个词不以为然，"你和我，还有这个无辜的小东西，"说着，她拍拍安布罗西娅的肚子，那里距离霍滕丝的脑袋只有几英寸，"要去聆听耶和华的教诲。"

（正是布雷顿夫人把鲍登一家介绍到见证会、罗素派、《瞭望塔》、《圣经》与传单瞭望塔协会——那时这些教会有很多名称。上世纪初，布雷顿夫人在匹兹堡见到了查尔斯·泰兹·罗素本人，为其学识、奉献精神和大胡子所打动。正是在他的影响下，她离开新教，转换门庭。像所有改换信仰的人一样，布雷顿夫人热衷改换别人的信仰。安布罗西娅和她肚子里的孩子是最容易抓住、最心甘情愿的皈依者，因为她们本来就没有门庭可以改换。）

一九〇六年冬，"真理"进入了鲍登家的生活，直接经过血液从安布罗西娅流到霍滕丝。霍滕丝相信，在她母亲认同耶和华的刹那间，霍滕丝本人就获得了意识，尽管当时她还在娘胎里。在她晚年，她会对着你放在她面前的任何一本《圣经》起誓，甚至在娘胎里的时候，在安布罗西娅一夜又一夜倾听罗素先生的《千禧年曙光》时，其中的每一个字都好像渗透到了霍滕丝的灵魂里。恐怕正是因为这个缘故，多年后，霍滕丝成年时，阅读这六卷本才有"似曾相识"的感觉；正是因为这个缘故，她可以用手盖住书上的字，背出其中的内容，尽管这些内容以前从未读过。就是因为这个缘故，霍滕丝的根由必须回溯到最早的起源，因为她当时已经在那里了，她已经记事。一九〇七年一月十四日那天发生的事件，也就是可怕的牙买加地震当天，她都知道得一清二楚，一点不觉得隔膜。

"我要切切地寻求你……在干旱疲乏无水之地，我渴想你，我的心切慕你……"

安布罗西娅在怀孕接近足月时这样唱着，她挺着大肚子冲到国王大街上，祈祷着基督归来或者查理·德拉姆归来——两个能救她的人——他们在她心中如此相像，她已经习惯于把他们混淆起来。就在她唱到

330

《诗篇》第三篇中段时，或者说在霍滕丝听来是第三篇中间时，在牙买加俱乐部喝得满脸通红的粗野老酒鬼埃德蒙·弗莱克·格莱纳爵士拦住了她们的去路。德拉姆上尉的女仆！霍滕丝记得他是这么说的，算是打招呼。安布罗西娅什么也没说，只是瞪了他一眼。天气不错，呃？安布罗西娅想绕开他，可他再次挪动自己的大块头挡在她面前。

那么这些日子你是个好姑娘了，我亲爱的？听说布雷顿夫人已经把你引荐给她的教会了。很有意思，这些见证会的人。可是，我在想啊，他们是否已经准备接受这个黑白混血的新成员呢？

霍滕丝清楚地记得那只热乎乎的肥手落在母亲身上时的感觉，她记得当时她用尽了全身的力气朝它踢去。

噢，没什么，孩子，上尉已经把你的小秘密告诉我了。但是，很自然，保密是要付出代价的，安布罗西娅，就像山药、甘椒和我的烟草有一定的价格一样。呃，你见过那个古老的西班牙教堂桑塔·安东尼奥教堂没有？你有没有进去过？它就在这儿。从审美的角度而非宗教的角度来看，里面算得上是一个奇迹。只需一会儿，我亲爱的。毕竟，一个人不该错过受一点教育的机会。

每个时刻都发生了两次：体内和体外，两种不同的历史。在安布罗西娅体外，空无一人，有很多白石和镀金已剥落的祭坛，有小灯和冒烟的蜡烛，地上镌刻着西班牙名字，还有一尊硕大的大理石圣母像，圣母垂着头，高高地站在底座上。格莱纳开始摸她时，一切都异常平静；但在她体内，心脏急速地跳着，无数块肌肉争先恐后地拼命抵御格莱纳提供教育的努力，黏糊糊的手指此时已经在她胸脯上、在薄薄的棉布下面滑动着，挤压着已经存满乳汁的乳头，那乳汁从来就不是为这样粗鄙的嘴巴准备的。在体内，她已经在国王大街上奔跑；但在体外，安布罗西娅已经僵住了，在地上扎了根，如所有圣母像那样，成了充满女性魅力的石头。

接着，世界摇晃起来。在安布罗西娅体内，羊水破了；在安布罗西娅体外，地面裂了。远处的墙倒塌了，彩色玻璃炸碎了，圣母像如晕厥的天使那样从高处坠下。安布罗西娅跟跄着跑开，刚跑到忏悔室，地面就再次裂开了——一个巨大的裂口！——然后她跌倒了，她看到格莱纳被天使压碎了，牙齿落了一地，裤子缠住脚踝。大地继续摇撼着。第二次裂开，第三次。柱子倒了，一半屋顶消失了。如果是平日的牙买加，安布罗西娅的尖叫，伴随着把霍滕丝挤出身体的每次宫缩所发出的尖叫，早就引起别人的注意了，早就有人过来帮她了。但在那天下午的金斯顿，世界正在走向末日，人人都在尖叫。

如果这是一篇童话，那么，此时正是德拉姆上尉英雄救美的最好时机，他似乎也不缺少必需的资格。不是他不够英俊、高大、威猛，不是他不想帮她，也不是他不爱她（噢，他爱她，就像英国人爱印度、非洲和爱尔兰一样）——所有这些他都具备，但可能只是场合不对。也许，在偷来的土地上发生的一切，都别指望会有幸福的结局。

地震的第二天，德拉姆回来了，却只看到岛屿已成废墟，两千人因此丧命，山丘变成火海，金斯顿的部分区域滑入了大海，到处是饥饿和恐怖，一条条大街整个为大地所吞噬——所有这些都没有吓倒他，但是，一想到也许再也见不到她了，他不禁惊恐起来。此时，他知道爱意味着什么了。他孤独而烦躁地站在阅兵场上，周围是一千张陌生黑人的面孔；唯一的白人形象是维多利亚塑像，经过五次余震，塑像已经转到了背对子民的角度。这正与事实相去不远。因为想办法提供切实援助的是美国人而不是英国人，三条满载补给品的军舰不久就从古巴出发，沿蜿蜒的海岸线来到牙买加。这是英国政府毫不领情的美国宣传行动，和他的英国同事一样，德拉姆不禁感到自尊受到了伤害。他仍然认为这片土地是他的，救援也好，伤害也好，都应该是他的事情，即使它现在已经证明有自己的意志，也仍然如此。两名擅自（所有登陆都必须通过德拉姆或上级批准）进入码头的美国兵站在领事馆外面，傲慢地嚼着烟草。见此情景，以他受过的英国教育，他不会不感到这是一种蔑视。这种感觉很陌生，一种无能的感觉。除了英国人，居然另有国家来拯救这个小岛，这是一种陌生的感觉。满眼是乌黑皮肤的海洋，却找不到自己的爱人，那个他自以为归他所有的人。德拉姆受命站在那里，叫喊着一小批男仆、管家和女仆的名字，英国人准备把这些人带到古巴去，等火灾平息后再回来。如果他知道她的姓氏，上帝知道他会喊的。但上了那么久的课，他都不知道她的名字。他从没问过。

然而，不是因为这种疏忽，这位德拉姆上尉，这位了不起的教育家，才在鲍登家族的记忆中成为傻小子。他很快就弄清了她的所在。他在人群中发现了表妹马琳，就派她拿上一张纸条去她最后一次看到安布罗西娅的教堂，当时安布罗西娅正与见证会的人们一起，为审判日高唱赞歌。就在马琳撒开两条虚弱的腿拼命跑去找人时，德拉姆心想，自己已经做了最后的事情了，就朝牙买加总督詹姆士·斯韦特纳姆爵士的住处国王大宅走去。在那里，他请求总督为安布罗西娅——一位他想娶的"受过教育的女黑人"破一次例。她和别人不一样，她必须在下一艘出发的船上和他一起拥有一席之地。

但是，如果你要在一片不属于你的土地上实施统治，你就会习惯漠视例外。斯韦特纳姆坦率地对他说，自己的船上没有黑人妓女或牲畜的立足之地。德拉姆的自尊受到了伤害，出于报复心理，他暗示说，斯韦特纳姆无能，美国船只的抵达就是一个明证。他临走又杀了个回马枪，提到刚才看到的美国士兵擅自在一片不属于他们的土地上飞扬跋扈、耀武扬威。难道把婴儿和洗澡水一起泼掉了吗？德拉姆反问道。他满脸通红，从一生下来他就深信牙买加属于英国，此时他又提起这点，难道这已经不是我们的国家了吗？难道我们的权威因为大地的几下震动就如此轻易地被推翻了吗？

接下来就是那件可怕的事情——历史。就在斯韦特纳姆命令美国船只返回古巴时，马琳带着安布罗西娅的答复跑回来了——从《约伯记》

333

中撕下来的一句话：我要将所知道的从远处引来①。（霍滕丝保留着撕下来的那片写着这句话的《圣经》，她爱说，从那天起，鲍登家的女人只听上帝的教导。）马琳把字条递给德拉姆，就高高兴兴地跑到阅兵场里，寻找受了伤、身体虚弱的母亲和父亲去了，他们同成千上万的人一起，等待着救命稻草，等待着船的到来。她要把好消息告诉他们，那是安布罗西娅对她说的：它就要来了，它就要来了。是船吗？马琳问，安布罗西娅点点头，不过她当时忙着祈祷，内心处于狂喜之中，根本没有听到她问什么。它就要来了，它就要来了。她说，重复着《启示录》中的话，那是德拉姆、格莱纳和布雷顿女士以各自不同的方式教她的，那是用火焰、地裂和雷鸣所证明的东西。它就要来了，她对马琳说。马琳把这话当成福音。受一点英国教育可能是危险的。

---

① 出自《圣经·约伯记》第三十六章第三节。

第十四章

比英国人还像英国人

　　按照英国教育的伟大传统，马库斯和马吉德成了笔友。他们如何成为笔友是大家激烈争论的事情（阿萨娜怪迈勒特，迈勒特声称是艾丽悄悄把地址给了马库斯，艾丽说是乔伊丝偷看了她的通讯录——艾丽的说法是正确的），但不管怎么样，他们成了笔友。从一九九一年三月开始，两人书信来往频繁，这证明孟加拉国邮政系统效率低下的说法是不正确的。他俩的书信总量之大简直令人难以置信。在两个月时间里，他们已经写满了一卷，足有济慈的诗集那么厚；到第四个月，书信的长度和数量都快接近真正的写信狂了，就像圣保罗、克拉丽莎之类的读者为了表示自己的社会责任感，一天到晚从坦布里奇韦尔斯给报纸编辑写信发泄不满那样。马库斯把自己的全部去信都留了底稿，艾丽只好重新安排档案系统，专门留出一只抽屉存放两人的信件。她把文件系统一分为二，主要是按作者归档，然后按时间先后，而不是简单地拿日期主宰一切。因为这都跟人有关，人们跨越大陆和海洋彼此联络。她用两张不干胶标签把一沓沓材料分开。第一张上写：马库斯致马吉德；第二张则是：马吉德致马库斯。

　　艾丽嫉恨交加，不由得滥用起做秘书的权利来。为了不让别人察觉，她只偷偷拿了几封信，带回家仔细阅读起来，细致得连弗·雷·利维斯[①]都要自叹弗如，看完后又小心地放回档案。她在那些贴了鲜艳邮票的航空信封内所发现的内容没有给她带来快乐。她的导师有了一个新的保护对象。马库斯和马吉德，马吉德和马库斯。这样听起来倒很悦耳，就像沃森和克里克听起来比沃森、克里克和威尔金斯更悦耳一样。

约翰·多恩说过，灵魂交融，书信胜于亲吻，此言不虚。艾丽惊恐地发现，尽管两人相距遥远，但两人却在笔墨中水乳交融。情书也不会如此热烈。全部激情都完全得到回报，从一开始就是如此。最初的几封信充满了互相欣赏的无穷快乐：达卡邮政室鬼鬼祟祟偷看信件的男孩会觉得厌倦，艾丽也觉得困惑，而两位作者本人却乐在其中。

> 我好像早就认识你了，如果我是印度教徒，我会怀疑我们前世一定见过。
>
> ——马吉德

> 你的思维方式像我，很精确。我喜欢这一点。
>
> ——马库斯

> 你说得那么好，说出了我的心声，我本人都无法说得那么准确。我渴望学习法律，极想改变我那贫穷国家的命运——她是上帝每个心血来潮的念头、每场飓风和洪水的牺牲品——在这些目标之中，哪种直觉是根本？什么是根？是把这些雄心联系在一起的梦想吗？为了理解世界。为了消除随意。
>
> ——马吉德

随后是那种互相欣赏的感情。这种感情持续了好几个月。

> 你的研究对象，马库斯——这些奇异的老鼠——就是一场革

---

① 英国当代文学批评家，代表作有《伟大的传统》等。

命。当你钻研遗传特征的秘密时，想必你就如诗人一样，以激动人心而又根本的方式直面人类境况的化身，唯一不同于诗人的，是你拥有诗人所不具备的某种实质性东西——真理。我敬畏预言般的思想和预言家。我敬畏马库斯·夏尔芬这样的人。能与你为友，我深感荣幸。我从心底里感谢你，对我家人的福祉关心备至，这种关心无法用言语说清，但值得称道。

——马吉德

人们会对克隆这种想法如此小题大做，我深感费解。克隆，在其发生（我可以告诉你，克隆的发生只会早不会晚）时，只是迟到的孪生现象而已，在我一生中，我还是头一次碰到像你本人和迈勒特这样明显不符合遗传决定论的孪生子。在他不足的每一个领域，你都很出色——但愿这个句子反过来说也能成立，但实际上，除了能把我老婆迷得裤腰带掉下来之外，他一无所长。

——马库斯

终于，他们在信中制订起计划来，盲目，像恋爱那样迫不及待，好比一个英国笨蛋要娶明尼苏达州体重达两百六十六磅的摩门教徒做老婆一样急切，只因为她的声音在电话里听起来很性感。

必须尽快到英国来，最迟一九九三年初。必要的话，我会掏腰包出一部分钱。然后就可以送你入本地学校，复习备考，从而火速把你送上梦寐以求的塔尖（不过，真正的选择显然只有一个），等你到了那里，你就要快马加鞭，逐渐成长，当上律师，成为我需要的那种律师，帮我打仗。我的未来鼠C需要一个忠诚可靠的捍卫者。快，老伙计。我可等不了一千年。

——马库斯

最后一封——不是他俩写的最后一封，而是艾丽能够容忍的最后一封，是马库斯写的，信中有这么一段：

> 嗯，这里一切照旧，唯一不同的是，有了艾丽帮忙，我的文件如今整齐得不得了。你会喜欢她的——她是个聪明姑娘，胸脯别提多丰满了……可惜，我对她在自然科学领域的悟性不抱多大希望，特别是我自己的生物技术领域，她似乎对此情有独钟……她在某些方面很敏锐，但那是杂活，硬嫁接，她擅长那个——大概可以把她培养成实验室助理。我想，她可以尝试医学，不过，即使是医学，她也缺一根筋……所以，可能还是牙医学适合我们的艾丽（至少她可以把自己的牙齿弄好点儿），这份职业无疑令人尊敬，不过我希望你不要从事……

最后，艾丽不生气了。她哭了一会儿，不过很快就过去了。这点她很像母亲，很像父亲——不断改造自己，怎么都能凑合。当不了战地记者？那就当赛车手。当不了赛车手？那就折纸。不能和十四万四千人一起坐在基督身边？那就跟芸芸众生在一起。不能忍受众生？那就嫁给阿吉。艾丽倒也不是太烦恼。她只是想，对，牙医学，我将成为一名牙医。牙医学。对。

而与此同时，乔伊丝正一筹莫展，想弄清迈勒特跟白人女子的问题。为数众多的问题！各种女人，各种肤色，从漆黑到雪白，都是迈勒特的。她们悄悄把电话号码塞给他，她们在公共厕所为他"吹箫"，她们穿过拥挤的酒吧给他买饮料，她们把他拽进出租车，她们跟着他回家。不管是什么——罗马式的鼻子、深邃似大海的眼睛、巧克力般的皮肤、黑丝绒帘子般的头发，或许连他纯粹的体味——都叫人倾倒。好了，别忌妒，那没用。有些人就是浑身散发着性感（性感从呼吸中散发

338

出来，从汗水中散发出来），以前有，将来也有。随便举几个例子：年轻时的白兰度、麦当娜、克莉奥佩特拉、帕姆·格里尔、瓦伦蒂诺、住在市中心伦敦剧院对面名叫特马拉的女孩、著名的板球运动员因姆拉·汗、米开朗基罗的大卫。你无法抵御那种人见人爱的非凡魅力，因为并非匀称或漂亮本身令人着迷（特马拉的鼻子还略有点歪），而且这东西你绝对无法获得。想必那句美国老话用在这里很贴切，跟经济、政治和浪漫之类的事情沾边——要么有，要么就没有。迈勒特就有。还不少。但凡是知道的，他都有权选择，衣服尺寸从八号到二十八号的各种诱人女子，从泰国人到汤加人，从桑给巴尔人到苏黎世人，那些随叫随到、心甘情愿的小娘儿们队伍朝四面八方延伸，一眼望不到边。人们以为，一个具有如此自然禀赋的人一定会一头扎进各种各样的女人裙摆，多方尝试，广泛体验。可是，迈勒特·伊克巴尔的女友几乎清一色都是穿十号衣服、年龄在十五岁到二十八岁的清教徒白种女人，还都住在西汉普斯特德附近。

一开始，这既没让迈勒特烦恼，也没让他觉得有什么异常。他所在的学校充斥着相貌平平的女孩。根据平均律——因为他是格莱纳橡树综合学校唯一值得追逐的小伙子——他最后会与其中很大一部分女孩上床。跟现在的情人卡琳娜·凯恩一起，确实很愉快。他背着她只跟三个女人来往（亚历山德拉·安德鲁西娅、玻利·霍顿、罗齐·迪尤），这是个人记录。除此之外，卡琳娜·凯恩也很不一样，不单只是上床而已。他喜欢她，她也喜欢他。她还很有幽默感，那感觉真是妙极了。他闷闷不乐的时候，她会关心他；他也会关心她，以自己的方式，给她鲜花和那玩意儿。由于平均定律和随机侥幸，他比平时快乐。就这么回事。

只是永伊护不那么看。一天傍晚，卡琳娜开着母亲的雷诺汽车，把他送到了永伊护。他下车后，海凡兄弟和蒂龙兄弟像两座山那样穿过基尔伯恩市政厅走来，赫然出现在眼前。他们已下决心为穆罕默德献身。

"嘿，海凡，我的朋友，蒂龙，老伙计，为什么拉长了脸?"

不过，海凡兄弟和蒂龙兄弟不愿告诉他为什么拉长了脸，而是给了他一份名为"谁获得了真正的自由? 是永伊护的姐妹还是苏活区的姐妹?"的传单。迈勒特为此亲切致谢。然后就把它塞到书包最里面。

怎么样? 到了第二个星期，他们问道。内容好不好，迈勒特兄弟? 实际上，迈勒特兄弟还没时间看呢。(说实话，他更喜欢这种标题的传单——《美国大魔: 美国黑手党如何统治世界》或者《科学与造物主: 无法角逐》。)但他看得出来，蒂龙兄弟和海凡兄弟好像对这事挺在意，于是就说看过了。他们看起来很高兴，又给了他一份——《莱卡解放运动? 强奸与西方世界》。

"是不是豁然开朗，迈勒特兄弟?"到了下个星期三开会的时候，蒂龙兄弟急切地问，"心里有没有明白一点?"

"明白一点"用在迈勒特身上好像不完全合适。本周伊始，他就抽时间看了那两份小册子，从此感觉怪怪的。卡琳娜·凯恩，一个可爱的姑娘，从不惹他生气的真正的好姑娘(恰恰相反，她让他感到快乐! 开心!)，现在却弄得他很生气，短短三天时间里生的气都快赶上过去来往的一整年了。不是普通的生气，是那种深层次、无法消除、难以排解的生气，就跟幻肢上的痒痒一样，而且他不明白自己为什么会生气。

"啊，伙计，蒂龙，"迈勒特点头笑着说，"心里亮堂，伙计，心里亮堂。"

蒂龙兄弟也朝他点了点头。迈勒特见他高兴，也很高兴。这就像黑手党或邦德电影似的，他们都身穿黑白套装，互相点头致意。我明白我们彼此了解[1]。

"这是爱伊莎姐妹。"蒂龙兄弟说着，整了整迈勒特的绿色领结，把他推到一位漂亮的小个子黑人女孩面前。她长着一双杏仁眼，颧骨很

---

[1] 1993年在美国上映的电影《费城故事》中的一句台词。

高。"她是非洲女神。"

"真的吗?"迈勒特说,印象颇为深刻,"你是哪里人?"

"克拉彭北部。"爱伊莎姐妹说,含羞笑着。

迈勒特双手一拍,跺了跺脚:"噢,伙计,你一定知道赤背咖啡屋了?"

非洲女神爱伊莎姐妹眼睛一亮:"啊,伙计,我以前老去那儿!你去过?"

"老去!很棒的去处。嗯,以后去那儿,我要留心看看你在不在。见到你很高兴,姐妹。蒂龙兄弟,我有事,伙计,我朋友在等我呢。"

蒂龙兄弟看起来有点失望,就在迈勒特走之前,又把一份传单塞到他手上,按住他的手不放,直到两人的手掌把传单都捂潮了。

"你可以成为人类的伟大领袖,迈勒特。"蒂龙兄弟说。(为什么人人都爱这么跟他说?)他先看着迈勒特,然后看着卡琳娜·凯恩,她胸脯的曲线从车门上方探出来,当街摁着车喇叭。"不过此时你只做到了一半。我们需要整个人。"

"啊,很棒,谢谢,你也是,兄弟,"迈勒特说,匆匆扫了一眼传单,然后推开大门,"再见。"

"那是什么?"卡琳娜·凯恩问,伸手打开客座车门,看到他手上拿着一张潮乎乎的纸。

迈勒特把传单下意识地直接塞进自己口袋。这有点奇怪。他平时什么都给卡琳娜看。现在,只要她一问,就不知怎么会惹他生气。再看她都穿着什么?上衣是她一直都在穿的。是不是短了点?乳头也显露得清楚,故意的吧?

他没好气地说:"没什么。"但并不是没什么。这是永伊护有关西方妇女的最后一份传单——《裸露的权利:关于西方性欲的赤裸真理》。

好了,说到裸体,卡琳娜·凯恩的小身体很漂亮。一身奶油般的肌肤,四肢纤细。到了周末,她爱穿那种能够显示这些优点的衣服。迈勒特第一次注意到她，是在本地一次派对上。一阵炫目的银光闪过，他看到她穿着银色的热裤和小背心，露着一截微微凸起的小肚子，肚脐里还有一点银色。卡琳娜·凯恩的小肚子很有点讨人喜欢。她讨厌它，可迈勒特喜欢。他喜欢她穿着露脐装的样子。可现在，传单让他心里明白了。他开始注意她穿什么衣服，开始注意别的男人看她的样子。听他提起这个，她就说："噢，我讨厌那个。净是些老滑头。"可是，迈勒特反倒觉得，她是在怂恿人家；她巴不得男人看她，她是在——正如《裸露的权利》中所说——"向男性的目光兜售自己"，特别是白人男性。因为西方男人和西方女人的关系就是这样的，难道不是吗？他们喜欢在大庭广众之下做这种事情。这个问题他越想越窝火。她为什么不把自己的身子遮盖好？她想取悦谁？克拉彭北部的非洲女神能自重自爱，为什么卡琳娜·凯恩不能？"你不自重，"迈勒特小心翼翼地说，一字一句重复着传单上看来的话，"我就无法尊重你。"卡琳娜·凯恩说她的确很自重，但迈勒特不相信。这很怪，因为他以前相信卡琳娜·凯恩不说瞎话，她不是那种人。

两人准备外出了，他说："你不是为我，而是为大家打扮！"卡琳娜说她不是为他或别人打扮，她为自己打扮。她在酒吧里唱《性疗》那首歌时，他说："性是个人的事情，是你我之间的事情，不是大家的事情！"卡琳娜说她是在唱歌，又不是在"耗子与胡萝卜"酒馆的常客面前干那种事。两人做爱时，他说："别这样……跟妓女似的送上门来。难道你没听过不自然行为的说法吗？再说，想要的话，我会拿的——为什么你不能做一个淑女呢？别发出那种声音！"卡琳娜·凯恩打了他一记耳光，哭了一场。她说不知道他是怎么了。问题是，迈勒特砰地把门摔得掉下铰链时，心想，我也不知道自己是怎么了。那次争吵后，两人很长时间没说话。

过了两个星期，他在宫殿餐馆干活赚零花钱，跟希瓦说起这件事，希瓦不久前加入了永伊护，是组织里冉冉升起的新星。"别跟我说白人女子，"希瓦哼哼着说，不知道自己要给伊克巴尔家多少代人提同样的忠告，"问题是，在西方，女人就是男人！我是说，她们的欲望和要求跟男人一样——她们他妈的要个不停。她们的打扮也像是要让人人都知道自己要那个。是不是这么回事？是不是？"

不过，这时萨马德穿过双重门，进来找芒果酸辣酱，于是讨论没有继续下去，迈勒特又剁起菜来。

那天晚上，下了班，迈勒特透过皮卡迪利咖啡屋的窗子，看到里面坐着一位圆脸、外表端庄的印度女子，侧影颇似照片上母亲年轻时的样子。她身穿黑色高领针织衫、黑色长裤，眼睛被黑色长发遮住了一部分，唯一的装饰是手掌上的红色彩绘。她独自坐着。

凭着自己跟漂亮妞和迪斯科舞伴搭讪时那份不假思索的鲁莽，以及男人从不怕与陌生人谈话的胆量，迈勒特走进咖啡屋，几乎一字不差地对她重复《裸露的权利》最后一页上的话，希望她会听懂。心灵的伴侣，自重，女子仅为悦己者容。他说："这是面纱的解放，是不是？看，就和这里说的一样：没有了男性监督和魅力标准的桎梏，妇女能够做真正的自己，不再给人刻画成性符号，也不再是任人挑拣的俎上肉，被人垂涎。我们就是这么看的，"他不太清楚自己是不是也这么想，"那是我们的看法，"他不太清楚这是不是自己的看法，"你看，我是这个组织的——"

那女子板起脸，优雅地把食指横在他的嘴唇上。"噢，亲爱的，"她难地低声说，欣赏着他的英俊面容，"如果我给你钱，你会走开吗？"

接着，她男朋友出现了，一个身穿皮夹克、个子很高的华人小伙子。

在精神极度紧张的情况下，迈勒特决定步行八英里回家，从苏活区开始，边走边瞪着那些穿着没裆裤、围着围巾的长腿妓女。到大理石拱门时，他已经怒不可遏，一气之下跑到涂满了奶子和屁股（娼妓、娼妓、娼妓）的电话亭，给卡琳娜·凯恩打了个电话，无礼地把她给甩了。他不在乎自己来往的其他女孩（亚历山德拉·安德鲁西娅、玻利·霍顿、罗齐·迪尤），因为她们不过是贪慕虚荣、水性杨花的烂货而已。但他在乎卡琳娜·凯恩，因为她是他的爱，他的爱就应该是他的爱，不是别人的爱。她应该像《好家伙》中利奥塔的妻子或《疤面煞星》中帕西诺的姐姐那样受到保护，让人像公主那样对待，举止像公主那样，在塔楼里捂得严严实实。

他拖着双脚，放慢了脚步，反正回家也没有人可以倾诉。走到埃奇威尔路，他被拦住了，几个老胖子叫他（看哪，那是迈勒特，女人杀手小迈勒特！狗日的王子迈勒特！现在长大了，烟都不抽了，是不是?），他苦笑着屈服了。门外那张摇摇晃晃的桌子旁放着几个水烟袋、一些油炸清真鸡肉和非法进口的苦艾酒。他看着女人遮着面纱匆匆走过，就像忙碌的黑色幽灵在街上游荡，深夜购物，寻找不忠的丈夫。迈勒特爱看她们走过：活泼的谈话、会说话的眼睛那种优美的颜色、看不见的嘴唇发出的阵阵笑声。他记得，以前，父亲和他还彼此交谈时，父亲说过："你不懂什么是情色，迈勒特，你不懂什么是情欲，我的小儿子，除非你坐在埃奇威尔路，抽着嘟嘟冒泡的水烟，驰骋想象，设想露在头巾外面那四英寸皮肤之外的风景，那些被黑色长袍隐藏的山水。"

大约过了六个小时，烂醉如泥、眼泪汪汪、充满暴力倾向的迈勒特出现在夏尔芬家的餐桌前。他毁掉了奥斯卡的乐高消防站，砸了咖啡机，然后他做了乔伊丝在这一年里一直期待的事情。他问她该怎么办。

从那时起，好像在餐桌旁已经过了好几个月，乔伊丝把大家赶出屋子，翻阅着自己的阅读资料，还紧张地绞着双手，麻醉品的气味混合着一杯接一杯的草莓茶热气。因为乔伊丝真的爱他，想帮助他，但她的忠告很长，很复杂。她已经熟读了这方面的资料。迈勒特似乎充满了厌恶自己和痛恨自己族类的情绪；他很可能有一种奴隶心理，或者一种围绕母亲的肤色情结（他比母亲黑得多），或者想通过在白人基因库中稀释自己的基因来毁灭自己，或者感到无法调和两种对立文化……还有，好像百分之六十的亚洲男性是这样的……百分之九十的伊斯兰教徒有这种感受……众所周知，亚洲家庭通常都……还有，荷尔蒙多的男孩更容易……还有，她给他找的心理医生真的很好，一周三次，还有，不用担心钱……还有，不用担心乔舒华，他只是不高兴……还有，还有，还有。

听着这些不知所云的话，迈勒特想起了一个名叫卡琳娜什么的女孩，他喜欢她，她也喜欢他，她还很有幽默感，那感觉真是妙极了。他闷闷不乐的时候，她会关心他，他也会关心她，以自己的方式，给她带鲜花和那玩意儿。现在，她似乎已经非常遥远，就像用七叶树果实打闹和童年一样。就是这么回事。

琼斯家有麻烦了。艾丽就要成为鲍登或琼斯家（大概、也许、若一切如愿、愿上帝保佑、但愿别出什么乱子）第一个上大学的人。她的 A 级课程是化学、生物和宗教学。她想学牙医专业。（白领！年薪两万英镑以上！）这事皆大欢喜，可她还想到次大陆和非洲（疟疾！贫穷！绦虫！）"去一年"，于是她和克拉拉展开了三个月的公开战争。一方要钱，要支持，另一方打定主意什么也不给。两边的冲突拖得很久，也很激烈，所有调停人不是两手空空回了家（她决心已下，跟那女人没什么好说的了——萨马德），就是卷入了言语之争（如果她要去孟加拉，为什么不能去？你是说我的国家不配你女儿去了？——阿萨娜）。

事情明显陷入了僵局，连势力范围都划分出来了：艾丽拥有自己的卧室和阁楼，阿吉是个很有良心的反对者，他只要求拥有客房、电视机和卫星（国内）电视天线，剩下的都归克拉拉，卧室是共有领土。大家都房门紧闭，谈话时代结束了。

一九九一年十月二十五日，艾丽展开了深夜袭击。根据经验，她知道母亲躺在床上时意志最薄弱，她在深夜说起话来像小孩一样温柔，疲劳让她口齿不清。就是在这种时候，你最有可能如愿：零花钱、新自行车、晚点睡觉。这种伎俩太老掉牙了，艾丽一直觉得没法用在这件事情上——和母亲进行最激烈、最持久的争吵。可她想不出更好的办法。

"艾丽？咋——？西（是）半夜……回叙（去）睡觉……"

艾丽又把门推开一些，让客厅的灯光把卧室照得更亮。

阿吉把头埋进枕头："真要命，亲爱的，现在是凌晨一点！我们有些人明天要上班的。"

"我要跟妈妈谈谈，"艾丽坚决地说，走到床尾，"她白天不跟我说话，所以我只好这样了。"

"艾丽，求以（你）……我很累……我上（想）睡一会儿。"

"我不是要去一年，而是需要去一年。这是必不可少的——我很年轻，我需要人生经历。我一直都生活在这个该死的郊区。这里人人都一样。我想见见世面……乔舒华就是这么做的，他父母都支持他！"

"唉，我们出不起钱呀，"阿吉嘟囔着，从鸭绒被里钻出来，"我们没有科学领域的体面工作呀，是不是？"

"我不在乎钱——我会找个工作，总有办法的，可我要得到你们的同意！你们两个人的同意。一人在外待半年，我可不愿意天天想着你们在生气。"

"哎呀，这不由我说了算，亲爱的，是不是？是你妈妈，真的，我……"

"好吧，爸爸。谢谢你把话说明了。"

"噢，对，"阿吉不高兴地说，翻身对着墙壁，"我不发表意见了，那……"

"噢，爹地，我不是说……妈咪？你能不能坐起来，好好说话？我在跟你说话呢？好像我在自言自语似的？"艾丽说话的语调怪怪的，因为当时正热播一部肥皂剧，教英国孩子什么事都用问句说，"看，我要你答应我，啊？"

甚至在黑暗中，艾丽也能看到克拉拉皱眉头。"答应什么？跑到非洲去，对可怜的黑人小伙抛媚眼？列文森博士，我塞（猜）？辣（那）席（是）你从沙（夏）尔芬家学来的？因为如果辣（那）就席（是）你想做的事情，你可以在这夷（里）做呀。坐在家里，看我右（六）个月好了！"

"根本不是这么回事！我只想看看别人是怎么生活的！"

"小心人家杀咬（掉）你！你为什么不到隔壁去，辣（那）里有的席（是）穷人！嘘（去）看看他们怎么生活！"一怒之下，艾丽抓着床头的扶手，走到克拉拉这边，"为什么你不能好好坐起来，和我好好说话，别用那种可笑的小姑娘腔——"

黑暗中，艾丽踢倒一只玻璃杯，冷水顺着她脚指头渗进地毯，她倒吸了一口气。就在最后一滴水渗完时，艾丽产生了一种奇怪而恐惧的感觉：她被咬了一口。

"哦哇！"

"噢，看在上帝分上，"阿吉说着，摸索着扭亮了台灯，"怎么了？"艾丽低头去看痛的部位。不管打什么仗，这种打法都太下流了。一排假门牙，完全脱离了嘴的假牙，正压在她右脚上。

"他妈的！这是什么呀？"

但这个问题无须回答，甚至这些话还未出口，艾丽就已完全明白了。半夜里口齿不清。白天整齐亮白的漂亮牙齿。克拉拉慌忙把手伸到地板上，从艾丽的脚上抓起自己的牙齿，此时，要掩饰已来不及了，她索性把牙齿放在床头柜上。

"满意了？"克拉拉疲惫地说。（不是她故意隐瞒，只是没有找到合适的时机罢了。）

但是艾丽那年十六岁，在那个年龄的孩子看来，一切都显得处心积虑。在她看来，父母的虚伪和谎言可以列成一张长长的清单，眼下这件事情只是清单上的一项而已，它又一次说明琼斯/鲍登家隐瞒实情的天赋：隐秘的过去、永远不会告诉你的故事、永远不可能知道全部真相的历史、永远弄不清的谣言。本来这样也很好，可偏偏每天都落下线索、暗示：阿吉腿上的炮弹片……陌生的白人外曾祖父德拉姆的照片……"奥菲莉娅"的名字和"疯人院"这个词……赛车头盔和古老的挡泥板……奥康奈尔油炸食品的气味……隐约记得深夜坐车送一个男孩上飞机……贴着瑞士邮票的信件，霍斯特·艾贝高兹，如无法投递请退回寄信人……

噢，我们编了一张多么错综复杂的网呀。迈勒特说得对：这些做爹妈的都有毛病，缺胳膊缺牙齿。这些做爹妈的满肚子装着你想知道的事情，可是你害怕得不敢听。但她再也不想知道了，她厌倦了一切。她已经厌烦了，总是无法了解真相。她要退回寄信人。

"嗯，别做出这么震惊的样子，亲爱的，"阿吉亲切地说，"不过是该死的牙齿罢了。现在你知道了。又不是世界末日。"

可这确实是世界末日。她已经受够了。她走回自己的房间，把自己的书本和换洗衣服放进背包，在睡衣外面套了一件厚厚的外套。她先想到了夏尔芬一家，但只想了半秒钟，就明白那里不可能给她答案，反而要逃避很多东西。再说，那里只有一间客房，迈勒特已经住下了。艾丽知道自己必须去哪里，她在内心深处知道要去哪里，在这深夜，只有十七路车能把她带到那里，她坐在顶层沾着呕吐污迹的座位上，隆隆地驶过四十七个车站，才到达目的地。但她总算到了那里。

"上帝！"霍滕丝咕哝着，头发上的铁夹子还没去掉，她双眼迷离地站在台阶上，"艾丽·安布罗西娅·琼斯，是你吗？"

第十五章

夏尔芬主义 VS. 鲍登主义

　　是艾丽·琼斯，没错。自从上次见面之后，又大了六岁。长高了，长胖了，乳房挺起来了，没头发，粗呢长外套下面露出拖鞋。而这位是霍滕丝·鲍登。老了六岁，变矮了，变胖了，乳房耷拉到肚皮，没头发（不过她很怪，还是用夹子把假发夹起来），浅粉色家居棉袍下面露出拖鞋。但真正的差别是：霍滕丝八十四岁。她绝对不是小个子老妇人，而是膀大腰圆的健壮女人，她的脂肪紧紧地黏着皮肤，所以表皮很难起皱。尽管如此，八十四不是七十七，也不是六十三；到了八十四，前面除了死亡没别的，拖拖拉拉得叫人不耐烦。在她脸上，艾丽看到了以前没见过的东西：等待、恐惧、幸福的解脱。

　　尽管有所不同，但是，当艾丽沿着台阶走进霍滕丝的地下室公寓时，还是被眼前的相似吓了一跳。很久以前，她经常来看外婆，趁母亲去大学听课，偷偷跟阿吉一起去，每次离开都带走一些稀罕的东西：腌鱼头、辣味馄饨、零星而持续的赞美诗。但在一九八五年达克斯的葬礼上，十岁的艾丽说漏了嘴，克拉拉知道了这些社交拜访，从此不准他们去。他们偶尔也互通电话。直到现在，艾丽还收到用习作纸写的短信，信里夹带一份《瞭望塔》。有时候，艾丽在母亲的脸上看见了外婆：高高的颧骨、猫一般的眼睛。她们已有六年没见面了。

　　就房子而言，时间似乎刚过去了六秒钟。这里依旧阴暗，依旧潮湿，依旧在地下，依旧装饰着数百个世俗小雕像（比如走在去舞会路上的灰姑娘、给野餐的小松鼠指路的蒂德尔顿太太），一个个稳稳地摆在垫布上，兴高采烈地嬉笑着，它们一定觉得很好笑，因为它们这种劣质瓷器和玻璃制品，居然有人肯花一百五十英镑，分十五次付清。一幅巨大的三联挂毯，缝纫时候的样子艾丽还记得，现在已经挂在壁炉上方的墙上了。第一联描绘了一律金发碧眼的上帝的选民在审判时和耶稣一起坐在天堂里的情景。霍滕丝的挂毯虽然是用廉价羊毛织的，上面的人物倒显得很尊贵，他们正俯视着芸芸众生——这些人看上去很快乐，但不像被神选中的人们那么快乐——正在人间的永恒天堂里嬉戏。芸芸众生又以怜悯的神情看着异教徒们（人数多得多），异教徒们死在坟墓里，像沙丁鱼那样层层相叠。

唯一缺少的是达克斯（在艾丽的记忆里，他依稀只是气味和织物的混合物、卫生球和潮湿的毛毯）。他那张大椅子空着，仍散发着臭味，他的电视机也还开着。

"艾丽，看你！娃娃连汗衫都没穿一件——一定冻僵了！抖得像墨西哥豆子似的。让俺摸摸你。发烧了！你发着烧到俺家来？"

在霍滕丝面前，永远不能承认生病，这一点很重要。和多数牙买加家庭一样，治病总是比生病痛苦得多。

"我没事。我没生病——"

"噢，真的？"霍滕丝把艾丽的手放到自己前额上，"你肯定发烧了，发烧了就是发烧了。摸出来没有？"

艾丽摸出来了。烫得要命。

"来，"霍滕丝抓起达克斯椅子上的一条毯子，披在艾丽肩膀上，"好了，到厨房来，什么也别管，歇一会儿。晚上穿这么单薄乱跑！喝一杯热藤茶，然后赶紧上床睡觉去。"

艾丽接受了这条臭烘烘的毯子，跟着霍滕丝走进小厨房，两人坐了下来。

"让俺看看你，"霍滕丝靠炉子站着，双手搭在臀部，"你看上去很像死神，你的新情人。你怎么来的？"

回答这个问题也要加倍小心。霍滕丝对伦敦交通设施不屑一顾，这是她晚年极大的安慰。她可以拿出"火车"这个词，编出一支曲子（《北方线路》），然后把曲子扩展成咏叹调（《地铁》），再提炼出一个主题（《地上交通》），然后呈指数级发展成轻歌剧（《英国铁路的罪恶和不公》）。

"呃……公共汽车。十七路。顶层很冷。可能我冻着了。"

"还说什么可能不可能的，小姑娘。俺搞不懂你为什么要坐公共汽车，你在冷风里站上三个钟头，才等来一辆，上了车呢，窗子又都开着，冻你个半死，"霍滕丝拿出一个小塑料容器，往手上倒了一点无色液体，"过来。"

"干吗？"艾丽问，立即疑心起来，"那是什么？"

"没啥，过来。摘掉眼镜。"

"别弄到我眼睛里去！我眼睛没事！"

"别咋咋呼呼的。俺啥都不往你眼睛里放。"

"先告诉我那是什么！"艾丽恳求着，想弄清楚这东西会往脸上哪个孔里倒。那只窝成杯状的手伸到她脸上，把她从额头到下巴抹了个遍。艾丽尖叫起来："啊呀！疼！"

"月桂油，"霍滕丝平淡地说，"能把热度烧掉。别，别洗掉，让油发挥药效。"

艾丽咬牙忍着，针刺般的痛苦从一千枚针渐渐减为五百枚，然后是二十五枚，最后只剩给人打了一巴掌那种热辣辣的感觉。

"这么说！"霍滕丝现在完全清醒了，还有点得意，"你到底从那个不信上帝的女人那里逃出来了，俺明白了。逃出来的路上感冒了！嗯……别人不会骂你的，不会，一句都不会……那女人怎么样，谁也没有我清楚。老是不着家，跑到大学里学习她的什么主义，什么论，把丈夫和孩子扔在家里，饿得皮包骨头。上帝，你当然要跑了！嗯……"她叹了口气，把一把铜茶壶放到炉子上，"你们要从我山的谷中逃跑，因为山谷必延到亚萨。你们逃跑，必如犹太王乌西雅年间的人逃避大地震一样。耶和华我的神必降临，有一切圣者同来。《撒迦利亚书》第十四章第五节。到了最后，好人都要逃离恶人。噢，艾丽·安布罗西娅……我知道你最终会来的。所有上帝的孩子最后都要回来的。"

"外婆，我不是来找上帝的。我到这里来只是为了安静地学习，可以全神贯注。我需要待几个月——至少要住到新年。噢……唔……我觉得有点头晕。给我一个橘子好不好？"

"好，他们最后全都回到上帝的身边，"霍滕丝继续自言自语，把藤的苦根放进水壶，"那不是真橘子，亲爱的。所有水果都是蜡做的，花也是蜡做的。我想，上帝不会叫我把那点家用花在要烂的东西上。吃点枣子。"

一捧干巴巴的水果扑通一声被放在她面前，艾丽做了个鬼脸。

"这么说，你把阿吉宝德扔给那女人了……可怜的人。俺一直都喜欢阿吉宝德，"霍滕丝难过地说，同时用两根手指抹上肥皂，擦着茶杯上的褐色污垢，"对他我不是很反对。他始终头脑清醒，还是个和事佬。他总让我觉得是个和事佬。但是关系到原则，你知道吗？黑人和白人走到一起，从来没有好结果的。上帝从没打算让我们混在一起。就是为了这个缘故，上帝在人类的孩子建造巴别塔这件事情上小题大做。因为耶和华在那里变乱天下人的言语，使众人分散在全地上。《创世记》第十一章第九节。混在一起，不会有好结果。这不是上帝的本意。除了你，"她想了想又补了一句，"你是这桩婚事带来的唯一好结果……哎呀，有时真好像是照镜子一样。"她说着，用满是皱纹的手指抬起艾丽的下巴，"你的骨架跟我很像，大个子，你知道！屁股、大腿还有奶子都是。我妈也是这样。你连名字都是随我妈起的。"

"艾丽？"艾丽问，她打起精神听着，不过，因为发烧有点撑不住了。

"不是，亲爱的，是安布罗西娅，那种让你永生的东西。好了，"她说着，两只手一拍，把艾丽的下一个问题夹在手掌之间，"你在客厅睡。我去拿毯子和枕头，早上再聊。我六点起床，因为我有见证会的事要办，所以不要睡到八点钟。娃娃，听到没？"

"嗯。妈妈以前的房间怎么样？我能不能睡在那里？"

霍滕丝抓住艾丽的肩膀，送她到客厅。"不行，那不可能。有一件事情，"霍滕丝神秘地说，"要等太阳出来了再说给你听。所以，不要怕他们。因为掩盖的事，没有不露出来的；"她静静地吟唱着转身离开，"隐藏的事，没有不被人知道的。《马太福音》第十章第二十六节。"

只有在冬日的清晨，这间地下室公寓还可以待人。早晨五点到六点，太阳尚未升起，阳光透过前窗照进屋子，让客厅沐浴在黄色之中，使这块狭长的空间（7 英尺×30 英尺）显得光影斑驳，给番茄涂上一层健康的色泽。在清晨六点，你几乎会以为，自己身处欧洲大陆一间简易棚屋的楼下，至少也是在托其市一所地上的屋子里，而不是在朗伯斯低于地面的房子里。阳光耀眼得让你看不出绿化带尽头的铁路旁轨，也看不到每天穿梭于窗前的脚，这些脚总是踢得灰尘透过格栅朝窗户玻璃飞来。早晨六点，只有白光和悦目的光影。手捧一杯茶坐在餐桌前，眯眼看着草坪，艾丽看到了葡萄园；她看到了佛罗伦萨的美景，而不是朗伯斯高低不平、参差不齐的屋顶；她看到了健壮的意大利人在采摘饱满的浆果，把浆果扔在脚下踩着。接着，这番海市蜃楼消失了，因为它跟太阳息息相关，整个场景为贪婪的乌云吞没了，只留下一些爱德华时代的颓败房子、一段以粗心孩子命名的铁路旁轨和一长条几乎寸草不生的菜地。一个肤色苍白、满头红发、笨手笨脚的男人，姿势难看地出现在门前，他脚蹬一双惠灵顿靴子，站在结霜的落叶上跺脚，想抖掉粘在鞋跟上的西红柿碎屑。

"那是托普先生，"霍滕丝说，她身穿一套没扣扣子的深栗色衣服，正匆忙穿过厨房，手里拿着帽子，上面斜插着塑料花，"达克斯死后，他帮了我大忙。他为我排忧解难，让我心情宁静。"

她朝他挥了挥手，他直起身挥手作答。艾丽看他提起两只装满西红柿的塑料袋，迈着他那奇特的鸽子式的步伐，沿着园子朝厨房后门走来。

"就他有本事能在那里种出东西来。那么多西红柿，你以前肯定没见过！艾丽·安布罗西娅，别瞪着了，给我扣上衣服。快点，趁现在你的眼珠子还没瞪得掉出来。"

"他住在这里吗？"艾丽惊愕地低声问，费劲地给膀大腰圆的霍滕丝扣着腰上的扣子。

"不像你想的那样，"霍滕丝不以为然地说，"他只是帮我这把老骨头很多忙了。他已经跟我在一起六年了，上帝保佑他，守护他的灵魂。好了，把别针递给我。"

艾丽把放在黄油碟子上的帽子别针递给她。霍滕丝把塑料康乃馨放在帽子上，用力戳进毡子，再把别针穿回来，帽子上尖尖地露出两英寸银针，很像德式头盔。

"行了，别摆出这么吃惊的样子。这样安排很好。女人家里需要有个男人，不然事情就乱套了。俺和托普先生，俺们是为上帝作战的士兵。不久前，他皈依了见证会，他上升很快，也很稳。除了洗洗涮涮，俺还想给天国会堂做点别的，为这我等了五十年！"霍滕丝难过地说，"可他们不让女人参与真正的教会事务。但托普先生做了很多事，他有时候让我帮帮忙。他是个很好的人。可他的家很差劲，"她像透露秘密那样低声说，"他爸很不好，吃喝嫖赌样样都来……所以，过了一段时间，我就让他搬来和我住，反正屋子空着，达克斯也走了。他是个很有教养的孩子。不过没结过婚。跟教会结婚了，是呀，不错！这六年里他都管我叫鲍登太太，从不叫别的，"霍滕丝轻轻叹了口气，"连不正经是

354

什么意思都不知道。他一心只想成为上帝的选民。我很看重他。他进步很大，如今说起话来头头是道，你知道！他做水暖工也很在行。你还发烧吗？"

"没什么了。最后一颗扣子……别动，好了。"

霍滕丝立刻蹦开了，走到过道，给瑞安打开后门。

"可是外婆，为什么他住——"

"对了，你上午把这个吃了——发烧要吃，发冷要饿。西红柿里放点车前草和昨天晚上吃剩的鱼热一热。我来热一热，再放到微波炉里。"

"我还以为是发烧要饿——"

"早上好，托普先生。"

"早上好，鲍登太太，"托普先生说着关上了门，他脱下挡风的连帽夹克，露出廉价的蓝色西服，脖子上挂着一个小小的金色十字架，"我看你已经准备得差不多了吧？我们得在七点钟赶到会堂。"

到这时为止，瑞安还没看见艾丽。他正弯腰抖着靴子上的泥巴，动作很慢，就像他说话一样慢条斯理，半透明的眼睑像昏迷中的人那样颤动着。艾丽从现在站的位置只能看到半个人：额前的红发，弯曲的膝盖，还有一只衬衫袖口。不过闻其声如见其人：伦敦东区的口音，但很文雅，是那种经过不少加工的声音——丢掉了关键的辅音，又在不必要的地方加了辅音，而且都是通过鼻子发音，很少借助嘴巴。

"早晨天气不错，鲍太太，天气不错。应该感谢上帝。"

霍滕丝似乎很紧张，生怕他一抬头看到站在炉边的女孩。她一个劲地示意艾丽走上前来，接着又让她退回去，不知道是不是该让他们见面。

"噢，是呀，托普先生，天气不错，我早就准备好了。就是弄帽子的时候有点小麻烦，你知道，不过我刚用别针——"

"上帝并不在意肉体的装束，对吗，鲍太太？"瑞安一边慢慢地、费劲地发出每个单词的音，一边笨手笨脚地蹲着脱左脚的靴子，"耶和华需要你的灵魂。"

"噢，是的，这话肯定没错，"霍滕丝焦急地说，用手指摸着塑料康乃馨，"只不过，见证会的女士在上帝的住所总不能看起来像，嗯，邋遢鬼。"

瑞安皱起眉头："我的意思是，你必须避免自己解释经文，鲍登太太。将来，要跟我本人和我的同事讨论这个问题。问问我们：漂亮衣服是不是上帝关注的问题？我们这些上帝的选民，会查看有关章节篇章……"

瑞安的话音渐渐变弱，变成一堆哼哼声，他特爱发这种声音。这声音产生于他的拱形鼻孔，通过他瘦长畸形的四肢发出共鸣，就像吊死的人的临终颤抖一样。

"我不知道自己为什么要这么做，托普先生，"霍滕丝摇了摇头，"有时我想我也可以讲道，你知道吗？尽管我是女人……可我觉得，上帝用一种特殊的方式跟我说话……这只是个坏习惯……但是最近，教会里发生了那么多变化，有时我都跟不上规章守则了。"

瑞安从防风窗望出去，脸上显得很烦："上帝的话并没有改变，鲍太太。是人误解了。为了真理，你唯一能做的事情，就是祈祷布鲁克林会堂尽快把最后的日子告诉我们。呃哼哼。"

"噢，是的。托普先生。我日夜都在祈祷。"

瑞安双手一拍，以示热情："对了，刚才我听到你在说早饭吃车前草，鲍太太？"

"噢，是的，托普先生，还有西红柿，请你行行好，把西红柿递给厨娘吧。"

正如霍滕丝所希望的那样，瑞安递西红柿时，看见了艾丽。

"对了，这是我外孙女，艾丽·安布罗西娅·琼斯。这是瑞安·托普先生。问好，艾丽，亲爱的。"

艾丽照做了，紧张地向前迈了一步，伸出手来给他握。可瑞安·托普没反应，忽然，他似乎认出了她，这种不平等更是变本加厉。他的眼睛打量着她，看到一种熟悉的东西，而艾丽则什么也没看到，甚至没有看到过他那种类型、那种风格的脸。他的古怪确实很独特，满头红发像潜鸭①，满脸雀斑像麻饼，青筋暴露像龙虾。

"她是——她是——克拉拉的女儿，"霍滕丝吞吞吐吐地说，"托普先生认识你妈，很久以前。不过没什么，托普先生，她现在来跟我们一起住了。"

"只是小住，"艾丽急忙纠正，她注意到托普先生隐约露出惊慌的神情，"只住几个月，可能住到冬天，上学期间都在这住。我六月份要考试。"

托普先生一动不动，他身上的各个部位都凝固了，就像中国的兵马俑一样。他似乎摆着作战的姿势，却动弹不了。

"克拉拉的女儿，"霍滕丝含泪轻轻重复了一遍，"她本来也许是你的呢。"

最后这句一带而过的悄悄话并没有让艾丽吃惊，她只是把这事添到那份清单上：安布罗西娅·鲍登在地震中生孩子……查理·德拉姆上尉是个一无是处的傻小子……玻璃杯里的假牙……她本来也许是你的呢……

艾丽随口问了一句，并不指望会得到回答："噢?"

"噢，没啥，艾丽，亲爱的。没啥，没啥。俺这就热饭。俺听到肚子咕咕叫了。你记得克拉拉，对吗，托普先生? 你和她以前是很好的……朋友。托普先生?"

瑞安已目不转睛地盯着艾丽看了两分钟，身子挺得笔直，微微张着嘴巴。听到这句问话，他好像回过神来，闭上了嘴，在没有布置好的餐桌前坐了下来。

---

① 一种北美鸭，雄鸭有黑色和灰色羽毛及红色的头部。

"克拉拉的女儿，是吗？呃哼哼……"他从前胸口袋掏出一个颇似警察专用便笺的小本子，用钢笔在上面写着什么，好像这样做能启动记忆一样，"你知道，我早年生活的许多插曲、人和事，可以说，都已经用利剑斩断了，我与过去已经一刀两断，因为上帝耶和华看到我是个可造之才，选我担任非我莫属的新角色。正如保罗在《哥林多书》中的明智建议，把孩提时的事丢弃了，把我早期的化身包裹在浓雾中。"瑞安·托普说着，略吸了口气，接过霍滕丝递过来的餐具。"你母亲和我心中对她的回忆，似乎都已经消失了。呃哼哼。"

"她也从来没说起过你。"艾丽说。

"好了，那都是很久以前的事了，"霍滕丝强作欢颜，"但你尽力了，托普先生。她是我的神迹娃娃，克拉拉。我那年四十八！我想她是上帝的孩子。但克拉拉却走向了邪恶……她一向都不虔诚，到底拿她毫无办法。"

"上帝会降罪的，鲍太太，"瑞安说，一副欢欢喜喜的样子，艾丽这才见他显露出一点活力来，"他会让那些罪有应得之人受尽折磨。请给我三株车前草。"

霍滕丝摆好三个盘子，艾丽想到自己从昨天上午起就没吃过饭，连忙挖了一大块车前草到盘子里。"啊！真烫！"

"烫总比不冷不热的好，"霍滕丝生硬地说，意味深长地哆嗦了一下，"总是这样，阿门。"

"阿门，"瑞安附和着，开始对付起滚烫的车前草来，"阿门。对了。你到底在学什么呢？"他问，专注地看着艾丽旁边。艾丽过了一会儿才明白过来，这是在跟她说话呢。

"化学、生物和宗教学，"艾丽对着食物吹气，"我要做牙医。"

瑞安来了精神："宗教学？这门课有没有让你熟悉唯一真正的教派？"

艾丽在椅子里变换了一下姿势："呃……我想大多还是讲三大教吧。

犹太教徒、基督教徒、伊斯兰教徒。天主教学了一个月。"

瑞安面露怪相："你还有别的兴趣爱好吗？"

艾丽想了想，说："音乐。我喜欢音乐。音乐会、俱乐部那类的。"

"是呀，呃哼哼。我有一段时间也喜欢那些，直到听到福音为止。大型聚会和流行音乐会都是邪恶的滋生地。拥有你这种身体……条件的女孩子可能经不起诱惑，会投入性论者淫乱的怀抱，"瑞安说着，从桌前站了起来，看着手表，"现在我回想起来，从某个方面，你看上去很像你母亲。差不多的……颧骨。"

瑞安擦去前额上的一排汗珠。霍滕丝一声不响，她一动不动地站着，惴惴不安地攥着一块抹布。艾丽为了避开托普先生的凝视，只好起身到房间另一头去倒杯水。

"好了，只剩二十分钟了，鲍太太。我这就取车去，好吗？"

"噢，好，托普先生。"霍滕丝面带微笑地说，可瑞安一出房间，微笑就变成了怒容。

"你为什么非说这些不可呢，嗯？你想让他把你看成坏姑娘吗？你为什么不说集邮什么的？快点，我得洗盘子了——快吃光。"

艾丽看着盘子里剩下的那堆，不好意思地拍了拍肚子。

"看你！真给我猜着了。眼睛大肚子小！拿来。"

霍滕丝靠水槽站着，开始把一块块车前草抛进嘴里。"听好了，你在这里的这段时间，不要找托普先生说话。你有功课要做，他也有功课要做，"霍滕丝说着，压低了声音，"他在跟布鲁克林的先生们商讨……定下最后的日期，这次再也不会错了。你只要看看这满世界多乱，就知道我们离指定日期不远了。"

"我不会烦人的，"艾丽说着，试图用洗碗来表达诚意，朝水槽走去，"他只是好像有点……怪。"

"在异教徒眼里，上帝的选民总显得有点古怪。托普先生只是给世人误解了。他在我心目中地位很高，我以前从没碰到过这样的人。你妈

359

不告诉你，因为她要装高雅，可鲍登家老早就吃够了苦头。我是地震时生的，还没出生就差点丧命。等我变成了熟透的女人，我女儿又跑了。我甚至见不到自己唯一的外孙女。这么多年来，我只有上帝。托普先生是第一个正眼看我的人，他可怜我，照顾我。你妈是个傻瓜，才把他给丢了。真正的好人！"

艾丽作了最后一次努力："什么？什么意思？"

"噢，没啥，没啥，亲爱的上帝……我，我今天早上一直都在不停地说话……噢，托普先生，你来了。我们该不会迟到吧，啊？"

托普先生刚走进屋子，从头到脚全都用皮革武装好了，头戴一个摩托车用头盔，左脚踝系了个小红灯，右脚踝绑了个小白灯。他掀起头盔。

"不会，凭上帝眷顾，没问题的。你的头盔呢，鲍太太？"

"噢，我把头盔放在炉子上了。早上冷，把它烘暖和一点。艾丽·安布罗西娅，请你给我拿过来。"

果然，在炉子中间的架子上，摆着霍滕丝的头盔，温度设在预热到低温档。艾丽拉出头盔，小心地戴在外婆的塑料康乃馨上面。

"你骑摩托车啊。"艾丽顺口说。

托普先生好像在给自己找理由："GS黄蜂牌，没什么大不了的。我曾经想把车扔了，它代表着我很想忘却的生活，不知道你是否懂我的意思。摩托车是一种性磁体，上帝原谅我，可我以前就是这么用它的。我当时已经下决心要把车处理掉。可是，鲍太太说，我要在公共场合说话，需要有一样东西，能很快地载着我到处跑。鲍太太到了这个年纪，也不想跑来跑去赶公共汽车、火车什么的，是不是，鲍太太？"

"是呀，不错。他给我弄了这个小马儿——"

"跨斗，"瑞安恼火地纠正她，"这个叫跨斗。米内托摩托车组合，一九七三年的车型。"

"是的，当然，跨斗，舒服得像床一样。俺们坐着车到处跑，俺和

360

托普先生。"

霍滕丝从门后的衣帽钩上取下外套,把手伸进口袋,摸出两只维可劳反光袖套,在两条胳膊上各绑一条。"好了,艾丽,俺们今天有很多事要办,说不准什么时候回家,所以你得自己做饭吃了。不过,别担心。我尽快回来。"

"没问题。"

霍滕丝咂了咂牙齿:"没问题。这就是她名字的意思:艾丽,没问题。真是的,那叫什么名字……"

托普先生没有回答。他已经走出屋子,站到人行道上,发动着那辆小黄蜂。

"一开始我得防着夏尔芬家的人,"克拉拉在电话里咆哮着,她的声音因夹杂着愤怒和恐惧而成了共鸣颤音,"现在又得防着*你们这些人*了。"

在电话另一头,她妈妈一边把洗好的衣服从洗衣机里取出来,一边用耳朵和疲惫的肩膀夹着无绳电话,一声不响地听着,等着轮到自己说话。

"霍滕丝,你不要用一堆胡话塞她的脑子。你听到没?你妈妈给那些胡话愚弄了,你也给愚弄了,可那玩意儿到我这儿断了,也不能再接着来了。要是艾丽回家后,那种无聊话从她嘴里吐出来,那你就别惦记着基督复临了,因为到那时,你早就死了。"

说大话!可是克拉拉的无神论是多么脆弱呀!就像霍滕丝放在客厅橱柜里的小玻璃鸽子那样,一口气就能吹倒。走过教堂时,克拉拉仍旧心存敬畏,就像吃素的少年飞快地走过肉店那样;她星期六会刻意避开基尔伯恩,唯恐在路边碰到那些坐在倒置的苹果箱上的布道者。霍滕丝察觉了克拉拉的恐惧。她一边冷静地把一大堆白布放进洗衣机,用节俭女人的眼睛量着洗衣液,一边言简意赅地说:"不用为艾丽·安布罗西娅操心，她现在待的地方很好。让她跟你说话吧。"那口气好像她已经跟天上的主人一起上了天，而不是跟瑞安·托普一起，把自己埋在朗伯斯区的地下室里。

克拉拉听到女儿拿起分机，先是一阵噼噼啪啪声，然后传来了像钟琴一样清晰的声音："行了，我不回去，好了，别管我。我要是想回去，自然就回去了，别为我操心。"应该没什么可操心的，也确实没什么可操心的，只是屋外的大街上已是冻了又冻，连狗屎都结冰了，挡风玻璃上出现了第一丝结冰的迹象。克拉拉曾在那屋子过冬。她知道那番滋味。噢，清晨六点阳光明媚，是的，有一个小时阳光明媚。但是白天越短，夜晚就越长，屋子也越暗，也就越容易、越容易、越容易把阴影误认作墙上的字迹，把路面的脚步声误认作遥远的炸雷，把新年的午夜钟声误认作世界末日的丧钟。

可克拉拉用不着担心，艾丽的无神论很坚定。夏尔芬主义坚定了她的信念，她以超然的娱乐心情跟霍滕丝住在一起，鲍登家的生活激起了她的兴趣。这是一个沉浸在终局和来世、句号和终曲里的地方；在这里，期待明天来临都是一种奢望，所有家庭日常服务，从送奶到用电，都严格按日付费，这样，万一上帝第二天出现，行使他神圣的复仇权利时，就不会在用不着的东西上浪费钱了。鲍登主义给"不留余地"这个词赋予了全新的意义，即生活在永恒的瞬间，不停地在毁灭的边缘摇摆。这种感觉，有些人得吸食大量毒品才能体验到，而对于八十四岁的霍滕丝·鲍登，却是日常的生存状态。所以，你会看到侏儒剖开肚子给你看他们的五脏六腑，你会看到电视机没有任何预兆地自己关掉了，你感觉到整个世界就是一个克利须那①意识，没有个人的自我，飘浮在灵魂的无限宇宙之中，就是这样，是吗？真他妈的了不起。那全是胡说八

---

① 印度教神祇，亦称黑天，乃毗湿奴的第八个也是主要的化身。

道，就跟圣约翰之行差不多，当时耶稣把二十二章《启示录》摆在他面前。使徒们发现《旧约》的复仇竟然就潜藏在不远的未来，一定感到震惊无比（都已读过那彻底修饰过的《新约》，那些甜言蜜语和崇高情感）。凡我所疼爱的，我就责备管教他。所以你要发热心，也要悔改。那一定不啻一剂醒酒汤。

上帝的启示，所有狂人的终结之所和疯癫快车的最后一站。鲍登主义，即见证会加上帝的启示和别的什么，更是远离正途。比如霍滕丝·鲍登从字面上解释《启示录》第三章第十五节——我知道你的行为，你也不冷也不热，我巴不得你或冷或热。你既如温水，也不冷也不热，所以我必从我口中把你吐出去。她把"不冷不热"理解成一种邪恶特性。为了把每顿饭菜都加热到难以承受的温度，她总在身边放一只微波炉；（这是她对现代技术做出的唯一让步——有很长一段时间，她都举棋不定：是让上帝高兴呢，还是让自己暴露在通过高频辐射波操作的美国那控制人类脑波的阴谋之下？）她总是放两桶冰块在家里，为的是把每一杯水都冰到"冷得不得了"。她总是穿两条短裤，就像有些谨小慎微的人生怕撞车而老是穿两条内裤一样，因为撞车就要上医院，上医院就应该穿干净的内裤。艾丽问她为什么这么穿，她不好意思地透露了秘密：她准备一听到上帝来临（越来越近的雷声、咆哮的声音、瓦格纳的《指环》组曲），就迅速脱掉贴身的那条短裤，只留外头那条，这样，见到上帝时，自己一身清爽、毫无异味，随时可以上天堂。她在过道里放了一桶黑涂料，这样，时间一到，她就可以给邻居的门抹上野兽的符号，给上帝省掉清理恶人、区分绵羊和山羊的麻烦。在那所屋子里，你不能用"结尾"、"完结"、"完"之类的词造句，因为说这些词就像扣动扳机一样，立刻就会引出霍滕丝和瑞安最爱说的残忍话题：

　　艾丽：我把碗洗完了。
　　瑞安·托普（严肃地摇摇头，表示怀疑）：有一天我们都会完的，艾丽，我亲爱的；所以要热心，要悔改。

或者

艾丽：电影真不错。结尾太妙了！

霍滕丝·鲍登（泪汪汪地）：那些希望世界这样结尾的人肯定会失望的，因为上帝会带着恐怖来到人世。见证了一九一四年大事的那代人，现在会见证树木烧焦、血流成海的悲惨光景……

还有，霍滕丝极端厌恶天气预报。不管天气预报员是谁，不管那人态度多么和蔼，声音多么甜美，着装多么顺眼，在那五分钟节目里，她会一直诅咒他们，然后，似乎仅仅为了怄气，开始跟他们对着干，不管人家提出什么忠告，她都故意反着来（雨天穿薄上衣，不带伞；晴天穿长雨衣，戴雨帽）。过了好几个星期，艾丽才明白，原来，天气预报是霍滕丝毕生事业的对立面，从本质上讲，天气预报员是在从事一种超宇宙活动，试图以天气预报的方式来预言上帝的工作，简直就像《圣经》一样。其次，天气预报员不过是一群自命不凡的家伙……在东部地区，我们预计明天会升起一股强暖气流，整个地区将包围在火焰之中，火焰并不发光，却使黑暗变得可见……我恐怕得建议北部地区的居民增添衣物以抵抗厚厚的冰层，而龙卷风和强烈的冰雹很可能会持续袭扰沿海地区，内陆地区的坚冰将不会解冻……迈克尔·费希和他的同党是黑暗中的刺客，依赖气象局的胡扯，笑话霍滕丝潜心研究了五十多年的这门严密的学问——末世学。

"有消息吗，托普先生？"（这个问题几乎一成不变地在早餐时由霍滕丝提出，口气颇像少女，还紧张地屏住呼吸，像小孩子问起圣诞老人那样。）

"没有，鲍太太。我们还没研究好呢。你一定要让我和同事们深思熟虑才行。在这个人世，有人当老师，有人当学生，有八百万耶和华见证会成员等着我们的结果，等着审判日。但是你必须学会把这些事情留给有直觉感应的人去做，鲍太太，直觉感应。"

艾丽逃了几星期课，一月下旬回到了学校。但一切似乎都很遥远，连每天早晨从南到北的路途都好像是两极间的长途跋涉；更糟的是，这是一个没有目标的旅程，结束在温温吞吞的地区，跟鲍登家的沸腾旋涡相比，这里风平浪静。你既如温水，也不冷也不热，所以我必从我口中把你吐出去。你习惯了极端，突然碰到别的东西还真不习惯。

她经常看到迈勒特，但两人的交谈很简短。现在，他戴上了绿色领结，忙别的事情去了。她仍旧一星期两次给马库斯整理文件，但总是避开这家的其他人。她见到乔舒的时间也很短，他好像和她一样在竭力躲开夏尔芬家的人。她周末去看父母，大家都冷冰冰的，彼此以名字相称。（艾丽，你把盐递给阿吉好吗？克拉拉，阿吉想知道剪刀放在哪里。）每个人都觉得自己被抛弃了。她觉得学校里有人在悄悄议论自己，当伦敦北部的人疑心别人染上了讨厌的宗教病时，就会这样。于是她匆忙赶回朗伯斯区林达克路二十八号，为自己回到黑暗中而大松一口气，就像冬眠或作茧一样，而且，她和别人一样好奇，很想看看艾丽会变成什么样子。这里不是任何意义上的牢房。那所房子是个充满奇遇的地方。在衣橱、被人遗忘的抽屉还有肮脏的画框里，藏着古老的、似乎已过时的秘密。她发现了曾外祖母安布罗西娅的照片，一个骨感的漂亮小东西，瞪着一双大杏眼；一张查理·"白人小子"·德拉姆的照片，他站在一堆石块上，背对漆黑的大海；一本撕掉一行的《圣经》；克拉拉穿校服拍的几张快照，照片上的她露齿大笑，牙齿的恐怖秘密揭开了。她时而查阅杰拉尔德·卡西的《牙体解剖学》，时而查阅《福音圣经》，把霍滕丝的几本藏书都贪婪地快速浏览一遍，吹掉封面上那来自牙买加校舍的红色尘土，还常常用一把小折刀裁开没人看过的书页。二月份的书单如下：

365

《西印度疗养院纪实》，乔·萨顿·莫克斯里著，伦敦：桑普森、洛、马斯顿兄弟公司，1886 年（作者的长名字和书的低劣质量之间存在一种反比关系。）

《汤姆·克林格日志》，迈克尔·斯科特著，爱丁堡：1875 年

《在甘蔗地上》，伊登·菲尔波茨著，伦敦：麦克卢尔兄弟公司，1893 年

《多米尼加：拟定居者须知》，赫斯基斯·贝尔阁下著，伦敦：A.&C. 布莱克，1906 年

艾丽书看得越多，德拉姆上尉那张风度翩翩的照片越是勾起她本能的好奇：英俊而忧郁，在半个教堂的残砖瓦砾中寻寻觅觅，年纪轻轻却见多识广，看上去无处不像英国人，看上去好像同随便什么人都能说上几句，也许还包括艾丽本人。她把照片放在枕头底下，万一他真的跟她讲话呢！到了早晨，屋外不再是意大利的葡萄园了，而是甘蔗，甘蔗，甘蔗，隔壁则是烟草，而且她还恣意想象，让车前草的气味把自己送回到什么虚构的地方去，因为她从未去过那里。哥伦布称之为圣雅各，而原住民阿拉瓦克人固执地称之为牙买加的地方，原住民已然消失，而这个名称却流传下来。草木茂盛、流水潺潺之岛。艾丽并未听说，那些性情温顺、大腹便便的小矮个儿如何因为他们的性情成为牺牲品。那是另一些牙买加人，早已在历史的长河中被人忘却[①]。她以为自己有权知道过去——她对过去的看法——而且充满干劲，就像要找回误投的信件一样。那么，这就是她的来源之所。这全都属于她，是她与生俱来的权利，就跟珍珠耳环或邮政代码一样。X 是此地的标志，于是艾丽把自己找到的每一样东西都标上 X 记号，搜集点点滴滴的线索（出生证、地

[①] 牙买加原住民为印第安人阿拉瓦克族。1494 年哥伦布来到此地。16 世纪初，西班牙人开始在此殖民，进行残酷的掠夺，几乎将阿拉瓦克人灭绝。

图、军队报道、新闻），并把这些东西藏在沙发底下，好像这样一来，这些材料的丰富内容就会在她睡觉时，穿过纤维，渗入她体内。

像花儿在春季抽芽一样，艾丽走访过的隐居女人也露面了。首先是通过声音。乔伊丝·夏尔芬的声音脆生生地从霍滕丝那只破旧收音机里传出来，出现在《园丁问答》节目里。

主持人：又有一位观众要提问了，我想。伯恩茅斯的萨莉·惠特克太太有一个问题要问全体专家，是不是，惠特克太太？你问吧。

惠特克太太：谢谢你，布赖恩。嗯，我是个园艺新手，这是我第一次碰到严寒天气，在短短两个月里，我的园子从五彩缤纷变得光秃秃的……朋友们建议我种一些形状紧凑的花，但那样一来，我就有了很多报春花和双瓣雏菊，看起来太素了，因为园子确实很大。所以，我很想栽一些绚烂的花草，像飞燕草那么高，可是这样的花草又容易被风刮倒，邻居们从自家的篱笆看过来，会想：哎呀哎呀。（演播室的听众发出同情的笑声）那么，我想问问专家，在隆冬季节，如何使花园不逊色？

主持人：谢谢你，惠特克太太。嗯，这是个大家都面临的问题……哪怕是经验丰富的园丁，这个问题也不一定好办。我就没有找到好办法。好吧，让我们把这个问题交给专家，好吗？乔伊丝·夏尔芬，在隆冬季节种花，你有什么办法或建议吗？

乔伊丝·夏尔芬：嗯，首先我必须说，你的邻居好像太多管闲事了。如果我是你，我会对他们说，管好自己分内的事吧。（观众笑声）不过说真的，现在大家追求四季开花的做法其实对园子、对园丁，特别对土壤，是很不利的，我确实是这么想的……我想，冬季是休养生息的季节，色彩单调的季节，你知道——然后，当迟到的春天终于到来时，邻居会大吃一惊！繁花似锦！真是春色满园。我想隆冬季节其实是培育土壤的时节，翻一翻土，让土壤休息一下，为将来做好准备，给隔壁多管闲事的人们一个惊喜。我总把园子的灵魂当成女人的身体——它循环运动，你们知道，某段时间是繁殖生育期，某段时间不是，那都很自然。但如果你真的执意要四季开花，那么斋期玫瑰——科西嘉嚏根草——非常适合在寒冷的钙质土壤里生长，即使非常——

　　艾丽把乔伊丝关掉了。这样做很痛快，关掉乔伊丝。这样做不完全是出于撒气。强迫不听话的英国土壤长出东西来，忽然之间，这一切似乎令人觉得厌倦、多余起来。现在有了这个地方，还操那份心干吗。（在艾丽看来，牙买加似乎刚刚形成。就像哥伦布本人一样，她发现了牙买加，才有了牙买加的存在。）草木茂盛、流水潺潺之岛。这里，万物从土壤里喷薄而出，根本无须照管；年轻的白人上尉可以轻易邂逅年轻的黑人姑娘，他们俩生气勃勃、纯洁无瑕，没有过去，未来也不受别人支配——这里一切都属于过去。没有虚构，没有讹传，没有谎言，没有乱成一团的网——这就是艾丽想象中的家乡。家乡这个词就像独角兽、灵魂和无限这些词一样令人浮想联翩，而家乡的特别魅力，在艾丽身上产生的特殊魔力，是它听起来像开端，开端的开端。仿佛伊甸园的第一天早晨、世界毁灭后的第二天，宛如一张白纸。

　　但是每当艾丽觉得自己接近它了，接近过去的完全空白时，眼前的某些人就会摁响鲍登家的门铃，闯进她的空间。母亲节那个星期天，乔舒华出人意料地来访了，他怒气冲冲地踏在台阶上，看上去至少轻了一英石半，身上也邋遢了很多。艾丽还没来得及表示关切或震惊，他就已经蹿进屋来，砰地关上了门。"我觉得恶心！恶心得连该死的后牙都感觉到了！"

　　门这一震，震倒了搁在艾丽窗台上的德拉姆上尉，她小心地把他重新放好。

"啊，见到你真好，朋友。你为什么不坐下放松一下？什么东西让你恶心了？"

"他们。他们让我恶心。他们一天到晚唠叨权利和自由，同时每周都要他妈的吃五十只鸡！伪君子！"

艾丽一时看不出其中的联系。她掏出一支烟，准备听对方发表长篇大论。让她吃惊的是，乔舒华也掏出一支，两人跪坐在靠窗的椅子上，透过窗栅朝街上吞云吐雾。

"你知道圈养鸡是如何生活的吗？"

艾丽不知道，乔舒华便说起来：可怜的鸡大半辈子都被关在完全黑暗的笼子里，像沙丁鱼那样拥挤不堪地生活在鸡屎中，吃着劣质鸡食。

而这种状况，用乔舒华的话来说，与猪、牛和羊的日子一比，显然还算不了什么呢。"这是他妈的犯罪。一定要给马库斯讲讲，让他星期天别大吃猪肉。他真是他妈的信息失灵。你注意到这点没有？他对有些事情知道得很多，可其他事情就……噢，趁我还没忘记，你应该拿一份传单。"

艾丽没想到乔舒华·夏尔芬也会派送传单，可传单已经发到她手里了，标题是："**吃肉就是谋杀：事实与故事**"，由反折磨组织（FATE）印刷。

"'反折磨'代表'反对折磨和盘剥动物'。这个组织类似绿色和平之类的中间分子。看看吧——他们不仅是狂热的嬉皮士，而且都有实实在在的科研和学术背景，从无政府主义角度看问题。我觉得找到了自己的位置，你知道吗？这真是一个令人难以置信的团体，致力于直接行动。组织头目是牛津毕业的。"

"唔唔。迈勒特怎么样？"

乔舒华摆摆手，表示不想回答这个问题。"噢，我不知道。有毛病。出毛病了。无论他有什么怪念头，乔伊丝总是迎合他。别问我。他们都让我觉得恶心。一切都变了，"乔舒不安地用手指捋着直垂到肩膀的头发，威尔斯登人亲切地管这种发型叫犹太式胭脂鱼发型①，"一切都变了，我不知道从何说起。现在我真的是……心明眼亮。"

艾丽点了点头。她对这种心明眼亮的感觉心领神会，她十七年的人生充满了这样的时刻。而且她对乔舒华的变化也不觉得意外。在十七岁那一年中，有四个月时间都处在摇摆不定之中；从滚石迷变成甲壳虫迷，从保守党派变成自由民主党派，又变回保守党派，从收藏乙烯基唱片到收藏激光唱盘。在你一生中，再也不可能像这段时间那样洗心革面。

"我知道你会明白的。我要是早一点跟你谈就好了，可这些日子我在房子里待不住，每次看到你，迈勒特又总在那里碍手碍脚。见到你真好。"

"你也一样。你样子变了。"

乔舒轻蔑地指了指自己的衣服，现在的衣服显然不像以前那么傻气，"你总不能老是穿你爸爸的旧灯芯绒裤子。"

"倒也是。"

乔舒华拍了一下手："对了，我已经订好了去格拉斯顿伯里的票，可能不回来了。我见到了这些反折磨组织的人，打算跟他们一起去。"

"现在才三月份。总要等到暑假再去吧。"

"乔丽和克里斯平——我就是跟他们见的面——说我们可以早一点去那里。你知道，可以露营。"

"那学校怎么办？"

"如果你可以逃学，那我也可以……我不会跟不上的。我的肩膀上仍旧长着夏尔芬家的脑袋，我会回来参加考试，然后再开溜。艾丽，你得跟这些人见见，他们真是……不可思议。男的信奉达达主义，女的信

---

① 20世纪80年代流行的发式，上边和后边长而两侧极短。

370

奉无政府主义，名副其实的那种，不像马库斯。我对乔丽说了马库斯和该死的未来鼠，她认为马库斯是个危险人物，很可能精神变态。"

艾丽想了想："唔，我会觉得很意外。"

他没有把烟头踩灭就扔到人行道上去。"我打算不吃肉了，现在算是个半素食主义者，但这只是权宜之计。我以后要他妈的吃素。"

艾丽耸了耸肩膀，不知道该怎么回答。

"有一句老话说得好，你知道吗？"

"老话？"

"以火攻火。只有凭借真正的他妈的极端行为才能让马库斯这样的人明白事理。他甚至不知道自己有多么古怪。跟他讲道理是行不通的，因为他以为自己拥有理性。你拿这种人怎么办？噢，我不穿皮衣了，也不用其他一切畜产品、明胶什么的。"

看了一会儿人行道上走过的脚——皮鞋、运动鞋、高跟鞋——艾丽说："这样做，他们会明白的。"

四月一日愚人节，萨马德露面了。他一身白衣走在去餐馆上班的路上，像绝望的圣人那样萎靡不振，看上去就要掉眼泪了。艾丽把他让进屋。

"你好，琼斯小姐，"萨马德说着，微微一鞠躬，"你父亲怎么样？"

艾丽听到这句套话，笑了："你见到他的次数比我们多。真主好吗？"

"好极了，谢谢你。你最近有没有看到我那一无是处的儿子？"

"最近没有。"

艾丽还没来得及说下一句台词，萨马德就当着她的面哭起来，艾丽只好把他领到客厅，请他坐在达克斯的椅子上，又端来了一杯茶，等他开口。

"伊克巴尔先生，有什么不对劲吗？"

"有什么是对劲的？"

"是不是爸爸出事了？"

"噢，没有，没有……阿吉宝德很好。他就像洗衣机广告说的那样：永不磨损。"

"那你出了什么事？"

"迈勒特。他已经失踪了三个星期。"

"上帝呀！对了，你有没有问过夏尔芬家？"

"他没跟他们在一起。我知道他在哪里。出了狼窝，又入虎穴。他跟那些疯狂的绿领结混在一起！就在切斯特的一个体育中心。"

"真见鬼。"

艾丽盘腿坐下，掏出一支烟，"我在学校没看见他，但不知道有多久了。可是，如果你知道他在哪里……"

"我不是为了找他才来的，我是来征求你的建议的，艾丽。我怎么办？你知道他的——怎么才能熬过去？"

艾丽咬着嘴唇，这是她妈妈的老习惯。"我的意思是，我不知道……我们现在不像以前那么亲近了……可我一直以为那可能是因为马吉德的事……惦记他……我是说他从来没这么说过……但马吉德是他的双胞胎哥哥，也许看到他——"

"不是，不是。不是，不是，不是。我真希望是那个缘故。真主知道，我把我所有的希望都寄托在马吉德身上。现在他却说要回来学习英国法律了——夏尔芬家出学费！他要执行人的律法而不是上帝的律法！穆罕默德——愿他安息——他的训诫什么也没学！当然，他妈妈很高兴。可他什么也没带给我，除了失望。比英国人还像英国人。我的话没错，马吉德不会对迈勒特有什么好处，迈勒特也不会对马吉德有什么好处。他们都迷路了，远远偏离了我希望他们走的路。他们必定会跟名叫希拉什么的白人女子结婚，我还不如早点死了。我不过是想要两个好好的伊斯兰教徒孩子。噢，艾丽……"萨马德抓起她空着的那只手，悲伤地拍着，"我只是不明白自己哪里做错了。你教育他们，可他们不听你的，因为他们都在起劲地听人民公敌乐队的音乐；你给他们指明方向，可他们却朝法律协会那条该死的路走去；你给他们引路，可他们挣脱了你的控制，跑到切斯特体育中心去了；你努力把一切都安排妥帖，却没一件称心如意……"

但是如果你能重新来过，艾丽想，如果你能把他们领回到河流的源头，回到一切的起点，回到家乡……但她没有说出来，因为他跟她一样感觉到了，两人都知道，这就和追踪自己的影子一样无济于事。她把手从他手心里抽出来，搁在他手背上拍着："噢，伊克巴尔先生，我不知道说什么好……"

"无话可说。我送回家的那个变成了纯粹的英国人，变成了身穿白西装、头戴假发的律师。我留在身边的这个戴着绿领结，成了彻头彻尾的原教旨主义恐怖分子。有时候我想，我操什么心呀？"萨马德辛酸地说，流露出在英国生活二十年所受的影响，"我真的这么想。这些日子，我觉得，当年来到这个国家，就好像与魔鬼签了协议一样。你在登记处把护照递过去，护照盖了章，你想赚点钱，让自己有个起步……可你是打算回去的！谁愿意待下去？气候又冷又潮，叫人难受；难吃的饭菜，可恶的报纸——谁愿意待下去？待在一个永远不欢迎你、只会折磨你的地方。就是折磨你，好像你是丧家犬一样。谁愿意待下去？可你已经跟魔鬼签了协议……它把你拖了进去，突然你无法回去了，孩子们也变得不认识了，你无所归依。"

"噢，不是这么回事，肯定不是。"

"于是，你开始不去想归属问题了。忽然间，这个东西，归属问题，好像成了存在了很久、叫人讨厌的假象……我开始相信，出生在哪里纯粹是偶然，一切都是偶然。但是如果你这样想，你会走向何方呢？你做什么呢？还有什么事情是你在乎的呢？"

就在萨马德面带恐惧地描绘这种错位时，艾丽惭愧地感到，这片偶然的土地在她听来却似天堂。听起来就像自由的土地。

"你明白吗，孩子？我知道你明白的。"

而他真正的意思是：我们说的是不是同样的语言？我们是不是来自同一个地方？我们是不是同样的人？

艾丽握紧了他的手，使劲点着头，想止住他的眼泪。除了说他想听的话，她还有什么可说的？

"明白，"她说，"明白。明白。明白。"

那天晚上，霍滕丝和瑞安参加了一次深夜祈祷会，回到家还处在极度兴奋中。今晚就见分晓。瑞安对霍滕丝嘱咐了一通他的最新文章在《瞭望塔》上如何排版后，就跑进过道，打电话到布鲁克林问消息。

"可是，我原以为他是与他们一起商讨的。"

"是的，是的，他是商讨……可是最后确认，你明白吗，必须由布鲁克林的查尔斯·温特里先生亲自宣布，"霍滕丝气喘吁吁地说，"天大的日子呀！大日子！帮我抬打字机……我要把它放到桌子上。"

艾丽照做了，把那台硕大的旧雷明顿打字机搬到厨房，在霍滕丝面前放下。霍滕丝递给艾丽一捆瑞安写的小字。"现在你给我念，艾丽·安布罗西娅，念慢一点……我来打。"

艾丽读了半个小时左右，面对瑞安迂回曲折的句子不禁皱起眉头，不时在需要时递修正液；同时作者每隔十分钟就跳进屋来，这里调整句法，那里重写一个段落，老是打扰。艾丽恨得直咬牙。

"托普先生，你有没有打通？"

"还没有，鲍太太，还没有。查尔斯·温特里先生那边一直忙音。我再去打一次。"

一句话，萨马德说过的一句话，此时在艾丽疲劳的大脑里闪过。有时候我想，我操什么心呀。现在没有瑞安碍手碍脚，艾丽觉得这是提问的好机会，不过她很小心地换了一种说法。

霍滕丝坐在椅子里，身子往后靠了靠，把双手放在膝上。"俺这样做已经有很久了，艾丽·安布罗西娅。俺还是穿长袜子的小姑娘时，就开始等这一天了。"

"可是没有道理——"

"你知道什么道理？什么也不懂。见证会是俺的根。没有人对俺好的时候，见证会对俺好。这是俺妈留给俺的好东西，现在已经这么接近末日了，俺不会放手的。"

"可是外婆，这不……你不会……"

"俺来给你讲讲。俺不是那种怕死的见证会会员。怕死的那些希望除了自己，人人都死。这不是献身耶稣基督的理由。虽然俺是女人，俺还是希望自己是上帝的选民。俺一辈子就想要这个。俺要和上帝一起制定法律，发号施令，"霍滕丝很久很响地咂着牙齿，"俺烦透了，教会老是跟俺说，俺是个女人，俺受的教育不够。每个人都想教育你——教育你这个，教育你那个……这个问题一直都在烦俺家的女人。总有人想教育她们这个那个，明明是意志的搏斗问题，却说成是学习问题。但是，如果俺是十四万四千人里头的一个，那就不会有人想教育俺了。教育别人就成了俺的任务了！俺自己制定法律，俺用不着听别人说三道四的。俺妈是个意志坚定的人，俺也是。上帝知道，你妈也一样，你也一样。"

"给我讲讲安布罗西娅，"艾丽说，她看到霍滕丝的防御有隙可乘，"求你了。"

但霍滕丝仍是铁板一块："你已经知道得够多了。过去的已经完结了。谁也学不到什么。第五页开头，念——俺们刚才已经念到这里了。"

这时，瑞安回到房里，脸从没这么红过。

"什么，托普先生？是不是？你知道了？"

"上帝保佑异教徒，鲍太太，因为日子确实近在咫尺了！上帝在《启示录》中说得明明白白，他从来就没打算要第三个千年。现在，先把这篇文章打好，还有一篇我临时口述——你得给所有朗伯斯的会员打电话、发传单——"

"噢，是的，托普先生——可是让俺消化一分钟……不可能是别的日子了，是不是，托普先生？俺跟你说过，俺的骨头都感觉到了。"

"你的骨头跟这有多大关系，我说不上来，鲍太太。我本人和同事们对经文所做的彻底研究肯定起了更大的作用——"

"上帝呀，那是肯定的。"艾丽说，狠狠地瞪了他一眼，过去抱住正哭得浑身发抖的霍滕丝。霍滕丝亲吻了艾丽的双颊，艾丽面对这热乎乎的、潮湿的吻，笑了。

"噢，艾丽·安布罗西娅。俺真高兴你在这里跟俺一起分享这个好消息！俺生活在这个世纪——俺在一次大地震开始的时候来到人世，俺还会再次在隆隆的大地震中看到邪恶和罪恶的人被消灭精光。赞美上帝！最后一切都像他答应的一样。俺知道俺会有这一天的。俺还要等七年。九十二岁！"霍滕丝轻蔑地咂着牙齿，"好！俺外婆活到一百零三岁，那女人到死都一直活蹦乱跳。俺也能活到那个岁数。俺已经活到这把年纪了。俺妈吃尽苦头，才把俺带到人世——可她知道什么教派是正宗的，她在艰难的时候，辛辛苦苦把俺生下来，就是为了让俺看到这光荣的一天。"

"阿门！"

"噢，阿门，托普先生！穿上上帝的全副武装！好了，艾丽·安布罗西娅，俺说到做到：俺会活到那一天的。俺还要到牙买加去看那一天。到了上帝来临那一年，俺就回家去。如果你跟着俺，听俺的话，你也去那里。你想在两千年的时候去牙买加吗？"

艾丽轻轻叫了一声，又跑过去抱住外婆。

霍滕丝用围裙抹着眼泪："主耶稣啊，俺活在这个世纪！俺真真切切地活在这个可怕的世纪，经历了这个世纪的一切烦恼和苦难。感谢你，上帝，让俺生死两头都感觉到隆隆的震动。"

马吉德、迈勒特、马库斯
1992，1999

Fundamental 根本的，形容词、名词。形容词：1. 基础的或基本的或与此有关的；追究事物的根源。2. 起基础或基本的作用；必需的或不可或缺的。还有，主要的，原初的；从中派生出其他。3. 建筑物基础的或与建筑物基础有关的。4. 最低层次，处于底层。

Fundamentalism 原教旨主义，名词。完全保持以前正统宗教信仰或学说，特别是坚信宗教文本的绝对正确性。

——《新简明牛津词典》

你一定记得这一切，吻仍旧是吻，
叹息依然是叹息；
任时光流逝，
最根本的事物永不变。

——赫尔曼·哈普费德《时光流逝》（1931 年歌曲）

第十六章

马吉德·马哈夫兹·穆谢德·姆布塔希姆·伊克巴尔的归来

"对不起，您不会抽那玩意儿的，是吧？"

马库斯闭上眼睛。他讨厌这种句子结构。他很想以语法上同样反常的说法回答：是的，我不抽那玩意儿。不，我会抽那玩意儿。

"对不起，我说您——"

"是的，您说第一遍的时候，我就听到了。"马库斯轻轻地说，朝右边转过脸去，想看看这个和自己共用一个扶手的人。模塑椅子排成了一长条，每两张椅子中间设了一个扶手。"为什么我不该抽烟，有什么理由吗？"

一见人，马库斯的恼怒立即烟消云散：一位苗条漂亮的亚裔女子，门牙当中有一道很诱人的牙缝，身穿军裤，马尾辫扎得很高，膝上放着一本（居然！）去年春天他和别人合写的科普读物（与小说家萨里·班克斯合作）——《时间炸弹和身体时钟：未来基因时代的奇遇》。

"有，有理由，笨蛋！希思罗机场不准抽烟。一丁点都不行！要抽该死的烟斗，那更是没门。这些椅子都焊在一起，而且我有哮喘！理由充分吧？"

马库斯友好地耸了耸肩膀："是的，太充分了。书好吗？"

这种经历对马库斯来说还是头一回。遇见自己的读者。在候机厅里遇见自己的读者。他一直都是写学术文章的，读者人群小而精，往往都不认识。他以前从没像现在这样大张旗鼓地推出作品，像晚会上的喷花筒那样，那一股股喷出来的东西不知道会落在什么地方。

"什么？"

"别担心，你不准我抽，我不会抽的。我只想问你，这本书好不好？"

姑娘绷起脸，这张脸不像马库斯刚开始看到的那么漂亮，下颌轮廓有点刻板。她合上书（已经看了一半），看着封面，好像忘了在看什么。

"噢，还可以，我想。有点怪。有点叫人头晕。"

马库斯皱起眉头。写这本书是经纪人出的点子：兼顾高低水平的文化类书籍，马库斯就遗传学的某个特定发展阶段写一章"硬科学"内容，然后由小说家从未来主义、虚构、推测等角度探索这些想法，平行写出一章，就这样两个人分别写了八章。马库斯考虑到儿子要上大学，马吉德要上法律学院，看在钱的分上同意了这个项目。结果，这本书不像希望或预期的那样热销。马库斯偶尔想到这本书时，会觉得这是一个败笔。可是为什么说怪？有点叫人头晕？

"唔，怪在哪里？"

女孩忽然起了戒心："这算什么？审问吗？"

马库斯收敛了一点。出门在外、离开家人时，他那夏尔芬式的狂妄有所收敛。他为人率直，觉得除了直截了当地提问，别的都属多余，但最近几年，他开始意识到，与在小圈子里不同，这种率直在陌生人那里不一定会得到直接的回答。在外部世界，在学院和家庭以外的地方，你得在话里加上一点东西。特别是你样子有点怪，马库斯觉得自己是这样的：你上了点年纪，长着一头怪里怪气的鬈发，戴着一副少了底边的眼镜。你得在话里加上一点东西，让这些话听起来舒服一点，比如优雅的说法、随口带过的短语、请、谢谢之类。

"不，不是审问。我只是在想自己也去找来看看，就这样。我听说书很好，你知道。我想知道你为什么觉得这本书怪怪的。"

女孩这时断定马库斯既不是连环杀手也不是强奸犯，于是放松了一些，靠回到椅子上。"噢，我不知道。与其说怪，我想，不如说可怕。"

"怎么可怕呢？"

"嗯，是可怕呀，不是吗？所有这一切遗传工程的勾当。"

"是吗？"

"啊，你知道，拿人的身体瞎折腾。他们认为，智力、性欲——几乎所有一切，都各由一个基因控制，你知道吗？重组 DNA 技术，"姑娘小心翼翼地用着术语，好像是在试探，看看马库斯懂多少。看他脸上没有认同的表情，她自信起来，继续说下去，"你一旦知道某个、某点 DNA 的限制酶，一切都可以接入或切断，就跟该死的立体声系统一样。对那些可怜的老鼠，他们就是这么干的。这真是他妈的太可怕了。且不说他们放在培养皿中的病原生物，也就是导致疾病的生物。我是说，我是学政治的，啊，我考虑的是：他们在创造什么？他们想消灭谁？如果你认为西方人不会用这种垃圾对付东方人，对付阿拉伯人，那你就太幼稚了。对付激进的伊斯兰教徒，这是最快的办法——不，说真的，朋友，"女孩见马库斯扬起一条眉毛，又说，"事情变得越来越可怕了。我是说，看这种垃圾，你会意识到原来科学如此接近科幻。"

在马库斯看来，科学和科幻就像两艘在夜晚的浓雾中擦肩而过的船。比如，科幻中的机器人——甚至他儿子奥斯卡预想的机器人——都比机器人技术或人工智能先进一千年。在奥斯卡心里，机器人会唱歌，会跳舞，能与自己同悲同欢；但在美国麻省理工学院，一些可怜虫还在费尽心机地让机器再现人类拇指的活动。问题的另一面是，最简单的生物学事实，比如动物细胞的结构，人人都觉得是个谜，只有十四岁的孩子和他这样的科学家除外；前者在课堂上画细胞结构，后者把异质 DNA 注入细胞结构。在马库斯看来，这两类人以外是一片汪洋大海，其成分是白痴、阴谋家、宗教狂人、自以为是的小说家、动物权利激进分子、政治系学生，还有反对他毕生事业的所有其他各种原教旨主义者。在过去几个月里，自从未来鼠在一定程度上得到了公众关注，他不得不相信这些人的存在，相信他们实际上全部都存在，这对他来说，其难度不亚于要他相信花园里住着仙女！

"我的意思是，他们谈论进步，"姑娘尖声说，有点兴奋起来，"他们谈论医学领域的种种飞跃，这呀那呀，但底线是，如果有人知道如何消除人们身上'不合意'的基因，你认为某些政府不会这么干吗？我的意思是，什么是不合意的？这有那么一点法西斯主义味道……我想这是一本好书，但在有些地方，你真的会想：我们正在走向何方？千万个蓝眼睛的金发男女？邮购宝宝？我的意思是，如果你是像我这样的印度人，那你就会有点担心了，啊？还有，他们在可怜的动物身上培植癌细胞；你凭什么对老鼠的构造动手动脚？这实际是在创造一种动物，而创造的目的就是让它死——像上帝一样！我的意思是，我本人是印度人，啊？我不信教或别的什么，可你知道，我相信生命是神圣的，啊？而这些人，给老鼠编码，安排老鼠的一举一动，啊，什么时候生小老鼠，什么时候死掉。这简直是违背自然。"

马库斯点着头，尽量掩饰自己的疲惫。单是听她讲话就令人筋疲力尽。马库斯在书中根本没有触及人类优生学问题——这不是他的专业领域，他对此也没兴趣。可这姑娘却几乎把全部注意力都放在组合 DNA 领域平淡无奇的发展上——基因治疗、溶解血栓的蛋白质、克隆胰岛素——从中发展出充满新法西斯主义色彩的耸人听闻的想象：盲目的人类克隆、性特征和种族特征的基因控制、突变疾病等。只有老鼠那章才可能引发这种歇斯底里的反应。书名指的就是他的老鼠（这又是经纪人的主意），媒体关注的也是他的老鼠。现在，马库斯看清了以前只是隐约怀疑的东西：如果不是因为这只老鼠，根本就不会有人对这本书感兴趣。他所从事的其他工作似乎都没有像这只老鼠那样引起公众的兴趣。

决定老鼠的未来，这本身激起了人们的不安。因为人们就是这样看问题的：这不是在决定癌症、生殖周期或成熟能力的未来，而是在决定那只老鼠的未来。人们对那只老鼠会这么关注，真是出乎他的意料。他们似乎无法把动物看成一个点，一个了解遗传特征、了解疾病、了解死亡的生物性试验点。老鼠的鼠性似乎无法回避。《泰晤士报》发表了马库斯实验室一张转基因老鼠照片和一篇记述了专利申请种种困难的文章。他本人和报社都收到了无数攻击信件，写信人所属派系五花八门，如保守妇女协会、反活体解剖游说团、伊斯兰民族组织、贝克郡圣安格尼斯教会的教区长和《极左派自发公报》的编辑委员会。尼娜·贝古姆给他打电话，说他来世会变成一只蟑螂。格莱纳橡树综合学校对媒体的风向一向很敏锐，随即收回了邀请马库斯参加全国科学周的邀请。他的儿子，他的乔舒华，直到现在仍拒绝跟他说话。所有这一切荒唐事确实令他震惊不已，他无意中引发了恐惧。而这就是因为公众比他领先了几步，就如奥斯卡的机器人一样，他们已进入残局阶段，已给他的研究结果下了结论——他根本就没有想到这种结果！——充斥着克隆、行尸走肉、按照人的意愿设计出来的孩子、同性恋基因。当然，他知道自己所从事的工作确实牵涉到某种伦理侥幸因素。从事科学工作的人都面临这个问题。在一定程度上，你在黑暗中摸索，无法预料将来会产生什么结果，无法确定你的名字会沾染什么样的污点，你的门前会躺着什么人的尸体。任何人一旦从事新领域的研究工作，从事真正富于远见的工作，都无法预料，自己的双手会不会在生前或身后沾上鲜血。难道因此就停止工作吗？压制爱因斯坦的工作？捆住海森堡①的双手？那你还能指望取得什么进展呢？

　　"不过想必，"马库斯开始说话了，他没想到自己也能这么滔滔不绝，"想必这就是关键。在某种意义上，一切动物的死亡都受遗传密码

---

① 德国物理学家，量子力学的奠基人，1932年获诺贝尔物理学奖。

的控制。这是完全合乎自然的。如果它表面上没有规律可循，那只是因为我们了解得还不够清楚，你看。我们没有彻底弄清，为什么有些人在六十三岁自然死亡，而有些人则能活到九十七岁。这些事情多了解一点，想必是很有意思的。长了癌细胞的老鼠之类的东西，想必其作用是为了让我们一步步地看清生命和死亡，放在显微——"

"啊，好的，我得去五十二号门了。"姑娘说着，把书放进包里，"管他呢，跟你聊天很高兴。不过啊，你应该看看。我很喜欢萨里·班克斯……他写得好吓人。"

马库斯目送着姑娘和她一跳一跳的马尾辫沿着宽阔的通道前进，直到她的身影融入其他深色头发的女孩，看不见为止。立刻，他如释重负，愉快地想起自己要去三十二号门迎接马吉德·伊克巴尔，他是截然不同的另一种人，或者说是肤色较黑的一种人，随便怎么说吧。咖啡很快从滚烫变得微温，还有十五分钟，他丢下咖啡，开始朝五十号之前的方向走去。"思想的交会"一词浮现在他脑海里。他知道这样看待一个十七岁的孩子有点可笑，但他还是这样想，这样感觉：有点兴高采烈。当年，十七岁的马库斯·夏尔芬初次走进导师那间简陋的大学办公室，导师可能也有同样的感觉，有点心满意足。马库斯很熟悉导师和学生之间那种彼此赏识的骄矜。（啊，你很有才华，肯赏脸和我一起工作！啊，我很有才华，能得到您的赏识！）但他还是由着自己这样想。他很高兴自己将单独跟马吉德见第一面，不过他但愿自己不会感到愧疚，因为这是他事先计划好的，恰当地说是一系列幸运的巧合。伊克巴尔家的车坏了，马库斯的小客车不够大。他说服萨德和阿萨娜，如果他们跟着一起去，马吉德的行李就没地方放了。迈勒特跟永伊护的人在切斯特，还说（那种腔调令人想起他热衷看黑手党录像带的日子）："我没有兄弟。"艾丽早上要考试。乔舒华呢，只要马库斯坐在车上，他就不坐；实际上，他现在基本不坐汽车，而选择环保的两轮车。关于乔舒的决定，马库斯把它视同人类的一切决定。作为观念，你不可能同意或不同意，人们所做的那么多事情都是毫无意义的。而目前他跟乔舒华这么疏远，更让他感到无能为力。他很难过，连自己的儿子都不能如己所愿成为夏尔芬主义者。在过去几个月里，他对马吉德抱的期望越来越高（这也是为什么他的脚步加快了，二十八号门、二十九号门、三十号）；也许他开始希望，开始相信，即使在夏尔芬主义湮灭于荒野之中时，马吉德也会是思想健全的夏尔芬主义的灯塔。他们会拯救对方。这不可能是信念，是吗，马库斯？他一边快步走着，一边扪心自问。在走过一扇半门的时间里，这个问题使他心烦意乱。接着困境过去了，答案让他安下心来。不是信念，不是，马库斯，不是那种盲目的信念；是更强大的东西，更坚实的东西。知识的信念。

　　到了。三十二号门。那么，他们两个人，克服了大洲的重重阻隔，终于要见面了。老师和心甘情愿的学生，然后是历史性的第一次握手。马库斯根本没想过，两人的见面可能会很糟。他不是学历史的。（科学告诉他，我们所做的一切都是透过玻璃，在暗中进行的；而将来总是比较明亮，我们所做的一切都很直接，或至少直接一些。）他没有听说过有关深色皮肤的人与白人见面、两人都怀着很高的期望、但只有一个人是有力量的那类故事。他也没带什么写了名字的白色纸板，像其他等着接人的人那样。当他看着三十二号门时，他担心起来：两人怎么认出对方来呢？接着他想起来，自己来接的是双胞胎中的一个，想到这，他笑出声来。从那条通道走出来的男孩，他的基因代码跟他已经认识的男孩完全相同，但在所有想得到的方面，又截然不同，这真是令人难以置信、匪夷所思，连马库斯都有这种感觉。他会看见他，又没有看见他。他会认出他，但又不是真的认识他。他还没来得及思考这些话意味着什么，这些话是否意味着什么，人们已经朝他走来了：BA261班机的乘客，一群爱说话但疲惫不堪的棕色人如河水一样朝他涌来，在最后时刻转变了方向，好像他是瀑布的边缘一样。叽里呱啦……叽里咕噜……这就是他们说的话，跟栅栏另一侧的朋友说的话；有些女人全身披着帷幔，有些披着纱丽；男人身穿各种面料的服装（皮革、粗花呢、羊毛和尼龙），头戴小小的船形帽，让马库斯想起尼赫鲁；孩子们身穿中国台湾产的针织套衫，背着鲜红和黄色的帆布书包。人们走过一道道门，来到三十二号门的集合大厅，与姑姑相见，与司机相见，与孩子相见，与办事员相见，与晒黑了皮肤、满口白牙的航班代表相见……

"您是夏尔芬先生。"

智者相会。马库斯抬头看着面前的这个高个年轻人。这是迈勒特的脸，不错，但刮得干净些，相貌上也年轻一些；眼睛的颜色不像迈勒特那么紫，或者说，紫得不那么热烈；头发垂下来，向前梳着，跟英国公立学校的发型一样；形体也同样结实健康。马库斯对衣服不懂行，但至少说得出全是白色的，总体印象是衣料很好，做工很考究，质地柔软。而且，他很英俊，这连马库斯也能看出来。他缺少弟弟那种拜伦式的魅力，但似乎更加高贵，长着刚毅的下巴和威严的咽喉。不过，这些都是落进草垛里的针罢了，你注意到这些差别是因为两人太像了。从断鼻子到硕大无朋的脚，两人都一模一样。马库斯意识到，自己对此隐约感到有点失望。马库斯想，但是撇开外表，这个小伙子真正像谁是毫无疑问的。马吉德不是从这么多人中认出了马库斯吗？他们不是认出了对方吗，就在现在，在一种更深、更根本的层面上？不是像城市或随机分裂的卵子的两半那样相似，而是等式两边那种相似：在逻辑上，在本质上，在必然性上。像理性主义者惯常表现的那样，马库斯完全惊呆了，一时间抛弃了理性。在三十二号门口凭直觉相遇（马吉德从对面径直朝他走来），在一大堆人当中——起码有五百个吧——发现对方，这是什么概率？这就像精子征服黑暗的路径奔向卵子那样难以想象，像卵子一分为二那样奇妙。马吉德和马库斯。马库斯和马吉德。

"是我！马吉德！我们终于见面了！我觉得好像早就认识你了——嗯，我确实认识，可我又不认识你——但是，说真的，你怎么知道就是我呀？"马吉德的脸放出光来，撇着嘴，露出天使般迷人的微笑。

"嗯，马库斯，我亲爱的朋友，你是三十二号门唯一的白人。"

马吉德·马哈夫兹·穆谢德·姆布塔希姆·伊克巴尔的归来极大地震动了伊克巴尔家、琼斯家和夏尔芬家。"我认不出他了，"他在家里住了几天之后，阿萨娜悄悄告诉克拉拉，"他有点怪。我跟他说，迈勒特在切斯特，他一句话也没说，嘴都不张一下。他已经有八年没看见他弟弟了，可他一声不吭，屁都不放一个。萨马德说这是个克隆人，不是伊克巴尔家的。你简直都不愿碰他。牙齿一天要刷六遍，内衣裤也要熨。那感觉简直就像在和电影明星戴维·尼文同桌吃早饭。"

乔伊丝和艾丽同样满腹狐疑地观察着新来的人。这么多年，她们热烈而彻底地爱着弟弟，现在突然出现了这张熟悉的新面孔，就好像打开电视看自己最心仪的连续剧，却发现一个钟爱的角色悄悄换了一个发型相似的演员。在开始的几个星期里，她们不知道该怎么面对他。至于萨马德，如果可以由着自己的性子，他会永远把这个小伙子藏起来，把他锁在楼梯底下，或者送他到格陵兰岛去。他的所有亲戚肯定会上门（他曾经在那些亲戚面前吹牛，他们有的甚至在镶了镜框的马吉德照片祭坛前膜拜过）。他怕亲戚们见到这位年轻的伊克巴尔，他的领结，他的亚当·斯密，他该死的 E. M. 福斯特和他的无政府主义！唯一的好处是阿萨娜身上的变化。你找那本《A-Z》吗？是的，萨马德·迈阿，它在右手最上面的抽屉，是的，就放在那里，是的。她第一次这么说时，他欣喜若狂。诅咒解除了。再也不说也许吧，萨马德·迈阿，再也不说可能吧，萨马德·迈阿。是，是，是。不，不，不。根本的事物。这是幸福的解脱，但还不够。他的儿子辜负了他的期望。这种痛苦太强烈了。他低着头无精打采地在餐馆里拖着脚步。如果姑姑婶婶、叔叔伯伯打电话来，他就转移话题，要么索性撒谎骗人。迈勒特？是的，他在伯明翰，在清真寺工作，是的，重建信仰。马吉德？是的，他快要结婚了，是的，很好的年轻人，要娶一个可爱的孟加拉姑娘，是的，捍卫传统的卫士，是的。

就这样。首先是调整餐椅，每个人都朝左或朝右移一点位置。十月初，迈勒特回来了，人变瘦了，满脸胡子。出于政治、宗教和个人理由，他平静而坚决地不肯见双胞胎哥哥。"有马吉德，就没我。"迈勒特说。（这次引用了影星德尼罗的名言。）因为迈勒特看上去又瘦又累，眼神狂野，萨马德就说迈勒特可以留在家里，这样，在问题得到解决以前，马吉德只好暂住在夏尔芬家。（阿萨娜很恼火。）因为父母的爱又给了伊克巴尔家的另一个人，乔舒华很生气，便住到琼斯家去了。艾丽表面上已经回到父母身边（在"休学一年"上让步了），其实却整天待在夏尔芬家，帮马库斯处理各种事务，以便给自己的两个计划（一九九三年夏季的亚马孙丛林和二〇〇〇年的牙买加）存钱，常常忙到深夜，就睡在沙发上。

"孩子们离开了我们，他们走了，"萨马德在电话上对阿吉说，语气那么伤感，阿吉还以为他在念诗，"他们是陌生土地上的陌生人。"

"不如说他们都跑到该死的山上去了，"阿吉冷冷地回答，"告诉你，在过去几个月，要是我看到艾丽一次，就有一个便士……"

大约会有十个便士。她从不着家。艾丽卡在了岩石和坚硬的地面之间，就像爱尔兰、以色列和印度那样。认输的境地。如果她待在家里，乔舒华会指责她跟马库斯的老鼠有瓜葛。对这些话她既回答不出，也没有兴致回答：活体应该受专利保护吗？在动物身上植入病原是否正确？艾丽不知道，于是就以她从父亲那里继承的本能，不开尊口，敬而远之。但是，如果她在夏尔芬家——这份工作已经成了暑期全职工作，她就得面对马吉德。简直令人难以忍受。九个月前，她开始给马库斯整理文件，当时的工作量很轻，可现在已经增加了七倍！公众近来对马库斯的工作产生的兴趣意味着她必须处理传媒的大量电话和邮件，安排约见，她的报酬也增加到了秘书的水准。但问题就在这里，她是秘书，而马吉德则是知己、门徒和弟子，马库斯不管出行还是在实验室都带着他。他是个幸运儿，受青睐的孩子。他不仅才华横溢，而且魅力十足；不仅魅力十足，而且宽宏大度。对马库斯而言，他是祈祷所得的回应。这个小伙子以与他的年轻不相称的专业精神编织最动听的道德辩护词，帮马库斯构思论点，而这些事情马库斯自己是没有耐心的。是马吉德鼓励他走出实验室，牵着他的手走进阳光普照的世界，走近正呼唤他的人们。大家需要马库斯和他的老鼠，马吉德知道如何给他们提供这一切。如果《新政治家》杂志需要一篇两千字的关于专利的辩论，那么马吉德会在马库斯说话时加以记录，把他的话变成优雅的文字，把不热衷道德辩护的科学家的乏味陈述变成哲学家精湛的辩词。如果第四频道新闻节目需要做专访，马吉德就教他如何坐，如何摆手，如何点头。而做这些事情的男孩，大半时光在没有电视、没有报纸的吉大港山度过。马库斯很想说这是奇迹，尽管他一辈子对这个词深恶痛绝，自从三岁那年说了这个词被父亲打了一记耳光后，就再也没说过，但现在他忍不住说了。或者，至少可以说很幸运。这孩子在改变他的生活，这非常幸运。马库斯生平第一次准备承认自己有错——注意，是小错——但总归是……错。他太孤僻了，也许吧，也许吧。面对公众对他研究工作的兴趣，他摆出一副好斗、激进的样子，也许吧，也许吧。他看到了变化的余地。而很高明也是最重要的一点在于，马吉德一点也没让马库斯觉得夏尔芬主义在做出妥协，他每天都在表达自己对夏尔芬主义的欣赏和赞美。他对马库斯说，他要做的一切就是让人们了解夏尔芬主义，但你得以人们能够理解的方式向他们提供所需的东西。他说这话的语气是那么崇高，那么和缓，那么真切，马库斯乖乖让步了；要是半年前听到这话，他肯定会嗤之以鼻。

"本世纪还有一个空位置，"马吉德（这家伙是个恭维大师）对他说，"弗洛伊德、爱因斯坦、克里克和沃森……还有一个空位置，马库斯。公共汽车还没坐满。叮！叮！还有一个空位置……"

这样的邀请你无法抵御，无法抗拒。马库斯和马吉德。马吉德和马库斯。别的都无关紧要。他们俩对艾丽的反感毫无察觉，对他们的友谊在每个人身上所引发的广泛不满和奇怪的震荡同样毫无察觉。马库斯抽身离去了，就像蒙巴顿离开印度或一个厌倦了的少年离开同伴一样。他废止了对所有事和所有人的责任——夏尔芬一家、伊克巴尔一家和琼斯一家——因为所有事和所有人都在排斥马吉德和他的老鼠，其他人全都是极端狂热分子。艾丽也缄口不语，因为马吉德很好，马吉德很和善，马吉德一身白衣在屋里走来走去。可是，就像基督复临的所有圣迹、所有圣人、救世主和教派领袖一样，用尼娜的生动说法，马吉德·伊克巴尔也是一根百分之百、名副其实、实实在在的肉中刺。下面是一段很有代表性的谈话：

"艾丽，我被搞糊涂了。"

"现在别跟我说话，马吉德，我在通电话。"

"我不想占用你的宝贵时间，但这事有点紧迫。我给搞糊涂了。"

"马吉德，你能不能——"

"你看，乔伊丝真好，给我买了牛仔裤，牌子叫李维斯。"

"这样，我过会儿给您打回去，好吗？对……好的……再见。什么，马吉德？那是个很重要的电话。什么事？"

"你看，我有这么漂亮的美国李维斯牛仔裤，白色的，乔伊丝的姐姐去芝加哥度假带回来的，人们都管那里叫'风城'，不过考虑到那地方靠近加拿大，我觉得那里的气候倒不见得有多特别。我的芝加哥牛仔裤。想得真周到！收到这份礼物，我都不知所措了。可里面的这块标签把我搞糊涂了，上面写这衣服'缩水合身'。我问自己：'这是什么意思：缩水合身？'"

"衣服会缩水到合身为止，马吉德。我是这么猜的。"

"可乔伊丝这么聪明的人，却买了合身的尺寸，你看，A32，34。"

"行了，马吉德，我不要看。我相信你。那就别缩水不就行了。"

"我一开始也这么想，可好像没有单独的缩水程序。你只要洗牛仔裤，它就会缩水。"

"有意思。"

"你明白，到了一定时候，牛仔裤总要洗的。"

"你想说什么，马吉德？"

"我想说，衣服是不是按预先算好的量缩水，如果是这样，这个量是多少？如果缩水量不对，那他们要吃很多官司，是不是？毕竟，如果缩水后不合我的身，那么缩水合身就没什么好的。还有一种可能，像杰克说的那样，衣服会缩到紧贴身体的轮廓。可这怎么可能呢？"

"哎呀，你为什么不穿上这条该死的牛仔裤，跳到该死的浴缸里，看看结果会怎样？"

你无法用言语激怒马吉德，他会把另一侧脸颊也送上来。有时一天好几百回，就像保护孩子过马路的交通安全员一样，他就这样对着你微笑，既不难过也不生气，然后点点头（他父亲听到客人点咖喱龙虾时也这样点头），摆出完全原谅对方的样子。马吉德对每个人都绝对宽容，而这是一种令人难以置信的肉中刺的行为。

"唔，我不想……噢，该死。对不起。你看……我不知道……你只是那么……你有没有迈勒特的消息？"

"我弟弟躲着我，"马吉德仍带着那副一贯平和、宽容的表情，"他把我当成该隐了，因为我没有信仰，至少不相信他的神或其他有名有姓的神。他不肯跟我见面，连通电话也不接。"

"噢，你知道，他可能会回心转意的。他总是那么固执。"

"当然，对，你爱他，"马吉德继续说，不给艾丽辩解的机会，"所以，你知道他的习惯、他的作风。那么，你会明白，他希望我皈依的意愿有多强烈。我已经皈依了生活。我在 π 的小数点后第一百万位、费德鲁斯①的文章和完全悖论中看到了他的神。但是，那对迈勒特是不够的。"

艾丽直视着他的脸。那里有一种东西，这四个月来，她一直无法看清，因为它隐藏在他的年轻、他的外表、他干净的衣服和整洁的仪容里。现在，她看清了。他的身上打着这种印记，和疯玛丽一样，和白脸蓝唇的印度人一样，和用一条绳子把假发挂在脖子上的那个家伙一样，和那些走在威尔斯登大街上，却不是为了买黑标啤酒、偷立体声音响、获得救济金或在小巷里撒尿的人一样。他们忙的事情与普通人完全不同。预言。它就写在马吉德脸上。他要告诉你告诉你告诉你。

"迈勒特要求你全身心投入。"

"听上去像他的做事风格。"

"他要我加入永恒——"

"对，永伊护，我知道。那么，你已经跟他谈过了。"

"我不用跟他谈，就知道他是怎么想的。他是我的双胞胎弟弟。我不想见他。我不用见他。你明白双胞胎的本质吗？你明白'分裂'这个词的意思吗？或者说，双关含义——"

"马吉德。没有冒犯你的意思，可我得工作了。"

马吉德微微一鞠躬："当然。你会原谅我的，我得把芝加哥牛仔裤拿去做你说的那个实验。"

艾丽咬了咬牙，拿起电话，拨打刚才挂断的电话。这是一位记者（这些天老是记者），她要给他念点东西。考完试，她参加了媒体关系学的速成班，跟媒体打交道让她明白一点，要单独面对每个人毫无意义，不可能给《金融时报》《镜报》和《每日邮报》分别提供独特的观点。写作角度是他们的事情，跟你无关，他们各自写各自的"媒体《圣经》大作"，每个人有每个人的角度。老记们有自己的派系，他们也很盲目，

---

① 古罗马寓言作家，著有《寓言集》五卷。

总是急切地捍卫自己的地盘，日复一日说着同样的话。一贯如此。谁会猜得到，路加①和约翰②对这个世纪的独家新闻——上帝之死会采取如此不同的角度？这只能证明，你不能相信这些人。因此，艾丽的职责就是提供信息，每次都是对着钉在墙上、由马库斯和马吉德写的一张纸，逐字照念。

"好了，"记者说，"走带了。"

这里，艾丽跌跌撞撞地跨过了公共关系学的第一个障碍：相信自己所贩卖的东西。这并不是说她缺少道德信念，而是出于更为根本的原因。她不相信这是确实存在的事实。她不相信这件事的存在。未来鼠 C 现在已成为庞大的、引人注目的、卡通的想法（出现在各家报纸的专栏，老记们苦苦思索着——《它应该得到专利吗？》，被雇佣文人称颂着——《本世纪最伟大的成就？》）。你会希望那只要命的老鼠站起来，开口为自己辩护。艾丽深深吸了一口气。虽然这些话她已经重复了好几遍，但还是觉得怪诞、荒谬——乘着幻想的翅膀写出来的小说——颇具萨里·班克斯之风。

新闻发布稿：一九九二年十月十五日

主题：未来鼠©的推出

马库斯·夏尔芬教授，作家、著名科学家和圣裘德大学遗传学家研究小组的领导人物，计划在公共场所推出其最新"设计"，以增进人们对转基因学的了解，提高人们对他所从事的研究工作的兴趣，同时吸引研究资金。该设计将展示基因操纵的尖端成果，揭开这个备受诋毁的生物研究分支领域的神秘面纱。此次活动包括全面展览、演讲、多媒体展示和儿童互动游戏等内容。政府机构千年科

①《圣经·新约·路加福音》和《圣经·新约·使徒行传》的作者。
②《圣经·新约·约翰福音》、三封使徒书信及《圣经·新约·启示录》的作者。

学委员会为本次活动提供了部分资金，其他资金由工商企业赞助。

一九九二年十二月三十一日，伦敦佩雷特学院将展出一只诞生两星期的未来鼠C，该鼠将在此展出到一九九九年十二月三十一日。该鼠在遗传上一切正常，但基因组中增加了一组精选新基因。这些基因的DNA复制品被注入老鼠的受精卵，使之与合子中的染色体DNA连接，随后遗传给如此形成的胚胎细胞。在注入种系之前，这些基因经过定制设计，因此可被"开启"，并仅在特定的老鼠组织中、沿着可预测的时间表表达出来。该鼠将是研究细胞老化、癌症在细胞内的发展和若干其他事项的实验场所，并将在研究过程中不断带来意外之喜！

记者笑了："上帝呀！这他妈的都在说些什么？"
"我不知道，"艾丽说，"惊喜吧，我猜。"
她继续念道：

在展览的七年时间里，该鼠将存活于世，这大致是普通老鼠正常寿命的两倍。所以，鼠的发育按两年抵一年的速度减缓。第一年年末，该鼠在产生胰岛素的胰腺细胞中所携带的SV40大T致癌基因将表现为胰腺癌，胰腺癌在老鼠一生中将继续以减缓的速度发展。到第二年年末，该鼠皮肤细胞中的H-ras致癌基因将开始表现为多种良性乳头状瘤，再过三个月，观察者就能用肉眼清晰地看到这些瘤。在实验的第四年中，由于预先编码、缓慢根除了酪氨酸酶，老鼠开始丧失产生黑色素的能力。在这个阶段，老鼠将丧失其色素，而成为白化体：一只白老鼠。如果没有发生外部或预料之外的干扰，老鼠将存活到一九九九年十二月三十一日。未来鼠C实验给公众提供了一个近距离观察生命和死亡的独特机会，使他们有机会目睹可用来延缓疾病进程、控制衰老过程、根除基因缺陷的技术。未来鼠C会揭开人类历史上的一个新阶段，使可望而不可即的希望成为现实。到那时，我们将不再是随机的牺牲品，而是自己命运的导演和主宰。

"真见鬼，"老记说，"可怕。"

"啊，可能吧，"艾丽心不在焉地说（今天早晨她还要打十个电话），"要不要我提供些图片资料？"

"啊，要，省得我查档案。谢了。"

艾丽刚放下电话，乔伊丝便像一颗嬉皮扫帚星似的飞进屋来，身上的黑色绲边天鹅绒、长袖宽袍和多重丝巾带起了一股强烈的气流。

"别用电话！我跟你说过了。我们得保持电话线路畅通，迈勒特可能会打来。"

四天前，迈勒特没去见乔伊丝给他安排的心理医生，并从此再没露面。人人都知道他跟永伊护的人在一起，人人都知道他根本不想给乔伊丝打电话。只有乔伊丝不那么想。

"如果他打电话来，我一定要跟他谈。我们已经非常接近突破口了。马乔里差不多已经确诊为注意力缺失过动症，也就是ADHD。"

"那你是怎么知道这一切的？我想马乔里是医生。她是他妈的怎么遵守医生与病人的保密协定的？"

"噢，艾丽，别傻了。她也是我的朋友嘛，她只想让我了解情况而已。"

"中产阶级小团体，还不如这么说呢。"

"噢，真是的。别这么激动。你越来越爱激动了。是这样，我要你别碰电话。"

"我知道。你说过了。"

"因为，如果马乔里诊断正确，确实是ADHD，那他确实需要看医生，服用哌醋甲酯。这病很容易导致衰竭。"

"乔伊丝，他没病，他只是伊斯兰教徒。伊斯兰教徒有一亿呢。不可能个个都得了 ADHD。"

乔伊丝吸了一小口气。"我想你这样说话很伤人，恰恰是这种话于事无补。"

她大步走到砧板前，含泪切下一大块奶酪，说："你看，最重要的一点，是我得让他们俩彼此面对。是时候了。"

艾丽不懂她的意思："是时候了，为什么？"

乔伊丝把一块奶酪抛进嘴里："因为他们需要对方，所以是时候了。"

"但是如果他们不需要，他们就不想见。"

"有时候人们不知道自己想要什么，不知道自己有什么需要。那两个男孩需要对方，就像……"乔伊丝想了一会儿。她不擅长比喻。在花园里总是种什么得什么，不可能长出别的来。"他们需要对方，就像劳莱与哈台①，就像克里克需要沃森——"

"就像东巴基斯坦人需要西巴基斯坦人。"

"嗯，我觉得这没什么好笑的，艾丽。"

"我没笑，乔伊丝。"

乔伊丝又切下些奶酪，在一条面包上切下两大片，做成夹心面包。

"问题是，这两个孩子都有严重的情绪问题，迈勒特不肯见马吉德，这无法解决问题。他太烦恼了。宗教和文化把他们分开了。你能想象得出这种创伤吗？"

艾丽真希望刚才让马吉德告诉她告诉她告诉她，那样，她至少会掌握一些资讯，她就能说出话来反驳乔伊丝。因为，如果你听先知说话，他们会把你武装起来，比如双胞胎的本性、π 的小数点后第一百万位。（无穷数有开端吗？）最重要的，是"分裂"这个词的双重含义。他是否

① 世界喜剧电影史上有名的二人组合。

知道哪种情况更糟，创伤更大——拉到一起还是拆开来？

"乔伊丝，你为什么不操心自己家的人？换换口味也好啊。乔舒怎么样？你最后一次看见乔舒是什么时候？"

乔伊丝的上唇僵住了："乔舒在格拉斯顿伯里。"

"对。格拉斯顿伯里已经结束两个多月了，乔伊丝。"

"他要旅行一段，他说过可能会旅行。"

"他跟谁在一起？你对这些人一无所知。你为什么不在那件事情上操一点心？别他妈的管人家的闲事！"

乔伊丝听到这话毫不退缩。青少年的辱骂在乔伊丝听来太熟悉了，这些日子，她经常听到自己的孩子和别人的孩子的怒骂，一两句怒骂或刻薄话根本奈何不了她，她就像清除杂草那样把这些话清除出去。

"我不担心乔舒，理由你完全明白，"乔伊丝说，她面带笑容，口气好像在上夏尔芬教子指南课，"因为他只是想得到别人的注意，就像你现在这样。对于受过良好教育的中产阶级家庭的孩子来说，在他这个年龄，耍点脾气很正常。"（与当时的很多人不同，乔伊丝大大方方地使用"中产阶级"这个词。在夏尔芬词典里，中产阶级是启蒙运动的继承者、福利国家的缔造者、知识精英和整个文化的源泉。他们从何处得来这种观点，就很难说清了。）"但他们很快会浪子回头。我对乔舒华很有信心，他只是对他爸爸耍脾气，会过去的。但马吉德却真的有问题，我一直都在研究，艾丽，而且有这么多迹象。我能看出来。"

"嗯，你一定看错了，"艾丽反唇相讥，因为一场战争就要开始了，她感觉得到，"马吉德很好，我刚才跟他说过话。他是个禅师！在我这辈子见过的人里，他是他妈的最沉着的人。他在跟马库斯一起工作，这也是他想做的事情，他很快乐。我们大家都尝试一次，采取互不干涉政策，行不行？来一点放任政策，怎么样？马吉德很好。"

"艾丽，亲爱的，"乔伊丝说着，把艾丽按到一张椅子上，自己坐在电话旁边，"你不明白，人都是极端的。要是每个人都像你父亲那样就好了，哪怕天花板在他耳旁掉下来，他都处之泰然。马吉德和迈勒特表现出的是极端行为。放任政策说着好玩，听上去也很机智，但关键是，迈勒特跟这些原教旨主义的人搞在一起，会给自己惹麻烦的，大麻烦。我为他担心得睡不着觉。你在报纸上看到过这些团体的新闻……这些给马吉德带来了可怕的心理压力。那么，我难道应该袖手旁观，眼睁睁看着他们受折磨吗？就因为他们的父母——没错，我要说出来，因为这是事实——就因为他们的父母不在乎？我心里只惦记着这两个孩子的幸福，所有人都应该知道这一点。他们需要帮助。我刚才走过浴室，看见马吉德穿着牛仔裤坐在浴缸里。是的。正常吗？现在，"乔伊丝说，沉着得像牛一样，"我想，内心受了创伤的孩子，我还是看得出来的。"

第十七章

危机谈话和紧急策略

"伊克巴尔太太？我是乔伊丝·夏尔芬。伊克巴尔太太？我能很清楚地看见你。我是乔伊丝。我真认为我们应该谈谈。你能……唔……开开门吗？"

是的，她可以开门。在理论上，可以。但在这种非常时刻——两个儿子不和，分属不同阵营——阿萨娜需要采用一点自己的战术。她已经用过沉默不语、言辞抗议和食品消耗（绝食抗议的反面：吃胖了好吓唬敌人）等战术，现在她正在尝试静坐抗议。

"伊克巴尔太太……只占用你五分钟时间。马吉德对这一切真的非常烦恼，他担心迈勒特，我也是。就五分钟。伊克巴尔太太，求你了。"

阿萨娜坐着不动。她只是继续缝边，眼睛盯着黑线从一个齿穿到下一个齿，然后钻进人造纤维。她使劲踩着歌手牌缝纫机的踏板，好像要踢着马的胁腹冲向落日一样。

"哎呀，你放她进来好了。"萨马德厌烦地说，从客厅里走出来，乔伊丝不断敲门，打扰了他欣赏《古董专场》。（除了爱德华·伍德沃德主演的《均衡器》，这档节目是萨马德最喜欢的。他已经在电视机前花了十五年时间，等待某位伦敦东区的主妇从手提包里掏出一件曼加尔·潘迪的小物件。哦，温特博特姆太太，真是太令人兴奋了。我们现在看到的是步枪枪管，它属于……他把电话放在右手边，以便出现这一场景时，能给英国广播公司打电话，询问温特博特姆太太的地址和要价。到目前为止，只出现过属于哈夫洛克的哗变勋章和一只怀表，但他照看不误。）

他朝过道看过去，透过玻璃看了看乔伊丝的模糊身影，然后悲哀地抓了抓睾丸。萨马德此时正处于看电视的状态：上身穿一件俗气的 V 形领上衣，肚皮鼓得好像里面塞了一个密封的热水瓶，披着虫蛀过的长晨衣；下身穿一条佩斯利螺旋花纹拳击短裤，光着两条柴棒腿，这是青年时代的遗产。在看电视的状态下，他懒得动。屋角的那个箱子（他爱把它看成古董电视机：木头外壳，有四条腿，像维多利亚时代的机器人）把他吸进去，吸走了所有精力。

"哎，你怎么没有行动呀，伊克巴尔先生？叫她走开。别光站在这里，挺着大肚皮，露着小鸡鸡。"

萨马德咕哝着，把所有烦恼的根源——那两个毛茸茸的大球和一根垂头丧气的软棍塞回到短裤的内衬里。"她不会走，"他低声说，"即便走了，也只会更顽固地回来。"

"可这是为什么？她惹的麻烦还不够多吗？"阿萨娜大声说，声音响得乔伊丝也能听见，"她有自己的家，不是吗？为什么她不换换新鲜，跟自己家的人胡搅去？她有孩子，四个吧？她到底想要几个孩子？到底要几个？"

萨马德耸了耸肩膀，走进厨房，在抽屉里找出一副耳机，好用来插进电视机，切断跟外部世界的联系。他，跟马库斯一样，撒手了。随他们去，他就是这么想的。随他们去打。

"噢，谢谢你，"阿萨娜刻薄地说，见丈夫缩回到自己的世界里，"谢谢你，萨马德·迈阿，谢谢你的宝贵贡献。这就是男人干的事情。他们惹了麻烦，世纪终结了，就让女人来擦屁股。谢谢你，老公！"

她加快了缝纫速度，完成了接缝，接着踩裤腿，而门外邮箱旁边的斯芬克斯继续提出没人回答的问题。

"伊克巴尔太太……求你，我们谈谈好吗？为什么我们不能谈谈，究竟为什么？我们非得像小孩子那样吗？"

阿萨娜开始唱起歌来。

"伊克巴尔太太？求你。你这样做有什么好处呢？"

阿萨娜唱得更响了。

"这话我必须告诉你，"乔伊丝说，尽管隔着三重木板和玻璃，声音仍异常刺耳，"我不是为了自己的健康才来的。不管你愿不愿意，我已经跟这事有了瓜葛，明白吗？我已经跟这件事有了瓜葛了。"

瓜葛。至少这话说对了，阿萨娜心想，这时她从踏板上提起脚，轮子空转了几下，嘎吱一声停住了。有时，在英国这个地方，特别是在公共汽车站和白天的肥皂剧里，经常会听到人们说"我们彼此有了瓜葛"，好像这种状况很不错似的，好像是人们主动选择又很喜欢的一种状况似的。阿萨娜从不这样认为。瓜葛很久以前就发生了，像流沙那样把你吞没。圆脸的阿萨娜和英俊的萨马德·迈阿让人推进德里一间早餐厅，一周后两人宣布要结婚，于是就有了瓜葛。克拉拉·鲍登在某个楼梯口遇见阿吉·琼斯，从此就有了瓜葛。一个名叫安布罗西娅的姑娘和一个名叫查理的小伙子（是的，克拉拉已经把那件事告诉她了）在房东家的食品储藏室里接吻的瞬间，就有了瓜葛。有瓜葛既不好也不坏。它只是生存的结果、占有和移民的结果、帝国和扩张的结果、彼此形影不离的结果……你有了瓜葛，就要费尽周折才能脱身。这女人说得对，这样做不是为了自己的健康。在世纪末，我们所做的一切，没有一件是为了健康而做的。说到现代状况，阿萨娜可有话说了。她看脱口秀，她整天看脱口秀——我老婆跟我弟弟睡觉，我妈老是干预我男朋友的生活——而拿话筒的人，不管是满口白牙、皮肤黝黑的男人还是慌乱的已婚夫妇，老是提这么个愚蠢的问题：但你为什么觉得有必要……错！阿萨娜只好透过屏幕给他们讲道理。你这个木头脑袋！不是他们要这样，不是他们愿意这样——他们只是有了瓜葛，明白吗？他们走进去，卡在旋转门的口子里出不来了。瓜葛。时间一年年过去，事情越来越乱，于是就到了现在这步田地。你弟弟跟我前妻的侄女的二表哥睡觉。瓜葛。只不过是令人厌烦、无法回避的事实而已。乔伊丝说瓜葛的口气透着厌倦，还有点辛酸，这让阿萨娜想到，这个词对她也有同样的意义。这就叫作茧自缚！

"好吧，好吧，夫人，就五分钟。无论如何，我今天早上还要做三套连衫裤。"

阿萨娜打开门，乔伊丝走进过道，有一会儿两人各自打量着对手，像紧张的职业拳击手在赛前掂量对方的分量那样。她们绝对棋逢对手。乔伊丝胸脯上的不足，在臀部得到弥补；阿萨娜在精巧的五官上暴露出来的弱点——细小漂亮的鼻子、淡淡的眉毛，则在粗壮的手臂上得到弥补，母性力量的体现。因为，说到底，她是这里的母亲，两个当事小伙子的母亲。她手里握着王牌，迫不得已时可以打出。

"好吧，那么，"阿萨娜说着，挤进狭窄的厨房门，示意乔伊丝跟进去，"茶还是咖啡？"

"茶，"乔伊丝明确地说，"如果有的话，要水果茶。"

"水果茶没有，连格雷伯爵茶都没有。我从产茶的地方来到这个该死的国家，连像样的茶都喝不起了。只有提普斯碎茶，别的都没有。"

乔伊丝让步了。"那就提普斯碎茶吧。"

"遵命。"

过了几分钟，一杯茶咚的一声重重地放在乔伊丝面前，茶水上浮着一圈灰色茶沫，成千上万个小得难以想象的微生物在泡沫上作怪。阿萨娜给乔伊丝留出片刻思考时间。

"让它静置一会儿，"她开心地说，"我丈夫挖沟掘洋葱的时候，掘到一根水管子。从那时起我们的水就有点不正常了。有时出水，有时不出水。不过等一分钟，茶就清了。看到了？"阿萨娜很没说服力地搅了一下，反倒把大块不明物质搅到水面上，"看到了？连沙贾汉^①都喝得！"

乔伊丝试探着喝了一口，然后把茶杯推到一边。

"伊克巴尔太太，我知道过去我们俩的关系不是很好，但是——"

"夏尔芬太太，"阿萨娜举起长长的食指打断乔伊丝，"从警官到人力车夫，有两条规则人人皆知。第一，不要让你的国家成为交易站。这条很重要。如果我的祖先遵循了这条忠告，现在我的处境就大不相同了，可这就是生活。第二，不要干涉别人的家事。要加奶吗？"

"不，不，谢谢。一点点糖……"

阿萨娜往乔伊丝的杯子里倒了满满一大勺。

"你觉得我在干涉吗？"

"我觉得你已经干涉了。"

"但我只想让双胞胎兄弟相见而已。"

"是你弄得他们分开的。"

"但是，马吉德跟我们住在一起，是因为迈勒特不肯跟他一起住在家里。而且马吉德告诉我，你丈夫看见他就受不了。"

面对重重压力，阿萨娜有点透不过气来。"为什么他受不了？因为你们，你和你丈夫，让马吉德跟严重背离我们文化、我们信仰的事情有了瓜葛，我们都认不出他了！这是你们干的好事！现在他跟自己的弟弟不和了。无法调和的冲突！那些戴绿领结的流氓：迈勒特现在跟他们打得火热，瓜葛很深。他没有告诉我，但我听说了。他们自称是伊斯兰追随者，但实际上，跟别的疯子一样，只不过是在基尔伯恩游荡的暴徒团伙罢了。现在他们在派发——那叫什么来着——折叠纸。"

"传单？"

"传单。传单上写的是你丈夫和他那只违反神旨的老鼠。惹麻烦，

---

① 印度莫卧尔帝国皇帝（1628—1658），其统治时期是莫卧尔艺术与建筑的黄金时代。

是的。我发现了这些，好几百份，在他床底下，"阿萨娜站起来，从围裙口袋里掏出一把钥匙，打开厨房的碗柜，只见里面堆满了绿色传单，门一开就溢到了地上，"他又失踪了，三天了。我得把传单放回去，免得他发现。拿几份，拿吧，夫人，带回去给马吉德念念。让他看看你们的所作所为。两个孩子被赶着朝两个截然相反的方向跑去。你们弄得我两个儿子不和。你们把他俩拆散了！"

一分钟以前，迈勒特轻轻地用钥匙打开了前门，然后一直站在过道里，一边听对话，一边抽烟。太妙了！就像在听意大利两个敌对黑帮的女头目较量一样。迈勒特爱黑帮。正因为他爱黑帮（还有那种行头和领结），爱黑帮打斗，所以加入了永伊护。心理医生马乔里认为，他想加入黑帮，实际上因为他是双胞胎。马乔里认为，迈勒特的宗教皈依，与其说是出于相信全能造物主的存在这种理智信仰，不如说是出于在团体中寻求共性的需要。可能吧。管他呢。就他而言，你爱分析多久就分析多久，但是什么也比不上这个过瘾：你一身黑衣地抽着烟，听两个妈妈为了你唱戏似的吵嘴。

"你口口声声说要帮我的孩子们，但你除了在他们中间打了一个楔子，什么也没干。现在什么都晚了，我失去了自己的家庭。你为什么不回到自己家里，别管我们的事情？"

"你以为我家里是天堂吗？我的家庭也因此分裂了。乔舒华不跟马库斯说话，你知道这事吗？而那两个人却那么亲近……"乔伊丝看上去有点泪汪汪的，阿萨娜不情愿地把洗碗布递给她，"我想帮我们大家。最好的起点是让马吉德与迈勒特谈一次，免得愈演愈烈。我想，这点我们俩可以达成共识。如果我们能找到一个中立的地方，一个他们俩都不会感到压力或外界影响的地方……"

"可是哪里有什么中立的地方！我赞成他们俩见面，但是在哪里见？怎么见？你和你丈夫已经把事情弄得没办法挽回了。"

"伊克巴尔太太，我说这话毫无不敬的意思，你家的问题早在我丈夫或我本人跟他们有瓜葛之前就已经存在了。"

"可能吧，可能吧，夏尔芬太太，但你却往伤口上撒盐，是不是？你在火上浇油。"

迈勒特听到乔伊丝急促地吸着气。"还是那句话，我这样说毫无不敬的意思，我认为情况不是这样的，我认为这种情况已经持续很久了。迈勒特告诉我，很多年以前，你把他的所有东西都烧掉了。我的意思是，这只是其中一个例子，但我认为你不理解这种事在迈勒特心里造成的创伤。他很受伤害。"

"噢，我们要玩针尖对麦芒了。我明白了。我要当针尖了。倒不是这跟你有什么关系，而是我想烧了那些东西给他一个教训——尊重别人的生命！"

"真怪，居然用这种方式，如果你不介意我这么说的话。"

"我介意！我介意！你了解多少？"

"只限于我看到的。我看得出迈勒特心里伤痕累累。你也许不知道，我一直都在自掏腰包给迈勒特做心理分析。我可以告诉你，迈勒特的内在生命——他的业，我想你们在孟加拉可能是这样说的——他潜意识的整个世界表明，他有严重的疾病。"

实际上，迈勒特潜意识的问题（这一点他用不着马乔里告知）是：它基本上是错层式的。他正在努力像海凡和其他人建议的那样生活，包括遵照四条主要守则：

1. 在个人习惯上做到苦行（戒掉酒、大麻、女色）；
2. 始终牢记穆罕默德（愿他安息！）的光荣和造物主的力量；
3. 完全掌握永伊护和《古兰经》的意义；
4. 涤净身上的西方污染。

他知道永伊护把他当成一项很大的实验项目，他也愿意尽最大努力。在前三个方面，他做得很好。他偶尔会抽几根烟，喝点吉尼斯啤酒（没有比这更公平的了）。但他在抵御邪恶的大麻和肉体诱惑方面做得很成功。他不再与亚历山德拉·安德鲁西娅、玻利·霍顿或罗齐·迪尤见面了。（不过，他偶尔去找坦娅·查普曼·琼斯——一位个子小小的红发姑娘，她明白他两难处境的微妙性质，所以根本不要求迈勒特碰她，而肯帮他做彻底的口交。这种安排两全其美：她父亲是法官，她爱吓唬这个老东西；而迈勒特需要射精，却不用他这方面主动参与。）在经文方面，他觉得穆罕默德（愿他安息！）是个真正的怪老头，了不起的家伙。他敬畏造物主。这里的"敬畏"为该词原意：畏惧，尊敬，真的吓坏了——海凡说这是对的，应该这样。他明白，他的宗教不是建立在信仰的基础上——不像基督教、犹太教等——而是可以由最有才智的人利用理性不断证明的东西。他理解这个观点。但可悲的是，迈勒特远远不属于那些最有才智的人，连理智都够不上；理性证明或反证是他力所不及的。尽管如此，他还是明白，像他爸爸那样依赖信仰应该遭到唾弃。谁也不能说他没有百分之一百投入事业。这对永伊护来说已经够了。他们对他真正的长处满意极了，他最擅长演说、推介。比如，如果一位神色紧张的女人来到威尔斯登图书馆的永伊护区，询问有关信仰的问题，迈勒特会靠着书桌，抓住她的手，按住那只手说：没有信仰，姐妹。我们这里不涉及信仰。和我们的雷克斯兄弟待上五分钟，他会从理性上给你证明造物主的存在。《古兰经》是科学的文件，是理性思想的文件。姐妹，如果你关注自己在这个地球之外的将来，那就花五分钟看看。更有甚者，他通常还能卖出几盒磁带（《意识形态斗争》或《学者们要当心》），每盒两镑。状态好的话，甚至还能卖出一些资料。这给永伊护的每个人都留下了很深的印象。到现在为止，一切都很不错。至于永伊护的直接行动这种不正统计划，迈勒特总是积极参与。他是他们的最大财富，他出现在最前线，万一发生圣战，他会第一个投身战斗。他真他妈是个临危不乱的实干家，像白兰度，像帕西诺，像利奥塔。但是，就在迈勒特站在过道里骄傲地回顾这些时，他的心沉了下去。问题就在这里：第四条，涤净身上的西方污染。

现在，他知道，他知道如果要举例说明什么是垂死的、颓废的、堕落的、纵欲的、西方资本主义文化的暴力状态及其个人自由妄想的逻辑终点（传单：《走出西方》），再也找不出比好莱坞电影更恰当的例子了。他知道（这个问题他跟海凡不知讨论了多少次了）黑手党题材的"黑帮"影片是最坏的例子。然而……这是最难放下的东西。为了重新得到妈妈烧掉的电影，或者让海凡没收的那几盘新买的电影，他愿意交出自己抽过的每一根大麻烟和自己上过的每一个女人。他已经撕掉了洛基录像店的会员卡，扔掉了伊克巴尔的录像机，让自己远离直接诱惑，但是，如果四频道在搞德尼罗影片展播，那也是他的错吗？如果服装店里飘出托尼·班奈特《由穷至富》的歌声，歌声飘进他的灵魂，他有什么办法？他有一个很可耻的秘密：每次打开一扇门——车门、车厢后盖、永伊护会议厅的大门或自己家的门——《好家伙》的开头就会在他脑海中掠过，潜意识里就会出现片中的这句台词：

从我开始记事起，我就一直想做匪徒。

他甚至看到了这行字，就是这种字体，像电影海报上一样。当他发觉自己处于这种状态时，就竭力克制自己，想纠正这种状况，但脑子里却一团乱麻，最后多半成了这个样子：用力推门，头向后仰，肩膀往前冲，一副利奥塔派头，心里在想：

从我开始记事起，我就一直想做伊斯兰教徒。

他知道，在某种程度上，这样更糟，但他没办法。他总在上衣前胸口袋里插一块白手帕，尽管不懂双骰赌博怎么玩，他还是带着骰子，他爱穿驼色长夹克，他会做好吃的意大利海鲜宽面条，羊肉咖喱饭却一点也不会。这些都是禁止的，他知道。

最糟的是他内心的愤怒。不是真主的子民的正当愤怒，而是匪徒与少年犯那种沸腾、狂暴的愤怒。他决心要证明自己，决心领导帮派，决心打败其他人。如果目标是上帝，如果这是反对西方、反对西方科学假定、反对他哥哥或马库斯·夏尔芬的战争，他下定决心要赢。迈勒特把香烟在栏杆上摁灭。他意识到这些想法不虔诚，感到很生气。但它们适得其所，不是吗？他拥有最根本的东西，不是吗？生活洁净、祈祷（一天五次，从不间断）、斋戒、为事业奋斗、做宣传。那就够了，不是吗？也许吧。管他呢。不管怎么说，现在已经无法回头了。啊，他会跟马吉德见面，他会跟他见面……两人要好好面对面地谈谈，他会胜出；他要管哥哥叫小蟑螂，然后抛开这一密谈，更加坚定地完成自己的使命。迈勒特整了整自己的绿色领结，像利奥塔那样（既危险又充满魅力）悄悄走上前去，推开厨房门（从我开始记事起……），等待着两双眼睛像西科塞斯的摄影机一样把镜头摇向他的脸，然后聚焦。

"迈勒特！"

"阿妈。"

"迈勒特！"

"乔伊丝。"

（妙极了，好极了，那么我们大家都见面了，迈勒特用保罗·索尔维诺的声音念着内心独白，好了，现在谈正事。）

"好了，先生们。没什么好大惊小怪的，不过是我儿子罢了。马吉德，这是米基。米基，这是马吉德。"

又是奥康奈尔。因为阿萨娜终于对乔伊丝让了步，但又不愿意脏自己的手。于是，她叫萨马德带马吉德去"外面"，花一个晚上的时间劝他和迈勒特见面。但萨马德唯一知道的"外面"就是奥康奈尔，他不想带儿子去那儿，便同妻子在院子里大打了一架，以定乾坤。他很有把握打赢这场架，可阿萨娜做了个假动作，把他给骗了，紧接着一招锁臂钩腿加上膝顶腹股沟结束了战斗。就这样他来到了这里——奥康奈尔，果然不出所料，结果糟透了。本想低调一点进去的，但是，当他本人、阿吉和马吉德跨进大门时，店员和顾客都大吃一惊。大家记得，上次跟阿吉和萨马德一起到店里来的陌生人是萨马德的会计，一个满脸阴险的小个子，老跟大家谈储蓄问题（好像奥康奈尔的那些人有储蓄似的）。而且都告诉他这里不供应猪肉产品了，他还是点猪血布丁，还足足点了两次。那还是一九八七年的事情，当时弄得大家都不高兴。现在又怎么了？才过了五年，又带了一位，还是位全身穿白的主儿——对奥康奈尔的星期五夜晚来说，简直干净得令人难堪——而且远远不够不成文的最低年龄要求（三十六岁）。萨马德想干什么？

"你想怎么样，萨米？"约翰尼，一个很古板的前橙党成员，整天哭丧着脸，这时正俯身对着烤盘取卷心菜煎土豆，他问，"想要我们好看，还是咋的？"

"他是哪个？"登泽尔问，他还没死。

"你的小儿子？"克拉伦斯问，他，承蒙上帝恩典，还在那儿撑着。

"好了，先生们。没什么好大惊小怪的。不过是我儿子罢了。马吉德，这是米基。米基，这是马吉德。"

米基听到这番引荐，显得有点惊愕，一动不动地站了一分钟，手里的锅铲上还挂着一个没煎透的鸡蛋。

"马吉德·马哈夫兹·穆谢德·姆布塔希姆·伊克巴尔，"马吉德平静地说，"见到你很荣幸，迈克尔。久闻大名。"

这话说得奇怪，因为萨马德从来没跟他说起过。

米基的视线继续掠过马吉德的肩膀，看向萨马德以求确认。"你谁？你是说，你送回家的那个？这是马吉德？"

"是的，是的，这是马吉德，"萨马德飞快地回答，为这孩子正引起大家的注意而感到恼火，"好了，我和阿吉宝德都跟平时一样——"

"马吉德·伊克巴尔，"米基缓缓地重复着，"哎呀，我他妈的怎么都不相信。你知道，怎么也想不到你是伊克巴尔家的。你有一张信得过的脸，嗯，叫人产生共鸣的脸，不知你懂不懂我的意思。"

"虽然我走了很长一段时间，迈克尔，"马吉德说，把那种完全认同的神情投在米基和围在煎炉周围的其他人渣身上，"可我确实是伊克巴尔家的。"

"这话再说一遍。哎呀，这真是太出人意料了。我把你的……等等，我把它扶正……你的太爷爷挂在那儿，看见没？"

"我一进来就注意到了，我向你保证，迈克尔，我十分感激，"马吉德说，像天使一样满面笑容，"这让我觉得像回到了家里一样。我父亲和他的朋友阿吉宝德·琼斯很喜欢这里，我觉得我肯定也会喜欢这里。我想，他们带我上这儿来，是为了商讨要事，尽管您显然有皮肤病，我想不出还有什么地方更适合他们。"

米基完全被这席话折服了，他无法掩饰喜悦，对马吉德和奥康奈尔的其他人说道："说得真他妈的好，不是吗？听起来就跟他妈的奥利维尔①一样。他妈的标准英语，没有一丁点错误。好家伙。告诉你吧，马吉德，你这样的客人我喜欢，文明。你别担心我的皮肤，它不会沾到吃食上，我也没觉得太烦恼。啊！真是个绅士。在他旁边，你觉得该管住自己的嘴，是不是？"

"现在该我了，我和阿吉宝德跟往常一样，米基，"萨马德说，"我儿子吃什么由他自己去想。我们就在弹子机旁边。"

"啊，啊。"米基说，根本不愿也不能从马吉德乌黑的眼睛上移开目光。

---

① 指的大概是劳伦斯·奥利维尔，英国著名演员，被视为最出色的莎士比亚戏剧演员。

"这身衣裳真不赖，"登泽尔一边嘟哝，一边羡慕地摸着马吉德的白色亚麻外套，"在牙买加老家，英国人都穿这个，记得不，克拉伦斯？"

克拉伦斯缓缓点着头，嘴角流着口水，被这种祥和气派镇住了。

"走吧，快滚，你们这对活宝！"米基嘟囔着把他们轰走，"我会端过去的，行了吧？我要在这里跟马吉德说话。小伙子正在长身体，要吃点什么。那么，你想吃什么，马吉德？"米基靠着柜台，像殷勤过头的女店员那样神情专注，"鸡蛋？蘑菇？青豆？油炸面包片？"

"我想，"墙上挂着一面沾满粉笔灰的黑板，马吉德慢慢浏览着上面的菜单，然后转身笑容可掬地对米基说，"我要火腿三明治。是的，就要那个，火腿三明治。汁水多一点，还要煎得熟一点，加番茄酱。配黑面包。"

噢，那一刻，思想斗争在米基脸上尽显无遗！噢，脸上的肌肉奇怪地扭曲着！他在斗争，是让这位最文雅的客人高兴，还是遵守奥康奈尔台球房最神圣的规则——**不供应猪肉**？

米基的左眼抽搐着。

"一盘炒鸡蛋好不好？我鸡蛋炒得可好了，是不是，约翰尼？"

"如果说你炒得不好，那我就在说瞎话，"尽管米基炒的鸡蛋总是很焦很硬，约翰尼还是坐在座位上忠心耿耿地回应，"我拿我母亲的性命保证，我没说瞎话。"

马吉德皱皱鼻子，摇了摇头。

"好吧——蘑菇青豆怎么样？蛋饼加薯条？芬切利大街没有比这更好的薯条了。来一份，孩子，"他使出浑身解数恳求着，"你是伊斯兰教徒，对不？你不想因为一客火腿三明治让你爸爸心碎吧？"

"我爸爸不会因为一客火腿三明治心碎。饱和脂肪积聚让他心碎的可能性更高一些，而这可是在您店里吃了十五年饭的结果。真想知道，"马吉德不动声色地说，"如果餐饮从业者没有在供应的食物上明确标注脂肪含量或一般性的健康警示，有没有可能立案，您知道，我说的是诉讼案件。真想知道。"

这些话都用动听悦耳的声音说出来,不带丝毫威胁的口气。可怜的米基不知道该怎么办好。

"哎呀,当然,"米基紧张地说,"从假设的方面来看,这是个很有意思的问题。很有意思。"

"是的,我也这么想。"

"啊,不错,"米基陷入了沉默,花了一分钟精心擦拭烤盘表面,这种事情他十年做一次,"怎么样,上面能照出你的脸了。好了,我们说到哪儿了?"

"一客火腿三明治。"

听到"火腿"这个词,有几双耳朵开始朝前台竖起来。

"你稍微小声一点……"

"一客火腿三明治。"马吉德轻轻地说。

"火腿。对。嗯,我得到隔壁去切一块,因为我现在手头没有……不过你到你爸爸那里坐下,我会端过来的。要稍微贵一点。费事,你知道。不过别担心,我会端过来。告诉阿吉,如果没带现金,也别担心,给一张午餐券就行。"

"你真好,迈克尔。这个送你一张。"马吉德把手伸进口袋,掏出一张折好的纸。

"噢,他妈的,又是传单?现如今,你在街上走,他妈的——对不起,我说粗话了——在伦敦北部,走一步就见传单。我弟弟阿卜杜拉-科林老是给我一大堆。但看到你也……好了,拿过来吧。"

"这不是传单,"马吉德从托盘上取了刀叉,"这是推广会请帖。"

"你说什么?"米基兴奋地说(按照他每天看的小报的文法,推广会就等于摄影机、大奶子漂亮娘儿们和红地毯),"真的?"

马吉德把请柬递给他:"在那里,你看到和听到的都将令人难以置信。"

411

"噢，"米基很失望地注视着这张精致的卡片，"我听说了这个笨蛋和他的老鼠。"他在小报上看到过这事，就登在黄色新闻的补白位置上，就是《一个笨蛋和他的老鼠》。

"我觉得这好像有点不稳当，跟上帝搅和。再说我也不太有科学脑子，你知道。我的脑袋听不进去。"

"噢，我不这么想，一个人只需从个人感兴趣的角度看待问题。就拿你的皮肤来说吧。"

"我他妈的希望有人能拿走我的皮肤，"米基和气地开着玩笑，"我真是他妈的受够了。"

马吉德没笑。

"你患了严重的内分泌失调。即是说，不是皮脂分泌过多造成的单纯青春期粉刺，而是因荷尔蒙缺陷造成的病症。我猜你家里人都有这个病？"

"呃……啊，碰巧是这样。我所有的兄弟，我的儿子，阿卜杜拉-吉米，个个都长粉刺。"

"要是你儿子把这毛病传给你孙子，你不会乐意吧。"

"肯定不乐意。就为这个，我在学校里麻烦可多了。我到今天都还随身带刀呢，马吉德。可是，跟你说实话，我不知道怎么才能干掉它。已经几十年了。"

"但你知道，"马吉德说（他多么善于从个人利益角度谈问题！），"这当然是可以避免的。这十分简单，会省掉很多烦恼。我们将在推广会上说到解决方法。"

"噢，好，如果是这样，你知道，算我一个。你看，我还以为不过是只该死的怪老鼠什么的。但如果是这样……"

"十二月三十一日，"马吉德说，然后沿过道朝父亲走去，"要是能在那里见到你就太好了。"

"你真能磨蹭。"见马吉德朝桌边走来，阿吉说。

"你刚从恒河游过来?"萨马德一边气恼地问,一边给他挪位子。

"请原谅。我刚才在跟你的朋友迈克尔说话。这人很不错。噢,趁我还记得,阿吉宝德,他说今天晚上完全可以用午餐券。"

阿吉正用一根小牙签剔牙,听到这话,差点背过气去:"他说这话了?你没听错?"

"没听错。好了,阿爸,我们是不是该开始了?"

"没什么要开始的,"萨马德粗声大气地说,连正眼也不看他,"不管魔鬼给我准备了什么命运,我怕我们都已经陷在里面了。我想让你明白,我带你来这里,不是因为我自己要带你来,而是因为你妈求我,比起你和你弟弟,我更看重那可怜的女人。"

马吉德挖苦地轻笑一声:"我还以为是你打不过阿妈才带我来的。"

萨马德板着脸说:"噢,是的,敢取笑我,我自己的儿子。你没看过《古兰经》吗?难道你不知道儿子对父亲应尽的义务吗?你真让我恶心,马吉德·姆布塔希姆。"

"行了,萨米,老伙计,"阿吉边说边摆弄着薯条,想让气氛轻松一点,"别动气。"

"不,我要动气!这孩子是我的心中刺。"

"你是说'肉中刺'吧?"

"阿吉宝德,你别掺和。"

阿吉重新把注意力放回到胡椒瓶和盐罐上,试着把胡椒倒进盐罐,"完全正确,萨姆。"

"我要传一句话,我只传这一句话,没别的。马吉德,你母亲要你跟迈勒特见面。夏尔芬家的女人会安排的。她们的意思是你们俩必须谈一谈。"

"那你的意思呢,阿爸?"

"你又不愿听我的意思。"

"恰恰相反,阿爸,我很想听。"

"坦率地说，我认为这样做是错的。我认为你们俩对彼此没有什么好处。我认为你们俩应该各走各的。我真造孽，两个儿子连该隐先生和亚伯先生都不如。"

"我十分愿意跟他见面，阿爸。只要他愿意跟我见面。"

"显然他愿意，他们这么跟我说。我不知道，我和他说的话不比和你说的多。光是祈求真主给我安宁就够我忙了。"

"呃……"饥饿和紧张让阿吉宝德咬碎了牙签，马吉德让他神经过敏，"我去看看吃的好了没有，好吗？是的，我去拿。你要了什么？马吉？"

"请你拿一客火腿三明治，阿吉宝德。"

"火——呃……好。没问题。"

萨马德的脸涨得通红，就像米基的炸番茄。"那么，你打算戏弄我，是不是？当着我的面，你想让我看看你这个异教徒有多出格。那就走着瞧！在我面前嚼你的猪肉！你有多聪明呀你？自作聪明先生。不苟言笑、满口大白牙的白裤子英国先生。你样样精通，连你自己的审判日都能逃过。"

"我可没那么聪明，阿爸。"

"对，对，你没那么聪明，你连你自以为的一半聪明都没有。我不知道干吗要劳神告诫你，可我还是要说：你跟你弟弟就要正面交火了，马吉德。我留心听人家说话，听希瓦在餐馆里说话，还有别人：摩·侯赛因-以实玛利、米基的弟弟阿卜杜拉-科林，还有他儿子阿卜杜拉-吉米——这还只是少数，还有很多人，他们被组织起来反对你。迈勒特跟他们是一伙。你那位马库斯·夏尔芬已经惹了众怒，而有些人，那些绿领结，愿意采取行动。他们很疯狂，看准了就为所欲为，疯狂得要挑起战争。这样的人不多，一旦宣战，很多人只是跟风而已。而有些人想摊牌，有些人会列队冲锋，会开第一枪。你弟弟就属于这种人。"

说这些话时，萨马德的表情从愤怒变成了绝望，又变成了近似歇斯底里的龇牙咧嘴，而马吉德仍无动于衷，那张脸就像一张白纸，没有任何内容。

"你没什么可说的吗？听到这个消息，你不吃惊吗？"

"你为什么不跟他们讲道理，阿爸，"马吉德停顿了片刻说，"他们中有很多都尊敬你，你在社区受到尊敬，应该跟他们讲道理。"

"尽管他们很疯狂，但我跟他们一样强烈反对。马库斯·夏尔芬没有权利，没有权利做他目前所做的事情。这不是他的分内事，这是真主的事情。如果你干预生物，干预生物的本质，哪怕只是一只老鼠，那你也走进了真主的领地：造物。这意味着真主的造物奇迹是可以改进的。不能。马库斯·夏尔芬提出种种假设，他想受到膜拜，而宇宙中只有真主才配得上膜拜。你帮他也不对，连他自己的儿子都跟他脱离了关系。所以，"萨马德抑制不住内心深处的作秀冲动，说，"我必须和你脱离关系。"

"啊，来了。一客薯条、青豆、鸡蛋和蘑菇，你的，我的好朋友萨米，"阿吉宝德走近桌子，把盘子递过来，"一客蛋饼蘑菇，我的——"

"还有一客火腿三明治，"米基说，他打破了十五年的传统，亲自把盘子端过来，"是我们小教授的。"

"他不能跟我同桌吃那东西。"

"噢，得了，萨姆，"阿吉小心翼翼地说，"让小伙子喘口气吧。"

"我说他不能跟我同桌吃那东西！"

米基挠了挠前额："见鬼，我们以前有点太正统了，是不是？"

"我说过——"

"遵命，阿爸。"马吉德说，仍是那种宽宏大量的笑脸，看了叫人气不打一处来。他从米基手里接过盘子，走到邻桌跟克拉伦斯和登泽尔坐在一起。

登泽尔咧嘴笑着欢迎他："克拉伦斯，看哪！年轻的白衣王子，他来打多米诺牌了。俺只要看看他的眼睛，俺就知道他会打多米诺牌。他可会打呢。"

"我能问一个问题吗?"马吉德说。

"当然可以。问吧。"

"你们说我应该和我弟弟见面吗?"

登泽尔想了一会儿,放下五枚骨牌,然后答道:"唔,俺想这个俺不能说。"

"要俺说,你看上去像个有主意的年轻人。"克拉伦斯谨慎地说。

"是吗?"

马吉德又转回到原来的桌子,他父亲故意不睬他,阿吉则在摆弄蛋饼。

"阿吉宝德!我该不该见我弟弟?"

阿吉内疚地看看萨马德,然后又看着自己的盘子。

"阿吉宝德!这个问题对我很重要。该不该见?"

"说吧,"萨马德阴阳怪气地说,"回答他的问题。如果他不听自己父亲的话,却宁愿向两个老朽和一个几乎不认识的人征求意见,那就告诉他好了。说呀,该不该见?"

阿吉坐立不安:"这个嘛……我不能……我是说,不该由我说……我想,如果他要……但是又,如果你不想……"

萨马德朝阿吉的蘑菇伸出拳头,因为用力过猛,蛋饼整个滑出盘子,掉到了地上。

"决定吧,阿吉宝德。在你可悲而短暂的人生中,破天荒作一次决定吧。"

"嗯……正面朝上,就去,"阿吉喘着粗气,他把手伸进口袋,掏出一枚二十便士硬币,"正面朝下,就不去。准备好了吗?"

硬币跳跃着,旋转着,就像任何一枚硬币每次在一个完美的世界里跳跃、旋转那样,一次又一次地露出它光亮的一面,一次又一次地揭示它阴暗的一面,叫人眼花缭乱、应接不暇。然后在它得意扬扬地向上攀升的某个点上，它开始沿曲线前进，接着曲线转错了方向。阿吉意识到，硬币根本没有朝他滚来，而是往他背后跑去，朝他背后很远的地方跑去。他和别人一起转身，看着硬币朝弹球机优雅地俯冲下去，翻着筋斗，径直掉进了投币口。刹那间，那头老巨兽张开嘴，弹球射了出来，开始了混乱而嘈杂的旅程，一路沿弹簧门、自动球棒、管道和呼叫铃组成的迷宫走着。没人帮它，没人给它指引方向，最后它放弃了游荡，掉回到球洞里。

"真见鬼，"阿吉宝德显然很开心，"这种概率有多少，呃？"

一个中立的地方。如今，找到这样一个地方的概率微乎其微，甚至可能小于阿吉的弹球把戏。如果一切要从头开始，那么，石板上的一丁点粪便都必须彻底抹掉。种族，土地，所有权，信仰，盗窃，血，还有更多的血，还有更多。不仅这个地方必须中立，还有带你去那个地方的使者，还有那个派遣使者的使者，都得中立。伦敦北部已经没有这样的人和地了，但乔伊丝尽了最大努力。首先，她去找克拉拉。在克拉拉现在学习的地方，一所位于泰晤士河西南、有着红砖房的大学，有一间教室是她每周五下午看书的地方。一位善解人意的老师借给她一把钥匙，三点到六点这里没课。教室内有一块黑板、几张桌子、几把椅子、两盏雅态牌台灯、一台高射投影仪、一只文件柜和一台电脑。没有一件东西的使用时间超过十二年，克拉拉可以保证，大学成立也就十二年，就建在一片荒地上——不是印度人的坟地，不是罗马人的拱桥原址，不是外来太空船的葬身之处，也不是久已消失的教堂废墟。就是块荒地，和任何地方一样中立。克拉拉把钥匙交给乔伊丝，乔伊丝又给了艾丽。

"可为什么要我去？我跟这事没瓜葛。"

"说得对，亲爱的。我跟这事瓜葛太深了。但你最理想。因为你认识他，却不了解他。"乔伊丝意味深长地说。她把冬天穿的长大衣、手套和马库斯的帽子（帽顶有一个可笑的绒球）递给艾丽。"还因为你爱他，可他不爱你。"

"对，谢谢，乔伊丝。谢谢你提醒我。"

"爱就是理由，艾丽。"

"不，乔伊丝，爱不是他妈的理由，"艾丽站在夏尔芬家的台阶上，看着冰冷的夜雾中自己呼出的大团气息，"那句话在卖保险和护发素时才用得上。外面他妈的太冷了，你欠我一份情。"

"每个人都彼此相欠。"乔伊丝附和着，关上了门。

艾丽迈步走到街上，这些街道她早已熟悉，这条线路也已走过无数遍。如果此时有人问她，什么是记忆，什么是记忆的纯粹定义。她会这么说：你第一次跳进一堆落叶时所站的那条街道。她此时正在这条街上走着。伴随着每一声新踩出来的嘎吱声，脑海里回忆起以前的嘎吱声。她浸润在熟悉的气味里：树根周围的潮湿木屑和沙砾，覆盖在湿叶下的新粪。她为这些感觉感动着。尽管她打算以牙医为业，但她尚未失去心中的诗意，也就是说，她偶尔仍能体会到片刻的普鲁斯特式情怀，留意到不同的层次，只是她的体验通常可以用牙周术语来表达。她感到一阵刺痛——就像牙神经暴露时，敏感牙齿的感觉，或者说"幻齿痛"——她感到一阵刺痛，因为此时，她正走过那个车库，就在这里，十三岁的她和迈勒特，把从伊克巴尔家果酱罐里偷来的一百五十个便士递到柜台上，不顾一切地想买包烟。她感到一种隐痛（就像严重的咬合不正，一颗牙压着另一颗），因为此时，她正走过那个公园，他们小时候骑车的地方，他们抽第一支大麻烟的地方，他有一次在暴风雨中吻她的地方。艾丽希望自己能够沉浸在这些交织着过去与现在的虚构里：沉湎其中，使之更甜蜜、更长久，特别是那个吻。但她手里攥着一把冷冰冰的钥匙，而包围着她的生命的净是这样的东西：其陌生甚于虚构，其滑稽甚于虚构，其残忍甚于虚构，而其结果也为虚构所不及。她不想跟这些生命的悠长过去产生瓜葛，但她已经跟这些产生了瓜葛，她觉得自己被人拽着头发朝他们的结局拖去，穿过公路——马里烤肉串、常先生饭店、拉吉餐馆、马尔科维奇面包店——这些地方她蒙着眼睛都能一口气说出来；接着沿着鸽屎大桥走到那条又长又宽的马路，它宛若汇入绿色的海洋一般最终通向格莱斯顿公园。和以前一样，她跳过那堵围着伊克巴尔家的矮墙，按响了门铃。过去总是糟糕的，将来总是完美的。

在楼上自己的卧室里，迈勒特已经花了十五分钟，想弄懂海凡兄弟有关跪拜动作的书面说明（传单：《正确的膜拜方式》）。

礼拜：跪拜。礼拜时，五指必须闭合，与耳朵齐平，指向神圣方向，必须两手抱头。天命拜是把前额放在干净的东西上，如石头、泥土、木头、布匹，据（博学之士）说，当然拜还要鼻子朝下。若无充分理由，不允许仅把鼻子碰到地上。上苍不许仅把前额靠在地上。礼拜时，必须至少说三遍"光荣与我们伟大的护卫者同在"。什叶派说最好跪在用卡尔巴拉①陶土做的砖块上礼拜。两脚着地或至少每只脚的一个脚趾着地，这不是天命拜，就是当然拜。也有一些博学之士说这是懿行拜。也就是说，如果两脚不着地，礼拜要么不被接受，要么苍天震怒。如果在礼拜中，前额、鼻子或脚短时离开地面，不会有害处。在礼拜中，弯曲脚趾、让它们对着神圣方向是懿行拜。《辩正摘要》一书中写道，那些说……

他只看到这里，还有三页没看。为了记住所有这些教规或禁忌，天命拜或懿行拜，上苍不容（严厉禁止）或上苍不允（禁止程度略轻），他已经折腾出了一身冷汗。他不知如何是好，只得剥掉T恤衫，用几根皮带把自己健硕的上半身五花大绑起来，站在镜前，练起另一套简便易行的程序来，一套他谙熟于心的程序——

_____

① 伊拉克中部城市，位于巴格达西南方向，伊斯兰教什叶派的圣地。

你在看我吗？你在看我吗？

哎呀，你他妈的在看谁，哈！

我看这里没别人。

你在看我吗？

他正起劲地玩着这套把戏，对着衣柜门展示他看不见的刀枪，艾丽
走了进来。

"是的，"艾丽说，她不好意思地站在那里，"我在看你。"

她快速而又平静地把见面的中立地点、教室、日期和时间告诉他。
她叮咛他做出让步，要讲和，要小心（人人都这么干），然后她走上前，
把冷冰冰的钥匙放到他热乎乎的手里。几乎是在无意中，她触到了他的
胸膛，就在心口系着两条皮带的地方。皮带的压迫让他的心急剧地跳
着，连艾丽都听到了。她缺乏这方面的经验，很自然地把血管压迫造成
的剧烈搏动误认作压抑的激情。至于迈勒特，已经很久没有人触摸他，
他也很久没有触摸别人了。此外，又添上了记忆中的触摸、十年恋情不
得回报的感触和对悠久历史的感触——结果可想而知。

很快，两人的手臂有了瓜葛，两人的腿有了瓜葛，两人的嘴唇有了
瓜葛，两人翻滚在地，腹股沟处也有了瓜葛（这里的瓜葛最严重了），
开始在祈祷跪垫上做爱。但是，和开始时一样，一切又在突然和热烈中
结束了，他们出于不同的原因在惊恐中放开了对方。她跳了回去，一丝
不挂地缩作一团靠在门旁，心中又羞又愧，因为她看出他有点后悔。他
则抓起祈祷跪垫，把它对着天房，让垫子不高出地面，也不压在书或鞋
子上。他五指合拢，与耳朵齐平，指向神圣方向，确保前额和鼻子都触
到地上，两只脚牢牢地踩在地上，但并不弯曲脚趾，对着天房的方向跪
拜，但并非为了天房，而只为了神圣的真主。他努力把一切做得无懈可
击，与此同时，艾丽却在哭泣。她穿上衣服，走了。他努力把一切做得
无懈可击，因为他相信天上的大摄像机在看着自己。他努力把一切做得

无懈可击，因为这些属天命拜，"企图更改礼拜的人会离经叛道"（传单：《直线路径》）。

最毒某某心。艾丽双颊滚烫地走出伊克巴尔家，怀着复仇之心径直朝夏尔芬家走去。但她不是要跟迈勒特过不去，而是要护着他，因为一直以来她都护着他，是他的黑皮肤白衣骑士。你看，迈勒特不爱她。而她以为，迈勒特不爱她是因为他不能。她以为，他已经给毁了，再也不可能爱上任何人了。她要弄清楚是谁把他毁成这样，把他毁得那么彻底；她要弄清楚是谁弄得他不能爱她。

现代世界真可笑。姑娘们在俱乐部的卫生间里这样说："啊，他上了我就把我甩了。他不爱我。他应付不了爱情。他太玩世不恭，不懂得怎么爱我。"那，这都是怎么回事呢？这个不讨人喜欢的世纪是怎么回事？我们竟然以为，且不说别的，作为民族，作为物种，你就那么讨人喜欢？是什么让我们以为，别人不爱我们，是因为他已经毁了，或缺少某些东西，或在某些方面机能不正常？特别是在他们以神、哭泣的圣母或基督的脸取代我们的地位时，我们就说他们发疯了，受骗了，退化了。我们对自己的美好、自己爱情的美好深信不疑，我们无法容忍这样的想法：可能有些东西比我们更值得爱，更值得膜拜。贺卡上总是说，人人都应该得到爱。不对。人人都应该得到清洁的水，但不是人人都始终应该得到爱。

迈勒特不爱艾丽，艾丽坚信，这应该归咎于某个人。她的脑子慢慢地转着。根源是什么？是迈勒特感觉不足。迈勒特感觉不足的根源是什么？是马吉德。由于马吉德，迈勒特第二个出生；由于马吉德，迈勒特成了次子。

乔伊丝给她打开门，艾丽径直朝楼上走去。她恶毒地打定主意，要让马吉德当一回老二，这回相差二十五分钟。她抓住他，吻他，愤怒而疯狂地和他做爱，不说话也不调情。她跟他四处翻滚，拽着他的头发，手指甲掐进他的后背。当他高潮时，她欣慰地注意到，他轻轻地叹了一口气，好像身上有什么东西被人夺走了。但如果她以为这就是胜利，那她就错了。他叹气，只因为他立刻明白她刚才去过哪里，又为何来到此处，这让他感到难过。他们默默地、一丝不挂地躺了很久，任由秋天的日光随时间的流逝从屋子里渐渐消散。

"我觉得，"终于，马吉德说话了，此时，太阳早已西沉，月亮清晰可见，"你想爱一个人，好像他是一座岛屿，而你是失事的船只，你想把这块土地标上一个记号 X，表示这里归你所有。可我觉得，这一切都已经为时太晚了。"

然后，他吻了一下她的前额，就像施洗礼一样；她则如婴儿般地哭了。

一九九二年十一月五日下午三点。兄弟俩经过八年分离，（终于）在一间空教室里再次见面了，他们发现，两人的基因，也就是那些预言未来的因素，得出了不同的结论。迈勒特看到这种差异时不禁大吃一惊。鼻子、下巴轮廓、眼睛、头发：哥哥在他眼里成了陌生人。他把这感觉告诉了哥哥。

"就是因为你希望我这样啊！"马吉德狡黠地回答。

但迈勒特不会拐弯抹角，也不爱打哑谜，他单刀直入地自问自答："那么你正在干那件事，啊？"

马吉德耸了耸肩膀："停止还是开始都由不得我，兄弟，不错，我想在力所能及的地方尽点力。这是个了不起的项目。"

"这是个十恶不赦的项目。"（传单：《造物的神圣性》）

迈勒特从课桌底下拉出一张椅子，倒骑在上面，就像被夹住的螃蟹那样，双手和双脚分放椅子两旁。

"在我看来，这是在纠正造物主的错误。"

"造物主没有犯错。"

"那你还要干下去了？"

"你他妈的说对了。"

"我也一样。"

"嗯，就那样了，这么看来，是不是？一切已经定下来。永伊护将尽一切力量，阻止你和你同伙的行径。那就是他妈的结局。"

但是，同迈勒特的看法恰恰相反，这不是电影，也没有什么他妈的结局，就和没有什么他妈的开端一样。兄弟俩开始争论，并立刻升级，对中立地点的说法形成了一个莫大的讽刺；他们让历史布满教室——过去、现在和将来的历史（因为这玩意儿是有的）——他们就像那些动不动大哭大闹、管不住大小便的小孩一样，把一切空白的地方都抹上了过去的臭大粪。他们把自己埋在这个中立的教室，用每一次心痛、早年的回忆、每一条辩论原则和每一种冲突的信仰。

迈勒特摆着一张张椅子，用于演示《古兰经》对太阳系清晰非凡的描述，这种描述比西方科学早了几百年（传单：《古兰经和宇宙》）；马吉德在一块黑板上画了潘迪的阅兵场，详细地再现了子弹可能经过的路径，又在另一块黑板上画了一张图，描绘齐齐整整切开了的序列核苷的限制酶；迈勒特把电脑当电视机，把黑板擦当马吉德与山羊的合影，又单枪匹马地扮演那一年到家里来的一位又一位滴滴答答流口水的七大姑八大姨外加表哥的会计，对着这张照片顶礼膜拜，尽干些亵渎神灵的勾当；马吉德用投影仪投射出自己写的一篇文章，逐点给弟弟讲解自己的论点，为基因改造生物体申请专利辩护；迈勒特把文件柜假想成他嗤之以鼻的另一个文件柜，假装里面装满了一个犹太科学家和一个不信神的伊斯兰教徒间的通信；马吉德把三把椅子拼在一起，打开两盏雅态牌台灯，于是出现了兄弟俩浑身颤抖、抱成一团坐在汽车里的一幕，但过了几分钟，兄弟俩就永远分开了，一只纸飞机起飞了。

就这样，一直继续着，继续着，继续着。

这也证明，以前有关移民的说法颠扑不破：他们很会想办法，他们不达目的誓不罢休，他们尽量利用一切。

　　我们总以为，移民不断走动，随处漂移，随时都能改变航向，能抓住任何转机，运用他们富于传奇色彩的智谋。我们听说过施穆特先生如何会想办法，或班纳吉先生如何随处漂移，这些人坐船来到美国埃利斯岛或英国多佛或法国加来，踏上异国的土地，跟一切都是空白的人那样，没有任何行李，高高兴兴、心甘情愿地把自己的差异丢弃在码头，在这个新的地方寻找机会，与这片绿色、愉快、自由的土地融为一体。

　　不管什么路摆在面前，他们都会走；如果碰巧此路不通，那么，施穆特先生和班纳吉先生会欣然换一条路，穿行在"幸福的跨文化大地"上。好吧，这样挺好。但马吉德和迈勒特做不到。他们走出那间中立的教室时，跟走进去时没什么两样——负重累累，无法摆脱原来的道路，也无法改变各自的危险轨迹。他们似乎没有取得任何进展。爱冷嘲热讽的人可能会说他们根本就站在原地没动——马吉德和迈勒特就是芝诺①的两根箭，各自占据着一方等同于自己的空间；更可怕的是，这方空间也等同于曼加尔·潘迪的空间，等同于萨马德的空间。兄弟俩陷于短暂的瞬时之中，他们无法给这个故事加上日期，无法追寻那些人的踪迹，无法给出时间和天数，因为现在、过去和将来都没有任何一段持续的时间。实际上，一切都没动，一切都没变，他们正处于停滞状态。芝诺悖论。

---

① 古希腊数学家，提出一系列关于运动的悖论。本段及下面几段内容涉及两个悖论。其一为飞矢不动说：在任一时刻，飞矢总占着与自身等长的空间，因此在那一时刻飞矢总是不动的。因为在任一时刻总是不动，所以从头到尾，飞矢总是不动的。其二为阿喀琉斯追龟悖论：虽然阿喀琉斯是史诗《伊利亚特》中的英雄人物，但如果让他与一只乌龟赛跑，只要乌龟先跑一段路，他就永远追不上乌龟，因为当他到达乌龟的起跑点时，乌龟已经往前走了一小段路了，阿喀琉斯必须先赶上这一小段路，而与此同时乌龟又向前走了一小段。这样一来，阿喀琉斯可以无限接近它，但无法追上它。

但是，在这里，芝诺的出发点是什么（人人都有一个出发点）？他的角度是什么？很多人认为，他的悖论属于一种更为一般意义上的精神层面。目的是要——

（a）首先把多重性确立为一种幻觉，

（b）从而证明客观存在是一个天衣无缝、流动不止的整体，一个单独的、不可分割的唯一。

因为如果你把客观存在加以无穷分割，正如兄弟俩那天在教室里做的那样，便会得出难以接受的悖论：你始终待在原地，一步未动，毫无进展。

但多重性并非幻觉，就像坐在火上的锅会以某种速度向沸腾奔去，这种速度也并非幻觉一样。撇开悖论不谈，他们都在跑，正如阿喀琉斯在跑一样。他们必然会遥遥领先于那些否定一切的人，正如阿喀琉斯本来肯定会让乌龟吃他扬起的尘土一样。无疑，芝诺有自己的角度，他要的是唯一，但世界是多样的。然而那个悖论依然能蛊惑人心。阿喀琉斯越是努力追赶乌龟，乌龟就越是滔滔不绝地阐述自己的长处。同样，兄弟俩越是向未来奔跑，就发现两人越是在滔滔不绝地阐述自己的过去，那个曾经待过的地方。这正是移民（难民、流亡者和漂泊者）的另一面，他们无法逃避自己的历史，正如人逃不开自己的影子。

第十八章

历史的终结 VS. 最后一个男人

"看看你们的四周！你们看见什么了？这种所谓的民主、这种所谓的自由、这种所谓的开明，其结果是什么呢？压迫、迫害、屠杀。兄弟们，你们每个白天、每个黄昏、每个夜晚都能在电视上看到这些！混乱、无序、困惑。他们不感到可耻、难堪或窘迫！他们不想隐藏、隐瞒、粉饰！他们跟我们一样明白：整个世界乱成一团！无论在哪里，人们纵情于声色、乱交、淫荡、堕落、腐败和放纵。整个世界都染上了一种叫'负义'的疾病——否认造物主唯一性的状态——否认造物主的无限神恩。今天，一九九二年十二月一日，我在此作证，除了唯一的造物主，其他都不配膜拜，没有人能与他比肩。今天，我们应该知道，无论是谁，只要经过造物主的引导，都不可能被误导，无论是谁，只要是造物主误导离开正道的，就不应回到正道，直到造物主指引他，把他带到光明之中。现在我要开始讲第三课，题目叫'意识形态的战争'，意思是——我要给那些不懂的人讲一讲——这些东西的战争……意识形态的战争，反对永伊护兄弟们的意识形态……意识形态是一种洗脑……别人给我们灌输思想、愚弄我们、给我们洗脑，我的兄弟们！那么我要阐明、说明和解释……"

要是较起真来，易卜拉欣·阿德-丁·舒克拉哈兄弟的演讲本领实在不怎么样，虽然这一点大厅里的人都不承认。在只需一个词的地方，他用上三个，又总用他抑扬顿挫的加勒比语调把重音放在这三个词的最后一个上。即使你和别人一样竭力对此视而不见，他的外表也叫人扫兴。他稀稀拉拉长着些胡子，驼背，爱打不恰当的手势，隐约带着西德尼·波蒂埃①的神情，可这点相似又不足以使人肃然起敬。而且他个子很矮，最让迈勒特失望的就是这一点。当海凡兄弟说完充满溢美之词的开场白，名闻遐迩、小巧玲珑的易卜拉欣·阿德-丁·舒克拉哈兄弟穿过大厅走到讲台前时，大厅里确实有一种不悦的氛围。倒不是有谁要求一位伊斯兰学者必须长得高大威猛，也不敢片刻存有这样的想法——造物主没有以他神圣的全能力量按照造物主选中的高度塑造易卜拉欣·阿德-丁·舒克拉哈兄弟。然而，当海凡笨手笨脚地放低麦克风，易卜拉欣兄弟笨手笨脚地挺直身子凑上前去时，人们还是忍不住套用他的三字重音腔，想到五、尺、五。

易卜拉欣·阿德-丁·舒克拉哈兄弟的另一个——也可能是最大的——毛病，就是爱用同义反复的手法。虽然他答应给大家阐明、说明和解释，但在语言上却像小狗追着自己的尾巴："如今，有很多种战争……我仅举几种。化学战是指人们在战争中以化学方法彼此残杀的战争。这种战争可能非常可怕。有形战！那是一种采用有形武器的战争，人们在形体上彼此残杀。还有一种细菌战，在这种战争中，一个人知道自己携带艾滋病病毒，就去一个国家，把自己的病菌传播给那个国家的放荡女人，于是就造成了细菌战。心理战，这是最邪恶的战争，他们试图在心理上打败你。那就叫心理战。但是意识形态战！那是第六种战争，最恶劣的战争……"

然而，易卜拉欣·阿德-丁·舒克拉哈兄弟却是永伊护的创始人，一位显赫的大人物。他于一九六〇年出生在巴巴多斯，原名蒙迪·克莱德·本杰明，父母是穷困潦倒、嗜酒如命的赤脚长老会会员。十四岁那

---

① 奥斯卡影帝，也是首个获得该奖项的黑人演员。

年，看到一次"显圣"后，他皈依了伊斯兰教。十八岁那年，他逃离了满目苍翠的家乡，来到沙漠环绕的利雅得，一头扎进伊玛目穆罕默德·伊本·沙特伊斯兰大学的书堆。他在这里学了五年阿拉伯文，对伊斯兰教的教会组织大失所望，开始对他所谓的"宗教世俗论者"公然表示轻蔑，他们就是主张政教分离的愚蠢的乌力马①。他相信，很多激进的近代政治运动都与伊斯兰教有关，而且，如果仔细阅读，都可以在《古兰经》中找到依据。他就此写了几本小册子，结果却发现，自己的激进观点在利雅得不受欢迎。人家觉得他爱惹是生非，于是他的生命受到了"无数的、数不清的、数不胜数的威胁"。就这样，一九八四年，抱着继续研究的目的，易卜拉欣兄弟来到英国，把自己锁在伯明翰姑妈家的车库里，在那里一待又是五年，只与《古兰经》和一卷卷《无尽的喜悦》为伴。他通过猫洞把饭菜拖进来，排泄物则装在一只印有加冕礼图案的饼干箱里，通过同一途径递出去。为防止肌肉萎缩，他定时做仰卧起坐。在这段时间，《悉力沃克报道》定期发表关于他的文章，还给他起了个绰号："车库里的古鲁②"（报社本来想用"幽闭中的狂人"，因考虑到伯明翰有很多伊斯兰教徒而作罢），还搞笑地采访了他那位困惑不解的姑妈卡琳·本杰明，一名末世圣徒教会的信徒。

这些报道尖酸刻薄，极尽嘲讽之能事，均出自一位诺曼·亨歇尔之手，现在已经成了同类文章的经典，在英国各地的永伊护成员中广为散发，作为永伊护运动在孕育之初，媒体就滋生了反永伊护恶毒元素的范例（如果需要举例的话）。注意——永伊护的成员被这样提醒——亨歇尔的文章写到一九八七年五月就半途而废了，就是在这个月，易卜拉欣·阿德-丁·舒克拉哈兄弟，只用最后的先知穆罕默德（愿他安息！）给予的纯粹真理，成功地通过猫洞让卡琳姑妈皈依了。注意，亨歇尔没

① 伊斯兰教徒对学者或宗教、法律权威的称呼。
② 印度教徒对宗教导师的称呼。

428

有记录这一盛况：来与易卜拉欣·阿德-丁·舒克拉哈兄弟交谈的人排起了长队，沿悉力沃克中心足足排了三个街区，从猫洞一直延伸到酒廊！注意，还是这位亨歇尔，他没有发表这位兄弟花了五年时间从《古兰经》中搜集整理出来的六百三十七条规定（按严格程度排序，然后再根据性质分成小类，如"关于整洁和特定的阴部与口腔卫生"）。注意这一切，兄弟姐妹们，为口耳相传的力量欢呼吧！为伯明翰年轻人的奉献和执着欢呼吧！

他们热心百倍，热情高涨（非凡、突出、史无前例），不等这位兄弟走出幽闭、亲自宣布成立"永伊护"，成立这样一个组织的创意就在黑人和亚裔人群中诞生了。一个政治与宗教密不可分的激进的新运动。一个汲取了加维运动①、美国民权运动和以利亚·穆罕默德②的营养，但仍然恪守《古兰经》教义的团体。永恒凯旋的伊斯兰民族守护者组织。到一九九二年，他们还是一个很小的团体，但影响广泛，其羽翼已远及爱丁堡和地端岬，核心位于悉力沃克，灵魂则在基尔伯恩的大道上。永伊护，一个致力于直接行动（通常是暴力行动）的极端主义派别，一个为伊斯兰社群所不齿的分裂团体，十六到二十五岁的人对它青睐有加，同时又遭到媒体的担忧和讽刺。今晚，信徒们聚集在基尔伯恩大厅，拥挤地站在椅子上，人叠着人一直顶到了橡子，聆听本派创立者的讲演。

"有三件事情，"易卜拉欣兄弟瞥了一眼讲稿，接着说，"是殖民国家想对你们干的，永伊护的兄弟们。第一件，他们想在精神上除掉你们……噢，是的，他们最看重的莫过于对你们的精神奴役。你们有那么多人可以并肩作战！但是如果他们拥有了你们的心，那么——"

"嗨，"一个胖子悄悄地说，"迈勒特兄弟。"

---

① 黑人民族主义者马库斯·加维领导的以"回到非洲去"为口号的黑人文化复兴运动。
② 黑人民族主义者，宗教运动领袖。

这是肉店老板摩·侯赛因-以实玛利。他和往常一样满头大汗，刚才，他用力挤过一长排人，特意坐到迈勒特旁边。他们俩是远房亲戚，在过去几个月，摩正迅速接近永伊护的核心集团（海凡、迈勒特、蒂龙、希瓦、阿卜杜拉-科林等人），他拿出钱来，还表示希望更"积极"地参与本团体的活动。迈勒特本人还是不太相信他，讨厌他那张大肥脸、那一缕从无边小帽里探出来的额发和他的口臭。

"来晚了，我得关了店门才能出来。不过，我已经在后面站了一会儿了。一直在听呢。易卜拉欣兄弟是个很有魅力的人，嗯？"

"嗯。"

"很有魅力，"摩鬼鬼祟祟地拍着迈勒特的膝盖，又说一遍，"很有魅力的兄弟。"摩·侯赛因为易卜拉欣兄弟的英国巡回演讲之旅提供了一部分赞助，所以，他很乐于认为易卜拉欣兄弟很出色（或者至少让他觉得两千英镑捐得值）。摩新近才皈依永伊护（二十年来，他一直是个不错的伊斯兰教徒），他热衷永伊护有两方面原因。首先，别人认为他是个成功的伊斯兰教徒商人，够得上募捐的资格，他对此很得意，得意到不得了。在一般情况下，他会请他们出去，让他们看看还在滴血的鸡肉，但实际情况是，摩当时有点脆弱，他那位大腿青筋毕露的爱尔兰老婆希拉刚离开了他，跟一个酒店老板好上了，他当时觉得自己很没用。所以，看到阿达谢答应了永伊护五千英镑的募捐请求，竞争对手纳德尔也拿出来三千英镑，摩就一下子显出男子汉的气概来，押上了赌注。

第二个原因涉及切身利益：暴力，暴力和盗窃。十八年来，摩一直拥有伦敦北部最有名的清真肉店，因此，有能力买下隔壁的店面，把肉店扩大成糖果店/肉店。在经营两个店面的这段时间里，一年肯定有三次，他会遭人暴打和抢劫。那个数字不包括头上受到的无数次猛击、乱棒猛打、腹股沟遭到的乱踢以及不出血的其他折磨。摩连老婆也没告诉，更不用说报警了。不，严重的暴力。摩总共已经被砍了五次（啊），丢了三根手指尖（咿哟），双腿和双臂都断过（啊唔哇），双脚被烤过

430

（吱吱），牙齿被踢断（咔一啪嗒），还有一颗气枪子弹（砰）嵌在臀部，还好那里肉多。噗。摩是个大人物，一个有气度的大人物。毒打无法挫掉他的锐气，让他谨言慎行，低声下气。他以眼还眼，以牙还牙；但只是孤军作战，谁也不会帮他。一九七〇年一月，有人用锤子猛砸他的肋骨，这是第一次挨打，当时他天真地报了警，结果那天深夜，五个警察上门，对他拳打脚踢。从此，暴力和盗窃成了家常便饭，伊斯兰教徒老汉和年轻的伊斯兰教徒母亲到店里买鸡肉时经常目睹这一幕，他们总是匆忙跑开，担心下一个便轮到自己。暴力和盗窃。肇事者有的是来买糖的中学生（因此，摩一次只允许一个格莱纳橡树综合学校的学生进入街角的小店。当然，情况没什么两样，孩子们只是轮流进来，单个把他毒打一顿罢了），有的是老醉鬼，少年暴徒及其家长，一般的新法西斯分子，新纳粹，本地台球队、标枪队、足球队的队员，还有一大帮喋喋不休、身穿白裙、鞋跟高得吓人的秘书。这些形形色色的人出于形形色色的原因讨厌他：他是个巴基斯坦佬（想让那个喝得醉醺醺的大个子明白你是孟加拉人，简直门也没有）；他把街角的小店隔出一半卖古怪的巴基斯坦式猪肉；他留额发；他喜欢猫王（"那么说，你喜欢猫王？是吗？呃，巴基佬？是吗？"）；他的香烟售价；他远离家乡（"你为什么不滚回自己国家去？""我回去了，那谁卖给你烟呢？"砰！）；有的仅仅因为他脸上的表情。但是，他们，这些人，有一个共同点：全是白人。在这个明白无误的事实面前，这些年来所有党派的广播宣传、集会和请愿，在摩的眼里都变得苍白无力。面对这个事实，他更坚定了信念，连加百利天使送来福音都无法使他如此坚定。最后的导火线，如果可以这么说，发生在他加入永伊护之前的一个月。当时，有三个白人"青年"把他绑起来，把他朝通往地下室的台阶踢下去，抢走了他所有的钱，放火烧了他的店铺。多亏他的双手能够前后左右自由活动（手腕被打断多次的结果），这才逃过一劫。可他已经厌倦了这种死里逃生的日子。就在此时，永伊护给了摩一份传单，说这世界在进行一场战争。摩想，不错，总算有人理解他了。摩已经在那场战争的前线浴血奋战了十八年。永伊护似乎明白，这是不够的——他的孩子情况挺好，念好学校，上网球课，肤色很浅，这辈子都不会有人动他们一根手指头。很好，但还不够。他想得到一点补偿，为他自己。他要易卜拉欣兄弟站在那个讲台上，剖析基督教文化和西方的道德观念，把一切都贬得一文不值；他要听别人讲这些人的堕落本性；他要知道其中的来龙去脉、政治原因和根源；他要别人揭露他们的艺术，揭露他们的科学，揭露他们的品位和低俗。但光说永远不够。他已经听了那么多话（如果你来报告……如果你不介意告诉我们袭击者的准确模样），说不如做。他要知道为什么这些人老是把他打得半死，他也要去把这些人打得半死。

"很有魅力，迈勒特，是吧？一切都不负众望。"

"啊，"迈勒特说，一副没精打采的样子，"我看是吧。不过，要我说呢，应该少说多做。异教徒到处都是。"

摩一个劲地点着头。"噢，当然了，兄弟。在这件事上我和你意见完全一致。我听说有些人，"摩压低了声音，把肥厚、汗湿的嘴唇贴到迈勒特的耳朵上，"非常热衷行动，立即行动。海凡兄弟跟我说过，说过十二月三十一号的事情。希瓦兄弟和蒂龙兄弟……"

"是的，是的。我知道他们是谁。他们是永伊护的心脏。"

"他们说你跟那个人认识——科学家本人。你的条件很有利，我听说你们是朋友。"

"以前是，以前是。"

"海凡兄弟说，你有入场券，你在组织——"

"嘘，"迈勒特恼火地说，"不是人人都可以知道。如果想接近核心，你得管住嘴巴。"

迈勒特上下打量摩，打量他那件不知用什么办法弄得像七十年代末期猫王的喇叭连衣裤的长袍，打量他像老朋友那样贴着膝盖的大肚子。

他很刻薄地问："你有点老了，是不是？"

"你这个没礼貌的小流氓，我他妈的壮得像头牛。"

"啊，嗯，我们用不着蛮力，"迈勒特轻轻叩着太阳穴，"我们需要稍微高层次一点的东西。我们首先得小心地溜进那个地方，对不对？第一个晚上，我们得非常小心。"

摩擦擦鼻涕。"我能做到。"

"啊，那就是说得管住嘴巴。"

"还有第三件事情，"易卜拉欣·阿德-丁·舒克拉哈兄弟打断了他们的谈话，他的声音突然响了起来，把扩音器震得嗡嗡作响，"他们将要做的第三件事情是，让你相信，人的智力，而不是真主，是全能的、无限的、无所不能的。他们会让你相信，你们的头脑不是用来赞扬造物主的荣耀，而是用来抬高自己的地位，让自己和造物主平起平坐，或者超越造物主的！现在，我们要谈今晚最严肃的事情。最邪恶的异端就在这里，就在布伦特区。我告诉你们，你们会难以相信，兄弟们，就在这个社区，有一个人相信自己能改进真主的造物。有一个人认为自己能够改变、调整、修正天命。他抓来一只动物——一只真主创造出来的动物——并认为自己能改变这一造物。要创造一只无名但可憎的新动物。当他完成了那头小动物——一只老鼠之后，兄弟们，他会把手伸到羊、猫和狗身上。在这个无法无天的社会，谁能阻止他有朝一日造起人来？一个不是由女人生下来的人，而纯粹是一个人的智力产物！他还会美其名曰医学……永伊护并不反对医学。我们是一个层次很高的组织，我们中有很多医生，都是我的兄弟。不要给人误导、蒙蔽、愚弄。这不是医学！我问你们，永伊护的兄弟们，谁愿意做出牺牲，阻止这个人的所作所为？谁愿意以造物主的名义挺身而出，让现代主义者看看，造物主的律法仍然存在于世，并且永恒不变？因为他们会竭力告诉你们，那些现代主义者、那些狂人、那些东方学者说现在不再有信仰，我们的历史、我们的文化、我们的世界已经完结。这位科学家也这样想，所以才会这么狂妄。但他很快就会明白，最后审判日的真实意义是什么。那么谁愿

433

意让他明白——"

"行，管住嘴巴，行，我明白。"摩嘴里在对迈勒特说话，眼睛却朝前面看着，就像间谍电影里一样。

迈勒特环顾四周，看到海凡在对他使眼色，于是他就对希瓦使眼色，希瓦又对阿卜杜拉-吉米和阿卜杜拉-科林、对蒂龙和基尔伯恩帮的其他人使眼色，他们正靠墙站在大厅的特定位置监视着。海凡又对迈勒特使了个眼色，然后看着大厅的后面。"小心行动"开始了。

"出什么事了？"摩悄悄地问，他看到那些佩戴绿色绶带的人在人群中挤着。

"到办公室去。"迈勒特回答。

"好了，那么，我认为，关键是要从两方面看待这个问题。这显然是一个实验折磨的问题，我们当然可以靠这个吸引公众的注意，但重点必须放到反对申请专利的辩论上，因为从这个角度我们能真正达到目的。如果我们把重点放在这里，那么，我们就能号召许多其他团体——NCGA、OHNO 等，克里斯平一直在同他们联系。因为，大家知道，我们以前没有广泛涉足过这个领域，这显然是一个关键问题——我想，过一会儿，克里斯平会详细给我们讲这个问题的——现在，我只想谈谈我们在这里得到的公众支持。我是说，特别是最近的媒体，连小报都开始大张旗鼓地讨论这点了……申请活体专利，很多人都很反感……我想，对这个概念，人们觉得很不舒服，确实如此，我们反折磨组织该起作用了，真正的协同作战，所以，假如……"

啊，乔丽，乔丽，乔丽，乔丽。乔舒华知道自己应该专心听讲，但光看着就很好，看着乔丽太美妙了！她坐的样子（坐在桌上，双膝贴向胸口），她看笔记的样子（像小猫咪那样顽皮！），空气穿过她门牙缝的样子，她老是用一只手把凌乱的金发捋到耳后，另一只手有节奏地敲击她那双大号的道克·马可尼牌鞋子。撇开金发不说，她看起来很像他妈妈年轻时的样子：丰满的英式嘴唇、高挺的鼻子、淡褐色的大眼睛。但那张脸，尽管引人注目，却只是放在世上最精美胴体上的装饰品而已。她身体的所有线条都很长，大腿结实，小腹柔软，乳房从不用胸罩，却绝对赏心悦目，臀部则是英国女人能拥有的最理想的类型，桃子一样讨人喜欢。此外她很聪慧，此外她献身理想，此外她瞧不起他父亲，此外她比自己大十岁（这让乔舒华浮想联翩，想到对方具备自己根本无从想象的各种性技巧，他禁不住硬了起来，就在此时此地，就在会开到一半的时候），此外她是乔舒华见过的最棒的女人。噢，乔丽！

"我是这么看的，我们必须让人们记住的是树立先例这个概念。你们知道，就是'接着会怎样'之类的说法——我懂肯尼的观点，他的意思是那样做有点太简单化——但我必须说明一点，我认为这是必要的，关于这点，过一会儿我们就表决。这样行吗，肯尼？如果我只是……对吗？对。刚才说到哪儿了……先例。因为，如果可以说，处于实验中的动物属于某一群人，也就是说，它不是猫，但却是有着猫科动物特征的发明，那么，这就会以非常巧妙、非常危险的方式阻碍动物权利组织的工作，并且可以预见到，将来会发生非常可怕的一幕。唔……我要请克里斯平到这里来，再谈谈这个问题。"

当然，可恶的是，乔丽和克里斯平结了婚。更可恶的是，他俩是真爱的结合，是完全的精神结合，是富于献身精神的政治联盟。他娘的！更糟的是，在反折磨组织的成员看来，乔丽和克里斯平的婚姻简直就是一种宇宙学，能清楚地说明人们可能是什么样子，应该是什么样子，本组织是如何起源，又应该如何发展。尽管乔丽和克里斯平并不提倡领袖概念或偶像崇拜，但不管怎样已经发生了，他们受到大家的崇拜。而且他们不可分离。乔舒华刚加入组织时，曾想方设法打听这对夫妇的情况，了解内幕，看自己有多少机会。他们的关系是否稳定？他们俩的工作性质有没有可能把他们拆散？答案是没有。在斑点狗酒馆，两位久经考验的反折磨组织活跃分子喝了几瓶啤酒，就和盘托出，听了叫人沮丧。这两个积极分子，一个叫肯尼，前邮局工人，是个精神错乱的人，小时候曾亲眼看到父亲操刀杀掉了他的小狗；另一个叫帕迪，敏感的家伙，一辈子领救济过日子，是个鸽子迷。

"人人一开始都想追乔丽，"肯尼满怀同情地说，"但你会克服掉。你会明白你能为她做的最好的事情，就是让自己献身斗争。然后，你意识到第二件事情，克里斯平竟是如此令人难以置信的家伙——"

"啊，啊，接着说。"

肯尼接着说。

乔丽和克里斯平好像是在一九八二年冬的利兹大学相识相爱的，这两个青年学生很激进，墙上挂着切·格瓦拉的画像，骨子里是理想主义者，对飞的、跑的、爬的、黏糊糊在地上滑行的一切生物都满怀热情。当时，他们俩积极参加了形形色色的极左组织，但是就直立人的命运而言，派系倾轧、暗箭伤人以及无休止的拉帮结伙，很快就让两人的幻想破灭了。有一天他们厌倦了，不想再为我们这个物种大声疾呼了，因为这个物种会出尔反尔，背后捅你刀子，另选一个代表，然后公开跟你对着干。他们把目光转向我们沉默的动物朋友，从素食主义者升格为严格素食主义者。一九八五年，两人从大学退了学，结了婚，组织了反对折磨和盘剥动物组织。克里斯平的人格磁力和乔丽的天然魅力吸引了其他政治漂泊者，很快就形成一个拥有二十五人的公社（另加十只猫、十四条狗、满院子的野兔、一头羊、两口猪和一群狐狸），大家在布里克斯顿的一间卧室兼起居室里生活和工作，那里背靠一大片无主的菜地。他们在很多方面都是先驱。在循环利用还没有成为时尚的时候，他们就已经在身体力行了，把令人汗流浃背的浴室变成了热带生物圈，并让自己一心一意从事有机食品生产。在政治上，他们也同样缜密。从一开始他们就证明自己是彻头彻尾的极端主义者。在三年内，反折磨组织针对动物实验、折磨和盘剥开展了恐怖运动，给化妆品公司的员工发出死亡威胁信，砸坏实验室，绑架技术人员，还把自己与医院的大门拴在一起。

他们还毁掉狐狸猎场，拍摄圈养鸡的照片，焚烧农场，冲食品零售店扔燃烧瓶，捣毁马戏帐篷。他们的活动范围如此广泛，又如此狂热（覆盖任何处于不舒服状态的动物），因此整日忙碌不堪；他们的生活艰难又危险，时不时还要坐牢。在这一过程中，乔丽和克里斯平的关系越来越牢固，成为大家的模范、暴风雨中的灯塔、激进分子缔结真爱的理想模范。（"好哇好哇好，接着说。"）接着，一九八七年，克里斯平因参与火烧威尔士实验室，放跑了四十只猫、三百五十只兔子和一千只老鼠，被判三年监禁。在被送到苦艾丛林监狱之前，克里斯平大度地给乔丽带话说，他不在身边的日子里，如果她有性需要，可以找其他反折磨组织成员满足。（"她有没有？"乔舒华问。"有个鸟。"肯尼难过地回答。）

在克里斯平服刑期间，乔丽投身于反折磨组织的转型，把它从一个由急躁的朋友组成的小帮派变成了一股能够生存下来的地下政治力量。她开始转移重点，不再采用恐怖战术。看了法国哲学家盖伊·德波的著作后，她开始热衷把情境主义作为政治战术，她把这理解成大量使用大幅标语、服装、录像带以及再现令人作呕的场景。到克里斯平出狱时，反折磨组织已经扩大了四倍，克里斯平的传奇色彩（爱人、斗士、反叛、英雄）也随之增长，因为乔丽满怀热情地诠释了他的人生和著作，还精心选了他一九八〇年前后拍摄的酷似民谣歌手尼克·德雷克的照片。尽管形象经过了精心粉饰，克里斯平的激进主义思想似乎一点也没变。他获释后做的第一件事就是策划放跑了数百只田鼠，这件事反响很大，报纸纷纷报道。虽然克里斯平承担起了责任，但实施行动的肯尼还是被抓起来，关了四个月。（"我一生中最了不起的日子。"）接着，一九九一年夏，乔丽说服克里斯平和她一起去加利福尼亚，与其他团体一起反对授予转基因动物专利。虽然法庭并非克里斯平的舞台（"克里斯平是个冲锋陷阵的家伙"），但他成功地破坏了法庭的审理程序，使得审判无效。在飞回英国后，情绪高涨但钱包干瘪的小夫妻，从布里克斯顿的住处被撵了出来……

好了，这里乔舒华可以接上了。一周后他遇上了正徘徊在威尔斯登公路上找住处的他们。两人看上去迷路了，乔舒华在夏日的气氛和乔丽的美貌面前壮起胆子，走上前去搭讪，然后就一起去喝酒了。和每个威尔斯登人一样，他们也到了斑点狗酒馆。这家酒馆是威尔斯登著名的标志性建筑物，一七九二年就有人形容它是"光顾者甚众的酒馆"（兰·斯诺：《威尔斯登的过去》），维多利亚中期的伦敦人想到"乡间"一日游时，这里往往就是首选，后来又成了公共马车的交汇点，再后来，成了当地爱尔兰建筑工人的饮酒聚会场所。一九九二年，这里又一次转型，这次变成了威尔斯登澳大利亚移民的聚集点；在过去五年里，澳大利亚人莫名其妙地离开自己波光粼粼的海滩和翡翠般碧绿的大海，来到伦敦西北部。那天下午，乔舒华跟乔丽和克里斯平走进酒馆时，里面正热闹得很。卫生署的官员接到投诉，说公路上玛丽修女楼的上方传来阵阵恶臭，于是就袭击了上面的公寓，发现那里藏着十六名澳大利亚土著，他们在地上掘了一个大洞，在那里烤猪，显然是想再造南海地下熏烟炉的效果。他们一被赶到大街上，立即就对酒馆老板吐起苦水来。酒馆老板是个大胡子苏格兰人，对自己的客人毫不客气。（"在该死的悉尼，难道有什么该死站牌，上面写着到他妈的威尔斯登去？"）乔舒华在一旁听说了这件事，想那间公寓现在肯定空着，于是就带乔丽和克里斯平去看，他已经开始盘算了……如果我能让她住在附近……

这是一所漂亮的、墙面斑驳的维多利亚式建筑，带一个小阳台、一个屋顶花园，地上还有一个大洞。他建议他们一个月后再搬进去，他们同意了。乔舒华经常同他们见面。过了一个月，他跟乔丽谈了几个小时（在这几个小时里，他一直盯着她藏在破旧T恤衫下的乳房），历经了一场"转变"，当时，好像有人摘掉了他那个封闭的夏尔芬小脑袋，往耳朵里塞进两根炸药棒，起到了振聋发聩的作用。在炫目的瞬间，他明白自己爱上了乔丽，他的父母卑鄙无耻，他自己卑鄙无耻，地球上最大的群体，动物王国，每天都遭受压迫、监禁和残害，而世界各国的政府对此却不闻不问，助纣为虐。很难说最后的认识在多大程度上依据开始的认识，但他已经放弃了夏尔芬主义，对事物如何拼凑在一起也不再感兴趣。相反，他完全不吃肉了，还跑到格拉斯顿伯里文了身，变成那种闭着眼睛也能掂出八分之一盎司大麻的人（见你的鬼去吧，迈勒特！），通常还狂欢一通……但最后他良心发现了。他讲出了自己是马库斯·夏尔芬的儿子这一秘密。这让乔丽大吃一惊。（乔舒华还一厢情愿地认为，这唤起了她的警惕——跟敌人睡在一起什么的。）乔舒华被打发了回去，而反折磨组织则开了两天峰会，主要议题是：但他正是我们……要的东西……啊，但我们可以看到……

整个过程拖得很长，又是投票表决又是增加子条款，又是反对理由又是限制性条款，但是再复杂也逃不过这一条：你站在哪一边？乔舒华说你们这边，于是乔丽张开双臂欢迎他，把他的脑袋摁在自己完美的胸脯上。他在各种会议上大受夸赞，还担任了秘书职务，成了大家重视的人物：另一阵营转变过来的。

从那时开始，大约在六个月内，乔舒华越来越看不起父亲和他那了不起的爱。他开始了一项长期计划，慢慢渗透到这对著名夫妻的生活里（无论如何他需要一个住的地方：琼斯家成员间的敌意正慢慢减轻）。他刻意讨好克里斯平，故意对克里斯平的疑心视而不见。乔舒华摆出一副好伙伴的姿态，什么脏活累活都帮他干（复印、贴标语、发传单），睡觉就睡在克里斯平的地板上。为庆祝克里斯平结婚七周年，还在他生日时送了一个手工做的吉他拨子。与此同时，他却极为痛恨克里斯平，对他老婆所怀的觊觎之心简直无人能及，暗暗盘算着让他身败名裂的种种阴谋，那种忌妒连《奥赛罗》里的伊阿古都要自愧弗如。

所有这些都使乔舒华心烦意乱，因此无暇注意这样一个事实：反折磨组织正忙着策划让自己的父亲身败名裂。他在原则上认可了这个计划。当时马吉德回来了，乔舒华也在火头上，计划本身似乎也很模糊——只不过是一堆大话罢了，目的是让新成员听了产生很深的印象。

现在，只有三个星期就到三十一号了，而乔舒华对将要发生的事情会产生什么后果，已经不会以连贯的方式提问了，不会用夏尔芬的方式了。他甚至对将要发生什么事情也不完全清楚——还没有做出最终决定：现在，大家正在讨论这项计划，反折磨组织的核心成员都盘着腿，围着地上的大洞坐着。他应该认真听这些基本决定，可他却走神了，心思跑到乔丽的T恤衫底下去了，沿着她凹凸有致的身体曲线跑下去，跑到扎染的裤子底下，跑到——

"乔舒，朋友，要是你把我刚才的话记下来了，那就请你给我念念几分钟前的会议记录，行吗？"

"啊？"

克里斯平叹了口气，啧啧起来。乔丽从桌子上俯下身来，吻了吻克里斯平的耳朵。妈的。

"会议记录，乔舒。乔丽说了抗议策略后的那段。我们已经转到艰巨任务这块了。我想听听帕迪几分钟以前说的惩罚与释放那段话。"

乔舒华看了看空白的本子，把它放在正逐渐软化的勃起部位上。"嗯……我想我把那段漏掉了。"

"呃，哦，那段他妈的很重要，乔舒。你得跟上。我是说，大家在这里讨论，关键是——"

妈的，妈的，妈的。

"他尽力了，"乔丽给他说情，又从桌子上俯下身，这次弄乱了乔舒华的犹太式发型，"乔舒心里一定不好受，你知道吗？我是说，这牵涉到他的个人感情。"她总是用这种口气叫他乔希。乔希和乔丽。乔丽和乔希。

克里斯平皱了皱眉："嗯，你知道，我说过很多次了，如果乔舒华出于个人的同情心不想参与这件工作，如果他想退出，那么——"

"我要参加，"乔舒几乎难以克制敌对情绪，他打断了克里斯平，"我没有退缩的意思。"

"所以，乔希是好样的，"乔丽灿烂而赞许地笑着说，"记住我的话，他会坚持到最后的。"

啊，乔丽！

"好吧，那么，我们继续。从现在开始，做好记录，好吗？好了。帕迪，你把刚才说过的话重复一遍，让每个人都听明白，因为我觉得，你刚才的话很好地总结了我们现在所做的主要决定。"

帕迪抬起头来，同时翻着自己的本子。"嗯，啊，实际上……实际上，这个问题……涉及我们的真正目的。如果我们的目的是为了惩罚作恶者，教育公众……那么，啊，这就需要采用一种——直接攻击的方法，唔，直接攻击有关人员，"帕迪说，同时紧张地扫了一眼乔舒华，"但是，如果我们关注的是动物本身——我认为我们应该关注动物本身，那么，这就是一个抗议活动，如果抗议活动达不到成效，那么，就要采用武力手段放掉动物。"

"对，"克里斯平迟疑地说，他心里没底，解放一只老鼠能有什么光荣，"不过，在这种情况下，老鼠是一种象征，也就是说，这家伙在实验室里有很多这类动物——所以我们得从全局出发。我们需要有人在这点上重拳出击——"

"嗯，实际上……实际上，我认为，像 OHNO 组织，他们错就错在这里。因为他们只是把动物本身当成一种象征……而在我看来，这绝对是反折磨组织的对立面。如果是一个人给关在小玻璃盒子里六年，那他就不会是一种象征了，你明白吗？我不知道你是怎么想的，可是人与鼠是没有差别的，你知道，我就是这么想的。"

反折磨组织众成员轻声表示赞许，对这种观点他们一般都轻声表示赞许。

克里斯平不高兴了。"对，好了，显然我不是那个意思，帕迪。我只是说这里有个全局问题，如同在一个人的生命和很多人的生命之间做出选择一样，对不对？"

"我说两句！"乔舒举起手来，想借此让克里斯平难堪。克里斯平的眼睛瞪着他。

"说，乔希，"乔丽甜甜地说，"往下说。"

"根本没有其他老鼠。我是说，老鼠确实很多，但这样的老鼠只有一只。实验费用高得惊人，他拿不出钱来大量制造。另外，媒体也在激他，说要是未来鼠在展览期间死了，他可以偷偷换上一只新的——所以他尾巴翘得很高。他要在全世界面前证明，他的计算准确无误。他只会造一只老鼠，给它编上条形码。唯一的老鼠。"

乔丽眉开眼笑，俯身摸着乔舒的肩膀。"对了，是的，好了，我想这话说得对。那么帕迪，我明白你的意思了——问题在于是把注意力放在马库斯·夏尔芬身上，还是在全球新闻界面前把那只真真切切的老鼠放出牢笼。"

"我说两句！"

"说，乔舒，什么问题？"

"嗯，克里斯平，这只老鼠和你救过的其他动物不一样，救不救没有区别，它注定要死。基因里带有疾病，就像定时炸弹，即使你把它放了，它也会痛苦地死去，只是换了个地方罢了。"

"我说两句！"

"说，帕迪，往下说。"

"嗯，实际上……如果有个政治犯身患绝症，你难道就不帮他逃出监狱吗？"

反折磨组织很多成员都使劲点着头。

"是的，帕迪，是的，这话说对了。我认为乔舒华在这点上是不对的，我认为，帕迪已经把我们必须做出的决定摆在我们面前了。这种情况我们以前已碰到多次，在不同情况下，我们做出了不同的决定。大家知道，我们以前都针对罪魁。我们列出清单，施加惩罚。现在，我知道，最近几年，我们已经脱离以前的战术，但我想，即使乔丽也会明白，这是我们面临的最大、最根本的考验。我们正面对受到严重困扰的个体。另一方面，我们也开展了大规模的和平示威活动，在我们的监督下，释放了被这个国家囚禁的成千上万的动物。现在这种情况，我们没有时间、也没有机会同时采取两种策略。那是个公共场所，嗯，这点我们已经讨论过了。正如帕迪所说，我认为，对于三十一号那天，我们需要做出的选择很简单——人或者鼠。大家有没有意见？没有的话就投票，乔舒华？"

乔舒华把双手支在地上，挺直身子，方便乔丽按摩后背。"没问题。"他说。

十二月二十日零点整，琼斯家的电话响了。艾丽穿着睡衣挪下楼，拿起听筒。

"呃哼哼。我故意这时候给你打电话，是想让你本人牢记今时今日。"

"什么？呃……什么？瑞安？喂，瑞安，我不想无礼，可现在是半夜，啊？你想干什么——"

"艾丽？娃娃？是你吗？"

"你外婆在分机上，她也要和你说话。"

"艾丽，"霍滕丝兴奋地说，"你倒是开口说话呀，俺啥也没听见——"

"艾丽，我再说一遍：你注意到我们打电话的时间和日子没有？"

"什么？喂，我不能……我真的很累……能不能等到……"

"今天是二十号，艾丽，零点整。二〇〇〇……"

"你在听吗，娃娃？托普先生想对你讲些很要紧的事情。"

"外婆，你们俩一个一个讲……你们刚把我从床上拽起来……我有点，困死了。"

"二〇〇〇年，琼斯小姐。你知道现在的月份吗？"

"瑞安，现在是十二月。真那么——"

"第十二个月，艾丽。对应于以色列人的十二个支派。每个支派受印的有一万二千。犹大支派中受印的有一万二千。流便支派中有一万二千。迦得支派中……①"

"瑞安，瑞安……我明白了。"

"有些日子是上帝希望我们采取行动的日子——预先警告的日子，预先指定的日子——"

"在这些日子里，俺们必须拯救迷失的灵魂，提前警告他们。"

"我们在警告你，艾丽。"

霍滕丝轻轻啜泣起来："俺们只是想警告你，亲爱的。"

"好吧，很好，我已经听到警告了。晚安，诸位。"

"我们的警告还没完，"瑞安一本正经地说，"这只是第一次，还有很多次。"

"别告诉我还有十一次。"

"噢!"霍滕丝喊叫起来。她扔下了电话，但声音还是远远地传过来，"上帝已经去看过她了! 不说她就知道!"

"喂，瑞安。能不能请你把另外十一次警告浓缩成一次——或者至少，把最重要的一次告诉我? 不然，我可回去睡了。"

沉默了一分钟。"呃哼哼。很好。别跟那个人产生瓜葛。"

"噢，艾丽! 你要听托普先生的话! 要听他的话!"

"什么人?"

"噢，琼斯小姐。别装出对自己的罪孽茫然无知的样子。打开你的心扉，上帝让我本人帮助你，让你洗净——"

"喂，我真的累得要命。别跟什么人?"

"那个科学家，夏尔芬。那个你称之为'朋友'的其实是全人类敌

---

① 这是在引述《圣经·新约·启示录》第七章。

444

人的人。"

"你说马库斯吗？我跟他没有瓜葛。我只是帮他接接电话、整理些文件罢了。"

"这么说，你给魔鬼做秘书，"瑞安说，这话让霍滕丝哭得更响更凶了，"这么说，是你自甘堕落。"

"瑞安，听我说一句：我没时间跟你聊这些。马库斯·夏尔芬只是想找出产生癌症这类东西的原因。明白了？我不知道你是从哪里得到消息的，但我敢肯定他不是魔鬼的化身。"

"只不过是成千上万魔鬼中的一个！"霍滕丝提出异议，"是打前锋的！"

"平静一点，鲍太太。我恐怕你的外孙女已经无药可救了。正像我想的一样，离开我们后，她加入了黑暗的一边。"

"去你的，瑞安，我可不是暗黑武士。外……"

"别跟俺说话，娃娃，别跟俺说话。俺实在太伤心了。"

"那么，看来我们要在三十一号见到你了，琼斯小姐。"

"俺们要警告所有人！"霍滕丝插嘴了，"俺们计划得很周全了，明白不？俺们要一起唱赞美诗，多布森太太拉手风琴，因为没办法把钢琴搬到那里去。俺们打算绝食抗议，直到那个坏人不再动上帝的造物——"

"绝食抗议？外婆，你不吃午前点心就会恶心的。你这辈子还从来没有一连三个小时不吃东西的。你已经八十五了。"

"你忘了，"霍滕丝生硬地回答，"俺就是在斗争中出生的。俺是个死里逃生的人，少吃两顿饭吓不倒俺。"

"你不劝劝她吗，瑞安？她已经八十五了，瑞安。八十五！她可不能参加绝食抗议。"

"我告诉你，艾丽，"霍滕丝对着话筒响亮又清晰地说，"俺要去！缺一两顿饭难不倒俺。上帝用右手施与，用左手取走。"

艾丽听到瑞安放下电话，走到霍滕丝的房间，从她手里慢慢取过听筒，劝她上床睡觉。艾丽听到外婆一边被领着沿走廊走着，一边在唱着那句上帝用右手施与，用左手取走。她并不唱给谁听，也不成调子。

但多数时候，艾丽心想，他只是一个夜贼。他只是取走而已。他只是他妈的取走而已。

马吉德很自豪，他目睹了每一个阶段。他目睹了基因的设计过程，他目睹了注入生殖细胞的过程，他目睹了人工授精的过程，他目睹了出生的过程——与他自己的那么不同。唯一的老鼠。不存在产道上的争斗，不存在第一和第二，不存在得到拯救和得不到拯救的问题，不存在运气问题，不存在随机因素——父亲的嘴部轮廓、母亲爱吃干酪的习惯都不会传下来，不存在有待揭开的秘密，不存在死神何时降临的疑虑——无法逃避疾病，无法躲过痛苦，不存在由谁操纵命运的问题，不存在值得怀疑的全能力量，不存在靠不住的天数，不存在旅行问题，不存在哪里的草地更绿的问题，因为不管这只老鼠走到哪里，它的生活都完全一样。它不会穿行在时间之旅中（时间是一个婊子，马吉德现在明白这点了，时间就是婊子），因为它的未来等于现在，也等于过去。一只装在中国盒里的老鼠。不存在别的道路，不存在错过机遇的问题，不存在平行的可能性，不存在第二种猜测，不存在假设，不存在也许。只有肯定！最纯粹的肯定！马吉德目睹了一切，在摘下了面罩手套、把白大褂挂回原处后，他想，上帝也不过如此吧，不过如此？

第十九章

最终的空间

一九九二年十二月三十一日，星期四

报纸顶端的通栏上这样写着。饮酒作乐的人们这样喊着，他们吹着
尖厉的口哨，举着联合王国的国旗，跳着舞着穿过黄昏时分的街道，想
激起伴随着这个日子的情绪；想催促黑暗快快来临（这时才五点钟），
好让一年一度的晚会快快开场；好去胡闹、呕吐、亲嘴、爱抚、插入；
站在火车门道里，给朋友撑着车门；跟突然涨价的小型计程车的索马里
司机理论；跳水或玩火。这一切都发生在昏暗的、掩人耳目的街灯之
下。这天晚上，英国不说谢谢你请对不起行吗，而开始说该死的他妈的
浑蛋（我们从来不这么说，重音不对，听起来挺可笑）。这天晚上，英
国看重的是根本的东西。这是除夕。但乔舒华不敢相信。时间都跑到哪
里去了？时间都渗到乔丽两腿当中的缝隙里去了，跑到她隐秘的耳洞里
去了，藏到她温热纠结的腋毛里去了。在他人生的这个重大日子里，他
要做的一切又会产生什么后果？而这种重大时刻，要是放在三个月以
前，他原本会认真剖析、分门别类、权衡利弊，以夏尔芬家的活力加以
分析，但这种热情也已从他身上逃离，跑到她的缝隙里去了。除夕他也
没下什么决心，没有新年打算。他觉得自己跟那些出入酒吧找碴的年轻
人一样没心没肺，他觉得自己和骑在父亲脖子上参加家庭派对的孩子一
样又轻又飘。可他并没有跟这些人在一起，走在大街上找乐子——他在

447

那里，在这儿，在市中心横冲直撞，像一颗寻找热源的导弹一样径直朝佩雷特学院奔去。他在这儿，同十位反折磨组织成员一起，一跳一跳地挤在一辆鲜红的小巴里，急急地驶出威尔斯登，朝特拉法尔加广场前进，心不在焉地听肯尼念出自己父亲的名字，肯尼是在给开车的克里斯平念报纸。

"'今晚，当马库斯·夏尔芬博士把未来鼠置于公众面前之时，他将掀开我们未来基因时代的新篇章。'"

克里斯平把头往后一仰，大喊一声："哈！"

"啊，对，不错，"肯尼没法在念报纸的同时表示蔑视，只好停一下，再接着念，"真得多谢这些客观的报道啊。唔，我读到哪儿了……这儿：'更有意义的是，他把这个过去不为人知、限于圈内人士的复杂学科展现在无数公众面前。由于佩雷特学院准备一连七年昼夜开放，夏尔芬博士称此次全国性活动不会像一九五一年的英国节，也不会像一九二四年的不列颠帝国展，因为这里没有政治因素。'"

"哈！"克里斯平又用鼻子哼了一声。这回他朝右边转过身来，弄得反折磨组织的小巴车（这辆车其实不是反折磨组织的，车身两侧仍印着十英寸见方的黄色大字"肯瑟·莱斯家庭服务公司"，从一位同情有毛动物的社工那里借的）差点撞上了一群脚蹬高跟鞋、吵闹着晃过马路的姑娘。"没有政治因素？他妈的放什么狗屁？"

"当心看好路，亲爱的，"乔丽说着，给了他一个飞吻，"我们还希望能像个全乎人那样到达目的地。唔，这里朝左转……沿埃奇威尔路走。"

"不是东西，"克里斯平朝乔舒华怒目而视，然后又转回身子，"他真不是东西。"

"'到一九九九年，'"肯尼按照箭头指示，从头版翻到第五版，接着念，"'也就是专家预言重组 DNA 过程应该产生结果的那年，大约会有一亿五千万人看到未来鼠展览，更多的人则会通过国际新闻界跟踪未来鼠的进展。届时，夏尔芬博士将成功地达到教育国民的目的，摒弃伦理道德那套陈词滥调。'"

"快、把、该、死、的、桶、递、给、我，"克里斯平说，好像这些话就是呕吐出来的秽物，"别的报纸怎么说？"

帕迪举起手中的报纸，让克里斯平从后视镜里看到大字标题：鼠狂。

"买报纸还送一个未来鼠不干胶贴纸，"帕迪耸了耸肩膀，把贴纸拍到贝雷帽上，"很可爱，真的。"

"小报给人的惊喜更多。"明妮说。明妮是个新成员——一个脾气暴躁、留着金色长发、戴乳环的十七岁姑娘。乔舒华一度想让自己迷上她，可是不行，他就是无法离开那个痛苦而错乱的乔丽小世界，到新的星球上寻找生活。明妮很聪明，把这一切看得清清楚楚，于是把心思放到克里斯平身上。冬天很冷，她却穿得很少，利用一切机会把自己蹦蹦跳跳的翘奶子往克里斯平身上贴。这时，她就是这样，把身子探到驾驶室，把报纸上有关的那一版拿给他看。克里斯平徒劳地试图同时做三件事情：既转到大理石拱门环形交叉口，又不碰到明妮的乳房，同时还要看报纸。

"我没法看。那是什么呀？"

"长着老鼠耳朵的夏尔芬脑袋安在山羊身子上，下面还连着猪屁股。他用猪槽吃东西，槽上一头写着'基因工程'，另一头写着'公款'。标题是：夏尔芬嚼食。"

"很好。哪怕一点点支持也是好的。"

克里斯平又朝环形交叉口转去，这回如愿以偿地转了弯。明妮朝他探过身子，把报纸铺在仪表盘上。

"上帝呀，他看上去比以往更有夏尔芬的派头了！"

乔舒华恨恨地后悔，不该把家里人爱把自己的姓当动词、名词和形容词使用这个小习惯告诉克里斯平。当时好像觉得这样做很好，博得大家一笑；要是还有人怀疑他，这时也该相信他站在哪一边了。他从没觉得自己背叛了父亲，他从没感觉到这种分量，直到他从克里斯平嘴里听到夏尔芬主义受到嘲弄，才感觉到这一点。

"看看他围着猪槽的夏尔芬样。什么东西、什么人都要吞，那就是夏尔芬做派，呃，乔舒？"

乔舒华咕哝了一声，把身子背对着克里斯平，看着窗外海德公园的霜景。

"那真是一张经典照片，啊，看到了？他们拿来做脑袋的这张。我以前看到过，那天他在加利福尼亚审判庭上作证。那种看上去他妈的高人一等的样子，真是太有夏尔芬派头了！"

乔舒华咬了咬舌头。别理他。如果你不理他，你就会得到她的同情。

"别这样，克里斯，"乔丽抚摸着乔舒华的头发，坚决地说，"只要记住我们此行的目的就行了。今晚不用对他那样。"

嘿。

"是啊，嗯……"

克里斯平踩了脚油门。"明妮，你跟帕迪有没有确认过每个人都带上了自己需要的东西？帽兜什么的？"

"是的，全都带了。太棒了。"

"好。"克里斯平掏出一只小银盒，里面装着卷大麻烟的一应材料。他把盒子朝乔丽的方向扔去，正好重重地砸在乔舒华的胫骨上。

"给我们卷一支，亲爱的。"

妈的。

乔丽捡起盒子，蹲着干活，卷纸就铺在乔舒华的膝盖上。她的长脖子整个露出来，乳房朝前面坠下来，几乎就落在他的手里。

"你紧张吗？"她卷好烟，把头轻轻向后一仰。

"你什么意思，紧张？"

"今天晚上。我是说忠诚与不忠的内心冲突。"

"冲突?"乔舒华神志恍惚地喃喃道,希望自己是和车外快乐的人们在一起,这些没有冲突的人们,过新年的人们。

"上帝,我真钦佩你。我是说,反折磨组织致力于极端行动……你知道,即使现在,我觉得我们做的有些事情……挺棘手的。我们在谈我生命中坚持的原则,你知道吗?我是说,克里斯平和反折磨组织……那是我的全部生命。"

噢,了不起,乔舒华想,噢,妙极了。

"可我还是对今晚怕得要命。"

乔丽点上大麻烟吸着。小巴车右转经过议会时,她把烟径直递给了乔舒华。"有一句话说得好:'如果我必须在背叛国家和背叛朋友之间选择,但愿我有胆量背叛国家。'在责任或原则之间做出选择,你知道吗?你看,我不用经受这种折磨。如果我要经受这种折磨,我不知道自己能不能像现在这样去做。我是说,如果那是我父亲的话,我没有把握会不会去做。我一开始就献身于动物,克里斯平也一样,不存在内心冲突问题。对我们来说,这是很容易的。但是你,乔希,你所面对的抉择是我们所有人里面最极端的……可你好像还是很平静。我是说,令人钦佩……我想你真的给克里斯平留下了深刻的印象,因为你知道,他还有一点怀疑……"

乔丽一个劲地说着,乔舒一个劲地在该点头的地方点着头,但他吸的硬心泰国大麻烟捕捉到了她说的一个词:平静,并用这个词提出了一个问题。为什么这么平静,乔希?你就要踩上一堆臭狗屎了——为什么这么平静?

因为他想象着自己外表显得很平静,不可思议的平静;他的肾上腺素与新年的欢乐气氛、与反折磨团伙的紧张不安成反比关系……就好像在水下漫步,深藏于水中,而孩子们却在水面上嬉戏。但这种平静并非死水一般的呆滞。随着车朝白厅前进,他无法弄清这种反应是不是正常——任凭世界冲刷自己,任凭各种事件自行发展,他不知道自己是不是应该更像那些人，车外那些正在叫喊、舞蹈、打斗、性交……的人，面对将来是不是应该更——二十世纪末期有个讨厌的词，叫什么来着？主动。面对将来是不是应该更主动？

他又深深吸了口大麻，这一口把他送回到十二岁那年。那时他是个早熟的孩子，每天早晨醒来，都等着听十二点将发生核爆炸的通告，那个古老而恶劣的世界末日场景。大约在那时，他对很多极端问题、未来及其最终时限都思考了很多。即使在那时，他也想到，在最后十二个小时里，他不可能去和隔壁十五岁的小保姆艾丽丝上床，他不可能对别人说他爱他们，他不可能皈依正统犹太教，也不可能为所欲为或为所不敢为。好像更有可能的是，更有可能的是，他只会跑回房间，平静地搭完乐高中世纪城堡。别的你还能干什么？你还有其他选择吗？因为选择需要时间，需要适当的时间，处于道德水平轴上的时间——你做出一项决定，然后等着看结果，等着看结果。这是一种可爱的白日梦，一种不存在时间限制的白日梦（还剩下十二个小时，还剩下十二个小时），后果消失之点，允许采取行动之点。（街上传来喊声："我发疯了——我他妈的发疯了！"）但十二岁的乔舒太神经质、太孤僻、太夏尔芬了，根本不喜欢这种，甚至连想都不敢想。相反，他在那里思忖：如果世界末日没到，而我和艾丽丝·罗德韦尔上了床，她怀了孕，那该……

现在也一样。老是惧怕后果。老是这样瞻前顾后。他将要对父亲干的事情如此之大，如此庞大，后果根本无法想象——他想象不出这次行动之后会是什么情景。只有空白。虚无。有点像世界末日。面对世界末日，哪怕只是面对年末，也总让乔舒产生一种陌生的超然感觉。

每年除夕都是正在逼近的世界末日的缩影。你想在哪儿性交就在哪儿性交，想什么时候吐就什么时候吐，想捶谁就捶谁——大街上熙熙攘攘的人群，电视上回顾着过去一年的好人坏人，最后时刻的疯狂亲吻，十、九、八……

乔舒华瞪着眼来回打量着白厅，瞪着那些走来走去彩排的快乐的人们。他们全都深信这不会发生，或者如果发生，自己也能对付。但世界左右你，而不是你左右世界，乔舒华想。你毫无办法。生平第一次，他真切地相信这一点。而马库斯·夏尔芬的信仰则正好相反。反正一句话，他意识到：我就是那样落入困境的，从威斯敏斯特转出来，看着大本钟接近我颠覆父亲屋宇的钟点。我们大家都是那样落入困境的。陷在一堆乱麻里，陷在狼窝和虎穴之间。

一九九二年十二月三十一日星期四新年夜

贝克大街发生信号故障

贝克大街没有南行节日专线地铁

建议乘客在芬切利大街换乘大都市专线

或在贝克大街换乘贝克卢专线

不提供公共汽车服务

末班地铁凌晨二时

伦敦地铁站全体员工祝您新年平安幸福！

威尔斯登格林车站站长理查德·戴利

迈勒特、海凡、蒂龙、摩·侯赛因-以实玛利、希瓦、阿卜杜拉-科林和阿卜杜拉-吉米等像一根根五朔节花柱一般戳在车站中央，周围的人们在跳新年舞蹈。

"好极了，"迈勒特说，"我们现在怎么办？"

"你不认字呀？"阿卜杜拉-吉米反问。

"通告怎么建议，我们怎么做，弟兄们，"阿卜杜拉-科林用他低沉、冷静的男中音打断了大家的议论，"在芬切利大街换车，听从真主的安排。"

迈勒特认不出墙上的字，原因很简单。他精神恍惚。这是斋月的第二天，他却精神恍惚。他身上的每个突触都下班回家了。不过，还是有几个尽责的工人在他这台大脑水车周围忙乎着，使一个想法不断在他的脑袋瓜里转来转去：为什么？为什么吸大麻，迈勒特？为什么？问得好。

中午他在一只抽屉里找到用玻璃纸包着的八分之一盎司陈大麻，六个月前他没舍得扔，他于是把这包大麻全吸了。他先坐在卧室窗前吸了一点，然后走到格莱斯顿公园又吸了一点，绝大部分是在威尔斯登图书馆的停车场吸的，最后一点是在一个叫沃伦·查普曼的人开的学生食堂里吸的，他以前经常跟这位南非滑板好手厮混。因此，此时他精神恍惚地和其他人一起站在地铁站台上，不仅能听到声音里面的声音，而且还能听到在声音里面的里面的声音。他能听到，老鼠沿着铁轨快跑的声音与扩音系统的噼啪声以及二十英尺以外一位老妇人的弱拍鼾声形成了和谐的韵律。即使在地铁进站时，他也仍能听到这些隐藏在表面下的东西。迈勒特知道，有一种恍惚境界能让你达到禅宗般的清醒，让你从另一头钻出来，感觉神清气爽，好像从来就没有抽过大麻。噢，迈勒特渴望达到那种境界，他真希望自己能达到那个程度，但他吸得还不够。

"你还好吧，迈勒特兄弟？"地铁门滑开了，阿卜杜拉-科林关切地问，"你脸色不对。"

"没事，没事。"迈勒特说，然后摆出一副很好的样子。大麻与酒不一样：不管飘得多厉害，在某种程度上，你到底还能控制自己的熊样。为了向自己证明这一理论，他沿着车厢缓慢而自信地走着，在弟兄们最后一排座位上坐下，一边是希瓦，另一边是去娱乐城的几个兴高采烈的澳大利亚人。

希瓦可不像阿卜杜拉-吉米，他也体验过这种疯狂的感觉，隔着五十码就看见了说明一切的红眼睛。

"迈勒特，伙计，"他压低了声音，确信别的弟兄在地铁的嘈杂声中听不到自己的话，"你都对自己干了什么？"

迈勒特双眼直瞪前方，对着车窗里自己的影子说："我在帮自己呢。"

"这不是越帮越忙吗？"希瓦低声说，他盯着还没背熟的《古兰经》第五十二章复印件，"你疯了吗？背这玩意儿就够头痛了，你倒好，还上天去了。"

迈勒特微微摇晃着，朝希瓦转过身去，不合时宜地刺激着人家："我不是为那个帮自己，我是帮自己采取行动，因为别人谁也不会行动。我们失去了一个人，你们就背弃了事业。你们这些逃兵！可我立场坚定。"

希瓦陷入了沉默。迈勒特说的是易卜拉欣·阿德-丁·舒克拉哈兄弟最近因为逃税和温和抵抗这些不实罪名而"被捕"的事情。谁也没把这些罪名当回事，但是人人都明白，这是伦敦市警察局发出的不那么温和的警告，说明他们已经盯上了永伊护的一举一动。看到了这一点，希瓦第一个对大家已经同意的甲计划打起了退堂鼓，阿卜杜拉-吉米和侯赛因-以实玛利也很快跟上。摩很想在某些人——任何人——身上发泄怒火，但他顾忌自己的店铺。大家争论了一周（迈勒特坚决维护甲计划），到了二十六号，阿卜杜拉-科林、蒂龙，最后连海凡都承认，甲计划可能不利于永伊护的长远利益。毕竟，他们不能让自己落到坐牢的田地，除非有人能取代他们领导永伊护的活动。于是甲计划就取消了。大家匆匆忙忙炮制了乙计划。按照乙计划，永伊护将派七名代表站在马库斯·夏尔芬的记者招待会现场中央背诵《古兰经》第五十二章《山峦》，先用阿拉伯语（由阿卜杜拉-科林独自承担这项任务），然后是英语。乙计划让迈勒特作呕。

"就这样？你们仅仅是对着他背书？那就是惩罚他？"

复仇从何谈起？公正的惩罚、报应、圣战又从何谈起？

"你是不是说，"阿卜杜拉-科林严肃地反问，"真主对先知穆罕默德——愿他安息，愿真主赐福于他——说的话还不够？"

嗯，不是。所以，即使这项计划让迈勒特作呕，他还是得让步。迈勒特加入永伊护是为了荣誉、牺牲、职责，是为了与精心策划的部族战争密不可分的生死问题，而现在，代替这些的却是译本问题。人人都认为，《古兰经》的任何译本都不能算是真主说的话，但与此同时，大家也承认，如果谁也听不懂他们在说什么，那么乙计划的效果就会大打折扣。所以关键是选哪个译本和为什么选这个译本的问题。是选帕尔默（一八八〇年）、贝尔（一九三七年至一九三九年）、阿伯里（一九五五年）、达沃德等东方学者不忠实但文字明晰的译本，还是古怪但富于诗意的 J. M. 罗德韦尔译本（一八六一年）；还是一直以来大家最喜爱的穆罕默德·马默杜克·皮克索尔的卓越译本（一九三〇年），这位译者热情而尽责，是从英国圣公会皈依过来的；还是选阿拉伯兄弟，如平淡的沙基尔译本或华丽的尤素夫·阿里译本？有五天时间大家都在争论这个问题。一天傍晚，迈勒特走进基尔伯恩大厅，一眼望去，差点把这些围坐一圈侃侃而谈、在别人看来很狂热的原教旨主义者误作正在开《伦敦书评》杂志社编辑部会议的书呆子了。

"但是达沃德太笨重了！"海凡兄弟断然道，"你们看看五十二章四十四节：如果他们看到一部分天空掉落，他们仍会说：'这不过是一堆云！'一堆云？这可不是在开摇滚音乐会。至少罗德韦尔下了一点功夫捕捉诗意，而诗意是阿拉伯语的显著本质：若他们看到一块天空的碎片掉落，他们会说：'这不过是一片浓云。'碎片、浓云——效果要强烈多了，是吧？"

接着，摩·侯赛因-以实玛利结结巴巴地说："我不过是个卖肉卖糖果的。我不敢说自己懂很多。但是我很喜欢这最后一行，是罗德韦尔……呃，我想是，是罗德韦尔。五十二章四十四节：而在夜间：当星星沉陷时颂扬他。夜间。我觉得这个词很好听。听起来就像猫王的民谣。比皮克索尔的好多了：而在晚上也要吟诵对他的赞词，在星星沉陷时也是如此。夜间好听多了。"

"我们在这里就为讨论这些?"迈勒特对他们吼了起来,"我们加入永伊护就为这个?不采取行动?围坐在一起把玩文字?"

但是乙计划已经定下来了,于是他们来到了这里,八面生风地穿过芬切利大街,朝特拉法尔加广场进发,把计划付诸实施。而这也是迈勒特吸大麻的原因,让自己有胆量干点别的。

"我立场坚定,"迈勒特对着希瓦的耳朵含糊不清地说,"我们到这里来就为这个:立场坚定,我加入就为这个。你为什么加入?"

嗯,实际上,希瓦加入永伊护有三个原因。第一,他是孟加拉伊斯兰教徒餐馆里唯一的印度人,他讨厌因此而受气。第二,当永伊护的内部保安头头让他一扫身为餐馆二等侍应生的窝囊。第三,因为女人。(不是永伊护的女人,这些女人很漂亮,但都极为贞洁,而是那些以前因为他胡搞而对他绝望、现在又因为他禁欲而对他刮目相看的女人。她们爱屋及乌到赞赏他的胡子和帽子,还对他说,三十八岁的他总算长大了。她们因为他宣布戒色而觉得他魅力十足,他越是戒色,就越是情场得意。不过,这个等式只能到此为止,现在希瓦玩的女人比以前当异教徒的时候还要多。)不过,希瓦明白,现在不用说真话,于是,他就说:"为了履行我的职责。"

"那么我们目标一致,希瓦兄弟,"迈勒特说着,伸手去摸希瓦的膝盖,可没摸到,"唯一的问题是:你会不会履行呢?"

"对不起,伙计,"希瓦说着,把迈勒特的手臂从两腿之间挪开,"但我想,考虑到你……唔……现在的状态……问题是,你会不会呢?"

那么,确实有个问题。迈勒特只有一半决心:自己可能会干点什么事情,也可能不会,这事情可能对,也可能很愚蠢,可能很好,也可能很糟。

"迈尔,我们已经有乙计划了,"希瓦固执地说,观察着迈勒特脸上的疑云,"就让我们实施乙计划吧,啊?没必要惹麻烦。你就跟你爸一样,伙计,真是伊克巴尔家的种,死心眼。就让睡倒的僵尸躺着吧。"

迈勒特从希瓦身上收回眼神,看着自己的双脚。他开始想象节日专线的旅程,逐渐坚定起来:威尔斯登格林至查令十字街的线路不用换车,不像现在乱糟糟的这条。只要径直来到特拉法尔加广场,走过台阶,他就能站到他太太爷爷的敌人——站在沾满鸽屎的石头底座上的亨利·哈夫洛克——面前。这会赋予他胆量。他会带着复仇和修正主义的念头,怀念着失去的荣誉,走进佩雷特学院,他会,他会,他——

"我想,"迈勒特停顿了片刻,说,"我要吐了。"

"贝克街!"阿卜杜拉-吉米喊道。在希瓦的小心帮助下,迈勒特穿过月台,走向要换乘的地铁。

二十分钟后,贝克卢专线把他们送到了冰冷的特拉法尔加广场。远远地能看见大本钟,广场上矗立着纳尔逊、哈夫洛克、纳皮尔和乔治四世的雕像,还有靠近圣马丁教堂的国家美术馆。所有塑像都面朝大钟。

"这个国家可真热爱自己的假偶像!"阿卜杜拉-科林说,严肃和讽刺的语气古怪地掺和在一起,与周围的喜庆气氛大相径庭。此时,在一堆堆灰色石块上,欢度新年的人群正吐痰的吐痰,跳舞的跳舞,爬行的爬行。"那么,谁能告诉我:英国人造塑像时,为什么让它们背对自己的文化,眼睛注视着时间?"他停了停,让瑟瑟发抖的永伊护兄弟思索这个不指望得到回答的问题。

"因为他们想在将来忘记自己的过去。有时候,你真的觉得他们很可怜,知道吗?"他接着说,身子转了一圈,看着身旁醉醺醺的人群。

"他们没有信仰,英国人。他们信仰人类建造的东西,但是人类建造的东西会崩溃。看看他们的帝国。这就是他们拥有的一切。查尔斯二世大街和南非议会,以及许多骑着石马的傻模傻样的石头人。太阳在十二个小时里在帝国升起落下,毫无问题。这就是剩下的一切。"

"我冷死了!"阿卜杜拉-吉米一边抱怨,一边拍打着两只戴着手套的手。(他觉得叔叔的话烦透了。)"我们走吧,"他说,这时,有个膍着啤酒肚的英国人浑身被喷泉弄湿了，撞在他身上，"离开这个发疯的地方。那是在尚多斯大街。"

"兄弟？"阿卜杜拉-科林对迈勒特说，"你准备好了吗？"这时，迈勒特远离小组的其他人站着。

"我过一分钟就赶过来，"他有气无力地让他们先走，"别担心，我会去的。"

有两样东西他想先看一看。第一样是一张特殊的长凳，那张靠着远处墙壁的长凳。他朝凳子走过去，这段路很长，他跌跌撞撞地走着，尽量控制自己的脚步，免得走出康加舞步来（他头脑发木，双脚像是灌了铅）。但他还是走到了并坐下来。它就在那里：

伊克巴尔

五英寸见方的大字，刻在两条凳子腿之间：**伊克巴尔**。字不清晰，呈暗锈色，但字迹仍在。这事说来话长。

他父亲到英国后几个月，曾坐在这张长凳上处理过一只流血的拇指。一位老侍者行动不利索，不小心把他的拇指指甲掀掉了。事情发生在餐馆里。萨马德一开始没有感觉，因为是那只没有知觉的手，他只用手帕扎了扎便继续工作。但是手帕上浸透了鲜血，客人见了都吃不下饭，最后阿达谢叫他回家了。萨马德带着他没有指甲的拇指走出了餐馆，经过剧院，沿圣马丁巷走着。走到广场，他把手指伸进喷泉，看着血涌到蓝色的水里。可他越弄越糟，人们都为之侧目。他索性坐在长凳上，紧紧握住指根，等它止血。可血还是不断流出来。过了一会儿，他不再把手指朝上举着，而是垂向地面，就像清真肉店里的肉那样，希望这样能加快流血过程。他把脑袋垂在两腿间，任由手指的血流到人行道上，突然，他涌起一阵原始的冲动。他用滴下来的血慢慢地写下了**伊克巴尔**这几个字，从一条凳子腿写到另一条。然后，为了让字迹更加持久，他用一把小刀刻了一遍，直刻进石头里。

"刻完字，一阵巨大的羞耻涌上心头，"很多年以后，他对儿子说，"我逃离这些字，跑到黑夜里；我想逃离自己。我知道自己在这个国家不得志……但这种行为不同。结果，我紧紧抱住皮卡迪利广场上的栏杆，跪下来，祈祷，打断了街头艺人的表演。因为我知道这意味着什么。这意味着，我要在世界上留下自己的名字。这意味着我很狂妄，就像那些用妻子的名字给喀拉拉邦的街道命名的英国人一样，就像在月球上挥舞旗子的美国人一样。这是真主在警告我。他在说：伊克巴尔，你正在变得跟他们一样。就是这个意思。"

不，迈勒特想，他第一次听到这件事就这样想，不，不是这个意思，这只不过意味着你什么也不是。此时此刻，迈勒特看着这些字，心中只有轻蔑。他一辈子都想要一个教父，但他得到的却只是萨马德，一个不健全、不完整、愚蠢的独臂侍者，在一块陌生的土地上生活了十八年，却只留下了这一点印记。这只不过意味着你什么也不是，迈勒特重复了一遍。时间还早，却已遍地狼藉（姑娘们从三点钟就开始胡喝海饮了），他穿过这些呕吐物朝哈夫洛克走去，凝视着雕像的石眼。这意味着你什么也不是，而他是个人物，就是这么回事。所以，潘迪才会被吊死在树上，而刽子手哈夫洛克则在德里安坐在躺椅上。潘迪什么都不是，哈夫洛克是个人物。不用到图书馆查书，也不用争论，不用重构。难道你不明白吗，阿爸？迈勒特轻轻地说。就是这么回事。这是我们和他们很久很久以前的事了。本来就是这样，没别的。

迈勒特是来结束这一切的。他为复仇、为逆转历史而来。他希望自己对这一切怀有不同的态度、第二代的态度。如果马库斯·夏尔芬要在全世界写下自己的名字，那么迈勒特要把自己的名字写得更大。历史书上不会把他的名字拼错，也不会忘记日期和时间。潘迪在哪里倒下，他就在哪里站稳；潘迪选甲，迈勒特会选乙。

是的，迈勒特吸了大麻。伊克巴尔家的人居然相信几代前的先人所留下的面包屑还没有在微风中吹散，这在我们眼里可能很荒唐，但是，我们怎么看并不重要。如果有人认为此生受到前世的指引，或者受到指着占卜纸牌发誓的吉普赛人的指引，那好像就没法阻拦。对于拜倒在母亲脚下、对母亲唯命是从的女人，或独坐在山上的折叠椅上、深夜等待小绿人的人，他们的想法你很难改变。在种种陌生地貌面前，迈勒特这块地形倒并不特别古怪。他相信已经做出的决定又回来了，他相信我们生活在循环之中。他的地形是简单纯粹的宿命论：失去的终会回来。

"叮，叮，"迈勒特大声说，同时敲打着哈夫洛克的脚，然后转身迷迷糊糊地朝尚多斯大街走去，"第二轮。"

　　一九九二年十二月三十一日

　　　　加增知识的，就加增忧伤。

　　　　　　　　　　　　　　——《圣经·旧约·传道书》1:18

　　当瑞安·托普应邀汇编朗伯斯天国会堂一九九二年的每日语录台历时，他特别小心，力图避免犯前任所犯的错误。瑞安注意到，以前，编者在给虚幻的世俗日子选择语录时，总是任凭感情驱使，于是一九九一年的情人节才会有这样的句子：爱里没有惧怕；爱既完全，就把惧怕除去，《约翰福音》第四章第十八节，似乎约翰是在说促使人们互赠巧克力和廉价玩具熊的那种无足轻重的感情，而不是基督耶稣至高无上的爱。瑞安采取的方法恰恰相反。比如，在新年夜这样的日子，每个人都在东奔西颠地作新年打算，评价过去一年，规划来年的成功，他感到有必要给大家敲一记警钟，让他们回到现实中来。他想提醒人们，世界是残酷而毫无意义的，人类的所有努力最终都将化为泡影；不值得在这个世界上谋求进步，唯一值得做的事情是赢得上帝的欢心，取得进入美好来世的门票。今年的日历是在去年编完的，现在也已经忘记了一大半，因此当瑞安撕下三十号的日历，看到三十一号的挺括白纸时，他感到一

461

阵惊喜，为这条警示语的效力而惊喜。这句话放在眼前这一天真是太应景了，再没有比这句警告更吉祥的了。他从日历上撕下这一张，团拢了塞进紧身皮裤，然后叫鲍太太坐进摩托车的跨斗。

"勇敢的人能抵御一切灾难！①"两人沿着朗伯斯桥嗖嗖地朝特拉法尔加广场驰去，一路上，鲍登太太唱着，"让始终如一的人们追随主。"

瑞安向左转弯前把转向灯足足打了一分钟，以便尾随在后的小巴里的天国妇女们看清楚。他在脑子里迅速盘点了一遍放在货车里的东西：歌本、乐器、旗子、《瞭望塔》传单。都带了，准确无误。他们没有门票，但他们可以在门外的寒风中抗议，像真正的基督徒那样受苦。颂扬上帝！多么光荣的日子！一切征兆都是好的。昨晚，他甚至做了一个梦，梦见马库斯·夏尔芬本身就是魔鬼，他们俩面对面站着。瑞安说：我和你势不两立，赢家只有一个。然后瑞安对着他反复念诵同一段经文（他现在不记得是哪一段了，不过好像是《启示录》里面的），直念得魔鬼/马库斯越变越小，长出一双耳朵和一条分叉的尾巴，变成一只渺小的、可恶的老鼠，最后急急溜走了。梦境中是这样，现实中也会这样。瑞安将不屈不挠、坚定不移、始终如一，罪人终会悔悟。

瑞安处理所有神学冲突、实际冲突和个人冲突都采用这一方法——坚定不移，寸步不让。这一直都是他的天赋：他的智力属于单一的那种，能以非凡的坚韧死抓住一个观念不放，在这一点上再没有比耶和华见证会更适合他的了。他的思维黑白分明。他以前热衷飙车和流行音乐，问题是这些东西始终存在一个灰色地带。（不过，见证会布道牧师在世俗生活中最接近的两个人，可能是给《新音乐快递》杂志送信的小伙子，和用笔名给《今日轻骑》写文章的热心爱好者。）他们总要面临这样棘手的问题：应不应该听一点小脸乐队，把自己对奇想乐队的欣赏

---

① 这里及下文霍滕丝所唱歌词原为《天路历程》的作者约翰·班扬所作，后经珀西·德尔默改写，收入《英语赞美诗》（伦敦：牛津大学出版社，1906）。

减弱一点，引擎配件是意大利的好还是德国的好，等等。在他看来，那种生活似乎已经很陌生，现在几乎都不记得了。他可怜那些为这些疑问和两难境地所困扰的人们。当他和鲍登太太经过国会大厦时，他可怜议会；他可怜它，因为那里制定的法律都是临时的，而他的法律是永恒的……

"挫折无法使他放弃，要做朝圣者的最初誓言！"鲍登太太用颤抖的声音唱道，"人们以阴郁的故事骚扰他，却徒然给自己添烦恼，而他勇气倍增……"

他爱听这首歌。他爱直面邪恶，说："你本人：给我证明。来呀，证明吧。"他觉得没必要像伊斯兰教徒或犹太人那样与人辩论。不用绕来绕去地证明或答辩。信念就足够了，一切理性的东西都无法与之抗衡。如果《星球大战》——他暗地里最喜欢的电影：善！恶！力！这么简单，这么真实——确实是所有古老神话和最纯粹的生活寓言的总和（瑞安认为就是如此），那么，信念，纯粹懵懂的信念，便是宇宙中最大的发光体。来呀，证明吧。每个星期天他都站在台阶上这样做；面对马库斯·夏尔芬，他也同样要这样做。向我证明你是正确的，向我证明你比上帝更正确。尘世的一切都无法证明，因为瑞安不相信或不在乎尘世的任何东西。

"我们快到了吧？"

瑞安按了按鲍太太软弱无力的手，穿过斯特兰德大道，绕到国家美术馆的后面。

"敌人无法抵御他的力量；尽管他与巨人搏斗，但他终将赢得成为朝圣者的权利！"

说得好，鲍太太！成为朝圣者的权利！不擅自行事但仍然继承地球的人！自称正确的权利，教导别人的权利，一贯公正的权利（因为上帝已经把这些权利赋予你），进入陌生土地、跟无知者说话并坚信自己所言都是真理的权利，自称始终正确的权利。比他以前所看重的权利好多了：自由的权利、言论自由的权利、性自由的权利、吸白粉的权利、参加派对的权利、不戴头盔以六十五英里的时速驾驶轻骑飞驰在大路上的权利……瑞安还可以说出很多。在本世纪终结之时，瑞安行使着一项非常罕见、基本上已经绝迹的权利，所有权利中最根本的权利：做好人的权利。

日期：一九九二年十二月三十一日
伦敦公共汽车运输
98 路
起点：威尔斯登巷
终点：特拉法尔加广场
时间：17:35
车票：成人每人 0.70 镑
存票备查

哟！（阿吉想）跟以前不一样了。倒不是说不如以前，只是非常非常不同，这么多信息。你从接缝孔处扯下一张票，立即会觉得被某个无所不见的动物标本剥制师塞了东西，钉了起来，你觉得自己被定格在时间里了，被抓住了。以前不是这样的，阿吉记得。很多年以前，他有个表兄比尔在跑牛津大街的老 32 路上工作。好人哪，比尔。对谁都笑眯眯的，说好听的。以前是从那种嘎嚓嘎嚓作响的机械玩意儿上扯下一张车票（那些东西都到哪里去了？那些脏兮兮的油墨都到哪里去了？），偷偷扯下一张，不用给钱，拿着，阿吉。比尔就是那样，老帮你忙。不管怎么说，那些车票，那些老车票，上面不会写你到哪里去，你从哪里来就更不写了。他记得，车票上也不写日子，更不会提几点钟。当然，现在全都不同了。这么多信息。阿吉纳闷干吗要这么写。他拍了拍萨马德的肩膀，他就坐在他前面，公共汽车顶层的前排，萨马德回过头，瞥了

464

一眼阿吉展示的车票，听完问题，对他摆出一副好笑的表情。

"这到底是怎么回事，你知道吗？"

他看上去有点不耐烦。此时此刻，每个人都有点不耐烦。下午就有一点磕磕碰碰。尼娜认为大家都应该去参加这次老鼠活动，看看艾丽跟这次活动有哪些瓜葛，马吉德又有哪些。大家起码应该出面，对家里人表示支持，因为不管他们对这件事有何看法，两个年轻人已经为此做了很多，需要家长的肯定；即使他们不去，她也会去的，如果在自己的重大日子里，家里人不露面，这次活动就不圆满了，还有……她就这么说呀说呀，于是引得人家动了感情。艾丽突然大哭起来；（艾丽怎么了，这些日子老是泪汪汪的？）克拉拉怪尼娜招得别人动感情；阿萨娜说，萨马德去，她就去；萨马德说，新年夜他一向是在奥康奈尔过的，十八年没有间断，现在也不能间断；阿吉说，如果要他整晚都听这种闹哄哄的报告，他宁愿一个人坐到宁静的山上去。听了这话，大家都用异样的眼神看着他。他们怎么会知道，阿吉前一天收到了艾贝高兹的信，这些话正是出自信中的预言式忠告。

我亲爱的阿吉宝德：

这是欢乐的季节……一直以来人们都这么说，但是，从窗户望出去，我却只看到一片混乱。六只争地盘的猫正在我家院子里混战。它们不像秋天那样，满足于撒尿划分地盘，冬天引发了它们身上的狂热冲动……流到了它们的爪子和全身的毛皮上……它们的尖叫声让我整夜无法入眠！我不禁想到我的猫加布里埃尔是多么明智，它此时正坐在我的棚顶上，放弃了争夺地盘的斗争，过着宁静的生活。

一九九二年十二月二十八日

但是最后，阿萨娜下了命令：不管愿不愿意，阿吉和其他人都要去。他们不愿意。就这样，他们占据了半辆公共汽车，大家都想单独坐：克拉拉坐在阿萨娜的后面，阿萨娜坐在阿吉的后面，阿吉坐在萨马德后面，萨马德和尼娜隔着一条走道并排坐着。艾丽坐在阿吉旁边，因为没有多余的座位了。

"我只是在说……你知道，"阿吉说，大家从威尔斯登出发后就没说过话，他想打破这种冰冷的沉默，"很有意思，如今在公共汽车票上印这么多内容。你知道，跟过去比。我只是在纳闷这一点。很有意思。"

"我得说实话，阿吉宝德，"萨马德皱起了眉头，"我觉得一点意思也没有，乏味透了。"

"噢，对，"阿吉说，"你说得对。"

公共汽车在一处拱门转弯，弯转得很急，似乎只要再吹口气，车就会翻。

"嗯……那么你不知道为什么——"

"不知道，琼斯，我在公共汽车站没有要好的朋友，伦敦交通局每天做出的决策我也不了解内情。但是如果你要我来一次无知的猜测，我想，政府可能有一套巨大的监测系统，车票就是其中的一部分，目的是跟踪某位阿吉宝德·琼斯的行踪，弄清他一整天和每时每刻在什么地方，干些什么——"

"上帝呀，"尼娜恼火地打断了他的话，"你为什么一定要这么霸道？"

"你说什么？我好像不是在跟你尼娜说话。"

"他不过是问个问题，你却说出这一堆废话来。我是说，你已经欺负他半个世纪了，还没欺负够？为什么你就不能放过他呢？"

"尼娜·贝古姆，我发誓，你要是今天再教训我，我就把你的舌头连根拔起当领带用。"

"别发火，萨姆，"对自己无意中引起的摩擦感到惴惴不安，阿吉说，"我只是——"

"你敢威胁我侄女，"后座上的阿萨娜发话了，"别因为她让你吃不成青豆薯条就把气撒到她头上，"——啊！（阿吉很向往）青豆薯条！——"你都不看看自己的儿子有多大出息——"

"我看你也不是那么想去，"克拉拉说，添上自己那点微不足道的分量，"你知道，阿尔西，两分钟以前的事情，你转眼就忘了。"

"这话是和阿吉宝德·琼斯生活在一起的女人说的！"萨马德嘲笑道，"我想提醒你，住在玻璃房的人——"

"别，萨马德，"克拉拉坚决地说，"别想教训我。只有你是真不想来的……可你从不坚持到底，是不是？老是潘迪长潘迪短。起码阿吉能，嗯，你知道……"克拉拉结巴着，她还不习惯给丈夫辩护，不知道用什么形容词合适，"起码他做出决定后就能坚持下去。起码阿吉是始终如一的。"

"噢，当然了，不错，"阿萨娜尖酸地说，"就跟石头一样始终如一，就跟我的奶奶一样始终如一，因为她已经埋在地底下——"

"噢，住嘴。"艾丽说。

阿萨娜一时震惊得说不出话来，沉默了片刻方道："艾丽·琼斯，你不会是告诉我——"

"是的，我正要告诉你，"艾丽说，脸涨得通红，"没错，啊，我要说。住嘴。住嘴，阿萨娜。你们大家都住嘴。好不好？住嘴吧。你们难道没注意到，这辆车上还有别人，信不信由你，世界上不是人人都喜欢听你们叨叨。那就别说了。别说话。试一试。安静。啊。"她把手伸到空中，好像想摸一摸自己刚刚创造的安静气氛，"那样很了不起，是不是？你们知道不知道别人家是怎么样的？他们都是安安静静的。问问在座的，他们会告诉你，他们有家人。有些人家一直以来都是这样的。有些人喜欢说这些人家压抑、感情麻木什么的，可是你们知道我怎么看吗？"

伊克巴尔夫妇、琼斯夫妇和车上的其他人（包括去布里克斯顿舞厅跳瑞格舞的那些爱说话的姑娘）一样惊讶得说不出话来，答不上这个问题。

"我看呀，他妈的运气。运气，他妈的运气，运气。"

"艾丽·琼斯！"克拉拉喊道，"管好你的嘴！"但这话无济于事。

"多么宁静的生活。他们的生活肯定充满了欢乐。他们打开一扇门，门后面是一间浴室、一间客厅。中立的空间而已。不像我们，现在的房间、过去的房间，很多年以前在这些房间里说过的话，每个人的陈谷子烂芝麻扔得到处都是，无休无止，一团迷雾。他们不会老是犯同样的错误，他们不会老是听说了又说的屁话，他们不会在公共交通工具上丢人现眼。真的，这样的人是有的。我告诉你们。在他们的生活中，最烦心的事情是重铺地毯、付账单、修大门。只要孩子们身体还可以，生活还幸福，他们就不管孩子们的事，也不用他妈的每天思考这些重大问题：自己现在是谁，应该是谁，过去是谁，将来是谁。来吧，问问他们。他们会告诉你的。他们不上清真寺，可能去几次教堂，几乎没有罪孽，但不乏宽恕之心；他们没有阁楼，阁楼里没有见不得人的东西，没有不可外扬的家丑，没有太爷爷。我敢放下二十英镑打赌，这里，知道自己太爷爷下裆缝尺寸的只有萨马德一个人。你们知道他们为什么不知道吗？因为这他妈的不重要！对他们来说，这已经过去了！别人家里就是这样的。他们不会放纵自己，他们不会转圈子，叹息，叹息自己的无用。他们不会把自己的生活越弄越复杂。他们只是随遇而安。狗娘养的真运气！真他妈的运气！"

这种涌过艾丽全身的罕见的愤怒带起了一阵巨大的肝火，使她心跳急剧加速，带动了未出世孩子的神经末梢。此时，艾丽已经怀孕八个星期，她自己也知道了。但有一点她不知道，而且她意识到，这一点她将永远无从知道（她看到朦胧而柔和的蓝色线条出现在家用试纸上时就意识到了这一点，那线条像是意大利主妇种的小胡瓜上的圣母脸），那就是：孩子的父亲是谁？这世上任何测试都无法告诉她。浓密的黑发是一样的，炯炯的眼睛是一样的，咬铅笔头的习惯是一样的，鞋子尺寸是一样的，脱氧核糖核酸是一样的！在得到拯救和没有得到拯救之间，在追赶配子的竞赛中，她不可能知道自己的身体做出了什么决定，做出了什么选择。她不可能知道这种选择会有什么区别。因为不管选中了两兄弟的哪个，他同时也是另一个。她永远无从知道。

一开始这一点让艾丽感到说不出的难过。她本能地为这些生物学事实伤感，还加上她自己站不住脚的三段论：如果这不是某个人的孩子，那么这个孩子是否可能不属于任何人？她想起，乔舒华的老科幻小说《魔幻历险记》里有一张张折叠起来的精巧的虚构统计图，她的孩子似乎也是这么个产物：一个没有坐标的精心绘制出来的东西、一张虚幻故土的地图。可是，经过一番哭泣、踱步和反复思忖之后，她想，管他呢，你知道吗？管他呢。结果总是这样的，不完全是这样，但总是这样发生瓜葛。这里，我们是在说伊克巴尔一家，是在说琼斯一家。她怎么能指望别的结果呢？

于是她让自己平静下来，把手放在突突乱跳的胸前，开始深呼吸。此时，公共汽车朝广场越驶越近，鸽子在空中盘旋。她会告诉其中一个，瞒着另一个，她要想好告诉哪一个，今晚就说。

"你没事吧，亲爱的？"沉默了很久之后，阿吉问道，他把手放在她的膝上，一只白白的大手，布满了茶垢般的肝斑，"看来，你心里压着很多事呀。"

"很好，爸爸。我很好。"

阿吉朝她笑了笑，把她的一缕乱发拢到脑后。

"爸爸。"

"嗯？"

"汽车票的事。"

"嗯？"

"有一个说法是很多人不付够车钱。在过去几年里，公共汽车公司的亏损越来越大。你看，这里写着'存票备查'，对不对？这说明他们随后可能要检查。所有详细资料一应俱全，所以你没法糊弄。"

阿吉想，这是不是说，以前做小动作的人比现在少？以前的人比现在老实？出门也不关前门，把孩子托付给邻居就去串门，买肉可以赊账？有意思的是，在一个国家，一个人老了，人家就想从你嘴里听到那些话，他们想听到这片土地曾经生机盎然、令人愉悦，他们需要这些话。阿吉想知道女儿是否也想听这话。她此时看他的样子显得很可笑：嘴角耷拉着，眼睛里含着恳求的神情。但他能跟她说什么呢？新年来了又去，但不管做多少新年计划似乎都无法改变这一事实：世上有坏蛋，总是有很多坏蛋。

"小时候，"艾丽轻轻地说，拉响了到站的车铃，"我爱把它们当成不在犯罪现场的证据。车票，我是说，你看，上面有时间，有日期，有地点。如果我上了法庭，我得给自己辩护，证明我自己不在他们说的那个地方，没有干他们说我干的事情，如果他们说我干了，我就掏出一张车票来。"

阿吉没说话，艾丽以为谈话已经结束。但是，过了几分钟，他们挤过漫无目的的快乐人群和游客，走上佩雷特学院的台阶，艾丽却意外地听到父亲说："不过，这我没想到。我会记住的。谁知道会出什么事呢，是不是？我是说，你不会知道的，对不对？嗯，还有一个想法。你应该在街上捡车票，我想。把它们全放在一个广口瓶里，这样，不管什么场合，都有不在现场的证据了。"

所有人都在朝同一间屋子前进，最终的空间。一间大屋子，佩雷特学院里的一间屋子；一间与展览厅分开但仍叫展览室的屋子；一个集会场所，有着干净的石板色：白/铬黄/纯色/素净（设计任务书是这样写的），那些需要在二十世纪末在某个中立地点相见的人们可以选择这里；一个可以在虚空、不受污染的空间中完成其事物（不管是重新定品牌、女用内衣或重新给女用内衣定品牌）的虚拟场所；对过去一千年来拥挤又血腥的空间来说最合理的终点。每天，尼日利亚清洁女工都会用一把工业用胡佛吸尘器清扫、消毒，弄得焕然一新，夜晚则由波兰守夜人（这是他自己的叫法——他的职衔是资产安全协调人）德温特先生看管。你可以看到他带着一只播放波兰民歌的随身听，走在这一空间的边界上，对此处实施保护；如果路过这里，你可以透过巨大的玻璃前门看到他，还有它——数公顷受到保护的虚空，看到一个牌子，上面标着这一空间所有平方英尺面积的单位平方英尺价格。这一空间的长度大于宽度，高度从头到脚足以容纳三个阿吉外加半个阿萨娜，而今晚（明天就没有了）张贴着一对巨幅海报，墙纸般横跨屋子两面，上面满满地写着千年科学委员会字样，字体从古色古香的海盗体到充满现代感的冲击体应有尽有，以期从文字上给人以跨越千年之感。（设计任务书这样写道。）这些字的颜色也各不相同：灰色、浅蓝和墨绿，因为研究表明，人们会把这些颜色与"科技"联系在一起。（紫色和红色表示艺术，品蓝代表"优质和/或获准商品"。）幸运的是，经过若干年的企业联觉工作（咸酸味用蓝色、干酪和洋葱味用绿色），人们终于能给出所需答案了，设计空间也是如此，重新给某件东西定品牌——房间/家具/英国（设计任务书这样写：新的英国式房间、代表英国的空间、英国味道、属于英国的空间、英国式工业空间、文化空间）都是如此。如果你问他们，亚光的铬色给人什么感觉，他们知道这是什么意思；他们也知道这些东西的意思：民族认同性？符号？绘画？地图？音乐？空调？微笑的黑人孩子或微笑的华人孩子或……（勾选方框）？世界音乐？厚粗绒地毯或簇绒地毯？瓷砖或地板？植物？流水？

他们知道自己想要什么，特别是生活在本世纪的人们，他们像德温特（涅沃茨基）先生那样被迫从一个空间转到另一个空间，重新起名，像商品那样重新包装，每份问卷的答案都是什么也不要请给空间只要空间什么也不要什么也不要只要空间。

第二十章

老鼠与往事

　　和电视上一模一样！这是阿吉对现实事件所能想到的最佳赞词。岂
止和电视上一模一样，比电视上还要好！一切都很现代。一切都设计得
如此完美，完美得令人不想在里面呼吸，也不想在里面放屁。看看这些
椅子，都是塑料做的，但没有腿，弯曲成 S 形，好像单靠自身折叠就能
自成一体；这些椅子一张张拼在一起，共有两百张，分十排摆放；一坐
进去，椅子就透迤包住你——软软地撑着你！舒服！现代！能够折叠成
这样，你不得不佩服，阿吉一边这样想着，一边弯腰坐进一张椅子，这
种折叠水平比他那行高多了。很好。

　　还有一样也比电视上好，这里到处是阿吉的熟人。迈勒特活宝坐在
最后面（混账），跟阿卜杜拉-吉米和阿卜杜拉-科林在一起，乔舒华·
夏尔芬靠近中间，马吉德与夏尔芬家的女人坐在前排（阿萨娜看也不朝
她看，但阿吉出于礼貌，还是对她挥了挥手）。马库斯面向大家（靠近
阿吉——阿吉占着最好的位置）坐在一张很长很长的桌子前面。就跟电
视上一样，桌上摆满了话筒，像该死的蜂群似的，那种硕大的黑肚皮杀
人蜂。马库斯身旁还坐着四个老家伙，三个和他年纪差不多，还有一个
是真正的老家伙，干巴巴的——准确地说，是干瘪。他们个个戴着眼
镜，同电视上的科学家一样，不过，都没穿白大褂，一身休闲装：V 形
领、领结、休闲鞋。有点扫兴。

472

这种记者招待会阿吉见得多了。（父母哭哭啼啼，孩子不见了；要么倒过来，碰到谈外国孤儿，就是孩子哭哭啼啼，父母不见了。）可这里比电视上好几千倍，因为桌子中央摆着一样很有意思的东西（你在电视上不太能看到这个，电视上也就是父母哭哭啼啼的镜头）：一只老鼠。一只相当普通的褐色老鼠，没有同伴，但充满活力，在一只电视机大小、开了气孔的玻璃箱里，不停地跑动着。阿吉刚看到老鼠时有点担心（在玻璃箱里待七年！），后来才知道这是暂时的，只是为了拍照才放在玻璃箱里。艾丽告诉他，学院给老鼠准备了一个很大的地方，里面到处是管子和隐秘的所在，空间外还有空间，所以老鼠不会觉得太无聊，以后就要挪到那里去。那么一切都没问题。这只老鼠是个机灵的小东西，看上去好像老是拉着个脸似的。你都忘记老鼠的机警样子了。管起来麻烦透了，肯定的。艾丽小时候，他从来不给她买老鼠，就是这个道理。金鱼干净些——忘起来也快。根据经验，阿吉知道，一切难以忘怀的东西都盛着苦水，宠物加苦水（那回你买错了吃的东西，那回你给我洗澡），叫人受不了。

"噢，你在这儿，"阿卜杜拉-米基赞同这一看法，他一屁股坐在阿吉旁边的座位上，对没腿的椅子毫无敬意，"谁也不想他妈的用手抓这种吱吱乱叫的小东西。"

阿吉笑了。米基是那种可以一起看足球赛、板球赛的人，要是你在街上看人家打架，你会希望米基在场，因为他很有评点人世百态的评论员风采，有点哲学家的架势。因为不太有机会展现这方面的本性，他每天都过得无精打采。但是，只要让他脱下围裙、离开锅台，给他展现本性的机会，他就会成为真正的自己。阿吉准备让米基说个够。说个够。

"这些人打算什么时候开始，啊？"他对阿吉说，"慢吞吞的，呃？总不能他妈的盯着一只老鼠看一整夜吧，你说呢？我是说，新年夜让大家赶到这里来，总要给人一点乐子吧。"

"是呀，嗯，"阿吉不反对，也不完全赞同，"我猜人家得做报告……总不会一个个站起来，吼上几声就完了，是不是？我是说，不可能让大家个个高兴，时时刻刻高兴，是不是？这是科学。"阿吉说"科学"的口气和他说"现代"一样，好像这两个词是从别人那里借来的，别人还叫他发誓，千万不要拆开这两个词。"科学，"阿吉又说了一遍，这回语气更加坚定，"是另一码事。"

听到这话，米基点点头，他正在严肃地思考这一命题。"科学"这个词意味着专业知识和高层次，意味着米基和阿吉从未涉足过的思想领域，他要弄清应该给"科学"这个驳论多少分量（回答：毫无分量），从这些涵义上看，他应该给科学多少敬意（回答：去他娘的，我上的是社会大学，是不是？），应该等几秒钟再把科学撕得粉碎（回答：三秒）。

"相反，阿吉宝德，他妈的刚好相反。这话没道理，他妈的常识性错误。科学和别的东西没什么两样，是不是？我是说，说到底就是这样。说到底，科学得让大家高兴，你懂我的意思吗？"

阿吉点点头，他懂米基的意思。（有些人——比如萨马德，会告诉你，谁要是老说"说到底"这个词，谁就是骗子，像足球经理人、房地产中介、各行各业的销售员，可阿吉不觉得。只要谨慎使用这一说法，阿吉就会相信对方说到了问题的本质、触到了根本问题。）

"如果你认为这种地方跟我的小餐馆有什么不一样的话，"米基接着说，声音有点响，但从分贝的角度来看只不过是悄悄话，"那我就要笑你了。说到底都是一样的，说到底都跟顾客有关系。他妈的例如：要是谁也不吃法国菜，那我就没必要把法国菜列到菜单上。同样，如果点子很好，可对谁都没好处，就没必要在这些点子上劳民伤财。好好想想。"米基说着，敲了敲自己的太阳穴，阿吉尽量照他的吩咐去做。

"不过，那也不是说一概排斥新点子，"米基接着说，又回到刚才的主题，"你得用这些新点子，要不就太没见识了，阿吉。还是那句话，说到底，你知道我一向都是敢于创新的怪老头。所以，两年前我推出了卷心菜煎土豆。"

阿吉审慎地点了点头。卷心菜煎土豆算是新菜了。

"这里也一样。你得先看看。我跟阿卜杜拉-科林和我家吉米就是这样说的。我说：不要急着行动，过来看看再说。就这样他们来了，"阿卜杜拉-米基朝弟弟和儿子的方向晃了晃脑袋，那两个人也以同样的方式作答，"当然，他们可能会觉得人家的话不入耳，但这你没办法，是不是？不过他们起码能够思想开放，过来看看。我个人呢，我是因为马吉德·伊克巴尔才来的——我相信他，我相信他的看法。但是，就跟我说的那样，让我们等着瞧吧。他妈的活到老学到老，阿吉宝德。"米基说。这不是在骂人，在米基嘴里，"他妈的"是少不了的配料，张嘴就来，忍也忍不住，就像菜里的大豆、豌豆一样。"他妈的活到老学到老。告诉你，要是今天晚上这里说的话，能让我相信，我儿子吉米生的孩子不会长这种月斑皮肤，那我就改宗了，阿吉。我现在就把心里话说出来。我他妈的一点也不懂那老鼠和我这皮肤病有啥关系，可我跟你说，我愿意把自己的性命交给伊克巴尔家那孩子。那小伙子给我的印象很好，比他弟弟好上几十倍，"米基压低了声音悄悄地说，因为萨马德就在他们后面，"很容易决定。我是说，他当时到底是怎么想的，呃？该把谁送回去，我清楚得很。不用怕。"

阿吉耸了耸肩膀："要做出决定很难。"

米基把双手叉在胸前，对这话不屑一顾："没有的事，伙计。要么对，要么错。一旦认识到这一点，阿吉，你的生活一下子就他妈的变简单了。记住我的话。"

阿吉感激地记住了米基的话，本世纪给他的至理名言还真不少：要么对，要么错；用午餐券的黄金时代已经结束了；再没有比这更公平的了；正面还是反面？

"噢哟噢哟，怎么回事呀？"米基咧嘴笑着说，"来了。动起来了。话筒动了。一二，一二。好像这些人要开始了。"

"……这项工作具有开拓性，应该得到公共财政资助，受到公众关注。在任何理智的人们心中，这项工作意义重大，相比之下，任何反对意见都显得微不足道。我们需要的是……"

乔舒华想，我们需要的是靠前的座位。都是克里斯平策划的好事！他要中间的位置，这样反折磨成员就可以混在人群里，在最后一分钟戴上头罩，可这点子显然太荒唐了，它要求座位中间得有过道才行，可这里根本没有。现在，大家得像在电影院里找座位的恐怖分子一样，缩手缩脚地挪到侧边的过道，这样整个行动节奏就放慢了，可速度和震撼战术是这次行动的他妈的关键所在。这下可有好戏了。整个计划把乔舒华一脚踢开了。那么周全，那么荒唐，一切安排都是为了增添克里斯平的风采。克里斯平要喊叫几声，克里斯平要挥舞一下手枪，克里斯平做几个假动作——学杰克·尼科尔森的样子——来点戏剧效果。妙极了。所有要乔舒华说的就只是：爸，求你了。他们想要什么，就给什么吧。不过私下里，他还把这番话润色了一番：爸，求你了。我他妈的还这么年轻，我想活。他们想要什么，就给什么吧，看在基督分上，不过是一只老鼠嘛……我是你儿子。然后，如果父亲不情愿，就假装用手枪打他，然后就假装昏倒在地。整个计划太棒了，简直可以媲美斯蒂尔顿干酪在干酪品种中的地位。会起作用的（克里斯平这么说），那玩意儿肯定会起作用的。但是克里斯平在动物王国待得太久了，有点像吉卜林小说里的狼孩莫格里——弄不清人的动机。他知道獾的心思，却猜不透夏尔芬的内心活动。乔舒华看着马库斯坐在台上，和他那只了不起的老鼠在一起，庆祝他这辈子、也许还是这一代人的伟大成就。此时此刻，乔舒华无法控制自己一意孤行的脑袋，他忍不住想，他、克里斯平和反折磨组织会不会完全判断错了？他们是否把事情全搞砸了，因为他们全都低估了夏尔芬主义的力量以及夏尔芬主义致力于理性主义的承诺？很有可能父亲不会像老百姓那样不顾一切地去挽救自己所爱的东西，很有可能其中根本就没有爱。想到这里，乔舒华笑了。

"……我想感谢各位，特别是那些放弃了新年夜活动的家人和朋友……我想感谢各位光临，这是一个激动人心的项目，大家一定都这么想，不仅对我个人和其他研究人员是如此，而且对广大……"

马库斯开始发言了。迈勒特看到永伊护的兄弟们在交换眼色，他们十分钟后现身，也许十五分钟。他们要等阿卜杜拉-科林提示，依令行事。然而，迈勒特却没有听从号令，起码不是那种口口相传的号令，也不是那种写在纸上的号令。他听从的是基因中的号令，放在内衣口袋里冷冰冰的铁家伙则是对很久以前的呼唤给出的回答。在内心深处，他是潘迪，他的血液里有反叛基因。

至于武器，没什么大不了的：给以前的老伙计打两个电话达成默契，支一点永伊护的资金，去一趟布里克斯顿，好了，说变就变！它就在他手里，比想象中要重，不过还好，一点也不显眼。他差不多认识它。它的模样让他想起亲眼看到的小车爆炸事件，在很多年以前，就在基尔伯恩的爱尔兰区，那时他才九岁，和萨马德一起走在街上。面对爆炸，萨马德抖得厉害，迈勒特却眼睛都不眨一下。在迈勒特看来，它很眼熟。看到它，他一点也不惊慌。因为这世上再没有陌生的东西了，正如这世上再也没有神圣的东西一样。一切都如此熟悉，一切都在电视上见过。手里拿着冷冰冰的金属家伙，肉体第一次隔着衣服感觉到它：这事很容易。当一切都很容易、毫不费力时，你就会忍不住想骂娘。命运这玩意儿的分量对迈勒特来说和电视差不多——无法阻挡的故事，而且还由别人编写、制作并导演！

当然，现在他在场，现在他精神恍惚，心中害怕，也就不觉得事情很容易了，好像有人在上衣右侧放了一个他妈的铁砣子——现在他看到电视和现实的巨大差异了，那玩意儿正好硌着他的腹股沟。差异就在于后果。可他连这都是以电影为参照（因为他跟萨马德或曼加尔·潘迪不同，他没参战过，从没见过打仗，没有东西可以类推借鉴）。回想《教父》第一部里帕西诺蜷缩在餐馆厕所里的情景（就像潘迪蜷缩在营房里一样），有那么一会儿，帕西诺思考着，如果自己冲出男厕所，对着餐桌扫射，把那两个男人送到地狱去，后果会怎样。迈勒特记起来了。他记得，这些年来，他把那个场景倒回去，定格，慢放了无数次。他记得，不管把帕西诺思索的瞬间定格多久，不管你把那段脸上似乎掠过一丝犹豫的画面重放多少次，帕西诺始终只作了一个选择：勇往直前。

"……当我们想到这一技术对人类的意义……我相信，这一技术堪与相对论、量子力学等本世纪物理领域的重大发现相媲美……当我们想到这一技术赋予我们的选择时……不是选择蓝眼睛还是褐色眼睛，而是失明的眼睛还是能看见光明的眼睛……"

但是，艾丽现在认为，有些东西是人眼没法觉察的，用放大镜、望远镜、显微镜也不行。她当然应该知道，她已经试过了。她看看这个，又看看那个，看看这个，又看看那个——把这两张脸看了无数次，看得脸都不像脸了，而像高低不平的褐色帆布，就好像一个词说的次数太多，就没有意思了一样。马吉德和迈勒特。迈勒特和马吉德。马伊勒特。迈勒伊德。

她曾恳求肚子里的孩子给一点征兆，可什么也没有。她脑子里响着从霍滕丝家里带来的诗句——《圣经·诗篇》六十三——我要切切地寻求你……在干旱疲乏无水之地，我渴想你，我的心切慕你……但这对她要求太高了。这要求她一直一直一直往回追溯，追溯到根源，追溯到精子遇见卵子、卵子遇见精子那一根本性时刻——这历史久远得无法追溯。艾丽的孩子永远无法被精密描绘，也无法被准确提及。有些秘密是永恒的秘密。幻想中，艾丽看到过这样一个时代，一个距今不太远的时代，到那时，根将变得无关紧要，既不可能也没必要找出它，因为它太长，太盘根错节，埋得也太深了。艾丽期待着这个时代的到来。

"勇敢的人能抵御一切灾难……"

现在，有那么几分钟，在马库斯的讲话声和照相机的快门声下，还有另一种声音（迈勒特觉得这声音特别舒服），一种隐隐约约的吟唱声。马库斯尽量不加理睬，只管说自己的，可是这声音越来越响，使他不时停顿，环顾四周，尽管这声音显然不是屋子里发出来的。

"让始终如一的人们追随主……"

"噢，上帝，"克拉拉探身对着丈夫的耳朵轻声说，"霍滕丝！是霍滕丝，阿吉！你出去看看是怎么回事，去吧，从你那出去方便点。"

但阿吉正听得津津有味。马库斯的讲话和米基的点评，使得他好像在同时看两台电视一样。很长见识。

"叫艾丽去。"

"不行。她坐得太靠里，出不去。阿吉，"她发火了，不小心把土话带了出来，"你咋能坐视不管咧？"

"萨姆，"阿吉竭力让对方听到自己的悄悄话，"萨姆，你去。你根本就不想待在这里。去吧，你认识霍滕丝，叫她别唱了。我很爱听这些，你知道，很长见识。"

"遵命，"萨马德轻声说着，猛地站了起来，一脚踩上尼娜的脚指头，却也懒得道歉，"我想，不用给我留位子了。"

马库斯在详细说明老鼠的七年生活，这时刚讲到四分之一。见有人站起来，他从讲稿上抬起头，停下来与听众一起目送着逐渐消失的背影。

"我想有人已经意识到，这个故事没有好的结局。"

听众轻轻地笑了，又恢复了安静。米基轻轻捅了捅阿吉宝德的肋骨。"现在你看到了，有点那个意思了，"他说，"有点搞笑的味道了——给外行人讲话时，就该把气氛弄得活跃一点。是不是？不是每个人都上过该死的牛津，我们有些人读的是——"

"社会大学。"阿吉赞同地点了点头，他们俩上的都是，只是时间有先后罢了，"没错。"

外面：当门在身后砰地关上时，萨马德觉得自己很坚定；可等他走近令人生畏的十位见证会女信徒时，他变得犹豫起来。这些人个个都凶神恶煞般戴着假发，站在门前的台阶上，使劲敲着打击乐器，好像想拍出比节拍更厉害的东西来。她们个个声音洪亮。五个保安已经无功而返。连瑞安·托普都好像有点敬畏这个厉害的唱诗班，他在人行道上站得远远的，给那些往苏活区来的人们发《瞭望塔》传单。

"有没有打折？"一位醉醺醺的姑娘问，她看着封面上的天堂画面，把传单夹进手里一堆新年俱乐部传单里，"有没有着装规定？"

萨马德心怀疑惧，轻轻在三角铁演奏者那橄榄球前锋般的肩膀上拍了拍。他搜肠刮肚，用上了印度男人跟一定危险性的牙买加老太太说话时所用的全套词汇（请问能不能对不起也许请您对不起——在公共汽车站可以学到这些），但是锣鼓照敲，卡祖笛照吹，铙钹照拍，女人们朴实的鞋子在霜地上照踩。霍滕丝·鲍登太老，走不了正步，所以坐在折叠椅上，坚决地盯着特拉法尔加广场上跳舞的人群。她的双膝夹着一面旗子，上面只写着：

日期近了——《启示录》1:3

"鲍登太太？"萨马德在两节诗的空当跨上一步，说，"我是萨马德·伊克巴尔，阿吉宝德·琼斯的朋友。"

见霍滕丝不看他，也没有认识他的表示，萨马德觉得应该把他们那个精密的关系网深入展开一点。"我妻子和您女儿是好朋友，我的内侄女也是。我的儿子跟您的——"

霍滕丝咂了咂牙："俺认识你是谁，老兄。你认识俺，俺认识你。但现在的问题是：这世上只有两种人——"

"我们只是在想，"萨马德打断了她的话，他知道这是要开始布道了，就想将这危险连根斩断，"您能不能把声音压低一点……能不能——"

但霍滕丝已经用声音盖住了他,她闭着眼,举起一只手臂,用老派的牙买加方式证明真理:"两种人:一种是为上帝歌唱的人,一种是以灵魂为代价拒绝他的人。"

她转过身站了起来,愤怒地对着一堆堆醉鬼挥舞着旗子,就像特拉法尔加喷泉那样起起伏伏。接着,一位玩世不恭的摄影记者让她再做一遍,好把第六版版面填满。

"旗子举高一点,亲爱的,单腿跪在雪地上,发火,"他举着相机,"行了,对,妙极了。"

见证会女信徒抬高了嗓门,歌声直冲云霄。"我要切切地寻求你,"霍滕丝唱道,"在干旱疲乏无水之地,我渴想你,我的心切慕你⋯⋯"萨马德看着这一切,竟不想说服她了,这让他自己也感到惊讶。部分因为他累了,部分因为他老了,但主要原因是他自己也想这么做,只是会以不同的名义而已。他知道该寻求什么,他明白那种干涸,他已经感觉到在陌生土地上的那种干渴——可怕而持久——这种干渴会延续一生。

没有比这更公平的了,他想,没有比这更公平的了。

里面:"我还在等他说我皮肤的事情,到现在也没听到。你听到了吗,阿吉?"

"没有,还没听到。我想他有很多内容要讲。革命性的,这一切都是。"

"是的,当然了⋯⋯可是你付了钱,就有权选择。"

"你没花钱买票,是吧?"

"没有,没有,没花钱。可我还是抱着期望来的,道理一样,是不是?哟哟,先闭嘴一分钟⋯⋯我刚才好像听到皮肤什么的⋯⋯"

米基确实听到了皮肤二字,好像是皮肤乳头瘤,一直讲了五分钟。阿吉一个字也听不懂。听完这段,米基看起来倒很满意,好像自己想听

481

的内容全听到了似的。

"嗯，我来就是为了听这个，阿吉。很有意思，了不起的医学突破。他妈的这些博士可真行。"

"……在这方面，"马库斯说，"他是不可或缺的。他不仅对我个人很有启发，还奠定了这一领域的基础，特别是他那篇具有重大影响的论文，我第一次是在……"

噢，这很好，把一部分功劳归到老家伙身上。看得出来，那人听到这些话很开心，看上去有点泪汪汪的。没听到他的名字。不过，这很好，你没把功劳全算在自己头上。但是，你也不能做过头。照马库斯现在这样说，好像一切都是那老家伙做的。

"啊呀，"米基也这样想，他说，"好话说过头了，啊？我想你说过，这位夏尔芬才是了不起的人物。"

"可能他们是合作伙伴。"阿吉猜想。

"……推动着这方面的工作，而当时，这一领域的工作缺乏资金，似乎仍属于科幻小说的范畴。单是这一点，就足以使他成为研究小组的引路人，同时也是我的导师，如今他已经担任我的导师二十年了……"

"你知道我的导师是谁吗？"米基说，"穆罕默德·阿里，没二话。为人正直，心智健全，身体强壮，了不起的家伙，厉害的拳击手。他说自己最了不起，他不光说'最了不起'。"

阿吉说："还说什么？"

"还说什么，伙计，"米基郑重地说，"他还说他是有史以来最了不起的。过去、现在、将来。尾巴翘得够高的，阿里这家伙，绝对是我的导师。"

导师……阿吉想，对他来说，导师始终是萨马德。显然，这话不能跟米基说，听起来太傻了。可这是事实。始终都是萨米，在任何情况下都是，哪怕到了世界末日。四十年里，每个决定都是跟他一起做的。好萨姆。萨姆老伙计。

"……所以，大家看到的这份伟大业绩，如果有谁应该得到其中最大的荣誉，那么这个人就是马克-皮埃尔·佩雷特博士，一个非同寻常、非常伟大……"

每个时刻都发生两次：体内和体外，内外时刻是两种不同的历史。阿吉确实觉得这个名字似曾相识，他心里依稀记得这个名字，可这时他正在转身，想看看萨马德是不是回来了。他没看见萨马德，却看见了迈勒特。迈勒特看起来很滑稽，确实很滑稽，是那种怪怪的而不是好笑的滑稽。他坐在座位上轻轻摇晃着，阿吉没法引起他的注意，因为他的眼睛正盯着什么。阿吉沿着他的视线望去，看到了同样古怪的东西：一个老人自豪地流着小泪滴，红色的眼泪。阿吉认出了这些眼泪。

但萨马德已经先认出来了。萨马德·迈阿上尉这时刚刚悄无声息地穿过安了无声装置的现代门，萨马德·迈阿上尉在门口停了片刻，透过老花镜凝视着，然后明白了一切：他在这世上唯一的朋友骗了自己五十年。两人的友谊基础还不如果酱和肥皂泡来得坚实。自己低估了阿吉宝德·琼斯。顷刻之间，他明白了一切，好像拙劣的印度音乐剧到了高潮一样。然后，在一阵喜悦中，他触及到了根本问题，一个惊人的发现：光是这件事就能让我们两个老东西再好上四十年。这是给所有故事画上句号的故事，让一切继续下去的厚礼。

"阿吉宝德！"他的眼神从博士身上转到自己的少尉身上，然后发出一声短暂响亮的狂笑，他觉得自己就像新娘以完全认可的眼神望着新郎一般，此时，两人间的一切都已经改变，"你这个两面派浑蛋流氓骗子叽里呱啦叽里呱啦……"

萨马德嘴里吐出一堆孟加拉方言，都是丰富多彩的骂人话：骗子、乱伦的浑蛋、猪娘养的、和自己的老娘口交的恶棍……

但就在这之前，或者至少是与此同时，正当观众都在旁观这位褐色皮肤的老人用外国话对着他的白人老友乱喊乱叫的时候，阿吉感觉到就要出事了，他感觉到这个空间里有某种运动，整个房间都有一种潜在的运动（坐在后面的印度人，坐在乔舒华身旁的孩子们，像个裁判那样看了迈勒特又看马吉德、看了马吉德又看迈勒特的艾丽），他看出迈勒特会抢先动手，就像潘迪那样出手。阿吉在电视上看到过，在实际生活中也看到过，他知道这种行动意味着什么，于是他站了起来。于是，他动了起来。

于是，在手枪被拔出时，他已站在那里。他没有用硬币帮自己做决定就站在了那里，萨马德还没来得及阻止他，他就站在了那里。他站在那里，没有不在现场的证据——他站在迈勒特的决定和目标之间，就像思想和语言之间的那个间隙——就像回忆或悔恨的瞬间干扰。

在黑暗中，他们在荒原中走了一段，停住了。阿吉把博士向前推去，让他站在前面，站在自己能看见的地方。

"站在那里，别动，"博士无意中走到了月光下，阿吉说，"该死的就站在那里！"

因为他要看到邪恶，纯粹的邪恶；识别邪恶的这一刻，他需要看到——然后才能按事先的安排行事。博士佝偻着身子，看上去很虚弱，满脸浅红色的血，好像已经没命了似的。阿吉从没见过一个人会崩溃成这个样子——完全垮掉了，好像没有风的帆。他很想说，你这模样跟我的感觉一样。他头痛得厉害，酒醉后的恶心一阵阵从胃里涌上来，如果这些感觉有化身，那么这个化身此时就站在他对面。但两人谁也没说话，只是站了一会儿，隔着上了膛的枪望着对方。阿吉有一种奇怪的感觉，他觉得自己可以把这个人折叠起来——把他折叠起来，放进口袋，而不是杀掉他。

"你看，这事我很难过，"阿吉沉默了三十秒钟，不顾一切地说，"战争结束了。我个人对你没有敌意……但我朋友，萨姆……嗯，我处境艰难。所以只好这样了。"

博士眨了几下眼睛，好像在竭力控制呼吸。哆嗦着被自己的血染红的嘴唇，他说："在路上……你说过我可以求你……"

博士的双手仍放在脑后，他跪了下来。但是阿吉摇了摇头，哼哼着。"我知道我说过……可这没……最好还是——"阿吉难过地说，比画着扣扳机和枪反冲的动作，"你说呢？我是说，这样容易一点……从各方面看？"

博士张嘴想说点什么，可阿吉又摇了摇头。"我从没干过这个，我有点……嗯，喝醉了，说实话……我喝多了……没用的……你在那里说，我可能弄不清楚，你知道，所以……"

阿吉把手臂举得和博士的前额齐平，闭上眼睛，准备扣动扳机。

博士的声音跳了个八度音："抽支烟行吗？"

整件事情就是从这时开始出错了。就和潘迪一样，阿吉应该就在此时此地毙了那家伙，可能吧。但他没有。相反，他睁开眼睛，看到他的猎物正挣扎着从上衣口袋里掏出一包皱巴巴的香烟和一盒火柴，像人一样。

"请问——可以吗？临……"

阿吉把为了杀人而屏住的呼吸全都透过鼻孔释放出来。"最后的愿望总要满足，"阿吉说，他在电影里看到过，"我有火，你要吗？"

博士点了点头，阿吉擦着火柴，博士探身过来点烟。

"好了，说吧，"过了一会儿，阿吉说，他一向无法抵御毫无意义的辩论的诱惑，"如果你有什么话要说，就说吧。我不会等你一晚上。"

"我可以说话？我们可以谈谈吗？"

"我没说要和你谈。"阿吉厉声说。这是纳粹电影里的战术（阿吉知道这个，参战的头四年他以在布莱顿剧院看画面摇曳的纳粹电影度日），他们想靠嘴皮子逃生，"我说的是你讲话，然后我杀了你。"

"噢，对，当然了。"

博士用袖子擦擦脸，好奇地看看小伙子，看他是不是认真的。小伙子看上去很认真。

"嗯，那么……如果我可以这么称呼……"博士的嘴张着，等阿吉插一个名字进去，但他没有，"……少尉，如果我可以这么称呼的话，少尉，我觉得你好像处于一种……一种……道德窘境之中。"

阿吉不知道"窘境"是什么意思，这个词让他联想起亮光、镜头之类的东西。他不知所措，就搬出通常在这种情况下说的那句话："我看是吧。"

"呃……是的，是的，"病博士的信心增强了，他还没被毙掉，现在已经过了整整一分钟，"我觉得你好像处在一种两难境地之中。一方面……我认为，你不想杀我——"

阿吉挺了挺肩膀。"好了，伙计—"

"另一方面，你答应了你那位过分热心的朋友，你会杀我。但这还不是全部。"

博士颤抖的双手不经意碰了下烟灰，阿吉看着烟灰像灰色的雪一样落在靴子上。

"一方面，你对——对你的国家和你的信念承担着义务。另一方面，我是个人。我在和你说话，我和你一样呼吸、流血。你不知道，肯定不知道我是个什么样的人，你只是道听途说。所以，我明白你面临的难题。"

"我没有面临什么难题。你才是面临难题的人，伙计。"

"但是，虽然我不是你的朋友，你对我仍承担着责任，因为我是个人。我想你现在夹在多重责任中间，我想你知道自己处境尴尬。"

阿吉走上前去，枪口距离博士的前额只有两英寸。"你说完了？"

博士想回答"说完了"，可结巴得说不出话来。

"很好。"

"等一等！求你了。你知道萨特吗？"

阿吉叹了口气，他很恼火。"不，不，不——我们没有共同的朋友——我知道，因为我只有一个朋友，他叫伊克巴尔。好了，我就要杀你了。我很抱歉，可是——"

"不是朋友，是哲学家！萨特！让-保罗·萨特先生！"

"谁?"阿吉不安地问，他有点不放心，"听起来像是法国人。"

"是法国人，一个伟大的法国人。一九四一年他被监禁时，我见过他一面。当时，他提出一个问题，我想，这个问题和你的很像。"

"说下去。"阿吉缓缓地说。实际上，他需要一点帮助。

"问题是……"病博士接着说，竭力让自己不要老是换气，他大汗淋漓，脖根的锁骨成了两个小水坑，"有个年轻的法国学生应该留在巴黎照顾生病的母亲，但同时又应该去英国为'自由法国'和'国家社会主义'打仗。现在，请记住，应该做的事情有很多——比如，应该施舍助人，但人们并不总是这样做；这是一种理想状况，但不是必须要做的——记住这一点，他应该怎么办呢?"

阿吉嘲笑道："这个问题他妈的问得真傻。想一想吧，"他比画着，把枪从博士脸上移开，轻轻拍着自己的太阳穴，"说到底，他会做最在意的那件事情。要么爱国家，要么爱老妈。"

"但是如果他两者同样在意，怎么办? 我是说，国家和'老妈'。如果他对两者都有责任，该怎么办?"

阿吉没觉得怎么样。"嗯，他最好只做一件事，把这件事做到底。"

"那个法国人和你的看法一样，"博士说，勉强挤出个微笑，"如果不能两全其美，就选做一样，如你说的那样，做到底。毕竟，人要靠自己。他要对自己的行为负责任。"

"那么，你也要为自己负责了。谈话结束了。"

阿吉分开两腿以分担体重，好承受反冲力——他的手指又一次伸向扳机。

"但是……但是……想想……请你，我的朋友……好好想想……"博士跪倒在地，扬起一团尘土，尘土像叹息似的起起落落。

"起来。"阿吉吓得哽住了。博士的眼血泉水般流淌着，他用手抱住了阿吉的腿，然后又把嘴放在阿吉的鞋子上。"别……没必要……"

博士抓住阿吉的腿弯。"想一想……请你……一切都可能发生……我也许可以维护自己在你心目中的声誉……也许是你弄错了……你会回想起自己所做的决定，就像俄狄浦斯那样，太可怕了，会毁掉自己！你不能说这种事不可能发生！"

阿吉抓住博士皮包骨头的手臂，一把拽起了他，随后吼叫起来。"好了，伙计。你现在叫我讨厌。我他妈的不是算命先生，将来怎么样我不知道。我只知道这个世界说不定明天就完结了。但我现在得把这事给办了。萨姆在等我呢。请你……"阿吉说，此时他的手在发抖，他的决心已经烟消云散了，"请你别说话了。我不是算命先生。"

但是博士又一次瘫软在地，就像玩偶盒里的小丑似的。"不是……不是……我们不是算命先生。我从没想过自己的生命会终结在一个孩子的手里……《圣经·新约·哥林多前书》第十三章第八至十节：先知讲道之能，终必归于无有，说方言之能，终必停止，知识也终必归于无有。我们现在所知道的有限，先知所讲的也有限，等那完全的来到，这有限的必归于无有了。但它何时会来？就我本人而言，我已经等得不耐烦了。只知有限，是一件可怕的事情。当一切都触手可及时，不能拥有完美、人类的完美，是可怕的，"博士自己站起身来，伸出手想去抓阿吉，阿吉往后躲开了，"如果我们有足够的胆量，做出必须做出的决定，选出应该得到拯救的人……这样做难道是罪恶——"

"求你了，求你了，"阿吉很惭愧自己在哭。只是他的眼泪不是博士的红眼泪，而是又稠又咸又透明的眼泪，"待在原地别动。求你别说了，求你了。"

"然后，我想到那个刚愎自用的德国人——尼采。你想象一下，一个没有开头也没有结尾的世界，孩子。"他吐出这最后一个词：孩子。这个词就像一个贼，改变了两人的力量对比，偷走了阿吉身上残存的勇气，让它随风消散。"想象一下吧，如果你做得到，世上万物周而复始，无始无终，一如既往……"

"你他妈的待在那里别动！"

"想象一下，这场战争要发生无数次……"

"不，千万不要！"阿吉的鼻涕已堵住了鼻孔，"一次就够糟了！"

"这不是一个严肃的命题，只是一道测试题。只有那些非常坚强、善于适应生活变故的人才敢于肯定这一命题——即使一切只是不断重复——能承受最阴暗的一面。我自己做过的事情无数次地重复，我也能够面对。我属于那些最有信心的人。但你不是……"

"求你了，别说了，求你了，我要——"

"你做出的决定，阿吉，"病博士说，看来他一开始就知道这孩子的名字，但他一直等着，放到最关键的时候使用，"你能面对自己做出的决定一再重复，直到永远吗？你能吗？"

"我带着硬币！"阿吉大声喊着，欢天喜地地尖叫起来，因为他刚想到自己带着硬币，"我带着硬币！"

病博士露出不解的表情，他正跌跌撞撞向前走来，听到这话，停住了脚步。

"哈！我带着硬币，你这个浑蛋。哈！见你的鬼去吧！"

然后他往前跨出一步。他伸出双手，手掌朝上，一副天真无邪的样子。

"别动，待在原地。对了，我们就这么来，已经说得够多了。我把枪放在这里……慢慢放在……这里。"

阿吉蹲下身子，把枪放在地上，就在两人当中。"这样你就可以相信我了。我说话算数。现在我要扔硬币了。如果正面朝上，我就杀了你。"

"但是……"病博士说。阿吉第一次在他的眼神里看到了真正的恐惧，阿吉也曾感到过同样的恐惧，铭心刻骨而难以言传。

"如果是反面朝上，那我就不杀你。别说了，就这么定了。我不擅长理论。这是我能给的最好条件了。好了，开始！"

硬币跳跃着，旋转着，就像任何一枚硬币每次在一个完美的世界里跳跃、旋转那样，一次又一次地露出它光亮的一面，一次又一次地揭示它阴暗的一面，叫人眼花缭乱、应接不暇。然后在它得意扬扬地向上攀升的某个点上，它开始沿曲线前进，接着曲线转错了方向。阿吉意识到，硬币根本没有朝他滚来，而是往他背后跑去，朝他背后很远的地方跑去，于是他转身看着硬币掉进泥土。他刚弯腰去捡硬币，只听一声枪响，顿时，右腿感到一阵热辣辣的疼痛。他低头，看到了血。子弹穿透了大腿，刚好从骨头旁穿过，一块碎弹片深深地嵌在肉里。疼痛非常剧烈，同时又怪异地感觉很遥远。阿吉转过身，只见病博士弯着身子，右手无力地握着手枪。

"真他妈的见鬼，你干吗要这样？"阿吉生气地说，轻而易举地一把从博士手里夺过了枪，"反面朝上。看到了？反面朝上。看看，反面！反面朝上！"

阿吉站在那里，就站在子弹的弹道上，就要做出不同寻常的事情来，即使在电视上，这也不同寻常：两次救同一个人，两次都没有特别的原因。一切都乱七八糟，这出救人闹剧。屋子里的每个人都满怀恐惧地看着他大腿上挨了一枪，子弹打中股骨，身子像演戏那样旋转着，然后不偏不倚地倒在关老鼠的玻璃箱上，玻璃碎片溅得满屋都是。真是一出好戏。如果是在电视上，这时你会听到萨克斯响起，致谢名单开始在屏幕上滚动。

但首先还是得有尾声。因为不管你怎么想，尾声必须要演，即使像印度独立或牙买加独立、和平条约签订、客船入港一样，结局只是又一个漫长故事的开端。那些当初给这屋子选颜色、选地毯、选海报字体、选桌子高度的人，无疑也希望看到最终的结局……那些想看看目击者证词的人肯定会发现人口统计学上的规律，这些证词无数次把马吉德和迈勒特弄混，再加上混淆不清的证词记录、不合作的受害人以及家人的录像带，这案子根本没法审。法官只好让步，判双胞胎兄弟四百个小时社区服务了事。他们的服务，很自然地，成了在乔伊丝的新项目中做园丁，位于泰晤士河两岸的大型千年公园……

十八到三十二岁的年轻职业女性可能想看看七年后艾丽、乔舒华和霍滕丝坐在加勒比海边的快照。（艾丽和乔舒华最后还是相爱了，你终究逃不出命运的安排。）而艾丽那父亲不详的女儿在深情地给迈勒特坏叔叔和马吉德好叔叔写明信片，她就像只有父亲的木偶皮诺曹那样自由自在。是不是只有罪犯和老人才想打赌到底谁会赢那场二十一点牌局？阿萨娜和萨马德、阿吉和克拉拉在一九九九年十二月三十一日晚上在奥康奈尔打牌，一个历史性的夜晚，阿卜杜拉-米基终于向妇女敞开了店堂的大门。

讲述这些漫长的故事和其他类似的故事一定会使人们更加相信这种鬼话，即：过去总是糟糕，将来总是完美。阿吉知道，事实并非如此，也从未如此。

也许，审视当下，把旁观者分成两类，将会是一次很有意思的考察（哪种考察由你决定）。这两类人，一类的眼睛落在那个横躺在桌上流血不止的人身上，另一类则眼看着一只造反的褐色小老鼠逃之夭夭。阿吉属于看老鼠的那类人。他看到它一动不动地站了一秒钟，脸上露出一副扬扬得意的表情，好像一切都不出所料似的。他看到它急急地跑了，还从他的手上越过。他看到它在桌子上猛冲，穿过一只只想摁住它的手。他看到它跳下桌子，穿过一个通风孔，消失了。去吧，我的儿！阿吉想。

Zadie Smith
WHITE TEETH
Copyright：© 2000 by Zadie Smith
This edition arranged with ROGERS，COLERIDGE & WHITE LTD（RCW）
Through BIG APPLE AGENCY，Inc.，LABUAN，MALAYSIA.
Simplified Chinese edition copyright：
2022 SHANGHAI TRANSLATION PUBLISHING HOUSE（STPH）
All rights reserved.

图字：09－2020－404 号

图书在版编目（CIP）数据

白牙/（英）扎迪•史密斯（Zadie Smith）著；周
丹译. —上海：上海译文出版社，2021. 12
书名原文：White Teeth
ISBN 978－7－5327－8886－6

Ⅰ. ①白…　Ⅱ. ①扎…②周…　Ⅲ. ①长篇小说一英
国一现代　Ⅳ. ①I561. 75

中国版本图书馆 CIP 数据核字（2021）第 233572 号

白牙

［英］扎迪•史密斯　著　周丹　译
责任编辑/杨懿晶　装帧设计/人马艺术设计•储平

上海译文出版社有限公司出版、发行
网址：www. yiwen. com. cn
201101 上海市闵行区号景路 159 弄 B 座
上海新华印刷有限公司印刷

开本 890×1240　1/32　印张 15.75　插页 2　字数 320,000
2022 年 4 月第 1 版　2022 年 4 月第 1 次印刷
印数：0,001—6,000 册

ISBN 978－7－5327－8886－6/I • 5494
定价：98.00 元